NIGHT AND MORNING

BY THE

AUTHOR OF "RIENZI," "EUGENE ARAM,"

&c. &c.

Lytton, Edward George Earle Lytton Bulwer-Lytton

IN THREE VOLUMES.

VOL. I.

LONDON:

NDERS AND OTLEY, CONDUIT STREET.

1841.

邬国义　编注

昕夕閒談

校注与资料汇辑

图书在版编目（CIP）数据

昕夕闲谈：校注与资料汇辑／邬国义编注．—上
海：上海古籍出版社，2018.11
　ISBN 978－7－5325－9005－6

　Ⅰ.①昕…　Ⅱ.①邬…　Ⅲ.①小说—英语—文学翻译
—研究—中国　Ⅳ.①H315.9②I05

　中国版本图书馆 CIP 数据核字（2018）第 236130 号

昕夕闲谈

校注与资料汇辑

邬国义　编注

上海古籍出版社出版发行

（上海瑞金二路 272 号　邮政编码 200020）

　　（1）网址：www.guji.com.cn

　　（2）E-mail：guji1@guji.com.cn

　　（3）易文网网址：www.ewen.co

浙江临安曙光印务有限公司印刷

开本 710×1000　1/16　印张 36.25　插页 6　字数 576,000

2018 年 11 月第 1 版　2018 年 11 月第 1 次印刷

ISBN 978－7－5325－9005－6

K·2566　定价：198.00 元

如有质量问题,请与承印公司联系

爱德华·利顿画像

（1803—1873）

蒋其章手迹

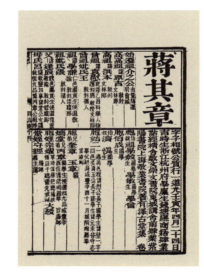

同治九年庚午（1870）
蒋其章乡试履历

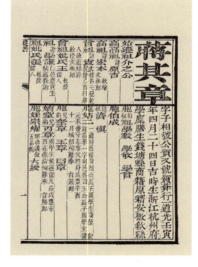

光绪三年丁丑（1877）
蒋其章会试履历

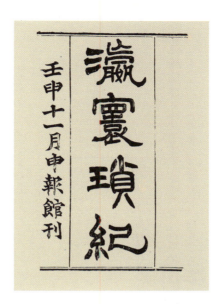

瀛寰琐纪

瀛寰琐纪序

同治十三年甲戌（1874）上海申报馆刊本封面

申报馆刊本版权页

申报馆刊本版权页

蠡勺居士《昕夕闲谈小叙》

申报馆刊本正文

光绪三十年（1904）
上海文宝书局印本封面

上海文宝书局版权页

吴县藜床卧读生《译校重订外国小说序言》

上海百新公司 1923 年版封面

上海百新公司 1923 年版权页

上海百新公司 1923 年版
高天栖序

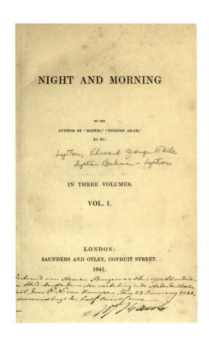

昕夕闲谈 1841 年英文版封面

昕夕闲谈 1851 年英文版正文

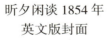

昕夕闲谈 1854 年
英文版封面

昕夕闲谈 1854 年
英文版插图

申报馆

美查住宅

前　　言

从 1873 年 1 月第 3 卷起,申报馆出版的文学月刊《瀛寰琐纪》开始连载署名"蠡勺居士"翻译的外国长篇小说《昕夕闲谈》,至 1875 年 1 月第 28 卷止。每卷刊载译文二节,共五十二节,连载分二十六期,共持续了二年多的时间。此后 1875 年下半年又另新增三节,由申报馆出版发行了小说的单行本,编入"申报馆丛书"第七十三种。

这部小说共分三卷五十五节。主人公康吉的父亲非利,年轻时爱上了商贾的女儿爱格,两人一起外出私奔,到外省的一个小乡村秘密结婚,育有康吉、希尼二子。十几年后,其叔父坡弗逝世,非利继承了大宗的财产。他的弟弟罗把因此妒嫉在心。此后非利在一次骑马跨栏事故中不幸遇难,罗把趁机侵吞了全部家产。于是康吉就由贵族出身的富家公子,沦为不明身世的私生子。在家庭突遭变故时,康吉独自担负起抚养母亲与弟弟的重担。在母亲爱格病逝后,小说描写了康吉在英国各地和巴黎等城市历经磨难,颠簸流离的流浪生活。此后康吉"误结匪人,几罹于难",因为结识了在欧洲闯荡江湖的枭雄加的,参与加的制造伪币等事,被同伙白尼出卖,遭到法国巡捕的追击,加的被击毙,康吉幸得法国贵妇人美费儿夫人的救助,返回英国。小说最后以康吉与美费儿结缘订婚作为结束。如译者所说,"书中大意,原以见自古英雄都从险阻艰难中出来"。[1] 由此通过一个贵族私生子康吉的曲折经历,展现了 19 世纪欧洲浦半(波旁)王朝后期伦敦和巴黎的社会生活,揭示了当时西方社会的种种情状。对当时的中国读者来说,小说反映的均是全新的域外风情图像。

《昕夕闲谈》被称为中国近代第一部翻译长篇小说,也是第一部在报刊上连载的通俗翻译小说。它比通常所说清代翻译小说始于林纾译 1899 年出版的《巴黎茶花女遗事》还要早二十多年,在近代中西文化交流、翻译史

---

[1] 《昕夕闲谈》,同治十三年至光绪元年(1874—1875)上海申报馆印本,第 162 页。

上具有十分重要的意义。如安英在《民初小说发展的过程》中，便称道译者是"把翻译种子撒到荒原上的第一个人"，开了"介绍西洋文学的先河"。[1] 但是，关于这部小说的译者、原本及其原作者究竟是谁，长期以来一直没有明确的答案。1873 年初《申报》刊出的广告中，称之为"新译英国小说"，[2] 由"西国名士撰成"，而未说这部小说的原作者是谁，也不知道此书原著的名称。关于译者，仅知署名"蠡勺居士"，1877 年《申报馆书目》中，则谓此书"系经名手"翻译而成，也未讲到具体的译者姓名。由此，《昕夕闲谈》便给人们留下了诸多难解之谜。

研究中国近代文学史、小说史以及中西文化交流、翻译史的研究者，一直想对此进行解密，但囿于资料的湮没和散落，却知之甚少。只是到了1990 年代，才获得了一些新的进展。1992 年先后发表了颜廷亮《关于蠡勺居士其人的点滴臆测》和郭长海《蠡勺居士和藜床卧读生——〈昕夕闲谈〉的两位译者》两篇文章。[3] 郭文引上海《新闻报》1905 年四月初八（5 月11 日）的一则广告，其中称"原本为蒋子让大令所译"，由此第一次披露了《昕夕闲谈》译者蠡勺居士的真实姓名为蒋子让；之后 1904 年的重译者"藜床卧读生"为管斯骏。继此之后，2001 年美国哈佛大学教授、著名小说史研究专家韩南（Patrick Hanan）发表《谈第一部汉译小说》，考证出这部译著是19 世纪英国作家利顿（Edward Bulwer Lytton）长篇小说《夜与晨》（*Night and Morning*，1841 年伦敦出版）的前半部，解决了此书原著及原作者的问题。又认为译者很可能就是曾任《申报》早期主笔的蒋芷湘（又字子相，本名蒋其章），并"假定有一个双人翻译的过程"，即由《申报》老板美查（Ernest Major）口译、蒋其章笔录合作而成。[4] 之后，笔者在拙作《第一部翻译小说〈昕夕闲谈〉译事考论》中，利用当时的报纸、期刊、诗文集、日记、奏稿、地方志，包括未刊手稿、科考案卷等原始资料，作了进一步的论证，确证译者的真实姓名是蒋其章，并详细探讨了其家世、生平事迹，小说的翻译

---

[1] 安英：《民初小说发展的过程》，《新东方杂志》第 2 卷第 3 期，1941 年 5 月 30 日。又见王俊年编：《中国近代文学论文集（1919—1949）》，中国社会科学出版社1988 年版，第 105、106 页。

[2] 《申报》同治十一年十二月初六日（1873 年 1 月 4 日）。

[3] 分别见《甘肃社会科学》1992 年第 5 期，《明清小说研究》1992 年第 3、4 合期。

[4] （美）韩南撰，叶隽译：《谈第一部汉译小说》，《文学评论》2001 年第 3 期。又见韩南著，徐侠译：《中国近代小说的兴起》，上海教育出版社 2004 年版。

事宜、出版及影响等。[1] 有关其详,具体可参颜、郭两文,韩南著《中国近代小说的兴起》及本书后附录的拙作。

据现有的资料,此部小说的原作者为英国作家爱德华·布威·利顿(1803—1873),是 19 世纪英国维多利亚时期著名的政治家、小说家、诗人和剧作家。1803 年出生于伦敦的一个贵族家庭,自幼受到良好的教育。1826 年毕业于剑桥大学,此后即在英国及欧洲大陆崭露头角。1831—1841年为英国自由党国会议员,支持 1832 年的改革法案。后又于 1852 年重返国会,成为内阁成员,1858—1859 年被任命为英国殖民地事务大臣,1866 年授予男爵。

利顿又是一位多产的小说家、剧作家。他早年以诗歌而闻名,1831—1833 年曾任《新月刊》杂志编辑。在担任国会议员期间,一直勤于写作,其创作题材广泛,在小说写作领域颇有开拓之功。一生共撰写了三十多部作品。如《佩勒姆》(*Pelham*)的出版建立了其在通俗小说方面的声誉;《艾拉姆》(*Eugene Aram*)则开犯罪小说之先河;历史小说以《庞贝城的末日》(*The Last Days of Pompeii*)最为著名。他另有广受欢迎的通俗剧《莱昂斯夫人》(*The Lady of Lyons*)、《黎塞留》(*Rienzi*)等,从而成为当时在英国最受欢迎、与狄更斯齐名的作家之一。其小说不仅流行于欧美等国,还很早传播到了中国与日本。如上述《昕夕闲谈》,即是根据其小说《夜与晨》前半部的内容改译而成。其政治小说《恩内斯特·迈特瓦》(*Ernest Maltravers*),由丹羽纯一郎译成《花柳春话》,1878 年在日本出版后,便风靡一时。

关于小说的译者"蠡勺居士",又号小吉罗庵主、蠡勺渔隐、蘅梦庵主、剪淞病旅等,其姓名、生平事迹历来鲜为人知。现据考证论定,即申报馆早期的第一任主笔蒋其章(1842—1892),字子相,一作芷湘,号公质,又号质庵,浙江杭州人。祖籍安徽歙县,出身于徽商家庭。为廪膳生。青年时代曾先后在杭州、上海两地的书院,如诂经精舍、敷文书院、上海敬业书院等处求学。同治九年(1870)考中举人。1872 年初,英国商人美查筹备创办《申报》,他以"武林名孝廉",被邀加盟,任《申报》第一任主笔,同时负责《瀛寰琐纪》的编辑事务,在报馆运作方面发挥了重要作用。他与美查等合作翻译的《昕夕闲谈》,便是在报馆期间完成的。此后,于光绪三年(1877)

---

[1]　邬国义:《第一部翻译小说〈昕夕闲谈〉译事考论》,《中华文史论丛》2008 年第
　　4 辑。

考中进士,次年赴任敦煌县令,二年后被革职。又出嘉峪关赴新疆,在阿克苏、喀什噶尔任左宗棠步将张曜的幕僚。之后随张曜由西北返京,又至济南,至19世纪90年代初,一直在山东张曜幕府任事。光绪十八年(1892)元宵节,在踏灯归来后突然逝世,享年才五十岁。

综蒋氏一生,其经历丰富而又曲折。中年以后,他任职《申报》,在上海"华洋"杂处的环境中,作为早期口岸知识分子的一员,具有相对比较新潮、开放的心态。蒋氏工诗擅文,这一时期,他与上海滩的文人学士雅集,互相诗词唱和,成为文坛上很活跃的人物。还曾游历日本,写下了《长崎岛游记》。并撰有《鱼乐国记》、《记英国他咚巨轮船颠末》、《人身生机灵机论》等,表现出了他对外国史地和事物的关心。这些无疑奠定了他与人合作翻译《昕夕闲谈》的思想基础,成为顺理成章之事。

申报馆之所以翻译这部小说,如蠡勺居士《昕夕闲谈小叙》所说,小说"当以怡神悦魄为主",其作用在能暂迁其心于"恬适之境",以达到"启发良心、惩创逸志"的微旨。其翻译介绍这部"西国名士"撰写小说的目的,不仅因为作品本身具有"真君子神彩如生,伪君子神情毕露"的思想艺术价值,而且也在于"广中土之见闻,所以记欧洲之风俗"。[1] 以上这些内容均为"华人目所未见、耳所未闻",因此本馆不惜"翻译之劳",供国人阅读,以达到"雅俗共赏"的目的。[2]

值得注意的是,为便于中国读者理解外国的风俗习惯,译文中还时常增加一些说明性的文字。如上卷第一节中,当叙及非利和爱格自由恋爱交往时,书中解释说:"看官,你道这女子怎样来的?原来是外国规矩比中土不同。人家养了女子,你倘或看得好,就可与他家结交,时常来往。有名胜地方,可以同往游玩,有佳妙酒楼,可以同往饮宴。他家主亦晓得你的心了,只要门当户对,即可联姻的。但是一层好处,随你同车并辔,履舄相错,这苟且暧昧等事,是断断没有的。所以家主无用防范着,可以游行自在的。"再如上卷第五节写非利与他的妻子爱格相见,小说写道:"步进门来,只见内中走出一个娇娇滴滴如花似玉的美貌妇人,非利见了,慌忙上前搂住,亲吻接唇,十分亲热了半晌。"接下去即对西方"接吻"的礼俗作了说明:"原来外国的礼,妇女遇着亲人,无论兄弟、子侄、夫婿,均以接唇为礼,在人

---

[1] 蠡勺居士:《昕夕闲谈小叙》,《瀛寰琐纪》第3卷,1873年1月。
[2] 《申报》同治十一年十二月初六日(1873年1月4日)。

前绝不避忌,所以非利与浑家也是如此。"〔1〕其他凡涉及到有别于中土的风土人情、社会现象等,书中都有意识地作了比较说明,如写公共马车与江南航船的类比,西式葬礼上用黑色与中国葬礼用白色的不同,西方线人、侦探好比上海的包打听,欧洲人决斗与闽粤械斗的差别,将英国"爵士"称号比拟为李鸿章、左宗棠的头衔,等等。由这些例子,也可见近代中国最初翻译小说的一些特点。

在 1870 年代的同治末年,翻译出版这样一部英国小说,应当说本身就是一个相当超前的举动,引领了一种新的潮流和趋向,从而成为中国近代文学一个标识性事件。而域外犯罪小说的引入,有关欧洲名都英国伦敦、法国巴黎的描写,对此后中国近代都市小说的创作也有相当的影响。鉴于其在中国近代小说史、中西文化交流、翻译史上重要的历史价值与意义,而其最初的版本已十分稀见,甚至连一些研究者都无缘得见其原本,因此,笔者将其搜辑重新整理出版。

《昕夕闲谈》共有三个不同的版本系统:一种即是先在《瀛寰琐纪》上连载,后于同治十三年甲戌至光绪元年(1874—1875)出版的上海申报馆刊本,前有 1872 年腊月蠡勺居士《昕夕闲谈小叙》与《英国小说题词》;二是光绪三十年(1904)上海文宝书局印本,前有 1904 年五月吴县藜床卧读生《译校重订外国小说序言》,内题"重译外国小说昕夕闲谈",版权页署"重译者"英国约纳约翰,"笔述者"英国李约瑟;三为 1923 年 7 月上海百新公司铅印本,前有 1923 年孟秋绍兴高天栖撰《昕夕闲谈序》,版权页署"口译者"英国傅兰雅,"笔述者"上海颜惠廉,"校阅者"澄江徐鹤龄。经对勘比照,三种版本内容、文字大体相同,后两种版本虽称"重译",其实均是托名,只是在申报馆本的基础上作了一些删改重订。〔2〕 事实上,后两种版本都是在译者蒋其章 1892 年逝世后出版的,其所作的一些删改润饰,已非原在《瀛寰琐纪》连载和 1875 年申报馆刊本的初始面貌。因此在版本选择上,即以

---

〔1〕　以上分别见《昕夕闲谈》,第 3、13 页。

〔2〕　其中也有个别较大的改动,如申报馆刊本上卷第三节,写非利的友人、教士排士因单相思邻家之女美吉病逝,后两种版本在此下增添了一大段文字,叙述排士的灵魂至印度,遇到已死去的美吉,于是两人结为夫妻,后生一女之事。并称:"此事在本记五十五回之后,兹特略叙一笔,以见世上奇事,中外相同也。"查申报馆刊本并无此内容,应是重译者为宣传宗教灵魂之说所增,可见传教士对此书的重译删改也有影响。

上海申报馆《昕夕闲谈》最初的刊本为底本,参校《瀛寰琐纪》连载本,以保持其原始的面貌。

在此次整理中,按现在通行的出版要求作了分段、标点。对原文中的一些错字、衍字和倒误,作了校改,或据文意加以改正。凡校改之处,误字加( )号标识,将改正之字置于其后,并以〔 〕标示。至于有些明显的错漏衍脱,则径为改正,此下不出校注。其次,对与今译不同的外国人名、地名、物名,以及通假字、俗字等,作了一些必要的注释,以有助于读者的理解。由于小说最初连载于《瀛寰琐纪》月刊,翻译时采用了边译边刊的方式,故译作中的一些人名、地名、物名等,前后并不统一。人名如加的又译作“加低”、“加底”,磨敦又有“摩敦”、“磨吨”、“摩吨”、“磨顿”、“么敦”等多种不同的写法,地名如巴黎译作“巴里士”、“巴里司”,物名如咖啡译作“架非茶”、“加非茶”等,译文前后不一。此后申报馆出版单行本时,也未予以整齐划一。这些不同的译法,既可见当时译作仓促,也反映出近代早期的翻译特点。因其并不妨碍阅读,故仍保持原状,不作统一,以呈现其文本的初始状态。

书中第二部分为研究资料汇辑,汇集了笔者多年蒐集的有关蒋其章和《昕夕闲谈》翻译出版,与原作者利顿及其小说、戏剧在中国的译介、流传等资料。

《申报》作为中国近代最为著名的一份报纸,蒋其章又是申报馆的第一任主笔,对于这样一位早期报刊史上的重要人物,由于资料阙失,学界长期未知其详,语焉不明。有感于此,笔者发愿搜辑这位“小人物”的生平史料。为此汲汲奔走于各图书馆之间,阅览当时的报纸、期刊、诗文集、日记、奏稿、地方志、科考案卷等,钩稽爬梳,细大不捐,力求尽其所能,竭泽而渔。近年来又借助于现代网络数据库等新技术之赐,提供了不少便利。经坚持不懈的努力,考索追踪,集腋成裘,终于辑得二十余万字的资料。古人云:“非人磨墨墨磨人”,从着手至今,断断续续,不觉已逾七八年,其中甘苦,非身历其境者不能体会。一些新史料的发现,或偶然所获,如蒋氏早期的书院课艺、敦煌时期的诗作,1904年10月最早在《中外日报》上刊登的《重译昕夕闲谈英国第一小说出书》广告等,均给人以意外之喜。对己来说,尽心尽力,所得抵其所劳,亦可谓无愧无悔,足感欣慰。

有关资料按类编辑,主要分为以下几个部分:(一)蒋其章生平、科举及家世资料,包括其早期书院课艺,《清代朱卷集成》和乡会试的著录,蒋氏家世谱系等;(二)《申报》时期诗文唱和,包括蒋氏任《申报》第一任主笔时,在《申报》、《瀛寰琐纪》所刊诗文,及清人诗文集相关资料、蒋氏其他诗词等;(三)甘肃、新疆、山东时期,包括《申报》、《清实录》、地方志,和清人诗文集、日记中相关资料;(四)《申报》早期与美查资料,包括美查与《申报》、蒋氏与《文苑菁华》的相关资料;(五)《瀛寰琐纪》与《昕夕闲谈》的出版情况,主要为《瀛寰琐纪》及刊登目录,各报刊登载的《昕夕闲谈》出版广告,及有关论述、评论和版本著录等;(六)利顿与中国,即原作者利顿和其小说、戏剧等在中国的译介、传播及其影响等。书后并附《昕夕闲谈》研究论文目录及相关论著。

另外,附录中还保存了笔者有关蒋其章考释的两篇文章——《第一部翻译小说〈昕夕闲谈〉译事考论》、《〈申报〉第一任主笔蒋其章卒年及其他》,对蒋氏生平、《昕夕闲谈》的译事作了比较详确的考论,希望能起到抛砖引玉的作用,以推进其进一步的深入研究。

邬国义
2014 年夏于华东师范大学闵行寓所

目　　录

前言 ·· 邬国义　i

昕夕闲谈
蠡勺居士

昕夕闲谈小叙 ·· 3
英国小说题词 ·· 4

昕夕闲谈上卷 ··· 5
第 一 节　山桥村排士遇友　　礼拜堂非利成亲 ············ 5
第 二 节　俏佳人心欢联妙偶　　苦教师情极害相思 ·········· 9
第 三 节　一封书感怀旧友　　单思病断送情痴 ············· 12
第 四 节　得家书娘儿絮语　　袭赀产叔侄承祧 ············· 16
第 五 节　老夫妻久别喜相逢　　小弟兄闲谈失和气 ·········· 20
第 六 节　敦友爱慨分家产　　逞豪情怒斥园丁 ············· 23
第 七 节　勇康吉逞豪跃马　　莽非利跳栅亡身 ············· 27
第 八 节　假凄惶弟悲兄死　　真势利主被奴欺 ············· 30
第 九 节　忍心人暗欺孤寡　　小孩儿惯撒娇痴 ············· 34
第 十 节　苦爱格挥泪启兄缄　　孝康吉为亲作书贾 ·········· 37
第十一节　邂逅相逢车中絮语　　饥寒交迫梦里寻欢 ·········· 41
第十二节　问病源爱格怜幼子　　存古道磨敦念外甥 ·········· 45
第十三节　赴客馆夫妻存意见　　会亲人兄妹叙离情 ·········· 49
第十四节　不贤妇忍心凌寡　　苦命人挥泪托孤 ············· 52
第十五节　潜别孤儿指钗系项　　闲邀俊侣金埒嘶春 ·········· 55
第十六节　恤老翁大郎真性露　　请医士爱格病魔缠 ·········· 59

第十七节　笃亲情殷勤问疾　任狠心拒绝借银 ……………………… 63

第十八节　伴惨尸义佣知大体　惊祸事恶叔悔初心 ……………… 67

昕夕闲谈上卷总跋 ……………………………………………………… 73

昕夕闲谈次卷 ………………………………………………………… 75

第　一　节　会葬车世家循旧礼　读遗嘱慈母蓄深心 …………… 75

第　二　节　辞寓主留书陈友谊　别荒坟入夜遇追兵 …………… 78

第　三　节　失路人交臂误机缘　浪荡子有心逞调谑 …………… 81

第　四　节　兄弟奇逢石廊絮泣　舅甥失爱麦粉争端 …………… 86

第　五　节　估彩衣娇娃看货　穿素服鳏客钟情 ………………… 90

第　六　节　两封书难杀老舅舅　一块牌缠住小哥哥 …………… 94

第　七　节　试蹄啮机缘在旧马　识行藏买卖逢故人 …………… 98

第　八　节　鄙夫行经真多险　兄弟恩情分外深 ……………… 102

第　九　节　寻踪迹力疾矢真诚　访行止随机生巧辩 ………… 106

第　十　节　听谗言主宾生嫌隙　酬夙愿兄弟喜相逢 ………… 110

第十一节　假将军村店说风云　亲弟兄穷途遇雷雨 …………… 113

第十二节　见景生情计夺幼弱　因难思义辞感愚顽 …………… 117

第十三节　叔佣言凭三寸舌　弟兄情见两封书 ………………… 120

昕夕闲谈三卷 ……………………………………………………… 125

第　一　节　聚友朋良宵开夜宴　吟诗句雅馆说风情 ………… 125

第　二　节　演戏计成俦侣乐　谈心畅叙倡随情 ……………… 129

第　三　节　诉穷途壮士灰心　留嘉宾侠客仗义 ……………… 132

第　四　节　述家世阴谋能创业　叙生平实话溯从头 ………… 136

第　五　节　赌鬼遇良朋心传秘授　狡童醋淫女腰下受伤 …… 140

第　六　节　莲蕊出污泥幸谐佳偶　昙花苦风雨惨托孤婴 …… 144

第　七　节　现良心伦常动听　见美色豪杰留情 ……………… 148

第　八　节　夜饮忽愁来日事　儿嬉偏惹幼时情 ……………… 152

第　九　节　别尼庵伤心痴女子　合婚宴得意假新郎 ………… 156

第　十　节　乐其乐鸳鸯新舞　苦中苦鸾凤分飞 ……………… 160

第十一节　嗔醉汉娇妻谋别嫁　逢义士小友话分金 ………… 163

第十二节　锁芝店白尼卖旧货　密兰城加的遇新交 ………… 168

第十三节　打牌败兴狭路冤家　挥袂寻仇跛人造化 ⋯⋯⋯⋯⋯⋯ 172

第十四节　进谗言英雄末路　看空囊智士灰心 ⋯⋯⋯⋯⋯⋯⋯⋯ 176

第十五节　很捕头当场夸手段　好兄弟对坐诘根由 ⋯⋯⋯⋯⋯⋯ 179

第十六节　有心人暗中点化　无意事绝处逢生 ⋯⋯⋯⋯⋯⋯⋯⋯ 183

第十七节　逞豪华冷眼看纨袴　好机缘热心遇裙钗 ⋯⋯⋯⋯⋯⋯ 187

第十八节　好阿大立意寻兄　刁白尼瞒心卖友 ⋯⋯⋯⋯⋯⋯⋯⋯ 191

第十九节　新伙计轻身入险地　老朋友饮酒探机关 ⋯⋯⋯⋯⋯⋯ 195

第二十节　闹穴房大逞威风　别寓楼小有口角 ⋯⋯⋯⋯⋯⋯⋯⋯ 199

第二十一节　小英雄同谋逃难　老奸雄拒捕亡身 ⋯⋯⋯⋯⋯⋯⋯ 202

第二十二节　开夜宴愁起未亡人　闻恶声忙呼老家仆 ⋯⋯⋯⋯⋯ 206

第二十三节　很捕役搜亡入邻院　俏佳人救难写安书 ⋯⋯⋯⋯⋯ 208

第二十四节　好兄弟暗地赠多金　美妖娆闲谈订昏约 ⋯⋯⋯⋯⋯ 211

《昕夕闲谈》资料汇辑 ⋯⋯⋯⋯⋯⋯⋯⋯⋯⋯⋯⋯⋯⋯⋯⋯⋯ 215

一、蒋其章生平、科举及家世资料 ⋯⋯⋯⋯⋯⋯⋯⋯⋯⋯⋯⋯⋯ 217

（1）早期书院课艺 ⋯⋯⋯⋯⋯⋯⋯⋯⋯⋯⋯⋯⋯⋯⋯⋯⋯⋯ 217

（2）《清代朱卷集成》和乡会试著录 ⋯⋯⋯⋯⋯⋯⋯⋯⋯⋯⋯ 227

（3）家世谱系 ⋯⋯⋯⋯⋯⋯⋯⋯⋯⋯⋯⋯⋯⋯⋯⋯⋯⋯⋯⋯ 253

二、《申报》时期诗文唱和 ⋯⋯⋯⋯⋯⋯⋯⋯⋯⋯⋯⋯⋯⋯⋯⋯ 275

（1）诗词唱和 ⋯⋯⋯⋯⋯⋯⋯⋯⋯⋯⋯⋯⋯⋯⋯⋯⋯⋯⋯⋯ 275

（2）《申报》刊文 ⋯⋯⋯⋯⋯⋯⋯⋯⋯⋯⋯⋯⋯⋯⋯⋯⋯⋯⋯ 327

（3）《瀛寰琐纪》所刊诗文 ⋯⋯⋯⋯⋯⋯⋯⋯⋯⋯⋯⋯⋯⋯⋯ 335

（4）清人诗文集相关资料 ⋯⋯⋯⋯⋯⋯⋯⋯⋯⋯⋯⋯⋯⋯⋯⋯ 347

（5）蒋氏其他诗词 ⋯⋯⋯⋯⋯⋯⋯⋯⋯⋯⋯⋯⋯⋯⋯⋯⋯⋯⋯ 353

三、甘肃、新疆、山东时期 ⋯⋯⋯⋯⋯⋯⋯⋯⋯⋯⋯⋯⋯⋯⋯⋯ 356

（1）《申报》、《清实录》、地方志等 ⋯⋯⋯⋯⋯⋯⋯⋯⋯⋯⋯ 356

（2）清人诗文集资料 ⋯⋯⋯⋯⋯⋯⋯⋯⋯⋯⋯⋯⋯⋯⋯⋯⋯⋯ 361

（3）日记及其他资料 ⋯⋯⋯⋯⋯⋯⋯⋯⋯⋯⋯⋯⋯⋯⋯⋯⋯⋯ 374

四、《申报》早期与美查资料 ⋯⋯⋯⋯⋯⋯⋯⋯⋯⋯⋯⋯⋯⋯⋯ 385

（1）《申报》与美查资料 ⋯⋯⋯⋯⋯⋯⋯⋯⋯⋯⋯⋯⋯⋯⋯⋯ 385

（2）《申报》与《文苑菁华》 ⋯⋯⋯⋯⋯⋯⋯⋯⋯⋯⋯⋯⋯⋯⋯ 401

五、《瀛寰琐纪》与《昕夕闲谈》出版 412
　　（1）《瀛寰琐纪》及刊登目录 412
　　（2）《昕夕闲谈》广告及版本著录 427
　　（3）相关论述及评论 438
六、利顿与中国 442
七、研究论文及论著目录 502
　　（1）研究论文目录及相关论著 502
　　（2）西文书目著录 505

附录 507
第一部翻译小说《昕夕闲谈》译事考论 .... 邹国义　509
《申报》第一任主笔蒋其章卒年及其他 .... 邹国义　556

昕 夕 闲 谈

蠡勺居士

昕夕闲谈小叙

　　小说之起，由来久矣。《虞初》九百，杂说之权舆；《唐代丛书》，琐记之滥觞。降及元明，聿有平话。无稽之语，演之以神奇；浅近之言，出之以情理。于是人竞乐闻，趋之若鹜焉。推原其意，本以取快人之耳目而已，本以存昔日之遗闻琐事，以附于稗官野史，使避世者亦可考见世事而已。

　　予则谓小说者，当以怡神悦魄为主，使人之碌碌此世者，咸弃其焦思繁虑，而暂迁其心于恬适之境者也。又令人之闻义侠之风，则激其慷慨之气；闻忧愁之事，则动其凄宛之情。闻恶则深恶，闻善则深善。斯则又古人启发良心、惩创逸志之微旨，且又为明于庶物、察于人伦之大助也。

　　且夫圣经贤传，诸子百家之书，国史古鉴之纪载，其为训于后世，固深切著明矣。而中材则闻之而辄思卧，或并不欲闻。无他，其文笔简当，无繁缛之观也；其词意严重，无谈谑之趣也。若夫小说，则妆点雕饰，遂成奇观；嘻笑怒骂，无非至文。使人注目视之，倾耳听之，而不觉其津津甚有味，孳孳然而不厌也。则其感人也必易，而其入人也必深矣。谁谓小说为小道哉！

　　虽然，执笔者于此，则不可视为笔墨烟云，可以惟吾所欲言也。邪正之辨不可混，善恶之鉴不可淆。使徒作风花雪月之词，记儿女缠绵之事，则未免近于导淫，其蔽一也。使徒作豪侠失路之谈，纪山林行劫之事，则未免近于诲盗，其蔽二也。使徒写奸邪倾轧之心，为机械变诈之事，则未免近于纵奸，其蔽三也。使徒记干戈满地之事，逞将帅用武之谋，则未免近于好乱，其蔽四也。去此四蔽，而小说乃可传矣。

　　今西国名士撰成此书，务使富者不得沽名，善者不必钓誉，真君子神彩如生，伪君子神情毕露，此则所谓铸鼎像物者也，此则所谓照渚然犀者也。因逐节翻译之，成为华字小说，书名《昕夕闲谈》，陆续附刊。其所以广中土之见闻，所以记欧洲之风俗者，犹其浅焉者也。诸君子之阅是书者，尚勿等诸寻常之平话，无益之小说也可。

　　壬申腊月八日，蠡勺居士偶笔于海上寓斋之小吉罗庵。

英国小说题词

此是欧洲绝妙词，描摹情态出须眉。
谁知海外惊奇客，即是长安游侠儿。

穷乡安砚复何求，渔猎从他貉一邱。
不信此心如止水，无端也便逐东流。

并肩游处两无猜，谁识檀奴计早排。
从此香车油壁路，花风齐送玉人来。

登山临水每相从，并辔驰驱广陌中。
一自两心联一气，飞花宛尔逐春风。

礼拜堂中倩影扶，双双贴地锦氍毹。
教师忙煞成嘉礼，好补当年嫁娶图。

封爵分符是世家，结姻两族始无差。
如何不把门楣配，但爱佳人貌似花。

鲦鱼苦况有谁怜，美眷如花况眼前。
羡煞良朋得佳偶，众香国里小游仙。

碧玉原来出小家，桶裙曳地面笼纱。
何当领取殷勤意，有女居然赋并车。

阿父防闲意太严，闭门深锁玉钩帘。
萧郎独恨无缘甚，从此羞歌《昔昔盐》。

归来病况现维摩，拥榻支离奈若何？
药店飞龙惊出骨，痴心终算苦心多。

4

昕夕闲谈上卷

第一节　山桥村排士遇友　礼拜堂非利成亲

英国波罗省〔1〕有一小乡落,地名山桥镇〔2〕。此镇深坐万山之中,径路曲折,峰峦环抱,泉清土厚,居民稠密,果然是一个好去处哩。但是一层,地方虽好,山水虽妙,尚非极为著名之处,又不在通衢大路之旁,故四时来游的人绝少。或有画友词人,携笔墨以至,或有文人学士,担酒榼以从。其追踪于牧童樵竖的,则一岁之间,不过数十人而已。以是这个去处极为幽静,罕闻外事,古人所谓桃花源别有天地者,庶几近之。

且说山桥乡内住一教士,名为排士〔3〕,年约三旬,闲居无事。此人虽衣教门的衣服,他于教事却不十分经心。盖其幼年的时候,父母曾送他进大学院〔4〕内读书,及冠而父母去世,坐得遗产万余金,排士遂入世务,游玩宴乐之事,歌舞征逐之场,无不宾至如归,乐而忘返。万余金遗产禁得起他几年花消,早已精光的了。所可惜者,金未尽之时,结友颇多,及至金既用尽,而同游玩宴乐、相歌舞征逐的人,都走得远远的,一个影儿也没有了。古人说得好:"有钱有友,无钱无友。"又有诗说得好:"世人结交须黄金,黄金不多交不深。"何况排士今朝囊空如洗,怨不得这班朋友都要早早远离,深怕将来受累着哩。只苦的是排士一向是高堂大厦,饱食暖衣,出有马车,进有侍者,弄到今朝,竟渐渐的难以糊口了。幸而得了这山桥教师之任,俸谷虽不丰厚,将就可以过得活。排士既接此任,遂安心乐意的度日了。夜间鳏衾一梦,不免寂寞荒凉。晴日早起,则游观山水之美,或渔或猎,权为消遣。有一层最没趣的,这乡中子弟皆少文秀,又没得富户好捐赀购书的。

---

〔1〕　波罗省,原文为 Welsh counties,即英国威尔士郡,位于大不列颠及北爱尔兰联合王国的西南部,首府卡地夫(Cardiff)。

〔2〕　山桥镇,为译者虚拟的地名。原文作 a small village called A—,即称为 A 的小村落。

〔3〕　排士,原文为 Caleb Price,今通译为凯莱布·普赖斯。

〔4〕　大学院,原文为 University of Cambridge,即剑桥大学。

排士心中气闷，遇有游人到乡寄寓客舍的，他必向前相见，探问世事。或讨阅携来朝报，兼且为各人导引游兴，欲渔的引他到水清鱼聚之处，欲画的引他到山奇谷幽之处。游人皆乐与他为友，酒食供给，无不尽欢而散，都不要排士花消一文的。

　　这一日正是十月初旬，排士饭后无事，在小室内制一鱼钩。忽来一小童扣门喊道："客店内新到一客，急欲相见。"排士答应着，一面即弃手中鱼钩，拾帽奔往。且说店中这日新到一客，衣冠整齐，容貌光彩，自言访友而来，解鞍投店，一面即差人往请排士。看官，你道这客人是谁？原来是英国京都人氏，姓坡名非利〔1〕，本是一个世家子弟。父亲养下两个儿子，非利当长，堂上早故，家计亦遂萧条的了。只有他的伯叔一房广有财产，年老无子，他兄弟二人常有觊觎嫉妒的心，而他这伯叔脾气又极古怪，所以这事权且不提。

　　却说这非利与排士自小至交好友，此番远来相访，必有要话。乃自入房坐定后，旋复绕屋疾走。正在踱来踱去的时候，排士已到，进入房内。客闻脚步声，即转脸一看，见是排士，即伸手紧握其手，又细细看排士的衣履，笑曰："吾老友何一寒至是，吾几不能认识了。"排士（徒）〔陡〕见其友，喜不自胜，急呼曰："吾友有何贵干，而远劳大驾来此僻壤呢？愿即赐教。"客笑曰："正因地僻，故特意前来。君且请坐，容再细谈。惟须先喊酒来，以助谈兴。"排士拍掌曰："吾两人今复酒叙，情景尚不减幼时，吾近来之患难劳苦，亦可暂忘咧。"酒过数巡，客乃低声告道："爱友，吾有秘事，求为代劳。然言出于余口，入于君耳，幸秘之，无偾乃事。"排士曰："我的密友只君一人，能成君事，亦我一生的福哩。但不晓得是什么大事，望先告我。"客曰："我此来非他，为一段巧因缘耳。"言毕，哈哈大笑。排士闻言，忽变色壮貌对曰："成婚系人生大事，父母有命，亲友相贺，君独来这村僻去处，欲办这事，我倒不解了。"客曰："所言是，是。"又斟酒一杯饮干，兼赞"好酒，好酒"，遂移席促膝，密告道："吾家伯叔一房，赀产巨大，尔系晓得的。其业本传把我，我今所虑的是，倘有不合他意的事体，势必另传我弟哩。伯叔的为人，严厉高傲，家世门第之见甚重，倘我要娶生意人的女子，即算极不堪的事了，必失他的欢心。依我的眼睛，天下竟只有这一个女子，可惜他养在生意人家，如今我意已决定要娶了他。惟这事须秘密，不可吹入吾叔、吾弟耳朵里去，

〔1〕　姓坡名非利，原文为 Philip Beaufort，今通译菲利普·波弗特。

以做得他赀产的大机会嚱。"

排士沉吟一会道："佳女之亲人，谅必得知底细。"客曰："否否，女将不能离家，必不给他得知，等叔过世后，方可明言。或将来看有机会，看他光景，倘或因这女子贤美，可回吾叔的心，那时再告知。此刻只尔一人晓得嚱。我在此地，土人都不认识，将来借礼拜堂公行婚礼，求尔隐过我的姓名，怕事露则我败哩。"排士复沉吟一会，乃道："依我愚见，老兄这事实系冒险，如可停止，宁不行啊。"客曰："承兄美意相劝，无奈事已早定咧。我来奉求的是成婚之礼，要兄代行哩。且依例要设主婚、笔据两人，我的从人好算一个，另缺一个，托兄代觅一本乡的愚人。从人于成礼后，可赏给银两，令往远域，乡愚更易处置咧。"排士点首微叹曰："老兄的计策诚妙，即为弟的代劳，亦不敢辞。惟恐这事……"客不待排士言毕，即插嘴曰："事已计定，不必再谈咧。敢问老兄之行止何如嚱？"排士乃长叹一声，历叙家计的潦落，友朋的寂寞，不觉涕下。客重新暖酒相劝，慰藉之令无忧。"这事成后，我总当图报咧。"这一日就谈至夜分。看官，你想这两人是垂髫之交，相别十年，相叙一夕，那有不十分欢畅的吗？次日早晨，重又提起商议的事，再三叮嘱，订期而别。

一直无话。过有一个多月，吉期已到，非利就携这女子到山桥小礼拜堂内成亲，乡人亦罕有得知的。看官，你道这女子怎样来的？原来是外国规矩比中土不同。人家养了女子，你倘或看得好，就可与他家结交，时常来往。有名胜地方，可以同往游玩，有佳妙酒楼，可以同往饮宴。他家主亦晓得你的心了，只要门当户对，即可联姻的。但是一层好处，随你同车并辔，履舄相错，这苟且暧昧等事，是断断没有的。所以家主无用防范着，可以游行自在的。却说这女子名爱格[1]，父亲贸易设铺。这女子虽不生在世家大族，却也奇怪，情性聪明，姿质艳丽，竟是个天生的尤物。非利与他比邻而居，从小见面便有爱慕的意思，因此时常往来，两无猜忌。他父亲亦看出情形了，不过门第不能相当，深虑好事难就。这一日非利备好马车，又来约爱格到海滨观看奇景，订约数日方回。爱格遂辞别了父母，同非利上车。不意车行迅疾，路径皆非素识。爱格怀疑，在车中细问，非利遂将计议到山桥成亲的事，一一说知。爱格见事已如此，无可奈何了，登时泪眼愁眉，勉

---

[1] 爱格，原文为 Kate，今通译凯特，Catherine 的昵称，即凯瑟琳·莫顿（Catherine Morton）。

强成礼。既成亲之后,这马车一辆就驰到排士门口。车夫一跳下车,手启车门,非利即出掖美女于怀抱中,耸身降舆,嘻嘻然植立于旁,置美女于地,令并肩立。女默怨泪下,只叹气一声。至送达内室,女复深叹,泣曰:"我心如裂,实难忍耐咧。"

看官,请想这寸心如裂的两句话,是什么缘故呢?盖女子虽深爱丈夫,亦悔离家太远,且不顺父母的意思哩。看官,你道这女子几多年纪,仅十六春咧,那有不悲的呢?况且出门的时候,父母不知详细,又只道是私奔,或者疑心骗作小星,则将来势必断绝往来,不能复报罔极的恩了。大凡西国规矩,凡做妾的人,父母贱恶,不通往来。爱格以其家世本微,深怕父母怀这意见,故格外的悲伤哩。非利道:"我最喜欢的事已成,尚何悲伤,致伤我意呢?"女哽咽曰:"事虽如此,然违背双亲,则如之何?吾罪大哩。"非利曰:"吾叔父春秋高,我总等机会看光景,可以进言的时候,我就将成婚之事禀明。到这时候,吾爱妻名尊家富,各亲属无不惊喜欢羡,倒不好吗?隐秘数月,以成后日之福,何必多虑呢?如今倘泄这事,则我依旧不能大富,则将来生出孩子亦无产业,你难道不虑及,专顾眼前吗?且父母虽远离,有我在此疼爱珍惜,你何必再思家吗?"女垂头而听,忽仰首一顾,愁云已散,面堆笑容,缓缓而言曰:"郎今宠妾,实为深厚,妾惟以郎之有益为念。得郎恩爱,可为万分的福气,可散万千的忧愁,妾誓不复怀怨意哩。"非利拥女于怀,抚摩香肌,亲揾檀口,叹道:"这是我终身的爱玉宝珠哩。"

话休絮烦,却说非利既安慰了这女子一番,即起身出外,握排士之手道:"这事不怕老兄之宣播于外,惟所举作据的本地人,能保他不泄言吗?"排士闻说,把双眉紧皱,鼻子内嗤了一声道:"这倒难说了。"后事如何,且看下回续谈。

小吉罗庵主评曰:此一回书乃全部之纲领,全书之关键。譬如树之有根,水之有源,房屋之有主人也。书中以非利为主,排士一边特借作影子耳。而乃开篇先叙此一边,并先叙山桥之景色荒凉,风俗纯厚,大有无怀、葛天之风,所以为借礼拜堂成亲之张本也。笔虽写此一边,而心光眼光早已注在那一边矣。项庄舞剑,志在沛公,此龙门神技也。

又曰:礼拜堂成亲一事,若用明叙,则必曰教师如何安排,从人、乡人如何作据,岂非笨伯乎?书中妙在以一语揭过,尚叙成亲之后如何温存,如何安慰,而非利之处心积虑以图此女者,皆可不用明序矣。此聪明之笔,古人所谓"虚者实之,实者虚之"之法也。作者其得力于芥子园之各种才子书耶?

第二节　俏佳人心欢联妙偶　苦教师情极害相思

非利听了这话,正在发怔,只见排士笑嘻嘻的道:"你想知这事而不喧扬,这是不能殼的。但这人愚而且聋,这却可保,且再过数日,他必忘记的干干净净哩。"语次,遂道及佳人曰:"今既见玉面,无怪老兄的冒险犯礼,出此下策呢。这正是莫大的艳福哩。"因又自叹其孤苦伶仃,每当天寒夜静时,衾冷于冰,灯孤如豆,竟无伴侣,以解岑寂,不觉潸然泪下。看官,你道外国教师,同我们僧人一样的吗?却倒不然,仍旧是娶妻生子的。此刻非利闻言,遂道:"吾兄所见的,不过容貌的美丽,态度的娇艳,还不知他心思贤淑,见识高明,我见过无数女子,竟没一个跟得他上的。这事竟承大力作成,我岂有不知图报的呢?家伯处有一大教堂,这教师年已老迈,不久谢世,我乃保任老兄。这一席俸禄颇丰,客囊可以宽裕,我再为兄选访一玉人,以谐琴瑟,未必没有奇遇同我今日的事哩。"排士叹道:"极承老兄美意,但不知福薄运蹇的人,果能消受得起吗?"非利又劝慰一番,遂令套车,即要起程回去了。

忽从人向前道:"奴有一句话要禀主人。"看官,你道这从人要禀何事?原来此人就是他成亲的时候作凭的,此番将要起程,所以他特意来说这话,明是想主人买嘱他的意思了。非利遂道:"你有什么事?"从人道:"在家起程的前一日,大太爷遣人来召小的,小的向伊佣人诘问为什么召我,他对说因什么事怀疑,并有大怒的形状。"非利问道:"你可去吗?"从人急应道:"小的不敢去,深怕露出这事的马脚哩。"非利点着头想道,这人不可带他家去,须即遣令离国,一则好杜绝风声,二则亦可免他挟制,多生枝节。当时主意已定,遂伸前议,偿给银千余两,嘱令趁船赴博密城[1]安居乐业。从人喜诺,领赏称谢,自往趁船不提。

却说非利夫妻临去,车已套好,排士送至门口,时天色晴霁,不见片云,万物皆熙熙然,含有快乐意。非利与新人携手登车,方才的万种愁烦,早已飞入九霄云外了。看官,你想十六春的女子,正是芳心欲动的时候,被非利

---

〔1〕　博密城,原文为 Australia,即澳大利亚、澳洲。

甜言蜜语,极力温存,不觉变愁为喜,改闷成欢。然他的生平,从未遭过这种境象,不觉桃花脸上,又泛出一种娇羞怯怯的颜色,不由人不销魂。非利则脸上另有一股慷慨爽朗气象,均各笑逐颜开,在车上将身坐定,遂朝着排士举手一挥道:"老兄,别过了。"马夫即扬起丝鞭,喳的一声,辕下马登时竖起了两耳,卷起了四蹄,逐电追风的去了。

排士送客归来,闭门独坐,依旧是凄凉景况,影只形单。大凡一个人,不见可欲则心不动,譬如隐逸的人,藏匿山林,不知世事,这心已混混沌沌了。忽遇一个城市中人,告诉他世上如何繁华,人事如何新巧,则心内不免有几分活络。又设或一旦走入城市,耳闻目见,尽是繁华,虽则他一向是静惯的,试问他的寂静,可是甘心情愿的吗?且既闻世人有争名夺利、矜奇斗巧各样事体,便觉得我心如朽木死灰,竟是废物了。转而计之,人生世上,一人必有一人的福份,循天命,尽人力,偏偏令我僻居受困,岂不是枉生世上了吗?排士此刻心中七上八下,正是这个讲究。因为他久居山僻,这心已如铁器的满满起锈了,忽来一血气出众、心力过人的,不觉为他感动,譬如铁锈忽然磨光,可以成器适用。这一夜排士孤坐灯下,就没有睡得,只自叹他的命薄。同是一个人,非利就如此有福吗?这样看来,我就是一颗菜,非利就是一茎仙草哩。复又细细摹想这佳人的眉目身段,又想到非利赞他的话,竟是世间无两的了。又想到自己年纪壮盛,正宜得一佳偶及时行乐,又偏偏的境遇屯塞,不要说不遇佳人,即使佳人在我面前,亦无法可得呢。由是排士心中忽而火热,忽而冰冷,不知要什么样才好哩。

且说山桥的人,看见排士渐渐比前不同,衣冠亦复整洁了,左近的富家农户,亦多有与他来往的。且说离山桥数里有一股户人家,养下两个女孩儿,长女美吉已经长成,颇有姿色,这一日在外游玩,忽为排士看见,这也是前生孽缘,一见之后,就丢不下,每以游山访友为名,常至这家中小憩,遂与他家主叙谈投契,渐至无日不往。奇在这女子亦似钟情的一般,屏角帘前,眉来眼去,亦复不止一日了。排士意思想要娶他过来,无奈实在没力量,且图每日一面,落得个眼饱肚中饥,也算煞煞水气。可恨这家主见排士十分有意,他亦想就此结为朱、陈,成其美事,就暗暗的打听排士的底细,有甚家计,有甚出息。不想排士竟是个败子出身,目下俸禄又薄,养自己一口还怕养不活,禁得再养家吗?他暗暗的打听了这个信息,就把这事圈起,又怕他常来胡缠,遂率性下个毒手,从今以后,女儿闭门自守,排士闭门不纳。这也是家主正经办法。不想排士竟情丝缠缚，意马奔驰，日日往候门前，不得女子一面，并家主亦不出来招接，竟自显然拒绝，毫无指望的了。又禁得起旁人冷语尖锋，自觉无趣，每每垂头丧气，回转教堂。登时心如枯井，世如黑狱，又恨又急，又愁又闷，又想又恋，万种情怀，都变作一腔心事。古人有两句诗说得好："春蚕到死丝方尽，蜡炬成灰泪始干。"排士此时真是说不出的苦，又是说不尽的苦哩。乡人每见排士快乐自如，这番皆问说教师为什么忧闷呢？平时凡有送信的来，排士必问京都消息，这番皆疑心教师为什么不问呢？渐渐的衣履亦不自收拾，不整洁了，渐渐行路亦懒懒的，脚下千斤了。忽然数日杳不见面，则已抑郁成疾，困卧在床了。

光阴似箭，日月如梭，由非利成亲的时候算起，荏苒又是两年了。且说这日正是春天二月，寒食节气，日冷风尖，景色惨淡。这排士已是病久的人，奄奄一息，厌闻世事。且说排士自得病之后，居于私宅，不能赴礼拜堂了。家中只有一个十一二岁的小婢女，伏伺药饵、饮食等类，你想能周全不能周全呢？况且排士这病是七情所感，六欲所伤，随你有仙丹灵药，也只同吃水一般，毫无应验，看看倒愈加重了。兼且这排士饮食无味，粒米俱不沾唇。日间呢尚有教友一人来榻前问候，劝解一番，排士只有叹口气，没话答应的。一到夜间，只剩了这小婢女相陪，真是凄凉万状。想到这女子的模样标致，不觉羡慕赞叹一番。又想到他待我似有种种情义，我若不病，还可以图个出头日子，再去娶他。不想我如今身体这等狼狈，看看倒有十二分不中用的了，这倒是我负了他哩。想到此间，不觉的泪如雨下。又想到非利这个人，本系与我是至交好友，况且他这段美满姻缘，都是我成就他的，他总不该负我，为什么这一向竟信息不通呢，莫非他忘记了我吗？又转一念道，我若能苟延残喘，得见我友一面，诉诉我的苦情再死，也是瞑目，只怕不能彀了。想到此间，又哽哽咽咽的起来了。又想这女子的家主，竟至这样势利，怕我养不活他的女儿，用这狠心，下这毒手，实在太过分些。细想起来，你不把女儿嫁我，也便罢了，何必这样防闲，这等拒绝，连面都没得再见一见，真真的可恨极了。想到此间，又不免咬牙切齿，捣枕捶床了一番。大约排士的心中，每夜必作这种种想，忽而悲伤，忽而愁急，忽而气恼，弄到如今，竟是心肾俱绝的症候了。这一夜正辗转叹泣，闹了一夜，盼到次日早起，有教友允吉前来问病，方才进入房中坐下，忽听得门口又乱摇着叫钟，其声甚急。不知来的是谁，下回再行续述。

小吉罗庵主评曰：非利拥美而回，若在庸手，必接叙其如何归家，如何安顿，文笔岂不直致令人一览无余乎！此却于说到开发从人、作别排士之后，顿然截断，此在古文家所谓"把关手段"也。看此书者，必急欲问其如何归家，如何安顿，偏被他一口咽住，再也不肯吐出，真真好看煞人。

又曰：非利既得意中人而回，闺房燕乐，事甚画眉，使用正笔写之，即极力张皇，亦不过与寻常小说相等。此却从排士想求佳偶而不可得一面反托出来，甚而至于成疾，甚而至于卧床，说此一边愈苦楚愈凄凉，则那一边愈美满愈快乐矣。此画手"烘云托月"之法也。看此书者，勿当作真而为排士下泪也。

第三节　一封书感怀旧友　单思病断送情痴

小婢听见乱摇叫钟，忙忙的启门看视，见一人短衣结束，身背包裹，站在门前喘气不休，像是远路赶来的光景。这人见了小婢，便躬身问道："姑娘，这里可是排士教师家吗？"小婢道："这里正是，你是何处来的，问教师何事呢？"这人道："我系家主非利遣来投书的，敢问排士教师可在家吗？"小婢呶呶嘴道："在哩，但是病重得狠[1]，已是不中用的了。此刻正是盼望贵主人消息，在那里哭的泪人儿似的嘘。"那人闻言，遂就地将包裹打开，取出书来，交与小婢。小婢将那人让在厅上坐了，将信接了，进去送与排士。此时排士正在与教友攀谈，气喘吁吁，声低缓缓，一句话到像要分做三句说的光景，把从前抵掌而言的豪兴，都不知收拾到那里去了。见有信来，连忙扶着枕头，将信展开。他是病久了的人，眼力已昏，看了半晌，看不下去。教友见这光景，便叫小婢将窗帏掀开，自己坐在床边，扶着排士，方才慢慢的将信看毕。信云：

山桥重叙，快挹兰芬，诸荷关垂，感铭肺腑。迩谂鳣堂日丽，马帐风清，引领吟坛，倾心重祝。弟自谐花烛，挈眷还归，株守家园，诸称安适。内子情性如恒，一切尚能内助，今岁得举一子，颇觉秀颖逾常，泄泄融融，洵是人生乐境。然清夜追维所自，饮水当念来源，非阁下之周匝成全，安得偿如所愿？临风顿首，向日倾忱，惟弟之亲事一层，戚友未经深悉，家叔前亦以别

---

[1]　狠同"很"，以下同。

作名姓,是以深信不疑。弟姻事之去迹来踪,尊处册(挡)〔档〕内一一备载,敢求即为抄录封固,惠付来人。阁下传教山桥,人为周昉画肥,实则少陵诗瘦。现已代谋一席,禄俸颇多。此地山水清幽,楼台渲染,得具雅人风度者,流连往复于其间,地以人传,人以地胜矣。而且兽蹄鸟迹,丛杂深山,绝好围场,快君驰骋。务即安排行李,不日束装,抒南浦之离情,话西窗之乐事。临书盼望,不尽欲言。

排士将信看毕,叹了一口气道:"迟了。"只说了这一句,便倒身睡下,默默将语。半晌,又低声唤小婢道:"将窗帷放下来嘘。"小婢听言,连忙放了窗帷。排士遂转身向里,复将非利的信取在手中,反复观看。忽然泪流满面,不胜悲戚,忽然笑逐颜开,若有所得。一时间忽悲忽喜,教友及小婢在旁不解其意,都看得呆了。看官,你道排士此刻啼笑无端,是什么意思呢?大凡人病久了,触起从前的事,一桩一桩,可喜的心中一慰,可悲的心中愈加凄凉,这是一定的道理。排士心里想道,我与非利一别两年了,自他去后,连一封信都没有得他的。今日我在病中,忽接此书,知他尚惓惓不忘老友,这是可喜的了。但是我病到这个光景,他远在一方,不能知道,尚不知将来能再有一面之缘否? 这又是可悲的了。又想书中所云,家有贤妻,且已抱子,故人有此佳境,如何不为一乐。转思自己孤单一身,无依无靠,这病亦因求亲而得。想起他成亲的时候,是我一力为他,如今他好了,而我病成这个模样,不知我那心上人可曾晓得么? 又为一悲。又想他尚能念我穷途,为我谋一佳馆,并知我好打猎,计及此处鸟兽众多,可谓周到之至。可怜我病入膏肓,这个去处虽好,是不能去的了,辜负了老友的一番盛心。于是又为一喜一悲。如此想来想去,便觉心里头格外不受用起来,将信放在枕头旁边,沉沉睡去。

教友见他睡着,忙叫小婢替他盖上被窝,自己轻轻的坐在床沿陪他。约有两个时辰,只听排士"啊哟"一声,翻身过来,小婢连忙捧过茶去,排士呷了一口,摇摇头不要了。教友问道:"此刻可较前清爽些呢?"排士微微点头,也不答应,只呆呆的想,忽自言自语道:"我恍忽记得我友有一事托我,为何事呢?"忽又道:"有了,有了。"便向教友道:"教堂中册上有注'死婚'二字一册,敢烦老兄代我觅来呢。"原来教门中规矩,人死后须请教师念经,就如大教中僧道诵经一样,成婚时亦须教师为之主持,都有册籍载明的。排士所要之册,即当年非利结亲之事。教友闻言,即向教堂中各处遍觅,杳

13

无踪迹。又往排士书房中去寻。排士病了多时，久不到书房来了，教友走进去一看，只见图书满壁，蛛网尘封，不觉十分叹息。遂向旧书丛中寻觅，此册适在其内，取将出来，走入房中交与排士看了，点头说："是呀。"接在手中翻阅半晌，命小婢取过文房四宝，自己挣起身子，伏著枕头，执著笔，翻开册子，照著便写。谁想病久了的人，这只手不由他说话，只是索索发抖，一个字也写不成。排士不觉长叹一声道："不中用的了。"遂请教友过来道："请老兄代我一抄罢。"便将册子递与教友，教友接了，自坐一旁抄写。抄毕，排士道："我还要复一信与我老友呢，一并烦老兄代写了罢。"教友闻言，提笔就写，不多时便已写就，递与排士阅过，只见上面写道：

正曳心旌，忽承手翰。荷藻芬之逾格，辱珠记之非常。并以景况难堪，代谋优席。园林幽雅，田猎奔驰，既足夷犹，亦可消遣。阁下之为我计者，亦复至周至渥。弟自君别后，二竖为灾，初染风寒，继成痨瘵，缠绵床榻，几及经年。即有教友周旋，小婢伏役，而伤心彼美，举目形单。如阁下之坐拥娇妻，诞生贵子，家庭团聚，乐不可支者，则天末故人，相去何止天壤。嘱抄之件，录就奉呈，检入为荷。阁下为我所谋，无微不至，特病成痼疾，势不可为。生前有负隆情，死后亦怀雅谊。恹恹一息，与世将辞矣。嗟乎，廿载深交，一朝分手，幽冥相隔，言笑难通。君如不忘故人，盍于寒食、清明，麦饭一盂，纸钱一陌，祭我于荒田蔓草间乎！临书握管，字不成行，故请教友代书。计维信达签曹，我已魂归泉路。如斯良友，乃竟无把臂时耶？事与心违，泪随言下，珍重珍重，毋以我为念。

排士看毕，点头道好，尚要亲笔添上几句话，无奈不由他自己作主，掷笔于地，仍复倒身卧下。未半刻，忽又挣着要起来，教友连忙扶住，只见排士喘做一团，轻轻的说道："拿信来，拿信来。"小婢只当他要方才教友代写的信，忙递上去，排士一看，摇头道："不是，不是。要非利寄来的信。"小婢听了，连忙递与排士手里。排士拿着信，身子又朝前乱挣，时天已昏黑，掌上灯了。教友见这光景，问其何为，排士喘了半日，挣出一句话来道："灯。"教友不知其意，将灯移近了些。排士将信向灯一燃，那纸见火，岂有不著之理，便烈焰腾腾的，霎时间烧了个干净。看官，你道排士烧这信是何意见呢？他心里说，非利成亲事只有我一人知道，我死后留著此信，传与外人看见，岂不大与非利有碍，岂非我辜负老友吗？这都是古道人存心，到了临死的时候，尚且拳拳如此，岂是可以多得的呢。排士烧信之后，两眼呆呆望着灯，叹口气道："常言说得好：'人身如灯命如油。'人病已深，便如灯油将尽，油一干灯即灭，命一尽人即死。今此灯光华照耀，正是油足的时候，我病到这种光景，看看是不如这灯的了呢。"说到这里，不觉扑簌簌的流下泪来，又叹了一口气，转身向壁睡去了。这夜教友见光景不好，也不回去了，就在排士榻旁和衣而卧。小婢到外面，打发寄信的人，吃了饭安置睡下，自去安歇不提。

次日教友一早醒来，唤起小婢烧好了汤，看看排士已是不能言语的了，瞪着眼，张着口，出气多，入气少，问他心下如何，只剩了摇摇头，像是自己知道要死了的意思。教友看了，好不伤心，小婢竟自哭了。延至十二点钟时，只听见排士喉中响了一声，两眼往上一翻，登时三魂渺渺，七魄悠悠，呜呼哀哉，尚飨去了。山桥村人听说教师死了，大家都来帮忙，殓葬一切，登时办理妥贴。教友又将复非利的信面上，添了一句道："排士已于某时去世。"交与来人，打发他覆命去了不提。

且说排士死后，山桥村教师出了缺，因俸禄太薄，无人肯接手管理，捱延了三个月，尚无人来，不得已暂托本村一寡妇，安居教堂中管理一切。寡妇有两个儿子，甚为顽皮，每日在教堂中，将排士从前所立的册档，所遗的书籍，胡乱翻阅，糟蹋狼藉。可怜排士一生心血，被几个无知童子不知爱惜，竟自渐渐的散失了。三个月后，来了新教师，寡妇仍旧搬了出去。新教师查阅册档、书籍，都已不见大半，问之寡妇，寡妇答道不知。新教师亦不甚在意，胡乱买了两部书，将就了事。这山桥村人见这光景，便想起当日排士教师在日，教堂里何等整齐严肃，不觉大家叹息一回，这也不在话下。

却说非利自从山桥娶妻后，自己在一僻静乡下庄上起了一所房子，一个花园，日拥娇妻，十分快乐。光阴荏苒，已是两年，这年生了一个儿子，愈加快活。这日正在厅前与浑家闲话，忽见一人喘吁吁的走将进来。未知来的是谁，且俟下回续谈。

小吉罗庵主评曰：此一回叙排士病中情形，十分凄苦，正反照非利这边团圆之乐与游适之趣也。倒从排士心中一苦一乐，一悲一喜，说得十分酣足。此所谓独茧抽丝，双鉴取影，文心之妙，有似"石出倒听枫叶下，橹摇背指菊花开"，真属灵妙绝伦。

又曰：两人书札，一婉曲，一凄楚，说交情真说得出，而且抄原册、烧来书，说得如此周到，令人想见友谊之重，非曰能共忧患不能共安乐也。

又曰：前回于排士接任山桥教师时，并不十分叙其如何整顿，如何规模，只须于既死之后、新教师来后，叙其诸事废弛，则排士当日之整肃可想矣。且从山桥土人眼中看出，淡淡数笔，精神已足，文家实不如虚，于此亦可悟矣。

第四节　得家书娘儿絮语　袭赏产叔侄承桃

非利正在厅前与浑家爱格闲话，忽见一人走将进来，定睛一看，原来是寄书的人回来了。只见那人见了非利，连忙摘下帽子，站在一旁。非利问道："你可曾见排士教师吗？"那人道："不曾呢，小的去时，排士教师已病得利害。小的住了一夜，次日十二点钟刚要收拾起身，排士教师已是死了。今有一信，请爷亲看。"说毕，从袋中将信拿出呈上。非利不听此言便罢，一听此言，不觉口呆目瞪，半晌说不出话来。拆开信一看，不觉放声大哭道："我负老友了。"爱格闻言，亦甚是凄惶。他两人想起从前在山桥村成亲时，排士百般照应的光景，今日如何不悲呢？当下打发寄书人去下面歇息，自己与浑家坐下，说起排士来，又大家叹息了一番不提。

自此以后，非利不在家中与爱格盘桓，便往伦敦京城他叔父那边。过了几年，又生了一个儿子，夫妻两口十分疼爱。光阴荏苒，不知不觉，他大的儿子已是十五岁了，取名康吉[1]，第二个儿子，也有九岁。非利此时在伦敦的时候多，回家的时候少，两个儿子久不见他父亲，甚是惦念。一日他母亲爱格在房里闲坐，只见康吉缓步进来，见过了母亲，命坐一傍。康吉问道："父亲往伦敦去已久了，不知为著何事，尚不见回来呢？"他母亲道："伦敦的事情多着呢，你父亲在那里忙得什么似的，那里有空儿回家？但是此番离家已久，回来总快了。再候十来天，便可望到呢。"康吉听了，笑嘻嘻道："我而今读了这几年书，学问大有进益了，父亲回来看见，必要大欢喜哩。母亲，你可欢喜不欢喜？"他母亲听说，鼻子嗤了一声道："你这顽皮，只好自己夸自己罢。我且问你，你到底什么学问进益呢？若说是罗马话[2]，那却未必。我记得自你赖着我辞了那先生时，以后从不见你拿起罗马书一看，还要在我面前假充吗？这可是充不去的呢。"康吉道："从前的先生，他

---

〔1〕　康吉，原文为 Philip Morton，今通译菲利普·莫顿。后又作 Philip Beaufort，即小菲利普·波弗特。

〔2〕　罗马话，原文为 Latin，即拉丁语。

也不会说罗马话,母亲你是知道的。像他那样先生,把我拘束得十分紧,我实是受不得了。母亲,你还说不该辞他吗?"他母亲道:"儿呵,你莫忒狂妄过分些,我看你这个人,只怕一辈子也不及你先生呢。我而今也不盼你别的,只盼你父亲回来,替你觅一个大学堂,叫你在里头多混几年,将来或者有点出息,也未可知。若照这样去,是不成的哩。"康吉道:"我尝听见父亲说,我们英国最大的学堂,叫做意顿〔1〕。等我父亲回来,送我到意顿学堂里读几年书,怕不赶上别人吗?"他母亲闻言,微微的笑道:"这个我却不敢妄想,你自己也太心高志傲些。"康吉听了,笑嘻嘻的道:"母亲,你说我心高志傲,这话也说惯了,我不要听了。"一面说,一面便在他母亲面前撒起娇来,一头撞在他母亲怀里乱滚。他母亲见他如此撒娇撒痴的,心里头十分疼爱,便一手搂住他的脖子,脸靠脸儿的,亲热半晌。忽然触起了心事,不觉叹道:"可惜一个好儿子,他父亲隐瞒婚事,将来被人晓得了,连累儿子一辈子不得出头呢。"康吉听了母亲这话,不觉双眉紧蹙,颇有愁闷的光景。看官,他已是十五岁的人,也颇知世事了,听他母亲的话,心里如何不动呢?但是又不能明说,只是低头不语,呆呆的坐着。爱格看见他如此,又是痛又是怜,母子两个本来欢天喜地的讲讲说说,霎时间变做楚囚相对。

正当无趣之时,忽听得园门口一阵脚步响,原来爱格的住房,窗户外紧靠花园,从二门到上房,必要打从花园门首经过。这一阵脚步到底是谁?只见外面进来一个小孩子,两道湾湾〔2〕的长眉,一双明明的秀目,脸上又红又白,年纪不过八九岁,手里拿着一封信,走将进来。你道是谁?原来就是次儿希尼〔3〕,见了爱格,叫声母亲,就在傍坐下,把手中的信函递与爱格道:"孩儿适才在门前顽耍,有一人送给此信来,交与孩儿。孩儿看信面上的字,像是父亲的笔迹,母亲你看是不是?"爱格闻言,遂将信拆开,一只手拿着信,一只手挽着希尼。希尼也便牵着母亲的衣服,昂着头跟着看信。康吉立在一傍,手里拿着一杆洋枪,呆呆的望着信,心里若有所思。看官,他弟兄二人虽是一母所生,那相貌脾气全是两样的。康吉十五岁,长成得狠像〔4〕十七八岁的光景,貌虽甚美,脸上却另有一种英气见于眉目间,言

〔1〕　意顿,原文为 Eton,即伊顿公学(Eton College),英国最著名的贵族中学,位于伦敦以西 20 英里泰晤士河畔的温莎镇。
〔2〕　湾湾,即弯弯。湾同"弯",以下同。
〔3〕　希尼,原文为 Cidney Beaufort,今通译悉尼·波弗特。
〔4〕　狠像,即很像。狠同"很",以下同。

谈举止,神采奕奕,性气最刚,一些事不合意,便要发作的。次儿年仅九岁,长得粉装玉琢,和他母亲容貌差仿不多,性子极其柔和,最为爱格所疼爱。今日他两弟兄都在母亲旁边,令人想起爱格当日在山桥做亲的时候,他年纪不过一十六岁,如今两个儿子都这般大了,日子真也过得快。

爱格虽已年逾三十,丰韵尚如当年,此时手里拿著非利的信看,只见忽然间满脸愁容,若有隐虑。他这心事,傍人是不能晓得的。傍人只看他家住的是高堂大厦,又有绝好的花园可以游玩,仆从众多,婢妾如云,两个儿子相貌又好,将来都是大有出息的,尚有何事不称心满意呢? 不知他心里头想:"我与非利成亲,是无父母之命、媒妁之言的。如今十六年了,外边尚无人知道,倘稍露风声,人家还把我当人吗? 我是个极好体面的人,将来若受人遭蹋〔1〕,那还过得成日子吗? 便是两个儿子,也要被人看不起了,岂不可虑?"他心中所放不下的,就是这件事,所以一面看信,一面越发的愁起来。且说非利的信中所说何话,原来他叔父死了,他写信来告知浑家。信云:

> 前寄一函,其时叔父正是病重之时,今已于某月某日谢世矣。我与叔父,多年远隔,一旦相逢,满拟常侍膝下,稍尽犹子之谊。不料天不慭遗,舍我而去,谊关骨肉,能不惨然? 然犹可喜者,叔父所遗产业,均归于我,得此钱财,亦可补其不足。且我与卿,自结褵以来,十六年中,卿之甘心忍耐,可谓至矣尽矣。今而后坐享成业,庶几稍可报卿,卿闻之当亦一慰。我此间事甚繁,俟料理稍清,当整束行装,速作归计。彼时画眉窗下,可以交盏言欢,乐何如耶! 纸短情长,余容面述。

爱格将信看毕,又是欢喜,又是愁烦。欢喜的是非利就要回来,愁烦的是自己出身微贱,终究恐难瞒人。希尼见他如此光景,便问道:"父亲信中所说何事?"他母亲道:"父亲就要回来了。"他听见说父亲就要回来,甚是高兴,便与康吉道:"哥哥,我与你到门前顽耍去罢。"于是弟兄二人携着手,缓步出门而去,按下不提。

且说非利在伦敦京城他叔父坡弗〔2〕宅中居住,每日无事时,便与二三朋友,或驰骏马,或登酒楼,颇觉快活。一日归家,闻说叔父病重,连忙走进

---

〔1〕 遭蹋,同"糟蹋"。
〔2〕 坡弗,原文为 Philip Beaufort,今通译菲利普·波弗特。

他叔父房中,见坡弗坐在床上,拥着被窝,非利连忙上前问安。坡弗看见,点点头道,命他坐下,讲了半日的闲话,方才退出。自从这日之后,坡弗的病一日重似一日,医药调治,迄无效验,不到一月功夫,便已呜呼了。这坡弗是个大世家之后,自己袭祖宗余荫,也做子大官,志气狠是高大,相品十分威严。只是一门,年纪已过六旬,膝下尚无子女,只有两个侄儿,一个便是非利,一个叫作罗把[1]。这罗把为人性情甚冷,胸有智谋,已娶正室,生有二子。与非利甚是不和,常与二三心腹暗谋,想乘坡弗死后,独占家私。风闻非利在山桥娶妻,便将此事又加装点许多,散布各处,竟渐渐的传入坡弗耳朵里去了。坡弗身居高位,最是要脸面的人,听说他的胞侄娶了小户人家的女儿,心中甚是不悦,便将非利唤至面前,问道:"闻汝已娶一小家女为妻,可是实有此事么?"非利答道:"并无此事。"坡弗道:"外边都如此说,你休瞒我。"非利道:"不敢瞒叔父,实无此事。不过在山桥曾纳一妾,并非娶妻。"坡弗道:"既是如此,甚好。我家何等门户,你若娶了一小家之女,岂不玷辱了祖宗,且令傍人笑话。现在我年已花甲,看看是将要就木的人了,我的家业总是你们侄儿承受,你娶了这样的妻子,却来承受我的产业,那竟是辱没了我,到不如把这产业遗与外人了。你心里明白不明白呢?"非利听了这一番言语,唯唯的答应,暗中想道:"这事我本想令老头儿知道,或者他一时通融起来,竟不计较,也未可知。今听此言,是绝望的了。我所以瞒他的意思,不过因他这点产业,我如今竟不要了,索性说了出来,到直捷痛快些。"又想:"他的家私却著实富厚,田地如此之多,园圃如此之华丽,银钱如此之广足。若是说出来,这些我便得不着,究竟可惜,还是隐瞒为妙。"想定主意,连答应几个"是",便退下去了。

闲话休提,且说坡弗到了病沉的时候,自己知道不好,便把两个侄儿都叫到面前,对罗把道:"汝为人尚知勤谨,这是好处,但是心计太深,未免非载福之道,以后须要从厚道些才好。"又对非利道:"你太狂些,心地却倒是好的。我死之后,你须勤俭持家,保守祖业,要紧要紧。"说毕,便气绝了。

非利自他叔父死后,得了这分大家产,大约每年出息可有五六万银子,十分快乐,当时写信通知爱格去了。要知后事,下回续谈。

---

[1] 罗把,原文为 Robert Beaufort,今通译罗伯特·波弗特。书中又译作"罗巴",译文前后不一,现仍保持原状,不作统一。

小吉罗庵主评曰：此一回书，叙非利承受遗产，缄札家中，正在十分美满之时，而空闺絮语，已有虑及将来凄然不乐者。可见天下失意之事，即已伏于得意之时也。此在文法为埋伏，在事理为炯鉴也。

又曰：玉雪娇儿，诚为可念，然问其母从何来，则固无父母之命，媒氏之言者也。论者多咎非利之疏，因特于坡弗诘问时，复为之叫破主意。此在文法为照应，在事理为平等也。

又曰：芝草无根，醴泉无源，坡弗之见，盖亦老学究之言耳。然非此老崛强，何以有后来无数奇文，无数妙事乎？然则此老者，真书中之楔子也。水得风而涟漪生，其此之谓欤？

又曰：说两小兄弟，神气如生，性情可想，并其母之平日珍宠情形，俱极力烘托而出。非但吴带当风，曹衣出水，为足尽传神妙技也，是为能品。

第五节　老夫妻久别喜相逢　小弟兄闲谈失和气

非利既得了他叔父的家产，写信通知浑家，自己便在伦敦京城，把一切应办的事体，一桩一桩办理得妥妥贴贴的，收拾起身回家。他兄弟罗把，因叔父死后，一注大家产被非利得了去，自己只分了数千金的东西，心中大是不快活，见了非利，就如眼中的刺一般。非利是一个爽快人，却把这些事不在意，与罗把尚是如旧。非利要回家时，见罗把一人住在伦敦，甚是过意不去，便约他同往乡下。罗把欣然应允，带了他长子阿大〔1〕，三人由伦敦乘坐马车，赶赴非利庄上来。

将近村前，罗把举头一看，只见远山泼翠，近水拖蓝，老树扶疏，野花开落，地虽荒僻，却另有一种幽雅绝俗的光景。古诗说得好："别有天地非人间。"这个去处，却与这诗所说差仿不多。进了村，只见前面一座大门，门旁挂一块小小直牌，上写着"桃源别境"四个字，便是非利的家了。到了门口，非利指着房屋，向罗把道："兄弟，你看我这马房造得齐整不齐整，好看不好看？只怕在伦敦京城里头，也没有这样的好马房呢。兄弟，你说是不是？"罗把道："这马房修得却是好，据我看，那边那个花园更好呢。"非利道："你说的甚是，这个花园是你嫂子霞云〔2〕所为。你看一花一木，位

---

〔1〕　阿大，原文为 Arthur，今通译亚瑟或阿瑟，即亚瑟·波弗特。书中又译作"亚大"。

〔2〕　嫂子霞云，原文为 Catherine，即凯瑟琳，也即爱格。此处译作"霞云"有误。

置妥贴,胸中具此邱壑,实是可爱,真真是我一个贤内助呢。"罗巴听了嫂子、贤内助这些话,不觉心下不悦,脸上渐渐的做出许多怪模怪样来,一声儿也不言语。

三人进了园门,只见青草如茵,落花满径,远远的看见前面一方青草上,有二人在那里顽耍,一个约有十七八岁光景,一个不过十来岁。阿大连忙问道:"他两个却是什么人呢?"罗巴听见阿大之语,定睛一看,心中甚是疑惑,暗暗道:"这两人到底是谁呢?"正沉吟间,只见两人望见非利,便飞奔前来。此时日正当午,太阳中照耀得两人脸如傅粉,唇若涂朱,十分可爱。只听两人朗声叫非利道:"父亲回来了。"一面说,一面拥至车前,非利见了,甚是欢喜。罗巴见了这种光景,知道他是非利的儿子了,私自的想道:"这两个小畜生,定是那霞云养的了[1]。贱人所生的儿子,竟把我们叔父的家产将来归他,岂不可恨?此事终究总须查明,再与非利算帐。"他心里正在寻思懊恼,面上自然便有许多不悦的光景。非利是个聪明人,岂有看不出的道理,便厉声问道:"兄弟甚事,面有愤怒之色,难道见我有这两个儿子,便心中不平吗?"阿大接口说道:"侄儿向来未闻伯父娶有伯母,这两个兄弟是何人所生呢?"罗巴听了,微微一哂,非利不觉怒形于色,半晌说不出一句话来。

须臾车已到门,非利开了车门,自己先跳下来,随后罗巴父子也跟着跃出,步进门来。只见内中走出一个娇娇滴滴如花似玉的美貌妇人,非利见了,慌忙上前搂住,亲吻接唇,十分亲热了半晌。原来外国的礼,妇女遇着亲人,无论兄弟、子侄、夫婿,均以接唇为礼,在人前绝不避忌,所以非利与浑家也是如此。他浑家爱格见非利回来,心中喜极,却又流下泪来,一句话儿都没有。此时两个儿子也跟进来了,一傍一个,牵着父亲的衣襟,仰头望着他父亲的面,到像不认得的光景。罗巴与阿大站在下面,心里又是气又是恼,悄悄说道:"这两个小畜生,便是那个贱人养的,叔父的巨产被他占去,实实是个恨事。"父子二个正在私语,非利回身指着罗巴向浑家道:"这是我的兄弟,你是从来不曾见过的,快来见礼,从此便是一家人,不必客气了。"爱格闻言,便嫋嫋婷婷的上前与罗巴见礼。罗巴连忙抢先下礼,说道:"嫂嫂,休得过谦。"嘴里一头说,心里一头气,想道:"他这贱人,

---

[1] 此处原文为 the sons of shame,指那可羞耻的儿子,意为非婚生的私生子。书中似将 shame 音译为霞云,误。

我也与他行礼,真真的晦气了。但是我如今来靠他,也说不得了,只好权且忍耐,漫漫[1]的再设法收拾他们便了。"想着见毕了礼,便命儿子阿大见过伯母,非利也命两个儿子见过叔父,让进屋内闲坐。

此时康吉兄弟与阿大也见了礼,康吉与阿大二人上下年纪,于是携手偕行。阿大见康吉手执一枪,便问道:"康兄弟,你这么年纪便学会了打猎吗?"康吉道:"我父亲最喜欢的是打猎,我所以也学会了。但是不过顽顽罢,不能精妙的(虐)〔嘘〕。"正说之际,忽有一家僮打从院里经过,康吉见了,怒声詈道:"你这奴才,今天一天往那里顽去了?我要骑马出去,各处找你,不知去向。我看你这样蠢劣,实是可恶极了。"那家僮听了这些话,又羞又气,低着头不言语,心内想道:"这小畜生自己出身不正,何人不晓得,他还敢在我们面前耀武扬威,摆什么臭排场。真正是'整瓶不摇半瓶摇',我且看你骄到几时呢?"康吉骂过了家僮,随问阿大道:"哥哥在伦敦京城住久了,这伦敦是帝王之都,他那里的风景自是繁华极了。可惜我生长乡间,未入城市,这个处所我不曾到过,再等几时,我同哥哥去游他一游,你说好不好么?"阿大道:"这个有什么难,只要坐了马车,或是骑匹马,一跑儿就到了。但是我看伦敦太闹热了,不如这里清净。而且街市虽宽,人极拥挤,坐个车儿,骑个马儿,总要留神,不似这里地方广阔,好由着性儿驰骋些。"康吉听了,又问道:"叔父好骑马否?现在家中有马几匹呢?"阿大道:"兄弟你可别要公子脾气太重了,一些儿时事也不晓得,这养马岂是容易的,家私不大的人,岂是养得起的?我们父亲那里有这个闲钱养马呢?"康吉便道:"可惜,可惜。这样说来,你是平常难得骑马的人了?"阿大道:"我那里来得马骑呢?只好看人家骑马,心里暗暗羡慕罢了。"康吉道:"这个不要紧,哥哥,你以后若是长在我这里,我的马就如你的一般,只管骑不妨事的。"阿大听了,连声道好。口里虽如此说,心里却大大不然起来,以为我的出身,何等正大,他的出身,十分微贱,今日反要他来照应于我。他又趾高气扬的,我如何能甘心忍受呢?不觉渐渐的变形于色。康吉见了,心下也明白他的意思,也便不受用起来。从此两人心中便有芥蒂了。

看官,这康吉的性情爽直,心中无一毫委曲,遇事便滔滔的说了出来,不知道思前想后。今日见了阿大,以为是自己弟兄,何事不可说呢?所以才把马许与他骑,这是康吉的好处。却不晓得他是个无心的人,阿大却是

---

[1]　漫漫,即慢慢。漫通"慢",以下同。

个极有心计的人,外貌虽是和平,里头却不可测。见他如此情形,十分羡慕,由羡慕便妒忌了。既妒且忌,岂有不摆在脸上的理?古人云:"诚于中,形于外。"康吉虽是爽直,却又极其伶俐,这些光景,岂是看不出的?心里道:"我如此推心置腹的待你,你到反存起这样的意思来,我又何必白用心呢?"两下便默默相对,不作一语。

半晌,只听得父亲在屋里与罗把谈得十分高兴,康吉兄弟便步了进来。此时爱格默坐一傍,他两老兄弟据床对谈,讲古论今,十分有趣。见康吉等进来,便命侍坐在侧,听他门[1]说话。须臾,天色已暮,明月乍升,家人开上夜饭,一家大小六口,团坐同吃。爱格因丈夫新归,大伯、侄儿都是初次上门的,特地预备了几样绝精致的小菜,大家吃的甚是有兴。此时正是孟秋七月中旬天气,月色皎洁,大家吃过了晚饭,非利的兴致尚浓,重又呼酒,与罗巴对酌。爱格便携两子一侄在花园中散步,月光之下,非利、罗巴二人从窗户里望见,甚是有趣。且说非利是时年纪已过了四十,膂力方刚,堂堂的一表人材,性子又极其爽快,大有古豪杰之风。这罗巴的相貌也是不凡,但是近来心绪不佳,把人都消瘦了好些。非利说起话来,喉咙响亮,侃侃而谈,罗巴轻声慢语,一句话都斟酌而出。非利笑时哈哈大笑,罗巴笑时微微冷哂。二人虽是一母所生,其脾气性情却大不相同。如此二人一面对饮,一面闲谈,讲讲说说,说到非利成亲的事,只听非利叹了一口气。要知后事,下回续谈。

第六节　敦友爱慨分家产　逞豪情怒斥园丁

非利与罗巴讲讲说说,说到成亲的事,非利叹道:"我与你嫂子的事,你是不曾晓得的。你今日初次会见他,尚不知他的好处呢。他性情柔和,真是不易得的。曾记得我五年前打猎坠马,跌断了臂膀骨头,他衣不解带的服侍了我几个月,毫无怨言,实令人感激万分。如今年纪大了,想起从前少年豪兴,跃马而前,不怕倾跌,以后竟不敢再作此等冒险的事了。"说罢又叹息一番。罗巴道:"哥哥所说的话,我都相信。但是一层,我们家里是什么门户,哥哥凡事总要斟酌妥当,不要惹人耻笑才好。嫂子姿格虽高,十五年前的事,何人不知道嘘?"非利道:"这事你不晓得,从前他离家

---

[1]　他门,即他们。以下同。

之时,我门〔1〕已行过了大礼了。我若不以他为正室,他那里肯跟我呢?"罗巴冷笑一声,似不甚相信的光景。停了半晌,又道:"哥哥所说虽是,但却是私话,曾记得叔父在日的事情么?"非利不等他说毕,连忙问道:"叔父探问实情,我是晓得的,但是那时候你可曾在里面怂恿?"罗巴一闻此言,不觉失色,霎时间脸上又红又紫,羞赧无地。非利见了,哈哈大笑道:"是了,是了,你助叔父之意,不过欲败我事,你便可得好处。兄弟,这种事是做不得的。"一面又哈哈大笑的,抚罗巴之背,说道:"今日且把这些细情告诉与你罢,我当初与你嫂子成婚的事,却秘密得狠呢。"遂将当日山桥村中光景,与排士教师如何计议,在礼拜堂内如何行礼,一桩一桩说将出来道:"这种情形,谁人能说他不是正室呢?"又用手指著花园道:"你且看他的声音笑貌,举止动作,那里有一毫小家子气呢?"

罗巴转眼一看,似乎还有点疑心,不甚相信,徐徐的道:"此事前后不符,现在教师已死,见证皆散,小弟即绝不疑心,众人亦必要动疑,莫若重行婚礼,遮人耳目为妙。但是世人……"一语尚未说完,非利接着道:"我的事与世人有何干涉?世人信与不信,随他罢了。古人云:'人生行乐耳。'我如今每年有六万余金的出息,也足够过活了。官是我不想做的,生平所喜欢的是打猎,只要长有此乐,何必与世人为缘。况且家有贤妻,膝下两个儿子,我看世上的乐,无过我的了。我又何必求谅于世人呢?"罗巴道:"哥哥这事,先前小弟也不知详细,望哥哥莫计较从前助叔父查访的情节嚄。"非利笑道:"兄弟,你为人我素晓得的。从前你助叔父查访的意思,实是想谋这分产业,这也是人之常情,我不计较你便了。"

罗巴闻言,心里甚是忸怩,颇不自在,又想开言。非利此时不等他开言,便举起酒一口饮干,说道:"叔父虽不甚疼你,却也甚是爱你,临没时遗书命我照应你一切不及。今且问你,你如今家私,连弟妇带来的,每年可有六千银子么?"罗巴道:"六千还不上呢。长子阿大近来上学院,这一笔费用就狠不轻,明年还要送入大学院内去。他人还伶俐,我还望他大有出息呢。"非利道:"不错,我看阿大将来必能荣宗耀祖的,我意欲令康吉与他结伴,同送往大学院去。但康吉这小畜生太任性些,心地到还聪明,志气也颇高傲,明日且看他骑马,甚是勇往,尚可算得一佳子弟,究竟不及阿大沉静些。阿大的事,吾弟放心,我自能代为筹划,将来先将他送入国内著名的大

---

〔1〕　我门,即我们。以下同。

学院，俟出院后，当谋荐入国会院〔1〕。此事我早已有意，你不必在心。至你的光景，我欲将叔父京师所居房子卖了，所得之价你便拿去，我每年另外再帮你四千五百银子。你我至亲骨肉，这点事为兄的可以为力，自然尽心为你。从前事情，如今绝口不提，你心里休存芥蒂呢。"罗巴此时又愧悔，又感激，只有低头答应而已。

须臾酒散，弟兄二人携着手散步出外，便到花园内，看儿侄辈戏耍。非利看了半晌，叹道："我们老了，再要他们这种兴致是没有了。但我自问尚有三分豪气未尽消磨，你竟比我颓唐多了。劝你以后不必如此，你只学我住在乡下，无拘无束，无事时游历些好山水，骑个马儿，打个猎儿，多少舒服，何必自寻烦恼嘘？"罗巴不语，微微的点头。非利又道："过几天我与你嫂重成婚礼，你可同了弟妇来，帮帮忙儿。"罗巴道："小弟是应该来的，就怕弟妇的古执〔2〕性儿，不肯来嘘。"非利冷笑道："弟妇的心事，我极知道，但每年有这四千五百两银子，也没有什么不来的。你对他说，请他务必要到。"罗巴只得应诺，又谢了哥哥的照应，便道："从前备过遗书没有？"看官，西例凡是私生的儿子，父死后若不留下遗书，把产业传与他，他便不能得的。罗巴问这些话，却都大有深意。非利听了，答道："正是。我从前因为自己没有什么大产业，便不曾把此事在意，今不是你提起，我几乎忘了这件大事呢。等我明日骑马出门时，顺便到状师那里商量商量看。"弟兄两个谈谈说说，不觉的天色已不早了，各自收拾安寝不提。

次日吃过早饭，又到园中散步，天气晴和，日光照耀得满园中嫣红嫩绿，煞是可爱。此时阿大、康吉、希尼小弟兄们也在园中顽耍，希尼看见一只孔雀在那里晒翎，他便跑上去追他顽，康吉在田里头替马刷毛，阿大走来走去的，东张西望。康吉忽抬头向阿大道："我这里还乐不乐？"阿大尚未答应，康吉忽然看见空中一只燕儿飞了过去，便道："你与我赌洋一元，我一枪把他打下。"说毕，便将手执之枪举起，阿大连忙阻止道："你又与燕儿无仇，怎的打他何为？可怜他也是一条性命嘘。"康吉已自放枪，只听轰的一声，那只燕儿不前不后，不左不右，滴溜溜的落在康吉面前。阿大连说："可怜，可惨。"看官，这阿大生长在城内，性子是柔弱极了的人，看见康吉如此伤生害命，甚是惨然。这康吉生性好猎，父母又疼爱他，娇养惯了，所以如此。

---

〔1〕　国会院，原文为 Parliament，即英国议会、国会。
〔2〕　古执，同"固执"。

尚要装枪再打，忽闻马声萧萧，康吉道："这是我的马饿了，我要去喂他一喂。"回头与弟希尼道："你到里面，与我拿面饼一块来，要拿大的。"阿大道："何须性急，稍迟喂他也不妨事。"康吉道："我看你不甚爱马，我却不然，凡狗马禽鱼，我无有不爱的。"阿大道："独有燕儿你不爱，所以打他。"康吉道："你说那里话来，打燕不过练习手法，并非不爱燕哩。"一面说，一面心里却大不自在。停了半晌，又道："我们总须想一好消遣法儿，不可辜负了好天气，还是去河边钓鱼罢。"

正说之间，远远的见一园丁站在旁边，康吉忽又动怒，厉声的问道："蠢货作事，无不错误。我昨日命你将帆亭置于树下，你偏把他立在那边，这是何意？如此可恶，等我告诉父亲去，看你担戴得起否？"园丁道："不敢，不敢。小的见树枝儿甚低，所以未曾遵少主人之命。"康吉叱道："真是蠢才，树枝低了，把他砍去便是了。"园丁道："非有老主人之命，小的不敢妄动。"康吉闻言，气得暴躁如雷，跳起身来道："狗才，我的话你便不听吗？这明明是欺负我。"便举手要打园丁，忽背后有一人问道："甚么事这等动气？"康吉一回头，见是父亲，便道："孩儿分付他的话，他敢违逆。"园丁便将实情回明非利。非利道："树枝长得茂盛，甚是好看，伐他怎的？"遂一手摸着康吉的头道："儿呵，你为什么不来与我说明呢？"康吉便在他父亲面前撒起娇来，非利也便无法，遂吩咐园丁道："把树枝儿伐去了罢。以后凡少主人之命，须要听从。"园丁连应了几声"是"，退下去了。适爱格从后面走来，见他如此，叹道："小孩子不可过任他的性了，将来恐难管束呢。"非利道："小事何妨。"

此刻日已向午，非利便与爱格道："昨夜我与兄弟已议妥重行婚礼。我就要出去，觅人择定日期，又要请状师前来商议。但是成婚的凭据，何法可得呢？"爱格闻言，甚是愁虑道："这凭据却真是难了。"非利道："幸得排士死时，将山桥教堂中册底抄出与我，尚可稍作凭据。我怕你忧虑，今先以实情告你知道。但是从前跟我的仆人，如今不知往那里去了。我昨日问他父亲，据说近年来没有消息。前时排士去世之后，我曾赴山桥探问，与新教师商议，谁想排士手里的册档都已散失，我的婚册遍觅不见。幸亏抄底还在，尚不要紧。现在赶紧办理，重行婚礼，我还要写遗书呢。"爱格闻说写遗书，不觉颜色惨变，说道："你何事说这不祥的话呢。"非利道："这怕甚么，难道写遗书便会死吗？你看我身子如此壮盛，只怕还要多活几年呢。写遗书不过是预备不虞的意思，你不必多虑噱。"说毕，回头看见罗巴，便道："兄弟，你在我这里花园是游玩够了,今且到马房一望何如?"言毕,遂在前引道,罗巴同着康吉、阿大在后跟着,直到马房中来。要知后事,下回续谈。

第七节　勇康吉逞豪跃马　莽非利跳栅亡身

非利引着罗巴,一直往马房而来,阿大、康吉跟在后面,只有爱格同著希尼二人不去。到了马房,只见两边槽上拴着十数匹马,个个皆神骏不凡,有千里追风之概。马夫数人,见了非利,均笑嘻嘻的迎将上来道:"主人来了。"遂将四人让进马房中。一人指道:"主人,请看这匹银骒马,喂得好不好?身子滚圆,毛片又光滑,走起又快又稳,真真算得一匹名马呢。小主人每日总要骑他一次,据我看来,将来小主人骑马的本领,要与主人差仿不多呢。"非利听了,笑道:"只怕将来还要强似我呢。他年纪轻,身子灵便,我如今老了,岂能与他们小孩子比哩。"说毕,又吩咐马夫道:"你可速将这匹银骒马备好,与小爷骑。我看那匹黑色乌骓马神骏不凡,可备来我骑骑看。"马夫道:"这马向来极好,近日不知甚么缘故,喂他不吃,专好踢人,竟变成一匹劣马了。昨日小的试骑了一回,想跳过五梁栅门,这马竟不肯上前,凭你如何鞭策他,只是乱跳乱叫的。"看官,你道何为五梁栅门?原来英国绅衿住在乡下的,甚是快乐,无事时总是骑马打猎,旷野田间,以竹篱编成栅栏,打猎时须马跃过栅栏,便是顶好的猎马,骑马的人须要善于驾御,方可称为好汉。这五梁栅门,便是非利庄上编的栅栏了。

非利听了马夫的话,呵呵大笑道:"你这不中用的东西,枉为你做马夫,连马都骑不上来了。"又将手拍着那马道:"好马,好马,你不肯跳过五梁栅门的意思,我晓得你,可是不屑与马夫骑,要候我来骑你哩?"一面笑说着,一面命马夫备上鞍子。马夫又道:"依小人愚见,这马主人可以不必骑他,他性子过劣,骑他不服,还要闹出别样事情来呢。"康吉听了,便道:"马夫,这马如此之劣,你从前何以不告诉于我?我若早知,必要试骑一骑,看他服我不服我?"马夫道:"小人素来晓得小主人有胆有勇,但是恐怕告诉之后,骑起来闹出毛病,或是受惊,或是跌坏了。这小人却当不起这个罪名,也对不住主人待小人一番恩德了。"非利点头道:"你这话说得是。这匹马如此性劣,须要身子压服得住,才能骑呢。小爷如此年纪,如何压服得住?这是断断不能的。"说罢,回头与罗巴道:"你骑马不骑?我这里尚有好马哩,叫马夫备起一匹来,同我们顽顽罢。"罗巴道:"我即刻尚有要紧事体,要回伦敦去,不能陪了。"非利也不相强,便执阿大的手,递一荷包在他手内,荷包内乘有银洋。又与阿大说道:"你以后要银钱使用,不必向你父亲要,只要写一信来与我,我自然会寄与你。你须要常来这里走走,你是会读书,可以常劝劝你兄弟康吉读书,便是我的好侄儿了。"阿大一面接了荷包道谢,一面应道:"伯父说得是,侄儿理会了。但是康吉兄弟人既聪明,又复豪爽,将来是大有出息的,侄儿恐怕无才,不能及万分之一呢。"康吉在旁听了,便对非利说道:"父亲,我要读书做什么? 家中够吃够穿,难道还要靠笔墨作生活不成吗?"非利听了,摇摇头不言语。

此时康吉已骑上了马,等候他父亲,非利亦飞身上马,父子两个骑在马上,先缓缓的在院中往来调熟马性。非利回头与马夫道:"你何以见得这匹马性劣? 你看我骑他如此乖觉,与从前无异呢。"便令马夫将栅门开了,欣然对康吉道:"我们先驰过草田去,随后再跳过栅门,试试马力。"又指着前面道:"康吉,这五梁栅门我从前是跳惯的,你近来想也学习了。"康吉答应了一个"是"。当下马夫把栅门打开,皆站在两旁,看他父子二人驰骋。罗巴、阿大亦在一旁等候,观看他们跳栅门。

看官,你想此时非利父子骑在马上,那种情形煞是好看。一个是年少英雄,从容按辔,面上神彩奕奕,骑着一匹枣儿红的马。一个年已半百,却英姿飒爽,十分威重,骑着一匹黑色马,控御之际另有一种精神,实非他人可及。阿大远远望着,心中十分羡慕,便对他父亲罗巴说道:"父亲,你看伯父,真可算得是一豪杰了。"罗巴鼻子里哼了一声,也不答应,只呆呆的望着。只见他父子二人,由那边草田里头远远的跑来,将近五梁栅门,非利与康吉道:"这栅门颇高,你虽会骑马,总怕不老练,且等我先跃了过去,你随后再跳如何?"康吉道:"父亲,这个栅门我是常跳的,父亲不信,且看我跳。"一面说,一面把马一拍,只见那马竖起了两耳,飞起了四蹄,轻轻一跃,已经过去了。两傍看的马夫齐声喝采,罗巴、阿大看得呆了,非利亦自点头称好,说道:"我到不料你有如此胆勇,可爱,可爱。"说毕,便将自己骑的马,加上一鞭道:"而今轮着你了,好好的跳过,替我做个脸儿。"那马也便向前一跑,到了栅门边,怒啸一声,忽然转身向回走,不肯上前。非利甚是诧异,道:"这是什么缘故?"连忙勒住缰绳,那马只是往后。非利是个好强争胜的人,今日他儿子骑马跳过了栅门,他岂肯就此干休,令人说他的胆勇不如儿子吗? 遂用力将马几鞭,把缰绳收紧,两腿一拍,那马负痛,只得向前一跃。谁知不先不后,刚刚跃起,却将前蹄在栅门上梁一绊,马遂翻倒在地,非利在马上摔下,约有二三尺远,头碰在一块石上。只见马在地下打了一滚,依旧起来,非利睡在地下,却无声息。

康吉在栅门外看见大惊,连忙滚鞍下马,奔至父侧,见非利默然不语,头垂于胸际,满身皆血。此时两傍观者,却一齐拥上前来,将非利扶起,各问所苦。马夫见这光景,只是摇头,罗巴连声呼兄,那里听见他答应一句。马夫上前一看,只听"呵呀"一声,道:"不好了,主人受伤过重,颈骨已断,恐怕不中用了。"罗巴道:"快去请一医生来看。"忽然又大声急呼阿大道:"我儿,你为什么骑这匹马,还不快快下来。"原来阿大骑了那匹乌骓马,要去替非利请医生。罗巴虽在那里着急,他那里肯听,在马上连连的问道:"医生家在那里呢?医生家在那里呢?"马夫道:"此间有一名医叫做包意,就在近边居住,人人晓得的。只要到了街上,一问便知,快快请了他来才好。"阿大连忙答应着去了。

罗巴便令人扶起非利,抬到屋里,自己在后面跟着,连连的叹道:"可惜,可惜,我哥哥就是如此结果吗?"忽然后面一人放声大呼道:"天绝我也。"只听扑通一声,回头一看,乃是康吉,见父亲如此,心里说不出来的苦楚,不觉昏晕倒地。此时大家守着非利,那里有人还顾康吉,罗巴也只吩咐从人留心照应,进了房坐定。罗巴心中暗暗的想道:"这事是天假之缘了。自叔父去世,产业被哥哥得了,我便无法可施。谁想他却如此没福气,才得几日,便如此死法。我记得他说,还不曾写下遗书,这副家财不愁不是我的了。"心里想着,脸上不觉渐渐有喜色现了出来,怕人看见,故意妆做愁烦的样子。须臾医生已到,将非利一看,便道:"受伤过重,不能得生的了,赶紧预备后事罢。"此时爱格、康吉、希尼三人,团团的将非利围住。非利一丝半气的,一句话也不能说。停了半晌,只见非利眼睛微微的往上翻,两手一挣,便已呜呼了。

当下忙忙乱乱的替非利办了身后的事,三日后才入殓,就停在桃源别境客堂之内,因状师尚未来,故不曾盖棺。此时爱格俯伏地下,望着非利的尸首,口不出言,眼不下泪,只是呆呆的低下头,却像心里有万种凄凉的光景。希尼年纪虽小,他见这个样儿,也便哭个不了。康吉是号淘大哭,抱着他父亲的尸首,直要以身相从的光景。其余僮仆婢妾,无不伤心垂泪。这桃源别境里头,只闻得一片哭声。这也是非利平日待人厚道,所以大家如此。独有罗巴,他一人坐在非利的书房内,到处观看,只见四壁皆是名画,中有一幅,就是爱格少时的小影,婷婷媚媚,当日丰姿,煞是可爱。又有鸟

29

枪、钓杆等物，都是非利所常常用的东西。虽说是书房，却无甚书籍在内。从窗户里一望，外面草田中有一匹老猎马在那里啮草，此马是非利旧日所骑，因其齿长，所以养在这里。罗巴看了这些，也自点头叹息了一番。

忽然外面有敲门的声音，又听外面说道："状师来了。"罗巴连忙迎了进来，原来非利这里才死，罗巴便命阿大迅速的到伦敦京城，请了个有名状师来，这来的就是了。当下到书房内坐定，便将非利所遗的各种卷籍，一一查明。又在各处翻覆找寻，查非利有无遗命，遍觅不见，罗巴心中暗喜。只听状师开言说道："遗命既无，这个产业照例不能归他妻子的。"罗巴答道："凡事总是照例办理，自然不错。"状师道："如今先将令兄身后诸事办妥，再说别的。我现已打发人在礼拜堂摇动丧钟，等到三点钟时候，便可以念丧经了。"原来西国下葬时有摇钟的礼，尚要教师念丧经，也与中国请和尚诵经一样的意思。罗巴闻言道："极是，极是，一切多劳，心实不安。但埋葬之事，今未免办得过于急促些呢。"状师方以手巾拭脸上油汗，便道："天气如此酷热，实实不能延缓的。"正说间，远远听见摇钟的声音琅琅的响，二人听了便道："时候不早了。"要知后事，下回续谈。

第八节　假凄惶弟悲兄死　真势利主被奴欺

罗把同状师正谈说间，忽听钟声，罗把道："是时候了。"状师道："且慢，我还有一句话说。令兄这位夫人，果是正室吗？据我看来，若是结发的夫妻，令兄如此惨死，他必悲痛不堪。你看他坐在灵前，一点哭声也没有，可见不以令兄在心的了。所最可喜的是，从前令兄在日，他不曾诱骗令兄立为正室，若那时定了，这会儿便难想法呢。"罗把道："正是，倘从前有凭据，立了遗书，我便无法，只好干喝风了。我如今等丧事完毕之后，就要回伦敦去料理一切事情，已嘱从人将车备好了，回头就要动身。"状师问道："这所房子当如何处置呢？还是仍给爱格他母子三人居住，还是别要设法？"罗把道："我想这房子，自然以卖去为是，就拜托老兄代我在新报上发告白，招人来买罢。"状师连答应了几个"遵命，遵命"，又道："就是爱格母子三人，也要与个安置才好，未知你老兄意下何如？"罗把听说，呆了一呆，连"啊"了几声，道："这却说得极是，但这事须缓缓商量。我想他门出身本是低微，我将来替他谋个小生意做做，只要够养活他们三口便是了。你以为然否？"状师道："是极，是极。据我的意思，他既出身不正，我们国家之例，便与路人一般,你就不管他也是本分的。今日你老兄说出此话,竟肯替他母子谋一生路,实是难得。将来果能不失前言,令兄在九泉之下,也是感激你的。真真是一个敦本的君子了,佩服,佩服。"正说间,又闻摇钟声音,二人起身道:"是时候了。"于是教师念过丧经,便起枢前往坟场下葬,爱格及二子、罗把诸人均亲身送往,一切掩埋烦琐等事,表过不提。

下葬已毕,诸人均由坟场回来,进桃源别境的大门,只见一切风景都如往日,只是少了一个非利,便觉得冷落凄凉了许多。此时就是陌路的人,铁石的心肠,看了也要伤心,何况一家骨肉至亲,回来后的悲痛的,比从前非利临死时及方才下葬时,更添二十四分。这罗把见他嫂子、侄儿如此伤心,也便假意的号了几声,一面命人套车,随又过来对爱格说道:"我就回伦敦去了,你不要过于伤心,我哥哥已是死了,哭也枉然,到是自己保重些要紧。两个儿子也要你好好管教,你这房子我已拟定要转卖与人,此时尚无买主,你搬出去可以稍迟。等我到伦敦后,尚有信来与你。"一面说,一面把康吉、希尼兄弟二人招至跟前,假意用左手拉着康吉,右手摸摸希尼的头,说道:"你二人要弟兄和气,不可口角。要争气做好人,孝事母亲,不可违背教训。要紧,要紧。"康吉闻言,心中颇为不快,暗想:"我们何须你假意做这付长辈腔儿。"希尼便拉着叔父的手,要求叔父劝他母亲勿过悲伤。罗巴鼻子里答应两声,回头与爱格道:"我去了。"便佯长〔1〕出门,坐了非利的车,往伦敦去了。

这里爱格母子三人十分凄惨,爱格便足足哭了半个多月,还不稍停,觉也不睡,饭也不吃,直哭的喉中无声,眼中无泪,揩在手巾,都是鲜红的血。人是瘦得不成样子,只剩了一张皮包着一把骨头,头发也都白了。一月前尚是一个娇娇滴滴的美貌佳人,今日竟变成了个五六十岁鸡皮鹤发的老婆子。可怜不可怜,可叹不可叹。康吉兄弟在旁,由你百般劝解,只是不听。希尼年纪尚小,便也跟着哭。康吉见母亲如此,连日米粒不沾唇,便想起花园有葡萄,是母亲喜欢吃的,遂径往花园,想摘点来与他母亲吃,走到园中玻璃房内。

看官,西国凡富贵之家都有玻璃房子,为养花木之用,冬天里头生火,不令寒冷,故其中有四时不谢之花,非利的园中也是有的。当下康吉进了玻璃房,只见各种花果,鲜美异常,那边一架葡萄,缨络垂垂,色如玫瑰,康吉甚为欢喜,走上前摘了一团。忽然看见旁边有一树极熟的水蜜桃,他正

---

〔1〕 佯长,同"扬长",大模大样地离开的样子。

要去摘几个,不堤防后边来了一个人,上前喝道:"什么人在这里偷桃吃?"康吉吃了一惊,急忙回头一看,原来是园丁进来。只听园丁复又厉声直呼康吉的名,说道:"康吉,你在这里来做什么呢?那个水果不要乱动乱摘。"康吉听了甚怒,便道:"你竟敢大胆直叫我名,不许我摘果子吗?你自想想,吃的是何人的饭,快快的替我滚出去!"园丁冷笑道:"我如今吃的是罗巴主人的饭了。我劝你也不用生气,老实对你说,明天就有人来看房子,我这好果子,是留给他们看的,你不必乱来了。"康吉听了这些话,不觉怒形于色,直气得脸都白了,话也说不出来。园丁又道:"你为什么这样生气?你是何等的出身,也拿镜子照照看,你自己不知道,我却都知道呢。快快的替我出去,这玻璃房我要上锁了。"一面说,一面便要推康吉出去。

康吉的年纪虽轻,他的胆子是大的,力气是足的,听了园丁的话,已是恨不得一拳结果了他的命方才舒服。他公然来推康吉,康吉如何肯服,当时大喝一声道:"好大胆的奴才!"随手在地下拿了一把水壶,向园丁头上打来,园丁一时躲闪不及,脸上着了一下。正思回手,康吉又是一壶,园丁负痛一闪,跌倒花丛里,将玻璃打碎了几块。康吉不等园丁起来,便放下壶,拿了葡萄,摘了桃子,一径出了园门,回到厅上,将所摘的葡萄、桃子放在桌上。自己坐在一傍,心中越想越气,气得浑身索索发抖,四肢冰冷,不觉掩面痛哭起来。

看官,大凡年轻,稍微的受点委屈欺负,这是常有的事,也不算什么要紧,过些时便忘却了。但是这康吉却与众不同,他自有生以来,是父疼母爱,娇生娇养惯的,略略的一点风吹草动,他父母便要责备别人不会照应,不顺着他性儿,又要安慰他半日,何曾吃过一点儿苦头呢?不想今日受了这园丁一番大辱,破题儿第一遭,却实是难受。他心里想:"从前父亲在时,何等风光。如今才几天,便有这般苦恼,以后的长著呢,零丁孤苦,却有何人护卫?"想到这里,便恨不得跟了他父亲去。又想他母亲尚在,兄弟年轻,全仗我一人扶持照应,如此日子,如何过得去哩?便愈加凄凉,伏在桌上,哽哽咽咽的,又不敢放声大哭,恐怕惹他母亲添了伤心。

正在愁烦,忽听摇动叫钟,抬头一看,见一人送信进来,他连忙回过头去,怕人看见他哭。那人将信交了,便自出去。他便一手拿著信,一手拿着水果,揩干了眼泪,缓缓的踱到爱桦屋里来。只见房里的窗门半开半掩,太阳照入里面,十分光亮。看官,这窗里的太阳光明,不减旧日,屋里的人却不似从前快活了。爱格默默坐在门旁,低下头,眼中流泪,有人进来都不知道。希尼靠在他母亲身傍，手里拿着一个绒花篮儿顽。康吉走上前，抱著母亲叫道："我的娘。"这一声一叫，心里一酸，不觉声音都带著哀痛起来。连忙自己忍住，又道："母亲，母亲，请你抬抬头儿，孩儿在这里呢。孩儿见母亲如此光景，孩儿心里比刀割还难过些。母亲，你稍微宽宽心罢。"爱格正无限凄凉，听了康吉的话，勉强抬头，看了他一看。康吉道："母亲，我见你近日一些东西都不吃，特意在花园里摘了些葡萄及水蜜桃来。母亲，你少吃一点儿罢。"爱格点点头，康吉又将信拿出，对爱格道："母亲，方才伦敦来了一封信，我想信内总有好消息，我来拆开看看。"爱格摇摇头，慢慢的用手接了信。

看官，今日爱格接这封信，却不似前时希尼送进来的信了。希尼送来的信是非利从伦敦寄来的，那时看见了丈夫笔迹，自然心里头快活。今日这信却也是伦敦寄来的，但是换了罗巴笔迹，他一看便心中更加凄惨。想起自己以后的事，不知如何了局，又看看康吉、希尼二人尚是年轻，不能自立，将来谁人养他？我与非利当日成亲的事，又把凭据失落了，如今落得旁人说闲话，把我不当人。这罗巴毫无情义，看来我母子三人，死活都在他掌握之中呢。他这信中不知说些什么，我且看看。便将信拆开，只见写道：

自我回伦敦，今已七日矣。尔母子三人如(可)〔何〕消遣，似宜以宽怀勿过悲伤为要。先兄产业，本当子孙承受，因尔为先兄之妾，按照英律，妾之子不得承父业，故所遗留，应归我有。我念先兄手足之情，每年以三百金助尔母子，以为养赡，每三月一付，分四次给尔，尔母子可省啬用之。此是我格外周旋，并非例所应有，尔当知之。至尔二子读书一层，我自会送他到小学院中去，看他二人若肯上进，我尚要与他荐一小生意，一切尔俱放心。尔现所居房屋，已有人要买，尔住在彼，未免不便，可以早搬，不如搬去为妙。所有尔家中日用零星物件，尔俱可取去，我亦不来查尔。惟望尔母子凡事自爱，为先兄争气，则我之愿足矣。某月某日罗把泐。

爱格将信看毕，把愁闷之心暂且搁起，不觉的怒气涌将上来，把信丢在地下，浑身发抖，一面说道："好个罗把，他敢如此糟蹋我们母子，如此欺负我们母子，真是毫无人心的了。"康吉见他母亲如此动气，便道："什么人敢糟蹋我们，欺负我们，母亲的好处，是人人知道的，也不怕他混说。"爱格闻言，忽然触起前情，想道："如今到底没有凭据，看来恐斗他们不过。"又想：

"当日排士教师抄来底本,不知可在书房中?"想到这里,便起身缓缓移步,一径向书房中来寻。未知寻着与否,下回续谈。

第九节　忍心人暗欺孤寡　小孩儿惯撒娇痴

爱格走到非利书房里,想要寻觅当年婚据,举目一看,只见书柜上双簧紧锁,锁上另有封条,乃是罗把加的,心中不觉一气。再看室中诸物,件件都换了罗把的记号。回思数日前,明明是我家物件,为何的容容易易,便为他人所有。这个时候又是气恼,又是难过,一句话也说不出。心中想开开书柜,又无钥匙。此时康吉弟兄二人,都跟随他母亲在书房内。爱格便回头看看康吉,用手指着书柜。康吉会意,连忙将钥匙找出,开了书柜。只见里面书籍堆叠如山,毫无收拾,不似非利在时整齐了。爱格此时心中急欲查阅婚书,也无心计及别的,遂将柜中逐一找寻,竟无影响,甚是着急,心疑是罗巴将书窃去消灭了。

此时康吉、希尼二人站在傍边,爱格呆呆的望着他弟兄,他弟兄二人也呆呆的望着他母亲,这六只眼睛相对,一言不发。停了半晌,康吉开口道:"母亲,方才叔父罗把寄来的书信,孩儿尚未看见呢。母亲放在那里,与孩儿一阅罢。"爱格闻言,遂将书取出,交与康吉手里,一面说道:"你看,看了你再打主意罢。"康吉接了信拆开了,低头观看。爱格两眼望着康吉看信,只见他一面看,一面的满脸上发起红云,怒形于色。回头看见他母亲看他,恐母亲动气,便暂按心头之火,将信看毕,对爱格道:"母亲,我看这件事就是一世也表白不清的了。如此看来,宁可饿死,他的饭是万万不可吃的。母亲放心,孩儿年轻力壮,那里混不下一碗饭吃,与其依他度日,不如自食其力。孩儿便昼夜替人作苦工,也要奉养母亲的呢。"爱格叹了一口气道:"这都是我的不好,当初与你父亲成婚的时节,太不谨慎了,今日连累儿子门受难过,受欺负,这也没得说的了。"言毕,又叹了一口气。

康吉见他母亲如此说,便跪在他母亲身旁,说道:"母亲,俗语说的好:'不怕人欺,只怕天欺。'他门欺负孤儿寡妇,天却可怜我们哩。请母亲不必在心,孩儿弟兄们,自然总要争个出头的日子。"此时希尼靠在他母亲身傍,连声的问道:"母亲,到底什么缘故,受人家蹧蹋?我是不服气的。"爱格一手摸着他的头,回头对康吉说道:"我有这个好儿子,将来总可望自立的。罗巴这负心人,所许每年三百金之说,我的意思,竟辞了他不要了。但我母子三人，一无所靠，恐怕流落飘零，作饿死之鬼，那就苦了，还要被人笑话呢。"康吉听了，不觉昂头自负道："母亲，不是孩儿说大话，父亲为人如何勾朋友〔1〕，重交情，孩儿们也断不至于饿死。就凭着我这点年纪，这点本事，也能混碗饭吃，何必靠人，看人家嘴脸呢?"爱格道："我儿，你既如此说，我们就写信去回覆他，并要将从前我与你父亲成婚之事提起，叫他不要眼中太无人了。"康吉道："正是。"于是母子三人商量妥贴，便作起书来，寄与罗把去了。

且说罗把这个人，却也是个好强自立的。为人不赌不嫖，不贪酒，不好穿着，生平无一毫拖累于人处，家庭间夫妻和睦，从无反目参商之事。抚育子侄，甚是慈祥。交接朋友，也有诚信。朋友所托的之事，不能答应的，也必答应，应许了之后，那怕转着湾儿也要办成。又肯扶危济困，遇见了穷人，也竭力的帮扶做些善事。凡世上所称好人所做之事，罗巴件件能行，就是一层，外面却实在是一个朋友，心里头未免狠些。看官，只要看非利从前那种光景，今日他在爱格母子跟前情形，就可想而知的了。虽说爱格与非利成婚事无实据，但非利既以之为妻，你焉能不以之为嫂？他心里觉得，非利所说的话都靠不住，不过是自己欲遮掩过失的样子。又想爱格他既不是非利的正室，我本可不管，现在每年施银养他，这便是我格外从丰的了。世人难道还能说闲话吗？他只从这一面思想，却不晓得想想，爱格是兄长的爱妻，两个侄儿是兄长的活宝，自来娇生惯养，那里吃过一点苦头，而今兄长死了，你不照应他，难道叫别人照应他不成？况且非利前日待你，真是十二分从厚，你是能自立的人，非利就不管你，你也可以过活，他尚且骨肉情重如此，他的寡妻孤子，你就照他待你的样子待他，也还嫌轻，你到不但不能照应，可笑如此薄待，反有自己居功的意思，这不是把良心夹在胁下去了吗？你说这人狠也不狠呢？

且说罗巴在伦敦寄信与爱格去后，心中十分得意，并盼望爱格回信。这日信局中送来一信，拆开一看，正是爱格的书子。罗巴看毕，不觉怒从心上起，恶向胆边生，拍案大声道："爱格这贱人，竟敢如此猖獗，可恶极了。"一面说，一面提笔在信面上写了几个字道："某月日爱格贱人复书。"遂将信藏于柜中。看官，你道爱格信里怎样写法？原来他信内说，每年三百金，可以不必费心，并自表其实系非利正室，你们这等欺负，将赴官前伸冤云云。

---

〔1〕 勾朋友，即够朋友。勾通"够"，以下同。

你说罗巴看了这些话,如何不生气呢?过了几时,爱格果然在官府控告罗巴灭嫂凌孤,霸占田产,官宪提讯数次,总以事无实据,不能准理,含糊结案。罗巴因此遂得坐拥厚资,俨然一素丰之家,应酬朋友,接纳官长,极其周到。家中铺设之华美,饮馔之丰盛,真真讲究极了。国中的人,无不仰之望之。

此时罗巴已心满意足,就只盼望他儿子阿大成立,甚是关切。阿大的心却比他父亲慈善,罗巴也说他聪明,业已说定送他到国内著名大书院里去学习学习。这日阿大要上书院,临去时与罗巴说话,忽提起爱格之事。阿大问道:"父亲,他们现在怎么样了?想来必定苦得紧,到底也替他斟酌斟酌,将来的事不要忒苦了他们呀。"罗巴道:"他与我甚么相干?他既无情,在官府前告我,想夺我承接的产业,居心不良,我又何必顾他呢?"阿大道:"虽然如此说,从前伯父在日,惠爱我等如何的勤拳恳至,现在他的寡妇孤儿,无依无靠,我等追念前情,似乎也该报答。俗语说得好:'不看僧面看佛面。'他们虽不懂事,想着伯父,也就可以恕过的了。"罗巴听了儿子这一番话,心中略有一线回转,便道:"爱格他自己有他的亲戚,自会照应他一切。若是他的亲戚不肯照应,那时爱格肯屈心来求我,我自然替他想法,断不置诸意外的。至于这事,却是你伯父当日做错了。既要取亲,就该光明正大,何必如此鬼鬼祟祟的,连累后辈不得出头,这是何苦呢?我儿,你的年纪也将及弱冠,这些事要自己有点把握,不可学伯父的孟浪,要紧,要紧。"阿大答应着,便往学堂里去了,不提。

这里爱格自同罗巴打了一场官司,仍是不能伸雪,只好忍气吞声,带着两个儿子,闭户不问外事,将从前所积金珠、首饰等物,全行变卖一空,所得银两,大约可以敷衍一年的过活。他的娘家,父母早经亡过了,尚存一兄,名字叫磨敦[1],在乡间开个小店,自己足够吃用,娶了妇,生了子,无挂无累,甚是快乐。磨敦这人心直口快,性情严正,从前闻得爱格私嫁,曾写信与爱格道:"吾妹作事太不自忖,致失家门体面,我竟无颜与妹往来。倘能断绝私交,复回故里,我仍当以妹相待,慎毋自误"等语。爱格彼时阅信,不过以一笑置之,而今非利死了,爱格搬出花园,住在小房子里首已经九个月了,一日混一日,毫无一点善后的方法。想起两个儿子将来如何过活,便煞

---

[1] 磨敦,原文为 Morton,今通译莫顿,即罗杰·莫顿(Roger Morton)。书中又译作"摩敦"、"磨吨"、"摩吨"、"么吨"、"摩顿"、"磨嗷"、"磨顿"、"么敦"等。

费踌躇，虽然现在所卖去首饰银两尚有赢余，不愁没饭吃，然坐吃山空，指日可待的。再四思想，没有方法，只好写信与磨敦去碰碰看。信中将从前如何接亲，后来非利如何死法，如何被人欺负，如何打官司输了，现在如何的光景，两儿如何的受苦，都一一诉入。写毕，自己看过一遍，不觉堕泪不止，遂将信封好，交信局寄去了。

此时正是五月天气，暑热异常，康吉有事往街上去了，爱格与次子希尼在家。希尼从小住惯了高堂大厦，忽然到了这小房子里，已是不耐的了，况又天气炎热，小房子里暑气蒸逼，不能透风，于是更加烦燥。小孩子当不十分懂事，便哀声哭道："母亲，我不要在这里住了，这里要热坏人的。我们为什么不仍旧到乡下去住呢？"爱格叹道："孩子，别要如此好舒服了，如今比不得从前了。"希尼道："我从前一匹小马，却在那里去了？我要骑马呢。"爱格道："马是已经卖去了。"希尼道："我的马何人卖了？"爱格道："是你叔父罗巴所卖。"希尼道："叔父太不仁了，为什么连我一匹马也容不得呢？可恨吓，可恨。但是天气如此之晴，骑个马儿却实在是有趣。"爱格听他如此说法，便摸他的脸道："孩子，你母亲是没有钱，等过几天，向人家借一匹马与你骑骑罢。"爱格口里虽答应，心里想道："可惜，可惜，我这好儿子，我没有钱替他雇马骑，要想不准他，却又不忍违拗了他，故而缓言骗骗。"那希尼见母亲从他的请，便高兴起来，拍手哈哈，满地跳跃道："街上有赁马的人，他有一匹白马甚好，明日可问他赁来骑骑。但是一样，求母亲不必与哥哥说起。"他母子二人正在讲讲说说，忽听敲门声甚急。未知来的是谁，下回续谈。

第十节　苦爱格挥泪启兄缄　孝康吉为亲作书贾

爱格正与希尼在那里讲话，忽听敲门声急，希尼便去开门。只见走进一人，手里拿着一封书子交与希尼，转身便出去了。希尼关了门，将信拿进房中与爱格看，爱格接了信一看，原来是磨敦的复书，急急的拆开，只见上面写道：

吾妹青览：顷接来书，知妹妹近乃遭此颠沛，甚为恻然。惟思从前妹丈在日，何以不先作遗书，以致此时寡妇孤儿毫无倚赖，实有不宜。妹丈之变虽云出于不（恻）〔测〕，然其不以后事为意，可想而知。至昔日暗行婚礼,其有无莫得悬揣,恐妹倩当日只是骗人耳。况已按律定断,可不必赘言矣。即实有之,而吾妹竟不得辞其咎。此何事耶,而含糊隐忍十余年,至于今日,辱吾家门,真令我无面见人。尔兄嫂颇以此事为耻,我再三譬导,彼终不能释然,吾亦无法,听之而已。吾之此书,非欲以此言故伤妹之心也,言及此,故不能不一尽耳。至于一切可以力之处,必当代妹谋之。来书所云欲谋与兄同居,未尝不可,特是尔嫂性太崛强,而吾店中来往者多好事之徒,妹若来此,恐惹物议,且损我生意也。今寄银十磅,聊助日用之需,以后有缺乏,告我当再寄。前云有恙,望善自调摄,毋过哀伤。与罗巴相控之事,吾意罗巴与非利手足也,似宜念妹倩之情,不可过激。且当思后日之计,果能屈意相求,渠亦未尝不肯周恤,祈酌量之。两甥相品英发,聪敏过人,甚喜。大甥年既十六,吾今为谋一枝栖。吾妻之弟名白拉〔1〕者,现为书贾,伊曾假我数百金,未之清理。昨闻其欲觅一徒弟,吾思大甥正好安置此间,何妨即遣之前往。我再作一书,可保其必成也。次甥可来吾店中相帮,妹若能割爱,何妨令其前来,我当视之如己子,尔嫂必亦疼爱,并可代为管教。且在此,于我店中生意大有裨益,盖其相貌既佳,应对周旋必好,可以招徕贵客也。两甥如此安顿,吾妹自可放心。望得此书,速作复函,言明次甥能来与否,以便准备。匆匆布此,诸惟珍重为嘱。

兄磨敦手书

爱格将信看毕,默默不语。忽见康吉从外边推门进来,走入房中,见爱格看信才毕,问道:"这是何人的信,信中说些什么话?"爱格道:"这是你舅舅的回信。我前次寄信与他,托他照应你们弟兄。他信中的意思虽好,但是一层……"刚说到这里,康吉道:"且等孩儿看信再作商量。"说毕,便展信观看。这里爱格独是低头寻思。原来爱格为人,有胆有智,虽是妇女,却与别的不同,心中总是好强争胜的,而今经历忧患,尚有自己支持、不愿依傍他人之意。见他的阿哥的信中所说,要叫两个儿子去学徒弟,未免有些不愿,所以十分踌躇。康吉看信毕,将信搁在桌上,说道:"舅舅的意思甚好,不知母亲意下何如?"爱格闻言,泪流满面的说道:"他的意思虽好,但这件岂可行得?你既远去,希尼又要离开,我如何舍得呢?"说毕,便哽哽咽咽的哭将起来。

---

〔1〕 白拉,原文为 Plaskwith,今通译普拉斯威斯。

康吉见母亲如此，便在旁以婉言相劝道："母亲，此事虽不可行，但此刻光景日难一日，也是无法之事。惟愿白拉这里事体能毂成功，孩儿自当孝敬母亲，抚养兄弟。母亲且莫悲伤罢。"爱格道："我的儿，你从前父亲在日，住的大房子，用的底下人，吃的是肥甘，穿的是绸缎，要做什么事，动动嘴就有人来伺候。而今到要靠起别人来，并要与人家作徒弟，这个我心里如何不难受？况且你的性儿是骄傲的，这种事情你岂能做得来呢？"康吉道："母亲休要如此说，孩儿只要能毂养活母亲，就是挑葱卖菜，也愿当的，就是向罗巴跟前跪着求他，也愿意的。母亲总说孩儿心高志傲，而今见家中如此光景，母亲忧愁不辍，面孔一日瘦似一日，我心里比刀子割还难过些。此时但要可以暂且栖身，能够事亲抚弟，便得了，那里还能像从前的大志愿呢？只怕因循不去，将来连混这一碗饭的地方都没有了，那才难呢。"爱格闻说，又是凄凉，又是欢喜。欢喜的是康吉能甘苦楚，凄凉的是家计艰难，遂点头向康吉道："我的儿，你且来母亲跟前坐坐罢。你这话是什么话，叫我听了，连肠子都要痛断了。你真是我的好儿子。"一面说，一面把康吉抱住，亲热了一回。母子二人，相对默默无语。少停半晌，康吉站起身来，和颜悦色的对爱格说道："母亲，我一两天就动身往白拉处去，看看光景如何，再作道理。"爱格点头道好。

到了次日，康吉绝早起来，拜别了母亲，叮嘱兄弟几句话，上了马车，一加鞭便轰轰的去了。行了一日，天色将晚，已到白拉的店门口。康吉于是挽住了马，下了车，整顿了衣裳，走进店门。只见里头还有一重小门掩着，康吉便举手敲门，里面答应，开门出来，是一个家人，引入帐房一间小坐落，请他坐了，等候主人出来。候了半晌，只听得咳嗽一声，从里头走出一个人来。康吉抬头一看，见此人身量不高，躯体肥胖，身穿青衣青裤，襟上系着一条大金练，练上带着数枚玉印，一副黄灰色面孔，头发又短又黑，缓缓的一步三摇，走将进来，狠像个持重老成的光景。原来这人就是白拉，平素有一件怪脾气，他向来仰慕前法国君主纳坡伦[1]的为人，便样样学起他来。又得了纳坡伦一张小照，自己看看觉得狠与他相像，于是逢人便说："我与纳坡伦性情、相貌都是一样的。"人见他自己如此说，也无人回驳他，不过顺

---

[1] 纳坡伦，今通译拿破仑（Napoléon Bonaparte，1769—1821），近代法国著名的军事家、政治家，法兰西第一帝国及百日王朝皇帝（1804—1814；1815）。1799 年发动雾月 18 日政变，自任第一执政，1804 年称帝后颁布《拿破仑法典》。对外连年用兵，滑铁卢战役惨败后，被流放于圣赫勒拿岛。

着他嘴里混答应就是了。却说纳坂伦是从前法国一个著名的君主,本是寻常的民人,因他的为人,有才有德,公举为君主,他的弟兄数人,又均举为别国之君,一时欧罗巴称为极盛。这纳坡伦心直口快,语言质朴,白拉说话便也习成这一派。

当下白拉走进屋里,康吉连忙起身见体。白拉问道:"你就是磨敦荐来的书生吗?"一面说,一面便伸手往衣袋中取出一本记事簿,徐徐的展开,妆着腔缓缓的观了半晌。又看了康吉一眼,点点头,心里却像狠会意的光景。又抽出一信道:"就是这封信了。"又道:"不是,不是,这是我的干儿寄与我的,要买我新印的书五十本呢。"说毕,又回头对康吉道:"你今年几岁了?"康吉道:"十六岁。"白拉道:"面孔老苍些。"旋看看荐书道:"是了,请坐,请坐。"一面又看信,自言自语道:"是了,他就是磨敦的亲戚。咳,他父亲死的可怜,他年轻学问尚好,可佳了。"又点点头,对康吉道:"你可会打算盘,能做管帐先生么?"康吉道:"算学略知一二。"白拉道:"可还有别的本事么?"康吉道:"法国话、罗马话都会说的。"白拉道:"这个顶好,我用得着。"又问康吉道:"你的头发怎么这样长?你看我的比你短了好些。"停了停又道:"请教大名。"康吉说了名字,白拉道:"康吉先生,你相貌堂堂,必定大有出息的。我最善于看相,是不差的,此刻在我这里,却委屈你了。这里的事情你该晓得的,将来于你不无好处,此时我却没有聘银,已同令亲说明。你吃饭、睡觉都归我管,洗衣服仍归你自己,其余一切事体要照规矩。在此做五年徒弟,期满了不可在别处做生意,还要帮帮我。合同我去写好,但不知你定于什么时候来?"康吉道:"请你定个日子就是了。"白拉道:"我于后日六点钟打发马车来接便了。"

康吉听了他的许多话,起初还没有什么,听到洗衣服要自己管理,便有些不自在起来,便问道:"一点儿薪水也没有吗?"白拉道:"这是没有的。"康吉道:"就是些须也好,我要养活母亲呢。"白拉正色道:"什么话,十六岁的人要薪水作什么?有房子住,有白米饭吃就毂了,又要薪水,是什么话?况且,徒弟们岂有要银子的理?我对你说,你在这里狠是舒服的了。"康吉道:"我情愿不要舒服,只要少与我一点薪水,我去养膳母亲,叫母亲舒服。我在这里就少吃些,一天一顿都甘心的。"白拉听了这些话,心中有点感动起来,手里正拿着鼻烟壶,一头闻着,一头呆呆寻思。又看了康吉一眼,说道:"我且对你说,你先来这里试几天,如与大家合式,将来再写合同,再加薪水。合同未写以前,每礼拜与你一元。你若果然聪明能办事,我与磨敦商量,还要重用你呢。"康吉听说,甚是感激,当下谢了。白拉道:"就是这样定了罢。你且跟我来,见见我的内人。"于是把荐书仍旧夹在记事簿内,放入袋中,负手前行,缓缓的踱进里厢去了。

康吉随后跟着,只见里面一进小院落,几间房子,房中坐着一个妇人,斜着眼望外瞧,两个小姑娘也斜着眼看外头。又有一二十来岁的男子,衣服穿的甚旧,面上有红班[1]红点,头发甚粗,一面略高,一面略低,大鼻子,厚嘴唇,身上一股烟香。此人是谁?乃是替白拉管账的先生,名叫毕明。白拉与毕明见礼已毕,叫康吉与三人都见过了。那妇人点点头,两个女儿嘻嘻的笑,毕明照著镜子,一只手摸头,一只手十分用力相携。白拉对妇人道:"娘子,天热得狠,康吉也辛苦了,与他一杯茶吃。"又对女儿:"你到门口叫佣人取馒头来,愈快愈妙。"回头便对康吉道:"我做事总要爽快,请问你……"说到这里,便沉吟了一会,又道:"请问你读过纳坡伦的传么?"毕明正在吃茶,听见这话,不觉扑嗤一笑,把茶喷将出来,一面用脚踢踢康吉,这是知会康吉的意思。康吉不懂,回头看看毕明,颇怪他卤莽,便对道:"纳坡伦传我没有读过。"白拉道:"那可惜了,纳坡伦乃欧州大有名望之人,岂可不知呢?请问他的石头像你可曾见过?若没有见过,"用手指道:"那边就有。你且看看,他像何人?"康吉上前一看,便道:"不知像谁?"白拉道:"只怕总有一个人像他,请你把在座的人看看,再看小照,那就知道像谁了。"康吉又看了半响,道:"我实在糊涂,敢是像你吗?"白拉笑道:"一点不错。我说你聪明,你真是聪明。"回头对他娘子说道:"何如,不是这么说吗?"又对康吉道:"你看看他的传,再与我相聚久了,便晓得我与纳坡伦不但面貌相同,而且脾气相似。我教你做人的法子,第一要爽直,第二要沉静,第三要勇往,第四要简率,第五要坚定。能毅行此五层,便可追踪古人了。"要知后文,下回续谈。

第十一节　邂逅相逢车中絮语　饥寒交迫梦里寻欢

白拉正在对康吉说纳坡伦的好处,说得高兴极了,那知他浑家却听厌了,见他只管说个不休,便道:"毅了,尽说这无(盖)〔益〕的闲话做什么?依我说,你就算是纳坡伦便了,不必常常自夸自赞,叫人听的厌烦。况且这

─────────────

〔1〕　红班,即红斑。班通"斑",以下同。

康吉先生今晚要赶回家,你看时候不早了,稍迟一刻,公车便要过去,不如说说要紧的话,让他喝杯茶,吃点东西,也好动身,不致误了事情。"原来英国的马车有自己蓄的,有专搭客人的。搭客的车与自蓄的不同,其车甚大,可容多人,并可携带行李,晚间便可在车上住宿,与中国江南的航船相仿。康吉回去须搭这车,所以白拉娘子如此说法。白拉听见娘子说他说话讨厌,便大为懊恼道:"你说我不像纳坡伦吗?你那里知道,你那里懂得,那纳坡伦的好处,真是说不尽。我虽不能全像,却也狠有几分。常言说得好:'得失寸心知。'我自己知道自己,原与你不相干。我与康吉先生说,又不曾与你说,你管我做什么?像康吉先生这样人才知趣呢。"康吉听他夫妻二人所说的话,心中不觉暗笑,又想:"白拉究竟是个好人,到可以长相处的。"心里呆想着,也忘与众人酬对。停了一会,白拉在袋中将时镖〔1〕拿出一看,便道:"不早了,已是时候了,再迟就要误事的。"回头对康吉道:"你可动身了,此去早早到家,稍为料理,即速速来此,不可迟误,愈快愈妙。"康吉闻言,即立起身来答了个"是",便道:"我告辞了。"转身向众人略略的一招呼,便走出前厅。白拉随后送了出来,一直的送到上车的所在。康吉跃身上车,向白拉一举手道:"请了。"只见执辔的人加上一鞭,那车便追风逐电如飞的去了。

　　这里白拉的娘子见白拉送康吉去,便对毕明暨两个女儿道:"我生平所见的人却也不少,总没有见过康吉这样人,气象勇猛,毫无规矩。只看他两只眼睛,闪闪有光,同老虎的眼睛一样,令人望而害怕,真是一个大怪物呢。"毕明笑道:"不是这么说,他那个样儿,又黄又瘦,衣服又是破的,就不过两个眼睛圆瞪瞪的,你说他像老虎,我说他像猫,只能吓唬吓唬老鼠罢了。那个来怕他呢?"白拉娘子点(须)〔头〕笑道:"你这人的嘴到〔2〕真正挖苦呢。"于是大家一笑而散。

　　此时康吉坐在车上,与众人攀谈。隔座有一客人,口里含着烟筒,在那里一面吃烟,一面大声怪嚷怪叫的说道:"今晚的天气好热呀。"说毕喷出一口烟来,不偏不歪,刚刚的喷在康吉的面上。康吉回转头躲避着,恼声说道:"天气却是太热,但尊驾喷烟也要看看地方,当着人面上喷来,也不怕讨人嫌?"那客人听了,呵呵大笑道:"小朋友,我看你全然不懂得这烟的滋味,

―――――――――

〔1〕　时镖,原文为 watch,即时表。文中也译作"时表"。
〔2〕　到,同"倒",以下同。

你若是同我一样经过各种苦楚，我便敢包你必定也要吃了。这烟的好处是能消烦解闷，心里不受用的时候，吃了便可暂释愁怀，心里无事时，吃了也可以增长思虑。朋友，我劝你试吃一筒，便晓这个的好处了。"康吉听他说话，甚是可听，再看看这人，只见他虎背鸢肩，高颧阔口，两眼奕奕有光，鼻直而高，身穿宝蓝色衣服，头戴草帽，面容丰满，相貌堂堂，满脸笑容中却有一种威严气象，真是一个不凡之品。心中想道："这人到是爽直的好人呢。"客人见他默然无语，只是呆呆的看著，便道："朋友，你只是看我，是什么意思？你说我的样儿可像个英雄豪杰吗？"康吉道："正是，老兄的威仪真是出众呢。"客人道："这话也不止一人说了，有多少朋友，都是如此说法。但是你与我初次相见，就要能毂（我）知我，这却不然。我阅历多年，看人的眼力颇有几分。我听你说话口气，必然是大家子弟，看你衣衫褴褛，必然是贫穷无计，看你面带忧容，知你心中必然大有不遂意之事。朋友，你说我看的是不是？我且问你，你现在有何贵业？"康吉听了，面微微一红，答道："现在赋闲，尚无何业。"那客人听说，叹了一口气道："可惜，可惜。你可是在敌营中做生幕的么？"康吉道："老兄此话怎讲？我却不懂。"客人道："明对你说，就是做状师帐中小伙房计。"原来状师所用的伙计甚是清苦，辛俸[1]微薄，事体众多，做此事者，往往心境不佳。这客人看见康吉面目憔悴，衣冠破损，故疑心康吉也做此事。

康吉听说，尚未答应，那客人又道："我以敌人比状师，这却有一个大道理。且以一物相喻，你就知道我说得是了。譬如蜘蛛这件东西，他却有两种。一种辛勤布网，自食其力。一种生性懒惰，不肯吐丝布网，每于各处潜游窥伺，以冀侵占弱蛛之网，先食其主，继吞所余翼股等物，心狠异常。此一种吾以为即世上状师之类。你说是不是？"康吉笑道："第一种像世上什么人呢？"那客人道："世人所称安分人，就是此种了。是我一类的，两不相侵，不是我一类的，亦无心鱼肉，不过自食其力，以充口腹，世间所称老实安分的就是了。若状师的行为便大不然，外面的做作，狠像帮助人光景，暗中却在那里布网，叫人不知不觉都投在他网里，他却缓缓的享用。俗语说得好：'满脸仁义道德，一肚皮男盗女娼。'这就是状师的考语了。"说毕哈哈大笑，依旧点火吃烟，口里含着烟筒，心里一面思忖，像个想从前旧事的样儿。

---

[1] 辛俸，即薪俸。

此时车行甚速，坐在车上，只见两旁树木只往后移，耳中但闻轰轰车轮之声。此时两人均默默相对，一言不发。康吉从早上起来，不过稍微的吃了些点心，便动身来白拉这里，白拉虽款待尚好，预备了食物请他，他却心中有事，焦急万分，也便吃不下咽，竟是饿了一日。此刻在车上坐着，迎着风，吹得身上颇觉寒冷，肚里也有些饥饿，真是饥寒交迫，却又无处觅食，无衣可加，心里思量："从前衣文绣、厌粱肉的时候，何等快活，今日便如此苦恼。"一霎时无限凄凉，不知不觉的神思昏沉起来，想要睡觉，可怜又无铺盖，又无枕头，只好坐着打盹，慢慢的身子一歪，不前不后，刚刚一头靠在吃烟客人的胸上。客人见他如此模样，不觉好笑，便重重的咳嗽一声。康吉困倦已极，竟不醒来。他身材长大，甚有斤两，这吃烟客人颇觉吃力，见他不醒，心里又好笑又好气的，便大喝一声道："朋友，怎么样？你出钱坐车，我也是出钱坐车，大家都是一样的。我又不是枕头被褥，你为什么如此无礼？"一面吆喝，一面用手乱摇。

康吉在睡梦中，忽听见有人说他，又有人将他乱推乱摇，猛然惊醒，一翻身几乎翻下车去。那客人连忙用手抓住，方才不至滚落。客人道："险得狠，几乎丧命了，须要谨慎才好呢。"康吉尚是朦胧，两眼半开半闭的，向着客人说了一语，却不甚清楚，像是惊动有劳的意思。那客人看见他这个样儿，心中不觉感动起来，想要安慰两声，只见又沉沉睡去，头靠着车沿边一只木箱上，势甚危急。这条路又不大平稳，颠簸几下，便会将人落下的。客人看见光景，叹了一口气道："这个小孩子，真真可怜，脸上黄瘦得如此。"说着将烟筒中烟灰倒出，将烟筒装入袋内。又道："这种光景，难道是从不吃烟，触著烟气所致吗？看他颇似有病呢。"后又拉着康吉的手道："难道是饿成这个样儿吗？我方才吆喝他，似乎太觉无情些。你看他如此睡法，岂有不跌落之理？车夫须要留点心，别人家性命要紧呢。"说着便移身相近康吉，缓缓的用手把他抱起，放在怀内，只见长发覆额，满脸黄瘦，实是可怜。又见他在睡梦中不知为了何事，只是憨笑。客人也觉好笑，便道："想是梦见小时候顽耍之事，踢球扑蝶，竞相追逐，所以梦中如此高兴。就怕梦中虽然快乐，醒来却又苦恼呢。"此时风色甚紧，颇有寒意，客人见他穿得单薄，怕他受寒，一面用手抚摩，一面将自己外衣解开，将他包住，十分的爱惜。

此时一路上明灯灿然，马车来来往往，络绎不绝，行人言语之声，嘈杂盈耳，真是热闹之至。原来已到伦敦京城地面了。再走了片刻工夫，车便停住，康吉也自醒来。那客人见他醒来，高声说道："朋友，好睡呀。"康吉听言，睁眼一看，只见头枕在客人胸前，身子睡在客人腿上，身上又有一件衣服包住，便晓得是这客人的照应了。心里十分感激，便道："诸事承老兄厚爱，实在不敢当嘞。"客人道："朋友，不必说这些谦逊话。你我四海之内，都是兄弟，这种事何须记挂在心。我看你经历患难以来，恐无人哀恤你的呢。"康吉道："从前我父亲在时，人人都惠爱我，我那个时候也不懂得，以为应该如此的，而今才晓得了。"客人道："可怜，可怜。朋友，我劝你要自知保重身体，不要为境所累呢。"说罢，拿了一个金钱，递在康吉手中道："你拿去零用零用，不要嫌少。"康吉道："这个万不敢受，我们年轻力壮的人，自己何处不可求食，岂肯妄受他人之惠？ 老兄如实见爱，到有一事奉求。我现在尚无安身之所，老兄如有吹荐之处，可否为我谋一枝栖？ 我家寡母弱弟，要我养活，昨日这个馆地，所出的薪俸太廉，不彀养家，我有些不愿去的。老兄可肯代我留心么？"此时车已在酒馆门口歇下，客人便道："我们稍为歇息，慢慢的再谈。"要知如何说法，下回再续。

第十二节　问病源爱格怜幼子　存古道磨敦念外甥

马车停在酒馆门首，这酒馆便是车局，客人便与康吉道："啊，你是要找生意吗，你是要找生意吗？ 是了是了，我却晓得有一绝好馆地，但是我不能作荐主。今日分手之后，恐你我两人后会不知何日了。"康吉闻后会无期的话，也叹了一声道："正是，我到于心戚戚呢。我承老兄惠爱，以为无以为报，敢问上姓大名，现居何处，有无贵干，请告我知？"客人道："你问我吗？ 我不过是个闲人，名姓久已隐埋了，且不必说。我到有〔1〕一句正经说话劝你，你说昨日所就的馆地薪俸太廉，难以养家，固然是了，但如今要寻一馆甚为难事，只要这件事是正经生意，正不妨暂且混混，强似坐吃山空么。"一头说，一头就要下车，只见车下有几个人招他，他回头对康吉道："我去了，请请便。"竟自跃下车去了。康吉在车上看见有三四个鲜衣华服的人，都上前迎接那客人，各各的握手，十分殷勤。见礼已毕，一拥而去，一霎时便看不见了。

康吉独自一人回到家中，见了母亲，把白拉处事情一一的说了，他母亲也只好随他去。过了七日，康吉辞别了母亲，拉著兄弟希尼的手，劝勉了一

---

〔1〕 到有，即"倒有"，以下同。

番,依旧搭了马车,到白拉处来习业,按下不提。

且说爱格自康吉去后,携着小儿子希尼同住,郁郁的不乐,终日里不是流泪,便是叹气,渐渐积成一病,日里不能吃东西,夜里成宿不合眼,恹恹一息,自觉是不久于人世的了。想请一位名医,看看到底是怎么样,可以望好还是无可救药,自己也是放下这一条心,便命希尼去请了一位最有名的医生。诊了脉,爱格问医生道:"我这病何如,可能好么?"医生连声道:"不碍,不碍。"口里虽说不碍,心里却以为难治。爱格见他脸上光(竟)〔景〕,却有些不对,心里愈加着急,又问道:"我尚有许多未了之事要办,请先生老实对我说,病可能望痊? 若能痊,不必说了,若是不能痊可,我好预先将家事料理料理。两个儿子,大的已安顿出去,小的也要先安顿才好。我倘猝然去世,我的小儿无靠,岂不可惜呢。"医生听了爱格这番说话,再将他看看,知道他句句是实话,并无虚言,想想便直言拜上道:"我们医生有割股之心,既来替人治病,但有一分可治,断无不尽心竭力的道理。夫人这病,不是风寒暑热,是焦劳忧思所积而成,已是入了膏肓,无药可治的了。依我说,一切要办的事,不如趁此速为料理,早作准备的好。虽说死生有命,难已逆料,据我看,总是危险已极的了呢。"爱格听了这些言语,自己心里便冷了半截,当命希尼将医生马钱封好,双手递将过去,并道了谢。这医生坚辞不受,道:"话虽如此说,我且为夫人一治,或者吉人天相,也未可知。一半日再来替夫人一诊便了。"

过了几日,医生又来,方才坐定切脉,希尼站在一旁,医生看看,点头道好。爱格见医生望着希尼,便哀声的问道:"我死活都不要紧,这小儿的身子同我一样,单薄得狠,不知寿数何如?"医生道:"好得狠,好得狠。好一个小伙子,面容虽然瘦弱,血气正是强旺,将来尚有一番事业,夫人不必过虑。"说毕,摸摸希尼头道:"好孩子。"一面起身告辞去了。希尼送出医生,便跳进来道:"母亲你莫愁烦,孩儿扶着你出去散散心罢。或者雇乘马车,游玩游玩何如?"爱格也不答应,低着头,一只手只在脸上抓,呆呆的思索半响,自言自语道:"我的主意已拿定了,我自己是将要死的人,还要什么紧?苦只苦了希尼这孩子。我想我哥哥磨敦的来信,既愿代我教养,为今之计,我不如将希尼交与他,属他好好的替我管教成人,岂不甚好? 但是事须赶紧,倘迟一步,我先死了,那希尼再去投他,恐他不肯收留,就算他肯收留,又怕他相待不好,虐待我儿。还须及我在时交与他,他便无辞了。"想了半日,决计将希尼送往磨敦处,自己咬着牙齿,也就没有什么割舍不下。又想："我若打发希尼去后，真真是孤苦伶仃一个人了。哥哥既不肯纳我，我又何肯老着脸苦苦求他呢？只好一人在此苦混，过一日是一日便了。横竖我也是不久于人世的人，还要什么好日子过呢？"想到这里，未免伤心，不觉扑簌簌流下泪来。希尼在旁看见母亲如此，便道："母亲，母亲，孩儿要在母亲面前，不愿到别处去嘘。"说着也哭了。爱格用手抚他的头道："好孩子，听我说，你到舅舅那里去好，我也随后就来的。"口里说着，心里那里忍得难过，那眼泪就如下雨一般，流个不住。这里母子二人的光景，不必细表。

且说磨敦自回了爱格书后，日日盼望人来，总不见到。这日天色已晚，上了店门，磨敦与妻子环坐房中，吃著晚饭，讲些闲话。说到爱格的事，他娘子道："这希尼小儿，怎么还不见来呢？"一面说，一面把刀叉等物放在盘内，将盘移在一旁。原来他的饭已吃毕了。磨敦吃著酒，说道："不晓得是什么缘故？"回头对儿女道："你门可以睡罢，天色也不早了。"又回头对娘子道："希尼外甥不来的缘故，我晓得了，必定是我妹子爱他，舍不得远离，所以如此迟迟，大概尚要斟酌斟酌才来呢。"他娘子道："我们情愿白替他养儿子，这还有什么话说，还要什么斟酌？然天下有一种人，看不到，想不开，不晓得看事情与自己有利无利，真真是可笑呢。"磨敦道："娘子，你的人真是聪明，我妹子当初若晓得自利，便也不胡乱嫁人了。从前有同居此村一个姓宾的，家道殷实，相貌敦厚。其人以酿酒为生，与妹子甚是相恋，妹子却无意与他。若是叫我做妹子，到早嫁了他了。"他娘子道："宾某是谁，我实在不能记忆。这人现在何处？"磨敦道："他酿酒发卖，发了财，积了许多资产，现已停歇，搬到别处住家。今久不通信，不知如何。当日他与妹子相恋的时候，妹子的容貌真是沉鱼落雁，闭月羞花，算得一个绝世美人。"他娘子道："依我说，面孔生得好，算不得美人，须要行止端正，那才真真是美人呢。"原来这妇人相貌颇为不佳，且面有瘢点，故如此说法。

磨敦将座儿移移，说道："你哥哥白拉昨日有信来的，你可看见么？"娘子道："看见的。"摩敦道："康吉已到他那里去了，他信中颇有夸奖，我看这孩子到可望有成就呢。"娘子冷笑一声道："人是难说的，先前总无不好，但不知后来改变不改变。若能长久不易，这便真真是好的。我也巴不得如此，只是一层，俗语说得好：'龙生龙，凤生凤，老鼠生儿会打洞。'恐怕你那位令妹，生不出什么好儿子来。"摩敦道："这话也太说过分了些。"说著又将酒杯拿起，喝了一口道："拿糖一枚来，添在酒内。"他娘子一面与他添糖，一面说道："我子细〔1〕想想，希尼不来，未尝不是好事。他母亲如此行为，岂是能教导儿子的？平日骄养，不知惯成怎么样子，到我门这里来，与我们孩子门〔2〕在一起来往，不要连我门孩子也引诱坏了，那却是施小惠而受大害呢。况且我门邻居妇人罢氏，这个人实在最尖刻的，一张贫嘴，最好说人家一个坏话儿，而且专好打听人家事情，到处喧扬。倘若被他晓得希尼是我家妹子的私儿，那才见笑于他，外面传开去，岂不玷辱我门的门户吗？"

磨敦听说罢氏的话，便不觉怒上心来，意欲大骂。旋又忍住，便捧起酒，一口饮干，说道："罢氏是什么东西，他专管别人家的短处，替人家喧扬，实是可恶得狠。"娘子道："他照顾我店中生意却不少，且颇肯施济贫人，这却是他的好处。我记得喊氏的事情，也是他打听出来，到处告人的。"看官，这喊氏的事却不知其细，大约也是与人苟通的意思。摩敦道："说起喊氏来，实在可惜，他竟因这事死在普济堂〔3〕里呢。"娘子道："这种有什么可惜？你既已有子，自己立身也甚正派，何以忽然哀怜如此一贱人？是何意见，我却不解。他这种人既为贱人，落在贱地，也是应该的，可惜他做甚？"磨敦道："娘子，你想想人总是一样的，他从前如何的富足，一跌便至如此，就叫你我做他，也有别人哀怜的。你我难道是铁石心肠不成吗？这些都是闲话，且说希尼外甥果然来了的时候，总要设法防备，不令罢氏晓得出处实情才好呢。"娘子道："我只盼他不来才好，这个如何好隐瞒呢？况且我家里自有儿子，何必要他来此讨厌？"

说未说完，忽听得门前叫钟乱摇。娘子道："奇了，这是什么时候，天夜已久了，还有什么人来此呢？"磨敦心里疑惑希尼到了，就三步两脚抢出房中，走将出来，将外门开了。娘子也随后手执烛台，随后照路，立在门前窥探，半晌不见人进来，但闻切切私语之声，听又听不出来，便心中甚急，连声呼问磨敦："来的何人？为的何事？"磨敦回头看见娘子容色甚为着急，颇有不自在的光景，便向娘子道："我的帽子在那里？快与我拿来。我妹今在客馆中等我说话话。"要知说的何话，下回续谈。

---

〔1〕　子细，即仔细。以下同。

〔2〕　孩子门，即孩子们。以下同。

〔3〕　普济堂，又称"老人堂"，古代收容老病孤寡的慈善机构。如范祖述《杭俗遗风》"普济堂"条称："昨呼老人堂，在武林门内天水桥地方，收养六十岁以上无妻孥之老人，额以千数为满。"

第十三节　赴客馆夫妻存意见　会亲人兄妹叙离情

磨敦急急的催他浑家拿了帽子，就要往客馆中去，娘子听说是爱格等他丈夫说话，便"嗳呀"一声的说道："这个须要秘密些，难道就传扬出去，令外边人都晓得，你这丢脸的妹子来了吗？"磨敦道："谁人晓得呢？方才来通报的人，只说有一妇人，犯病在身，住在客馆，欲与我一会，兼有话说。这事甚为秘密，你千万放心，不必挂怀。"娘子道："你那妹子，这种贱妇人，断断是不许他进我的门。我们是极有脸面的人，不要叫他来辱没了。我无论如何，总不能令伊在此，你不要见了妹子，心便软了，胡乱的就答应起来，那我却是不依的呢。"磨敦见妹子病了，心里早已十分着急，十分哀怜。他娘子反对他，絮絮叨叨，说这些无情无义的话头，他心中不觉动起怒来，看了他浑家一（声）〔眼〕，口里轻轻的叱道："你这妇人，也太刚些，一毫慈念也没有，可恶，可恶。"一面说，一面将帽子戴上，立起身来，头也不回，急急的向外首去了。他浑家听见磨敦说他可恶，心里十分着恼，又想丈夫从未曾说我不好，为了这贱人母子两个，便辱骂于我，实是可恨，心中尤加几倍的恨起爱格来了。

此时正是二更天气，疏星几点，月色如昼。磨敦也无心看玩风景，低着头直往前行。到了客馆门外，只听见里面管弦盈耳，人声嘈杂，轻轻的走将进去。原来楼下有人宴客，酒已半酣，主宾皆有醉意，喧哗扰攘，各逞口才。磨敦一看，其中有几个熟朋友也在饮酒，便停了步，有些迟疑，不敢进去，怕众人看见。正在那里窥探，旁边来了一个侍婢，姿容美丽，手捧一盘，盘中盛了几杯酒，忙忙的只朝前走，脸上挣得白里泛出红来，甚是可爱。他见磨敦在门口鬼头鬼脑的探望，便道："磨敦先生来的正好。楼上有一妇人，携带一子，方才新到，住在楼上第二号房里首，说是来觅磨敦先生说话的，先生快快上楼去一会。"说毕，便端着盘儿，匆匆的向众客那边去了。磨敦听见小侍婢直呼己名，不觉吃了一惊，急忙的往内走了过去，恐怕他朋友看见，查问他何事来此，若被他门众人晓得，岂不应了他浑家的话头。于是三步两脚的直上扶梯，履声阁阁。

爱格在第二号房内，闻得楼板响，晓得有人上楼，连忙开门一望，只见来的就是磨敦，便迎将出去，叫道："阿哥。"身子便投在其兄怀里。摩敦亦将妹子抱住，兄妹二人，相携痛哭。哭了一回，摩敦抬头将妹子一看，只见一头白发,满脸皱纹,年纪不过三十余,却像七八十岁老年人光景,迥非昔日十八岁离家时情状。回忆当时,脸不傅粉而白,唇不涂朱而红,神光离合,直疑天上神人。才十余年,便老迈如此,令人又惊又叹。此时大家住了哭,爱格叫道:"阿哥,阿哥,我门自分手后,已十余年不见面了。"说著又哽咽起来,摩吨便安慰妹子道:"妹子且坐,莫要伤心。我今日若不先晓得你来,竟见面也不认得了。你为著何事,一老至此呢?"爱格道:"兄长,说也话长,且俟缓缓再讲。现在我小儿希尼携来了,交与兄长管教罢。只是母子一朝分离,做娘如何舍得?但出于无奈,也说不得,只好听凭天命罢了。"说毕,便转身走入里房一小坐榻傍。摩敦跟在后面,只见卧榻上睡着一人,爱格便轻轻的揭起被窝,又用手摇摇,向磨敦示以不用惊醒之意。又道:"希尼这小子,日来病得狠倦,早已要睡,我不令他在床上睡,是因兄长要来,先令见面,看看此儿有无出息。"此时希尼正在黑甜,见其一头歪在枕上,细发覆额,容色安然,便知娇养过甚,虽处此窘境,他却安享快活,未历辛苦,尚不知世事艰难的。摩敦先看见妹子的形容这等枯槁,再看看外甥的相貌何等舒和,不觉心中伤感,怜起他妹子来。眼圈一红,两行眼泪便要落将下来,连忙用手巾拭干,低头默默不发一言。看官,父母爱子,这是出于天性的,旁观因此感动,这也是人情。就是为父母的,平常不见答于朋友,当这个时候,目击如此苦况,也未有不感动的。若但是一味嫉恨,毫无慈念,这种人自己以为端方,我说他心肠比铁石还要硬些。这摩吨与爱格,是手足至亲,见了如此光景,岂有不动心之理呢?

　　爱格见摩吨默默无语,便问道:"兄长,你看外甥何如?请你替我管教管教。伊年纪尚小,生性柔弱,受不起惊吓的,你莫要常常的怒骂伊才好呢。兄长,你(是)〔自〕己也有儿子,做父母的心都是一样的呀。"摩敦用手抚摸着希尼,说道:"好个相貌,真真是个佳子弟。妹子你只管交给我,我把伊总同自己的儿子一样看待。"口里说著,心里却怕浑家不答应,十分踌躇。又想:"如此好儿,伊见了亦必定喜欢的。"摩吨心中自言自语,爱格却又轻轻的将被窝替希尼盖上,便与兄长携手至对面房中坐定。爱格问道:"兄长,我从未曾见过阿嫂,不知伊脾气如何,想来必定是贤淑的。希尼将来全要老嫂照应,我想嫂子自己也曾为母,自能疼惜小孩子。但是我总要当面见见才好,兄长可许我一见么?"摩敦闻此言,心中颇不自在,停了一刻,咳嗽了几声,答道:"你嫂子真是贤德妇人,世上少有的。我娶伊来,而且得了厚资,现在的光景如此,全是伊进门后兴旺起来的。持家节俭,谋事精细,我得了这个内助，不知省了自己多少心力。虽然伊的脾气有点任性，这也只好由著伊去，没有什么大关碍的呢。"爱格又道："兄长，我还有一事相求，兄长答应不答应？"摩吨道："看是什么事，若是商量银钱等事，这到也好说的。"爱格道："兄长，我自己晓得，我而今是不久于人世的了。"摩吨听了此言，大为不然，只是摇头，叫妹子休要胡说。爱格又道："人的寿数是前定的，我今日衰老到这个地步，那里还能久延呢？我此刻亦别无挂恋，只有两个孽障不能适然。长儿康吉年纪大了，性情刚毅，志气高傲，自己也可以在外边混饭吃了，我还不甚在意。独有希尼这孽障，我实实的舍不得离开他，他太过于娇弱，不知世事，总要我自己照应才好。我想在这村中赁一间小屋，暂且寄住，只要可以容身就是了，未知可否？如若可行，并求即在尊府左右近处地方，横竖我是将要就木的人，既在此间，到底也有个亲人看看。"说到这里，便哽哽咽咽哭将起来。磨敦道："妹子不必说这些忧愁的话，叫我听得难受，你年纪比我轻多了，你若就要死，我便如何，切莫再如此说。"口里说著，心里却暗暗的盘算道："妹子如此苦恼，要在此住下，甚是好事。但是娘子的性气不好，我答应了，他若不许起来，那便如何是好？"寻思半晌，又道："这事漫漫再作商量，妹子可自己与你嫂嫂说。我去叫他来，你门见见面儿，他若肯应允，就寄居我家里，岂不更好？妹子你不晓得，我做生意的货本，都是你嫂子带来的，他为人又甚是严正，所以不得不与他斟酌。"爱格道："是极，是极。哥哥何不就请嫂子来见见，我想人心总是一样的，嫂子见我母子的光景，断无不允之理。"摩吨点点头，不答应。

停了一刻，爱格又道："哥哥你可晓得，你妹夫从前始末情由么？难道自己的哥哥也与他人一样，心中尚是怀疑，以我当日为私奔，以我两个儿子为非正出吗？"爱格说此话，叫人听了，无有不相信的。惟这摩吨为人经历世故，这种无凭无据的事，几句空话，那里肯信？况且他妹子这事，已经公堂断定的。他听了妹子所言，低着头，半晌叹道："依我说，妹子从前受人的愚弄了，如今也可以不必提起罢。"爱格道："不是这么说，你妹夫与我实在行过婚礼的。他为人正直无私曲，豪侠有义气，我实是钦佩。哥哥你想，我若不是正婚，他叔父坡弗的产业，何以不归他兄弟，倒归他呢？以后不必责他，他虽死，人也不宜十分毁谤呢。"摩吨闻说，不觉微微的动起怒来，作色说道："我不曾妄毁谤人，我门做生意的人，心地朴实，看事总须看理，理上下得去，断乎没有别的话说。据我看，非利的行为，于理上似有不合，就是他从前果有行婚之举,后来不该既灭了凭据,又把证人遣散。去世的时候,又不曾作遗书。这几件事,他能辞其咎吗?此系旧话,我也不必多言。只是一层,两个外甥将来有了出息,恐怕世人永远以为私出,那才难呢。"说到这里,便又眼看他处,说些别的闲话,怕爱格再提这事。爱格正以手巾拭汗,便长叹一声道:"罢了,连自己同胞共母,骨肉至亲将阿哥,尚且不信我的说话,又何怪世间上这些人不肯相信呢?这也无法,只好凭他罢。"于是兄妹二人,又絮谈片刻,颇为不欢。原来他二人虽是一母同胞,却离别有一十六年之久,摩吨因妹子私嫁非利,颇有相轻之意,爱格为非利辨白,摩吨也不相信,未免彼此心里有些不合起来。对坐了些时,摩吨道:"天也不早了,妹子好早点安歇罢。心里不要过于忧愁,实在烦闷时,吃一杯酒,散散心罢。"说毕立起身来,辞别回家去了。要知后事,下回再谈。

第十四节　不贤妇忍心凌寡　苦命人挥泪托孤

磨敦辞别妹子,走回家中,他娘子在窗下坐著候他回来,尚未睡呢。一见他来,便问道:"你妹子说些什么?"磨敦不敢隐瞒,一一的告诉了浑家,便同浑家商量了半夜。磨敦尚有人心,实是哀怜他妹子,想要留他在家里,无奈他浑家心如木石,随你如何说法,他只是不允。慢说留住的话,就是要他去见爱格,他还装腔作势的不肯。后来看见丈夫的意思甚坚,心里想:"他到底是个男子汉,倘我一事不行,他执意起来,必定要留那贱人,那时我才无法可使呢。不如且答应他,前去见见那贱人再作道理。"拿定了主意,便假作悦色,似乎像个为磨敦好话所感动的样儿,说道:"据你所说,爱格形状实是可怜,听了也为他难过。既是他现在有病,你要我去看他,我姑且听这一层,明日同你去客馆中走走便了。"磨敦本来怕妻,今闻娘子许了他去看妹子,心中已是万分感激,留爱格住的话,也不敢再提。况自己寻思,这村中人说好话的人少,说坏话的人多,他浑家又太好体面,自夸门户清白,无瑕可指,因此与别人结怨者亦颇不少,他门无时无刻不探我的错处,若被他们晓得妹子的事,那时传扬出去,岂不叫我无面孔见人吗?便也把留住的心收拾过了。于是夫妻二人收拾睡觉,一夜不表。

次日天明,夫妻携手出了大门,放步诣爱格所住客馆中来。磨敦相貌魁梧,一表堂堂,那浑家五短身材,面色黄瘦,鼻尖眼露,甚非慈祥之辈。从前么敦讨他的时候,不知费了几多心机,计谋百出,方才诱得他心服。然旁人议论,都说么吨讨他,并非爱他的相貌,实是爱他的银子。原来么吨自讨他后,事业大为兴旺,从前店面不过一间门面,而且货物稀少,今则已有四间大的店面,各货堆积如山,甲于村内。他浑家因此十分得意,常常的数落么吨道:"非我你何能至此?"么吨也只好顺受。至于妇人心里,实在爱夫与否,却未能知道,但在么吨前,总较之在外人前,面子上交代得下去就是了。么吨之不振夫纲,起初是爱其财,后来是积威所致,渐渐不能振作。大凡惧内的都是如此,不过好色者多,爱财者少,么吨总算是惧内中一个别开门径的了。

且说他夫妻一路行来,娘子打扮得甚是华丽,头上饰以各种花卉,长裙委地,行步迟迟。只是身上穿着一件黑衫,实实过厚,此时天象正是大热,不知何故还穿这样厚衣,想是体气娇弱,所以如此。不然定是好体面,不舍得脱这件衣裳。胸前金扣粲然,足下皮鞋甚紧,原来他足指素生鸡眼,鞋子紧了,十分疼痛,他便咬住牙关,忍疼缓缓行走。一面走,一面问么吨道:"你平日说你妹子美貌异常,是个绝世的佳人,而今何如呢?"么吨道:"从前实是美人,而今年纪大了,心绪又不佳,老苍了不像先时样子呢。"娘子冷笑道:"相随心转,他的心不正,相貌自然也会变丑的。"行了许久,么吨催道:"娘子快点走罢。"他浑家听说,不觉厉声道:"么吨臭王八,你不晓得老娘脚上有鸡眼么?"吓得磨吨不敢开声,连忙陪笑道:"缓缓的走,我陪你,我等你。"于是走几步,候一会,走几步,候一会。

到了客馆门前,他浑家说道:"我们不必久坐,赶快说几句语即便回家,省得人家看见盘问。"么吨答应着,同进馆门,只见静悄悄的,一个闲人也没有,惟有香烟氤氲,一阵阵的触鼻。妇人见如此清静,甚为欢喜,遂一直上楼。

爱格正坐在榻上,希尼坐在旁边,衣服整顿得甚为齐整。原来爱格特意有心将儿子打扮出来,与么吨浑家看,令他欢喜,便好托他照应了。爱格见有人来,连忙立起。么吨走上前,先见过了妹子,用手指着浑家,向妹子说道:"这就是你的嫂子了。"爱格抬头一看,见他面上毫无一点和悦之色,心中不觉一动,连忙伸手相拉,这个光景并非迎接,实在是哀求的意思。妇人本意原要拿出身分,行个以尊接贱之礼,及看见爱格容貌虽老迈不堪,而丰神尚在,不觉自惭形秽,也便用手相拉。爱格紧握其手道:"嫂子好。"回头又命希尼前来见过舅母,妇人便招手道:"好孩子,可来我这里,不要怕生。"么吨甚喜，抱起来置于膝上，抚摩其头，说道："好相貌，真是一个俊品，我们孩子那里及伊。"于是大家坐定。妇人道："今日天气颇热，我一路行来，更觉热极了。"磨敦便对希尼道："你可拜见舅母，而今又做舅母，并又兼做娘呢。"希尼听言，即便上前，深深一拜。妇人听见磨敦如此说法，颇不自在，又不好即时发作，勉强忍住。见希尼来拜，只得勉强笑道："我家里也有一子，看光景大约与你同岁了。"爱格急急问道："是真的吗？是真的吗？"一面问，一面将坐的椅子移移近，在嫂子跟前，侧身低声说道："我的事情，想必哥哥昨夜多与嫂子说明白了。"妇人冷声冷气的答道："是，是，是。"爱格道："我想借住在此村中，不知嫂子意下如何，可以不可以呢？"妇人听见这话，便不答应，转眼望着磨敦。磨敦知道浑家不肯，便两眼望着外边，以示不可留住的意思。

他两人在一旁做神做鬼，谁知都被爱格看在眼里，心里便冷了半截。旋见妇人开口说道："这事我不能作主，你只问你哥哥就是了。"磨敦是顺从老婆惯了的人，此刻浑家正在面前，那里还敢答应妹子，遽背夫人的意旨。只得咳嗽一声，说道："妹子，非是我不肯留你。依我看来，你万万在此久住不住，从前情事无人不知，教人知道，自家有何脸面呢？"爱格道："我躲在里边，足不出户，除兄与嫂二人之外，不令一人见面，还有谁知道呢？"磨敦便向妇人道："这事隐藏得住吗？"妇人道："这种事如何瞒得人住呢？依我说，你妹子可以收拾这条心罢。实对你讲，我们住在此间，不可不为自己门户体面计。况且生意之盛衰，子孙之成败，都系乎此。岂能糊里糊涂留你不顾自家呢？"磨敦见他说得太决绝，恐怕妹子伤心，便道："你也不必多说，等我与妹子细谈其中委曲，你可带了外甥在隔壁房中坐坐去。"妇人本想自己逞能，及见爱格容貌吐属，均非凡品，便也不敢十分乱发作了。听见摩顿叫他到隔壁去，他也乐得推在磨敦身上，叫磨敦做坏人，横竖我不开口，他总万不敢答应就是了。

磨敦见浑家去了，便轻轻与爱格说，他如何强悍，如何不肯，我实无法。又道："妹子不在此住，我便好把希尼做个远戚孤儿看待，村中便无所疑心。妹子若住在此间，必然会露出来，反为不便。希尼年幼不知事体，倘与同辈小儿顽耍，恐怕轻薄人就要骂他是私孩子呢。妹子，你做娘的听了这话，气也不气？"爱格听了这一席话，不觉长叹一声道："母子竟不能长聚一处了。可怜孩儿幼小，将来我死了，他那里还晓得娘，还记得娘吗？天呀，可怜呀可惨。"磨敦听见妹子如此说法，心中大为伤感，也便忍不住哭了。用手把妹子抱在怀中,两泪扑簌簌流将下来,便道:"妹子,非我不肯,其势实有所不能。你从前在家日,家中上下人等如何爱慕你,年既及笄,有多少人属意于你,你却为非利甘言蜜语诱骗去了。那时你年纪还小,也不能怪你。现在你既爱希尼,便当为希尼前后细细盘算,总要与他有益才好。依我说,你守著他,受别人蹧蹋,何如舍了他,于他有无穷之利呢。"爱格听了于希尼有利之话,大为动心,忙道:"哥哥,我服你了,我如今凡事听天由命罢了。希尼交付与你,望哥哥好生抚育,天必降福于你,我心已定,不在此留住了。"磨敦一面拭泪,一面说道:"还有一说,嫂子是一个极好的人,但不可拂他的性,若不顺他来,那才与他不得了呢。先要将他安慰好,以后希尼便没有苦头吃了。"遂大声呼道:"娘子过来,事已说妥了。"妇人闻丈夫叫他,便带了希尼走将进来。磨敦问道:"我们今日就把外甥带回去,好不好呢?"妇人道:"且待一日,家中还要收拾房子,预备铺陈呢。"于是互相议论。

希尼在一旁静听,忽然的问道:"我到舅舅家内去住,母亲往那里去住呢?"爱格闻言,忍不住眼圈一红,含着眼泪应道:"我有要事,须往别处一行,你暂且在此。舅舅、舅母甚是疼你爱你,我去就来的嘘。"希尼这才晓得,母亲把他交与舅家了,便舍了那妇人,奔到母亲怀中,搂抱大哭。这一哭真是天性激发,一毫不可勉强的,爱格也嚎啕不绝,磨敦在旁都止不住流下泪来。独有那妇人在旁看得,不但不哭,反冷笑道:"我看你这孩子娇养惯了,这种样儿,如何使得,恐怕还难以改变呢。"回头对磨敦道:"我们在此坐久了,倘外边晓得,恐招物议,不如回家去,明日再说罢。"便与爱格道:"我们去了,你不必悲伤,就哭也于事无济的。明日希尼的事,便可定局,你放心罢。"磨敦与妹接唇半晌,劝慰了一番道:"妹子爱惜身体,今日天晚时,我当复来,再与你畅谈一切。我此刻要送你嫂子回去嘘。"说罢,夫妻携手起身,爱格连忙相送下楼去了。

到了晚间,磨敦又来,谈了半夜,方才回去。所谈的话,无非劝慰爱格、安顿希尼诸事。究竟希尼过磨敦家里如何光景,爱格后来何往,均俟下回续谈。

第十五节　潜别孤儿指钗系项　闲邀俊侣金埒嘶春

磨敦回家,又与浑家商酌了一夜,至次日方才把希尼领了过来。希尼一时离母,其苦楚自不必言,幸得是磨敦还算疼他,磨敦的孩子们也都来抚慰亲热他,就是那妇人,也用糖饼、果子骗给他。希尼没[1]好比是带来的新狗一般,人抚慰他,他又不顾,喂他吃食,他又不吃,抬头看看,都是陌生人,不觉又怯又惨,倒反连哭都不哭了。磨敦家有一老婢,名唤马大,是从小在磨敦家服役的,内外事务,各样料理,是一个得力的人。此番希尼领来,就专门交付他管的。到得晚膳后,马大将希尼领上楼梯,走进卧房。这卧房就在马大房槅扇后的一小间,与马大的房只隔得一板,这是要马大可以日夜照顾的意思。希尼跟进了房,看见布被藜床,铺设的甚是将就,马大随即将衣服与他换好,遂依规矩跪下祝福。看官,你道这规矩奇吗?这原是西国妇人、孩子通行的,犹如中国香花供祝床公床母的故事,在将睡的时候,伏跪床前,默诵叩求上天赦罪降福等语。这希尼所习祝经,内有"请天祝福于父母"的一句话,希尼诵至此处,想到母亲,觉得心中如万箭攒射,十分的痛苦,又如浸入醋缸,十分的酸楚,耐不住放声大哭。吓得马大连忙的百端抚慰,又许他各种玩物,小火轮车、爬梯人、鸟叫钟、花果糕等物,希尼始住了啼哭。又哽咽了一会,竟自沉沉睡熟了。

却说磨敦与爱格叙谈,已订好在是夜月午时,后来独自乘公车回家,已交十点半钟。那时妇人已睡,剩下磨敦一人尚在中堂,左手执着香饼、酒杯,口中含着吕宋烟[2]。随将右手持烟,弃去烟烬,喝了一杯酒,将杯子放下。即取出时表一看,用钥匙将琉璃揭开,拨准法针,盖好了表套,携近耳朵边,听了一听。忽闻得窗外扑扑有声,磨敦心里一跳。原来这窗外头就是屋旁巷内,时天气方热,窗板尚未上好,磨敦疑心是贼,倾耳细听,又不闻人声。回视室中有护身手枪,取藏袖管,率性把窗槅一开,伸头四望,呼曰:"是谁在此窥探?"但闻黑暗中有娇(腕)〔婉〕的声音应道:"我,我是你妹子爱格在此哩。我为放心希尼不下,要想再见一面。若不能再见一面,我不忍舍他远去,只得在此再住几天哩。"磨敦"爱呀"了一声,说:"妹阿,你好痴呀,此刻夜深人静,门户都已关闭,怎么好惊动的呢?倘或你嫂子得知,岂不要惹是生非吗?"爱格道:"我伏伺这窗子外面,约有两点钟的工夫,我看见嫂子及大众都已就寝,方敢来与哥哥说情。可怜你要看同胞的分上,领我一见孩子罢。"磨敦听了这话,也觉得实在可怜,只得放下窗扇,轻步走到

---

〔1〕 没,语助词,同"么"。以下同。
〔2〕 吕宋烟,原文为 cigar,即雪茄烟,因菲律宾吕宋岛所产较为有名,故有此称。

前门,俏俏〔1〕的解锁拔闩,移开一缝,爱格就俏俏的捱身进来。他依旧把门闭好,兄妹两人,蛇伏鹤行,好比做贼的一般,蹑着脚跟,一步步走上扶梯。

这个时候,那妇人虽上床就寝,却未睡着。原来他向例拥衾欹枕后,必默诵《圣书》〔2〕一章,方才安睡,犹如念佛经的做功课。磨敦晓得浑家尚在惶悚,心中忒忒乱跳,防恐他忽闻响动,定要查问,这便如何回答呢? 一边想,一边走的越发轻巧了。到得希尼榻前,爱格就歪着身子,伏在榻上,将希尼抚摩一番,泪如雨下。好在希尼深入睡乡,竟自不知不觉。爱格偎拥了一会,就解下非利所系的指钗,悬儿项下。这方寸里面,一阵阵的酸痛,竟几乎要哭出声来了。爱格深怕忍耐不住,弄出事来,又想横竖总不能终始相依的,硬着心肠,默默的转身离去。走到房门口,跨上扶梯,对磨敦道:"阿哥,我心已安了,一切望哥看顾他些,天必降福于这门内哩。"磨敦未及回答,爱格径已下楼去了。磨敦就重复关锁门户,上楼安寝。从此希尼在这磨敦家里不提。

却说罗巴自承接亡叔产业,将亚大上继长房,养尊处优,俨然大家子弟模样。阿大本性谨慎习勤,若靠他自己的才力,尽是个成家立业的人。可惜是心太慈,志气太不振些。况又进了亚发大学院〔3〕,院中都是些富贵家纨裤子弟,风流游冶,一味价的寻欢取乐,学问是有名无实的。亚大与这班人相交,也就渐渐的习染起来,驰马试剑,饮酒看花,终日游荡,渐至不成材的生活都干出来。罗巴的浑家,本来是世家的女子,姿容艳美,尽有林下风格,不过性情恬静,知识凡庸,仿佛《红楼梦》中邢夫人身分。他年轻的时候,人多有称赞他好处的,到后来益发言规行矩,不趁才情,不夸贤惠,所以称赞他的人少,议论他的人亦是没有的。生下一男一女,最溺爱的是阿大,是为他当长的缘故。阿大放荡游戏的事情,概不禁诫。他的主意亦大有道理,他说孩子们极宜经识世事,熟悉人情,难道老大的人还关在家里,教他一点事都不懂吗? 所以愈酿愈纵,连幽期密约的事,做了都会徇他的。倒是爱格的事,他却总不在意。罗巴曾向他提及过一次,说是爱格几乎引诱我哥哥立为正室,致厚产将不能到手,但想这女子,究是先兄宠眷的人,似

---

〔1〕 俏俏,即悄悄。俏同"悄",以下同。

〔2〕 《圣书》,即《圣经》。

〔3〕 亚发大学院,原文为 Oxford,即英国牛津大学(University of Oxford)。

亦宜乎抚养他终身的。妇人道:"我的意思正是这样,但不知这人究系何等出身?闻说极其微贱,到底怎样的?"罗巴道:"实系店家的女子罢了,又管他微贱怎的?"妇人道:"这女子实在足智多谋,可恶之极。然不代作计较,势必求助于人,反不是话。所遗的孩子,亦宜视他母族,伪为店家遗孤剩寡,就好时常照应了。"妇人当日说过,想得罗巴必定照行,从此遂不复提及了。

这一日,他母子两人正在客堂,侧坐坐榻上。另来一人,名林贲公子[1],是妇人的哥子,系世袭官,年约四十余,为人风流倜傥,前曾与人枪战受伤,致成跛翁。看官,你道什么叫枪战?原来西国从前有一恶俗,若两人有争竞不合之事,以为受辱,乃相约对战,用胜负决是非,以雪耻报仇。这种枪战事,多起于女戎咧。这林贲性素豪迈,受伤后时时困郁怨愤,故常来妹家叙谈解闷。当时林贲对亚大说:"今日有甚消遣的法子吗?"阿大懒懒懒的呵欠着答应道:"与友人订约,至红雪坡看试骏马。"一面回言,一面缓缓起身,照一照镜子,又向窗外一望,自言自语的道:"是时候了,怎的还不来?"林贲问道:"是谁嘘?还是友人呢,还是马呀?"那妇人方持针黹作女红,听得林贲问着,抬头对阿大道:"到底谁呢?"阿大道:"这人名获孙,系儿的同砚好友。等他到来,令他来见母亲。"妇人道:"获孙,获孙,我知这族姓极繁,贫富不等,贤愚亦不一嘘。"亚大道:"这倒无虑,儿所交的获孙,系身家殷实的。"又问道:"闻父亲今日可由坡弗堂起身吗?"看官,这坡弗的产业极多,就是市房宅宇,连街接巷,所以这地就名为坡弗堂了。罗巴所居的,另有一座大院落哩。妇人道:"是呀,昨接尔父亲来书,笔气大为高兴。据说各房赁租,大势加昂,可多索至一分光景,且大宅房均不须多修理呢。"

话未说完,适亚大抉开玻璃窗,遽呼道:"嗬获孙,今日可好么?我久候了。"又见另有二友,一名马天,一名冉弗,遂大喜,连呼曰:"好好,今日友多游畅,愈形其乐了。我随即下来,尔等何妨进来稍坐片刻呢。"林贲闻言,心中老大不然,讥讽道:"突然拥进多人,其乐境岂非意外?在阿大心想,只怕尚以为在学院寓室中咧。"正言间,忽远远风扬来清朗的声音道:"是不坐了,我们就去罢。"又闻得马蹄蹴地的声音,是骚急要跑,强用缰绳勒住,不肯停待,以致蹄啮甚急。亚大随即捉帽提鞭,对母亲及舅舅笑道:"大餐再会罢,我不陪侍几杖了。"匆匆遂出。至堂门口,值其妹站立门侧,阿大遂抱

---

[1] 林贲公子,原文为 Lord Liburne,今通译利伯伦勋爵。

妹入怀,亲接唇舌,旋放下地,侧耳谓曰:"妹明晨早起,我与你往游园囿罢。"看官,伦敦有大花园,皆系供公用的,近来香港有公家花园,是其法则了。

却说妇人由窗子里望见众少年,裙屐翩翩,雕鞍玉勒,其一种豪华英俊态度,委实可爱。遂转身谓兄曰:"亚大岂不可谓风流人物吗? 正有罗绮膏粱的气息呢。"林贲每喜驳人,应曰:"风流二字,是果有之,惜乎稍欠文雅耳。风流而能兼文雅,方无粗卤之气。豪侈之情,欲使人文雅,得以加饬身心,则莫如博弈一道。虽是耗失家产,亦正大有妙用哩。"兄妹皆叹息一声。看官,你想林贲是快活场中熟客,风流阵里班头,今则精神衰迈,意兴萧条,看他们少年享此豪福,心中又是抑郁,又是欣羡,不觉短吁长叹了。

且说亚大与三友各乘怒马,每随以乘马从人,加鞭纵辔,驰骋而前。四人或两骑相并,或一骑独前,欢笑谈谐。四马首参差斗捷,正跑得高兴时,冉弗忽曰:"这里是污贱僻静的去处,掌辔的颇为难哩。"获孙接口道:"这又何妨,我们往看的骏马,实实是冀北空群的妙品呢。这匹名马,从前本属一商人的,这商人现已报穷,马必可善价得之。且我又闻得这马连次赛跑,凡赤骝、白骥无能与他齐足的。我门得往名马驰入赛马场中,必大得采。古人千金马,岂能专美吗?"四人四骑,一路骋来。不知所看的马怎样,下回再谈。

第十六节　恤老翁大郎真性露　请医士爱格病魔缠

四人沿途谈笑,忘路远近。冉获二人辨论后,阿大嘻嘻的笑道:"天晶日丽,我们于柳堤花陌,跨马乘凉,实足怡悦心胸,虽不为市骏之举,又何妨呢? 请尔等明日在里士门[1]午酌小叙何如?"看官,你道这里士门是何等去处呢,乃是山水佳胜之地,距伦敦有三四十里远近,有河道可通,中有园囿,可供游宴,西人多乘驶马车来往以为常。阿大说至此处,众人连声称妙。阿大又道:"饮毕可坐小(总)〔窗〕宜船,洄溯河渚,亲自打桨归来。"马天高叫道:"这计更妙哩。"冉弗道:"归来时可至赏心馆中,稍行呼卢喝雉的小令,以消永昼,不更有趣吗?"亚大道:"诸事随各兄雅意,不拘一格,总是畅畅快快的乐一天罢了。"

----

〔1〕　里士门,原文为 Rich-mond,今通译里士满,位于伦敦西南的泰晤士河畔。

　　谈笑正酣,不觉的四马并辔连鞍,排成行列的一样驰骤。适有一龙钟老翁,手持竹竿,拄地认路行走,与瞽目的形状仿佛。这四人在马上手舞足蹈,雄辩高谈,不及照顾地上。老翁在中路行走,闻有马蹄拉杂声,急忙停步不前,侧立路旁。却遇马天之马,昂头高足,口又生硬,难于约勒,那时候的势子,已直冲老翁了。兼之又不留心,又勒不住,慌把缰绳一紧,那晓得这马将头望左右两摇,后蹄一坐,前蹄一纵,直望老翁身上撺过去了。老翁仰天跌倒,直僵僵躺在地下。马天回头俯视,反懊恼大叫道:"可恶,可恶,这老厌物为什么不避开吗?"一面遂加上两鞭,纵马如飞的去了。这三人年纪尚轻,良心尚在,遂都勒住了马。阿大荒忙[1]的跳下鞍来,蹲将下去,将老翁扶抱,抚按道:"可怜,可怜,伤不十分沉重吗? 请问贵居在那里,我待亲送尔回去呢。"老翁血流狼籍,挣札[2]着答应道:"我家距此不数武,使吾黄犬随来,当不至罹这患。子不必烦劳,我不过一副老骨头哩,有什么要紧呢?"亚大听老翁这番言语,老大的过意不去,遂对二友道:"二兄且请先行,我当暂俟于后,照顾老者。且须代觅一医,俾疗其患苦,我总随即尾追上来罢。"获孙叹道:"阿大真是仁人君子,可敬,可敬。你看马天早远远的避开,反下了马查点马脚,虑马有损伤呢。老人倒不顾,马反这样顾惜。"随伸手向衣囊内,摸出金钱一枚,赠与老者道:"这金钱为尔补助医药的费用罢。"冉弗身畔,又摸出金钱一枚,置老者身旁道:"我门去罢,此处离卖马的所在不过一里,我们等你两刻功夫,望勿延迟。"二人遂策马而去。

　　那时老者尚坐地上,怨恨痛苦,形于面色,掷下金钱亦弃置不顾,回头对阿大道:"老人家被马撞朴重伤,转视同乞丐一般,有这理吗? 吁,我的狗到那里去了吗?"阿大笑道:"我在这里陪你,要用什么狗呢? 我且扶你起来。"遂用力将腰抱起道:"你只顾重倚我肩上,立稳当了。"老者应道:"稳当了。""想你身上伤不甚重吗?"老者吁道:"金钱亦不可舍之沟壑。"阿大微笑道:"你说得是,金钱已收拾在这里了。"遂纳入老者囊中,扶住了阿大,一步步的挣札走去。

　　须臾到了教堂旁侧一小屋前,脚步就停了。阿大抬头一看,这是披士

---

〔1〕　荒忙,即慌忙。荒通"慌",以下同。

〔2〕　挣札,即挣扎。以下同。

里〔1〕第四号门牌,那老者就拉动门口叫钟,响了两遍,里头答应着,慢腾斯地出来,开了门。阿大见是白发老妪,形状偻伛,拄着拐杖,将老者身上望了两眼,"嗳呀"一声,急问是什么患苦?老者叱道:"且让我进去再说罢。"复作酸苦的声音,向阿大道:"老兄,不敢复相劳了,请就此奉别罢。"阿大心本仁慈,看见这种光景,早要替他赔泪了,那里肯走。老妪搀进内室,一直跟了进去,一面令从人赴附近地方,延请医士诊治,一面与老妪齐力解松腰带,取水来拭去血痕,将他扛起来卧在榻上。又把衬褥垫平,令老者安寝,复用软语甜言百般的抚慰他。

正忙乱间,忽听得扣门声,亚大启视,见来一医士,急延入客堂。亚大看他神气伶俐,语言简快,果然是个好大夫呢。遂请进房内,向病者审视道:"是什么伤?势子不轻呢。可惜,可怜,你们把窗户打开,拿水一杯来。"又道:"有手巾吗?"遂将病者伤处揩拭一周,复用手按摩数转,笑道:"尚不妨事,这胁肋骨尚未碎折,不过皮肉压烂罢了。快将他汗衫脱去呢。"复移交椅一把,近接榻前,令病者将两腿撑起。医士低着头沉思疗治的法则,忽问老媪道:"娘子,这老翁几多年纪了?"老媪道:"六十八岁了。"医士道:"噫,年高了,不可泄血哩。"看官,凡是西医疗治伤症,有割筋放血各种治法,这是怕得有瘀血在内的意思。今听得六十多岁的老人,晓得他血气衰败,所以说道"不可泄血"唎。随又问病者:"可觉得怎样,痛楚吗?"看官,这老翁受伤原重,未曾到家,心尚清楚,及至到家后,料理他睡下,他就神识昏晕了。大夫替他抚摩揩拭,都不觉得十分疼痛,兀是迷迷糊糊的。大夫急取药粉,调入开水,灌下两匙,才慢慢的撑开眼道:"黄黄来,黄黄来。嫂嫂,我的狗在那里呀?"老媪应道:"阿哟,你此刻要寻狗怎的?"大夫听得老翁说话,遂举手向阿大道:"好了,有指望了。你听他出这怨声,可晓得他无甚痛苦哩。且问他为什么受这重伤呢?"阿大道:"是被马撞倒的。"正说话间,只见这只狗摇尾昂头,走近榻畔。他二人看见,不觉大笑道:"这狗不是个怪物吗?怎样就把尾巴都剪去,只留尾根一段呢?老翁的爱狗真真别致极了。"

大夫看罢,缓缓对亚大道:"近来就诊的众多,我真是刻无暇晷了。另有孕妇二名,临盆在即,天色又酷热,于产事甚为不宜,我真是惦记的很。临出门时,我叮嘱内子,本纳娘、意弗娘两家倘或坐草,以及抑克老父勿神

---

〔1〕 拔士里,原文为 Prospect Place,也即大观里。书中也译作"坡士里"。

晕等变症,须立刻使人到坡士里第四号房屋内找我。我是不能一刻耽延的嘘。"随即问老翁道:"先生,你觉得痛在什么所在呢?"呻吟着应道:"痛在耳朵内。"大夫沉吟道:"啊,这又奇了。据你说是不祥之兆,倒真非意想所及哩。请问这疼痛是什么时候起的呢?"老者道:"适从你进房时起的。"大夫已识其就里,遂不言语。停了一晌,对着老媪道:"这老翁气象实在有些古怪,娘子须善为伏伺。我回家即送药来,汤药须即刻饮下,丸子没〔1〕夜间吞吃,泄散没明朝调服,势变即发人招我罢。"忽倾耳道:"嗳呀,这是小童摇钟的声音了,请即往开门罢。我这小童摇钟,另有一法,我听惯了,自能分别的嘘。童来为着甚事,我亦猜得着的,不是本纳娘,就是意弗娘,这妇人八年功夫,而今养到第九胎,实第一健妇哩。"及至开了门,一童钻了进来,看他身材长瘦,犹如罔两〔2〕一般,衣服短窄,想是他做孩子时候制的。阿大(听)〔看〕见,不觉暗笑,只听他蹙着口的喊道:"先生,先生。"大夫道:"我晓得了,一会儿就去了。是本纳娘吗?"童应道:"不是。""是意弗娘吗?"童又应道:"不是。是那个寄居来西氏的娘子,病势沉重。来西氏奔到店中,嘱我来追先生诊视的。"大夫道:"哦,就是爱格吗?实在可怜的紧,且病势实有点难治,我必须就去。娘子,你好好照顾病人,静待明日九点钟,我再来会罢。"医生一边说,一边已走到外门口。

阿大追出相送,用手抚他的肩道:"你说的是爱格吗,这是什么样的妇人呢?他病得就什么样的重法呢?"大夫道:"咳,他这病非人可治,他身子已衰废了。说也可怜,这妇实有文雅之风,必是大家的宅眷,这回寄居此地,实属孤苦伶仃呢。"阿大急问道:"他可有儿子吗?"大夫道:"闻得他有两个儿子,都出门在外,这妇人十分悬念。听他的口气,这两个儿子倒都是聪明的,次子尤胜呢。"阿大长叹一声,心中暗道:"如此说来,竟是先叔的嬖女了。茕独疾痛,何等苦恼,到得临死,竟没一个人善抚其终,痛哉痛哉!这究是谁的罪呢?"遂对医士道:"这妇人说起来与我家也是亲戚,我与你同去看看罢。"医士道:"得一亲戚去照料照料,真幸事哩。这妇人的侍婢虽有良心,总懂不得什么事,有亲人在彼处,是妙极了。"又道:"复古大夫曾代为诊脉,不肯取钱。他回来对我道,白金先生,这人是心病,能设法把他两子弄回,只怕倒比药好呢。"二人一路说一路走,至一小布店门口,就是爱格寄居

---

〔1〕　没,同"么",以下同。
〔2〕　罔两,同"魍魉"。古代传说中的一种精怪。

的所在哩。

　　却说爱格自从将宠子希尼,嘱付〔1〕了乃兄磨敦,自己就只身还归旧寓,日里不过顾影自怜,闷闷不乐,一到晚间,不觉的一盏孤灯,半衾湿泪,遂有万种凄凉,说不尽言了。爱格也就如醉如痴一般,终日不闻不问。起先是叫他梳洗,他还勉强的梳洗一两回,叫他饮食,他还勉强的略吃一两顿。后来竟是郁闷愁苦,酿成一病,加以途路上风霜辛苦,别离时肝肠断裂,早已内伤七情,外感寒暑,这病根就深的很哩。他哥哥曾来看过,与他金钱数十枚,叫他静静的调养,并且许他按期接济,只要他自己丢开心事,弄点可口的饮食,骗他加餐,庶几一步步病可退尽罢咧。那晓得爱格的病,不是金钱可以补救的呢。据他的意思,竟不顾自己的饮食,居处只要一椽托庇就好了,至于脾胃,早已随他败去。他想我总是死期将至的人,何苦费用? 况且这病非是加意调养可以好的,不如省下金钱,倒好遗与孤儿,为若辈的一大助呢。这叫做父母的心肠是无所不至的。此番阿大随医士去看他,正是病势大变之候了。不知性命如何,下回续谈。

第十七节　笃亲情殷勤问疾　任狠心拒绝借银

　　这来西氏房屋深邃,楼阁爽垲,饮食伏侍,他都周到,只是有第一楼的第二楼的分别,好比是上等客房、下等客房哩。爱格起初住的是第一楼,后来嫌他浇裹太费,意欲搬一个小小寓所,又只为这好侍婢却是伴熟的,向来又是最疼希尼的,爱格的心事他都晓得,暇时倒常来谈谈从前起根发脚的事体,后来收梢结果的缘由,心里就着实舍他不下。看官,你道这侍婢是专们伏伺爱格的么? 非也,这侍婢是寓中用的,要承值好几处房间的饭食汤水,各种事务呢。不过他与爱格觉得亲热些便了。转辗无法,遂从第一楼搬到第二楼,浇裹一切,也觉得轻松了些。医生来赴诊时,见他这样清苦省俭,只道他是孤苦的人,资用一定不敷了。遂劝他告穷于富戚豪亲,庶得资助,可以调养调养。爱格只是不顾,终日奄奄的,看看待毙罢咧。到了这一日,病势忽然大变,医士来诊过了脉,绉着眉,摇着头,勉强拣了几味药,令

〔1〕　嘱付,同"嘱咐"。

63

侍婢与他冲服。这边服过了药，倒也无事，倒[1]得次日，病势更剧，竟有点神识昏迷的光景。侍婢一见，十分着急，忙奔到就近白金小医生处，请他即来诊视，防恐路远的医生来救不及哩。

却说阿大随着这医生进了客馆，到了爱格房中，只见窗户闭着，房中黑洞洞的。侍婢看见医来，就点了一枝白蜡烛，放在床边桌上。阿大看见器具敝陋，床褥朴素，猛想到当初先叔非利在日，何等铺陈，何等供给，不觉又是悔又是怜。悔是为富贵境界，转眼成空，心里就冷了大半截;怜是为病到这样田地，一无亲人看觑，心里就老大不忍。起初呢默默不语，等到白金看诊毕，回家去熬药之后，就走近床头，只见爱格骨瘦如柴，皮枯若纸，就是眼眶，也是半合半开，迷迷糊糊的。阿大伏在床头，就近耳朵边，轻轻叫道:"小侄阿大在这里呢。"爱格张着口，不作一声，眼睛虽巴巴望着，竟像是认不清、看不出的样子。阿大流泪，挣声急呼道:"天哪，天哪，病势竟到这种光景吗! 我起初只道是安居亲戚家中，膝下又有爱子，自必丰衣足食，奉养服劳的。就是父亲告诉我，也是这般说法，那晓得竟如此受苦呢。"无奈病人又昏迷不醒，要问问他的来踪去迹，如何借寓，如何得病处，竟不能殼。阿大本是个有本心的孩子，心中着实替他痛惜，只得百端抚慰，爱格总还你说不出话来。等到阿大问起康吉、希尼两兄弟的名字，方才觉得略醒人事，挣札着要起来。看官，你想爱格是病久元虚之人，如何挣得起，只好用劲把头仰起，略睁一眼，喘嘘嘘的说道:"子性究不类父，我已是将死之人了，你就肯施恤于我，已经迟了。我放不下的是这两个孩子，年幼家贫，又早早的孤露，实属可怜。尔父所做之事，依例无罪，讲到大义上，就很不该。你今肯照顾我的两子么?"阿大屈膝跪在床下，立誓道:"上天鉴此，我终身总必照顾呢。"爱格闻言，略觉欢喜，这身子就渐渐松了起来，用左手挂着枕，将头靠在床栏杆上，命阿大坐在床沿，一边把两个儿子的后事再三叮嘱，一边就指天画地，一一应承。

到傍晚时候，大医士来过诊，见爱格斜倚一少年的胸膛，唧唧小语，且两眼汪汪，只是望着他的面孔。大医已见过白金，晓得他有富戚已来，遂暗暗叹道:"可惜来迟了。"那晓得爱格见了阿大，将心事和盘托出，这个心就放了下去，依旧糊涂起来。况且这回的挣起，正是回光返照，竟是不中用的了。这大夫看到爱格病势十分不妙，早已于昨日暗暗修成一封书信，托人

---

[1] 倒，同"到"，以下同。

寄到白拉书铺内，与他儿子康吉。告诉他母亲病症沉重，真是病入膏肓，势难久活。若得亲人在旁，抚慰调养，或可多延时日。吾窥你母之情，大似缺于日用，吾诘以有无戚属可靠，伊又不肯显言。尔有母子恩情，可即求助得银，并亲自归来侍奉，至要至要。

却说康吉在白拉书铺内，过了月余，把从前纵心任性的行为，都已改过，佣役勤谨。但是他的赴功趋事，正是力在心亡，他的心常在家中，所以终日愁烦，从不曾展眉喜笑。每七日得母亲邮书，书到时，面色转白，如有隐忧，到得拆封念毕，心始稍放。讲到爱格的信上，凡有自己忧愁的话，一概不提，故用畅快的笔墨，劝儿不必惦记，不用烦恼，家门现虽大落，后日可以振兴。又勉励他，叫他勤谨，将来成家立业，重复团圆，难道不好吗？康吉看了这样话，益发沉毅起来，但晓得赴功趋事便了。白拉虽喜欢他勤谨，亦要嫌他太冷太板。白拉的娘子，就十分憎厌，因他不肯骗孩子们顽耍，又不与众人谈笑，看他面孔上毫无和颜悦色，又像可怕，又像可恶的。就是那毕明先生，位居账桌，要想康吉服属与他，低声下气。那知道康吉的性情是刚猛直率一路的，毕明看见他总是瞪目绉眉，凛如冰雪，也就十分不耐烦了。常与白拉评论康吉的为人，又道："倘或夜深人静，独身遇着他，势必胆战心虚的。"白拉娘子听见毕明这般说，就随声附和起来，由是大家打成一片，专想齮龁康吉了。

忽一日，遣康吉到附近大家帮理编辑存书目录，因其中多有秘籍异书，只康吉是曾经诵习过的，所以特差他去。至晚归铺，适白拉夫妇正在聚头附耳，絮叨叨的谈着康吉。娘子道："这厌物实在可恶，我心里着实不耐烦他，断不可与立长约。你看查旦的徒弟，劓刃乃东颈项，不是这一类莽夫做得事吗？"白拉正在荷囊内掬出鼻烟一撮，听了这话，不及嗅烟，随叱道："这是什么话呢？我年轻时亦严重寡言，大凡心计深的，都是这样。就是那纳坡伦，难道是轻佻好议论、喜顽笑的吗？"娘子又道："你看他这等刻涩，就是鞋履都随他头穿底烂，再不肯支银去买的。"白拉道："人要衣衫，这都是世俗之见。总之，人岂可貌相的吗？"

正说话间，却好康吉进门，白拉问道："目录怎样了？数日内可完工得吗？"康吉未及回答，那娘子就取起一信封掷与康吉道："这是午前送来的，你去看罢。"康吉接到手中，将封皮细细一看，暗道："奇怪，怎么不是母亲笔迹呢？"连忙拆开看，是医生口气，就知母亲病重，遂一句句看下去，竟是十分危险，性命呼吸了。不觉又痛又急，大号一声，即奔到白拉身旁，直着胡咙叫道:"先生,先生,家母病危,贫无药食,银子求先生借我十金五金,终身犬马之报,先生不可回却嗬。"白拉娘子目视他家主道:"何如? 你听听他的口气,查旦徒弟之说,我倒谬妄吗? 无银就要命哩。"康吉只顾叉着手,瞪着眼,自己把帽子掀落,向白拉道:"我的话你莫非不听得吗?"白拉一时没了主意,只是呆呆的。康吉又道:"你到底听得不听得呢? 难道是没有人心的吗? 我母已濒死哩,还不肯相顾么? 我赶着要回去,空手总不能去,定见要向你借点银子的。"

原来白拉素性本是仁实,不过也有点躁急,今听他徒弟出言不逊,不觉愤怒之气,罩去了哀矜的念头,厉声道:"这是徒弟向东主的口气吗? 反了,反了!"康吉道:"母病垂危,又无饮食,这还有择言的工夫么?"白拉叱道:"就是饿死也不打什么紧。"随回头对浑家道:"当初磨敦曾为爱格筹度糊口之计,这事不有书可据吗?"娘子道:"有是有的,但依我说,自家顾着妻子罢哩,还顾别人的孤儿寡妇吗? 这倒是从井救人哩。"回头对着康吉道:"你别性急,只是恶很狠〔1〕的望着我怎的?"康吉着急道:"白拉先生,你究竟肯借不肯借呀? 倘或不能多,将就是五金也好。"白拉愤愤的道:"亏你在这里多久,我的性格都没有知道吗? 你既出言不逊,我银就万万不借哩。你且把窗棂关好,店门闭上,安心再过数天,缓缓的着发你家去。可笑这小孩子,准他回去不准尚不可知,就这样急得要借银。况且母死之事,有何凭据,保不住还是托词呢。"娘子听了这话,点点头说:"是不错呀。"随劝他丈夫道:"这孩子力猛如虎,你宁可走开些哩。"说罢,他娘子先走出店门。

白拉怒气未消,正要跟着他娘子出去,康吉揭白了脸,赶上前用手拦住道:"不管有银没银,我就此回去哩。但是一说你有银借给我,我为你祝福,你没得银借给我,我就诅咒你祸降灾临,有如这天日呢。"白拉止住步,面色上稍露一点怜恻之意。这时候康吉能看出他的脸色,事情尚可转湾〔2〕,即不然,稍为忍耐这口恶气,也不至决裂到十分。无奈康吉是从小习惯的性格,白拉虽是东主,一向并不知敬畏的,如今母亲将死,白拉竟毫无人心,这般的悭吝作难,说的话并没得一句关切的,不觉又急又苦,又恨又怨,气冲冲抱住白拉身体,用力摇撼。复又很命〔3〕叫道:"你这不讲情理的老东西,

---

〔1〕 恶很狠,即恶狠狠。
〔2〕 转湾,即转弯。以下同。
〔3〕 很命,即狠命。以下同。

要我五年作奴,再五年帮出血力,也算是休戚相关的了。及我母垂死,这般哀求苦告,竟不肯发一点慈悲心肠,连馒头、饼干都不给一个与我母充饥,亏你有此狠心。"白拉此时又是气又是怕,使劲的将他两手摔脱,大叱一声:"咄,我叫你这孩子后悔不迭哩。噫,小徒这等行为,世界上真真反了。"一面说,一面疾趋出门,把门扇随手关上,磅硠一声,跟跄着去了。

这里康吉踽立店中,痛怒交作,真是肝肠碎断。略定了一定,就抓起抛去的帽子来,望头上一丢,管他戴好不戴好,那帽子就盖着眉毛的,转身将要出门。只见帐桌旁边,置有保险银柜一架,未经关锁,遂动了一动念头。忽然间主意拿不定了,自然而然的,用手伸进柜去,陶摸一番,取得碎银盈掬,拿将出来,对着灯光一看,见是一块块雪花纹银,一时心花怒开,不觉哈哈大笑起来。这笑的声音妖异,自己触耳听得,不像向来的笑法,一时间面孔蒸蒸的,手足战战的,毛发皆洒淅上指。忽觉得自己提醒自己一般,恍然大悟道:"这是盗鬼诱我哩,我不为,我不为。今日之事虽则为着母亲,岂可落这个名声,致为终身之玷么?"遂将银子用力摔脱地上,一径出门狂奔,不管路上七高八底[1],巴不得一刻工夫,跑到家中,见着亲娘,方才放心哩。

看官,这时天已断黑,人家早已掌上灯火,用过晚餐了。康吉只知记挂母亲,不知病势究竟若何,就一口气的奔去,不觉得枵腹忍饥,茧足忍痛,真是淋漓血性的孝子。说到爱格那边,这时候差不多正在要绝气了,康吉一边乱跑,一边心里乱跳,忙忙的赶到母亲寓宅,已交十一点半钟时候了。奔上楼头,四面静悄悄地,仅剩一盏孤灯,抢到爱格床边,连叫亲娘,不闻答应。定睛一看,只见直僵僵躺在上面,用手望脸上一摸,真是透骨的冰冷。"阿呀"一声,胡龙口[2]早已哽住了,半晌转不过气来。停了好一会,方才呜呜咽咽痛哭起来。这是最哀痛的事情,何况康吉此刻心里,犹如万箭攒射一般,在我也写不出他一个怎样光景呀。后事如何,下回续谈。

第十八节　伴惨尸义侄知大体　惊祸事恶叔悔初心

却说阿大见天将昏黑,又不忍遽舍了爱格,又恐怕他父母盼望,遂草草

---

〔1〕　七高八底,即七高八低。底通"低"。
〔2〕　胡龙口,即喉咙口。

67

的取出铅笔挥了几句，命马夫先拿回去。看官，这马夫就是那跟出来的，那时阿大随着白金医生到此，马夫也就牵了马跟来的。罗巴到天晚回家，不见阿大，方知是出去看马未回，正在惦记，只见这马夫匆促跑回，手中拿着一张字帖，他浑家就抢上前，接过来一看，只见上面写的甚是潦草，说道："请两大人勿待我晚餐，适（过）〔遇〕一事，甚属可惨。俟稍为部署，即行归家面述可也。"娘子阅毕，大为诧异，即将书递与罗巴。罗巴接来一看，不慌不忙，命喊那马夫过来，问道："小相现在那里？"马夫便把日间碰伤老翁等事一一说了，现在系随医生去的，不知为着何事，只是不肯出来，命小人先送这字帖来。罗巴听罢，到也略觉放心。过了好一会工夫，更漏起来，看看时表，已交到十点钟辰光，他浑家急得抓耳搔腮，连声道："为什么还不来呢？"罗巴也忍耐不住，遂叫套车，命那马夫引路，赶去找寻。他浑家说要同去，罗巴止住道："这孽障不知干得甚事，又不知道是个什么所在，倘或是留恋妓馆，倒反不便。"他浑家也就罢了。一面马夫把车套好，这车上珠幕璃窗，锦茵绣毯，十分的华丽，车门两边，设着两盏玻璃小方灯。罗巴出来，上了车，马夫加上两鞭，那双马如飞的去了。

罗巴兀坐车中，猜拟娇儿果为甚事，左思右想，不觉朦胧睡去。顿觉惊醒，车已停住了。这时候已经夜静，这里大门尚未紧闭，窗内映出灯光，甚是岑寂。罗巴正在踌蹰，算计怎样进去，只见暗中一个人影，从门缝中整将出来，定睛一看，不是别人，正是阿大。阿大急要出街，不堤防他父亲在此，罗巴就走上前，用手把他的背脊一拍，叫道："阿大，这是什么时候，什么所在，尔还在这里闲荡么？"阿大抬头见是父亲，不觉忧怨交形，停了一会，冷笑着道："父亲呀，你知道是什么所在，且同孩儿去看看罢。"说毕，便往门内走，进了中堂，转出扶梯。阿大一径登楼，罗巴又是诧异，又是疑惧，只是低着头，跟了阿大，直闯到得第二进楼上。

只见房内微微映出灯光，昏暗中见有两妇人的影踪。原来一个就是女婢，最与爱格亲熟的，现在跪坐哭泣。这一个是新雇养姆，正在瞌铳，要想整整衣，暂睡片刻哩。见二人进门，随即上前，将房门关好。罗巴又问道："到底是什么所在嚱？"阿大总不回答，拉着父手，至隔扇里边床侧道："你且来看。"罗巴映着火，细细的一看，惊道："阿呀，这不是先兄的孽女吗？为什么遗尸在这里呢？"看官，这时候爱格已经气绝了。阿大道："可不是么，可不是康吉、希尼两兄弟的母亲么？远离二子，媚居寓楼，又没人照顾抚恤他，以至忧愁成病，这般惨死，父心里过得去吗？"罗巴目视爱格的尸身,耳听阿大的说话,心里不觉自悔自咎,两手掩着面,一声不发。阿大又作酸音道:"嘻,骨肉至亲,袭其遗产而弃其遗嘱,致令孤儿流转,嫠妇飘零,这都归罪着谁呢?如今对他垂泣,已经迟了。但是孩儿今日已发大誓,将来必优待遗孤,父必助我,无负这个念头呢。"罗巴哽咽道:"不知,不知……"阿大不等他说出甚话来,接着嘴道:"不知呢,父亲原是不知噱。然事已如此,不可再硬心肠。死者在这里呢,求尔顾恤其子噱。吾事已毕,请父留伴死者罢。"看官,你道阿大是什么意思呢?原来他父亲行为,阿大本不十分佩服,况经这一番悔悟忧恤,竟与罗巴意见水火,诚恐争执起来,倒不像样,所以急急走出。甫跨出门,忽见一少年直撞进来,面色雪白,带着惊惶的形状,这正是康吉回来。阿大心急不顾,径趋往家里去了。

　　却说罗巴独坐房内,不见阿大影响,举目一视,但见死尸桯卧床头,目张口哆,不觉心胆俱碎。急站起来,连喊阿大,寂无人应,格外慌了手脚,浑身打起战来了。随又坐落椅上,闭着眼睛,双手掩着面孔,默诵忏经一章,倒觉朦胧瞌睡。猛听得床侧有呻吟哽咽的声音,心里吓得忒忒道:"奇怪,怎么死者会有声音呢?"急又站起,看见床侧有人,定睛紧望罗巴,那眼光射着灯光,闪闪的犹如电火一般,煞是可怕。因为台上蜡烛,却照映他的面孔,看得清清楚楚,正是康吉。不过憔悴得不像样了,一面孔是忧愤怨恨之气,一边用手拭着泪,一边又努目对着怯怯的阿叔道:"吾母死了,是死在你面前么?我想这个死,或系忧郁,或系穷饿,都是你坑害的。人被你坑死了,你反在这里看冷破〔1〕么?"罗巴连忙应道:"不是呢,我非有意来看冷破,实因寻别人走到这里的。"康吉道:"呵,原来你并非为抚恤死者特意来的,我倒错看重你了。我说狼心狗肺的人,那里就会懂情礼呢?"说到这里,那外房养姆听见说话,低声问道:"可是喊我么?"罗巴正在发急的紧,巴不得有个人来陪陪,壮壮胆,忙道:"是阿〔2〕,你快来罢。"康吉飞至门边,目视养姆:"你是外人,不必进来,死母有儿子陪着哩。"举手推媪,叱道:"去,去!"遂把房门闭紧,转身望着死母,只是心酸。听得钟声两响,扑地跪下,握着母手泣道:"母亲,且一言,且一笑,难道人一去世,就不晓得疼尔爱子么?"

---

〔1〕　冷破,破绽。
〔2〕　是阿,即"是啊"。

罗巴在傍,听得这种说话,看得这种情形,实在有些不忍,遂慨然道:"吾侄,吾实不料事竟至此。吾先欲资助银钱,又不肯受,若知尔母急需,我岂……"康吉不等说完,愤道:"吾母乃先父之正室,当先父在日,即泄己血,糜己肉,以给母饮食,亦甘心情愿的。如今遗产为你夺去,反说风凉话,到像施济乞(匄)〔丐〕赈饥的一般吗?"变色上前,瞪视罗巴道:"你且听我说,我原是有家产袭受的,被尔这老贼尽行夺去,就颠沛到这样地步。我骂你一个贼字,在世人看来未免过分,然在上天科断,怎么不当贼论呢?讲到婚事,虽未明定人伦,你得籍词国例。啊呀,尔骨肉之亲,丝毫不顾,竟把产业一鼓而擒,还不是贼子的行径么?然我尚不痛恨,不过劳苦点,自谋生计罢咧。今见死母惨状,着实痛恨你了。虽厚赙重恤,怨毒终不解哩。你别说我不足畏,既出此门,就无奈尔何么?古语说得好:'寡妇之祝,其毒切骨;孤儿之诅,其很〔1〕烂腑。高明之家,鬼立如麻;富而不义,子孙涂地。'况我死母在此,当为厉鬼,夜夜于梦魇中击尔,尔其勿惧!吾言已尽,即请走出,离开我母尸身,免致我母动怒。尔无复踏这门槛罢。"随转身把房门开大,回头看看罗巴,一面用手指着门。罗巴听这番数说,一声不敢回答,巴不得叫他走,连忙抱头鼠窜,下楼出门,跨上了马车,飞奔回家。

心里七上八落的,不知如何是好。想起康吉咒誓的话,句句都刺在心里,不觉心惊胆战。想康吉如此猛勇,既怀深恨,必不干休。又恐怕阿大一定还要到爱格处,倘遇着康吉动起手来,岂非祸事?又想到阿大平日孝顺,今为爱格之事,已露出抗忤的样子,叫他别去,他就肯不去吗?心惶不定,随将一切情节都告诉了浑家。他浑家就气得测死,又虑到阿大,恐怕被康吉算计,遂定见约束他,断不许他到爱格处哩。谈谈说说时候,不觉的五更过了,阿大竟无影无踪,却是为何?莫非迷了路径,终不然被歹人拐去了么?等到东方已发白光,满天晓色,兀自竟无音耗。不一会天大亮了,钟上当当打着五点,正要想设法差人去找寻,只听得打门紧急,又似有人众喧哗声。罗巴慌忙走到外堂,只见有两人从马车上扶掖阿大下来,血污遍体,狼藉不堪。罗巴一见这个光景,总说是康吉惨下毒手了,随命将阿大扛进堂户,在榻床上睡好。罗巴就坐在旁边的藤椅。这一个像个工匠的开口道:"先生,恭喜了。令郎在路被马车碰倒,幸得车轮没有从头上碾过,还算是

---

〔1〕 其很,即"其狼"。

天佑呢。我两人由酒晏〔1〕回家,却好〔2〕看见,连(快)〔忙〕扶起来,人已不能说话了。查点衣囊内,幸有名帖,书明住址,才雇车送来的。一路在车中连闻呼痛声,想必利害。"罗巴闻言,已知伤重,忙呼道:"快,快!什么人为我奔至古把大夫处,速请来诊视。"即有佣仆应声,飞跑前去请了。

这时罗巴的浑家亦闻信出来,心里更加着忙,遂命连榻床舁进卧室。罗巴痴立堂中,喟然叹道:"这殆天之报我么?"那二人道:"先生差矣,这正是天佑呢。你想车势凶猛,头离轮子仅仅寸许,倘非天佑,轮不要碾碎头颅么?这才是大有福气的人哩。我辈所以不嫌路远,赶快雇车护送,不过要结交个厚福的人。"随回顾那一人道:"伯纳,你我岂是贪酬谢的么?"罗巴听到这话,随即探手衣囊内,取出装零碎银钱的小荷袋,摸有银钱十余枚,持赠此两个人道:"有劳二位兄费心,些须薄敬,暂供一醉。二兄的厚德,我小儿仍当铭感不忘的。"那二人接过银钱,欢天喜地的道:"如何倒要解囊呢?我看天意必当降福高门,保护令郎哩。真是'大难不死,总有后福'哩。"那一人道:"看到这里,死生真在毫忽间了。倘非积善降祥,报应不爽,那时候的危险,还堪设想吗?先生请了。"那二人一路谈谈说说,径(是)〔自〕去了。这里罗巴听到"报应"两字,不觉毛骨耸然,又想到康吉诅咒之语,刚刚一夜工夫,祸事已到,心里有两门的忧虑。一则恐怕竟应了康吉诅咒,爱子有丧亡之祸,一则看到病痛起来,名医神药,投下无灵,美膳珍肴,不能下咽,这还不与贫窘的一样苦楚吗?

却说阿大受伤,着实不轻,一边胁骨已断,头颅亦碰伤数处,到家后,神识昏晕,不省人事。等到苏醒过来,又转变了痧症,由痧症又转变了发热发狂。罗巴夫妇两口,赶忙的求医合药,日夜不安,到得吃也不吃,睡也不睡。阿大一醒来,就自呻吟痛苦,真把个精巧能干的罗巴弄得没法了。转辗愁思,倒挑动他一点良心出来。大凡天下人安常处顺,只知自己享用,那怜贫恤苦的心肠,全个的隐起,到得遭阨遭忧,方才设身处地,想到他人病痛也是如此苦恼,他人骨肉也是如此爱恤,就想到爱格之惨状,遗孤之苦情,不觉顿有悔心。兼且又听了"报应"两字,深怕祸降家门,亟要设个补过的法子。遂请他家常往来的状师八费〔3〕来,与之商议,嘱令经营爱格丧事,须

---

〔1〕　酒晏,即酒宴。晏通"宴"。
〔2〕　却好,恰好。以下同。
〔3〕　八费,原文为 Blackwell,今通译布莱克威尔。书中又译作"百勿"。

要从丰,并且照应遗孤,为他附入大学院读书,学成后再为寻一个顶好尊贵事业,所需银钱均由我这里支付。又告诉他康吉猛勇的情性,须往见见他,婉言劝慰,微示以我此刻实存顾恤辅助之心,须要说得悃款勤恳,使康吉舒服,不却我这番意思,都是要你费心的。八费状师领著言语去了。后事如何,下回续谈。

昕夕闲谈上卷总跋

世所贵乎小说者，以其为言也浅易而透达，曲折而周详，盖非于国俗民风、人情物理实有以阅历焉而得其故者，不能以道只字，而顾可以易视乎哉！《昕夕闲谈》者，英都纪事之书也，兹已译其上卷，计十八节，因总论之如后。

非利者，工心计，有勇略，盖亦奇男子也。隐婚一事，蓄意极深，而惜乎遽遭惨死，不及立有遗书，使耽耽虎视之罗巴得以大逞其意。更惜乎排士早死，无以为证，遂令婚帖无从查考，则岂人之所及料哉！若罗巴者，不过因贪而妒，因妒而很，适遇非利惨死，爱格昏迷，中乘间攫取，顿作富翁。然方且曰名正言顺也，是谓以私心发公论，正小人之尤者矣。爱格为情丝所缚，即为情魔所累，十年伉俪之乐，不敌十年茕独之苦，而顾以彼易此，其境亦深可怜已。然其初，第为非利甘言所诱耳。故士人重失足，女子重失身，一入彀中，终身以之，虽曰享尽荣华，终究吃尽辛苦，是可为择人而事者之一鉴矣。至于疾亟，自作遗嘱，犹能以节啬之余，存资百金，以为孤子之助，则其用心苦矣。拳拳以希尼寄顿舅家为念，则虽爱怜少子之常情，而亦深知渭阳之不足恃也。

至于磨敦，则骨肉之情未尝不厚，特外惧人言，内禀闺训，有顾恤之心，而志不得伸，抑何碌碌无丈夫气耶！虽然，罗巴之惧内，惧其家之多金，而能致我于富厚，则亦执鞭欣慕之意云尔。吾不解近时有荩箧荆钗即为奁具者，何以一入门而吼声大作，彼男子居然如受恩深重者之不敢一喘息也。罗巴之妻亦非竟绝无亲亲谊，特眼界太小，不能容人耳。吾独恨其以声名二字为推诿也。然即此以观，而西国之清议维持，亦概可想见矣，岂非风俗之醇哉。白拉处处效法纳坡伦，其神气煞是迂腐可笑，惟能赏识康吉，亦似有眼力，而非泾渭全无者。就其前而论，可不失为伪君子、假道学，自康吉惊闻母耗，急难相求，仓猝间而吝啬之情、骄矜之态，于是乎尽行透露矣。古人观人所以要在不及作假处，此之谓也。其妻及毕明，则真市井中愚夫愚妇耳。

盖此书最出色人物首数康吉，观其幼年即已英英露爽，厥后拒绝状师之助丧,顿悟取银之非礼,坚忍勇决,所谓大英雄大豪杰者非耶? 将来作为事业,光大门闾,吾何能量其所至哉! 上卷中第略露端倪,未用实叙之笔,盖留为下半部出力摹写地步也。阿大天性肫挚,第习为游荡,是其短处。观其侍爱格于临终,责罗巴以加惠,缠绵之意,慷慨之词,至今犹觉往复淋漓,神情欲活也。乃天欲悔悟罗巴,而偏假手于阿大马车撞伤,岂天道之无知哉,实为爱格身后计耳。否则即有补助,岂能若此之殡葬尽礼耶? 若加低〔1〕于车中遇康吉时,气象轩昂,颇似甚得意者,而不谓其见弃于父,人伦中大有难言之痛,坟场跪恳,严父怒诅,此种情事,不减于田号泣矣。而惜乎其坚忍之性,终不能挽回亲心也。与康吉两两相形,一则有亲而不能事,一则欲事而亲已没,同一伤心刺骨矣。故读此书,而谓于世道人心无所感发者,吾不信也。后事颇多,再当续译,姑先综叙上卷之梗概,以便检阅云尔。

　　　　　　同治癸酉九月重九前五日,蠡勺居士跋于螺浮阁

---

〔1〕　加低,原文为 Willian Gawtrey,今通译威廉·盖特尔或威廉·戈特里。书中又译作"加底"、"加的"等。

昕夕闲谈次卷

第一节　会葬车世家循旧礼　读遗嘱慈母蓄深心

　　八费状师受了罗巴的嘱咐，只得往见康吉。无奈八费的说话不能委婉曲折，善达人意，又不能柔声下气，迁就人情，一直奔入康吉寓中，高谈阔论的叙述罗巴如何喜施与行仁义，一派的好心好话。又用话劝谕康吉，叫他抹去前情，领其后惠。看官，你道康吉是什么样人，那里听得进这种话，愤愤的道："先生休矣。这是我们家事，不劳越俎代谋。况且家叔的平素是怎样行为，如今倒来假惺惺吗？先生请自便罢。"那八费本久仰康吉的性情刚猛，嘴里发议论，心里着实有点害怕，深防他要发毛包。那晓得话虽说不进，还不至吃个眼前亏，回来就颇为欣幸。一面忙忙的尽管经营丧事，请个极著名的丧户替他主持，用着上等的排场，按着上等的礼节，俟办停当后，再与康吉说明。一面致信与罗巴，说丧事业已开办，惟二子之后事，似难旦夕奏功，缘康吉心尚激烈不平，只好从缓妥议云云。

　　却说爱格死后数日，康吉只是哀号痛哭，不问人事，犹如天昏地黑一般。见有人来替他料理丧事，并不问其所以，随他们忙着办去。这其中却有两个缘故，一则康吉年轻，不知世故，想不到是谁来帮忙，应该问个明白。一则因为丧礼丰盛，是个孝敬吾母之意，明知罗巴令人筹办，然我既无力，只得借人之力。倘若问明，还是力拒他呢，还是随他呢？力拒他则丧事将作何办法，随他则气又不甘，倒不如蒙蒙懂懂些好。所以一切殡殓皆用大家礼体，极其考究。到送葬这日，灵轿在门，但见载尸车辆，蒙着黑布，幽幽的驾着四匹黑马，两骖两服，如墨团如铁炭一般。会葬的从车，亦均蒙着黑布，惟有马都只驾两匹了，随从人等亦一色的黑衣。看官，这是西国丧礼，专尚墨絰的，犹如中国之尚纯白哩。

　　康吉自送母葬，归至母房，猛想到母亲手泽必须检点一番，遂开了箱柜，细细查阅。见有书信一卷，像是父亲笔迹，连忙拆开，从头读下，竟是未成婚时致与爱格言情之书，缠绵缱绻，神致如生，覆读之恍似复闻慈父语言。继念写者、受者皆已去世，不觉心如刀割，泪如泉涌，不忍复阅了。随又探寻簿籍,得书一卷,大惊道:"这是吾母亲笔哩。"封面上写明康吉名字,又查标题,作书之日,则死前二日哩。康吉汗出手颤,一时竟看不下去,就着窗口,开了槅扇,透一透气。但闻得一片声乱烘烘的喧着,负贩之吆喊声,车轮之历碌声,妇人、童子之嬉笑声,工役之嚷闹声,一时间尽从对面随风送到耳边。忽然抬头一看,那知就是母亲爱格的尸车,及扮黑衣诸随丧人役,皆在酒店小憩,互相谈论嬉笑,所以嘈嘈杂杂的一个不了。康吉痛号一声,将窗闭上,退至房后,拆开母亲手书,念道:

　母书留示爱子康吉:母今不久于人世矣,迨吾儿得阅此书,母已将早归泉下,不得与吾儿一诀矣,痛哉!今而后尔与希尼终为无父母之婆人子矣,茕茕无告,情实可惨。慈母心长力尽,将何以助尔哉?虽然,人或不义,天心未有不义,故吾望尔之能亢宗者,则亦信之于天而已矣。尔康吉年几弱冠,其志气亦思与世间争胜,特其中有命主之,虽终身艰难,尔亦不可骧聪黜明,自败其功力也。倘尔仍自命为世家子弟,惟逞己意,则后事实为可虑。今既阅历世故,能学温和谦逊之道,而不以意气相高,则他日之得成大业,成可预决矣。尔母久膺重疾,不欲实告,以乱尔心,乃反令尔惊闻凶耗,是尔母之咎也。至于我之弃世,在我为幸解尘缚,幸除业障,与脱离苦海何异?盖体衰而痛,心苦而忧,久无生人乐趣,反不觉视死如归矣。我儿须体母心,不可过于哀伤,令泉下不安也。我生平一大疚,即与尔父为婚而隐其事,致累及我儿,是为白玉微瑕。然近年忧患备尝,似亦足盖前愆矣。康吉凛之,尔无纵意,自逞精强,尔无肆怒,自谓勇刚。一朝恣睢,酿祸无方;一朝坚忍,受福无量。康吉凛之,尔弟希尼情性柔和,未免难于振作,吾甚恐其少出息也。今又托于他人,其能抚恤调停之与否,是不可知。尔为兄,今嘱尔不但兄之,且父之也,坚尔心,勉尔力,以荫护此荏弱之材,俾成嘉植,而无任人剪伐之,是吾所切望于尔者也。慈母之心,爱怜少子,今此心将继委于尔。尔其往见乃弟,婉言抚慰,弗令失所。迨希尼长大,示以我如何溺爱之意,如何深虑之心,不使听旁人谤毁,反归咎于而母也。

　以上为尔爱母之遗训,尔其谨识之。得是书之处,同藏有小钥匙一付,用此钥开房内一小螺钿箱中,有尔母逐年所积余金,计若干数,尔其谨藏之。我生前人皆以为贫窘,不知日用节啬,反有小余,是亦足以对我两儿矣。二子倘遭患难,或可供救急需,然必与希尼共之,以见母之公惠。且希尼不可令受恶言,致心中戚戚不欢。况又年幼,不任劳苦,倘所托之处竟不体我意,致有暴虐情事,尔即可带之归来,另图安顿。切勿隐忍因循,伤我泉下心也。吾儿孤露,惟望上天垂悯,《圣经》有曰:"为孤子者,尚有天以父之。"吾儿其永念之勿忘。

　　康吉读毕,遂涕泣跪伏,哀不能兴,默祷昊苍,以抒痛苦。祝毕起身,开着螺钿箱锁匙,将盖子揭起,讶道:"怎么沉甸甸的?"又枭开屉板,只见有金钱百枚,斩齐的排列着。康吉一见,就想道:"慈母爱子之心,至于如此。"不觉又痛哭起来道:"母亲,你怎么不顾自己,刻苦淡泊,毫无调养,致令一病不起。反积下这些金钱与我兄弟,叫我兄弟拿着这个金钱,那里忍用呢。咳,我为人子,只恨年纪太轻,不能成立,略尽一日孝养之心,那是终天之恨,再不能补偿的了。"痛哭了一回,遂将爱格常用的小物件,如银表、金刚钻戒指数枚,佩带身旁,以作母亲遗念。又将各种要紧书籍收好,裹入包袱,匆匆下楼。看官,这第二进楼上住房,是爱格赁居的,如今丧事既办停当,理宜将房间让还房主,所以康吉慌忙的收拾清爽,赶紧出屋,一则免得人家讨厌,二则可以省这一笔房金。

　　康吉一气奔下楼梯,顶头撞着这伏伺爱格的女婢。这女婢一见康吉,脸上就露出无限哀恻的形状。康吉本晓得这婢与母亲最为贴心,今又看他面色如此,可见他实有顾怜先母的心肠了,可感可敬。遂赶一步上前,叫道:"大姐,我先母在此,极承照顾周到,侍奉殷勤,心里就着实的感激不尽。"女婢点头谢道:"你别说这客气话,那是我们分内的事,不过承令堂青睐,将小婢当作亲人一般,小婢倒没有什么竭尽心力的呢。"康吉道:"这是全亏你了。"遂从身畔摸出金钱两枚,赐与女婢道:"些须微物,聊表我感激的意思罢咧,请大姐勿却。"女婢一边揉着眼泪,一边接他手中金钱道:"咳,你这是何苦呢?"

　　康吉又道:"我这几天哀痛太过,心里觉得迷迷糊糊的,有多少话不曾问得你。我母亲死时,你该见得是如何景象,觉得有十分痛楚么? 或是医药不对呢,或是郁结所致,临终的时候,可有什么话属付[1]你么?"女婢正揩着眼泪,听得康吉细细盘问,遂答道:"说到太夫人临终形状,却也奇怪,这一日病势变重,我就往请就近的小医生来诊视。那先生就带着一年轻的

---

〔1〕　属付,即"嘱咐"。

人同来,太夫人起初是昏迷的,后来见了这个人,听了他的说话,就觉得清爽起来,与他叙说良久,颇觉得和悦。又不见有变卦神气,只不过奄奄昏睡的光景罢。"康吉道:"莫非就是我回来撞遇的人么?"女婢道:"非也,这是面色青白中年的人呀,那来的是年纪极轻,声音极软,好一个小郎君哩。但闻得他与令堂系属至戚,小郎久侍床侧,令堂竟恬然睡去。等到复醒,遂带笑容,眼睁睁望着小郎。那时候微哂斜睨的神情,我至今还描摹得出呢。我时站在床对过边,大夫正倚窗楅调药,倒入小玻璃杯。令堂一开眼,即观望小郎,竟像有无数话说不出的样式。遂伸手紧握小郎的手腕,作要说话的形状,半晌,挣扎着低声呻吟的问道:'这是断不可忘呢。'那小郎感动泣涕,立誓言道:'到死不忘了。'这就是临终前的光景神气哩。"康吉忙问道:"以后便怎样呢?"婢徐曰:"小郎将太夫人的手,悄悄安放床上,太夫人又不忍脱离小郎的手。不一会,大夫拿药上前,忽惊喊道:'这不是死了么!'小婢等细视,面色竟同安睡的一般,毫无痛楚呢。"后事如何,下回续说。

第二节　辞寓主留书陈友谊　别荒坟入夜遇追兵

康吉道:"这年轻的人,不是替我侍疾送终的么?实在难得,难得,你可晓得这人姓甚名谁呢?"女婢道:"这个么却实不知道。后来大夫辞去,这人尚是恋恋不舍,哀声絮泣的。这人刚走出门,恰恰来一中年的,他两人似乎不很对经,我隔着门,还听着他言语是带怒声哩。这人陪着中年的人进来后,不多一会就去了。"康吉道:"从此就没见他来过?"女婢道:"我倒不见,或者我主母晓得也未可定。你如今脸色灰白,人想是乏极了,且进来吃点什么罢。"康吉等不得他说完,也不及回答,一径奔到寓主人处。

却说这寓主人就是女婢称为主母的,很精明很了得。料理这一所大寓馆,安顿几多商宦,调排几多饮食,内外进出事务,办得井井有条,真是一个能干脚色。此番爱格死后,倒也承他的情,一切照应,所以康吉一见,就慌忙先道了谢。那妇人就做出哀怜形状,抚慰了几句,遂从怀内掏出一个小小纸封,置放桌上,检出名帖一纸,递给康吉道:"这位先生就是替令堂经营丧葬各事的人,这个名帖是他留着,托我递给你,并代他致意问候。今日一点钟,他还要亲自过来面谈哩。请少爷在此稍待罢。就是我这里房金开销,他多情愿代算的。"康吉听罢,把名帖取过,细细一看,不看犹可,一看之时,随即双眉倒竖,二目圆撑,将这名帖捽掷地上,重又用脚踧踏。心中暗想道:"就是这人么?我誓不受他怜惜哩。"

看官,你道这名帖究系何人,康吉见了就如此动怒?原来铁准是八费状师,所以这样神情。又听得他有代偿房金之说,就请那妇人取出经折账簿,细细算好,拿爱格所遗金钱点数,当场交清,免得异说。接着又问道:"家母临终时,闻有一年轻的人来陪侍顾恤,惠及残喘,可知道是什么人呢?"那妇人"爱呀"一声道:"正是呢,可惜不曾问得姓名,看光景总是至亲骨肉哩。但是一层,自从去后,竟绝脚不来,想必总要再到的。你不如从缓的去,再等等他罢。"康吉焦躁道:"叫我再等几时呢?我恐怕不得报答这人哩。"又默默的想了一想道:"也罢,待我且写几句话存在这里,把这人来看看,省得批评我不识好歹。请再假纸笔一用罢。"那妇人就移过胶墨盒、鹅翎笔,又取过一张雨过天青的镜面洋纸来。康吉欠身道了谢,提起笔飒飒的在纸上草写一书。其书曰:

君何人哉?名姓既不可知,形状又不可识,使仆乌从而揣测之哉?或谓是先母戚属,然细想先母仅有一弟,并无密亲厚眷,如此痛痒相关、休戚相共者。君宁非误认为他人乎?虽然,果为戚属与否,固未可知,而侍吾母于弥留之际,慰吾母以无尽之心者君也,君果何所见而拳拳若此耶?且君何独施惠于母,而又见绝于仆,竟不使一瞻颜色耶?君或者一时恻隐之心偶然触发,事后原不责报,可以淡泊置之。仆何人,斯其敢忘大德耶?他日幸得遇君,则仆之性命心血,悉惟君命是听。倘实为戚属,则仆更有奢望,愿为舍弟乞恩。伊现寄顿于舅氏磨敦宅内,如蒙推爱,加意顾惜,则先母九泉当有结草衔环之报。至于仆之行止,则终身不屑倚仗他人,惟愿只手空拳,独创基业。此中人语云,不足为外人道也。惟先母墓上碑文,当志此情节,以为吾两人恩谊之维系云尔。匆匆布意,伏望鉴察苦衷为荷。(下又署名,称棘人康吉泣血叩白)

书既写毕,外用白壳信封套好,融火漆印文缄口。信封面上又横写着"康吉封呈"数西字,遂双手持献与那妇人道:"敢烦太太暂时收存,倘那年轻的来,万望转示与他。"那妇人接了信,回转手去,开了座后文具箱抽屉,将信收入。又回身道:"那状师先生曾经再四叮嘱,说少爷如有所需,伊愿过来效力。"康吉口里只是唯唯的。妇人候康吉的回话,只是没有,耐不住又问道:"我用什么话回复他呢?"康吉道:"你可回复他顾主日冤子诅言便了。"康吉遂辞了房主,掖着包袱出门,时日已西落,一径奔到葬场。看官,你道西人葬地如何?却原来拓开最空阔的地,四面筑起围墙,中间砌成甬道,两边一家家挨着葬去,各有定处。

却说康吉奔到坟山,进了围墙门,只见冢墓累累,松楸戚戚,好一派凄凉景象。更兼得夕阳将沉,明霞渐淡,又为树木遮蔽,分外的幽冥惨淡了。康吉到母亲新茔面前,扑地倒下,泣呼道:"嗳哟,亲娘呀,孤子今又来省视了。所存遗嘱,谨已拜诵宝藏,誓必凛遵,请母亲勿庸忧虑罢。"挣到这句话时,方要再说,忽耳朵内随风吹入有老翁的声音,在那里叱咤道:"逆子,快离开点罢,天必遣责你的呀。"康吉闻言惶骇,防恐是说给我听的,连忙跳起,把乱蓬蓬覆额短发用手掠开,仓皇四顾。于相距数步的墙阴,见有二人,一老年的鹤发驼背,面色映著晚霞,坐于圮坟上面,一中年的躯干壮健,伏身低首,有哀求的形状。老翁两手伸覆指数,似重加诅咒的,咬牙切齿,十分威怒。

少顷又闻犬吠声,这只狗伏在老翁脚下,吠声呜呜。正像是惧怕老翁震怒,犹如小儿缩畏雷电一般。伏求的作怨声道:"爱约父亲,且请息怒,连狗都要吓煞哩。"老翁随叹道:"噫,贱子深辱家门,使我匿身遁迹,致无面目与人相交。市人皆欺侮我年纪大了,又笑话我没得好子孙,这都是不肖儿行径不端,不肯上进,连累我的。我还要你干什么呢?"哀求道:"咳,父亲呀,想孩儿自违膝下,已隔多年,今若再不收留,恐终久没得团聚日子哩。叫孩儿怎么离得开呢?"老翁愈怒道:"哦,贱子的意思我懂了,是要想银子来的么?"子一闻刺言,惊骇万状,如被蛇咬,如遭虿螫一般,把身子一骨鲁扒起,努着嘴唇道:"这句话父亲你太冤我了,孩儿虽有不务正的错处,然二十年来,皆系自食其力,并未有求父衣食的事情。且先逐儿者,父也,儿诚无罪。近闻父亲产业消耗,年纪衰迈,又兼双目昏昧,故不忍复听父之弃我,使父有悔心,重图侍奉,以怡悦晚景,久延残年。这是孩儿一点孝心,惟愿我父收回诅言,孩儿总替父祝福哩。儿言已尽,我父请自三思。"那人说至没了[1],浑身发战着,站了一会,见老者没言语,就负气走出,转身向康吉旁边闪过。他认不出是康吉,康吉早一眼望去,晓得就是当日公车上同坐,依肘睡着的客人哩。

---

[1] 没了,即末了。

却说老翁眼昏睛翳,不觉得儿子已去,停了一会,泪下皱脸,惨声的道:"加低我儿呢?"连唤数声。康吉答应道:"你喊迟了,令郎已去远了。"老翁急呼道:"阿呀,殁终离了,是不可复会了嘘。"木坐坟上,直僵僵一动不动。那只狗就在老翁面前盘旋跳跃,嗅手吮脚,似相慰幸的模样。康吉看到这种情形,不觉喟然叹道:"我只说世上忧苦境界,至我而极,如今看这两个人,不更甚于我么?"当时日没虞渊,繁星显露,康吉哀心稍平,遂出了葬场,踉跄走至母寓近邻一石匠作。嘱令镌凿墓碑一块,说明了尺寸字数,重又出门。

正踌躇间,忽见对面来了三人,一人用手指着康吉道:"在这里了。"一人遂呼道:"止,止。"康吉抬头一看,原来不是别人,正是白拉同着毕明,并一个身健脸狠的伴当。康吉忖道:"不好,你看他来意不善呢。"正在疑惧怨恶相交之际,适旁有蓝缕[1]小孩谑呼道:"先生何不走呢?"一语提醒了康吉,回转身来想跑。原来当日开柜取银一事,在康吉意中,不过如电光石火,一闪即灭,在当时虽并未竟攫其财,此刻岂暇自表其志呢?倘或被他抓住,缠个不清,岂是直心急性人所能忍耐的么?所以三十六计,走为上计。不料毕明已赶到背后,用双手拉住衣角,康吉就狠命一跳,将毕明双手摔脱,毕明掌不住,扑通的跌下路旁沟洫。康吉见毕明栽入沟中,随即窜入坌路,急急飞跑。伴当急呼:"速拿,速拿!"闻声而至的都来赶前尾追,就是巡差亦皆来助力了。康吉但想飞跑脱难,不提防追来的愈出愈多,遂一径湾湾曲曲的跑去,也不知历过几条胡同。看看追赶的气力渐衰,康吉尚足不停趾,渐觉相离稍远,因即抢入一巷。时追赶的尚未进巷,而拿贼之声已经喧达巷内了。到一客馆门前,见有两人端立偶语,看得康吉来,一人遂上前拦住去路。不知拦路的何人,下卷再行续出。

第三节　失路人交臂误机缘　浪荡子有心逞调嘘

康吉见追赶紧急,前面客馆门首,又有人拦截去路,遂连忙用力奋击,是想趁势推开,以便跑走的意思。那晓这人毫不觉着,反不慌不忙的道:"噫,打我干什么?若逃例的,我便助他哩。"康吉听的声音好熟,竟是认得的一般,急看他面孔时,原来就是那葬场上受老翁诅骂的加底。康吉一面

---

〔1〕　蓝缕,即"褴褛"。以下同。

喘息着,哀求道:"请救我则个,你可认得我么?"加底道:"认是认,可惜你为什么就狼狈到这种地步?咳,快跟我进来罢。"康吉匆匆跟着加底,奔进馆门,转湾抹角的走到卧房内,也不及见礼分宾,便道:"老兄,你是何苦来这般样式呢?"康吉道:"阿呀,一言难尽哩。如今且不必说,先想法子要逃过这关,不要把他进来搜寻才好哩。"加底哈哈笑道:"你为何这样着急呢?我这寓内,他们就可轻易进来寻人的吗?你只顾安安稳稳坐在这里便了。"康吉闻言,才把这心略略放下。随后就听着门前喧嚷之声,只叫"快拿,快拿"!原来加底的卧房只隔着一重墙壁,外面便是街路,所以听得甚是清楚。

却说那毕明栽入阴沟,白拉遂勃然大怒,忙叫追赶,自有那一班巡差、里甲之类,随声附和,吆喝向前,不觉的声势十倍。那晓一路追赶,渐渐相去较远。这一路上地火照耀,原是光明如昼,一无遁逃的。不料九折三湾,前面的影子一晃,竟不知去向了。众人赶到衖口,望将出去,毫不见个影踪。及到衖外跟寻,又明明是像个闪进衖内的。正在东揣西望,猛地里白拉看见弄内高挂招商玻璃灯一盏,灯下门户洞开,狐疑道:"莫不是混进这客馆内么?"就招呼那班人都进弄来,把两头截住,汹汹之势,竟要搜到客馆中了。

加底一边安慰了康吉,令他坐定,一边就出外招呼了馆主,然后迎将出去,喝道:"你们在这里闹什么?你就是要闹,也该看地方起。怎么就这样啰唣吗?"白拉上前陪笑道:"不是这么说,我有一学徒逃走,特来追寻。不料追着后,我账房先生上去拉他,倒反被他推入水沟去了。故此我辈不甘心,必定要捉住他。诚恐他躲入贵寓,必须搜一搜看。"加底哈哈大笑道:"你这人说话好不通理,这条路又不是不通大街的。就算不通大街,这弄内人家又多得很,单来找着敝寓,这是何所见而云然呢?"白拉把这一问倒问住了,半晌回答不来。加底又道:"此事我本不知道,据你说是个学徒逃走,又并不是卖与你的奴仆,又并不曾偷盗你的金银,何必如此性急追赶?你管账先生栽入阴沟,又不是这人有意害他的,不过一时逃避情急,摔手致跌的。就是追着,你想怎样办法呢?"白拉听了,只得掏出鼻烟,一面嗅着道:"是惊动了,这是小弟卤莽了。"一面就招呼众人,再穿出巷去找罢咧。

这里康吉在房内,听得喧嚷之声渐渐远去,加底就斯斯文文的踱将进来,向康吉举一举手道:"恭喜老兄,那追赶的人已被我退去了。"康吉称谢不迭。这时候已是夜膳之时,加底就留康吉同饭。却说康吉这一日哀惧备尝,心胆俱碎,虽罗列着玉液琼浆、凤肝麟髓,也是食不下咽的,被加底殷勤相劝,只得胡乱吃些。酒间加底问起情由,康吉就略述了几句,又道出无路可奔,想往投磨敦,求他解救的意思。加底颇为嗟叹,说道:"老兄既如此,今夜且借榻此间,明日再谋栖止罢。"又说:"这追赶得如何凶险,外间不可走漏风声,致破机关,必须加意小心。这里我亦是暂寓哩,一切要恕不周呢。"遂叫馆主备副床褥安顿康吉。

夜间那门首并谈的客人,也到房中叙话,就说康吉前后情节,大家嗟叹一番。加底就用话笼络康吉,说是人情险薄,世路畸岖,你们初出山门的人,那里经历过这些波浪。所以古语说得好:"逢人须说三分话,未可全抛一片心"呢。如今我门既成为一类的人,那是气味相投,衷曲不隐,外面正未可一概看待哩。康吉唯唯感佩。又道:"倘老兄找过令亲后,要来寻我,一问便知消息的。"是夜一直谈到夜分。

到了次日早晨,各自起身梳洗,用牙刷齿磨,细细盥嗽靧面后,进架非茶[1]一盏。加底道:"少刻我有事去了,你要往白云乡去找磨敦,自有公车来的。"康吉答应着"是"。须臾马夫套好了车,加底跃身上车,挥鞭揽辔的去了。

不多一会,往白云乡的公车,名唤捷妥的已到馆门,康吉就趁搭上去,安坐车房。只见车内已有三客,左边坐一女郎,正在除下女帽,用铜针悬钉在车屋内,但以绸帕覆额,略露髦花数朵,姿容艳美。真是不脂而红,不粉而白,瘦腰长颈,端坐车中,另有一种风韵。女郎并排坐一中年的人,面色淡黄,(夜)〔衣〕履素朴,是个学究模样,有方严端重的态度。与康吉并坐的是个四十许人,仪表俊秀,圆面黄须。头戴便帽,帽顶结有金组。身穿绒呢短衣,胸前悬挂金练数条。上扣单圈眼镜,瑗䃟一泓,时常举置右眼,谛视诸客。胸前露出里衣,已有垢染,不见十分洁净。手穿皮套,亦是半新旧的。康吉适抬头把眼睛一漂[2],那人就架起眼镜,向康吉一瞧,"阿啊"一声,问道:"这客官可是本处人么?"这边未及回答,只见有一少年身穿白袍,手持璃杯,内斟白蓝地酒[3],由馆内出来,走到车门口,谓女郎曰:"且请满饮此杯,幸勿推却。只怕这酒就要冷哩。"看官,你道这时候正是暑热之际,

---

[1] 架非茶,即咖啡(coffee)。文中也译作"加非茶"。
[2] 一漂,即一瞟。
[3] 白蓝地酒,即白兰地(brandy)。

为何说到酒要防冷的话呢？大约是个雅谜的意思了。只说那女郎"嗳呀"一声道："若麦，你是何意？这才清晨时候，吃这寡酒做什么？且防恐酒气熏入头脑，倒不受用呢。"少年道："姑饮此，这亦是慰劳的意思嚄。"女郎就怯生生的，伸出葱纤两指，去接这杯子。一边秋波微送，暗里照顾少年，一边擎着樱唇，将欲衔杯细咽，又像是不胜酒力的一般。且拿了这杯回顾着诸客，扑媺的一笑道："酒是我素来很不喜欢的，何苦拿这劳什子灌人呢？"说着，就把杯子拿到嘴边，悄悄的做几口喝了。那少年在车下，不住挤眉送眼的看着，等到喝干酒，就双手去接酒杯。女郎把杯轻轻递将过来，这边一手去接酒杯，一手就紧握住了玉腕，望着酡颜，嘻嘻笑道："多感盛情，也不枉卑人奉敬之意了。"女郎轻轻啐道："你还嚼什么蛆，快坐稳了罢。你看不是要开车吗？"少年只得放了手，依依恋恋，在车旁坐着。只听执辔的车夫喊道："客齐了，咱们开车罢。"随即把马毡一撤，缰绳一松，鞭丝一扬，那双马拖着车轮，忽喇喇去了。

那学究模样的，就手探怀中，取出袖珍书一本，举手翻阅，似有吟哦之意。那俊秀的，自从少年拿酒来起，他一径架起眼镜，注目凝视这男女二人。等到少年坐开之后，他就涎着脸儿，对女郎嘻嘻笑道："有这样温柔俊雅的小郎君，惠顾殷拳，真是小娘子的大幸哩。"女子应道："是真好郎君嚄。"随顾着车旁少年眼波一溜，玉齿微呈，自有一种描画不出的光景。因即岔着问道："这可是小娘子的令么么？"女郎正色道："倒要请教，何以见得呢？"应道："那小郎君丰姿俊美，面庞间略有仿佛之处，故此疑是兄妹。然看到小娘子玉貌花容，又似不相类的。"女郎用手掩着眉眼，嘻嘻的道："先生，承你称誉这许多话，但妾向不爱听。老实对你说，那白袍少年并不是家兄哩。"那人听到这里，不觉哈哈大笑，全露出浪子的身段来，一边举肱击着看书的人，一边用手拨动康吉道："是哟，是哟，这莫非情人么？"看书的盘脚不安，康吉举头带怒，那人益洋洋自得，摇着头，眯睐着眼睛，做出多少鬼脸来。只见女郎板着面孔道："就是情人，又何妨呢？"那人道："我并不说有甚妨害哟。依我说，凡女子皆宜有情人，以寄思慕，以博欢娱。倘若我做了女身，没有两三个情人，不足餍区区之意哩。我劝小娘子，何妨再结情丝，更萦情网，以广用其情呢。"正说得高兴时，那人便除下帽子，用手摸摸髯发，心中是说，我这头毛光泽浓厚，要使女子晓得的意思。女毫不恼怒，反笑嘻嘻道："这话逼我太甚哩。"应道："风趣如卿，真令人生爱。虽鲁男子亦不能不相逼哩。"这时候学究模样的，早已不喜欢隔座的男女两人，那知调侃嘲谑,越发狂荡起来,就不耐烦对卷吟哦了,把袖珍书掩好,漂眼触着康吉。凝视既久,忽发一叹。女闻叹声,即问:"莫非有贵恙么?"俊秀的接着道:"那边风迎面来,请与我换一坐位罢。"学究模样的,就依着他,换了坐位。那中年浪子便与女郎并肩密坐,附耳倾谈。

我且按过一边,只说那学究模样的,又尽着凝视康吉。康吉倒觉得不好意思,双颧发赪,急把帽子戴低下来,遮着眉毛。只听那人低声问道:"你可是到白云乡去的么?"应道:"正是。"又问:"从前曾去过么?"康吉不愿多言,诚恐露出踪迹,心中厌恶,不觉面色沉了下去,似乎怪道:"何必盘诘我呢?"学究模样的道:"小哥且勿怪我,我细审尊表,不觉想及白云乡一分人家了。么敦家中,君可认得么?"康吉仍是不答,那人见康吉面带不悦之色,只是不语,也就不说下去了。在康吉欲免被诘之故,因为正在逃例时候,深恐露出马脚。况加底又欲得康吉为己党,曾经百端的滋其畏惧,所以如此。

看官,你道这客是何人?原来名唤辨撒[1],当初与爱格曾有婚姻之议,且深爱其姿容绝世,情性过人,誓必联为秦晋。那晓爱格的心,已为非利所夺,不能遂连理同根之愿,而心中缠绵固结,刻刻不忘,以至经营贸易,均属无心,停止父业,游历欧洲各处,冀消遣他的情思,淹没他的情欲。然终不肯他用其情,红丝别系,所以终身鳏居,溺情诗学咧。只因他游历远境,故爱格丧偶之事,未曾得信。近始闻爱格夫妇均已作古,留有二孤,遂蓄心想收纳他的遗孤,善为抚育管教,庶见我的用情真挚哩。此时康吉不肯吐露真情,致以后艰苦备尝,依靠绝少,正是省一言而误一生之大事了。

恰说这公车到了白云乡,停住轮盘,就在爱格前番寄寓之客馆门前歇下。白袍的即开了车户,一跃下去,站在车旁,伸出左臂,等女郎下来,便作扶手。女正解取车屋上所悬女帽,一面顾着俊秀的道:"先生将久寄此间么?"应道:"非也,不过来游玩罢咧。我有雇定马车,可以逛一天,这车将来此迓我,小娘子肯暂留么?"女郎当这时候,既感动于引逗之趣话,又游移于往复之情惊,心中本已活络,今闻又有自雇私车,可以为游历湖山之助,益觉属意此人了。急从怀内掏出名帖一纸,上铭着"维辛号亲制衣衫"七字,暗地的从那人袖底溜入他手中,低语道:"子如肯降玉趾,辱临敝庐,亦寒门之盛事哩。"那人接着名帖,如获至宝,不暇展看,急急的揣入荷囊去了。后事如何,下回续谈。

——————————

[1] 辨撒,原文为 Spencer,今通译斯宾塞或斯本瑟。书中又译作"辨散"。

第四节　兄弟奇逢石廊絮泣　舅甥失爱麦粉争端

却说那人接着名帖，如获至宝，不暇展看，急忙的揣入佩囊。然后慌忙跳下，伸开右臂，加于白袍的臂膀上面。女有忻悦之色，站起柳腰，挪动莲步，跨出了车户。然后伸出雪藕一般的玉臂，以指尖搭住了这两人的臂膀，款款下车，娉娉嫋娜，先进客馆去了。这边浪子轻拍白袍的肩背道："阿，人之艳福，不能独占，但无断续便了，他日再图良会罢。"又叫管车的分付道："这巾箱是我的，留在这里，你要当心照顾着呢。"康吉正在算清车值，这俊秀的走近身畔，对着耳朵啮道："克老翁，你慎莫忘却呢。我今日之事，你亦不必干预嚯。"遂一声吹啸，奏英君之乐歌，呜呜哄哄的徜徉入店去了。康吉闻言吃了一惊，细细想起，方知就是加底寓中遇着的人，今朝妆扮大异，所以竟认不出来了。

康吉不进客馆，急想要访寻磨敦家住处。时正初日光照，通衢皎朗。康吉低头走了半刻工夫光景，远远见大店面光灿夺目，就近见玻璃窗上，横写着"磨敦"两字英文，店中铺设整齐，装摺华丽。正注目凝视，意欲上前通讯，忽觉耳朵跟头触着哽咽痛哭之声。康吉闻得哭声酸楚，不觉立住了脚，定睛一看，却原来有个小孩子，坐在医家门口石廊之下石阶沿上面。只见他手持小丝巾，泪滴如雨，凄惨的十分动人。康吉细细一听，大惊道："这不是希尼的声音么？"抢步上前，用手抚摩这孩子。这孩子本是低头啜泣，并不看见走来的是甚人，但觉有人来抚摩他，随即擎起双手遮掩其头，哀声求告道："请饶恕我罢咧。等我自己去，断不在此耽延了。"康吉认得真切，不觉急声叫道："这是我弟希尼呀。"希尼听得，忽地跃起，揩一揩眼泪，破涕为笑的喊道："阿呀，好哥哥，你在那里？我怎样就会遇着你呢。阿呀，好哥哥，你务必救我，带我到母亲那里去。我立誓做好儿郎，断不扰累母亲的。哥哥，你可怜见我的心肝已碎裂了。"康吉听他"母亲"二字，不觉心痛难忍，便道："兄弟且不必性急，你试把磨折苦楚的情形叙述一番，我们再作道理哩。"于是他兄弟两个，并坐石阶沿上，康吉以肘环抱弟腰，希尼以手紧搭兄肩，就把那冤枉情节诉说起来，一五一十，呜咽个不了。说到伤心之处，辄又大哭起来。看官，大凡小孩子一有冤苦，随他哭着，倒也会闭嘴，一遇着父母抚恤盘问，不觉琐琐屑屑，尽情吐露，而且这泪珠儿就如断线珍珠一般，数说一番，痛哭一遍，正不肯歇呢。

希尼一边说,一边泣,一直说到早辰受挞情形,遂伸出小手,指着伤痕,嘤嘤暗泣的道:"这手上就是遮搪藤鞭被他挞伤的哩。"康吉听了这些话,不觉怒气填膺,愤怀透顶,竟想要直奔磨敦家中,以泄愤恨。希尼见兄愈愤怒,益发触起他平日的烦恼苦楚,等到说完,就滚在康吉怀中,用手攀住了肩膀,撒娇撒痴的道:"这些事已过往,且不必说。请哥哥就带我母亲那里去罢。"康吉道:"且听我说,母亲那里回去不成了,我一切细情,此地不便细述。总之我两人既为兄弟,则同历患难,同受饥寒,亦是应当的。不过尔久居舅舅家中,衣食两字不须愁虑,这种去处也算是好了。尔竟忍舍弃么?"希尼听他兄长反说出他舅舅家好处来,心下着急,举手瞪视着鞭痕,又哽咽着道:"我只跟哥哥去,若要我再在这里,那是只有死之一法哩。"康吉道:"去是尽可随我去,只是我此刻是同逃荒避难的一般,艰险必多,劳苦不息,肠无宿饱,身冒风尘,安顿之处还不知道在那里呢?尔果愿跟我去么,日用之需皆不可保,不过抚慰顾恤,胜似他人便了。尔若决定要同去,我难道撇掉尔么?"希尼道:"只要你肯同我去,随便什么苦法,都情愿的。"方欲再说,康吉猛看见街上有人走来,连忙对希尼摇摇手,叫他禁声,原来这人就是车上看诗的辨撒。那人看两孤絮语形状,凄怆恻然,望了一眼,就走过去了。康吉遂起身道:"竟定见是这样,不令我弟再归舅家。今日上路,不用耽延罢。"这节事我且按下不表。

却说希尼在磨敦家中,每遭挫折,这小孩很乖觉,越是小小心心的,所以磨敦到还时常顾怜他,只有那舅母总看他不得。这一日忽在窗口坐着,听得门前马车轮声响擂,就伸出头去张张看,那晓窗上小钉恰钩住了衣服的肩头,慌忙退出,已经札一个窟笼[1]。正在着急,忽被舅母看见,喊道:"希尼来,衫子是怎样札破的?好好衣服,只要上了你的身,怎么就这样快破,我倒真不懂呢。"希尼道:"小甥并没动蛮,不过伸头窗外,看一过车,这衫就被钉钩破了。"喝道:"小厌物,你总不肯安靖,常有此类顽劣之事。你看马车干什么呢?"希尼低着头,不敢做声。那磨敦的小儿子嬉嬉的走到娘跟前道:"呐,希尼看见,总要飞跑上街去赶的。"磨敦正在旁坐吃烟,闻言遂口衔着烟管,含糊说道:"小东西好没分晓,怎的说赶,不说追呀?"浑家遂厉声责问希尼道:"你这不学好的下流坏,为什么专喜欢赶车?那有人家小孩子是这样放荡没规矩的吗?"希尼吓得浑身打战,诺诺连声的站著。又道:

---

〔1〕 窟笼,即窟窿。

"这不成材的,吃着饱饭,专门糊糊涂涂,终日顽皮,怎不讨人嫌吗?"磨敦缓款的劝道:"娘子,小儿们固宜教训,亦不可太觉威猛,使他十分惧怕,到啼哭不休,不又惹厌吗?"一面说,反低头顾著希尼道:"小外甥,且到我身边来罢。"希尼愁眉泪眼的,怏怏走来,磨敦就一把将他抱起,放在膝头坐着,举手抚摩。复将方才喝得香并酒〔1〕一杯,拿起赐与希尼。希尼捧着酒杯吃了一口,一边怯怯的偷眼望着舅母。这小儿心性乖巧,那样脸嘴看不出,所以胆战心惊,竟同偷鸡贼一般的。此回听了毒骂,又不敢哭,又不敢诉说,暗中泪落酒杯,酒和泪滴。那妇人老大不喜,发话道:"真是愈出愈奇了,怎么疼外甥就这样疼法呢?"那小儿子就扒到母亲膝上,侧耳告诉道:"噫噫,他的赶车,是防恐他娘在车上哩。"群儿闻此言,皆戏谑欺笑,哄然道:"你车没天天赶,你娘在那里呢?"鼓掌摇唇,欣欣得意。磨敦实在听不得了,把希尼放下地,跳起身来,踹踹脚,叱道:"快滚出去罢。"群儿本畏父,无不捷足奔出。

惟有一儿,比群儿较为刁悍,且恃母宠爱,临出房时,把头一回顾,挺立槛外,戏骂道:"你这没根瓣没荫庇的,看你如何下梢哩。"磨敦猛地抢出,一个耳刮子,打得这小儿变戏为忧,反笑为哭了。浑家听门外儿啼惨急,不能忍耐,登时间妒忌之心、嫌怨之心、痛恤之心,七夹八凑,并作一起,遂痛责丈夫道:"怎么你自家养得儿子,值得这般糟塌吗?明晓得是我喜欢的,不问情由,竟加楚毒,真要削我的色么?我还要辛辛苦苦,替尔养孩子干什么?"随又扭着头,努着嘴,咕哝道:"从今不用近我身罢,我不会养玲珑乖巧争气的孩子呢。"磨敦听了这些话,只是板着面孔,拿了烟管,重复坐定。隔了好久,一声也不响。希尼面色灰白,双膝投地,意思是哀求苦告,不要为我争闹,实在觉得踽踽不安,不过小孩子说是说不出罢了。那妇人忿怒忌嫉,也是骨都的坐着,眼睛只顾看着绣绷针黹,头也不抬。

希尼跪伏一会子,看看难以开交,不如叫侍婢来领了卧房里去,到也可避避静。心中正想着,只听磨敦叱道:"痴儿子,伏在地下干什么?还不叫马大来领去。"希尼闻说,跳起来把叫钟连摇两摇,马大在门外听得,急急奔将进来。刚跨进门,希尼就抢上去,拖住马大衣襟,叫道:"好阿姐,快带我进去罢。"马大顺手拉著希尼的手道:"不要性急,我自来带你的。"一边说,

---

〔1〕 香并酒,即香槟酒(Champagne)。

一边就取出面饼来给他。正要去取果糖，那妇人喝阻道："果糖美品，都是贵重的东西，怎么给小畜生吃呢？"磨敦厉声道："什么贵重不贵重，一样的小孩，偏偏不该吃吗？马大你尽著拿给他便了。"妇又接嘴叫马大："只消给他白糖罢。"磨敦道："我偏要给他，看你有甚法子吗？"你争我赛的，说到两遍，忽然扑嗤的一笑，又卖个瓢儿嘴，对着磨敦道："就依你给果糖，这果糖在那里呀？可笑备还没有预备，倒要给人吃么，真不害臊吗？"随即抚恤希尼道："好孩子，早早睡觉罢。"又搂住道："不要走，与舅母香个嘴去。他们欺侮你，有舅舅在这里呢，你不要害怕，快过去告辞呀。"希尼答应着"是"，战矜矜走近舅母身边，那眼泪还像断线珍珠一般，勉强忍着。那妇人搂过来，抚摩着道："乖儿子，何必这样伤心，况且你舅舅又疼你得很，还不揩干眼泪，好好去睡么？"马大就拉著小手，拿好了面饼，回到房内。越想越苦，整整又哽咽了半夜。幸得马大略为安慰，方才睡熟。

一夜无话。到了次日，磨敦因觉身子不快，晨餐较迟，先令拿莫分[1]来。看官，这莫分是外国面饼中最精美的，侍者捧进磁盘，装着莫分，另外两杯加非茶，一齐摆在大菜台上。磨敦先喝了一杯茶，拿起莫分吃了一半，站起来踱踱。忽然店内来一乡里老媪，絮聒不清。原来这老媪是最劳叨的，虽上柜来购买数钱之物，必定把他乡下典故件件搬出，城内新闻事事打听，就是店内东伙，也总要问候个到家。他以为老辈人不这样，就不算尽情达理哩。磨敦正走出店堂去，却遇着了这人，身子就被他缠定了。

却说希尼与磨敦长子多马，对坐着习学算数一艺，因为磨敦是个生意人家，传授心法，总以算为最要紧的。他父亲在面前，却做出专心致志的模样，等父亲走出店堂，他就停了笔算，东张西望，就一眼定注了莫分盘上，暗暗垂涎。但他素日惧怕父亲，不敢上前一径攘取，起身离了坐位，远远的望着，不由那脚步就渐渐走近去。走在台子边，绕着卓子[2]兜了几个圈子，那馋口饥眼，越看越耐不住。又回到隔店屏门口玻璃窗内，窥探父亲快进来否。只见斜倚柜台里边，老媪靠着柜台外边，絮叨叨正谈得高兴呢。他小肚皮内自己筹画道："看光景像是吃毕，不见得进来再吃呢。且咬他一角，或者还看不出，就是看出，也不至疑心到我呢。"多马此时正如蛾之近

---

〔1〕 莫分，原文为 muffin，一种英式松饼，或英式小松糕。
〔2〕 卓子，同"桌子"。

灯,蚁之附羶,竟像是莫分在盘内点手招他的一样,疾忙赶将过来,拿起莫分,张口就吞。那喉咙岂是有限制的,不觉一口一口,尽行吞入肚中去了。希尼从旁看此情形,心中本不以为然,而又深怕拖累,不敢做声,由他去吃。暗想到:"此等小儿,不少好吃好顽,何至馋到这种地步。倘或父来查问,看他怎样呢?"只见多马吃完了莫分,摇唇鼓齿,得意洋洋的走来。到得希尼身边,忽装出雄纠纠气象,擎起小拳头,拟着希尼面上喝道:"这事父若问你,你只说是猫偷吃的。"随又把拳一挥道:"你不听我叮嘱,叫你识得我拳头的利害!"后事如何,下回再谈。

第五节　估彩衣娇娃看货　穿素服鳏客钟情

正说间,忽听得店堂内磨敦告辞老媪,将要进来的声音。多马心虚,暗暗打算道:"这事终不妥,当不如尽卸了给希尼,我到逍遥事外哩。"遂心生一计,附希尼耳朵,急央道:"我暂时出房,倘父亲问起你,只说我上楼寻书去哩。"说毕,遂一溜烟的去了。

却说磨敦与老媪絮聒不清,隔断早餐,略怀恼恨。及至辞别老媪,一步步跁进来,走到大菜台边藤睡椅上坐定,端起第二杯茶来,刚刚要呷进嘴,只觉得已经冰冷,就把茶杯放下。转眼看到莫分盘中,已是空空的,一点无存了。回头只见希尼在椅上,做神做鬼的一般,遂大声喝问道:"这莫分那里去了,敢是你偷吃了么?"希尼胆怯怯连声道:"不是,不是。"又喝道:"莫非是多马这小畜生吗?我且问你,多马何在?"希尼颤声道:"他说上楼去寻算书去了。"磨敦停了一会,软声和气的问道:"你且老实说,这莫分到底是多马吃的不是?"应道:"不是,我见是猫来偷吃的。"适值磨敦的浑家进来,刚跨进门,正听得希尼说猫吃的话,就一面扶着门,一面大喝道:"你这小东西,真要不得了,这张嘴就会如此撒谎么?我家雌猫才于昨夜养下小猫,如今正关在穴房,怎能来此偷食呢?"看官,你道什么叫穴房?原来就是窟室一般,掘地使空洞平坦,所以顿放石煤的。磨敦听了这话,厉声叫希尼走来,举起手,似欲扑作教刑的光景。重又止住手道:"且喊女婢去看看,这猫究竟在穴房内么?倘或逃出偷吃,亦未可知呢。"这两句话足见磨敦细心,虽在盛怒之时,尚能想得到,颇不卤莽哩。

他浑家就回身出门,叫女婢去查看。房内只磨敦与希尼两人,默坐无言,静悄悄地的。希尼心里就十分害怕,好比有十余只吊桶,七上八落的,又像那挂钟之摆,忒忒不定,时镖之针,铮铮的乱响哩。不一会,他浑家来报道:"可怜这猫之产事不容易哩,现虽已胞胎俱下,养得雏猫五只,至今连猪肝、羊肉都还不要吃哩。这小东西撒谎,还了得么?"磨敦既知实情,遂缓缓举手,向木柜中取出檀木柄小藤条来道:"我叫你实说,你偏要说谎。如今可直认吗?"希尼战战兢兢求道:"我原不敢扯谎,是多马逼我这样的。求舅舅原谅饶恕罢。"那妇人听得"多马"二字,不觉又愤又恨,双眼圆睁的骂道:"可恶!这小畜生还想坑别人么?多马好好在楼上哩。"磨敦一面叫可恶,一面擎起藤鞭,接连几下,打得希尼转辗缩避,哭又不敢哭,逃又不敢逃。磨敦之鞭势虽轻,无如希尼是个娇生惯养的,一向惟知任性而行,何曾吃过如此苦痛。如今在磨敦家中,已觉得朝凌暮辱,摧折不堪,何况又加扑责呢。于是哀痛之中,更加愤恨,禁不住疾呼道:"阿呀,亲母,为何忍心置我在此地,使我吃苦么?"磨敦一听此言,就将手中藤鞭弃掷地下,叹道:"希尼,非是我虐待你,不过是要你学好的意思。但愿你以后改过,不说假话,自然不讨打哩。"那妇人气得什么似的,忽发很道:"世间那有这样倔强东西吗?你听他的喊法,不是要惊动街上人来替他抱不平吗?我真容他不得了。"遂付以包袱一具,嘱令送至邻家。喝道:"叫你出去,就要像个规矩,且把泪迹拭干,又不是号丧,要你这样愁眉泪眼的。"希尼接着包袱,尚是呜咽不止的。方欲走出,那妇人又拦住道:"不必走店内,我带你往后门出去罢。"希尼遂垂头丧气的,挈著包袱,跟了那妇人走到门口。那妇人就将希尼推出门外,把门关上,进来对磨敦道:"这小孩子顽劣,既有实据,想你要相信我的说话么。"磨敦叱曰:"且不必多言,借此可警戒多马呢。噫,小儿就如此(汹)〔淘〕气么?"

　　这里重新收拾午餐不表,单说希尼被逐出门,叫他往邻家去,你想这小孩子颇有知识,颇有志气,这种狼狈模样,那里肯走进人家里去呢?况且在舅舅家中,又如此苦恼,心里就打了个不转去的念头。但是伥伥何之,叫他往那里好?于是奔出小巷,到了大街,这就是磨敦开店的这条街哩。走到医士门口,他路又不认识,人又不认识,又害怕,又凄凉,见这边有石廊一带,倒觉避静,就走上石阶沿,坐着啼哭。前书兄弟奇逢,正是这个时候,我且漫表〔1〕。

　　却说那辨撒趁车到此,原为访问磨敦来的。车到之后,他遂进入客馆,

〔1〕　漫表,即"慢表"。

略为歇息片刻,饮过加非茶,又随意用点饼干、牛脯之类,忙即起身出门,一直奔到磨敦店门首,直入店内。只见柜台边站着一年轻女子,磨敦在柜台内高擎两手,拿起大红织丝女衫一件,给那女子阅看。一面不住口的,称赞这生活之好,颜色之美,针线之工,身裁之称,竟是绝顶无双的好衣服。原来这女子是将近出阁,选办嫁衣的,所以磨敦只顾著生意去了。那司柜的看见辨散,急忙欠身招呼,逊进里边来,让坐请教。并殷勤叩问道:"尊驾枉顾,有何事见谕呢?"辨散就在靠被圈椅上坐定道:"在下有话与店主面谈,且待他生意作完了罢。"一边遂看那女子将衣服展开,细加查阅,亦是连声叫好的。磨敦随又取鹅黄单钮衣、桃红窄襟衣、月蓝小袖衣、白缎金线削肩衣、翠罗银丝掩胸衣,一件件的展开阅视,阅视后,件件鳞次摊着,赞不绝口。那女子请问了价目,磨敦一桩桩的说了,又道:"小店货真价实,照码七折,这是没得第二句话说的。"那女子听了,迟疑一会,答道:"价钱倒是相信的,不过所看之衣服,我意中未定,且俟明日复看再说罢。"磨敦点点头道:"你要品品看,别店家尽着去品,小店向不卖低货的呢。"那女子答应着,竟自去了。

磨敦看这女子出了店门,方才转过头来。见了辨散坐着椅子上,只道又是光顾生意的,连忙走近前来,举一举手道:"贵客请了。"客站起来大笑道:"磨敦兄,竟不认得我么?"磨敦近前定睛一看,亦是哈哈大笑道:"爱呀,原来就是辨散兄,你转来了么?我们别来,竟记不清有几年了。"遂紧紧握手问好,又道:"请问惠降敝庐,有何贵干?"辨散道:"有事相议,此间人杂不方便,请借一步说话。"磨敦遂起身引路,转入屏门。那时多马正从楼上寻书下来,仍归坐位,据案开卷,佯为专习算学一般。他小心肠内,还洋洋得意,自庆其幸免莫分之祸哩。二人让到内堂,就叫:"多马出房游玩一回罢。"多马一闻此言,犹如囚犯得了一道恩诏,跳下地来,飞跑去了。

辨散坐定,眼望着磨敦,手指着身上衣服道:"尔看我身上可是丧服么?这都是为着令妹哩。当初两小相慕,情致缠绵,我遂固结终身,不能解脱。虽然福薄缘浅,不能伸一日伉丽[1]之欢,然而眠思梦想,终难稍释。死者有知,想必当有冥感哩。"磨敦听到此处,实在耐不住了,说道:"你是说我舍妹么?阿弥陀佛,这到底算什么话呢?"说到此句,脸色已大变,全灰白了。又道:"死了这话是实的么?可惜,可怜,吾倒尚未得信。你可知爱格是几

---

〔1〕 伉丽,同"伉俪"。

时死的呢?"辨散眼角上已掌不住流下泪点,勉强答道:"就在这数日内哩。闻得令妹死时,寂寞凄凉,异乎寻常。盖既无人慰侍残喘,又实为贫所逼,无力调治,以致愁病交侵,竟至不起,实在可怜极矣。"随又问磨敦道:"闻得令妹有遗孤二人,现在何处呢?"磨敦应道:"那年长的现在二酉村白拉书坊内习业,颇为安逸,人倒很聪明,将来是必有出息的。年幼的现在寄养我家,山荆抚育之如……"原来这"如"字底下,磨敦想说一个"母"字,无奈这个"母"字衔在嘴边,就勉强说不出。看官,此是天良不昧,正磨敦的厚道处。一时面红耳热,咳嗽了一声道:"就是,就是,加意相待嚖。"又连咳嗽数声,复长叹道:"惜哉,惜哉!"辨散道:"这年幼的面貌,可能像娘么?"磨敦道:"舍甥面貌实似其母轻年〔1〕时。咳,吾爱妹竟谢尘世吗?"辨散又问道:"令甥今年几岁呢?"磨敦道:"年纪有十岁了,比年长的小四五岁,是爱妹很疼爱的。阿呀爱格,你不及见两子成立矣。这不辜负你一生苦心吗?"

那辨散听了这些说话,看了这些情形,早以〔2〕明白了七八分,遂开言道:"在下有句不知进退的话,要与老兄相商。念我钟情令妹,一世鳏居,惟家业尚称小康,似可稍尽寸意,以报九泉。今其长子年既稍大,尚可自立,幼子寄居尊府,未为久计,将来读书习业,大事正多。君家眷属嗣续已繁,其肯割爱舍去,给我领归么?"磨敦皱着眉,叠着手指,踌躇了半晌,答道:"幸蒙厚意,惠及遗孤,这是极好的美事哩。但一时鄙意尚难决定,那孩子亦有事上街去了。请到两点钟时,来舍便饭,再行叙议。未知尊意如何?"说到这里,又垂头自语道:"我还得要与老婆商量呢。"辨散称谢,将欲告辞,磨敦又叹道:"噫,使爱格得合欢君子,岂非幸事?想夭死之惨,羞窘之苦,俱可免矣。"辨散愁容凄色道:"噫,这也不必说了。总之情缘孽缘,莫非前定,既种下这缘字的根苗,就应该了结这缘字的结果。此是我区区一片苦心。"说毕,站起身道:"暂时告别,两点钟再来趋府罢。"遂掉转头出门去了。

这边进去与浑家说明原故,等到自鸣钟上当当打着两点,尚不见希尼回来。磨敦着急,不及食午餐,亲自出街去访。到三点钟归家,仍旧毫无影踪。他浑家不以为然,解说道:"小孩子家,那有气性,不过暂时怀恨罢咧。等腹内饥饿,好不得自会回来的。"磨敦勉强答应,就叫搬出午餐来。

---

〔1〕 轻年,即年轻。

〔2〕 早以,即早已。以通"已"。

那时客人未到,这是不便相扰之意。那晓耽阁〔1〕太久,饮食俱属无味,烧羊腿已经焦枯,芥粉鸡已经糊涂,胡乱用了点饼干、山芋,遂放下刀叉不吃了。到将七点钟时,辨散已来,希尼尚不见归。他浑家也荒〔2〕了手脚道:"还不赶紧去寻觅么?"那时店面尚有晚市,阖家的人,如细崽、马夫之类,分头寻觅,直到十点钟,才各各回来。但闻得邻人说,午前见一小孩子面貌像是希尼,跟着个十五六岁的孩子,蹩着出乡去了。磨敦初意是防恐他怒忿自尽,甚为着急,后闻得有出乡之信,略觉放宽。又与辨散谈起,恍然若失道:"哦,是了,我此番来时,在公车上遇一少年,面貌大有仿佛爱格之处。讶然触目,曾经问及尊府,无奈伊不肯开言,真没得法。后来我到府时,在路上看见这少年,携着小孩子,并坐在石廊下,絮絮密语,看来就是他了。"于是大家拟议,以为必定与乃兄逃奔了。未知后事如何,下回续谈。

第六节　两封书难杀老舅舅　一块牌缠住小哥哥

当时议论纷纭,鸦飞鹊乱,或想设法追赶,或想遍出侦探,奈时已夜深,不能动手,只得且俟天明再议。到了次日早晨,正在盥漱之际,忽听门前摇钟甚急,递到一书,连忙接过信封一看,只见上写道"侄阿大拜上",遂连忙拆开,念道:

不通音问者已月余矣。始以狗马驰逐之事扰其中,继遂以筋骨肢体之疾侵其外,沉绵委顿,展转床蓐。虽翘企清辉,实劳梦想。屡思伏枕作札,用询起居,无如四肢疲软,握管为艰。今幸托庇鸿荫,调治稍痊,望勿远念。一俟扶杖能行,即当趋前领教。舍间家事,不堪告人,以侄处此人伦变局,欲慰先叔于黄泉,遂不能顺家君之素志。今幸积诚感动家君,已肯回心,深加顾恤。惟先叔遗孤二人,经先姊临没之时,殷勤嘱付,并令将幼子交给与侄处抚养,为此专人到府领回,务望即饬希尼,随同来人返舍,实为万幸。至寄寓尊府之时,深蒙爱护提携,有如骨肉,实为感激万分,衔环结草,自能图报九原也。至康吉前系承情推荐习业贩书,现在因有微嫌,脱身奔避。

---

〔1〕　耽阁,同"耽搁"。
〔2〕　荒,通"慌"。

白拉于苍黄之际,颇觉怀疑,及至检查银柜,始知其实无罪戾。今竟去同黄鹤,踪迹全无,是岂远适异国乎?或者潜匿深山乎?俟贱恙告痊,即当各处访查。倘此时丧家之狗,贸贸然来投奔尊府,尚望格外加惠,毋令失所,是所至祷。并望将伊无罪之说,剀切指示,以安其心,并示以家君与佥,皆有极力伙助之意,嘱令释怨成欢,无负愚父子一片血诚也。力疾作书,匆促不尽,临颖无任神驰。(下署佥阿大谨白)

磨敦将这书读毕,目瞪口呆,半晌说不出话来。其时伙伴已开启了店门,接着又有下书的,遂接了书信,送将进来。磨敦看见信壳上面写着"白拉手缄"四字,遂绉眉道:"不好,这(汹)〔淘〕气的小东西,又惹人费唇舌,打笔墨官私哩。"一面呱哝呱哝的,一面拆开信念道:

径启者:令甥之在敝店也,曾有小札详叙情形,谅已早邀鉴察。乃近出一事,虽不能归咎于我,而我亦殊觉难乎为情,敢为知己者琐陈之。缘令甥之为人,勤敏有余,谨慎不足,凡一举动,时有荡轶绳检之失,此亦幼年失教所致。弟亦不讲小节,惟巾帼之见,每每以面谀为能,以脂韦为美。令甥直遂径行,性情粗率,却全与之相反。是以居处之间,未免小有嫌隙,然仍不害其为习业也。因时调处,相安如常,盖弟终爱彼之才力,并推兄之面情也。先贤纳坡伦有言:"凡人之行事述事,宜取光明磊落,不可露尾藏头。"今日之事,倘不以实告,转非取信友朋之道。前一夕伊接得家书,情状惶急,求我借银与之归家。此"求"字当时宜改"强"字,盖已露悍色很势〔1〕,全置师弟之伦于不顾。不得已,内子及毕明先生皆故为威严,以峻却其请。随即悻然出门。及归而令甥已去,但见金钱二饼,先令银钱十四枚散布地上。内子与毕明意谓必遭搜抢,且恐夜间复有盗劫等情,举家戒严,仓皇失措。毕明遂向邻屠借得神銃,用宿楼下,以备不虞。弟意诚不虑有盗劫之举,至诘朝,果属平安无事。检点藏银箱箧,亦实无缺少丝粒之处。弟心为之怨怒填膺,深悔太甚,令甥之飘然远引者,或尚冀其惠然肯来也。

因私计曰:倘伊仍返敝肆,当略加责谴,以示创惩。乃俟之数日,并无影响,心遂不能自释,以为可虑。即令毕明倩线役迹之,计费去金钱数枚,访得伊母爱格病殁,正在殡殓,寸衷凄感,急思设法顾恤之。忽遇伊中途,

〔1〕 很势,即狠势。

95

毕明上前欲加抚慰，突遭其猛力推倒，辗转沟中，身受重伤，狼藉已甚。又费去银钱数枚，制药调治。而彼遂捷足狂奔，尾追不及，此即纳坡伦所谓"计穷不如舍"也。次日罗巴君之状师来舍，声言罗巴君颇有垂顾之意，如有可施力之处，情愿代劳。此一役也，弟心甚为令甥挂念，然绵力亦已竭矣。果无复劳状师之处，内子甚为不平，致相勃溪。然此第家庭小事，不足齿及。以上各情，不敢隐饰，惟兄酌办为荷。（信后又有附笔一行，则封后又拆开所添入者。谓"今日线役复命，报称令甥现在伦敦，偕不逞之徒，结为党羽，如欲迹获，须费不赀。此事行止，惟兄自主。谨再附笔上达"）

　　辨散初闻阿大之言，知欲迎回孤子，心存妒恨，只管打自己主意，若何设计，若何措词，使此子仍归我领去呢。遂只是颠头播脑的发怔，白拉书中之话，他竟一句没有听得。磨敦看完了信，轮算了半日，说道："这还了得吗？将来不要闯大祸吗？那是必须访寻回来，重加约束的。"请教这访寻的方法，应该怎样呢？原来辨散是个没算计没主意的人，终身沉溺于吟诗作赋的虚浮学问，又把这心思全用在一个情字上，如蚕作茧，如蜂酿花，真是性命以之的。于这些正经事务，倒是全无头绪，全无把握的。磨敦见他说不出方法，只得自己作主，遍出赏帖，登印告白。又延一状师，偕辨散往伦敦一游，就便沿途踪迹，又派人往就近伦敦处所，私查密访去了不表。
　　却说这兄弟二人一路奔去，不知途径，逦迤走来，去磨敦乡镇已远。康吉就将爱母去世之事，缓缓说给他听，希尼也是痛哭一场。看官，你道父母之爱是个天性，所以一闻凶信，虽小孩子亦晓得涕泪滂沱的。然究竟是小孩子坟边之眼泪，比草上之露水还容易干哩。父母之于子，深忧切虑，无微不至，其与小儿之暂时哀痛，岂止天壤之别呢。孩子家饧糖被抢，不觉满面泪痕，及见舞蝶华采，泪容即变喜色了。此番希尼新得脱身束缚，本已喜欢到了不得，兼之市镇繁盛，山水清幽，花木岩壑，处处佳景，所以顽耍之心，已胜过凄惨之意。一路跟住了哥哥，常是欣欣然有说有笑的。走到天晚，这时候正是夏秋之交，月色晶莹，星光灿烂，凉风替扇，微露润衣，野旷天高，光景绝妙。平心默对，觉万物皆有互相慰藉，俾免岑寂之意哩。二人奔走一天，精神困倦，见路边有新割的草堆，平平的犹如绒毯厚叠一般，遂拣着干净点的一堆草上，放下伏包[1]，铺着饭单，权作枕席，相搂着露宿一

―――――――――

[1]　伏包，即包袱。

宵,也算是联床夜话了。

次早树顶鸟啼,惊回好梦,晓日初升,瞳胧耀目。他兄弟两人坐起身,擦擦眼睛,道是天明了,我们略息一息就走罢。看官,他两人本是拘束久了的,如今自由自在,恣意遨游,虽则孤苦伶丁,无人顾问,这心中倒觉挂碍全无。到饥渴时,每就乡村小市中胡乱吃些饭食,或沽饮村醪,或饱餐面饼。到晚来,或栖身古庙,或托足树阴。康吉年虽稍长,亦觉万虑全消,所有赤手创业之艰,两人谋食之计,倒也不去想他。惟是肩负行囊,踊跃前进。

走了数日,见前面市集稠密,铺陈热闹,熙来攘往,毂击肩摩,大有丰盛富贵气象。见道旁石库门前,有老翁坐着,康吉便上前声诺请教:"这里是什么所在耶?"老翁看了康吉两眼,笑嘻嘻道:"难为你这小哥,怎的就能寻觅到此?此地名为弗那城,是著名的极大都城,顶好顽的。"康吉谢了老翁,顺着大街进了城门,只见雉堞嵯峨,鳞廛层叠,果然好一个大都城。穿过几条街道,忽见一家门首挂着一块白粉金字招牌,上书着荐人生业公司,下面又注着两行小字道,每日十点钟起,至四点钟止,开门办事,凡店伙、佃丁、厨役等等,皆可量才荐任,谢银减取。又旁贴告条一纸,写着现觅司灶一人、副园丁一人,如有能当此役者,即来本公司签名云云。康吉见了大喜道:"正合我的机会了。"遂命希尼守在门口,自己蹩将进去。

只见写字房的玻璃窗开着,一老翁踞案而坐,身体肥胖,肩背短缩,架起了椭圆式的水晶眼镜,在那里对阅册簿。康吉上前恭身揖道:"先生,不才欲觅一生业,请费清神,为我作主。"老翁徐徐的退下眼镜,将康吉上下细细打量一番,开言道:"且请先惠挂号钱二先令半。"康吉应诺,即从衣襟口袋内摸出银钱,双手奉上。老翁接了道:"好,好啊,我且请教小哥,你这副相貌态度,一定不是佣工的。"康吉道谢:"先生明鉴,不才曾经进过大学院,写字翻书皆可,罗马及法国言语亦都懂得,绘图、量算各艺,亦略知一二的。倘有合巧的机会,好用得着的处所,务祈推毂。好在我无大志,并不计较俸金厚薄嘘。"老翁连道:"好好,塾内副教职,可合意么?"答曰:"惟君筹之,某无所不可的。"又问:"可有保人么?"康吉直对道:"没有。"老翁遂沉下面孔,复架起了眼镜,注目定视道:"为何没得保人呢?"康吉又直对道:"某因少时孤露,母亲娇养,从不令出外交纳,所以朋友绝少。后遂从师习书贾之业,厌其低微,近来逃出,此间又非故乡,人地生疏,叫我从何处寻保人呢?"老翁遂冷言道:"小哥,你莫看得太轻松了。近日学问聪明的,皆以为常事不希罕,就馆反难,主人亦分外苛求。你是远乡之人,一无戚友担保,恐怕更难成功哩。且此地亦无这许多学塾。依我愚见，不如手艺倒胜于文艺，或有能做之事，倒未可定。且俟礼拜一日再来罢。"康吉看了老翁的面色，听了老翁的说话，不觉垂头丧气，蹩了出来。到门口，遂携了希尼，又望前进。

希尼忙问："事体若何？"康吉叹口气道："这事很难著哩。"那晓他的心内虽一时不自在，到得闹热场上，人挨人挤，那觅机缘想出息之心，倒又豪兴起来，依旧十分鼓舞了。又走一里多路，走过一所马厂，只见那厂内有一匹骏马，耳削蹄轻，通身赤色，在那里蹄啮，不肯受羁靮哩。圈人在旁携著鞍鞯，向马身披挂，刚要飞身跳上去驰骤一回，那匹马就把耳朵一竖，蹄子一蹬，不由分说，直撺的撺起了。这边圈人没法，疾忙带住缰绳，马又把头飞扑，崛强非常。圈人弄得满头是汗，喘吁吁一手拿著鞭子，一手挽住缰绳，要想缓缓收服下来，那马只是不肯驯熟。康吉在旁看得焦躁，因要试这马的神骏，所以尽站著的看了出神。后事如何，下回续谈。

第七节　试蹄啮机缘在旧马　识行藏买卖逢故人

说到那厂内宽阔非常，却好有一圈人，身穿紧小红呢衫，头戴盆笠，雄纠纠的在厂驾马。但见这匹马雄骏神健，大有不受羁勒的光景。马夫加上鞍鞯，套上缰辔，正要腾身上马，那匹马忽地里豁喇喇的大吼一声，把两耳一竖，尾鬃一摆，竟想要跳将起来了。那马夫使尽劲，将缰绳拉紧，一手执著鞭子，纵身一跃，腾上马背，就将足拇指尖，站住了点钢蹋镫上，把两腿两膝在马腹边一拍，夹一夹紧，拿起鞭子一扬，随即在马后股上，着力加上两鞭，一面把辔头一放，喝声"走罢"。那晓这匹马不但不走，反触动了他的性气，登时发作起来，仰起了头，竖起了耳朵，把后脚一低，前脚就离地数尺，直撺的撺起了半空，竟要将人栽下地来了。马夫使尽劲儿，两条腿就紧紧夹牢，死也不放。这马就张牙舞爪，那个头只是向左向右的乱摆。忽见一人身穿绿绒马挂，脚下皮靴，手中也执着马鞭，走来骂道："你这攘饭的东西，怎么就愚笨到这样地步呢。你难道马性都不熟悉么？"正骂着，只见他身后又转出力士数人，像个多是替他管马的。他就回过头，对着旁人道："这种骏马，必须王良、造父才能驾驭哩。"又厉声呼骑马的人道："笨贼，你快下来罢，不要弄坏了马的性气，只是不肯驯伏呢。"那马夫原是巴不得要下来的,无奈这马刁悍异常,任意蹄啮,要想在鞍上松一松身子,又怕他趁势跳起,仍旧是下来不成。正在没法,只听那穿绿马褂的道:"这匹马实有童驹之性,可惜人多不谙哩。"

只说康吉站在厂前看他驾马,看到后来,马愈崛强,他倒看出神了,不觉渐渐走进厂去。只见那马愈加愤怒,暴跳如雷,咆哮不止。于是众马夫等一拥上前,扣铜圈的,收肚带的,拉缰绳的,一齐动手。这骑马的才能跳下地来,定了一定神,气喘吁吁的道:"畜生,好很〔1〕呀。"康吉看他的脸色,竟是洁白同纸一样的,那四肢还在那里发抖哩。又回过头,细看这匹马,好像有点认得的,遂走近前去,见他额角上有一块白点,同古人说的的卢一般,不觉十分诧异道:"这不是先父所养的驹马,说是将来给我骑的吗?"看官,康吉在家门鼎盛之时,本是公子脾气,最爱的是狗马,所以这匹名驹,康吉常与他顽儿的。有时在手内递面饼给他吃,有时到槽里检刍豆给他吃,或牵着他遍园中嬉戏驰骋。前书中所说,从前阿大在非利家中看见的小马,名叫皮俐的,就是他,如今已经长大了。

此时康吉忍耐不住,走到马身边,将手抚摩项鬣,侧耳呼道:"唆何唆〔2〕,皮俐。"那唆何唆是西人呼马的声音,皮俐是呼他的名字了。说也奇怪,那马听见呼他,回头一顾,竟像是认得声音的,又像是认得面孔的,大露欣慰之状,萧萧的低叫一声。康吉喜极,回转身举一举手,对着厂东道:"晚生不揣冒昧,愿请试于先生之前。此马我能驾驭,如欲跳越前面栅栏外,亦能效劳。请试试看罢。"厂东忻然应道:"这是极好的了,请壮士献技,我当拭目以观哩。"随与在旁诸人道:"尔等尚不信我的话么?这马实非顽劣,惟善骑者能识其性,驱驾直同小羊一般呢。"在旁诸人皆摇摇头,做出不肯相信的形状。康吉开口道:"先请拿面饼一片来。"随有一马夫去拿,康吉等待面饼之时,再三抚摩,此马依依恋恋,早已驯善。等到面饼拿到,康吉接在手中,持到马嘴边,那马就在康吉手中将面饼衔去吃了。厂内诸人早已看得呆了。

康吉按着马背,一面腾身跨上,那马忽地一跳,吓的众人心惊胆战,各各奔避。那马虽欢骚非常,终听他缰绳作主,踯起四蹄,往来数遍。厂东喜不自禁,两手扑扑的乱击,远呼旁观的道:"你可信我的话么,你看他何等驯

---

〔1〕 好很,即好狠。很同"狠"。
〔2〕 唆那唆,原文为"soho! so",意为喂!嗬!是喝马止步的声音。

熟,就是练成驮女人的细马,亦不过如此哩。"有一人接口道:"你且莫过称赞了,且看他跳栅栏何如?"康吉遂将缰绳松了一松,把马约退后了数步,趁势一纵,忽的一声已跳过了栅栏,如同常事。不慌不忙收住了辔头,跳下马来,将勒索掷与旁人,舒舒徐徐,上前复命。厂东以手用力拍著他背脊,极声称赞道:"真妙极了。"是时管马的皆趋近马侧,细视其额颅,按摩其腿筋。又远望其神气之骏异,骨干之魁奇,遂议定价值成交。原来这马是有人来买,所以试骑骑看,那知他不受羁勒,若非康吉偶至,此马必无人肯买哩。

却说康吉见马已成交,须臾牵出,不觉双目就注视门外,人就呆立墙边,一动都不动。厂东看马已牵去,遂回顾头来叫道:"先生请了。此事多承大力,始得成交,受恩则报,世之常理。"遂由袋内摸出金钱二枚,双手递将过去道:"须些微意,万望勿却。"康吉谢道:"承赐本不敢当,且我亦不愿受金。鄙意欲求为佣,使得平生谙习马性,或于君处可以效劳否?"应道:"哦,谙习马性,既有验了。"乃以母指〔1〕按于鼻端,嗤嗤笑道:"君与该马有素,吾已不问而知。君之不明言,正吾之大利哩。"用手指着外边已去之人道:"他们怎知就里呢?"又徐徐道:"这匹马本系一老主顾名非利的所养,想先生往日必在伊马栅往来哩。"康吉咳嗽一声道:"非利君系属旧交。"随应道:"非利君真好交道(里)〔哩〕。你既与他为友,想必不错,事倒也容易任的。我又看你稍有文雅之气,此亦何妨?吾非欲以刍牧之事屈尊,亦不过费心会计罢咧。但不知有荐人么?"康吉呆了一呆,暗想道:"莫非又成画饼么?"遂照前在荐人馆中的言语说了。原来厂东即名得莫〔2〕,当时早已佩服了康吉,又听他的鬼话,说是非利的朋友,那有不放心,必须荐人之理?遂慨然道:"豪杰之人,岂在琐屑。君既肯钉鼻于书台,荐人可置之不问。且请教贵姓大名。"康吉说了姓名,又道:"明日入工时,谢银再议罢。今日可即下榻此间么?"康吉回道:"不能,吾有小弟同来,欲先为觅一寓所。他年轻胆怯,不可令与马夫辈相处呢。"得莫道:"好,说的不差,请自便,明日再会罢。"

却说康吉到了次日,搬入得莫厂中,栖身度日。虽说落寞权宜,到也喜得不甚忙,不觉就屯住下去了。得莫见他颇谙马性,兼有书算之才,且能与主顾善为酬应,是以心中甚为欢喜,凡有要事,尽行嘱付与他。康吉亦安居

---

〔1〕 母指,即拇指。
〔2〕 得莫,原文为 Stubmore,今通译斯德莫。文中也译作"德莫"、"德摸"、"德模"。

乐业，图得眼前安耽。有时想将起来，不知如何结局，不觉又动愁烦，然终是自宽自解的。惟有想起希尼屏居此地，又无力入院读书，又怕他与马夫等辈来往。他意中以为，我一人与此种小人习处无妨，因自己有分辨之智，有操守之勇，不至习染渐移。希尼年轻，倘使他日闻粗话，日见鄙状，势必习成下流人物，岂不有玷门风？所以在相近觅了一所寓处，不准与若辈相与。每日公事一了，即回寓来，一则抚慰他的岑寂，一则管束他的规矩。有时教他字音学问，有时导他嬉戏顽耍，总要他同在家中光景一样，忘其为在外的孤苦伶仃哩。在希尼终日闷坐，几于不出户庭，他心中本著实惨戚，幸亏康吉逐日与之排解。遇到撒娇撒痴的时候，康吉见了，更为老大不忍，亦不知将来有何法则可以出头呢？光阴似箭，日月如梭，不知不觉已渐过了三四月。

忽一日，得莫招康吉至账房，嘱咐道："你令马夫把那白马牵出来，有贵客要买哩。"转身对客道："适有名骏一匹，实称良马，虽走遍各厂，恐怕尚难寻觅呢。而且毛片光洁，与老爷辕上马相配，便成双套，真是好一对雪花虬哩。"客乃意气昂昂的插言道："不是高头捷足的善马，不必来给我看，搪塞我。大凡你们这生意人，口才极好，说的天花乱坠，全靠不住呢。"回头适见康吉出来，眼光相对，两人打了一个照面。看官，你道这贵客是谁？原来就是当日公车里同坐、加的寓内遇着的浪荡子。只见那人点头使眼色，是像叫他不可败露我事的意思。又正色道："快点，快点，我是有正事去的。"康吉答应着，就领他到厂里来。到得厂中，点手招康吉至一傍，侧耳说道："阿，你变了什么？劳劳碌碌，管这些事，好生不烦恼煞人么？我亦不干涉人事，既往的不复提。然有一言奉告，亦请不管我的事罢。"康吉闻言不悦，半晌道："小人不知与先生有何交涉，实不认识，你不要看错了人呢。"那人道："我倒不认错了人，你倒真善忘事哩。你那日与加的君同宿，你可记得么？今加的投迹法国，新开发财生路，吾乃遍游英国诸省，今在此作技，居然装出大架子大阔手的模样，取名四密将军〔1〕大人。尔近取何名，吾亦不妨请教呢。"康吉默然不答。又道："好汉子，可只管把那顶好的骏马牵来我看，那些顽劣的不必牵来。"康吉料道生意不成，遂遵命牵出白马来。那四密一见，即评论出许多毛病来，批道不佳，不合我用。一时送客出去，命圉人把马仍旧送入场内。然后大摇大摆归到账房，告诉生意不成的话。

---

〔1〕 四密将军，原文为 Captain Smith，今通译史密斯上尉。文中也译作"四蜜"。

停了一会,得莫又招他去,叫套了车,坐到公世袭府中说话。等到驾好车,从世袭府中转来时,日已落西。正在匆匆驰骤,忽劈面被四密撞见。四密扬扬得意,骑着一匹白马,正是才方[1]阅看买不成交的。止住康吉道:"你且看我只马[2]已经买了,但不知究竟好否? 老兄,你到估估看,价值几何? 我之请你估,不是为买进的价,要估那卖出的价呢。"康吉道:"你要即卖,且估一至贱之价,也有二百金好值呢。"四密道:"也好,以一日之事而论,真算得好生意哩。非明告我与你曾有东主旧交,恐那老翁亦未必遂如此相信我嚯。我实托兄福庇。"一面说,一面随即躬身作礼,随又哈哈大笑道:"倘若那老翁他日起疑,旋加冷眼,老兄且移步光顾敝寓。敝寓就在善星客馆内,且正欲得一豪侠汉子,与他一同行事。吾心本不吝惜,所赚利息,尽可与你分几股的。"正絮聒间,那马忽然倔强起来,他随接着道:"害这马耸耳昂头,很有凶光,难道已上当么?"康吉愤愤的板着脸道:"吾虽与兄会过,然所会各情,皆在疑似,可不必谈。今告你明白,我回去即将现在各事尽告东主了。"后事如何,下卷续谈。

第八节　鄙夫行经真多险　兄弟恩情分外深

却说那人听康吉说到要将此事告诉东家,哈哈大笑道:"小哥子,你莫扯这大话去吓谁呢? 我可是吓得倒的吗? 你真是人都不认识了。老实对你说罢,你敢说出今日之事,管叫你身首异处哩。"康吉啐道:"我把你这不爱行止的人,当个什么东西,我怕你吗?"那人仍是笑嘻嘻的,举起鞭子一挥道:"请了罢,你不要后悔,倒怪我无情呢。"康吉也不回言,竟自扯着辔头,车驰马骤的去了。

这边回到厂中,一肚皮的气没处发泄,转想要告诉东主。不想得莫适有事务出门,并且当夜不转来的,于是十分没趣。看看天色将晚,账房中的事体俱已清楚,他就整一整衣裳,扣紧了房门,想回寓所去。一路上没精打彩的走着,正走间,忽见对面来了一人,匆匆忙忙的,见了康吉,走到面前。他便停住脚步,细细打量一番。看官,要晓得那时康吉正是中有心事,缓步徐行的,所以他立定细认,这边尚未曾走过哩。忽然叫道:"阿呀,康吉先生

---

[1]　才方,即方才。
[2]　只马,即这马。只,代词,这,此。

原来在此地,叫我门那一处没有寻遍?好好,快请到敝寓去,细谈一切罢。"
康吉闻言,也将此人细认一番。只见此人穿着元色绒紧身衣,系着金练,高
颧大鼻,白皙面皮,好像是见过一面的。此刻实在想不出是个什么人来,默
默沉思半晌,不开口。那人又说道:"不必狐疑,竟请同我到敝寓去,一谈便
知分晓哩。"康吉道:"蒙君雅爱,但不纪得曾在何处相逢。此番有何见谕,
倒要请教。"那人道:"在下名八费,老兄居丧的时候,曾经奉访过的。此刻
因有事相商,特来寻访,不图于此处相遇,实为万幸。务必即赐光降呢。"

康吉听他说出八费姓名,纪起当初罗巴托他游说之事,心下就猜着了
八九分,便道:"此刻实有要事,不及奉陪,如有尊谕,竟请直说了罢。"那人
道:"把酒谈心,朋友一乐。况且天色将晚,公事早完了,不必峻拒。"这边再
三不肯,只要他说出何事。那人不得已,方才说道:"不瞒老兄说,我们各路
采寻,已遍走千山万水哩。令弟阿大扶病相寻,现在这城中寄迹,誓必访着
老兄,方肯回去。今日幸得见面,那是天假之缘了。其阿大的一片真心,真
是惟天可表哩。老兄,到今日之下,心也可以平了,何必绝人太甚呢?即如
阿大思慕之切,懊悔之深,在我们旁观的人尚且感动,要替他出力代寻,以
慰他的心哩。何况老兄一本之谊,岂有反忍心拒绝之理么?所以依在下愚
见,不(知)〔如〕一同回去,重整基业,再创家门,省得在外边作客,吃尽辛
苦,怕不好吗?"康吉闻言,心中焦躁,暗道:"偏偏今朝遇着这两个瘟神,缠
不清爽,真真晦气。"遂开口道:"老兄尊谕极是,足开茅塞,但小弟最是拘执
的人,不能通变。当时曾立有誓言,永不受其惠恤。今朝倘若更改,也叫人
笑话,说我是没志气的人了。"八费道:"老兄,你此言差矣。立誓不受惠恤,
待仇敌之家罢了。阿大是君之兄弟,岂可以仇敌相待?罗巴行为举动,起
初原太很毒〔1〕,他此刻也懊悔得什么是的。只要你肯俯就他,随你要什么
样都可以应许,都包在小弟身上。老兄意下何如呢?"康吉暗想:"这人真缠
不清了,怎好呢?"发了急,很命〔2〕的说道:"我当初本赌过咒,你逼我,再赌
一个咒罢。如若受其惠恤,与之交往,天神不殛,大祸临头。老实对你说
罢,我今日已有生路,足以自立。大丈夫那是受人怜惜的吗?你请便罢。"
说毕,就将八费一推,径自抢前走了。

八费看他头也不回,飞奔而去,独自发了一回怔,叹口气,转到下处中

---

〔1〕 很毒,即狠毒。
〔2〕 很命,即狠命。

来,店内已掌上灯了。看官,原来阿大、辨散二人各自分路访寻,遍处查问,得了一个信息,说有人见他进弗那城的,所以会齐了,一径寻到。当时二人在馆中正要安排晚餐,只见八费状师回来,备述路间遇着情形。阿大向八费道:"如此看来,他的怨恨之心甚深,恐怕竟难解释呢。"八费道:"听他拒绝之言语,竟是斩钉截铁,一无挽回的。而且丑态百出,难以形容,竟像他有好地方安顿,可以不受人怜的了。此种光景,令人难受。依我看来,他既在马场谋活,这个人就坏了。你想这马场中,可有正经人么?他的父亲在日,他早已喜欢弄牲口,同马夫等终日混着,可见他实在是坏坯子,一(倍)〔辈〕子不能归正了。何况此刻竟吃到这碗饭呢。我又闻得此地新到歹人,胡行不法,他也曾经交结,那是更不成才了。依我想不如随他,听其自然,你也无须过意不去的。古语说得好'自作孽,不可活'哩。只有希尼这小孩子,年纪轻,性情厚,尚未曾染成恶习,倒不如收罗了小的,舍去了大的罢。"阿大因起先病体尚未全愈〔1〕,此时正斜躺在睡椅上,倦饧饧的懒声懒气答道:"这样说倒真难了,我倒真没了主意了。依你办法,希尼之事亦宜预先设法诱他回来罢。我那细线杀白〔2〕何在?"八费道:"才去采问康吉寓所,想就好来。"原来杀白是个精细侦探人,好比上海的包打听,军营(理)〔里〕的细作一般。

正说间,却好那杀白奔将进来,一面用手巾在头上抹汗,一面复命道:"老爷,那人下处我已探明白了。噫,真是粗猛汉子,险些儿头脑着了石块呢。幸亏我们当差之辈惯经危险,不畏凶悍。而且托天之福,头脑倒也坚硬,还不妨事的。"辨撒问道:"那小孩子与他同住么?"应道:"是。"辨撒脸上便带着悯色愁(客)〔容〕。又问道:"你看那小孩子可仁静和平的么?"应道:"那倒实在不知道。"当时杀白办了一日之事,也算大功告成,且志在重赏,遂自己想出一计,向八费道:"小的想,明晨赴德莫马场,探问康吉举动若何,并可知得伊与歹人实有密交与否。想德莫既为东主,能使之听他理说,岂不好么?"阿大接口叮属〔3〕道:"这样最妙,你到德莫那里,可以细说情节,请其宛转劝谕,使康吉不固执初意,不坚持硬心,少体诸友殷勤之意。这全在你与德莫说得透澈明白哩。那德莫虽居贱业,或能知情识理,亦未

---

〔1〕 全愈,即痊愈。
〔2〕 杀白,原文为 Sharp,今通译夏普。
〔3〕 叮属,即叮嘱。

可知呀。"杀白答道："且请宽心，小人承办此等差使，非止一次，素常精细灵巧，从不误事。我今且去，明日再报佳音罢。"遂垂著手，拿着帽子，在下面站了一站，竟自转身去了。

八费见杀白已去，回头对阿大道："我看足下面色灰白，似乎贵体尚未复原，请勿忘令尊翁嘱付之言，当以保重为要，不如早些就寝，养养精神，就是睡在床上，亦不可心绪不宁，过于思虑呢。"阿大道："多承好意相劝，我的恙实实尚未全愈哩。"说著就立起身来，携著火油点的玻璃小手照一具照路，缓缓的步入卧房。一面归寝，一面心里尚有打算，看明日我不如当面见一见康吉，看他怎样光景。我说出当时陪侍他的亡母苦酸遗言为证，还怕他不自悔初志吗？看官，这阿大如此系恋康吉，遍处寻访，必须厚加顾息，不忍异地飘零，在如今世上，也是个极尽弟兄之情谊的。然当日毅然为之，不过是一片良心，不能埋没罢〔列〕〔咧〕。

又说到阿大大病稍有起色的时候，想起爱格临终遗言，心中便急不可耐，逼住他父亲罗巴，登时便要设法将二孤寻来。罗巴稍为劝谕他，不即赶紧去办，他就作起娇来。罗巴心中也在踌躇，因同了线役杀白先行潜探。不数日来复命道，已采得踪迹所在，并说其曾与加的往来，恐怕要习于下流话。罗巴慌忙问道："你怎么说？"答道："他所来往之加的，行为举动颇属荒唐。虽不至与盗贼同类，然既不务正业，不习正事，终年过活，将靠著什么呢？大约凭他伶利的伎俩，刁巧的心事，胡乱去罢。人家好好小哥子，跟著这种人交往，那有不习成坏样子的呢？"罗巴听了这一番言语，心中很不自在，竟要舍去不管，专门寻回希尼来的意思。那阿大心里却大不以为然，心心念念，总记挂著爱格临死的时候，托孤寄命，何等珍重，今朝却逃出了，竟随他入于匪类，怎样对付爱格呢？况且年纪尚轻，血气未定，即使染成恶习，并非他的本来面目，倘能趁早收回，善为调恤，深加管束，当必可以挽回的。就自己带著病，勉强着起来，整到爱格当礼寓处，向馆中主妇探诘康吉下落。那妇人便将康吉所写的谢恩言志书信一封，检出呈与阿大。阿大从头读了一遍，颇为心动，那急于恩恤之心愈加迫切，竟同熟锅上蚂蚁一般。那妇人倒反问起这少年是何名姓，与尊府是何亲戚。阿大一想，倘若说出康吉，则他与我家系有冤仇，不如暂将他姓名匿过，待日后见着之后，再行说出不迟，于是捏说人名，我且不表。

阿大走到家中，即修书一对，寄到磨敦家中问信，前书已详。却说阿大自得磨敦回信，将二孤一同奔走情形，具悉明白，当即要治装前赴磨嗷处商议寻觅之事。无如罗巴看他病体未愈,万不肯令他出门,反叮属了各亲友等,不可将此事提及,这是想他渐渐忘记的意思。那晓得阿大既不能遂意,郁闷忧愁,病势更加沉重,遍延名医为之调治,真是如水浇石,一无灵效。罗巴束手无法,诸医士议论纷纷,皆说不如遂其意,使他出门去寻,一则可借山川游览,消消烦闷;一则倘能寻得,则心中快慰,病就可以脱身了。不过要沿途保护风霜,调匀饮食,倒也无妨碍的。罗巴无可如何,只得命之前往,终不免放心不下,遂定下主意,亲自同去。又雇下线役杀白,三人一同前到磨敦处来,问讯过磨敦,一路跟着踪迹,真所谓"逢人问信,遇镇搜根",无计不施,无处不访。路过数处,罗巴心下厌烦起来,又因店中有事,放心不下,竟拟定独自回去。惟重令其子格外珍重,不可过劳,致伤身体。阿大遂拜别父亲,竟不肯半途而废,带着线役二人(后)〔前〕进了。后事如何,下回续谈。

第九节　寻踪迹力疾矢真诚　访行止随机生巧辩

话说那阿大带着线役,跟定踪迹,往前路徐徐缓缓的走。正是一路走一路想,见父亲独自回去,未免父子之情到难得舍,心中已放不下。又想寻觅康吉弟兄,见面时该怎么劝慰,该怎么开解,心心念念,总记挂着他。满腹心肠,真似那热油煎熬一样,忧愁郁闷,不觉又惹动烦恼起来了。幸亏线役人尚勤能,再能靠得他住,沿途格外加意服侍,随时劝解,虽病体尚未痊愈,颇可耐劳。行不多日,适辨撒与状师百勿二人,亦是侦探康吉弟兄踪迹了,忽劈面被阿大撞见,便问道:"你二人从何处来的,可寻觅康吉弟兄踪迹么?"口中一面叮问,心中更觉思虑,辨撒连忙道:"好了,好了,我已探得康吉弟兄下落。"即略略述了一遍。阿大当时道:"也罢,只要寻着他,我就将他母亲临死的时候,托孤寄命的一番苦心,一一告诉他。不怕他铁石心肠,也当就可说得他回来呢。"于是四人会齐,一同前去。

却说康吉生平待母至孝,因念母亲当日,曾有遗书嘱付他一番言语。希尼年幼无知,须要格外痛爱,善为教导。要务正业,要习正事,不可令他习成坏样子,恐致玷辱先人。同胞骨肉,切不可怀异心。我虽死在九泉,亦能瞑目。所以康吉时刻不敢离开希尼,一则不忘母叮嘱遗言,二则爱怜弟年纪幼穉。现虽在德莫厂中佣工度日,另又连近觅一寓所安置希尼,每日公事一毕,即回寓来,或教以书学,或引以嬉游。恐他一人在寓,孤苦伶仃,总想他同在家中一样光景。有时希尼闷坐寓所,心中似有忧戚,康吉即百计排遣,样样将就他,想他心下快畅,望他后来成人。康吉此时真费煞了许多苦心呢。希尼到底小孩子皮气〔1〕,略不合意处,微有嫌言。康吉自忖同胞手足,岂可外视,各尽各心,不照他罢了。言下暂且不表。

说到杀白昨奉主人之命,一心一意仍要赴德莫马厂,探问康吉行止,究竟曾与歹人有密交否。届时径往德莫账房,将近门首,遥遥相望,却是康吉在厂内,彼此均不要理会了。随即同德莫潜入房中道:"先生敢是德莫么?"应曰:"正是。来此有何贵干?"杀白当时轻轻悄悄,将玻璃窗户掩闭起来,恐人看见,再反识破了机关。一面问,一面挨坐小榻角,将德莫招近前来,絮絮低声,问道:"我才到贵厂,见那边有一位少年,一副相貌甚是俊丽,身穿著一件绿绒马挂,敢是君家新雇来听用令使么?"德莫道:"用再是雇来听用的,但此人非可同他们听用人一等相待。你问他做甚?"杀白道:"我有一言奉告,请君不必疑心。将才所问那一位少年,我却也略晓得他的底细。他近来所做的事,君可晓得么?他的气性,不免过于执拗,他有一旧朋友,想寻他转去。看来先生相待甚好,他虽来不多时,宾东似属相得。但求先生于公暇时,婉转劝导,使他不固执初意,不坚持硬心,想他未有不听之理。并望先生勿怀嫌忌,将来定当(卸)〔衔〕结图报呢。"德莫当时诧异道:"老兄何出此言,令我心下狠难得过呢。但此事你不须说,我已明白了七八分。依我看来,那少年人志气轩昂,性情高傲,好像一个拘执的人,未必能变通得来。我纵剀切开导他,恐他亦未必信服我。到底有甚么事,何妨从实对我说说。倘我可能代劳之处,无不尽心竭力。我生平坦直存心,耿介成性,是一个老老实实的人,却不要错看了我呢。纵不能济人之事,我亦不敢坏事。你如怕我播唆他,我就赌一个咒罢。倘若老兄对我所说实事,我从中播弄坏事,天神鉴察,我这前面有一水池,我即淹死池里呢。"

杀白当时觉也难乎为情了。想对他说真心实话,又恐怕事不成,再反败露了事;如不对他说真心实话,这回又是空来一回。如何是好呢?两手插下两边裤袋,搜搜摸摸,再就踌躇了半刻,正色端立,问道:"德莫先生,你为人父么?父之爱子,恩往下流,你可知道么?"德莫一时面红耳热,狠有几分不如意的样子。连答道:"你胡说,胡说,我早已赌了咒得你听,还信不得

---

〔1〕 皮气,即脾气。

我心，过到反来牵藤扒叶，指东画西，与我絮絮刮刮，这真正令我厌听了。况那少年，他的底历我并不甚明白，看他相貌态度，亦不像个佣工的人。我之雇他来厂，并不要他刍牧之事，不过见他精明伶俐，颇有几分文雅之气，可以代为会计，且能与主顾善为应酬，是以我心中甚喜欢他。我从来不肯听信别人言语，尽管放心。"杀白听见德莫这一番言语，又看见他气愤愤的面孔，遂沉默半时，暗思想道："哦，如此说来，恐怕要弄翻了，再反将正事弄不成功了。"只好坐着椅子，再掉一副笑面孔，先向德莫面前陪两句小心道："德莫先生，多蒙你指教，我早已佩服你了。我才所说的话，却不要见怪呢。我还有言要请教你，那少年他姓甚名谁，父母可曾具庆，弟兄几人，向在何处生理，先生可曾问过他么？他为何故来的，此地有何人保荐他么？"德莫连应道："我厂中之事，不要烦你关心。我雇用之人，不要烦你着急，与你不相干涉。"杀白道："与我却也无干，恐怕与先生总有干系哩。"德莫默默沉思不响。

杀白又说道："我昨日来到此地，见有一汉子，虬须一握，表表堂堂，品格超群，姿容出众，坐一双轮车子，风度翩翩。夜间复见他骑一匹白马，得意扬扬。此人先生可认识他呢？"得莫当时便皱着眉，板着脸，愤愤的道："你既认得此人，又认得此马，可以不必问我，何必要与我这样絮聒哩。不瞒（哩）〔你〕说，昨日两腮胡须表表堂堂那位所骑的白马，是我卖得他的。"随发一冷笑。那晓得杀白也是个惯走江湖、伶俐精细的人，见德莫面孔一时满脸怒气，一时假装冷笑，想令人摸不着他的心思，这才现出他等做生意的本事来。这也不说，"请问德莫先生，就依（低）〔你〕说，我也认得人，我也认得马。此马既是我卖得，那位的价值几何，可曾如数兑清么？"德莫道："生意成交，自然马银两发呢。"杀白道："价值还是给的银子，还是给的票子呢？"德莫道："成交时价值如数当付银单一纸，系伦敦银行收银单。该银行乃是此地著名银行，我本来晓得他是个大银行，随时就可执单取银，是不与他计较呢。"杀白复张眼瞠视道："据你说来，银单你竟已收了。哦，莫怪我说哩，世上竟有如此迷迷糊糊的事么？"杀白一面说来，却又忍不住笑，双手大拍其膝，厉声道："此事你已大上当了。"德莫当时面孔一红一白，心中狠不舒服。又猝时不能体会他一说一笑到底甚么意思，说不出口，越想越着起急来。左想过来，右想过去，想了半点钟时光，暗道："莫非是我卖的马上当了，但我见他远来生客，再也我经心呢。生意尚未成交之先，我也曾着人先到他馆寓中探访过他的光景，回来云那客人他曾历游英国各省名区,遍览山川名胜,特来此地作技,品貌堂皇,风姿磊落,挥金如土,气概轩昂,俨然是一个大阔老的模样。他并说与康吉曾有主仆旧交,我何得不相信呢?"

　　杀白闻言,心中觉有几分喜欢,外面却叹一口气道:"惜哉,惜哉! 世上竟有此等的人了。请问他曾自称甚么名子〔1〕呢?"德摸忙将手伸进怀里,摸出银单一纸道:"所签名四密将军呢。"当将银单递与杀白细看一番,杀白懒声懒气答道:"此纸有甚么用处呢? 只可点火吸烟,一个铜钱也不值了。"德莫当时脸色一变,连自己都不觉得火从那的起来,却再狠有几分恼恨那客与康吉两个人的意思。转厉声道:"你到底干甚么的? 竟有这个本事,能侦探人家许多事呢。"杀白此时站立起来,答道:"既蒙下问,就不瞒先生说,我承办此等差役非止一次,素常精细灵变,从无打听不出来的事呢。我乃伦敦差役衙门细线老办事的,不敢名,叫杀白先生是也。"德莫忽听得他这一番话来,当时低着头,定着神,吊了半晌,竟不开口,心下却有些狐疑呢。

　　杀白见他这一副神气,心中却有几分得意的模样了。复向德莫道:"德莫先生,所照顾你买马伪名叫四密将军的那位,我久已认识他。不瞒你说,他是素不安分,惯于掣骗的一个横棍。他作的事诡计百出,全摆的是个大空架子,凭你甚么样人,他都可以笼络得来,其实一点都靠不住。久知先生诚实,我实不敢欺骗先生。"德莫当时听得杀白将四密素行不端之事说了一番,不觉双眉倒竖,两目圆撑,答道:"我小厂原是生意行中,彼此往来做事,总要光明磊落,信义相将,心中断不可少存欺伪,致失我生意中之大局面。才今日始听得你说,竟有这一个人呢。"杀白道:"君尚有家眷在此么?"德莫觉有些凄惨光景,答道:"我膝下有三个小孩子,另有一个最小的,尚在襁褓怀中呢。"杀白道:"既然如此,更属可怜。但今我来贵厂找寻的那位少年,本来他与那将军也认识呢。"哈哈大笑道:"嗳呀,你虽不对我说,我想你亦早已明白大半了。"德莫自相怨恨道:"我心中却早有些疑他,从前那客初到厂中,与我谈了一会,不是他说与康吉认识,并是个至好朋友? 可恶,可恶! 我再也不相信他了。"究竟后来如何,下卷再行续出。

---

〔1〕　名子,即名字。

第十节　听谗言主宾生嫌隙　酬夙愿兄弟喜相逢

却说杀白闻德莫有怨恨口气,此时答道:"那少年不过他既晓得四密的底历,就该早向你招呼一声为是。好在卖马一事不是他主持的,尚可小恕。此人若再留用,恐亦险得狠呢。依我说来,不如严斥他一番,将工俸算给,令他返投他家们处,得以改过自新,岂不两全其好? 他如此再有执拗,敢烦先生剀切开导,不妨从直告诉他,像他这等年富力强之人,正是建功立业之际,嗣后岂不想觅一好好机缘,得一个大大出息么? 不要把天下事太看容易了。近日就馆一节,大凡主人必先要一个靠得住的保人,他不靠亲人担保,纵有合巧的机会,未必就能成功呢。今先生膝下既有三位贤郎,怀中尚有一个呱呱黄口,未必肯再怀一蛇呢。"德莫道:"我恨之已极,此等坏畜生,又谁肯另眼怀恤他呢? 可惜那白马,我平常再有几分欢喜他的,今竟被四密骗去,我心下真狠有些不自在呢。请你有何妙策,为我筹之。"杀白道:"此事纵能代筹一计,恐怕来不及了。"德莫道:"你既知四密肆行掣骗,真正是一个积惯横棍,你乃衙门差役,应有当管之责。既见之而不拿获,非明知而袒护之?"杀白答道:"未奉签票,何敢擅拿? 公门中断不敢如此糊涂呢。"遂拿着帽子,竟直出账房去了。一面走来,心中一面暗思想道:"事势至此,皆可以如我意了。"

德莫见杀白走出,当时亦不待筹想,随即抓着帽子,带着头上,竟步从杀白后头,不左不右,径直往客馆中探问消息。那四密既做了这庄混账的事,心下早已打算了,不久自当发觉,他必找寻客馆中来的,竟如黄鹤一去,渺无影响。只得询问馆使,探听四密踪迹。据云那将军初来客馆时,有车辆带马一匹,意气昂昂,居然大架子、大阔手的模样。去时车子套马二匹,他在我馆中,一切房租、火食[1]均已算清,闻向伦敦银行取银单去了。德莫闻知此情,暗自计算,不过同一时刻之事,既找寻不着,忽脸色已变,全灰白了。自叹道:"嗳呀,该小厮自来厂中,我见他人甚伶俐,相待甚厚,视之犹如己子,一切毫不疑心。那知这个忘恩负义之徒,串通匪类,图谋马匹。天下有如此抹煞良心之人,而竟报答主人如是之甚耶! 至银子有无,还不甚要紧,偏偏将我所欢喜的一匹好马,竟被四密骗去。上当已极,忿恨盈

---

〔1〕　火食,即伙食。火同"伙",以下同。

胸,越思越想,好不气煞我也。"

适至门口,劈面撞见康吉。康吉慌张道:"小生昨晚回来,急欲告诉东家。不料东家有事务出门,询之并且当夜不转来的,是以迟至今日呢。昨日名为四密将军那位客人,他如来往,东家须要留心,诸事不可过于信认。"德莫道:"他已杳无去向,你反再来告诉,是何居心呢?况我今已大上其当,明明一匹好马,被他骗去,已经付之子虚,你还请我不要过于信认他,岂不迟了。谚云:'贼去关门,有何益处?'依我说来,来得好不如去得好,我马厂内的生活,你做不来了。所欠你的工银,一一算给你,还是投往你家门去罢。我嗣后再不敢与你这等人结交呢。"康吉当时大为诧异,即将银子舍之地下,答道:"小生多蒙东家提拔,相待亦甚隆重,凡事奉命而行,认真办理,从不敢稍事含糊。宾主二人毫无嫌隙,却看东家今日光景,觉得有许多牢骚,竟令我难消受这一番冤枉气哩。或我家们曾与东家通言,抑或寻追我来此地?不然,东家何至如此拒绝呢?"再四思量,忍叹一口气道:"东家待我甚有恩情,今日我辞他去时,切不可怒容满面,再反令人道我是个无义之人。"遂微带节气求情之色,因举手行分别之礼。

德莫到底是个慈厚长者,见他如此,觉得从前疑怨之心,忽变转了几分怜恤之意,便徐徐伸手,似还礼一样。然前日受假银单上当之事,心下实难忘却呢,直转身向康吉道:"四密将军这样行为,是他自罗法网,不久定要发觉哩。我今劝你,嗣后立定脚跟,须务正业,这等人万不可与他交结,不如仍归你家们去度日为是。"康吉急忙问道:"四密之事,我家们中有人说及过来么?"德莫道:"皆已详说。你去后,该假单之银须托你代寻觅他补给我呢。"康吉忽听此言,更觉愤怒填胸道:"我阿叔竟如此狠心,见我觅得生路,好好一个东家,被他千方百计播弄是非,害得我宾主陡生嫌隙。不是我素行作事稳当,险些被他坑陷去哩。我已晓得他是要逼我东逃西走,无路可投,势不能不投回他处。却不要把我当作等闲人看,想如此我俯就,再转去受他惠恤,誓不甘心。莫说我前已赌过咒来的。"正是满怀心事,思虑异常,匆匆忙忙,一路走来,那停得住脚步哩。

行至旷地,觉后面微闻有人吁吁喘喘的声气,似又呼其名者,随即用手把肩臂一拍,回头一看,却然是那兄弟阿大来了。他弟兄两人分别已久,那知他两人现在比较,迥非昔年一样的光景形容哩。阿大因病后调养得宜,面色更觉清雅,举止丰韵,装扮时式牌子,俨然贵介公子。一个大有世家气概,可叹康吉自佣工马厂,虽安居乐业,不过图他眼前安身之所,未免心中时时忧闷,面色微黄,蓬着头发,到底是个佣工打扮。猝见阿大这样气象,不禁追念昔日与阿大相会,送枪不受之时,心下好难得过哩。

阿大当时柔声下气道:"小弟今日寻觅你,淘尽了多少气力,费尽了多少苦心,那一处莫有寻遍哩。幸得一见,弟心切欲奏效,而兄每必推辞,是何意见哩?"康吉听他得说出个遍寻话来,立刻触发了他失业被逐的心事起来哩。不觉脸色一变,气愤愤的答道:"你可知我近来光景么?我好好觅得生活,安身度日,你何得追寻他处,反说与该匪同谋,图骗他的马匹哩。你敢如此欺我,欲强我低头俯就你,有此道理么?"阿大道:"你曾记你那受苦的母亲……"康吉不待言了,插道:"我母已故,不许尔辈说出其名。"复悻悻然厉声道:"听凭你一户的人,说得怎样悲伤,怎样凄惨,我断不肯相信哩。于今你即说有慈爱之名,我看来皆无人心。你那不知人伦的父亲,心太狠毒,实实与他讲不来的呢。"阿大听这一番言语,尽是说他父亲的坏话,心下狠难得过,乃愤然道:"且罢,且罢。你今毁谤是我的父亲,天下岂有对其子而谤其父者乎?"却康吉一肚皮的气早要发泄,一见阿大的面,也就不顾他的地步哩。复答道:"我不管你的事,你父亲所惧我者,我早知道哩。我母亲将死的时光,我曾诅咒一番,句句都刺在他心里,所以百计千方,不敢不诱谋抚恤于我,恐怕应了我诅咒的话哩。嗳呀,阿大哟,我母生平受冤已极,不能出头,致令我生不能侍养膝前,死不能送终泉下,思想起来,好不痛煞人哩。今我忍遽忘故母冤屈苦情,转受冤人惠恤,我母死在九泉,岂能瞑目?可怜我谋生异地,远出家乡,尔辈恶念,尚难解释,无怪我猝然一见,心中连自己也不觉得有许多牢骚,许深仇恨呢。"

言未说毕,康吉忽然激发满腹怒气,哽咽起来,几至半晌不能出音。须臾,伸手叹口气道:"我的行止,不肯倚仗他人,那怕我悬吊那树中,立时即至死地,其时只你一人可以解救,我宁死于树上,不屑受你解救呢。噫,今日之下,你的助我,我却会不着你的意思。还是挽回我故母的声名,还是将产业退归孤子呢?"又不觉喟然叹道:"行诡度日,逞强饱贪,我祖宗遗留产业皆被你占去,我仅受者惟贫、恨、冤三事,良心何在,天理何存?尔须回去,不要在此拦住我去路。我不过劳苦点,我可以再自谋生计去罢。"阿大当时用手按着康吉肩臂,抚慰道:"康吉,康吉,你权为息怒,且听我说罢。先年在你死母床侧……"看官,之言苟阿大能实说,则省得日后许多千愁万苦。盖康吉若无丧事之费,你死母所遗留草写感书一纸,宜阿为受主,阿大一点慈爱之心,可得而知呢。乃康吉究竟冤念益深,狂怒激发,阿大所说的话,他那里听得进一句呢?他本来郁闭已极之人,虽是单弱身子,盛气之下,忽然将阿大用手猛力一推,阿大遂卧倒地下。康吉随即停步,双眼圆睁,连忙跨越阿大卧身,径直前走。走近下处,即斜面朝后一望,阿大已起身垂头转去。

康吉于是走进寓所,忽见希尼满面欣欣然,觉有喜色,比问道:"希尼,你日来有何佳音,而竟如是欢乐?何不对我说说哩。"希尼婉声对曰:"事不可言,曾再三嘱我必须机密。伊谓好兄为人不肖,小弟原已知其欺我的。"康吉道:"伊,伊,伊则何人也?"希尼道:"大兄不可发怒,小弟盖惧而不敢说出。"康吉道:"他既向你毁谤我,此事不可作为儿戏,且须快快说哩。"希尼道:"来者实像个好人,令人可爱。他言先母昔年曾与他相见,今一言及我母,不禁追思感慨,几乎泪欲沾襟,并道欲令我归家,许我以最佳的小马一匹。"不知后来何如,且俟下卷续谈。

第十一节　假将军村店说风云　亲弟兄穷途遇雷雨

话说希尼与康吉讲此人好处,说得天花乱坠,康吉闻之,心中不胜疑骇。且又想不出此人是谁,因疑生忌,悻悻然脸上已有不悦之色。遂再三问希尼道:"其人究竟怎样说我,曾说起带我回去否?"希尼低着头,回说道:"来人前已邀过吾兄,说是兄不肯去,现在闻已落成下流之辈,竟乐与匪类结交,岂是有烈性的人所为?且你做他的兄弟,他不使好人提拔抬举,将你管束于寂静之室,一无利益于你,是欲缠累于你,非是你兄好心也。小弟听他所说,固然不信,且替吾兄力辩不认得他,此等说法,兄亦不可在意,谅来此人不过说说罢了。"康吉闻言,心中又气又急,将两手掩住了脸,若有不忍听之状。歇了半晌,希尼嬉嬉而笑,往前扯开其手。康吉忽如惊醒,将两手搓搓,在房内踱来踱去,因自忖量道:"此必罗巴、阿大之所为,现在不知令何人在我弟面前行此反间之计,知我所心疼爱者,故母遣托之弱弟耳。料他意欲夺我爱弟回去,居心肆行凌逼,我偏不肯中他奸计。"乃向希尼道:"兄弟,我们有一处地方,可以同去,另谋生路。事不宜迟,赶紧前往如何?"希尼道:"既有此好友关切,不可遽然避他,何不与吾兄去见见他,看他如何?"康吉道:"希尼,你年纪既小,又无见识,此人如洞里毒蛇,久必为其所害。我仔细想来,恐即吾家仇人所为呢。"康吉说此话时,怒形于色。希尼见此情形,恐怕乃兄生气,不敢违拗,只得从兄之令。当时兄弟两人即与寓主算清房饭钱,收拾同行。

此时夕照犹明,日未西坠,兄弟两人惘惘同出了弗那城。正所谓茫茫前路,怅怅何之?仰视长天,晴空皎洁,清无片云,秋色萧疏,金风瑟瑟。两人无心观看秋景,心与足违,踉踉跄跄,向前奔走。希尼心中想道:"我被舅舅磨敦谴责,在石阶上得遇我兄,同逃至弗那城。在寓中又遇着好人,许送我小马等语,不知其人现在何处去了?"一面走,一面呆呆痴想,心中若有所失。在康吉心内,七上八下,想起在马厂内,得逢家中名驹,竟被假将军四密骗买,又不知得莫现在知我冤枉否?至希尼所说谤我之人,不知究系何人?两人日暮途穷,不知所向,总从大路前进。惟时正值秋中,只见东方涌出一轮皓月,长天孤雁,嘹嘹成群,远远望见树林隐翳,若有人家。两人迤逦顺路行至一村,正是黄昏半后,见有一所小小客店,正好入内投宿。

进得店门,看见小房一间,内无住客。有一年轻掌柜妇人前来伺候,看见希尼年幼,似有走路乏力之状,走近前来,略加安慰,搬些食物来放在桌上。希尼走得辛苦,心力交瘁,进食时亦不能多吃。妇人殷勤劝他再吃些,希尼喉中觉得再不能下咽,说道:"不要吃了。"康吉到爽快吃个干净。吃毕,叫希尼至隔壁房内就寝,自己独自一个坐在房内,思前想后,暗暗忖度,遂将先母所遗之金银钱倾出囊来,散放桌上,数了一数,比原旧只少得数枚。因康吉在得莫处度日甚为省俭,所入辛工亦敷所出。不想正在数钱之时,听见房门推开,且闻掌柜妇人道:"先生,只此一房,已有客在内了。"那客人道:"不妨,不妨,且将白蓝地酒一杯来,须要沽得浓,烫得熟些。"说毕,其人在背后拍拍康吉道:"康先生请了,你竟不嫌厌烦吗?"康吉吃了一惊,回头看时,不是别人,正是前日骗马之伪将军四密是也。

四密道:"今日不想在此再会,实出万幸。"遂闭上了门,脱去了套裤,就移近坐在康吉面前,两眼目不转睛,注视桌上金钱,口中垂涎,拍手向康吉说道:"你好大本钱,你既有许多现银,何事不可为呢?何为不可成呢?且我看兄台气色狠好,谅来运气必佳,等我来相助一臂何如呢?今日我到此,兄想料不到的嘘。你如晓得,我无前日之马车带来,更必要怪异哩。"康吉一面将钱收入囊中,向四密愤愤的道:"前日我东家不幸被你诓骗,致我今日遭此颠沛,都是你这厮暗算我东家得莫,且声称与我有交情,害得我败名失业,你还有颜面来见我么?"四密叉手向康吉理论道:"不必,不必。你只知其一,不知其二。成事不说,既往不咎,兄之事固不谐,我之事亦不济呢。我前在弗那城寓所,忽一日瞥见走来线役一人,向我二眼直射,我恐机谋败露,心中无法,急想逃走。当时与寓主算帐,即刻乘车加鞭,从大路一径驱至纳背城[1],将车托留客店,自己从小路走到此间,要想避了此厄。"说毕,又哈哈大笑道:"昔我两人偕乘捷妥公车,往白云乡时,有女同车,彼美一人,予尚忆念及否?现已许嫁与人,我与他良人结交投契。"说着又笑道:"呵呵,不瞒你说,我赚得他金钱一百,因这厮未知世事,到要图谋好事,我是以骗他,新设保险公司,如能捐银入股,可立大功,获大利。伊听了我的谎话,遂拿出百金来托我代买股份。"又叹口气道:"咳,所可惜者,我已将此款花销完了。"

正在点头叹气时,店家妇人已将白蓝地酒一碗,新闻纸一张,吕宋烟一条,进来放在他面前。假将军一手燃火吹烟,一手拿起酒来,一饮而尽。尚涎着脸向康吉低声道:"我们两人飘流于此,终非善策,人家看得我辈如浪荡子一般,有何趣味呢?"康吉厌听他的絮聒,不等他说完,亦不与他答白,走进隔壁房内,与希尼一铺睡了。一面将身边所囊金银钱物,留心安放枕下。翻来覆去,一夜不能成寐。

天色黎明,兄弟两人将账与妇人算了,出了店门,落荒而走。康吉心内因知自己素谙马性,意欲径投猎场,图个度日门路。是日天气颇为蒸热,且日正当午,炎威燥闷,汗雨淋漓。看看希尼走的喘息不定,只得略为歇息,坐在石磴上,怀间取出干饼,分数枚与(康吉)〔希尼〕吃了,自己又吃了几个。歇了半晌,看看日色西斜,乘着晚凉,取路前行。所过去处,尽是旷野公田,景状萧条,人烟罕见。康吉意欲投一村店,又恐错认了路,遂探头探脑,远远张望。两人汗出如浆,天气风息不漏,希尼更觉走得喘吁吁地。但见夕阳将坠,日色殷红,西北上黑云泼墨,隐闻雷声。兄弟两人心忙意乱,四顾苍茫,不但不见炊烟,而且杳无人迹。希尼身倦脚痛,不胜其苦,对兄泣道:"我实在走不得了。"康吉身虽强健,到此时亦觉得乏力,看看爱弟如此困顿,更加怜恤,遂拉了兄弟,并肩坐地小憩。忽远闻雷声殷殷,电光闪铄,康吉知有大雨来了,急急起身,搀着希尼的手道:"嗳呀,你看风雨将作,我们且赶投宿店罢。"希尼泪下如雨,央告道:"好阿兄,我实来不得了。早知如此,不从这里走来,或者不会吃此苦头呢。"

---

〔1〕 纳背城,原文为 went to N—,即 N 城。

　　道犹未了,电光闪烁,霹雳回环,照看他两人面目,如同白昼。康吉以身遮住希尼的身体道:"勿怖,勿怖。"希尼心惊胆战,缩住头颈,投于兄怀,两手捧携兄的腕臂。正待走时,康吉仰看天上乌云四集,如堆墨泼雾压将下来,霎时间雷电交作,大雨倾盆,目眩神移,手足无措。康吉虽然勇往,怎经得带了弱弟,遭此危急,黑暗之中,若非电光闪照,即兄弟亦不能看见哩。只得将自己套衣脱下来,遮住希尼,扶掖而走。捱了数十步,希尼力竭声渐,不能动掸举步,连一点声息都没有了。康吉遂止了步,仰天大呼道:"天乎,天乎,是殆将绝吾兄弟乎! 可怜我二人,走头无路之孤儿,上苍竟不庇护乎?"遂向希尼道:"好兄弟,你如不能走动,为兄的背驼了你走罢。"希尼又是爱兄的人,晓得乃兄亦来不得了,岂可再肩背了一人,冒雨行走之理?向兄哭道:"虽然阿兄肯背我走,我实动不得了。不如且卧在地下罢,听天由命,得能雨止,我们再走罢。"遂放了康吉之手,倒身卧在泥泞之中。

　　歇了一刻,电光渐微,雷声渐远。见雨稍为停点,仰看天上浓云略开,且见星月迸露,康吉只得就在地上坐于兄弟旁边,一手扶住希尼,仰天默祷,若有所求。忽见有一大星,光芒直射将过去,明亮异常。须臾,又望远远一点红光,若停若动。康吉心内想道:"此必一庐舍也。"因以手指着红光处,向希尼道:"好了,望见人家了。看起来离此不远哩。我同你挣札狠命的走一程,可以投宿觅食哩。肚已饥了,腿又酸了,你起身来,我替你抖抖身上的湿水,歇歇就走罢。"希尼喘吁吁的道:"能再歇一歇力,就好勉强起步了。"两人正在说时,忽又见雷光一闪,雷声复作。康吉道:"希尼,只遭[1]我们兄弟两人性命休矣。"此时危急无法,两人相持不下。看官,你道如何? 凡人到紧急患难之时,往往计无所出。其时康吉既然前已看见红灯,何不即赶紧前往,可避其厄? 一则走得乏力,二则有弱弟在彼呼唤,似已力竭声微,不能强之再走。幸天不复有大雨来,否则竟有不可解之势。正在急迫之时,听见左右有步履声音,康吉在黑暗之中,一时不能辨别。天忽电光一闪,露出一人影来。康吉急问:"来者何人?"那人亦问道:"你是何人?"康吉听见声音好熟,一时又听不明白,仔细望前一看,只有一影,不能辨明,向前摸着那人身子,电光又一闪,似可辨别形貌。康吉又吃了一惊,不觉得倒退了几步。不知来人究竟是谁,到底是何等样人,且俟下回续谈。

---

〔1〕　只遭,即这遭。

第十二节　见景生情计夺幼弱　因难思义辞感愚顽

话说康吉瞥见此人好像假将军四密，未及问他，四密到说道："来者何人？莫非康吉乎？哎呀，这小孩儿又是谁呢？何为在此地呢？"康吉本以四密为匪人，不愿理他，而到了此际，真在患难之中，只得勉强迎前，且握其手道："此吾弟希尼是也。伊一小孩儿，被雨冒寒，竟有一步不可行之势，乞先生一时怜恤，站立管守于此，并乞扶持而保抱之。我不过片刻之久，即便来也。"四密道："使得，使得。但不知吾兄何往？"康吉道："我欲趋赴前面有灯光处，看看有歇店人家否，我即便来也。你须银用，我有在此。"四密道："好汉，此时而取人之钱，乘人之危急而取之，岂是好汉之所为乎？你去罢，孩子何在？"康吉曰："在此，在此。"一面扶起希尼，一面说道："天其救尔耶？你好好在此，我便来也。"康吉乃不愿阻滞，踉踉跄跄，望有灯处疾走过来。四密往常虽以诓骗为生，而事到其间，亦有恻隐之心。且看见希尼幼弱可怜，命悬一线，心中亦觉过不去，连忙将小儿扶抱于怀，在腰袋内摸出酒酿一瓶，先将酒灌希尼，灌了一回，自己又饮了几口。希尼吃了此酒，似觉身上温暖，苏醒张目，叫道："哥哥，我们试再走走看。"不知伊兄已不在此间了。

话分两头，且将此地搁过一边。话说阿大为人虽慈和，而自从富厚之后，不免有骄傲之风。自被康吉推倒在地，愤气填胸，起身作恨恨之声。回至寓内，适值辨撒往希尼处作说客回来。因辨撒见希尼姿容面貌，大类其母爱格，回忆他芳年娴婉景象，如在目前，不禁痴情欲颠，心软如棉，因与阿大称赞希尼，不绝于口。又说道："此子如此柔弱，若与强悍之兄，必至习坏，岂不可惜？"阿大闻言，甚以为然。又道："伊母临终重托于我者，亦为此弱质之孤儿呢。想已知其兄之不肖，所以不宠爱他呢。"遂向辨撒道："悍兄可舍之，惟幼弟我收留教养，视如己弟，庶不负婶母临终托我一番。"辨撒听了，变色道："兄台是何言软？我留意已久，欲将此孩儿寄为吾子，以慰我一生悬念伊母之情。否则我终身大失所望矣。"阿大握住辨撒的手道："蒙兄错爱此子，居心甚为忠厚可敬。但我为婶母重托，且我当面立誓，一定抚养成人，且又是我家嫡亲骨肉，如何舍得？吾兄既然如此，我令吾弟终身敬爱吾兄，岂不是一样的吗？"辨撒听了，默然无语。歇了半晌，叹口气道："我一生牵缠，甘心鳏居，守此寂寞。现在起意想此遗孤，为暮年之娱老计，聊慰我心,且聊尽我心。若当面错过,我实不忍的嘘。"心中又暗暗算计道:"若我先夺此儿归家,不使阿大得知,有何不可? 谚云:'先下手为强。'此之谓也。"计算已定。到了次日,阿大等四人复议追踪之策,分作两路,阿大与状师八费一路,辨撒与线役杀白一路,前往寻觅。

却说是日辨撒与杀白,正行的是旷草公田一路去处。是晚有雇用之房车一辆,驾马的是缓缓拉去,车内只有伊客二人。辨撒道:"哎呀,天有大雨来了。苦呵,今夜一定打雷阵,天是必冷的了。"杀白答道:"老爷所说甚是。我看天上黑如墨漆,闪电不住,雷声渐渐响起来了。路程又远,计程尚有五十余里,一路又是旷僻去处,要走到热闹地方,就不怕呢。"辨撒又向杀白道:"康吉那厮悍滑可恶,我实虑他。"杀白答道:"不错,伊与假将军四密私为接应,昨夜他两人在前程村店内相会,谈了一夜,甚为合式。我不曾听得仔细,我看他们一定约了期同走呢。现在能夺了他幼弱之弟,只算救此孤儿,阴功不小呢。"两人谈谈说说,因坐在车中,虽遇雷雨,尚不十分晓得苦楚。辨撒又向杀白道:"我还有一句话叮嘱你哩。如我们幸而寻得着希尼,夺了他来,千万不可与阿大知道。否则我白白的用了一番心,吃了一番苦了。"杀白道:"晓得,只个〔1〕自然。我岂肯乱讲,失了我之生意呢?"两人正在闲话,忽闻马头前有人大叫了一声,辨撒大惊,战战兢兢的问道:"何人乎? 莫非强盗乎?"杀白始终公门中人,所以不怕,因对辨撒道:"何惧之有? 我有手锤在此。"随又厉声向车外喝道:"有谁在此大呼喊叫吗?"其呼唤的人道:"要烦贵客让开些,并要求行点方便。因此间有一小孩儿,病在垂危,若不即行带至前村,好好调养,则势必不救矣。"辨撒闻言,即将头伸出车窗子外望道:"何处小儿,何为求救?"其人说道:"先生若肯将此儿送至前村,安顿客舍内,实是行好事。"其时杀白以手捏辨撒左臂,附耳低声道:"此即是假将军四蜜也,我且走出车去看看如何。"当时登即跳出车子,歇了一刻,怀抱一小儿,归回车上。又低声向辨撒道:"所寻者非此也耶?"遂取下车前之灯,往所抱之之小儿一照。辨撒看了,急声欢呼道:"此即我所寻之人也,此人即我所要之希尼是也。"其时求救之人说道:"烦两位兄台将此小儿送至前村五号之客店内为幸。吾侪不多一时,可继后而至矣。"杀白厉声说道:"吾侪,谁是吾侪?"其人答道:"即我与此儿之兄是也。"杀白又将灯照其人之脸道:"呵呵,惹厘先生与我二人有旧识,你其认得我们么? 我且劝你,

---

〔1〕 只个,即这个。

不如立时敛迹,且请为我与你党人问好,且在此儿兄前弗必说起。若再向我们追扰此儿,我们则有法以处治你了。京城内有王监,你岂忘之乎? 快快走罢,不要在此缠扰了。"于是两人均跳入车内,喝令车夫,吩咐赶紧上前行走,不可耽误。四蜜看见他的车子风驰电掣的去了。

歇了一会,康吉由远远灯光处,带了农夫二人,小车一辆,并被毯及灯笼等物,一直疾步行来。行至伊弟旧时困乏去处,已虚无人矣。不觉吃了一惊,急声喊道:"你们在那里呢?"其时四密已越趄行走,离开数十武之地,因远远答道:"我在这里哩。"康吉急急前走,一面走一面叫道:"我的兄弟呢?"四密道:"适才有一乘双马房车者,搭救他在车内去了。我声音虽(热)〔熟〕,却听不出究是何人。"康吉跌足叹道:"嗳呀,事出意外,果是何人?"四密含含糊糊答应不真,只得略述颠末。康吉一闻此言,叫道:"吾弟乎,吾弟乎? 彼等何人,竟将你夺去了。"登时叫了数声,晕倒在地,不省人事。

话分两头,却说京城罗巴家中住宅内,忽一日到一年轻大汉,容貌瘦而黄,衣服亦蓝缕不堪,叫门要想进去,阍人启门。年轻者道:"东家在此乎? 事急矣,我即要见他的。"阍人将他上下周身一看,寻思看他不起,因说道:"你要来见我东家,到有些烦难。且夜已深,又非见人之时,况我东家所见之人,非汝辈也。"原来康吉自苏醒后,附搭公车,一径来找罗巴的,因嚷道:"你不知道,我是你东家何人,我今来必要见的。"阍人以身蔽开塞路,康吉将手抓其衣领,一面将门一推,抢步直入大厅穿堂之间。阍人在后跟住叫道:"止步,止步! 你系何等样人,而敢于如此放肆吗?"其时罗巴正在总会所,尚未回家,罗巴夫人坐在堂上等候,闻穿堂有喧嚷之声,即走出来张看。只见一蓬衣年轻大汉劈面上前,大踏步走将进来。

罗巴夫人问道:"尔是何人? 尔有何事?"康吉答道:"我康吉也,莫非是我的伯母吗?"夫人闻言,缩步退后,归坐内堂。康吉随后跟入,逼近坐旁,且将门闭上,说道:"我所以来者,寻我爱弟也。因前数日于路上夺我爱弟去了,我知其必在此间呢。你必晓得,可告我知之,可不复寻问呢。若能将我弟好好交还与我,则我前嫌尽释,旧怨可忘了。"并坐在地上,哀声求告,甚为苦切。夫人且惊且惧,颤声对康吉道:"汝弟之事,我一点儿不知道。吾儿阿大为了汝弟,已经出外寻觅多时,近日按伊来信曾说,未曾追寻得到,因不知其踪迹,亦那里知其所在呢?"康吉起身,愤愤的道:"嗄,你们既认追觅,若现在将我弟拐夺,使我嫡亲弟兄骨肉离散,不是你家是谁家呢?

我心乱如麻,业已急极,如将吾弟藏匿,我实不肯干休的嘛。"罗巴夫人听了这等言语,心中十分着急,又摸不着头脑,且知康吉好勇斗狠,不是好惹的,吃了眼前亏,更不犯着。又见他悍恶之态,气象不驯,不禁心头小鹿乱撞,竟至手足无措。若再进内,又恐他跟进去,更不好了。况急得两脚沉重,一步不能移动,只得伸手欲摇报钟。康吉掀住他的手,不许他摇,两目灼灼有光,射住夫人脸上,且严声厉色道:"你不告我知道,我总不离此地哩。若告我,使我心感而祝福于尔家,且感激你不尽哩。现在吾弟究竟将他藏匿在那里呢?"

正在说时,有人推门进来,乃是罗巴回来了,一径直入内堂。夫人见了其夫,不禁大喜,叫了一声,拉手挣脱,向其夫哭诉道:"救我,救我!这厮要图害我也。"先时罗巴向状师探问康吉举动,知其强悍异常,且与奸徒来往,心中已有惧怯之势,并见康吉现在如此情形,十分愤怒,遂上前喝道:"你这厮欺人太甚,我父子本想提拔你,并想抚助你弟兄二人,不想你这厮终不肯改悔,竟敢擅入内室,逼勒汝婶,是何道理?你去不去,如再不去,我即令捕役来拿你送官究治。尔时你这厮悔之晚矣。"康吉不等他说完,气匆匆〔1〕叉手向前,说出几句话来。不知如何说法,且俟下回再谈。

第十三节　叔侄言凭三寸舌　弟兄情见两封书

康吉怒气虽甚,因人在罗巴家,不欲造次,有伤叔侄之情,只得说道:"你只管骂我吓我,我总如不入耳,到底你与阿大曾拐我弟否?如若收留在家,不妨明以告我,使我一见。何必不顾情义,不知怜恤,而逐我于门外,有是理乎?"因将膝跪于地上,欲感动罗巴之意,只得央告道:"我之乞怜者,为我孤苦之弟耳。你何以忍心害理,至于如此呢?且跪在地上而求情哀告者,尔兄之子也,亦与你有叔侄之情也。人孰无情,何弗加以怜恤乎?吾弟希尼究竟在那里呢?何妨明以告我。"乃罗巴为人,欺善怕恶,且又小气,今见康吉向他软求,并未发性,越发妆模作样的道:"你弟同你在一处,到反问我?我不知道他的踪迹,你现在故意来求我者,不过设狡诈之计,欲图谋我,使我父子被诬骗,受不义之名而已。且使你弟果能为人所收留,我实为之欣幸,总比在你身边习于下流好些。"康吉道:"我在你身前跪求,固哀告

---

〔1〕　气匆匆,即气冲冲。

你发心,你如何再隐讳托言,是何道理? 又是何意见?"罗巴见康吉俯伏不起,傲气越觉纵肆,伸手欲作打状。

先是房内伏有一人窃听,见此时之景象,不觉骇惧退缩。但见房隅黑影中,隐隐约约,而未见作声,今则似乎听见小女娇声婉转,相劝道:"爹爹,且不可打,不如还了他兄弟罢。"罗巴本将要下手来打康吉,乃见身前与孤儿并跪者,则系自己所生之弱女也。火炉之光,照见柔容,仰首哀求,泪珠点滴,凄惨动人。康吉见他来求,看他怎样说法,且看乃父能顺伊之情否。乃罗巴怒容向内道:"娘子,何以使小女出来,如此多管闲事,自取其辱。快些叫他进去罢。"又对康吉道:"你若见机而作,好好即行走出此房。你若将来能觳痛改前非,俟你可以造就之日,方可荐你一正经事务,少为度活。从此以后,你休来见我。"其时罗巴夫人已携其女进房去了,且乘机唤令侍人前来。侍者数人进来,将身蔽塞门楣之间,而康吉已立起身来,直站于罗巴之前。罗巴此时看见更有佣人进来,胆更放大了,自己以为得意,复向康吉说道:"你出去否? 或等佣人来逐你否?"康吉忽然改色,雄纠纠气昂昂高声说道:"吾父母在九泉之下,其亦知孤儿如此受凌辱逼抑乎? 我亦不屑再求你了,日久自有报应,你自作自受罢了。"说毕,转身便走,向佣人等挥手道:"你们这厮,快些避开罢。"佣人皆退后缩步,不敢阻挡。康吉大踏步上前,达穿堂而径出门外。

既出门外,仰看房宇。但康吉衣服虽蓝缕,面目虽黄瘦,而身体壮健,态度魁梧,相貌堂堂,威风凛凛,实非常人可及。罗巴倘观其举动,不以寻常目之,现在亦不会如此奚落他了。但细思他如此形状,正还要惧怕他哩。其时康吉抢步前行,舍大路而入巨城之路,转湾步走,半时许,已至僻巷小当店傍门之前。盖各店家既有中间店门,又有傍门,为家眷出入之私门也。康吉到了门前叫门,内有一小童来开门迎进,引导登楼。到第二层楼上,入后房一间,见四密正坐在火炉傍边,桌上明晃晃点着腊烛两枝,口中含着吕宋烟一条,独自一个手抹纸牌为消遣计。见康吉来,起身迎候道:"希尼消息如何了?"康吉道:"罗巴不肯吐实,是以未得实在消息。"四密道:"兄其舍此弟乎,还是作何计较?"康吉道:"我誓不肯舍我之弟,但为今之计,全仗兄台大才区画,用计夺归,别无所望了。"四密道:"咳,早知如此,我非不能作事。今既承兄台托我,只得竭力图谋。前已相告,我与线役杀白本有交识,日前亦曾看见他过,想来此事伊必略知一二。倘托其赶紧踪迹,访得兄台爱弟,有何不可? 但须答应他从丰酬劳,则又何信息不可求得之理呢?"康吉道:"我身边尚存钱票一百金,其金一半本属吾弟应得分的,今我弟不知去向,其钱又何用处?我将全行付兄,于此役为用度之费呢。金钱在此,请兄先纳其半,若果……"康吉话未说完,觉得浑身战战竞竞,不能再说,只得不作声了。四密随将钞票等挟入腰袋内道:"你且安心,我总可设法觅一实在消息。"说罢去了。

且说四密却不食言,径诣线役杀白处探问希尼消息。无如杀白所得辨撒处之贿赂已属不少,故不肯将实在情形走漏露出风声。惟应许四密走探问讯,或能得希尼之亲笔信一封,以示其兄,似亦可以报命,酬谢之金,亦不过十磅而已。四密因将此言告知康吉,在康吉心中躁急,只要得其弟之音耗,稍可安慰,故闻此言,亦以为然,当下答应了。心中七上八下,十分悬望。歇了七日,杀白有一封书信传于四密。四密接了此信,忙来康吉处,与康吉拆看。康吉得了此信,急急的拆开,只见上面写道:

辱弟希尼奉书于爱兄康吉手足:弟在此传闻哥哥欲探得小弟消息,同旋乡里。弟闻之,故执笔以从事,尚祈哥哥鉴察。小弟现在新来下处,蒙恩人收留,舒安快乐,无出其右。实在自母亲故后,其各色饮食起居所不能比喻,真为耽乐之地,故请哥哥断不可以小弟在念。因小弟实不愿复与哥哥同居,故哥哥亦不必费心动劳,查问情形也。倘使小弟未得避难至此,则受尽苦楚,未知伊于胡底矣。收养我之施主先生,我尚未知其名姓。总而言之,伊谓哥哥如肯安分守己,良善度日,伊亦可加以慰问。然其意以为哥哥不如改悔自新,于叔父罗巴前好好谢罪,则叔父亦必加恩惠体恤矣。兹于封内,附寄银纸二十金之数,系出自施主之意,因施主云哥哥若不多加谮讪,即银亦可多送些。至小弟每逢礼拜日,无不亲诣往会堂祈祝祷告,并祈福于天,请保佑哥哥自作好事,无不如志。再者小弟现已得一小马,骏美非常,毛片可爱,尾巴之长几可至地,大有可观矣。再弟在此,万望兄长不可再行踪迹小弟。若弟再重偕哥哥同居受苦,势必至于苦死矣。今所遇施主慈爱备至,教养兼施,实小弟之重生父母,再长爹娘也。再此信系小弟自出主意,并无人指使逼勒写的。书不尽言,伏祈垂照不宣。

看官,你想康吉向来一意抚养其弟,甚为心切希尼,实因遵故母临终之嘱,以尽自己爱弟之心而已。故朝夕所虑,惟此一弟。乃今接得希尼亲笔来书,竟是如此说法,不但有离异之意,亦多有怨怼之词。起初以为其弟希尼为人指使，或为人诓骗，今见他之信，文法不甚贯，字句亦多错落，已可知是希尼自家所写的了。况笔迹亦认得出，翻来覆去，看他书中大略，以为我若同了阿兄在一处，必定要苦死；若在此间，不但起居饮食，件件华美，且颐指气使，甚为舒服。非惟不要其兄找寻他的踪迹，且似乎从此分别，可以无须会晤。总而言之，希尼年纪幼稚，易于笼络，况前在旷野公田中，受此雷雨大难，苦楚已极。今能安闲居住，且有人极其爱恤，竭力保养，更有心爱小马一匹，日日可以乘骑，或遨游旷野，或驰骋郊原，食则品列多珍，饮则醇醪适口，凡为小儿者，岂有不乐于从事，遑问其他？而在康吉，既见此信，目绽口呆，耳鸣手颤，心如刀割，背如芒刺，忽忽如有所失，一阵心酸，泪如雨下。一面将手拭面，一面心中想道："我弟休矣，而今而后，我心可以灰矣。吾弟既自以为得所，而不必复为找寻，但我兄弟二人，天长地久，遽尔分离永诀，实出于平生意料之外。"又想："行此反间计，究系何人？是否罗巴父子之所为，抑亦别有一人设计？"左思右想，莫测其故。欲找到四密，再托其查问原由，又不知伊何处去了。低头摸耳，搔首踟蹰，灯下拟成一稿，欲托四密访明地址，即好写此信寄复伊弟，心存感动，看伊弟能否回心转意，实在一片苦心。是晚，康吉独自一个在房内踱来踱去，连饮食皆不能进，口中干燥无味，抑郁无聊，坐立不安。且将自己所拟之信稿，翻来覆去，观看数遍，并加改削数字，总觉未能畅所欲言，措辞似未能达意，嗣传其书略云：

顷阅吾弟来书，不胜怅惘。始而疑异，继而凄怆，终于愤懑。倘吾弟具有天良，必不如此设心，亦必不如此谬妄。循诵再三，目眩神移，心伤手颤。盖背伦蔑义，莫此为甚矣。想我弟兄二人，生长名门，豪华共眩。不幸严亲好驰骏马，跳栅身亡，继而慈亲孤苦无依，每以吾弟兄二人不克成立，雪耻报仇为憾。因抑郁而成疾，因疾剧而身亡。旅馆凄凉，只余弱弟。惟时兄佣书异地，以致抱恨终天，清夜思之，泪如泉涌。惟是母亲临终，每以吾弟年少无知，且又娇养为念。兄虽未能面承遗命，然此中情形，寓主、旁人皆能传之娓娓，吾弟犹能忆及否耶？嗣吾弟寄食磨敦舅氏家中，又为舅母不容，幸兄间道来访消息，邂逅相逢，石廊絮语，流离转徙，受尽苦辛。前兄寄食得莫马坊，以吾弟年幼识迂，是以安顿寓所，非兄故为幽拘也。嗣与吾弟仓皇出走，踯躅歧途，误入公田，同遭雷雨。尔时吾弟不省人事，在兄肝肠寸裂，惨目伤心。古人尚云："患难之交不可忘。"矧在患难之手足乎？乃吾

123

弟中道被拐,受人之愚,岂不知币重言甘之为诱乎? 书不尽言,尚希采纳。倘垂念骨肉亲情,速为部署,重图团聚,诸惟心照,不尽欲言。

至此信将来寄与不寄,尚未可知。因尚有新奇小说开场,一枝笔不能叙得两边事。且看下卷所谈,便知端的。

昕夕闲谈三卷

第一节　聚友朋良宵开夜宴　吟诗句雅馆说风情

却说法国京城巴里士弗坡街[1]内有馆一所,馆外盖造,整饰得华丽非常。门外挂一铜牌,上镌"英人络弗"[2]字样。上楼穿堂,望见有二门,一门内则大堂一所,一门外写"络弗先生帐房,自晨九点钟至下午四点钟开门视事"云。看官,你道此是何处地方? 原来是老相识加的所开者,另取别名为络弗也。开张已有六月,专聚男女各客,以排晏歌舞为名,以媒妁设诈为实。至馆聚会者多败家之子,希图骗娶富户的,内又有出身微贱,积银有余的,亦藉为举荐结交之计。旁人相传,六月以来,藉在馆内结婚者,约略计之,已有八九家。且风传所结婚者,伉俪既属钟情,倡随亦甚好合,而所得妻财亦皆不赀。惟内有一家,则婚姻大为不祥,红丝既结,而青镜乍分耳。盖因年岁大不相符,所谓老妇得其士夫也。新妇年届六旬,新郎年甫三七,结褵未满一月,鸾凤业已分飞。且新郎系投河自尽,西人谓新妇为脱累[3],盖寡妇的了。此妇经再见诸络弗馆内,故不算为络弗损名之事的。

络弗行此事业,所以能较胜于别人,是何故呢? 盖因络弗为人聪慧灵便,说话畅快,态度阔充,身体肥胖,且创设排筵会客之法,是以各人便于聚合,较为乐从。每逢一礼拜,总要设公筵两次,相率为常,呼卢喝雉,行令猜枚。席散后,或博弈,或歌舞,赏心悦目,抚掌点头,总要尽欢而散哩。或有人讥评结婚之不是的,又有人喜欢至馆为消遣计的。且开馆虽以结婚为意,而席间男女杂坐,倾谈者仍属雅静,并非无礼喧哗。其订约婚姻,皆络弗从中暗为引诱指导的。

---

[1]　巴里士,今通译巴黎(Paris)。书中也译作"巴里司"。弗坡街,原文为 Quartier in Paris,即巴黎某社区。

[2]　络弗,原文为 Love,今通译勒夫,是加的(Gawtrey)的化名。

[3]　脱累,原文为 the lady had been delivered,已经离婚的女士。

一日晚八点钟,又当排晏〔1〕,络弗为首席,环坐客人七个。内有一中年人名古柏〔2〕,系贩杂货为业的,须发紫红,紧裤黑褂,胸前露出雪白似的白衫、领带,均齐整可观。古柏身傍坐一中年妇人,年约三十余岁,身虽瘠瘦,而态度甚为静默,称为亚德姑娘,系在爵位尊大之英家作女师的,闻积蓄不少,坐拥厚赀。但姑娘面带忧色,且以先世曾为尊位作为话柄。古柏听了,妆出恭敬模样,且和声温语,与之谈论。亚德姑娘相为接谈,回头俯首,手中抚弄怀内鲜花,颇有含羞畏缩之态。亚德姑娘隔座坐一坡罗国〔3〕人,身材壮伟,相貌堂堂,衣裳楚楚,知其名为俊何,席间所谈,辄以本国被俄罗斯等国兴兵征服、分兼并吞为憾。隔座一妇,原籍英国人,在法国年久,开一教言之校,以供英人学法国语言为业。身材苗条,态度艳丽,传闻与俄国贵胄曾有交情,俄人死后而遗赀不少。传其历年所积蓄者,不下千万之数,皆称他为帛富太太。席之对面一英人,头发焦红,而说法国话断间不连,计其产银,有两千金之数。曾闻得法女最爱红发,痴心似中其意,因起心图娶一妇,而得倍蓰之利。至所积之银,莫有知其来历,但知其名为系金而已。傍坐一法汉,身高骨阔,鼻直睛蓝,胸前垂有红丝一条,传云系从法皇纳坡伦出师而所得功牌,以示赏赍之物耳。又坐系金左首一妖娆妇人,眉目美艳,行动风流,只是马齿稍长,仍然狐媚偏工,其名称为加马。其妇管理造作甜货大厂,出嫁已有年矣。其丈夫出贾至法海岛,计已四年有余,音信杳然,相传业经物故。或有暗称此妇云,再醮何妨呢?在此妇之左,络弗之右,坐在首宾之位者系一法国人。查此人实有袭世爵之衔的,称为福门子,身材矮小,面有麻痕,装扮虽属鲜华,且欲显风流态度。然旁人观之,若不知他有爵位的,则必为粗笨俗物,并非尊贵气象。且其人滥交无度,产业都花销完了,世家堕落,而尚恃为己有身分,摆架子要人看得起他呢。娶妻英妇,已因难产已故,所生一子,年已十八岁了,而福门子起意复欲续弦,因思藉得妇嫁赀,以冀挽回家业,拯援苦况。故意在人前秘其实在年纪,自己扬言只得三十岁。无奈其子已十八岁了,恐瞒不过,故使其子常常居住英国,或者不被人识破呢。席之下首与络弗对面坐者,系其伙计,名曰白尼,面孔黄瘦,衣服平常,但甚为寡言,席中不曾说话。无如络弗主人

〔1〕 排晏,即摆宴席。
〔2〕 古柏,原文为 Monsieur Goupille,今通译蒙森·库柏。文中也译作"古百"。
〔3〕 坡罗国,原文为 Pole,即波兰。

身材肥壮,肩膀阔大,虽三客并坐,尚不能如他一人地位,所占席面已不少了。看他怎生打扮?身穿之衣裳既为润黑,将丝绒之领带高结胸前,露出白衫,钩以金钮三枚,其光灿然。席中主宾,计皆如是而已。

话休絮聒,却说络弗丢个眼色,向加马妇人道:"席间饮馔粗陈,并无佳肴旨酒,我等孤鳏之辈,实在难以张罗。惟望诸位芳卿,不以鄙嫌为幸。"那妇人俏语低声的答道:"然则络弗先生何为而必欲鳏居呢?引诱别人做媒,自己倒不想结婚吗?真是先公后私的好人哩。"络弗点头道:"婚姻大事,不可着忙。且为人谋尚且不暇,岂可自图适意快乐呢?"正在说笑之间,忽听得轰的一声,正如爆竹燃着声音,那知古柏先生同亚德姑娘互相拉断一爆裹[1]。看官,你道爆裹是何等样的物件?原来西人设席,以此物摆列桌上者,外面裹饰得华美可观,内中尽包裹些糠粞之类,外面则以诗文裹之。两头各设一纸柄,男女二人,各执一头而相拉扯,裹中一断,有轰然声响,而其中所藏之物皆露焉。盖为席上笑谈之一助也。其时亚德笑盈盈的叫道:"诗篇在我手了。"又看其半截,咤异道:"不是的了,在先生手中得的了。咳,我的运气常常如是的。"古柏拿手将纸圈解开,慢慢的查看,无如印文之字甚细,须得戴了眼镜才看得出,又恐戴了眼镜显出老年的形象来了,想了一想,只得眯晒了两眼,往下瞅着诗句,慢慢的念道:

有美一人兮,在山之阿。有郎遐思兮,若隔银河。若隔银河兮,牵牛织女。一年一度兮,徒唤奈何。唤奈何兮,可人不至。可人不至兮,安可蹉跎?永夕朝兮永今夕,愿偕永好兮,何必涕泗而滂沱?

古柏正在点头摸耳的念时,亚德在旁边偷看其词,说道:"实在一首绝妙好辞,那得不令人心醉呢。"古柏听了,连忙下一大礼,将诗篇送在亚德面前道:"敢献姑娘。"遂恭恭敬敬,双手放在果盘上一堆残核壳内。亚德姑娘将手拿起这首诗,又看了一遍,低头俯耳的道:"此意实在投机。"正说之间,古柏却不自在起来,将手乱摸,按挲头颅假发。络弗看见,即在桌下用脚暗踢,以手指自己之头上秃处,又以手近己鼻,向古柏丢个眼色。古百伶俐,点头会意,即以手按其发,向亚德说道:"姑娘,你糖物爱吃否?你如其爱

---

〔1〕 爆裹,原文为 bon-bon cracker,即彩包爆竹,一种装有糖果、小饰物、箴言等的小礼包。

吃,我有极甜美之糖藏存家中,将来与你吃罢。"亚德听了,叹口气道:"咳,说起糖物,不免追忆从前的事了。我记得幼时祖母最疼爱我,将我抱在膝上,与我糖吃。并告知我道,我家在法乱时甚为惊慌,所幸者身首〔未〕异处耳。想我祖母已经亡故,其父则有侯爵之封,未知古柏先生曾经闻之否?"古柏想了一想,实在不能懂这话头,刚才说及糖物,何以伊提起身首异处及封侯等言语,真真所谓牛头不对马嘴了。其时坡罗士人俊何,自从席上吃大烧〔1〕以后,总是不发一言。帛富太太问道:"俊何先生莫非有心事否?何以不开言笑呢? 或者心中有悲悯之意,不妨谈谈心曲。"俊何答道:"娘娘,我等远适异国,亡居他乡,焉有不垂念家园而兴怀故国呢? 实在自顾一身,亡居可悯耳。"络弗嗤的一声笑道:"呸,今现有美妇当前,难道还算亡居之人么?"俊何将手抿着嘴,嘻嘻的笑。帛富太太乃以爆裹献在他面前,叫俊何来拉。俊何叹道:"咳,也罢,我且试拉此爆,暂解我思乡之情呢。"说罢将爆裹拉将起来,与帛富对扯,扑脱一声,就扯断了。那妇人打开诗摺,莺声燕语的诵道:

　　离别最销魂,好难听,雨晦鸡鸣。更难见,马足车尘。有日影云影,有铃声柝声。十里短长亭,可怜一别到如今。眼儿里望穿书和信,谁知道郎有个可人儿在伦敦。妾望郎兮早早定归程,切莫在伦敦,尽尽日敦伦。

　　念毕,笑声道:"好。"惟俊何听了,觉得闷沉沉的。"噫,坡罗国不知几时才得到呢?"帛富妇人恶其毫无情趣,总似乎想念家乡,思回故国,因拂袖作不怿之状,回头作色,向红发之系金问道:"先生,你亦思念故国么? 你是否这等人吗?"系金答道:"娘子,非是这样说的。我等所念皆巾帼美妇人而已,岂有别念在心呢?"加马小妇在傍问道:"只是如何说法?"道犹未了,旁又一人高声叫道:"系金先生要进绣房了,这等念头我是识得的嚄。"络弗听了,把头点点道:"果然,果然是了,英人无不爱娇媚的。况有他的美发,格外有人中意。大凡女人要得一痴情合式之丈夫,我劝他不如择一金色头发之男人。"又回转头,向亚德笑道:"姑娘,你道意下如何?"亚德妆作怕羞的样子,暗窥古柏的假发道:"我所喜欢的,淡淡的颜色呢。犹忆我家祖母曾说过的,道伊父某侯常以黄粉敷搽其发,以为妆饰。如此说来,想必为非常

────────────────

〔1〕　大烧,原文为 rote,法国烤肉。

之好看了。"古柏听了,嘻嘻的笑将起来。惟笑的样式不同,因仅将右边之口掀开嘴唇,那知他的左边牙齿既多不齐,而又缺缝的,一面笑,一面向亚德道:"想必以金而且红的颜色,为顶好看吗?"亚德听了此言,装作不快活的样子来。不知怎生对答,且俟下回续谈。

第二节　演戏计成俦侣乐　谈心畅叙倡随情

却说亚德姑娘此时叉手向古柏道:"恐先生的心与民主国为党也。"古柏因寻思了一晌,暗想道:"金黄颜色之发与民主国之党一语,实为不相干涉。"与亚德对道:"非也,吾为复王之党人[1]也。"络弗伸手于福门子身上,先献酒于加马少妇,劝饮道:"你且饮干此杯。"忽见高胸之法国人愤愤的向古柏道:"你岂党于复王者乎? 噫,我反为民主者。"络弗道:"国事且不必谈,请诸客劳动,至坐堂内叙叙如何?"福门子此时觉得厌烦,起身捻住络弗之袖,附耳低言道:"大概一等之人不与同班,何以就事呢?"络弗答福门子道:"嗳,是何言欤? 即下欲得一公爵寡妇夫人,我力尚可张罗,不过酬谢银多些。即如现在席上而论,则亚德姑娘其谱系自上古朝代加罗未尼安[2]所传下的。"福门子作色道:"呸,此作俑之类也。然则究竟多少资财?"络弗伸手作数道:"有弗兰银[3]四万。"又俯耳咂舌道:"且闻他疾病身弱,将不久于世哩。"又道:"但亚德姑娘最爱恋身长的人哩。而古柏身材……"此句话未曾说完,福门子抖身作怒容,断住此话道:"身高则态度未必便不佳。"适值络弗见坡罗人俊何,双手叉靠在胸前作叹息之状,而旁边帛富太太孤立无人代为扶引,只得趋上前来,作礼伸臂扶引。两人甫达叙堂,络弗乃道:"太太不可计较,然则该坡罗好汉,似太太亦不体谅,而善为引诱呢。"帛富太太拂袖举肩,叹口气道:"咳,可恨其人惟一意呢。总说废国等语,实讨人厌,至于如此之甚耶?"络弗道:"诚哉是言也。然则人孰无心疾,倒底念国于痴先念情有别,岂不较易于处治耶? 且看他态度魁伟,如与太太两人为偶,实为天下无双之伉俪呢。我且请太太稍顺其情,以冀成

---

〔1〕　复王之党人,原文为 Restoration,即保皇党人。
〔2〕　加罗未尼安,原文为 Carlovingians,今通译卡洛林王朝,法兰克王朝之一。公元751年,法兰克王国宫相查理·马特之子矮子丕平在罗马教皇和法兰克贵族的支持下,废墨洛温王,自立为王,建立卡洛林王朝。
〔3〕　弗兰银,原文为 francs,今通译法郎。

一佳美之事呢。"

正在说时,只见侍者来通知道:"气劳夫妇来了。"遂看见男女二人,身材绰约,冉冉而来,笑容可掬。看官,你道此二人是何来头?乃是两月前在弗坡街络弗馆内成婚的,伉俪甚笃,邻里称为佳偶,因婚事已了,无故欲再到络弗馆聚聚。在络弗以为此事系在他馆内成全之美事,故于聚客饮馔既毕,每请来馆内与诸客交接,聚晤笑乐,以为饵诱人之好法呢。此际络弗上前伸手,欣然向大众道:"此我爱友也,每承不弃,来小馆谈谈,不胜欣喜。"又转身说道:"众位闺士,你看他夫妇二人,为天下之佳偶,皆是我馆作成的。我在此不能立别项功劳,只算此事我做得最得意的。所谓'君子成人之美'呢。众位且属目于佳偶,细细较量。"气劳丈夫笑指其妇而说道:"福气我实不小,惟恐当不起呢。"其妇笑盈盈的,喃喃道:"好丈夫。"于是两人联臂而坐。

原来络弗于行是业,每欲设法使诸客赏心娱目,不拘礼节,若一拘泥,反多约束不畅快了。故凡所有游戏顽耍之法,无不具备的,今与诸人商议耍法,寻为鞋戏。看官,你道何谓鞋戏?其法盖因使各客接肩环坐,内放鞋一只,在诸客之间传递暗藏。又令一客遍次猜觅,如捏着一客果在身边,则令坐客为觅客,而先觅着之人轮为坐客也。其顽法大抵于过年时宗族团圆时,为幼辈取乐之法,或族内之长者亦在坐,高兴同时快乐。其戏惟粗,此外亦无所行。且说众人听见络弗欲行寻鞋戏之法,大家欢喜,无不应允。惟亚德姑娘佯作不肯,暗与古柏道:"络弗为人实在古怪,不与他人同类。使我先祖母有前知,将有族内之人同为此戏,则必大为羞怒的了。"坡罗国人及福门子亦妆为不允之状。于是诸客随意以就坐,福门子拣择了座头,于亚德姑娘正对面,作情趋丢送眼色道:"此类乡里粗顽之戏,我看姑娘之意,似以为不屑为之事呢。"亚德姑娘柔声下气的对道:"先生,妾固以戏为非,亦不可为了妾不欲此戏,使众位都不高兴,被我窒碍住了。"古百听了,说道:"舍自己而为人谋,实好心也。"亚德道:"此意系先祖母之父为侯爵,曾创训以行之,我族内未有不遵其训呢。"于是加马少妇笑盈盈向众人道:"且开戏,且开戏,我且献鞋哩。"帛富太太见坡罗人俊何尚立在彼,因向他道:"且请坐,贵国坡罗岂不行此戏乎?"俊何叹口气道:"太太,我国坡罗岂复有此国呢?"又憾然作色道:"然则坡罗遗勇,尚藏其剑。"言未毕,络弗用手狠力,用手夹置坡罗人两肩,按住他使坐,而笑道:"此处用不着剑。"于是从事于寻鞋的诸人甚为笑乐。帛富太太嬉笑戏谑之间,将鞋重拍坡罗人,扑扑有声。络弗与加马哈哈大笑,均喜不自禁。气劳丈夫每以鞋为气劳妇所藏匿,每乘机向其妇索寻,共取顽笑。福门子及古柏两人,亦每在亚德身边访觅,亚德虽身体柔弱,亦以大力相为捍御。古柏见了,未免心生醋意,妒其争情,不觉怒从心上起,因向福门子道:"你想缠扰亚德姑娘吗?"福门子亦怒道:"你欺人太甚呢。"于是身高之法人亦起身道:"我为副可哩,与你相帮可呢。"于是时络弗趋前劝和,笑道:"若争一鞋而致有争命之事乎?不可,不可,不如请换戏法。我想不如众位演瞎汉戏〔1〕何如?"

看官,你道何谓瞎汉戏?原来使一人将布一条缚住两眼,使其遍摸诸人。如摸着一客,使其被摸之人缚布换摸诸人,并须猜其名,口中云是何人,方为取胜之道。故西人之幻戏,不为寻鞋即为瞎汉,其戏虽然粗鄙,然却最喜作此戏法。当时加马少妇笑嘻嘻拍手喊道:"好,好,且与我先作瞎客。"于是众客先将房内桌椅、抬凳均移置旁边空阔处,俾得转旋便当。歇了一会,加马少妇自将手巾一块,令侍者将两眼缚了,扎的紧紧,他伸开两手,周围去摸。众客扭头低声,捏手捏脚的躲避,有摇手的,有跌足的,有闷住鼻子忍笑的,有故意将帕子拂在他身上的,一时乱哄哄的跑个不住。其时帛富太太见坡罗人已近加马少妇面前,乘势从背后将他一推,竟将坡罗大汉推在他左臂边。少妇以手摸着坡罗人面上,觉得高大,以为是身高之法人也,众人哄堂大笑他错认了人。及至解去手巾一看,乃坡罗人也。帛富太太嘻嘻的笑道:"幸而如是,方得快活。此后想可解释前之悲悯耶?"俊何又叹口气道:"咳,太太有所不知,国困家亡,至产业皆被俄罗国皇〔2〕充公,时势如是,叫我如何能展目快乐呢?坡罗国如此溃散,民不聊生,竟不能出一普德士〔3〕之人,能不悲乎?"看官,你道何谓普德士?盖按罗马国史所记载,普德士者,乃为国仗义扶困之人也。

其时主人络弗上前拍其肩,笑道:"子如是叹息不已,想必此心实有所系念呢?"时副主人白尼站在旁边,俊何俯耳向他诘问道:"帛富太太有万金之产业,真有的呢,还是讹言呢?我尚不能十分征信嚯。"白尼点头会意的答道:"真的传说万金,一毫不少呢。"于是坡罗人俊何暗暗寻思了一会,既

〔1〕 瞎汉戏,即摸瞎子游戏。
〔2〕 俄罗国皇,原文为 the Emperor of Russia,即俄罗斯皇帝、俄国沙皇。
〔3〕 普德士,原文为 Brutus,今通译布鲁图(公元前85—前42),罗马贵族派政治家,是刺杀凯撒的立谋者。后逃往希腊,集结军队对抗安东尼、屋大维联军,后因战败自杀。

而丢个眼色与帛富太太道:"我现在仔细一想,承太太劝慰,虽为国因逆境所迫,听了太太一番婉言善谕,心中之悲悯正不觉冰消露释了呢。"帛富太太将手中所持之扇拍了俊何一下,并拍着自己的手,振振有声,且带着笑容说道:"这话是真的么? 我恐怕是面谀之辞,口不应心呢。"

此时瞎汉戏甚为热闹,左旋右转,你推我让,捉摸不定。瞎者仍旧为加马少妇,又开十指,拍着两手,遍处寻觅,势若忘其为瞎眼者。前后左右,手之舞之,足之蹈之,亦不怕磕磕,到处捉摸,心灵手敏,捷速无比,真个是满堂哄然,阖室哗然。而坡罗人俊何格外要显出本领,装出灵便的样子来,以故跑来跳去,几乎片刻无暇。其意要使帛富太太欢喜,倘动了他的心,从此便可成事了。况帛富太太说他恐怕前言是假,口不应心,故尔格外作快活的样子,显出自己的身分来。众人看了,明知其意,亦不可说破。至于络弗,更是老在行了,巴不得作成几个人,好在他馆内热闹热闹,生意(更)〔格〕外兴隆呢。在帛富太太心中,亦是知趣,不肯说破,亦不便说呢。摸了一会,究竟坡罗士人俊何旧性不改,因避来避去,磕头碰脚,常常以手挥汗,并捧住额上道:"如此摸法,实在困惫已甚。我想昔日从军于俄罗斯,于苦战酣斗时,亦不过如此辛苦。今以此较之,不禁追忆及之呢。"此时众客大家欢笑快活,异常热闹,几至笑声达于户外。

正在热闹之时,只见房门忽开,侍者引进一少年客人,身著长袍,四顾如寻访人之状。络弗慌忙上前,见了此客,把他上下周身一看,"哎呀"了一声,上前向此人道:"甚风吹得到此? 何以竟来此地吗? 我却甚为可幸了。"那客人亦将屋内周围一看,作惊异的样子道:"我恐误入于此地呢。我所访者系是加的先生。"络弗不等他说完,即便说道:"是也,络弗即是我呢。请问我之老友克勒,现在景况何如? 想阁下系是他嘱来寻访我的,请坐,请坐。"又附耳低声向此人道:"吾兄不必声扬,可默而识之。"又转身向众人道:"众位闺士,今幸得加一佳客矣。身材壮伟,约六尺丈夫,且年纪甚轻,仪表俊雅,又未娶亲。"又向此客问道:"何日到此地的?"那客答道:"今日方到。"看官,你道来者何人? 请猜一猜,真是意想不到的。究竟是谁,且等下次续谈。

第三节　诉穷途壮士灰心　留嘉宾侠客仗义

却说络弗看见外来少年客人,十分诧异。你道是谁? 原来却是康吉。

盖康吉所寻之加的先生,就是络弗。

且说诸客既散,加的、康吉两人分宾主对坐,加的曰:"可怜,可怜。吾小友所历之境,真正令人叹息。夫贫穷之家,苟能糊口,即可处之泰然。若由富而至于贫,复加以骄傲之念未能尽除,则步步皆是荆棘,苦莫大焉。譬如人坐一圈椅,自然舒服,忽来一人,推之堕地而占其座位,则被逐者之心中如何得过? 小官之事,即类乎此了。"又曰:"据君所言,则自接令弟之书后,乃自投于该斯密士[1]乎?"康吉曰:"非也。我既倾囊以付之,彼复以银钱数枚掷入我手内。我当此茫茫前路,不知何往,惟向郊野而行。至晚月色皎洁,清辉在天,忽见一乞人立于路旁篱笆之下,态度龙钟,衣服蓝缕,困苦异常,面有饥饿之色。我见之中心恻然,即分银钱两枚与之,且扶之同行,送至小客店内住宿。乞者既进店门,转身祝福于我。不知何故,我闻祝词,忽觉心中开展,暗里寻思,其先以为自己流落太甚,谁知尚能济人。况此人年已衰迈,我犹身强力壮,岂不高出此人数倍? 如此一想,便觉精神振作,洋洋向前而行,无复先时忧愁之况。半夜无店可投,只得避入林内而宿,辗转未寐,自念年轻,大可作为,何忧之有? 及至天明日出,蓬然睡醒,见吾弟不在身傍,又觉千愁万绪,陡上心来。后数日,无可如何,只得与庄家从事。无奈庄家甚为刻薄,一日因事竟欲打我,我遂谢绝此事,另作他图。盖我素心虽可勤业,然不耐受人驱遣。惟是时值冬候,暧,雨雪载途,严寒切骨,陡觉宇宙虽宽,几无容足之处。至此后三月所历,其如何度日之况,述之令仁兄凄然不乐,我亦含羞难于启齿。游来游去,行至伦敦,未到以前,已经忍饥两日,饼片未曾下咽,饥肠雷鸣,万难禁受。因忆仁兄昔日曾说有事难见访之言,故特走投宇下。"

加的曰:"然则何不早萌此念?"康吉面涨通红,曰:"谚云:'沾恩而心为恩主所导。'惟素昧平生,不知根底,未识恩主欲导以何道? 以故思之,畏缩不前尔。老兄且莫怪其言为幸。"当下加的讽刺之意与悲悯之容兼形于色,曰:"观小友所言,则惧饿之心甚于惧我?"康吉对曰:"此或惧饿所致,连二日不曾进食。身站于忽鸣士大桥[2]上,桥左则为英国政治大议院[3]与其

---

[1] 斯密士,原文为 Smith,即前译四密将军。

[2] 忽鸣士大桥,即西敏寺大桥,也称威斯敏斯特(Westminster)大桥。

[3] 原文为 the palace of a head of the church,即教会主教宫殿,指兰贝斯宫(Lambeth Palace),是坎特伯雷大主教在伦敦的居所。译文中未提及,而代之以英国政治大议院,即英国议会大厦。

凌霄高塔,雕饬辉煌,壁立万仞。议院左有忽鸣士大千年教堂〔1〕,轮奂苍翠,内奉历代已故文武名人之位。时已薄暮昏暗,内尚可辩认。而北风懔烈,砭人肌骨,内饥外冷,自觉身体瘁弱,几乎站立不住。即倚靠桥边石栏,俯视水面。但见四面灯火照彻水底,真如万点寒星,光芒射目。正徘徊间,忽转身见一跛脚之人立于桥上,伸手乞钱于过客,吾心内忽自思曰:'此人不知羞耻,而可有求于人,其势不犹胜于我束手待毙?'一转念间,不觉效法其人,向行客而伸手乞讨。忽耳闻自己乞救之声,陡觉心惊,无所措置。"

加的闻康吉述至此处,捡煤一块,加于火炉之内。复将身上衣服整整,于轩内举目四顾,如自夸其安乐之状。而问曰:"该客见小友情状,其意如何?"康吉曰:"客人怒容满面,骂曰:'何物少年,不知羞耻,至于如是!我必将你交于巡捕也。'客人既过,吾于背后一见,则伯叔罗巴仆人之号衣,盖向所求者非他,实叔父之侍人也。又见其过桥上之马路,跂足以行,恐其光鞋为泥土所污。吾见之恨气冲心,如得狂疾,自谓曰:'已矣,尚有一友人,好歹我投之,再说可也。'幸老兄昔日所写之革勒居处,尚存于我身上,当即诣之,告以欲访老兄之故。革勒闻说老兄之名,即深加慰恤,解衣推食,情意极为优渥。临行又厚赠川资,使我附船搭车,俾得至此。今既承老兄收录,弟虽于世事经历未深,少所知识,然自问赋性峭直,或尚不至荒唐耳。至于老兄之行径,虽知者绝少,然貌慈心善,恻怛过人,弟昔日已经深悉了。"

加的改口曰:"吾弟之意,我已测矣。然欲访知我来历细底及作何行业,此时不便罄说。吾弟既知其大概,则我平日所行,虽不谨遵法度,亦尚非全恶之人也。交际之间,不设局赌骗友人,我断不行,杀友而谓雪辱尊名,亦断不为。至若谈人闺阃,自诩风流,则尤不忍出此。"加的说至此句,双目微闭,如有悔恨之状。继又快然曰:"吾与人争业则有之,然实非如吾弟所疑。盖既不为骗棍,又非行同盗贼,若说争业不由正道,则举凡天下求胜之人,亦何殊于此也?吾弟心清欲寡,志气不凡,但望同居,与我亲近,若闻有蜚语,只可置之不理而已。今吾此处之业,谋食已大可有余,至吾实在姓名及从前来历,此方之人一概不知。盖巴里士京内吾虽经过数事,然亦在京内别处。"又变笑曰:"敢问吾弟,吾今日之妆束,岂不大妙?"又以手自扪其额,笑而言曰:"看此阔额高颡,古貌照人,岂非尚义之士乎?"于是加的复正襟敛容而言曰:"我行之道,僻则僻矣。比如有父子两人,父则风流自

---

〔1〕 忽鸣士大千年教堂,即西敏寺(Westminster Abbey),伦敦威斯敏斯特大教堂。

赏,跌宕不群,而与其及笄之子说曰,父即弗成仙,未必子因而成奸也。是以吾弟虽居此间,未必亦行此道。总之,若是依我,未必至于有玷大名,即如莲花,虽出于泥中,待至花开叶茂之时,亭亭玉立,何尝有些子沾污?吾弟之事,有似乎此,我故以为无玷于弟也。凡此皆是直言,今日酌情度势,想吾弟既处此进退两难、无可奈何之境,除在吾处暂作勾留,量亦别无他法。"康吉见加的言词真实,句句从腑肺中流出,毫无一点虚伪之意,不觉心中十分感激。加的又笑而言曰:"总之我一生之事,有如村塾内逃学之顽童,专以撒赖顽皮为乐。遇有限于艰难之事,我一定设法争脱,必成而后已。吾弟亦欲试行其道么?"康吉闻此番议论,愈觉心感,即伸手与加的为礼。加的紧携其手,引至隔轩,内中有小房一间,四壁俱用精纸裱糊,收拾得十分整齐雅洁,半点灰尘都寻不出来。当下加的曰:"吾弟即在此间下榻,可还好么?"说毕,匆匆辞别而去。

自此以后,康吉在此安心度日。一日闲坐,忽回忆向日经历之境,颇觉新奇,今日安坐而食,觉得万念都消。可见居安忘危,是人所不能免的。既又相加的英气逼人,即其势焰之甚,气概之雄,旁人往往为之慑服,所谓身力、心力二者俱备。其素性开张,多侈然自得于外,然有时欢笑之余,亦复似有所恨。然其学问亦颇渊博,即偶与文人持论,亦可与之相垺,可见本事是不易及的。夫康吉初遇加的于马车之上,心内已是归服,继又旁闻坟场内父子之言,更以为异。后于私逃王法之际,被加的一片热心,救之慰之,所以康吉心心念念,感不能忘也。康吉此时竟深服加的,以为除了此人,世上再想交结者样〔1〕朋友是不易得的。盖康吉当逃难之时,被加的所救,两人曾经畅谈两夜,当日之言已深入康吉心里。

你道者是〔2〕什么缘故?因加的态度轩昂,举动爽利,而讽言刺语之间,犹深带错恨之气。至此等形状,并非出自加的本心,实为周旋世故起见。康吉不知真伪,不觉已为所动。加的又纵论世事,谓:"今日人情多伪,往往假托仁义之名,而阴违仁义之实。"故言语之间,每带讥讽感慨之意。至此次会见,加的营谋既有兴头,则举动之际更觉爽快。今得康吉同居,精神愈觉为之一振,尤胜于曩年也。每到会客之夜,诸人任意接谈,颇形自如,其等位虽不甚高,而剪灯话旧,促膝论心,亦足为消遣之计。如不会客

---

〔1〕 者样,犹这样。者,犹"这",以下同。
〔2〕 者是,犹这是。

之夜,加的或就京内加非馆〔1〕及戏院、歌堂等处,携着康吉同去散心。加的之同伙白尼,则从未与之偕往。康吉此番将一腔悲愤之气全行删除,终日眉开眼笑,身体亦渐觉结壮。正如绝妙佳卉,当初误种于被阴之地,日形萎萃,今日忽然移于向阳地方,便觉欣欣向荣,一经雨露灌溉,登时枝叶茂盛。故康吉此时神气渐渐和婉,无复昔日严厉不平之概,颇觉与貌相称。

至白尼虽与加的同伙,并不宿于加的之处。或有时与加的附耳倾言,不使康吉听闻,别人亦与白尼罕所接谈。然白尼虽不大开口,而眼光每四顾,不止睛色浅蓝,又为白翳所蔽,有如鹠眼一般,的溜溜每作偷睨之状,故加的心每疑之。白尼平日不但能讲法话如法人而已,凡其应酬晋接,一举一动,纯是法人气习。然又(飞)〔非〕上等景象,似系效法粗鄙之人。若白尼之为人,则又沉静寡言,算术极其深奥,每以化学为消遣计。其所奇者,每自补其衣,尤为精细异常。康吉每疑白尼自墨其鞋,然此事未免冤枉白尼。一日,康吉于纸片上戏画马头,消磨长日,白尼看见,偶然批评数句,深中要妙,似是丹青老手。康吉深为诧异,欲诱之倾谈先事,而白尼竟默然不出一言。略曰:"我从前曾经以刻画为业,故略知一二耳。"即问诸加的,似亦不知白尼来历细底,且不乐谈及其人。白尼行动甚静,而绝不闻足音。平时不喜与人交接世事,饮酒数斗,亦不见其沉醉。话虽如此,然细看形状,加的似在白尼包罗之中。康吉因与加的十分相投,从旁冷眼看出,每欲设一妙法,以制服白尼,既为加的,且见自己才情。至康吉与白尼如何斗智,此卷不及细述,且等下次再谈。

第四节　述家世阴谋能创业　叙生平实话溯从头

却说康吉在加的家内盘桓,无非谈论些世境之险恶,人物之优劣,以及生平志向、素昔行为。真所谓言出于心,相视莫逆了。这一夜加的正在讲起古今人物,那一等是奸雄,那一等是奸而不雄,那一等是阴贼,又有那一等是阴而不贼。这种辨别,但看他外面举动,却不十分看得出哩。康吉听到这里,便剪断了话头,究问道:"加的兄阿,我每常听你之议论,合到尔平日之行径,其中大有不相符合,殊不可解之处。我两人萍水相逢,即深相投

―――――――――――――

〔1〕　加非馆,即咖啡馆。

契，到如今的交情，既无话不说，无事不谈了，何妨把尔幼年的事情细述一番，也好将我自己的境遇较量一遍。我并非妄探私事，不过使我得知，或者可为鉴戒，可为效法，也不枉我取友之意。未知兄肯不隐讳么？"加的闻言，慷慨答道："这又何妨呢？大底少年人之历遭危难，其中有两个缘故，一因钟情太痴，一因待友太真，我生平就吃这两件的亏哩。今夜不妨谈谈，以为吾弟后鉴罢。"说毕，即将瓶中葡萄酒倒入玻璃盏，又加蔗糖少许，举起酒盏慢慢的呷了一口，微微笑道："我生平记述，倒有一首诗在此。"遂朗吟曰：

传家少金簏，兼乏诗礼教。嘤鸣友不来，入世殊草草。惟赖一己能，气高志亦傲。勇往力争前，那顾猬徒诮。

念毕说道："我要说自己生平，我先说祖父遗事，这才明白我之家世履历哩。"又笑道："说起来时，倒好编一部小说呢。我之祖父开公在伦敦工部大堂左侧小胡同内居住，家甚寒素，少遗产业。至我祖为人，颇工心计，有远谋。起先贩卖些竹竿、雨伞，做个小经纪，积得银钱千枚，乃想为放债之法。适值邻居穷鬼某人，为刻薄房主逼迫租银，走投无路，吾祖慨允借贷，要他息银每百两按月取二，并先扣半年利息。又言明付银时，一半现兑，一半以竹竿、雨伞抵算。自从这个例规一开，银钱流通，利息丰厚，到得四十岁时候，已蓄有现银五千金了。这是吾祖营谋之事。凡人既拥到了厚赀，就要想成一分家室，况且年已不惑，更为要紧之事哩。却好邻里有朴实居户拉力，以卖印花布为活，家中有一位独养女儿。这拉力亦属寒素，无甚赀产，女以聪颖贤淑，大为他母姨赏爱。母姨逝世时，授付遗金三千二百二十磅，并京城小胡同内一带庐舍。遗嘱殷勤恳挚，令女托殷实人料理，并深以婚姻事为念。"看官，此是西国规矩，妇人于丈夫死时，理宜分得遗赀。凡生平心爱之人，或甥或侄，皆可随意分授，人无异言，并推及于甥女、侄女，亦援此例。华人虽亦有爱继分产之说，然必有许多争竞，许多妒忌之事，势必至要设计谋，吃官私哩。西国又有一种规矩，不论男女，承授他人产业者，在幼年自归其父母经管出入，到得二十一岁，尽由承受之人自己作主，随意取用，父母反不得染指矣。

"却说我祖自从遇见这位姑娘，既爱其美丽，又服其贤能，又闻他有厚赀，不觉十分钦慕，大有愿托丝萝之意。遂与他老子加意结交，深心纳款，渐渐的十分相得起来。替他想出染印花布的新样，如蛱蝶穿花、鸳鸯比翼种种奇巧鲜艳花样。又闻得英京新设贸易司公署,凡有创造器械之人呈献图样,出费入册,则他人不得制卖,可以独专其利,遂怂恿拉力亟将新翻花样各布呈堂注册。并劝他积储多匹,庶可居奇,遂借以银七百磅。那知事有凑巧,却好布价甚贱,拥滞难销,拉力存货本多,又吃重本,以至转运不灵。吾祖趁此索归借项,拉力无法,辗转相商,遂以女归于吾祖。此是吾祖得妇之事。既得美妇,复理欠项,以算盘核之,盖自聘礼作抵不计外,仍得银二千五百磅,于是吾祖乃与大贾合伙,专志贸易,觊觎广积资财,恢大阀阅。生有二子,一子送入大学院读书的,就是吾父,一子贵仕军门,显为武职。乃一身艰苦,使尽计谋,未及受享,忽因出门收帐,得病归来,遽尔辞世。所传只二万金,均遗于二子,盖吾祖母已早去世哩。"

　　说至此处,加的便住了嘴,举起酒盏深饮一口,似有勉强的光景。遂续述曰:"家父为人刚直,品行亦狠讲究。吾母系世家女,只生我一人。家父脾气,虽在家庭中亦复严声厉色,所以家人辈皆静悄悄鸦鹊无声哩。吾年未十龄,慈母见背。十四岁时,延一法国先生教授,身材短小,心性机变,以败行事见责法朝,遂亡居英国。此人叙谈奇异,言论壮伟,动魄惊心,深入方寸,至今犹历历可想哩。年十八,入干秘学院〔1〕。此院子弟分为二班,一为富家子弟所就,起居便适,饮食丰备。吾父虽有赀财,令我入赛撒之班〔2〕,大约为省啬费用起见。且说道,我爱浪花,一则可以知世途苦楚,不改其乐,一则可以使心存歆羡,发愤忘食。你道这赛撒二字什么意思?盖狗彘之另名耳。进了此院,觉得法人所讲人生于世皆平等之说,始见实在情事。但凡贫贱与贫贱相处,犹不觉其卑鄙,遇着富贵的在旁,逐日同学,何等尊宠,始怨自己之苦哩。我为人强健使气,同学之人多半怯弱,古人谓之骨瘦如柴,我看来倒与我祖父所贩竹竿相类,尚且自夸体面,你道可笑么?我看我自己血气充实,就是一小指头内,已较胜他们浑身的血气。我尝熟思血气之盛,实与心力相同。血气盛的,心如野人,力如乳虎,以争胜逞能为上。我自进院后,一切斗胜诸人,如跳越高栅,赛船抢先,浮水逐人,徒手相扑,皆载在干秘学生日记内。吾以强力盛气霸于一院,幼心为之骄傲,岂但服慑那夸体面无技能之辈吗?一呼气吹倒一人,岂尚不敬慕我吗?不过赛撒班内究属敝陋,那富贵子弟岂肯自家辱没,倒与赛撒比垺,相为交

〔1〕　干秘学院,原文为 St. John's College, Cambridge,英国剑桥大学的圣约翰学院。
〔2〕　赛撒之班,原文为 sizar,指(剑桥大学等的)公费生,或减费生班。

往呢。这两班之间,竟像是楚河汉界,又像是峻壁重门,一步不可逾越哩。

　　"院内有一少年,名叫油核,系豪门长子,家中广有财产,序当承受遗业的。他之待我,却不似别人骄慢,颇有亲昵情形。或者因身分尊大,无须嫌疑,遂不问人而自择么么?此人比我小一岁,实院中狂薄少年。他常打碎玻璃灯,当琅琅千片一声,众臂试老拳,廓喇喇芥辣酸醋,乘机耍弄师傅,往往耍墨污眼镜,茶洒灰尘,以为笑乐。他尤好的是驾单敦马车[1]。看官,你道什么叫单敦马车?原来这车旁用两轮甚高,前驾双马甚驶,马不并肩行,如北路上双套车一般。这车最为嗜马者爱驾,此人所喜的就是这些顽意儿了。他身小而轻捷,心勇而巧诈,狼驱豕突,是其专长。虽有才能,总不是能读书的。吾两人心思既合,才力相同,爱如兄弟。遇有斗殴争执之事,我必以身庇掩之,辅助之。他若叫我跃浪泅水,我就连衣服都不及脱了,这就叫以身徇友。我只为感他见爱之情,引为知己。盖那一班人皆瞧我不起,弄得我踽踽独行,热泪向谁洒呢?忽遇这同心同伴,那有不倾爱之理吗?

　　"院外左侧独居一老闺女,仅用一老妪供爨汲,女素有贞节名,乡里推重。院内有一老师,为人古朴端方,不妄言笑,亦为乡里推重。一日老师出探友,薄暮未回。油核忽拍手笑曰:'妙文在此了。'密约同伴数人,皆掩面潜立路侧。至黄昏后,遥见老师规行矩步,履声得得而来。近前,油核突出,自后抱持,以双手障其面目。数人者咸出,执缚其手,或挖或挽,倒行逆走。至老女门外,取其发辫紧系门镮之上,击石块大捶其门,随即哄然四散,远远立着。老师被缚门外,急不得脱,焦躁殆甚,动其手则手抵门扇,摇其头则头击门镮,囊囊振振,响声不绝。女房内闻喧嚷声,不知所措,老妪亦不敢开门,遂升楼倚槛,于窗缝探视。黑暗中但见一人紧倚门立,跃跃作势,似欲撼门推镮,强行入户光景。闺女大怒,叱之去,不动,痛詈之,又不动。因大呼奸人贼徒,意欲行凶劫掠么?事闻于院中巡理人,乃出解其缚。但见黑越越中有人影远远立着观望,因急追之,那人影一闪,已躲入院门里去了。那时候虽不能辩为何人,总晓得是院内学生哩。我乃因此被逐。"

　　康吉问曰:"老兄既不在内,为什么被逐呢?"加的道:"虽不与其事,终被人疑猜,在学师前诉说是我。我如指出这个人来,我自己原可免祸。想到油核之父乃是朝廷大臣,端严方正,家法甚大。吾友在世间,只怕得一个

―――――――――

〔1〕　单敦马车,原文为 tandem-driver,即纵列二马拉的双轮马车。

老子,倘或辩别其事,势必至水落石出,叫他怎样回家去呢? 总之,我既深爱其人,就是为他受些冤屈也是甘心。且从此他愈晓得我照顾之心,益见相爱的证据哩。临出院时,他紧握我手曰:'兄之惠,我终生不忘。'我遂带著羞愧,硬着头皮回到家内。家父的话,自然劳叨咕咯的,不必细述。从此遂大失父欢,身同孽子了。未几,有吾叔若气自外国归来,已授官参戎之职。叔父为人翩反不羁,风流跌宕,所得家业早已挥霍一空,又不善谋生,遂流落从博徒游了。但是心性爽快,词气逊让,我一见心倾,遂相依附。其人深历世事,言论明晰,至于赌博,殆有秘法,无人不投其网罗。即有人疑为挟术,然从未一露巧诈之迹。每上场得意,即从丰施与旁人,此盖是博徒绝妙诀门。叔父亦甚喜欢我,见我失爱椿堂,孑然孤苦,留归寓宅。宅中上房三间,皆整齐清雅,客堂之四璧挂着璃屏,皆嵌有精工影画。当中设一张大圆台,上铺台帏,围著几把夔龙脚养和背的圈椅〔1〕,上用绿皮坐垫。上面正中摆列著一面着衣大镜,两边摆了两张美人榻〔2〕,又名话雨床。此床可分可合,可以对卧谈心,纫以锦褥。下边左首设立洋漆花架,供着无数名花,红艳夺目。右边横列一张半桌,上供着五味架、玻璃杯瓶等件。真是一尘不染,万籁俱清,果然收拾得好呢。"后事如何,下回再谈。

第五节　赌鬼遇良朋心传秘授　狡童醋淫女腰下受伤

"却说吾叔交游极广,朋友极多,其中有做文官的,有做武职的,以及商贾儒士,三教九流,无所不有,时常来往寓内,恣意谈论。我就很觉得有兴,更加我心思灵敏,应对便捷,所以来往的客没有不喜欢不夸奖我的,从此就习成了这一种好奢侈、尚意气的性格。实不相瞒,我亦是个狂薄少年哟。那时虽习为狂薄,尚不为诈伪之事,渐渐看见巧骗诈诬诸变局,遂转一念头道,这倒是发财的一条道路呢。但是做却未曾做过。忽一日,复遇着干秘院内的油核,你想这个人在学院内尚且举动轻狂,生事闯祸,何况到这伦敦都城繁华热闹的世界,那里有敛迹改行之理呢? 大约愈趋愈下,竟变做恶少行径了。"加的说到此处,不觉双眉紧锁,露出阴险之象来。随又接着说道:"这人寯慧异常,谈论中每有戏言谑语,足令一座喷饭解颐,不由人不拍

〔1〕　夔龙脚养和背的圈椅,为一种夔龙纹饰样式的靠背椅。
〔2〕　美人榻,又称贵妃榻,古时供妇女小憩用的榻。也名"话雨床"。

案叫绝。况且性情又机警,行为又狡狯,你自然是入其玄中的。吾叔一见欣赏,结交甚密,久而久之,竟把那赌掷骰子之秘,假装牌纸之妙,尽行传授与他了。这种诀门是家叔费千金所买的哟。"看官,这种诀门,大约就是华人所做调换宝钟〔1〕、活手牌九〔2〕等类,不过手法灵敏而已。不要为他朦蔽,当真道是有千金方术么?

　　康吉听到这些话头,失惊问道:"这不成个光棍吗?先前不说是富贵子弟吗?"对曰:"他父亲亦尝拨给巨款与他,无奈奢侈过度,不经挥霍。若能学得生财的技艺,岂不取之不竭,用之不穷么?依我看来,那富人的贪财,还比穷人更甚。他自己的固然要保守住了,分毫不动,那别人的,也恨不得一起尽归于他哩。此人家世又好,仪度又好,翩翩华美,真是佳公子、美少年那一种。乌衣白袷之流,无不钦仰思慕,愿与纳交,以为光采。油核但视为鱼肉,取以自肥,暗中反笑其愚,这不是白送上门的吗?我看此人为大众尊敬诣谀,奉为奇货,且又出自世家大族,与朝中爵臣半有戚谊,故绝不疑其诈。但是起先几乎被诱,后来主意拿定,也就不入党与了。说到那钟情之事,阿呀呀,尤其可怕哩。家父总说我是没出息的东西,你试想那天数岂可避得么?况且这个情字,古人比他为丝,好像是蛛丝结网一般,任凭什么东西,但被此丝一缠,再也不得脱身了。贤弟,尔幸而尚不懂得情之为物究竟若何,尔若懂得这个字,只怕也就像蜻蜓、蜂蝶之类,不知不觉都粘上蛛网丝了嘘。却说我在都城闲游,忽于路侧绿漆门中碧油窗下遇一女子,真是五百年风流孽冤了,那时四目盈盈,两情脉脉。于是遍访乡里,细探根由。这女子名叫玛厘,尚在闺中待字,我就用尽心机,贿嘱其邻媪为通款曲,女亦甚喜,因得潜入深闺,结为腻友。我疑其柔情宛转,当已被情丝牵动矣。事虽如此,我到底是个寒士,那有力量行聘?不过此女亲自授意,令求媒妁,我一时因痴爱之深,久欲勉习正经,力图专业,以克副佳人见爱之心,故心如铁石一般,不肯跟油核一条路走。那晓得聪明一世,懵懂一时,不合与友人说及此女色之艳丽,情之缠绵。那友人听得,必欲引往一见,我

〔1〕　调换宝钟,宝钟是一种赌具,此指在开宝时作弊进行调换,是一种赌博作弊的行为。

〔2〕　活手牌九,为一种骨牌赌博骗局。据《切口·赌博·牌九赌》称:"活手,推牌九之司务也。手段活落,几如魔术家,有旋天转地之绝技,大抵用于庄家。"又谓:"活提,活手牌。既推出,一看牌背,即知色点大小,算定掷骰色几点,可以得胜,彼以手术而提之。"

更不合做揖盗入室之举,偕往女家,与之平视。后来这恶友竟私自诱奸,订为婚媾。你道天下有这等人面兽心的人么?"

加的气喘呼呼,有点说不下的光景,勉强续述曰:"后来打听明白,当即请奸夫决战。"看官,此又是西国古时规矩,凡有仇隙,准相战斗,用刀或枪。但只准两人对敌,不准有人帮助,不比得此时闽粤械斗,动辄聚集多人。"哟,奸夫欺我曰:'尊不与卑接战,为辱没尊者也。'吾夺拳搏击,彼遂仆地,于是决战。吾被枪刺伤腰眼,流血沾裳,然亦不觉有大苦痛,而仇人……"说至此,加的拊掌作得意状曰:"那仇人便终身成一罪人,为众所不齿了。那晓这种人竟着实可恶,他自己既如此荒唐,反趁我养伤卧床之时,在外边遍布谣言,大为遭蹋,倒说我是诓骗无赖之徒,又说我是诱赌陷人之辈。吾叔授术于油核,乃被小徒弟所破败,尔道可气吗?吾叔既处嫌疑之地,又蒙污秽之名,等得我好起床时,叔父已改装挈囊,入伙于小博馆中了。自此以后,就是堕落下流之界限哩。噫嘻,美名皆伪人取自适,世人虽弃我,我则不自弃,岂不报仇有余么?哈哈。"看官,此一笑声,实足以惊世骇俗,非遮饰羞惭之假笑,乃自夸快乐之真笑。加的精神强旺,无论何事不免气盛,只看他这一笑乐,虽说到堕落下流,终不掩其本色哩。

康吉问道:"令尊可知道吗?什么样相待呢?"答曰:"那一日真心悔悔,遂去求贷椿堂,冀为小贸易度日,以便除旧更新,所求亦不过些少嘘。那晓父竟不允,从此悔意皆消,劣心更甚,以至一蹶不振。大凡行恶之人,好比溺水。初溺时攀援浮草,跃跃欲上,迨至草沉人溺,每每以为藉口,盖非甘心沉溺也。吾父自称方正,既背弃其子,不赐以自新之路,到底其意云何?乃不及三月,忽被奸徒诱害矣。这人似与吾父旧识,忽来商曰:'某行有新到吕宋梗木几万块,某行有中华绿茶几万箱,现价甚廉,将来必贵,囤之利必三倍。惜我本轻,谋其一未能谋其二。'遂于袖中出提货单,视之,则吕宋梗木某已购成矣。吾父信之,嘱其购置绿茶,立付银三万金。一去杳然,早已浮海远遁了。那时我之苦况,若得三百金已可营谋小贸易,而吾父竟甘于一掷,不肯救拔苦子,这是何苦呢?从此吾父收合余资,专作守财奴,厌闻谋利之谈,惟以蓄银为乐子。虽转徙沟壑,乞食吹箫,亦不顾问了。"

康吉听说,蹙然感动。希嘘[1]了一会,又问道:"那少友与那女子怎样

---

[1] 希嘘,同"唏嘘"。

呢?"对曰:"少友承袭故父爵位并所遗资产,爵位既尊,且系古时所传,人皆敬异。另有按年产租,岁入亦巨。油核于今日,俨然国内一贵卿了。尔问到这女子,我且细细告诉你罢。古语流传淫妇的下梢头,有妒宠争妍而为人厌弃者,有色衰爱弛而为人逐出者,甚至配灶下养,入乞儿院,年老无依,溃疮遍体,不是此辈之车鉴吗?其佼佼者则耐穷守节,矢志抚孤,以弥补先前罪过。然此等就不能常有哩。又有一种,起先被狂童牵诱,失身匪人,及至后悔,亦已白玉留瑕,岂不可惜?或有被诱之后,反以美色诱人,行同蛊惑,此则日暮途远,倒行逆施,人虽不足取,而实可怜悯嘘。尤有甚者,初为闺秀,继作市娼粉黛,依然倚门卖笑,此种凌辱,比到配灶下养,入乞儿院,不尤甚十倍么?然尤有甚者,己身流落青楼,而忍令膝下明珠亦传媚术,丰肥之以为色饵,梳裹之以为财媒,以致娇花嫩蕊,供渔色者老饕,天下有如此渎伦的吗?我所爱女子玛厘,盖已堕落风尘了。此女现已染病在医院调治,倘能就此夭亡,免得再出丑态,这是我深为祷祝的哟。情郎染污其身,复染变其心。盖女子未有生而好淫者,导之以淫,纵之以淫,未数年而即厌弃之,复使之另易一人。阅人既多,廉耻遂丧,又何事不可做呢?计女年已三十六岁,吾在此巴里司城内,复与之遇。见其身傍携一小女子,碧玉破瓜,丰姿绰约。询之旁人,则为其所生之女,年十六矣。当此时,我赚银甚丰,因鲜衣华服,妆成风流贵胄之状。每至夜间,辄游历城内各歌舞堂,在堂内见之,徐娘虽老,风韵犹存,忆及前事,不无恋恋。那女子初不能记忆,不知为当日之人,而握手殷勤,愿相交结。"说到这里,加的又剪断了话,略停一停道:"贤弟,你要晓得我一生并非穷鬼阿,尔可知巴里司是什么去处呢?盖此地世境,交接之事大异他处,真图谋基业者之好地场哩。我自与仇人决战后,始到此地,从此每年必寄居数月。他不讲门户之富贵,但论其人才质之高下,所以爵位颠倒,规制改易,这操政事之权的,到不容易,大约有如浮冰山之难哩。或又曰:'纳坡伦之变风已了矣。'吾则曰:'仅不过严其先萌而已,不知其风已深入人之骨髓,那小钉怎能补得大罅隙呢?'"

看官,你道加的所指何事?原来从前法国为浦半朝[1]所主,君下爵臣林立,大概皆无才智,徒以威望自尊。视庶民如土芥,百端鱼肉之。国中尊者不服例,卑者无例可庇。于是桀黠之徒各奋于学问,各发为议论,群辨蜂

---

〔1〕 浦半朝,即法国波旁王朝(Maison de Bourbon)。波旁家族于 16—19 世纪曾在法国、西班牙、那不勒斯等建立王朝。书中亦译作"甫半之朝"。

起,才智不穷。先是民间所著之书,一味谄谀其上,冀其宠护。后出一书,意思大变,谓人生于世,以天赋之才为贵,不宜以人授之爵为贵。申下民之困顿,烛世间之情理,从此人皆悟其受屈。未几国都大乱,逐其君山,削去各尊贵爵位。由是纳坡伦出定众乱,首将律例一新,国制一变,即省郡亦概行改划,恍如新创之国一般。纳坡伦实百世之魁杰,乃以志大心雄,欲尽以兵力攻服欧罗巴,卒至一败涂地,而甫半之朝复立。那做这部小说之时,正是浦半后朝鲁意非皇〔1〕在位,人人以为纳坡伦之风湮没矣,那晓不数年间,又复行呢。此是后话。所说浮冰山的比喻,因为海内极北极南海面,于冬后春初,浮有北极、南极解释漂流之冰,崔巍如山,海船夜驶则以为大险,所以借作比方哩。加的又说道:"这日在歌舞堂撞遇玛厘,见他所养女子就是那恶友所生的嚯。这小女子可怜见,明知是个火坑,但是为娘所逼,只得也胡乱的跟着梳妆,学着弹唱了。后来我在堂中渐露出本来面目,玛厘才认识是我。偏生两边都不说穿,猜个哑谜儿。玛厘指道:'薄幸郎,这良心到那里去了?'我就说:'这良心跟了那少年跑走了。'两边扑嗤一笑,那时又未免有情了。"后事如何,下回续谈。

第六节　莲蕊出污泥幸谐佳偶　昙花苦风雨惨托孤婴

却说加的谈到玛厘,不觉色舞眉飞,兴致勃勃道:"后来重叙旧情,依然是十分相得。他道是璧则犹是也,而马齿加长了,我不觉哈哈大笑起来。他就告诉我说:'这小女子面貌之美丽,性情之高傲,要想做这倚门卖笑的勾当,不但做不来,而且总不得法的。现在倒有一个好去处,可以两全其美。我打算将他卖与一位法国人封侯爵的,去做姬妾,在我既不失却这一宗大大财香〔2〕,在小女又免得迎宾接客,多少不情愿不高兴,你道好吗?'我听了此一席言语,又看到那小女子娇憨态度,怯嫩身材,心中老大不忍,就对玛厘道:'这是令爱终身大事,还须从长计较。尔且不必性急,我自有道理哩。'那小女子又煞是作怪,偏偏叮定了我,拉到他小房间里,数数落落,诉说勾栏中的苦况,怎样学习歌舞,怎样陪侍酒筵,怎样假作欢容,怎样

---

〔1〕　鲁意非皇,即路易·菲利普(Louis Philippe,1773—1850),法国国王。1830年法国七月革命后登基,建立七月王朝。在位时经济萧条,引发国内不满。1848年二月革命后逃亡英国。

〔2〕　财香,吴方言,指钱财。

顺从客便。真是颜面俱无，心肝皆碎，日复一日，如坐针毡。说到这里，辄又呜呜咽咽的，将手帕掩着面孔道：'干爷若不救援，这小性命还活得成吗？如今又要卖做姬妾，尔想侯门似海，姬妾如林，本与院子里不差什么。倘或大妇凶悍，朝夕凌虐起来，叫我可还受得么？仍旧要白送了性命的哟。'我只得好好安慰一番道：'尔且不要着忙，一切有我作主。依我的意思，你仍旧照常的梳妆打扮，接待客人。倘遇着有年纪相仿，才貌相当的，尔便暗中留意，细探心情，坚订盟约。那时我自来帮你成就鸳鸯，断不使有彩凤随鸦之叹便了。'那女子闻言，随即转悲作喜，盈盈的拜上两拜，又再三叮属我，必定要替他作主嘘。大凡天下人，方以类聚，物以群分，到这勾栏中来顽笑取乐的，大半是轻薄浪子、油滑之徒，那风流儒雅的，亦不过借此遣兴，那有黄衫客、古押衙一流人物的侠气豪情，拔之水火呢？就是那种挥金脱籍的，亦不过要出诸衙院，纳诸后房罢哩。你道那小女子后来不致失身姬妾，并能完璞与人，这到底是得谁之力呢？我平日自问，亦不过是一个浪荡子的行径，到了此刻，看到那小女子的志气可嘉，情节可悯，不觉触动了这一点未泯的良心，务必要急为援手。这个天理，是从人欲上出来的。却好来一衣大里[1]人，眉目整秀，体态风流，名叫厄诗，年不满二十岁，系在此城内制售洋画片，描写各种人物、花卉、翎毛、山水精细画张的。其人很风雅很聪明呢。厄诗见了这小女子，便觉情致缠绵，依依不舍，大约是三生石上本有夙缘的。那小女子亦是十分钟情，眼波迎送，眉语分明，唧唧哝哝，幽情密誓，碧纱如烟，隔窗闻语，我已瞧科八九分哩。那时候玛厘催促我为他卖身侯府之事，女子又恳求我成全他的好事，我辗转想了一遍，竟决计帮着这女孩子，要使他玉颜有主，红粉骄人，方算我善能惜玉怜香，保全体帖哩。"

康吉听到此处，伸手紧握加的之手，以示其羡慕欣悦道："不想尔真是妙人妙事呀。"加的接着说道："我亦不知为了什么，就爱这女子的很，仿佛从前深爱其母的光景。但此番之爱，是父之宠女，不比夫之嬖妾，其中并无狎昵之心，私亵之意。不过他亲热之情，如鸟雀之投怀一般，婉媚之色，如花朵之在树一般，令人愈怜悯愈矜宠，愈爱惜愈保护，那忍听他堕溷堕茵呢？这女子之依恋着我，亦竟是亲生的一样，先意承志，无不曲尽。我只得用点权术，在玛厘面前说是带他去游玩公家花园，驾着马车，扬鞭放辔而

----

[1] 衣大里，即意大利。书中亦译作义大利。

去。那时候另已为他赁定密室三楹,约定厄诗行过礼聘了。随即驶往教堂内,主婚登册,受过秘密演揲儿法门。我遂亲手扶住这女子,交与其情人厄诗,双手款携,同驾香车,回至赁宅去了。自此以后,有好几个月不得面晤。”

康吉问道:“这却为何呢?”加的道:“不瞒老弟说,我身已为缧绁系缚了。”康吉作诧异惊骇状。加的不等他开口,随即接着道:“你道为何呢?原来这两人虽谐连理,然一个是娘跟前骗出来的,随身衣饰之外,一无奁具赔赠〔1〕。一个又是笔墨生涯的人,那有十分积蓄可以养得起浑家呢? 我遂将自己所有囊橐,尽行解赠与他。我正想设法谋补缺项,故与巡役有不对之事,被其报案。奉传将遭不测,幸而我为人四海结交甚多,有朋友们力证硬保,始得释放,不被拘禁,盖亦侥幸之至了。发落之后,衣衫褴缕,囊橐空虚,恐为巡役所疑,时常侦伺动静。我不愿遗累这两人,所以迄未往诣访噱。嗳哟,这两个小妮子真真可怜见的。那厄诗固然是有名画师,笔墨精工,无奈生意不佳,门前罗雀。你想我所赠之银,岂足以资久远的吗? 心下实实的放不下。他赁居在暂格里〔2〕内,那一日等到黄昏后,我悄悄私往该处,从窗外偷眼看望,只见他二人挑灯对坐,拥髻闲谈,果然是好一对璧人,真可谓之比肩里、同心院了。忽而抽开镜匣,重理残妆;忽而拂拭砚池,同观画册;忽而怀中嬉笑,梨颊轻偎;忽而膝上盘桓,藕弯曲抱。伉俪情笃,倡随乐长,使我心略略安慰。乃细看到这厄诗的脸色,像个其白如纸,又看到厄诗的身体,像个其瘦如柴。阿呀呀,这不是五劳七伤,已犯了弱症么? 可怜,可怜。”

加的复又打起精神,昂着头,鼓着气道:“我是靠本事作生涯的人,那里可以郁郁久居,一无事事呢? 惟两手空空,既不能妆扮华丽,又难以火食周全,比到从前,我已下落数级了。随附舶渡海,到伦敦京都另图生理,易境避疑。凭仗我这全副披挂的本领,不两三年,又积有数千金产业了。我就鲜衣怒马,焕然一新的,仍回到这巴里司城,一直奔往暂格里厄诗家中。看那门前是静悄悄的,鸦鹊无声,推门进去,只见那少妇淡妆素服,独坐中堂,面孔上还带着泪痕的,膝下跟着一呱呱小孩子,方在那里吵奶吃呢。那少妇看见我去,连忙站起身来,握手请安道:‘干爷一向在那里? 撇得我们好

---

〔1〕 赔赠,即嫁妆。
〔2〕 暂格里,原文为 lived near the Champs Elysées,住在香榭丽舍大街附近。

苦呀。我自进这门内,干爷就一直不来光降,厄诗那一处没去访问,竟至信息全无。我好不记挂么?不想我这般苦命,如今做了未亡人了。留下这个小孩子,孤苦伶仃,如何度日哟?'言未毕,那两三岁的小孩子,就一步步的扒到我身边,吵着要抱,要吃糖。你想这种情形,叫我心里如何忍得?我只得抓些金钱付与他,权为苦度罢咧。不想玛厘已探访得踪迹,几次三番打发人来看视,并做出许多假慈假惠的光景,十分劝慰,叫他仍旧搬回去,母女同居,庶有照应。正在弄不清楚,却好这少妇要养遗腹子了。你想,这个人从小的时候就伤于忧郁,损于愁闷的,到了出嫁之后,未免在伉俪情分上又太笃些。而且是家中不甚丰余,又未免失于调养。及至寡居之后,更不必说了,一定是眼泪洗面,过于伤感苦痛的了。此所谓七情之伤,早已痛蚀脏腑。又兼得嘈嘈杂杂的,还要领这小孩子呢。所以外面虽照常的饮食起居,那病根就很深哩。此番临要坐蓐,只觉得腰腹疼痛异常,万掌不住。昏迷之际,但闻呱呱一声,儿已落地。就有接生老媪称贺道:'倒是一位小姐姐哩。'一面替他醮盆洗浴,拭干水痕,好好包扎起来。那知这产妇自婴儿分娩、胎衣带下之后,一阵阵的血崩不止,只是发晕。医生下了汤药,连服两剂,定了好一会。他又把稳了心,使着劲叫人将我请去。阿哟,可怜呀,我去看如此光景,不由你不感动凄恻,我只得勉强安慰他几句,他就大放悲声:'干爷呀,此番只好累你了。'一句话没说完,那气又接不上来,人又决过去了。大众忙着调药粉的,灌药酒的,忙了好一会,才渐渐回转过来。叹了一口气,随又是两行眼泪一挂,使着劲伸出那只又枯又瘦像麻梗一般的手来,拉定了我的手臂,说道:'我所遗下两个子女,看来不能管他了。诚恐我母亲要来硬收回去,那是断断使不得的噱。干爷,我是托付与尔,全要你作主,我才得瞑目哩。'我听了这一番话,明知是千斤重担,然而义无可辞,只得满口答应道:'尔放心罢,这事总有我料理哩。'那产妇自从这两句话一说出,他心就放下了。随即是喘做一团的,不能再开口了。我看这形景不妙,遂赶忙的替他去找好了奶娘,管着那新养的孩子。又替他整备后事,不上一日,果真呜呼哀哉,去跟着厄诗地下唱随去了。我就收殓停当,送入坟场,将他夫妇尸骸同坟共穴得埋葬,又将所遗的金钱付与那小孩子,交与厄诗的亲戚经管,将来好与他承接父业。这新养的小女孩子,就留在这城内一个妙花庵内,雇人抚养,现在已有四五岁了。贤弟,你将来要看,我可以领你去看视的。说到这小女孩凡尼,真真是十分苦恼,偏偏又十分玲珑。我既受伊母托孤之重,只得竭尽心力,要好好为他抚养成人,嫁与士门,方为尽我道理哩。我之拿定主意,改行为善,不致落于下流无赖不成材料之人,还是为这女子所激发的。所以说到我生平顽劣的行为,荒唐的事体,虽有几桩,亦不必细说。然而明火执杖,行同剧盗,持刀械斗,迹等凶徒,以及大路上掳抢,黑夜里偷窃,诸如此类的不法事,从来没有做过。所为图谋度活之计,不过是开医院收回药资,习化学制作器皿,其余则投名取作状师,代理词讼之事,领帖充当牙户,把持贸易之场。有时开设古董店,收买些玉石磁铜,有时开设大客堂,安寓些仕宦商贾。有时为新闻主笔,议论些国政民情,有时为电线公司,传递些行情机密。欧罗巴中各大行业,我无不试手做过,欧罗巴中各大城池,我无不跨脚走过。”说毕,哈哈大笑道:“还有一处好顽的地方,贤弟你是没到过,我却到过数次了。监禁的牢狱,这不是好顽的么?”

康吉接着问道:“令尊后来究竟什么样呢?”加的未及回答,康吉就将前在母亲坟场内,从旁听得他父子的话一一说了。又道:“我先前以为我兄家事,一直不好意思提及,如今承尔待我如同胞兄弟一般,我所以不得不说了。”加的听这一番言语,脸涨通红,大有惭愧之意。后事如何,下回续谈。

第七节　现良心伦常动听　见美色豪杰留情

却说加的听到他父子在坟场所说言语,不觉脸涨通红,说道:“我实告诉你,我的倒行逆施至于今日,实由家父之驭下过于严毅,家父之用钱过于吝啬,以致我无可倚赖,无可商量,弄到习于下流之行径哩。然而我的心里,仍旧是怀着依恋眷爱之意,不过一时没法,不能挽回这老人家的心肠转来嘘。你想属毛离里〔1〕,天性攸关,人非草木之无情,那有肯丢着老子的呢?阿呀呀,我可谓遇着世路之奇穷,人伦之大变,不知其中细底的,总要责备我是大不孝哩。我记得那年在伦敦时候,有同居的人来对我说,我父亲双目蒙昧,将有失明之痛,可怜自己做了守钱奴,为旁人觊觎生心,有邻舍老媪竟怀毒意,要暗下砒药在食物中,请我父亲去吃,他就可谋吞财产了。我得了这个信息,就赶忙回去探看。如今据你说来,我父子两人的说话,尔都从旁听得了。”康吉道:“不但听得清楚,而且老兄走去之后,令尊大

〔1〕　属毛离里,比喻子女与父母的关系十分亲密。语出《诗经·小雅·小弁》:“靡瞻匪父,靡依匪母。不属于毛,不离于里。”毛亨传解释说:“毛在外,阳,以言父;里在内,阴,以言母。”郑玄笺注云:“此言人无不瞻仰其父取法则者,无不依恃其母以长大者。”

人高声发颤得连叫数声，呼你转来。那知你走的快，他叫的慢，已经是不听见了，叫不转了。老人家用着劲急叫数声，见是叫不转，气喘吁吁的，两眶眼泪就一点一滴的，挂下冻梨色的老腮了。”加的一闻此言，惊得直跳起来道：“当真么？当真的么？”两手握住了脸，在房内踱了一会，像是沉思的光景。忽呼康吉道：“适或我事不谐，你看家父或可收养小凡尼么？这小尼子[1]倒能孝道，一定能侍奉残年，稍慰晚景，亦聊补偿不孝子之罪孽嘘。”随即忙忙的走上账桌，取过一方湖色柳絮笺来，开了墨壶盖，提起铜笔头，飒飒的写明他父亲的住址、名讳。收拾了文房四宝，将笺纸折叠做小方胜儿，双手递与康吉道：“请贤弟收藏好了，万望不可遗失，将来好替我回去走走哩。呀，夜很深了，不如安睡罢。”就各携着玻璃手照，回房去了。

却说康吉这一夜听加的自道平生，详详细细，仿佛是一篇行述，又像是一篇外传，心中大为感动。想到他豪侠爽快之处，着实可喜，想到他颠倒错乱之事，又着实可怕。要知此人，总是为学院中油核少年所误，然依我看来，亦是他的性情品行本非正人君子了。“成则为王，败则为寇”，这种做法倒也是豪杰所为哩。不然，他既明知其叔父为无赖之徒，何又甘心与之一处呢？心中想着，不觉朦胧睡去，我且不表。

单说加的之为人，本是放荡礼法，脱略形骸的。但是他神气堂堂，议论侃侃，初见的人总说他是爽直路数，而且他之良心余烬，亦时或一露，辄足以掩蔽其恶，使人不疑他为流氓之类。到得冒危机，蓄险诈，则仍是阴毒如鬼蜮，狂暴如狼虎一般。只要看他愤怒的时候，眉骨挺黑，额筋涨红，鼻孔翕翕，张大撩天，望而知为危敌哩。又况行事不顾艰难，不问利害，勇猛沉鸷，是其素性。不过是言词畅快，嬉笑谐谈，往往令人可亲可爱，乐与结交。此番之笼络康吉，就是这副本领。这种人大约是才力出众，只要乘着时势，得意起来，好(是)〔似〕蛟龙出水，天下将遭颠覆哩。如若屈于下位，则夤谋宠幸，告讦臣僚，亦必要变动朝廷，如古史记载之米拉[2]、迷拉坡[3]、纳坡

---

〔1〕 小尼子，即小妮子。

〔2〕 米拉，即马拉(Jean-Paul Marat, 1743—1793)，法国大革命时期民主派革命家、雅各宾派领导人之一。原为医生。1789年大革命爆发后，创办《人民之友报》，参与推翻吉伦特派的起义，建立雅各宾专政。后被刺杀。

〔3〕 迷拉坡，即米拉波(Honoré-Gabriel Riqueti, count de Mirabeau, 1749—1791)，法国大革命时期君主立宪派领袖之一，著名的演说家。以第三等级的代表入选三级会议，主张实行君主立宪政体。后向宫廷献策，充当王室的秘密顾问。

伦等,皆是此种人物。倘或计谋不中,则就落于下流,不守王制,奸法盗窃,无所不为。计谋若中,则反为天下豪杰英雄,人皆畏服归附了。

这日忽有一位内眷来访寻络弗先生,白尼引他进来,一直到账房门首。那时康吉正在窗口看书,原来这账房门是朝南开的,左边一带玻璃大槅窗是朝东的,跨进门就是一张写字台,里边套房间里,靠西一带玻璃窗,方是加的的写字台。上面设着睡椅、靠椅、话雨床等,是延客坐谈的所在。那内眷掀开帘子一看,见有康吉在内,遂缩住了金莲细步,反将罩面纱帏低低挂下,款款说道:"我今日登堂,有句要紧说话,须与先生密语。此间有客,只怕不便呢。"康吉听得,就起身要退出去,那内眷又看着康吉,眼波一转,那瞳神的光彩从帏下一直射到康吉脸上。复又柔声对加的道:"这小先生可是心腹,可以听得密语的么?"加的道:"这是我之义弟,一人之交,尽可令他秘密,断不泄漏的。太太请放心罢。"遂把手拍着心窝道:"我保他秘密就是了。"那内眷一面伸出雪白的纤手来,解开外罩的杨妃红洋锦袍,一面又看着康吉,恻然曰:"年纪颇轻着哩。"加的笑道:"青年独处,辜负春光,更觉可怜呢。"那内眷将面帏掀开一半,露出樱桃红一点的小小嘴唇,羊脂玉一般的斩齐牙齿,轻轻的一笑,对着康吉道:"你这小先生既到这堂中,自应妥结鸳鸯,别图鸾凤。何以舍己芸人,倒作这堂内的司理人呢? 你也看的眼热口馋么?"重又收回笑脸,对着加的道:"我亦不必赘言。"加的就殷殷勤勤邀进里间,拉到上首靠椅上,请他坐下,自己拖过一张藤椅来,在旁边相陪。

那内眷开言道:"我之特来相访,非欲结人丝萝,乃要断人葛藤。此话在足下实为创闻哩。"加的茫然不解,将椅子移近些,低声问道:"这到要请教了。"应道:"尔且听我说,我风闻有一福门子曾经到过贵堂,托先生代他张罗喜事,可有的么? 我是伊之族中人,特为此事而来,先生请勿见怪。敝族内子弟向公开婚堂结偕老之盟,行合婚之礼,实属不成体统,有玷门楣,极非荣耀之事哩。"加的假作端重,正色答道:"太太,小堂中凡有代劳媒聘,在此结婚的,皆是尊门贵户阀阅人家,并无那低三下四的嚯。"那女眷听他辨别起来,发急道:"天阿,贵堂原是甚为体面,不言可知。如丫鬟、店伙之类,固以为极体面之处,就是那平等人家的闺女,读书习艺的郎君,到贵堂中来,亦还算得是体面。如今所说这福门子,乃是朝廷上勋贵子弟,袭有爵位之人,非同小可。所以这堂中结婚一事,万不可行。你如不听我的嘱咐,那时候自有人出来向你说话,不免要后悔了。果能听我之言,设法挽回得转,只要劝得福门子不想就这一门亲事,络弗先生,你堂中所用规费若干,我总加倍奉赵便了。先生，你可懂这个意思么?"加的遂做出足恭的样子来，欠身作礼道："太太的说话，我已经洞悉了，既承嘱付，自当谨依芳意。我并非为着朱提，遂尔失信月老，不过蒙太太不弃，以大事相委，我岂敢有违? 只要暗中会意便了。"那女眷徐徐应道："此事你主意定了么?"一边又远远偷眼觑着康吉。加的诺诺连声道："太太，但愿香车再得辱临敝堂，则我辈增光多哩。那贵族福门子之事，我自当竭力设法阻止，下次再行面禀罢。"那女眷应道："是啊，是啊，我再来，改日再会罢。"一边说，一边站起身躯，从套房里出来，走过康吉坐位边。

康吉连忙站起恭送，那时这位女眷已将面帏全行除去，露出那水汪汪的眉眼，娇滴滴的面庞。看官，你想一个是从里边出来，一个是从位上站起，康吉因为要迎上前，使他晓得我恭敬之意，故侧身朝着里面立起，这正是打个照面。那女眷虽无秋波送情、春山解语的行径，然亦似赏其英俊华美，不比凡人那一种的情致态度。真有欲行又止，欲去还留，一时描写不出。好比是看山水，起先是镜子里看那画的山水，此刻看到真山水，分外觉得庐山面目十分可人哩。康吉也就趁势细看那女人，螺髻簪花，蛾眉扫叶，双颊匀如苹果，瘦腰弱比柳枝，真是仙骨珊珊，丰神濯濯。衬里着一件漂白生绢衫，映得那嫩肌肤泛出粉红色来，愈觉妍美可爱。那女眷一步步走将出来，又不好停留，只得小低着头作别，登车去了。

原来康吉是个粗豪之人，今朝见了如此美色，不觉也有点动心。正在凝思，只见加的送客转来，放声的哈哈大笑道："真真奇绝了，亲戚出银，以止住人家喜事，这到底是什么意思呢? 倘能再开一散婚堂，与此结婚堂遥遥相对，一边替他们红丝系紧，一边又替他们金剪分开，天下金钱一定滚滚的尽入吾手了。岂不妙呢?"忽又鼓着掌道："是了，我主意打定了。"看官，原来那亚德姑娘本欲与开杂货店的古柏结婚，因其中有福门子也要看想亚德姑娘的赀产，也托付加的托他调停，事在两难，以致尚未定见。如今听了这女眷一席之谈，正好定见配与古柏，那福门子之事，且留作后图罢。忽又对着康吉嗤的一笑，道："方才之事，你道好瞒得我过么? 还当我不曾看见么? 你已钩住美姝之心了。"康吉涨红了脸，"哑"的一声道："这是什么说话呢? 我这种失路的人，还有什么心思想到儿女柔情呢? 老兄你莫坑人罢。"加的道："谁与你讲顽笑，我且去办正经大事要紧。"遂匆匆驾着马车，先到亚德姑娘处说定了。然后又到古柏店中，一进门便嚷着叫："古柏先生出来，我要替他恭喜了。"古柏正在帐房内听得，不慌不忙，踱得出来道："络弗先生,何故这样忙乱呀?"加的道:"特来贺喜,老兄你倒不迎接冰翁,反说我忙乱,这是何理? 该重重的罚作东道哩。"遂将到亚德姑娘处的话说了,又说姑娘如何为难,我如何力劝,福门子如何争夺,我如何阻挡,此刻亚德姑娘已经允许了,我与你还得斟酌一个吉日才好呢。古柏伸手紧握加的手腕道:"实在费心极了,我只得再图后报罢。"于是两下议定了吉日。加的复又赶到亚德姑娘处,达知和谐之事,并通报了吉期。然后欣欣得意,回到馆中不表。

看官,原来这古柏虽说是个贸易场中人物,但他所开的杂货店倒也十分兴隆,他的与人交往,又却也十分信义,所以在商贾之中,要算是卓卓有名、铮铮作响的了。加的做成此事,因而十分高兴,十分开心,大以为光耀婚馆之举哩。后事如何,下回续谈。

第八节　夜饮忽愁来日事　儿嬉偏惹幼时情

却说加的做成此媒,十分得意。古柏又发柬帖,来请他去赴合卺华筵,加的亦欣然应诺,收了柬帖,打发来使去了。专候成婚这日,要好好痛饮一场,闹闹新房,畅意的乐一天哩。话休絮烦,这一天却是喜日的前两天。到了晚间,白尼因忙碌了一日,早已回到房中去睡了。原来白尼的卧房不在加的帐房这一带,是在前一进内。因为他性情古怪,沉默寡言,不喜欢跟在一起说说笑笑,所以特为他收拾铺设在前一进,使他可以避静的意思。他到了掌灯以后,不过胡乱吃些晚餐,就携灯回房。这是习以为常的。加的到了夜间,必定要另备点肴馔果品之类,摆列几案,与康吉对坐谈心。或开几瓶白兰地酒,或开几瓶香并酒,浅斟慢酌,雄辨高谈。饮一巡酒,又拿起吕宋烟来,括着发烊儿点着,呼吸一遍,再助谈兴。每夜须要吃到一二点钟,人静夜深,方才各自安寝。这也是习以为常的。

一日晚间,白尼已睡,加的仍旧是华灯美酒,照例对酌。不知何故,那酒呷上嘴,像是淡而无味的,就是烧羊腿、芥辣鸡、苹果、葡萄诸凡下酒之物,亦皆像是不可口的,懒懒的不去动手。康吉留心看他脸上,只见是双眉不展,面带愁容,竟像有什么大心事的一般。又兼之往日是狂歌阔论,总不闭嘴的,今夜何以默默无言呢? 正在猜详不出,忽又触着前日那位女眷,这一双水汪汪的媚眼,似乎顾盼有情,然究不知他是什么心思,又不知他是什么样一路的人。心里痴痴的想着,脸上也就是呆呆的寂不做声了。

加的呆了一会，开言道："贤弟呵，我所养着的那小女孩子，是明天生日，今日日间已买就了好些耍货，明天要去看他，又得抚慰一番哩。这小女孩子才得五六岁，嗳呀呀，实在聪明伶俐，很会作怪的小俊物、希奇货哩。"加的说到此处，深深叹息一声，用手指着自己额角道："我如此溺爱之深，恐怕这里要发毛病了。"看官，你道此话怎解？原来是人之灵明皆聚于脑气筋，若脑气筋一有毛病，则人不是要疯颠吗？加的之意，以为溺爱太深，怕是为他要发颠狂的意思了。当时康吉闻言，亦不很懂得，反弄得答对不来，只得说道："你既说的如此好法，我甚愿一见呢。"加的道："可见，可见，明天就一同去罢。"随又叹口气道："我之踌躇顾虑，深怕闹出大乱子，要性命不保的，都是为这一块肉噜。"康吉问道："这样说起来，莫非是小女孩子之外婆，又有什么计谋吗？"加的道："这到可以无虑，幸而去世两年了。"说到此，只觉得加的眼圈一红，道："可怜我那玛厘呀，你何苦一念之差，花残玉缺，至于如此么？"忽又自笑道："呸，尔还在此发痴想吗？亦真觉用情太癖了。"因又对着康吉道："如今这小凡尼附搭在妙花庵内，那姑子们皆肯加意怜爱，用心抚育，我这里重重帖还他火食之用费，管教之酬金，很觉相宜。倘或我弄出点什么岔儿，这笔银子不是要脱接了么？到了那个时候，这小女孩子究竟怎样安排呢？究不知家父那边可否……"

康吉不等他说完，就插言道："现在尊兄不很积下些赀财么？"加的道："不瞒贤弟说，我这个勾当如不败露机关，固然尽可积蓄。但我想来，诚恐十分靠不住，不能算是久长之计。哟，你道这城内的捕役线索灵便，耳目周密，犹如有千里眼、顺风耳的一般，所以我怕有什么破绽。说便这样说，但是惧怕捕役的一层，还算小事哩。"康吉不很理会得，便道："尔既钟爱这小女孩子，何不领回家中来，朝夕可以抚恤，亲自可以照应，岂不妙呢？"加的蹬脚，恨恨道："噫，此是什么所在，可以留养这女孩子吗？倘为那坏透了东西看见，不要发狂弄出不安靖么？"康吉晓得是指着白尼，便道："我正不解，这种坏东西何以要容留他在门内呢？"加的道："这种情理，你是年纪轻，阅历浅，自然不明白的。大凡有危难相连，有仇隙相制者，则常迫于相机结交与为拉拢，盖非死而兵连祸结，不能解呢。"加的停了一停，忽又脸色洁白道："唉唉，你想那同台吃饭之人，那忍得下这毒手呢？贤弟呀，情爱两字好比是绳索之缚人，其尤为牢固者，则连捆两人，竟如一条锁炼上并缚两囚一般。还有那恃势力、弄智谋以为挟制者，则不得谓之情爱，而亦不得不结以情爱。譬如甲乙二人，甲有阴事，乙苟为告发，则甲必罗于国法，性命攸关。

那时候乙之得以牵制夫甲者，竟仿佛人之用绳牵狗一般哩。"康吉听到此处，不觉毛骨悚然，心惊肉跳，以口问心道："以刚强坚忍之加的，而为一贱人白尼所束缚，则其中必有危险阴秘之事，为他抓住小辫子了。我且慢慢再刺探罢。"

却说加的忽然抖擞精神，振作气势道："我们且喝酒罢，忧虑他作甚？况且白尼亦很有法子，到他能害我，我亦能害他，两虎相遇，惮于先斗，谁肯动到手呢？且请满饮一杯。"随即倒了酒，举起杯来干了。又呜呜唵唵的开口高唱起来，歌曰：

人生百年兮，哀乐孔多。蛮触交战兮，孰知其佗？友朋之乐兮，击节狂歌。何愚者之扰攘兮，起杯酒之风波。吾与子以同醉兮，任鞭驶于羲娥。看明星之在户兮，子不饮其谓何？

唱毕，哈哈大笑。那时康吉终觉闷闷的不大快活，加的又连呼"小凡尼"，自斟自饮的，又喝了数杯。复叮嘱康吉道："这小凡尼的话，不要为白尼得知。吾两人有点私事，未免互相疑忌，恐有不妙。那事原与这小女孩子之事并非一类，毫不相干，他亦没法子可害这小女孩的。然而后事难料，倒底不使他得知为妙。"康吉一一答应了，遂各自安寝不提。

看官，你道加的之于白尼，何以就受他牵掣，受他挟制至于如此呢？原来有个缘故，加的在此城内，曾与白尼合伙创挖窟室，私置炉灶，铸造大小钱钞，以为谋生之大助。那知这私铸之罪，在西例上亦是最重，必须要处死的。所以加的这一夜大发愁烦，诚恐白尼一旦变心，当堂出首起来，在他自己可援首告免罪之例，加的不被他坑了么？因之就有上一番说话哩。此处若不将此情节叙明，阅者未免如堕云雾，这一节事情，后文再行交代。

却说次日正是礼拜日，加的起来，盥漱已毕，用过早餐，邀了康吉，同往庵中顽顽。一路行来，将近庵院，已觉得风景清华，水木明瑟，果然是祇园净地，不染红尘，真好去处哩。将到庵门外，见是静悄悄的一带槿树篱笆，两扇绿漆竹门。进得门来，但见古木参天，细苔铺径，两边排着朱架磁盆，花卉罗列，掩掩映映，高高低低。有虎刺，有虬松，有仙人拳、仙人掌，以及五色月季，各种磬口檀心的真腊黄梅、天竹子、侧柏等精致盆景。苔径之后，围以砖墙，墙上沿有藤萝，紫翠可爱。墙边又有三四株合抱不拢的大冬青树，遮得绿沉沉的。那时正是冬令，所以园景萧疏清冷如此光景。康吉看此园内布置景象,不觉想到儿时跟着母亲爱格在桃源别境内的光景,不觉大为伤感。

转过围墙,左侧露出一个门堂,就跨上石坡三级,走进网户一重,里边是个小客堂,地下铺着五彩绒毯,十分精洁。加的站在中间,咳嗽了一声,只听得后边房门推镮一响,有女子狂喜的声音,飞奔出来道:"嗳呀,爹爹来了。"康吉留心一看,只见那小女孩子滚圆的面孔,绝秀的眉眼,身材小巧,脚步轻捷,真是玉雪可念的。那女孩子一直奔到加的身边,用手抱住了加的两腿,加的就蹲在地上,将女孩子揽入怀中,亲搵小嘴,紧贴嫩腮,亲热了一会。那女孩子也煞是作怪,就带笑带哭,又喜又憎的道:"为何这好多天总没来?你到底在那里哟?"加的亦甚为感动,一边哄着他,说是我明天要搬一个顶好的花园,就要来带你去顽哩。一边伸出那只十指如槌的巨手,来抚摩其头,润理其发,以示昵爱之意。又妆出慈婉声音,低低叫道:"小凡尼,小心肝。"康吉看他外面尽作为欢悦形状,而总带着忧色,晓得他为前夜所谈之病根了。

只见加的将小凡尼推开一步,自己就踞坐毡毯上面,伸手到衣襟袋内,掏出那些耍货来,摆列满地。小凡尼见了爬梯童子,欣欣拿将起来,加的就将钥匙向童子背后一开,那童子便一步步爬将上去,爬到唐梯顶上,又将钥匙一旋转,那童子就倒爬下来了。小凡尼看得眉花眼笑,又拣起洋箫来,抢着要吹一会。又看见洋孩子好顽,要挤他肚皮,听他叫一会。又拣起一辆小马车,加的又将钥匙开了,那马车就在地上乱跑,喜欢得小凡尼手舞足蹈,快活非常。又看见绝小一玻璃盒内,盛有东洋磁龟,首尾四足不住旋转,一发看得奇了,喊道:"爹爹,这是什么东西,如此乱动不休,他不辛苦吗?"加的笑道:"这是东洋人做的,却也奇巧。"那凡尼顽要了一阵,仍复投入加的怀中,举眼仰望着加的,正如极荣不可忍耐光景。

忽又突然离开加的怀中,直走至康吉身边,呆呆望着,作法音问道:"尔是什么人呢?尔莫非从月郎处来么?"说毕憨憨笑着,又低声唱耍孩儿小曲,断续抑扬,游戏三昧,毫无怕生之态,实为五六岁小女孩子所罕见的。康吉看此情形,又是可怜又是可笑,不过看他之妆娇作态,哄着加的,未必便是竟当父亲真真亲爱,此是旁观者清之意了。那时也就蹲倒在地上,向他说道:"小姑娘,我是从月郎那里来哩。你要什么样呢?"康吉话虽缓缓款款的说,那脸色总是板着,是他自己想到爱格怎样喜欢他,他怎样作娇,这一种光景恍然在目。又想到兄弟希尼怎样亲热他,这一种光景亦是恍然在目。那心里就有无限凄凉,无限愁闷哩。后事如何,下回续谈。

第九节　别尼庵伤心痴女子　合婚宴得意假新郎

却说那小凡尼听了康吉的话,又看看康吉的脸色道:"我并不要什么样,我看尔这很霸霸的相貌,我实在不喜欢哩。"又问道:"你有怎么好顽意儿的东西,拿来给小凡尼吗?"康吉道:"尔顽意儿的东西多着哩,还希罕我拿给尔么?唉,像尔这样很有人疼,倒真算得福人哩。"凡尼憨笑着道:"阿呀,这话奇了。尔说我是福人,为什么别人都说我是苦凡尼呢?我想来就是爹爹也说我苦哩。"一面说,一面已经跑到加的跟前,把头靠在加的肩膀上,撒痴撒娇。加的就将他揽入怀中,用手抱住了颈脖子,摩挱那鸡蛋白一般嫩滑小面孔,一会子又亲嘴接唇。女孩子嘻嘻的问道:"尔除了小凡尼,还疼那几个小姑娘么?"加的道:"我就疼你一个罢了,还疼什么人呢?"又指着康吉向他道:"这位叔叔人很好,是极慈惠的,将来他必定同我一样的疼你哩。先前他有一小兄弟,他就十分抚爱,亲昵异常。尔不要怕生,下次来就熟事了,他还要带着尔各处去顽哩。"凡尼道:"我不要他疼,我又不爱跟他去顽,只有爹爹同姐姐两个,是我最心爱最喜欢的。"加的诧异道:"你姐姐在那里呢?"凡尼眯着眼睛,痴呆呆的应道:"我也不知道在那里,但是天天总听得他说话之声音,却又不懂他说的什么话呢。你且同我去看看罢。"随即跳将起来,一直奔到窗口。加的跟了他来,望着窗外,康吉也随后来,也望着窗外。

小凡尼道:"你如今可听得我姐姐的声音么?可听出他劳劳叨叨[1]说些什么呢?"正说话时,只见一只秦吉了,翠羽红襟,飞上冬青树来停着,对住窗子抖抖翅膀,咭聒咭聒叫了一阵。加的哑一声道:"这是小鸟罢咧,怎么说是姐姐?真小孩子胡闹了。"凡尼嚷道:"这明是我姐姐,天天陪伴我,替我解闷儿的。爹爹莫这样说,他委屈不起,就要生气,拍拍拍飞去了。"加的脸上带着深为憨恻之色,回转头来附着康吉耳朵,低低说道:"你看,这样傻不棱登,莫非真有点痴颠么?"又接道:"我看来只怕不是,大约年纪再大几岁,定见会好的。"康吉只叹了一口气,一声没有回答。

加的又引逗他顽了一会,忽然拿出银镖来一看,道:"阿呀,时候不早

---

〔1〕　劳劳叨叨,即唠唠叨叨。

了，我今天还有事哩。"就招呼姑子来，收管女孩子罢。那晓这女孩子一见姑子来领他，登时把脸放下，嘴卖瓢儿，发狂发颠的啼哭起来。加的是知道他老手段，要扯牢衣襟，死不肯放的，随将身一闪，早已蹩出了门外。康吉乖觉，亦是轻轻闪了出来。但闻姑子哄着他说："是尔爹爹去买好顽好吃的东西来给你，一会子就转的嘘。"小凡尼只是哭，也不理会，忽又哽哽咽咽，作发颤声音喊道："阿呀，爹爹死了。"姑子唶道："这小妮子总是不懂，怎么爹爹回去，尔总是要说死的，真作怪的小怪物哩。"不说那边姑子很命的将凡尼抱起，拥入房中，又取那玩耍物件尽量的引逗。不想这小孩子尽行掷弃诸物，自投于地，泼天泼地，痛哭打滚，万劝不转。这边加的看了，实在难以为情，倒站住了脚，听了一会，方才缓缓走出园来。一路与康吉谈论此女相貌如何清丽，心地如何玲珑，实在是可爱的女子呢。康吉只得胡乱称赞两句罢了。

却说他二人从妙花庵内出来，一路缓步徐行，只是说着小凡尼的好处。忽又突然问道："假如我有什么岔儿，或者一时急病死了，身后又没什么遗产，那时候你还能为我照顾小凡尼吗？我之所以看重尔者，很敬爱尔，原为尔一向之不忘乃母，惠恤乃弟，这一点良心嘘。"康吉只是诺诺应着。加的又慷慨激昂道："贤弟呵，我万一有祸临身，总当千方百计，设出计较，必不连累于尔哩。我自想生平所作所为，虽说是老手熟溜，终恐怕瓦罐要不离井上破哟。我之不告诉尔者，因为尔的心内还是美玉无瑕，故深不愿尔知道这些举动，倒并不是忌刻尔的意思。只要尔日后果能抚恤小凡尼，不使他失所，尔就是赴官衙首告，我总不出一怨言哩。"

康吉听到此处，那一腔义愤万耐不住，脸色已放沉下来，直着脖子嚷道："阿呀，加的，尔到底说些什么话？尔当我是什么人看待呢？"加的道："罢，罢，这且不必说他。尔看这小凡尼，不实在作怪么？他这个小小心孔，不十分古怪么？"康吉不便直言，只得含糊答道："仅仅看他一刻工夫之行为情景，未必就很看得出呢。"加的道："我看他玲珑起来，那说话意思，曲折都懂，断不像是六岁的女孩子。那傻将起来，倒也很觉诧异。我曾为他耽心，恐怕有什么痰气，那请来大夫倒也都说不碍。况且姑子们很会管教，渐渐化去这个毛病就好了。尔知道怎样就有此毛病呢？原来他母亲怀孕之后，屡遇着悲伤愁闷之事，伤于七情，几乎像要发颠一般，他在腹中禀着这一股母气，所以如此的。我如今立志必须要积蓄资财，遗给他用，现在已有些银钱存在姑子处，我将来使冻饿杀，亦不肯将此款提回一钱的。尔试想想看,此女所亲热倚靠者,只我一人,余外那有亲热我的人呢?"

正说着,已经走到自己门口了,两人就住了嘴,一直到帐房内坐定。侍者就上来回道:"方才有一位夫人,我们从没见过,都不认识他,要见络弗先生同小先生。回他多不在家,已经去了。"康吉闻言,就疑心到前日那位夫人,可惜不得一见,心里想着,身上自然懒懒的,躺在睡椅上,一声不响。加的也忙忙碌碌,料理正经事务去了。此处暂且不表。

大凡做小说者,有事则日子便长,一天之事可以做几回书,无事则日子便短,一回书要说好几天之事哩。这一日乃是古柏喜日,男女两新人以及一班催妆贺喜之人皆送到礼拜堂,请教士代为结罗,注册行合昏礼[1]。那时是络弗权代主婚,双手抱住亚德姑娘,送至古柏怀中。古柏就携着玉手,退出堂来。却说那亚德于到礼拜堂时候,似乎甚觉慌张,这也是姑娘们初出阁之常态,而亚德此番更其不知为何。只看那行礼时,两新人朝上并立,教士登坛,按古礼与之施衿结帨。那时大众皆属目坛上,只有亚德屡屡回头,窥顾堂门,古柏看见,亦觉有点诧异,只是不好动问。到礼毕之后,两新人跳上马车,那些吃喜酒的亦都驾着马车,纷纷扰扰,齐到白鲁大酒馆[2]中赴席。

原来此馆为巴里司京城最有名之大酒馆,凡官宦商家,有体面的,遇到喜庆各事,往往在此摆宴会客。一则房子宏敞,不拘要摆几席酒,都有绝宽大的厅堂,绝精致的雅座。二则烹调讲究,不拘要点什么菜,都有绝新奇的做法,绝香美的异味。论到要体统,他是高堂大厦,陈设铺垫,台椅碗碟之类,无不整齐新洁,光彩照人。论到要便当,他又是僮仆使令,设席更衣,上菜行酒之事,无不左右当承,呼唤随意。所以这馆中生意就极闹忙了。今日古柏是个合昏大礼,络弗早已替他定好了正厅席面,拣好了菜,又嘱咐那掌柜的,厅上灯彩都换着斩新[3],铺陈的镜屏、花瓶、椅披、台帏,亦都换着最华丽的。古柏一进门,只见珠灯灿烂,璃镜光明,连那地毯都是五彩鸾凤,花卉簇簇新新,一无灰尘。古柏早已欢喜的不知怎样才好哩。但又想到费用太大,那就心又发抖,肉又发疼了。正在想出神,只看见络弗进来,

---

〔1〕 行合昏礼,举行结婚礼。昏同"婚",以下同。
〔2〕 白鲁大酒馆,原文为 Cadran Bleu,巴黎著名的大酒店。
〔3〕 斩新,即崭新。

连忙上前握住其手道:"阿呀,络弗先生如此费心,张罗周到,真真了不得了。但是未免太费了些。"加的呸一声道:"这是合昏大礼,岂可草率将就?尔明日到家中过活,那自然随尔省俭了。今日是请喜酒哟,况且姑娘的这主财产不薄,难道还舍不得用去一日之费吗?"古柏连忙转脸道:"是,是,先生说得是,我亦并非吝惜之意。若讲到妆奁,实为不薄,且已托状师查阅其事,曾回说十分妥当,一无差误哩。"加的方笑说道:"巴里司京城内,近日结姻之举无好于此者,实敝堂中一桩美事,一段佳话,深为可庆哩。"说毕,就举步走入客人队中,众客皆拱手作礼,齐声道:"络弗先生辛苦了。你们看冰翁如此忙法,这个撮合山岂是容易做得么?"加的得意扬扬,答道:"全仗诸位福庇哩。"

却说那一日众客俱齐,只有福门子因好事不成,心中闷闷,所以不曾来堂中。帛富太太同坡罗人俊何并肩而立,那四只眼睛互相盼睐,暗里传情,已经勾到八九分了。左边是系金先生,旁有络弗从中举荐,使他认识的艾明姑娘站在一起。艾明着一件红锦紧身,下束白裙,脖子上挂着一串假金刚珠,缨络垂垂,打扮异常华丽。系金不住的觑着,他自以为颇得情趣,艾明低了头,红了脸,大有觍腆之态。大约此两人亦被情丝所缚了。络弗看这两对儿,不又是绝好的佳偶吗?不又是极好的主顾吗?想到此处,不觉心花大开,手舞足蹈。又想道:"这合昏堂基业从此牢固,将来愈扩愈充,起家发福都在这里了。"所以越想越高兴,应酬众客,嬉笑谈谐,四座风生,越觉娓娓不倦。侍者上来支开台面,换过一条净白台布,四围团团排列了靠椅,安放了酒钟、刀叉、瓢勺。古柏就邀客入座,膳夫献上牛尾羹,侍者斟了一巡花露酒,又是每人每的酒瓶高脚杯换过,随即牛心炙、烧羊胛、火鸡臕、沙鱼脍。又另是几品大菜之后,献上点心,亦不过是鸡蛋糕、奶油酥、苹果糕、梨酪、山查〔1〕酪各种甜食。众客老饕痛饮,不必细述。到得大菜供十道,点心上八套之后,众客皆用大水碗揩拭嘴唇,各抹碗口作声,以为笑乐。此就是引入歌曲起舞之渐,众客各已预备。倒底不知此事如何下场,如何了局,又究不知是个什么缘故,奈已翻得笔枯墨燥,说得口渴唇(孔)〔干〕了。后事如何,且俟下回(乾)〔续〕谈。

---

〔1〕 山查,即山楂。

第十节　乐其乐鸳鸯新舞　苦中苦鸾凤分飞

却说是时众客皆预备起舞,但见古柏穿一领元色绒衫,拖着金练,下套着糙米色有斑纹的绸袜,绷一条元色镜面呢紧统小脚裤,结束做急装劲服之像。当时出席称曰:"今日蒙诸贵客、各闺秀光临畅叙,实为万幸。何不各请试舞一回,以尽余兴呢?"众客皆站起来应道:"妙阿,大众各舞一回,极是尽欢的妙法哩。"于是推出京城内饼干局大店户之掌柜妇人名夏飞者启舞。那启舞好比是主席一样,进退止齐都听他调度了。络弗于内席上引出新妇,舞了数次,或做金鸡独立势,或做丹凤朝阳势,或做点水蜻蜓势,或做穿花蛱蝶势,或则乳燕随风,或则仙鹤唳月,翩翩往复,旋转不休。众客有狂笑的,有高歌的,喧哗热闹,异乎寻常。

古柏又请众客少停道:"我们今日喜筵,必须要应个景儿,做那鸳鸯舞哩。"众客哄堂大笑道:"妙极了,妙极了。"看官,何以谓之鸳鸯舞呢?原来起先之舞,不过随便写意,有男客高兴去舞者,也有女高兴去舞者,参差错乱,并非一齐起舞。若说这鸳鸯舞,则是男女各寻了匹偶,一对一双的跳舞。于是男女众客分作东西两队,排齐站着。古柏携了亚德之手,就在筵前对舞起来,串进客队之中,绕着众客。这众客男女原分两队,看他新郎、新妇跳舞过来,也就两队并作一队,一队又分为两队,都是牵着手臂,出队跳舞了。那时真是五花八门,迷离恍惚,龙跳虎跃,凤翥鸾翔,忽而岳峙渊停,忽而鸢飞鱼跃,令人目迷五色。

正在欢呼快活之时,忽然门口来了两人,左右窥探,细看各起舞的男女众客,如欲寻人访友的形状。原来此馆门前是一带绿漆西洋柱栏干,栏干里面是垂花槅子,装着玻璃暖窗,这是外一进正厅。屏门之内,另是一个院落,里面花户油窗,收拾华丽,这是第二进正厅,正是加的所定摆席的所在。因为加的作事把细,诚恐在第一进厅上耳目太露,所以定这第二进的。那知此一带屏门原系玻璃窗,所以在门口望将进来,仍旧是清清楚楚,一无隐藏的。那门口两人,一个身材高大,面貌雄壮,一部淡黑色落腮胡,一个年纪还轻,不过三十岁来往,身材瘦怯,衣服整齐,一手靠住那胡子肩膀上,附耳低言,不知说些什么。当时舞者正在高兴之际,那里理会得?有几个不舞的客人,衔着吕宋烟,走到院落内观看景致。只见门口玻璃窗边靠住两个人,眼睛活溜溜,只望着歌场之上,正不知是什么人。就打量一番,总不像是本城人氏，但听胡子的说话，喉咙略高，辨得出几句口音来，方晓得是日耳曼〔1〕人。于是互相议论道："莫非又是客人么？"一人道："否否，大约亚德之亲戚，来看合卺筵宴哩。"

那新妇正在嘻嘻跳舞，穿花拂柳，在这两队之中，轻巧便捷，竟有飞燕掌中光景。古柏穿来跳去，磕头碰脑，弄出满脸大汗，正在用手绢子揩拭额角上汗珠。心里着实欢喜新妇之态度风流，身材袅娜，不觉看呆了，在那里出神。忽然那胡子一直闯将进来，大喊道："在这里了，你这千很万恶的，今日也被我找着么？"亚德正舞得高兴，忽听大喊之声，犹如青天一个霹雳，左一只脚已经高举起来，离地有三四尺高，右一只脚还站在地上，原意是左脚一站落地，这右脚就再飞起的，如今被他一喊，心里一吓，那左脚反擎得高高的，动也不动。众客不知就里，只道跳舞之法新出巧态，反齐声喝彩起来。适值加的携了一女子之手跳舞过来，却在亚德背后，看见亚德做此飞仙跨海的势子，连声称赞道："妙哉，妙哉！此真是出奇制胜之法了。"正在避开亚德，岔从旁边过去，却好遇着那胡子猛扑过来，撞个满怀。因他来势凶勇，几乎玉山冲倒，要翻下筋斗去。却得背后系金先生赶到，这边掌不住脚步，倒翻过去，恰好踏着系金脚背上。系金"阿呀"一声，见他是铳过来的，连忙将背脊用力一推，方才站住。说时迟那时快，亚德左脚刚刚落地，那知这个身子就跟胡蝶〔2〕一般，飘飘荡荡，自己不能做主。幸而适值坡罗人走到，他就趁势一跌，投入俊何怀内，俊何连忙扶住。

那日耳曼人已经赶到面前，一把抓住了新妇手臂，厉声的喝道："尔如今不必假装了。我且问尔，我的银子在那里呢？"古柏抖擞精神，一边用手整扣领带，一边堂堂作色道："先生差矣，尔如此举动，实令人见怪。敢问尔之银钱，与这夫人何干呢？事不明言，犹如梦呓，尔又何必如此性急，如此冒失呢？这夫人之银钱，自然都归于我了。"日耳曼人道："哦哦，此事我全明白了。"遂用手招呼那同伴之人，打着法兰西口音道："华发先生，且请进来，我们计较下手罢。"众客闻他叫华发先生，尽皆变色疑惧，不知何故。

只见那华发缓步上前，进入内厅，众客皆恭敬避开。原来华发乃是巴里司京城内有名捕员，犹如北京番子手一般，耳目最灵，羽翼最广，无有缉

---

〔1〕　日耳曼，即德国。

〔2〕　胡蝶，即蝴蝶。

获不来的案件,所以是个很红的红人哩。华发和声缓语道:"众位闺士,不可张皇,此事原与大众无干的。"此时大众心中好比一锅沸水,陡然一勺冷水,那百沸汤自然定了。只有坡罗人十分怯惧,偏偏他用两只手扶定了亚德,柔弱之女四肢不住发抖,竟像有扶挟不定,要溜下地去的光景了。又看到亚德则面色洁白,目定口呆,如痴如醉的靠在俊何身上,那浑身竟像酥透了,一点筋骨都没有的一般。华发笑容可掬,不慌不忙,问俊何道:"阿阿,好汉子,尔认识我么?且不可动,好好扶住了小娘子,不要放手嘘。"俊何听得叫他扶住不要放手,只好依他,用力挺起了身子,把亚德靠着,两只手又抱住了亚德身躯,方才站稳。华发点头道:"好,好,不可复动,正这样把他扶定罢。"

那时古柏见如此情形,万世摸不出头脑。但见亚德靠在坡罗人怀内,又气又恨,那一腔火气既无从发泄,反又添出一腔酸水,要想抢过去把亚德夺转来。却好华发回顾古柏,用两个指头指其胸膛道:"喂,朋友,事既不干涉于尔,尔且不必干预罢。"古柏愤愤的道:"尔说不干我么?天下有丈夫见妻子之事,而置身局外,反说无干的么?此夫人乃我的浑家,尔还说这些混话吗?"那胡子厉声打法兰西话,喝道:"尔真混说,尔还再说是浑家吗?"古柏那里肯依,怒气更甚,喊道:"岂有此理?什么,我自己的女人,倒不许我复言吗?这正是我的浑家哩。"那胡子愈气愈恼,要打法音就打的不很明白了,含含糊糊道:"尔混说,这正是我的浑家哩。"两边正在嚷着争夺妻小,那日耳曼人就握定亚德手臂,很命的一抖,竟是箸骨都要抖散,睡梦都要抖醒,全不像当他是任过子爵的千金小姐哩。随又厉声喊道:"皮勒太太,尔自己说罢,倒底尔是我的妻子不是哟?"亚德徐徐开言道:"可恶,可恶。"皮勒乃回顾众人道:"如何?这不是已经认了么。"那捕员仍旧是带着笑脸,缓缓款款说道:"此事犯真了,然不是大不了之事。众位闺士不必惊慌,这是与大众无涉的,请各自尽余兴寻欢乐罢。"又对日耳曼人道:"门口有捕役守着哩。皮勒先生,尔请把这妇人带去罢。"那时候古柏的心里又气又羞,又恨又愤,当时在场上倒弄的一无计较。又想道:"此事我总抓定络弗要紧。"连忙举头一看,只见络弗已站在玻璃风窗口,将要溜脱的光景了。古柏就赶上前,拉住了络弗的衣襟,急喊道:"络弗先生,你且不要走,今日之事倒底从何说起?天下那有如此顽意儿的么?况且当初的时候,你不明说是个黄花闺女么?我不是明媒正娶的么?我且问你,我现在还是脚站在地上呢,还是头倒站在地上呢?"加的无可奈何,只得安慰他道:"你且不要嚷,我自有道理哩。等到明日自会冰消瓦解,你何必如此慌忙呢?"

正说间,却好华发已经走近前来,指着加的问道:"这位先生是什么人呢?"络弗早见局面不祥,又见华发来问着他,连忙将古柏一把推开,双手插入裤袋内。看官,西人紧绕小脚裤,在面前裆边两旁皆缝有夹袋,天寒风冷,则两手插入其中,以取暖和。此时正是冬天,故加的做此行径。又以自己相貌举动,诚恐为捕员认识,兼之这种捕员眼睛最毒,一回看见,下回诚恐不便,所以急急的装出一种怪相来,使他无从认识便了。主意已定,就把颈脖子很命一缩,缩进了领带之内,这个头便揩倒了。再把那两个肩膀一扛,扛将起来。一双眼睛又翻出了白眼,嘴里鼓了一口气,把两腮吹涨了,像是很胖的一般。古柏从旁见他做神做法,登时变成奇形怪状,竟毫不能认识了。华发站立其旁,心里怎不明白呢?但看他这个样子,又不像牛又不像骆驼,又不像鬼又不像妖怪,不觉暗暗可笑,只得再和和蔼蔼的问道:"这位先生究竟是谁呢?"适值加马少妇在旁,看见络弗如此窘状,心中十分慷慨,要替他出力一助,遂插言道:"此位是络弗先生,系英国世家子弟,素常有名的。你还要问什么呢?"古柏从旁喊道:"骗了我银钱五百凡革〔1〕,这个人不是好人嘘。"

那捕员又细细的将络弗浑身上下打量一番,然后开言道:"原来就是你么?你竟还大胆在这巴里司城内么?我看你从壮年到老,还是如此没长进,专做这些勾当吗?"加的听到这种话语,晓得他的事体有点败露了,只得硬着头皮,大着胆子答道:"阿呀,先生,你的所言真是打头不应脑哩。你到底当我做什么人呢?尔要知道我的姓名、履历,尔只须到伦敦京城探问便了。否则询之英国外务大臣便了,再不然只须问问驻法京之英钦差罢了。尔何必絮烦呢?"华发伸出一只手掌道:"既如此说,那是我冒犯了。且请出执照来我看看罢。"原来英人之至法国者,无论通商习艺,必须领有外务大臣的执照,或者是驻法钦差的执照,方准往来居住,好比如今所用的照会及工部局的捐票一般,所以华发必须得此为凭哩。后事如何,下回续谈。

第十一节　嗔醉汉娇妻谋别嫁　逢义士小友话分金

却说加的见问他要执照,反硬挺着答言道:"那执照自然是藏在家里,

---

〔1〕　凡革,原文为 Franc,即法郎。

那有带在身边来赴筵席的吗?"华发道:"那没〔1〕我后天再到贵宅来一验。你若听我之劝,不如出了这巴里司城罢。"又作色道:"我总像是认识你,莫非是误认么?似乎尔总在阆罗里这一带窟着什么,鬼鬼祟祟的。"络弗一闻此言,连忙深深作礼道:"正是我失记了,是幸而识荆过的。"捕员遂暗暗的丢个眼色与加的,这是两相会意,开脱他叫他快走的意思了。加的乖觉,早已会意,不觉变色,大为感激。原来华发所说的阆罗里地方,正是加的结聚党羽私铸银钱的地方。所以络弗一听他指出地方,这是明明要败露了,如今丢眼色与他,大有开脱之意,那有不感激的理呢。那时加的就默默无言,趁着空儿一溜,转瞬间已在馆门外了。

单说那坡罗人本是大个子,如今战战兢兢,缩做一团,躲在厅堂上首,对角子屏门边,帛富太太的丰伟身躯背后。华发一眼望见,指着问道:"这位先生他自称什么名姓么?"帛富太太见大坡罗人原是武汉,雄纠纠气昂昂的人,如今吓的这种光景,不成样子,心里大为疑惑。只得代答道:"此非别人,乃是尽忠亡国的坡罗遗臣俊何君哟。"华发喝一声道:"嘻,诸位闺士,惟请慎交罢了。这人名叫拉都,那时犯事,却好我全知道的。曾经监禁牢狱,不知几时期满出来的,怎么又在此胡闹吗?倘可称伊为坡罗人,乃可称我为中国人哩。此人之话还可相信么?"

古柏到此时候,实在忍耐不住了,只得插上嘴来问道:"话虽如此说,那妇人的产业究竟如何呢?况且这边我已经状师查验明白,一切都说不错,并没一点子毛病。又兼那公家费用已照纳过,此事还防有误嘘。否则,莫非我见了鬼,钱又丢了,人又仍旧丢了么?"皮勒先生早经明白他浑家的举动,心中正在痛恨,听得古柏的话,就将亚德一把拉了向前道:"贱妇在这里哩。只要将产业尽数的物归原主,这贱妇我倒不希罕,不是一定要弄转去的,就归你也没什么不可。"亚德又喊道:"你听这厮的话,就这样凶恶么?"华发道:"你们且不要嚷,说起这一段话来,长得很哩。总之皮勒先生倒是个好汉子,当初在英国奕斯爵臣家中,经理签押房,进出公事,始终勤慎,早为奕斯公赏识。后来这奕斯公得了痰症,屡治无效,不得已带着医士出外游览,以冀舒展身体,开(豁)〔豁〕心胸。不料全无效验,病反加重。那一路上的调护寒暖,侍奉药饵,全是皮勒一人尽心竭力,日夜不倦。奕斯公甚为感激,到后来弥留之际,遂传下遗嘱,赐以厚赀,以赏其劳,竟是好好一分大

---

〔1〕 那没,犹那么。没,同"么"。

家当哩。皮勒夫人亦同在此爵臣家中,任女师之职,教导闺阁中诵读写算,仿佛是绛纱帷的故事一般。皮勒见他心地聪明,面貌美丽,就央人出来作媒迎娶的。嗣后得了这股厚赀,又属闲居无事,那知道就福过灾生,竟奄奄的染成一病。他病大约是太闲空了,以致筋骨懈弛,不知道还是太糟酒的缘故呢?总之这病就非同小可,竟辗转床褥,不能起身。皮勒先生,这些情形可是不差的吗?"

此时亚德已经呜呜咽咽,掩面啼哭,听到这里,忽然哽咽着道:"这真是可恶的厌物哩。他就是天天糟酒,总要酩酊大醉,迷迷糊糊的。"皮勒道:"就是吃酒,也不过是消愁解闷罢咧,何曾碍着你什么呢?那里知道你这贱妇竟起了歪心,趁我卧床不起,就悄悄的席卷而逃。阿呀呀,真好很心呀!我如今幸蒙华发先生为我找着,诸位得罪了,我们且告辞罢。"华发亦作礼道:"诸位且请入席饮酒罢。"于是皮勒拉着亚德的手,先跨出门,华发跟在背后,一同去了。看官,原来亚德是因为嫌他丈夫醉酒旷工,所以作此举动的。我辈贪杯的朋友们,倒要小心点子哩。这里堂中众客弄得面面相觑,默默无言,好比是兔窟中窜进了一只猎犬,鼠穴内忽来了一只野猫,真个惊疑扰攘,酒也都醒了,人也都乏了,呆了一会,大众各散不题。

却说华发既出门,康吉无意逗遛,乘着皇遽之时,脱身一溜,奔到加的寓处。只见加的已先走到了,正在与白尼两人忙忙碌碌的收拾行李物件。康吉一见白尼,即诧异问道:"你是什么时候离那边宴席呀?"白尼缓缓答道:"早哩,我见捕员进门,就站起身走了。"加的听了,跌跌脚道:"唉,你这个人怎么见了捕员,到不早早的放个风给我呢?"白尼道:"我被他来一吓,也就昏了,当时只顾着自己罢咧。"又冷冰冰装着死相道:"况且络弗先生正在跳舞欢乐,我怎好扰乱他心思,打断大众的兴致呢?"加的正在脱下这赴宴的华服,折叠起来,要整整齐齐的置入箱内,听了白尼之言,回头对康吉道:"你听么,天下有如此乖觉的人吗?多同他这种心思,我辈还要结交什么朋友,还要同什么患难安乐呢?"忽又哈哈大笑道:"我想这节事倒也可笑,那恶捕之与我,实在不知有何缘分,倘非他丢过那眼色,立刻好做得阶下囚哩。这种恶捕,不知有甚法则,就如此能制服人。我之为人总算是很大胆的,乃一见该捕脸色一变,我这个心竟像是掉下地了。阿呀,好险嚯。"康吉道:"依我看来,他不见得是认识你,不过冒冲〔1〕罢咧。即使认识,又

―――――――――――――

〔1〕 冒冲,即冒充。

有何妨碍呢？这种行业就算奇异些罢,亦是在例内的,何必定要丢了呢。"加的道:"贤弟呀,今日之事,就不是捕吏来扰,我亦料到必要败露,不可挽回哩。因为那可恶的小亚德,有个族长吃醋我此番媒合,已经设好陷阱,要害我哩。就是古柏,只怕也要远扬才好呢。此事实无可奈何。康吉,尔且就寝,我们要趁天明的晨光,赶行出境哩。"原来加的之阴谋私铸,白尼写样监工等事,康吉全然不知道的,所以这一篇议论,加的究不好明说,所以有这一番托辞。

　　一会儿天色晚了,各人都去早早安歇。惟有康吉就寝之后,翻来覆去,再睡不着。想到那前儿的那位少妇如何丰韵,如何姿色,兼之如何留情,可惜如此缘悭,竟不能再会一面。如今这一出奔,萍踪无定,那里再去访寻呢？胡思乱想,甚觉无趣。忽又想到,加的之为人,我从前所以佩服他者,因为他心雄胆壮,遇事敢为,毫无惧怯,是个豪杰之士。如今被捕役查问,就吓的这种样子,又似乎不甚足取了。盖康吉年纪尚轻,世境尚不很了了,就是那英雄豪杰,无事不敢做的,一遇到法堂上审讯,自然是会胆寒,一遇到捕役查拿,自然是会心怯,这就是法律所在的缘故。法律者,朝廷之威权,世人即有胆力,那有抗拒朝廷威权,以自称为英雄豪杰的吗？康吉没有明白这一层道理,又不知道加的之行事实有不赦之罪,所以如此想法。既诧异他如此惊吓,又惭愧自己迫于跟从他。左右思量,毫无法则,直到两点钟方才睡去了。

　　却说加的一觉睡醒,已是钟敲四下,连忙起来梳洗了,再将东西什物检点了一番,就拿了个蜡烛盘,一手遮住了光,来到康吉房中。只听得鼾呼之声,晓得康吉尚在梦乡,轻轻的走到床边,用蜡烛光去一照。康吉在睡梦之中,朦胧惊醒,只见烛光之下,照见很霸霸一个稍长大汉,只道是歹人,连忙伸手出来,紧握其臂,竟像要抗拒抵敌的光景。加的低声道:"你这人手劲倒很好,尔要干什么呢？快放手。我有正经话说嘘。"康吉听了声音,方才晓得是加的,连忙放了手,自己凝了神,醒了一醒,擦擦眼睛。加的将蜡盘搁在床边茶几上,自己又走到房门口,去将房门扣上。然后转来坐在床沿,附着耳朵,切切促促的道:"你且听我说,我之玄妙法术,如今尽无用了。我为人就是有权谋,有机智,神出鬼没,从此以后实无望了。既不能回伦敦京城,就是那普国百灵京城〔1〕,奥国未恩纳京城〔2〕,比国白色剌京城〔3〕,

---

〔1〕　普国百灵京城,即普鲁士首都柏林(Berlin)。
〔2〕　奥国未恩纳京城,即奥地利首都维也纳(Vienna)。
〔3〕　比国白色剌京城,即比利时首都布鲁塞尔(Brussels)。

这几处多被认识了。这巴里司城又遭败露,溜熟了那刁捕的眼睛,就是换妆扮,改行业,总难瞒那毒眼哩。"

康吉慢慢的坐将起来道:"尔何必如此惧怕那捕役,与你究竟有什么交关呢?老兄从前不常对我说,并无犯法之事么?"加的被这一驳,方才觉得无可藉词,因说道:"贤弟,你不知道么,虽无罪戾,亦被人所猜疑。从前贤弟为巡役追逐,亏我搭救那种情形,尔忘记了吗?尔尚在幼年,何以亦要隐姓埋名,避匿异国呢?这句话不是贤弟所该说的。吾现在正做那化穷为富、变无为有的勾当,用铅锡铸作银钱。老实告诉你罢,就是这个缘故,不能复往欧洲京都各城,不免要落下一级,只好在那些省城内去住着,再设法做那把刀儿罢。我现在来进言者,系为贤弟之事嚄。我此番不能很积银,况一切为白尼掌管呢。再除去替小凡尼提存之款,余外止剩有一百五十金。若以所有生财家伙取半价卖去,又可得一百五十金。今与贤弟分了,以为出奔去的路费罢。我前次不说过吗,有罪断不波及你的。今特践此约,银在这里,你收好了嚄。我们交好一场,很是投机,何忍叫老弟无辜受累呢?所以预先将银子分好,尔便可早离此处,快往他方,再迟怕来不及了。"

康吉暗暗寻思道:"加的稀奇呀,难道昨晚窥见我面有愧色,疑我有离开他的意思么?"又细看加的,竟是不忍连累,预先设法的好心,心中倒踌躇了一下。又想道:"平居相征逐游戏时,自命为刎颈之交,倒得一有患难,反面不顾,反帮着别人来算计的,世上尽有这种小人之常态。然而我康吉乃是要做烈丈夫、奇男子的人,那里好学这些下作行径呢?况加的慷慨激昂的待我,我愈不可负他哩。"于是恨恨一声,将银袋一推道:"阿呀,恩兄呀,这是什么话呢?想孤子自蒙悯救以来,恩谊不浅。如今急难窘迫的时候,反拿着恩兄的银子,避着恩兄的拖累,还好成个人吗?在恩兄一片好心,我自己过得去吗?兄事虽甚凶险,我总不离开你,有祸同当罢了。况且我辈亦不可过于惧怕,只宜振起勇气,复争世间事业,方算是有手段哩。"

康吉既说出这些言语,随即打起精神,跳下床来了。加的以前萎萎蕤蕤的,意兴萧条,神情索寞,如今听了康吉这番话,不觉十分欢喜,忻然伸手去拉康吉的手道:"事已如是,那也好。我仅止你一小友,原是难以分离的,吾终生……"言未毕,又剪断了。不知他要说出些什么事,下回续谈。

第十二节　锁芝店白尼卖旧货　密兰城加的遇新交

　　却说加的说出"吾终生"三个字来，又咽住了，停了一停道："吾终生情愿与尔总不离开，今朝日下亦不必预先赌咒说誓，只要将来坚心的耐着一块儿就是了。如今事不宜迟，赶紧端正走路罢。那行李已经去了。"正说着，白尼又来催促，咕咕哝哝的说："你们不肯赶紧，我是要先走哩。"加的道："就走咧，你这样慌怎的，横竖总走的脱嘘。"不多一刻，康吉妆扮已毕，收束衣裤，皆是紧紧的行缠皮履，是个长行客人的模样。三人一同出门，辞别了婚姻堂，往前进发。白尼脸色洋洋如平时，这真是老成练达之才，一无惶遽形状，打着头走去，一声也不发，一步也不回顾。他二人随着后面，也是低头直走。

　　走了一会，到了这巴里司城门相近，见路旁有一家僻静店户，多为锁芝店〔1〕，是个仿佛小客寓一般的，正在那里开店门哩。那掌柜的身材长大，紫檀色脸，环绕两颊有一部落腮黑胡须，面孔垢腻，衣服肮脏，正在把窗槅子卸下。白尼走上前，向他不声不响举一举手，那掌柜的知道是要来打尖的，随即舍掉了窗槅子，领着他三人一径登楼。只见那楼梯上灰尘堆积固不必说，而且是一级一级都是脱零脱落，将要朽坏的光景。到得楼房内一看，那墙壁剥落，楼板参差，竟是十分不堪。房内设着旧床一张，漆桌一只，破凳两条，余外一无所有。加的举眼四面的一看，觉得景象萧条，凄凉满目，叹了一口气道："唉，婚姻堂比此何如，真真不堪回首了。阿呀，今早都没吃什么哩。我要烦店主人去买瓶酒来，再胡乱买些鸡蛋、面包来充充饥，还要乞借煎锅一枚。啊，众位不知我这调做煎油糕的手段倒颇好呢，可以试试看得嘘。"那掌柜的就点着头，自去办哩。

　　这里白尼开言道："你们就在此安心老等，我且出去，将家伙一切设法卖去，也好变些银子，买些衣服。一发搭定了火轮车坐位，那没一同往都儿城〔2〕去罢。"白尼说出这番言语，神气之间，略带一二分凄然不乐的光景。而他那正言厉色，终觉有点威猛，盖因他素常总不狠开口，所以如此。这也

---

〔1〕　锁芝店，原文为 the serrurier's shop。serrurier，法文锁匠、修锁匠的意思。

〔2〕　都儿城，原文为 Tours，今通译图尔城，为法国西部城市，位于卢瓦尔河畔，属安德尔-卢瓦尔省。

不必细说。康吉听了这番说话，心里忖了一忖，问道："是要到都儿去么？"加的道："是呀，原议是到都儿去，因为那里颇有英人寄居，通贸易、教制造的，我只要是有英人的地方，就可将就忍耐，权且住一住再说罢。"那白尼虽亦算英籍之人，然究竟是苏格兰人，闻了加的之言，也不答话，长吁一声，整一整领带，披扣了外挂，一径出去了。

一会儿店主买到了酒、鸡蛋、面包，他二人就胡乱先吃了些，随即又拿出两枚银钱来交付店主，托他去买些现成的烧羊腿、牛脯，煮熟的山薯蓣，预备中餐。那白尼到午牌时分方才转来，挟着衣服一大包。加的见他上楼，就看他神气面色俱已复原，沉沉静静的到得房内，将衣包向床上一抛，开口道："妙极，妙极，与犹太人交易，总说是要吃亏的，我此番反赚得便宜，岂不是我们出去一路顺风的好兆么？"看官，原来这犹太人是犹太国流散之类，专门做那贩卖旧货、缝制新衣的事业，算盘最精，银钱最紧，你卖与他，总是不值钱的，他卖与你，那就说一是一，说二是二的，十分掂斤播两哩。所以人都晓得，与犹太人的交易是不好做的。而白尼仗着阴谋诡计，居然得了便宜，故此回来大为开心。说毕，随即取出银袋两袭，亦向床上一丢道："这里面共计一百八十金，可以资为后举，起家发福，全在乎此，是个好本银嚯。"加的嘻嘻笑着道："好朋友，这真好本事哩。大凡人到此患，虽急迫之际，那里还有心思去料理琐碎事件。你看，这些动用家伙、房间什物，何等烦碎，居然做得爽爽快快，清清楚楚，而且一点不失便宜。胸中没得道理之人，那里能彀？我真服了。"加的说罢，却好店主去办来的中餐已到，遂摆设在黑漆台子上，丰丰富富，列着四个大瓦盆子，此种吃品，只怕此楼上从没有见过哩。加的一边斟着酒，一边叫大众饱餐了，就把衣包、银袋一并检点明白。收拾好了，三人就一径奔出大街，到了火轮车公司。却好将要开轮，三人一同跨上了车，腾云驾雾去了。

一日到了都儿城内，那加的就租赁了房屋，开起门户来。只有康吉一无心事，甚为自得，而且年纪又轻，相貌又好，打扮起来，竟是一位贵家公子模样。大众商议停妥，就把康吉假装做巨室袭产的。好在白尼另买有新衣，随即改换，一表非凡，摆出阔少牌子，实在令人相信，只说是带着先生同管事的，出门游览各处都城，扩充其眼界，开拓其心胸。这是西人好游之常态啊。加的就扮做师傅，是个有学问有功名之人，他这一身应酬功夫本来最好，谈论则博古通今，指天画地，原原本本，辨驳不穷，断不疑他不是做先生的，所以亦是很像。只有白尼阴冰冰，鬼魃魃，不像个上等人物。如今将他扮作管事,料理点火食帐目,供给点茶水呼唤,倒也与他身分形景相像,亦断没人看出破绽的。那外面之虚张声势,联络交游,仍旧是加的一个人着力,扯架子,绷场面,因为他气象阔大,神情豪爽,头戴学士巾。原来西人在学院内的那帽子式样,另有不同,不是箬帽,又不是铜盆帽,是个扁帽,好比古时候方巾的款式。戴到这扁帽,就知道他是学院中人物了。况且他吐属又文雅,每每谈论之中,引经据典,用出那学院中所最重的罗马经书言语,作为谈助,所以那都儿城中有几个寄居的文学朋友,纨袴子弟,多喜欢同他结交。他就趁着一块儿的时候,以赌博之利引动大众,公然设起场子来,作成赌局,邀人看牌。不想那加的看牌手段甚凶,大约是他阿叔传授的,所以无场不赢。那每礼拜之房赁、火食,以及车马、宴会各种费用,尽可开销,而且绰绰有余哩。

那知道都儿城内这班朋友,皆不是大财主大阔老,喜欢看牌者皆想要从中沾润点子光咧。即使输脱点,亦要想撙节省俭,或者也好多顽几场,或者也好想翻翻本看。无奈遇见加的打牌,竟如此神明,如此变化,如此精细,竟一毫便宜不能得,一点上风不能占,渐渐有疑惑他作弊者,有畏惧他太精者,又有输得太很不舍得银子者,又有输了银子回去冷性肉疼者,从此人多走开,邀不拢场子了。其实加的此番设赌,倒并没有放出局骗手段来,他也晓得这班朋友的脾气,所以用牌偏生正正经经打去,何敢放出神通,将这班人吓退呢?总是这班人赌太不济事,古语所谓“棋高一着,缚手缚脚”,正是此理哩。而这班朋友既不明白此中道理,又不知道此人来历,那有不动疑虑的呢?所以不到几个礼拜之后,竟是没人上门来请教了。他三人商议道:“这里如此光景,看来住不得了,不如另寻乐土罢。”加的道:“此去到意大利国之密兰城,路虽远点,倒是个好去处。我闻得那里是一个赌博聚集之大都会哩,不如去行行道看。”二人依着主意,收拾起身,一路不必细说。

这日到了密兰城,租下寓所,安顿好了行李,加的不免出门去看看市面,探探行情。那知道这个地方虽说是个赌博聚集的大都会,并没得一个大客馆、大赌场,凡属摆设席面,团坐众客,呼(虚)〔卢〕喝雉,结党成群之事,皆没有的。土人虽最喜赌博,不过在家里列个场子,邀两位朋友来顽顽,今朝在你家,明朝在我家,迭为宾主,互作东道罢了。远方外客,本不甚相信,那肯就与合赌呢?兼之人皆敏慧,牌法亦俱精妙,那里去得他们的便宜呢?至于有爵位及那豪富之家,则皆妄自尊大,骄傲待人,加的既无荐书,何从进身呢? 一连住了好多日,看看真没得法子了。带着的这点银子,经得什么用? 既没得亚白士银山〔1〕,以继其后,倒只有穷山苦海,以迫其前了。你看那坐吃山崩,不是快极的事么?

正在一筹莫展之际,他三人实在进退两难,万分踌躇。这叫做天无绝人之路,忽一日加的在街上闲步,有一英士郭大郎亦在街上闲步。加的在他身后走,见他从衣袋内掏出手帕来揩手,突然一声,竟带出一个玛瑙琢成鼻烟壶来,掉在地下。那人昂着头还只顾踱去,加的连忙向前,检起一看道:"幸喜沙土填平之地,没有震坏。"因即赶行一步,上前捧着鼻烟壶道:"老兄的烟壶丢了,小可拾得在此,敬请收好了罢。"那人亦觉得有什么东西带出来掉在地下,正在回顾头去查看,这边加的已经检起送到。那人将加的上下打量一番,知非等闲之辈,连忙陪笑谦让道:"不敢多承照顾,实在有劳了。"于是两人就攀谈起来,一路并肩而走,你一句我一句,谈得大为入港。那郭大郎就邀加的回家去叙叙,进去之后,他就至内室告诉他浑家,说有这样一个人。原来他浑家名叫玛革柯〔2〕,是极有本事有见识的一个女人。那太太出来,见了加的,听了一席之谈,大为称赞,说道:"这人倒很有豪侠之气,练达达识,可以结交得的。"因此更加欸密。两个人又换了帖子,订入金兰谱中,焚香约为密友了。加的既得了这一个好靠山,自然标榜声华,人人企慕,都要与他结交了。加的又用点水磨功夫,使各人皆得其欢心,然后施展出他那打牌的手段来,以作穷途之生计。这也不止一次,不(次)〔止〕一日了。其中不过饮食、宴会、银钱赌博各事,做小说的人,也记不起这多次,也说不完这多次,无关紧要,且只用一语交代过了。

这一日,他与康吉师徒二人又到玛革柯家里看牌,那房内设着赌桌两席,照赌规每桌围坐四人,分元亨利贞四位,好比中国通行的车麻雀〔3〕、倒铜旗〔4〕、打十虎〔5〕相仿。这一桌上加的与郭大郎南北对坐,玛革柯与一

〔1〕 亚白士银山,原文为 with the Alps,即阿尔卑斯山。
〔2〕 玛革柯,原文为 Macgregor,今通译麦格雷戈或麦格雷柯。文中亦译作"玛革"。
〔3〕 车麻雀,即叉麻将,打麻将。
〔4〕 倒铜旗,赌牌的一种。据《万国公报》第 699 号(1874 年 8 月 8 日)载:"赌具中有叶子戏者,最为华人之所好。盖以无喧闹之习,而仍有得失之机者,其牌则又以纸牌而易以行,名曰倒铜旗。无论香闺彦硕、樵夫牧竖、羽士缁流,亦皆笃嗜之而不少辍也。"
〔5〕 打十虎,也是一种赌牌游戏。

客东西对坐。康吉不能打牌,同一个絮絮老爹在屋隅闲谈。那老爹盘问康吉年纪、名姓,康吉一一说了。他又盘诘到家世、事业上,弄得康吉正在对答不来之时,只见门上进来报道:"拉德侯爷到了。"看官,原来拉德是个爵位之称,犹之乎如今李伯相称肃毅伯,左伯相称恪靖伯一般。那侯爷系名林贲,原来就是罗巴的妻弟、阿大的母舅,前者阿大出门骑马的时候,到罗巴家中来者就是他了。不知到此何干,下回续谈。

第十三节　打牌败兴狭路冤家　挥袂寻仇跛人造化

却说玛革柯、郭大郎闻得拉德侯爷来了,连忙放下牌张,站起身来,离开赌桌,恭恭敬敬迎接着。康吉留心观看,只见有好几个鲜衣的仆从笼着灯,那人一跷一拐,蹩将进来。原来此人是个跛足,仿佛画上之李铁拐一般,因为当初奸拐加的之聘妻,后来闹到枪战,被加的奋刃刺伤左腿筋骨,所以变为残疾的。西人袭爵不在乎此,倘若中国咨部承袭,必须督抚考验,部员查看,然后引见,有好多不方便哩。这里郭大郎、玛革都迎将上去,拉着手道:"阿呀,如此夜气寒冷,居然下顾敝庐,实在出于意外哩。"那人道:"你不想着么,敝馆中寂寞得很,那及尊府快乐热闹呢?"又接道:"啊啊,在此看牌么,不可打断,仍请入席罢。"玛革问道:"公亦以抹牌为好消遣之妙法么?"那人道:"近来竟不做这些顽意儿,经久已播尽糠秕了,即一点锹犹不能掘还哩。"玛革柯嬉嬉笑着,称赞他喻言之妙。原来他说"播尽糠秕"语,是说那轻薄人的行为,如今已扫除净尽了。"一点锹"是打牌中的名目,说他现在竟不很做这些勾当的意思。说毕,看见有人在桌上候他两人,而郭大郎同着玛革柯又都站着陪话,遂道:"你贤伉俪请入席,我且在旁观看罢。"侍者即端上一把交椅来,置在右边桌角上,各人坐定,重理前局。原来加的系朝南坐的,现在那客人,系坐在郭、玛夫妇之间,是朝西北,侧过脸来,却好紧对着加的。

此间慢表,说到那康吉与絮絮老爹叙谈,听有贵宾到来,他就留神观看。老爹就指着说道:"这位是林贲侯,是个豪杰之士呀。你听得他大名过么?"康吉想这两字是像有人说过的,心里抢了一抢,随口问道:"此人是什么本事出名呢?"老爹含笑答道:"你若天天看新闻纸,则必知其名。盖此人文雅渊博,有口辨,擅高才,不过精神有点懒惰,兼且幼年时候作事荒唐,这亦是魁奇之人往往如此,所谓绝世之才,必有负俗之累呀。及至袭了爵位之后，又与元〔1〕相国家结为姻娅，方才矩步规行，凡事检束哩。有人议论他道，此人若任以政事，实在明白晓练，可以算得大有才名的。又有人道，他风流潇洒，太贪快活。依我看来，这亦不过爵门贵户之习气，如要砥砺修整之人，则中等之家颇多，那政事之才岂在此呢？我想这林贲家中实在是狠有福气哩。即如他的姊姊，嫁于坡弗氏为罗巴太太。"康吉耳中触着罗巴，不觉发急道："罗巴么？"又沉吟一会，自言自语道："哦，是了，是了，就是这个林贲吗？我知道了。"原来康吉记起加的在学院内结交之好友，后来谋奸他之聘妻，以致决战受伤，只怕就是此人了。老爹看康吉沉吟抢算，又含含糊糊说了两句话，料想有点瓜葛，便道："罗巴就是坡弗族内人，你与他认识么？"康吉默默的一言不答。那老爹又道："林贲的姊夫就很有时运，那年接受他哥哥遗产，想贤友当早已闻悉哩。奇哉，那罗巴的哥哥竟欲娶一……"说到"一"字上，未及往下说，康吉早已一阵心酸，两条眉蹙，连向那老爹丢着怒色，站起身来，跨步直走到打牌台子边来，不去听那老爹的话了。看官，原来那老爹是要说非利娶爱格为妻之事，这"娶一"两字之下，将要接上"淫女"两字的意思。今见康吉发怒走开，摸不着是什么原故，也只得由他罢了。书中不表。

却说那林贲侯斜坐着，与加的四目相看，正是仇人相见，分外眼明，各人都在心里忖着。一个暗道："哦，你原来流落到此地来了。"一个又暗道："唉，这厮居然如此得意，我必有以报之哩。"而外面竟像是绝不认识的一般，毫不开口。但是加的之为人，是个血气用事的，那一腔忿怒的情形，张皇的气象，那有不触动众目的呢？初则脸色转了灰白，继而手臂皆发战，在椅子上振动不安，轮次分牌，亦是看不清楚，打张错误出去，放了一个铳，为旁边玛革柯所碰去。他对面郭大郎手中牌张甚好，随手揭出一张来，又是个要张，被加的"要碰要碰"乱嚷了一阵，那手中又打出一张牌来，这真叫放铳的祖师，又被玛革柯成了，连下家都带翻输了。

加的就将输银掷下，勉强笑道："这房内薰灼得狠，我觉得有点头昏气闷。阿呀，我要告辞了。"就站将起来。林贲侯亦是同时站起，两个人的眼睛又复劈面相迎，打个照面。林贲侯面色安静，眼力洞透，像是要问他道："你为何还在这里吗？"加的则两眼如火球一般，胸臆渐觉高起，那吁气亦觉渐难了。玛革柯在中间，见他二人神气诧异，慢慢的说道："啊，先生，我请

〔1〕 元，同"原"。

你知道,这位就是林贲侯嚇。"那人就做出骄傲模样,对着加的,把那头略略点了一点。加的只当做不看见,那玛革柯之话,亦只当是不曾听得,并未做声,好像要等那怒气同火炭团一般哩。然总是行坐不安,又跨步到火炉边去站着,一转过身,却好又看着那人的脸。当时林贲倒仍旧从容自得,不慌不忙,随尔什么样,他总不来管。反故意对着主人道:"你这位贵客,光景像是很古怪的人,又像是很有学问的人呢。果然鹤立鸡群,那神气真是佼佼铮铮哩。"又道:"我如今颇觉善忘,于目前之事往往要记不起,这是心里有点毛病么?"又道:"你门这几天可曾到过古暮〔1〕去顽顽吗?"原来这两人屏住在那里,不肯先走。加的只是呆呆的露出很不自在的光景,时常圆睁两眼,看着林贲。那林贲故意寻出这些没要紧的话来支吾主人,总不顾着加的。一直到众客都散尽了,只剩下他二人以及康吉了,加的还是屏住不肯先走,主意是要尾着那人了。等到林贲已经跨出房门之后,才招招康吉道:"来,来,我们走罢。"于是勉强按着心神,与主人作了别,方走了出来。

到得园门口,那园丁看管花园所住的小屋边,只见林贲正要上马车,一只右脚已经跨上踏凳了,转过头来,却却〔2〕加的走到,那四只眼睛又打了个照面。他就一只脚站在地下,低低的说道:"你还记得吗?我们从此但愿不再遇见罢。如能不再见面,那从前之事亦不必再说了。"加的愤愤的擎起两个拳头骂道:"我把你这下作东西碎尸万段。"一边说,就打将过去,奉敬一拳。那侯爷虽有足疾,见此光景,好在那右脚已经跨在踏凳上,狠命把这右脚一踏牢,那左脚也就拖了起来,飞身上车。加的一拳不着,见他已上了车,他复身赶上前,那马车上鞭子一挥,已经辘辘的走了。加的赶去的脚迹,与那轮子碾过的地方只差三寸。这不是加的没得猛勇技力,与他再决一战。一则他袭爵之后,护卫众多,声气赫奕,难以动手。二则加的气昏之后,主意已没有了,身体又觉的迟钝了,力气又像不足了,所以竟无奈何他处。

加的怒气不息,走了好一段路,方才回转头来,顾着康吉道:"那个东西,你知是什么人么?就是我对你说过的,我生平第一个仇人,第一个冤家哩。小凡尼的亲阿爹,我的死对头哩。你且看人生在世,莫非命数安排,那

---

〔1〕 古暮,原文为 Como,今通译利摩,意大利北部城市,在利摩湖畔,有丝绸城之称。
〔2〕 却却,即恰恰。却同"恰",以下同。

善祥恶殃之说,可有凭据吗? 这人跟我同学之时,就将自己的过端驾在我身上,他自己倒飘然去了。后来又诱奸我的聘妻,将人家好好闺女蹧蹋了,以至于不能结果,流落到了烟花队里。你想这样人还有人心吗? 那好好的女子,起初是清美鲜艳,比如含着朝露的娇花,映着明霞的嫩蕊,何等矜贵,被他引入下流,一败涂地。你道可恨么? 还说是富贵家子弟,那少年时候已经学就偷窃手段,此刻更还了得么? 从前是个恶少年,现在做成了老油子了。世人倒反多称赞他,多趋奉他,多谄媚他。阿呀呀,好恼呀。他所走之路,好比那两傍都有人迎接,磕着头,他就摇摇摆摆,在当中踱去,扎着大架子,挂着大牌子。那死了之后,这铭旌标题上还要很体面哩。我就不成材,不正派,到了这样地步。咳,那晓我之蒙恶名,落邪径,都是为这王巴羔子[1]害的吗? 他现在享荣华,膺爵禄,我就潦倒至此,无家可归,甚至亡命出奔,流离琐尾,比较起来,不是天渊之隔吗? 康吉你可知是什么道理呀?"康吉道:"这总是命数之故了。一个生就富贵的命,自然终身快乐,即使做出不正派之事,人都会包庇他,原谅他,再不批评嘲笑他的。那生就贫穷的,自然终身愁苦,奔走衣食,一点不谨慎,随即众谤群疑,纷然交集,甚至要无风生浪,总不使他一刻安耽嘘。"加的此时怒气勃勃,竟不可忍耐了。

那时已是残冬天气,寒冷异常,一丸冷月已经出得高高的,照耀如同白昼。前面是一座密兰大礼拜堂[2],上下阑柱都是白琉璃石雕琢而成,此时映射月色,异样光明。更兼那座礼拜堂竟高得很,极顶五层三十余丈,窗棂子上的玻璃五色,嵀嵘千重,映射出无数圆月,差不多是水晶宫阙了。康吉道:"唉,老兄,你且不必愤怒,这种道理我虽年纪轻,也略略看透了点子。大凡人生在世,总以银产为分,没银产的不及有银产的,银产少的又不及银产多的。人情浇薄贪诈,谄富欺贫,就起于此了。"随手指着礼堂道:"我如能建造得如此一座礼拜堂,日日在内拜天,那些人自来崇奉我,以为开山圣人了。倘或我在路上拜天,跪在这堂外篱笆之下,堂中人看见,一定当做歹人,送到巡捕房里去了。然而眼前虽如此,说到了数百年之后,不是同归于尽吗? 老兄亦何用忿怒,尽可参破此情了。"不知加的[听]了这番言语,若何回答,下回续谈。

---

[1] 王巴羔子,即王八羔子,小王八。
[2] 密兰大教堂,原文为 the Cathedral Church of Milan,即意大利米兰大教堂。

第十四节　进谗言英雄末路　看空囊智士灰心

却说加的听了康吉这一席的话,说得慷慨淋漓,豁达透彻,就叹了一口气道:"唉,罢了,罢了,不必说了,只当做两个人都死了一般,还有甚话呢?"他两人迎着月光,一路碎踏琼瑶,低蹙藻荇,谈谈讲讲,已经到寓处门前。随即扣门进去,安歇不提。

从此以后,加的在着这密兰城内,弄出许多不便当处来了。你想加的之于林贲,初为好友,后结深仇,大约论将起来,加的并不算对不住林贲,实在是林贲对不住加的。倘或林贲肯念到从小交情上面,又回想到自己的荒唐处,极该来向加的负荆,以释前嫌。否则,亦当暗中照应,断不说加的一句坏话,方为正经人的做品。在加的这一边想来,林贲深仇,怎肯饶恕? 然而势力不敌,万不能与之抗拒。况且这密兰城内,有林贲在此耀武扬威,呼张喝李,加的旅游的人,如何能站得住? 不多几时,那些新结交的朋友,都是冷冷淡淡起来。起初是今朝请吃饭一张柬帖,明朝请打牌又是一封书信,甚至东请赴席,西请看戏,热闹非常,近来渐渐的稀少了。起初是一见面就拉手,就除帽子,有亲热的,有恭敬的,近来渐渐的冷淡了。那些外面情形,虽看不出什么鄙贱他厌薄他的样子,然总觉得前恭后倨,大不相同,早已料到是林贲在那里作怪了。那加的就在外面留心察访,才知道大众沸沸扬扬,都说加的向来是有过疯癫的毛病,所以众口一词,都有点怕与他结交之意了。一则因为加的在郭大郎家中遇着林贲的时候,那种行径状貌实在做得诧诧异异,稀稀奇奇,真有点使人生疑。二则被那林贲三言两语,说得来竟是确确凿凿,这亦可谓乘隙而入嘘。

原来加的出奔之时,所携带的本不过三四百金光景,从都儿城转徙到了密兰城,早已消耗大半,此刻全靠那结交声气,弄点牌局,或者吃输家,或者抽头家,刮取那富商、贵官、纨袴子弟的盈余,以作他旅中浇裹。如今自遇着林贲,被这一番搅扰,竟弄得门可罗雀,友不下车,看看又是英雄失路了。于是这三人就即互相计议道:"这密兰城住不得了,招牌既经打坍,自然是开不牢店,立不住脚了。倘不别寻头路,莫非坐以待毙吗?"商议停妥,就一同收拾行装,到了瑞士国。

找好了寓处,安顿好了铺陈,加的遂出去看看世境,(仿仿)〔访访〕民风。那知这瑞士国与都儿城不差什么,反更觉得寒酸气些,倘要想吃到这碗赌饭,不但没得大主顾,就是小户头亦找不出几个的。加的打听得如此光景,心又冷了大半截,回到下处,胡乱吃些酒食。康吉留心看那加的状貌态度,皆已大变过了。从前是性情爽快,专寻开心,终日酣嬉淋漓,与会飙举,如今竟是终日昏沉,含愁纳闷,话也不高兴说了,笑容也不狠有了。康吉看到如此情形,也替他十分忧虑,要想解劝一二,却从何处说起? 更恐怕提起前情,反惹出他的气恼,倘若竟不解劝,他心中又着实过不去。所以康吉连日以来,亦弄得是跌脚捶胸,长吁短叹。这真所谓"有福同享,有祸同当"哩。

偏生那加的,又时时候候想念着小凡尼,不知那聪明伶俐的小女孩子,此刻可高了几多呢? 此刻可更长的怎模样呢? 那小女孩子牵记着干爹,更不知道是怎样哭泣,怎样吵闹呢? 况且这一分别,已是节序屡更,岁华亦换,整整过了一个年头了。那一种想念之心,竟是巴不得就见面才好哩。但有一层不妥之处,要见小凡尼,必须要到巴里司城。看官,你想这巴里司城如何可以去得的呢? 这分明是飞蛾扑火一般,断无生路的嚯。在加的非不明知,不过实在没得法想,没得路走,不得不出于冒险之举。况又可以看看小凡尼,也图得个眼前快意,何暇远虑深谋呢? 所以辗转筹画一番,竟想决计去了。

却说那白尼跟着他二人作伴,不管你得意不得意,有兴没兴,他那一种冷静孤僻的脾气,依然一毫不改,也不去多担心,也不来多搭嘴,优哉游哉,聊以卒岁。在外面看来,不俨是个信天翁的行径么? 此番听见加的、康吉议论着,说要想仍转巴里司去的话,白尼就带着嗤的一笑,冷冰冰说道:"可有来,倘若肯听我之劝,何必如此奔波苦楚,大约总可安稳,至今不离那城里哩。"说罢,就慢腾腾跨出房门去了。加的望着他出去了,以口问心,低低说道:"我之命数,莫非就定了吗?"康吉在旁边,已经括进耳朵管了,急问道:"你这话是什么意思嚯?"加的道:"你将来自然会知道的。"随即站起身来,跟着白尼出去了。康吉正不知此话何意,又只见他二人从此以后,就常常附耳低言,倾心密语,大约是筹画出什么谋生的计较来哩。接连密商了几日,遂定下主意,决计转巴里司城去罢。话休絮烦,那行李之摒挡,路途之食宿,这些话头千篇一律,看官最为讨厌,不如从删不叙之妙。

却说这时候已是春和天气,风日晴明,花柳煊烂,巴里司城内街市铺陈十分繁盛,楼台点染十分清华,兼之花放鸟啼,草薰蝶醉,真是好去处好景致哩。这一日,那巴里司守城兵役,看见有三个人从田尼门〔1〕步行进城,三个人中有两人并肩走,一人略上前几步。那上前几步之人,瘦削身材,白净面孔,身上所着衣有点尘垢,不甚新簇,这也是出门人的常事。那后边并走的两人,一个是壮健厚实之人,面孔红润,身材高大,年纪不过廿岁光景,也觉得双眉不展,似有挂虑的光景。那一个中年的,身体也是十分壮大,挂着一根又粗又重的拐杖。看他走路之时,靠住杖上,挂一步走一步,两只眼睛只看着地下,大踏步尽管走,头也不回,口也不开,一直上前走去,是个十分纳闷的光景。那城上之人见这三个人,知道是从他方外省来的,所以衣服都有点灰土,精神都有点困乏,不过世界清平,并无寇盗之警,所以城上也就不必盘查,无庸阻滞,竟是大摇阔摆,进了这城了。

进得城来,但见两边店铺开设整齐华丽,比从前出奔的时候,真是风景不殊,而举目有河山之痛哩。那酒帘隐约,目迷五色,琉璃货牌飘扬,内映千重锦绣,电气线交错空中,煤气杆接连街上。卖耍货的,木马绢人,纵横堆积,卖洋货的,花绒毛毯,折叠柜橱。此种境地,那没有到过的,自然是要惝怳迷离,如入宝山,如游晶域了。正走之间,只听得那拿拄杖的,对着那年轻的说道:"唉,康吉,我此番回到巴里司城来,我这心里不知怎的,竟像是到了我之坟场一般。这是怎么解呢?"那年轻的回道:"呸,你不要这样说。尔从前到别处去的时候,也有窘迫愁闷,同今朝一样的日子,后来不是晦去时来,仍旧得意吗?尔休得自己懊丧,弄到这种颓唐的模样嘘。"那拿拄杖的,又低低说道:"不是呀,我之纳闷,因为是可怜之小凡尼,我竟不能割舍他。又为那可恶之老白尼,偏生苦苦的要引诱我哩。"那年轻的答道:"哦,原来为此意。那种讨人嫌的白尼,我早早对尔说过,尔怎么就不能绝交,终身不肯舍他去吗?"那拿拄杖的道:"实在很难很难,此刻也不必说罢。阿呀,我们之运气实在水穷山尽了,怎么处置呢?囊中又没得一个钱,到了今日,真是英雄无用武之地,一文钱可以逼得死英雄汉的。好比这条路上,明明是一带沟壑,一个陷阱,倘或尔不肯转沟壑,必定要落到他那陷阱内去了。"

康吉听了他那陷阱这一句话,连忙问道:"他那陷阱,到底是什么人的陷阱呢?"加的绉眉道:"不是白尼,还有什么人呢?"又高声喊住白尼,说道:"我们且等一等,到那里去吃饭去罢。"那在前走的,听喊住

---

〔1〕 田尼门,原文为 the Port St. Denis,今通译圣·丹尼斯门。

他，就停了脚步，回过头来慢慢答道："尔忘了吗，我们身边钱钞已经用完了，还要到那里去吃饭呢？必须要等赚了银子出来，才有饭吃哩。"随又说道："依我主意，我们只得仍到锁芝店去，那边倒可以留住。且等安歇之后，再想法子罢。"那并肩走的二人点点头，就从旁边小胡同内坌进去了。以后总不过是寻觅寓处、画策生机这些事情了，诸公可以意会得之，我且慢表。

却说朝廷刑典，原有一定则例，或杀人，或自杀，或剧盗劫掠，或小贼偷窃，此种罪名，只消按律比拟，无甚奇异。倘若有新样罪犯，从前办法既无成案可稽，又无相类之律可拟，则必另议刑典，又不能增设一条，那新闻纸上自必定要辨论其原委，声明其罪案。盖因奸宄之徒既能想出新法，犯出奇罪，自有那种下流人物出来效尤，甚至国法不能禁止哩。况是西国刑书，臬宪不得专权，所以那作奸犯科的，细细一想，自然都大胆去做了。譬如起头之人，犯了罪不去办他，被他私自逃走了，那贼党不更得了意吗？我何以提空说此一篇议论，原来做这部小说之前，巴里司城出了一个专铸假钱的人。此人很出名，很聪明，各人见他的法则制度，不能不佩服他。兼之此人本有功名，是一个武员，从前出征海岛各国，卓著战功，冲锋陷阵，一时无敌。此一件事已经传扬上了新闻纸，各人谈者色变，负了重名，所以他这私铸假钱就无人敢过问。从此以后，铸假钱者愈出逾多，到得那做这部小说的时候，那假钱一事要算是体面之罪。但是那些巡捕都十分出力，要想暗中侦缉查拿，以除地方之害。已经打听得有一党之人在那里私铸，这类人也很能干，很精细，铸出来的假钱极光亮，极精致，搀着使用，是断不会认得出的。不但别的假钱好多着哩，即国家官铸之钱，反是毛糙，没得他假的铸得好哩。兼之踪迹诡秘，行藏慎密，所以尚未能查出下落，那总巡捕房已经出了赏格了。后事如何，下节续谈。

第十五节　很捕头当场夸手段　好兄弟对坐诘根由

却说那总捕房出了赏格道："但凡将私铸银钱之人姓名、巢穴探实呈报者，赏银若干两。有能作为眼线，一同拿获者，赏银若干两。如系同党之人，投到首告，并能作为眼线，除照例免罪外，仍将赏银照数拨给。望各人等早知自新，力图免罪，兼得赏银，切勿观望迟延，致与玉石俱焚也。盼切特示"云云。自从这个赏格一出之后，外面就沸沸扬扬起来。这里监督五城捕务各官,又密派了许多番役,专司缉拿私铸人犯,特派华发作为捕头。原来此主生意,华发本是有点染手,所以他于这些党羽、巢穴,较别人更为明白。而且从前拿住那著名之人,亦是华发手里。因为他之为人,灵敏溜亮,善于钩距,既肯十分出力,又兼十分大胆,所以能捕剧盗,能缉巧贼哩。看官,说那华发胆大,亦不过在捕务上见得胆大,倘到了瑞士国,大山壁立万仞,下临绝壑,必定也有点惧怕。至于交战到大败时,行船遇大风暴,只要经识惯了,亦自然会胆子大的。华发之大胆,大约亦是惯于经识之故。虽有悍胆凶贼在楼上逞强,他一冲上去,自会投戈就缚,岂非是胆大之证么? 然又闻得华发在家中时,曾被他浑家欧击,一直摔到楼梯下,华发诺诺连声,不敢与较。又闻他在营里当过兵丁,听说要出阵打仗,他连忙脱下号衣,没命的逃走了。那种时候,他的胆子又不免青水欲滴了。此番非比从前,竟是发过大誓,必定要尽拿此等人。但凡他发过誓的,事情总无有不成功的。

这一日,华发去参见上官,上官就盘问他些访拿私铸之说,他一一回答了。那监督捕务官儿听他说得有条有理,有头有脑,大为得意,就问道:“那没你几时动手呢?”华发摘着帽子,站着应道:“就在今天夜里,要去入穴得子了。”上官哈哈大笑道:“好好,那没你要带几多番役去呢?”华发垂着手答应道:“只须带二十名番役尽彀了,并且只须在外面接应,不必进内。只须华发独自进窠,事体方得谨密,奸宄不至脱逃嚯。前曾与他门党里之人商议定妥,必须如此做法,所以约定了日子、时候,他先到里面去做内应。那人虽然做了首告,仍旧不肯张扬,恐怕一个不当心,被首犯逃逸。那首告之人不是一大大冤仇,要白刀子进,红刀子出么? 所以他做眼线做内应之时,必须另设一法,不使大众知觉才好哩。又听那党里人的说法,总要先弄明白了去路来路,以及门户、墙壁等处,方可预备他逃走,预派人守住追拿哩。”上官道:“此类私铸之人,大都皆是亡命之徒,与盐枭、矿匪相类,真是凶悍可怕。此去切勿大意呢。”华发道:“本官怎么说出这些倒煤[1]的话来呢? 你不记得吗? 我从前在三月间曾经行过此事,所以全晓得此中情节,还怕什么呢?”那督捕官究系老成持重之见,还又谆谆切切分咐了一番。华发方才退出,自己去打点线索,招呼弟兄们,准备夜间拿人不提。

却说那捕员在总署讲论之时,这巴里司京城内别处地方,加的与康吉

――――――――――
〔1〕 倒煤,即倒霉。

正在那寓楼上对坐谈心哩。原来这三个人到京之后，就到锁芝店内暂为安歇，随即就自己找房子，开门户，铺陈什物。起居饮食虽不能像从前在婚姻堂里之舒服体式，然亦颇觉得安逸优游，正不知加的是靠着点子什么法门，竟会绝处逢生，无中生有的。此番作寓之处，在京都顶繁华顶闹热的地方，叫做福步街〔1〕。那条街是京都中通衢大道，带阛通阓，廛肆相接，他门寓处就在这福步街路东小胡同内。那条小胡同总算是个陋巷，巷内房屋亦不很新簇，他所赁的在后面第六层楼上一带，朝西三间，窗户开出去，看见对面是另外一带房子，是朝东的，比他门所住的觉得整齐点子。那对面的一带房屋，前门是在福步街上，那后面的两边相离甚近，竟是瓦檐相接，窗户相对，中间连太阳光都没得晒进来的。那时候已经是初夏天气，这三个谋生之人已经到了有五六个礼拜了，宜乎天气炎蒸，日色猛烈，而这两人坐在这楼上十分阴凉，毫不觉得夏午时光景，亦可见这对面两带房屋，实在毗连太近的缘故哩。那时候加的之衣服已经更换过了，焕然一新，内衬着柳条葛小挂，外罩生罗衫，金钮表炼悬着领间。那面孔亦像还原了，仍旧是精神炯炯，气象堂堂的模样，与那兴旺顺聚的时候也不差什么了。只有康吉的衣服还没有换过，还是风雨所伤损，灰尘所渍染，觉得有点肮脏，有点蓝缕。这两人对坐，一个是打扮鲜明，一个是衣衫敝陋，相形之下，真有那缊袍、狐貉之分了。

却说那加的仰着头，钉着眼，望着那对面房屋的一个窗户，细细审视一番，就低低的自言自语说道："我怪那白尼，说是到那里去，为怎么总不见他回去呢？这个人的举动行止，我实在有点子疑惑他，真真是识他不透哩。"康吉随嘴问道："你疑惑他什么事呢？莫非他偷窃过你点子东西吗？"加的道："咘，他专门偷窃我点子倒也罢了，亦尚不打什么紧哩。"又停了一停道："啊，老弟呀，尔想从前那巡捕劝我不要在这巴里司城内居住，我如今仍旧好好住着，已经有五六个礼拜了，安稳妥当，并无他虞。尔倒替我想一想看，那白尼或者不会出首我吗？"康吉道："那倒难说嚯。尔既然不放心，要疑惑他，为什么不同他一起住，可以防闲他，伺察他，偏偏的把他寓居到别处去，这到底是何意见呢？"加的道："这倒有个缘故哩。因为有了分寓之地，就有两条门路，遇着急难，就可逃生。尔看这两边窗户对开，相离不过

---

〔1〕 福步街，原文为 faubourg St. Germain，今通译福堡·圣杰曼大街，或佛宝瑞·圣杰曼大街。

咫尺,倘或夜间天黑之时,那边有变动,就可以避到这边,这边有变动,就可以避到那边,所以特意留着的。"康吉道:"尔近来所做之事,实在是愈弄愈奇了。尔到底为着什么事,要如此防备,如此惧怕呢?你大约瞒住了我,不知道在外面干出些什么偷天换日的大事,犯了些什么作奸犯科的大罪哩?尔又为什么如此秘密,在我面前一点风声都不露,这到底是个什么缘故呢?加的,你且听我说,我自从跟着尔出奔以来,已经有年半光阴,立誓是有福同享,有祸同当,我二人早已联为一体了。我门到此地步,实在流落到英雄末路了。从前原是心高气傲,此刻万念俱灰;从前原想立业起家,此刻一事不就。阿呀,我每想到此处,真是心如刀绞。一般人生至此,夫复何心?亦不过是为着朋友罢咧。你倒还不相信我,瞒得我铁桶似的。自从回到这巴里司城内之后,竟连面都不很见尔了。天天总是鬼鬼祟祟,忙忙碌碌,更加接连几夜,都不回寓来住宿。你虽然说赚得银子多,依我看来,这种银子一定有点来历不明,大约总是行险侥幸得来的。我心里实在很为尔挂虑愁闷嘘。"

加的听了康吉一席之谈,不觉大为感动,作怜惜的声音答道:"老弟,你意思我怎么不知道呢?你既说我赚得银子多,我曾经再四劝尔把这旧衣换下来,尔为什么总是不肯呢?莫非做阿兄的心思,老弟还不知道吗?"康吉道:"老兄的心思,我向来倒是知道的,如今竟不能知道了。即如你是空囊来这城内,如何旬日之间,就有许多银钱可以供给使用?这银钱究系是从那里来的?尔想我是光明磊落之人,那里肯将就乱用呢?"停了一停,又道:"唉,加的,我实在不是骄傲之心,孤僻之性,有人济我之急,推食解衣,我还不知好歹,反不肯受吗?不过听得别人说,这银子……"

刚刚说到此处,康吉就剪断了话头,欲言不言的一顿,又说道:"现在你门如此发财,真是很奇。昨天白尼曾经拿出金钱五十枚来交给我,叫我去换银钱,说是你要用的。"加的闻言,大为惊异道:"是真的吗?那可恶的东西又生什么歪心吗?尔可曾给他去换么?"康吉道:"不知道什么原故,那个时候适值我不很高兴,就推辞了,竟没有去哟。"加的道:"好,好个不去,但凡此人来叫尔干什么来,尔总不必听他罢。"康吉道:"那没尔到底肯信我不信呢?现在尔所干的事,大约最可怕之事,极冒险之事,防恐要一旦出血,不当稳便。我现在又不是一个小孩子,不懂得什么事,总跟着尔走,随着尔主意罢咧。我是如今大了,也有点见识,也有点阅历,那暗头里落到下流,扒不起来,我实在有点不甘心要落到下流去也。总要自己开着眼睛,拿着主意。说我竟下流去了,那还算是甘心的,怎么糊里糊图[1],自己分毫没有知道,倒已落了下流去? 如今尔相信我的,请将你所干的事,从头至尾都告诉我。你若不相信我,请自明天分手,各人干各人的事去罢。谁耐烦在这里猜雅谜、坐针毡呢?"加的道:"你且不必着急。大凡秘密(得)〔的〕事,倒是不知道,懵懵懂懂的好。倘或知道了,倒反要心里七上八下起来了。"又呼康吉道:"老弟,你不必着急,我已定了主意了。"康吉道:"尔定了主意,到底还是肯告诉不肯告诉我呢?"不知加的告诉出些甚事来,下回续谈。

第十六节　有心人暗中点化　无意事绝处逢生

却说康吉又催着加的道:"你们这些鬼鬼祟祟的光景,大约是必须秘密不可丝毫漏泄的。但是我既与你同到患难,不异手足同胞,还有什么瞒住我呢? 今日请老兄自己斟酌罢,我自有我的主意哩。"加的听了这些话,低着头,闭着眼睛,前后左右细细盘算了一遍,然后抬起头来,双眼望着康吉道:"也罢,我之此事,正要得一个同心合意之人,与之共乐分忧,以为辅佐。贤弟的心肠,我是早经知道的,况且气壮胆勇,遇事不怯,毫不退葸,倒真是我的好帮手哩。到了今日晚间,我自然一无隐讳,和盘托出,并到我另外赁的密室中去看看。你心下愿意么?"康吉听道:"这还有什么不愿呢? 今日竟专候老兄吩咐罢。"

正说间,只听得楼下皮履声橐橐的从外面进来,一径上了扶梯,到楼门外,将门环一扣。原来这门上门牡虽关好,却未带上钢锁,所以那人将门牡一镟,门已是"讶"的一声开了。加的一见是白尼,随即站将起来,抢步上前。白尼亦是抢步进来,加的就拉了白尼的手,到房中里边角上去,附着耳朵,刺刺促促不知说些什么。但见加的后来点着头,忽高声说道:"我这小友今夜要同去一看,到得明日,诸事皆不必秘密了,我们就并做一家人罢咧。"白尼听了这话,不慌不忙,冷冰冰说道:"今夜去便去,但是我们这个交易,不是轻容易说破得,亦不是好轻容易入伙得的。既然小友要并作一家人,必须先要发下生死大誓,歃血为盟,借天作证。将来事有变更,要保得心无改易,才可将你的性命交给与他呢。"康吉听得,忙接嘴道:"既是入伙

---

〔1〕　糊里糊图,即糊里糊涂。

之前有这些规矩,我也可以照依的。"白尼点点头,告辞道:"那没今晚再会罢。"就将手一挥,跨开脚步,竟自下楼去了。

这里加的自送白尼去后,忽然之间做出那见神见鬼的模样来,绉紧了眉头,纵紧了鼻梁,咬紧了牙齿,低低的作恨恨声道:"你这老匹夫,我莫非终身为尔所挟制么? 还不能好好的收拾尔么? 我必定预备下手枪,总自然有结果尔的机会咧。"说着自己发狂的跳将起来,哈哈大笑。这一笑竟笑得非同小可,将那楼板都有点震动,窗户都有点摇兀。康吉瞪着眼睛,细看他这等光景,十分不解。又看他重复坐下,呆呆的一言不发,只是钉住了看对面窗子里,一味出神发怔。这边康吉心里看来暗暗好笑,想到他的容貌何等俊伟,他的性情何等豪迈,向来是说什么就做什么,并没得一点粘滞不化之见解,一点迟疑不决之心思,真是好英雄好汉子,如今弄得咄咄书空,喃喃私语,虽不痴不呆,宛如有心疾者一般,相处之间,实属无味。兼之奇形怪状,时常要做出凶狠猛鸷的模样,比如一个野兽,远远看见猎狗奔驰,这野兽尚不在意中,慢腾腾尽着顽耍罢了。那时候虽有猛力悍气,还用不着哩。到得猎狗已经追近,听得那狺狺吠声已在后面,那野兽之力气不觉一齐发出来了,将这条尾巴一竖,四个蹄子一掉,没命的望前窜去了。加的这时候大约是防有猎狗要来,所以屡屡试出他那种猛力悍气哩。

康吉见加的独自沉吟一会,又抬起头来看了康吉一眼,重复低下头去。康吉看他那面孔已经变了颜色了,竟是头筋直绽,颧颊全红,大异平时了。忽然又冷笑了几声,这冷笑的声气更为古怪,随即低低的自言自语道:"我自己想来,区区一身已经没得一样境界不阅历过,没得一种况味不尝着过。我是有本事有才干,可以大有作为的,又不是呆笨人,又不是奸恶人,如今无可如何,做出这些行径,我这半生心迹,向何处去表明呢? 还有谁信我的分剖呢? 阿呀,尔道奇怪不奇怪吗? 啊,哈哈,快取我白兰地酒来呀。"康吉看到这样光景,一时谅没什么进言之处了,相伴在此,殊属无谓。况且康吉自己澈底一想,不觉万念成灰,一心如沸。盖自出奔以来,承加的收留,誓与相随,患难永不分离。初意原想这个人必当发迹,总有好处,我之一生事业,不就可附骥了吗? 那知他人穷志短,竟做出下流之事来,弄到如今,他自己尚且心乱如麻,委决不下,叫我待怎么样呢? 倘或在此同他一党呢,想起我年纪轻,才力好,何苦就如此埋没了。要说不同他一党呢,此刻走到那里去? 展转沉吟,进退维谷。忽然站起身来,拿着一顶凉草帽,掉转身来,跨出房门，一竟下落楼梯，走出胡同，顺着大街，也不管他朝南朝北，信步走去。

过了几条买卖街市，见了几处极热闹极繁华的所在。无如康吉此时无心观玩景致，低头直走。一路上有擎着绸伞者，有驾着马车的，也有骑着骏马的，络绎不绝。但见那前面的房屋益发华丽高峻了，层台杰阁，高矗云霄，将那夏天辚西的太阳光都挡住了，路上阴阴的。这一带六层楼屋之后，就是一道中河，那河水澄清，煞是可爱。靠在岸边河水之上，皆造有澡堂浴室，比如小船一般，一只一只的排列在堤边，榆柳垂阴，蝉声鸟语，真好去处哩。原来西国中澡堂浴室，就在河边起造，下借河流，编为竹箕式，以示隔别，以便拭濯。其上盖成小屋，仿佛湖舫一艘，泊浮水面，这是最精致最便当的法子。那时正是炎热天气，多有浴后在堤畔树下乘风凉的，亦有在浴室内浣洗的，各人怡然自得，不在话下。

那天是日光晴朗，天色晶莹，这里康吉心中竟是漆黑墨乌哩。各人见是日当正午，天系久晴，这里康吉心中竟像是黄昏黑夜哩。跨着这河有一条桥，两边白石栏杆，雕琢精细。康吉奔到桥上，倚着了栏杆下望，一带清流，不觉想到从前出奔遇雨，与希尼相失，寻到罗巴家中被逐出门的时候，在英京大桥上饥饿困苦，不觉伸手乞食，遇见一个汉子，反被他推跌一交，及起身看来，这人穿着罗巴仆人的号衣，这不是时去仆欺人吗？那座桥比到这座桥光景一般，阿呀康吉，你弄到走投无路，也是同那时候一般了。那时我来投奔加的，明晓是个危险的去处，是个目无法纪的人，竟仿佛跟入党似的，此刻事势所迫，真要入他网罗了。我实是不甘心情愿的。虽然人的命数自有一定，总是自己取的。阿呀，我实在惧怕的很呀！康吉这样一想，想得精神恍惚，心境模糊，人已是呆了，景致也都不看见了，只是靠定石栏，望着河水。

忽然来了两人，也蹲倒来靠着栏杆，就在康吉身边。只听得一人说道："今天要去听讲书呀，恐怕误了期，为什么反蹲在这里呢？"那一人答道："我但凡过此桥，总要徘徊一会。我因为追念从前潦倒时，身无一钱，又没得可弄一钱的法子，在这桥上几次想跳河哩。所以到这桥上，我总要想起前情，不由你不徘徊的。"那人道："呀，你有这等行为吗？你现在是这等富贵，莫非得了那窖金么，还是遇着个好机会呢？"那人道："不是，不是。一则是时候，一则是自己不灰心，一则是肯勤慎，这三件是天付与那贫穷之人的。但肯安本分，都可有转机的。"二人说着走去了。

康吉正是昏沉沉的,听见这两句说话,一直打进了他心坎里,不觉抬起头来。劈面看见那人亦正在看着康吉,那一双喜笑的眼睛,注对这一双愁闷的眼睛,两边打个对照。康吉看他走去之后,重新将他所说的"等时候,不灰心,肯勤谨"几句言语念了一遍,点点头,把那颓唐之气一振,不觉提起了精神,哝哝的道:"是了,不错不错,今天夜里之约,我且去看看他二人的秘密之事到底怎样,且再作道理。倘竟是无赖行径,没有见识,与他一党,那还成了汉子么?虽则犯法作恶,原属不知,那傍人〔1〕评论起来,不是要一般唾骂,一样科罪么?我一定不可再受他牢笼了。况且这白尼原不是个好东西,我不如早早离开了罢,免得受累,多少是好。"忽然又回心一想道:"唉,康吉,尔错了。那人虽有罪,我既同他结交一场,那有丢开手之理?就是在牢狱中,那送饭送衣等事,不是朋友们该做的吗?"想到此,不觉良心大现,暗道:"罢罢,待我看见之后,苦劝他不要干这营生罢。倘或他不肯听,我就长跪地上,将大道理慢慢开导他,叫他归入正路,也是朋友们结交一场,保全他的法子。"这样一想之后,那心中忽然开朗,竟像是浓烟密雾,登时散尽,推出一轮红日当空的光景。不觉依旧爽快起来,如同平常欢笑时一样了。随又信着脚步,走过了桥,那脚步也踏稳了,不比从前出来之时,竟至张皇失措,高一步低一步的乱闯哩。就是穿着希旧衣服,也都忘记了,竟无异得意时的情形哩。

一路走去,却已是将敲五点钟了。前面白玉阑柱一带高大门楼,原是巴里司城内一所最有名的客馆。此处街道更为整洁,当中是通车马来往的,两旁子路是步行人走的。子路之旁,另是一带走廊,装着西洋柱石栏干。石栏之内,接连铺户撩檐,檐下亦是石条大路。这条路步行的,亦可在内走动的。那两边铺户的繁华,自不必细说。专说这所客馆前后左右,有三十余间堂院,有五六层楼屋,说不尽那雕梁画栋,网户油窗,十分富丽。平常豪商贵宦,总可安顿到一千余人,还算不得天下第一大客馆吗?

康吉走到这客馆门前,但见门楼之下有好几群少年子弟,一个个衣饰鲜华,面目清秀,有并肩密语的,有反手间步的,有倚着栏槛望街上的,有携着手臂说笑话的,康吉倒也都不理会。只见有一马夫,雄纠纠牵着一匹高头白马,走到馆门前。那班少年朋友都来看这马,大众评论称赞,总说这马大约就是千里驹、九花虬了。康吉见了这马,触着他平生所爱,不得不停下

─────────────

〔1〕 傍人,即旁人。傍通"旁"。

脚步,也细细端详这马的神骏。但听得一人嘴里提出"阿大"两字,一人就接嘴说道:"阿大么,实在真好造化哩。"一人又接言道:"造化固然好,就是他那品貌,那脾气也是好的,兼之挥霍从心,就是那南面王还没得如此舒服哩。"一人又道:"你只看他这匹马,不也是超群的吗?"又一人道:"你看财往旺家,连他打起牌来,总没得一次不赢的。这可不奇怪么?"正在七嘴八舌,忽一人指着那边喊道:"阿,刚刚说着他,你看不是阿大来了吗?"康吉在傍句句听得,但是阿大来,倒不好站在当路了。兄弟二人见面与否,下回续谈。

第十七节　逞豪华冷眼看纨袴　好机缘热心遇裙钗

却说一少年朋友喊着,一指道:"这不是阿大来了么?"于是这一群人都迎将上去。康吉定睛一看,就见有一个纨袴少年,态度风流,身材瘦怯,披着一身华服,从对面一家金饰铺中,轻轻巧巧款步踱将出来。康吉一见,正是那罗巴的儿子阿大,就要想赶紧避开,又不觉得停住了脚步。原来康吉站在众人所立之地,因为大众都迎一步上前,所以康吉与阿大相隔稍远一点。他趁众人上前之时,就一瞥闪过了子路,到那客馆对面廊下阑干石柱背后,将身靠定,将脸遮住,暗暗的探望。看官,你请将他二人比一比,真是有天壤之别了。论到姿容本质,康吉原是出类拔萃的,虽然遭历艰苦,已经长成了一表人材,仿佛是虎头燕颔,阔膀宽腰,那种雄壮之气概,健捷之才力,真有大用之人。那面庞虽没得娇秀之色,这是阅历风霜之故,那聪明活络的样子依然如故。况且皮肤、血气无不充足大都,竟是大将材料。那阿大骨瘦肌消,面色洁白,已摆出血气不壮健的样子,大约生性风流,少年斫丧之故。所以论到气象神色之间,竟万不及康吉了。不过衣服华采,妆扮雍容,修饰出那种风流形状来,大众就称赞他做丰度翩翩[1],神情濯濯,竟是一位浊世佳公子哩。

却说阿大一见众人,连忙举一举手道:"啊,你们诸位兄台,却好都在此地,巧极了。哈哈,我喜欢的很,一找都不要找的。"大众齐声道:"料到老兄必来此地的,所以特约齐了,在此恭候哩。"阿大道:"这却当不起,今天奉屈

---

〔1〕　丰度翩翩,即风度翩翩。

诸位,到肥勒馆[1]中用晚餐罢。我今天早上四点钟时,从沙龙赌馆中回来,心里不很舒服,没有很睡,必得要畅叙一叙助助兴,才可鼓舞精神哩。"有一人答道:"那好再奉扰呢?今天我等公宴罢。"阿大道:"又来客气了。这谁主谁宾,又何必拘呢?"有一人问道:"那昨夜的光景,又是得彩的了。"阿大道:"是,是,马斯登,我实在是赢得讨厌了,我就是输几转,打什么紧?偏生天天赢,有什么趣呢?倒赢得我不好意思起来了。"那人答道:"这赢的钱要花消他也容易得很。我且问你,你方才金饰铺去,不是又要打造什么东西,给你心上人色秀那小妮子吗?"阿大顿觉呆住了,答应不出。那人道:"好,好,你何必脸涨通红呢?那世人倘没得美女替人陶情作乐,解释愁烦,那终身碌碌,不是枉然吗?"傍边一人接口道:"依我说,那酒也是一样。"又一人道:"倘没得赌博场,人生还有何意味呢?"又一人道:"倘或不得富贵,不仍是枉然吗?"又一人道:"我这位好友,真是兼备这五福了,哈哈。"这边康吉看到如此情形,实在有点看不下去了,那心里又是七上八下的烦闷起来了,就把那凉帽子盖下来齐了眉毛,低着头向前走了。

那阿大一面说话,一面回头一看,眼光已射到石柱之内,似乎漂着了康吉一眼。当时也不在意,仍旧向那班朋友说道:"这巴里司城内实在很好顽,我巴不得多赏玩几天,只拣那好顽的去处,都去顽一顽。但是我到这里,已经好几个礼拜了,再过一礼拜,就要转去了。正是顽的热闹,转眼又将分别哩。"那马斯登道:"吓,这又何必急急要回去呢!你在此间顽了几个礼拜,那精神都壮健了许多,兴致都振作了许多,比初来的时候,已是大不相同。何妨再顽两礼拜,益发将这身子松爽一松爽呢?"阿大道:"是真的吗?我自己倒不很觉得哩。但是据那医士说来,还得要到日耳曼去吃吃那仙水才好哩。"看官,何谓仙水?原来日耳曼地方有一处地中涌出醴泉,因为那地底下蓄有硫磺等物,这一眼泉水就蕴含纯阳之气,仿佛与温泉一般,可以祛除痼疾,补益虚劳,其功非浅哩。

却说阿大正说到此处,接着又说出"还是"两字,随即是踌躇顾盼,将这话头咽住了。马斯登道:"还是什么呢?阿大呀,我看你倒不宜过于快活,过于行乐哩。"阿大道:"这又奇了,我因为家里闷得慌,要郁成疾病,所以才出来顽顽,何尝十分放纵淫僻,就会蹧蹋身子?你实在替我过虑了。"马斯登道:"我们这班好朋友,你倒实在要疏远点子才好哩。那人生精力有限,

---

[1] 肥勒馆,原文为 Vereys,今通译瓦雷兹或瓦雷泽。

世上乐境无穷,你怎能把身子去拼他呢?"又一人道:"贤兄固然说得是,但是酒色财赌四字,过这么一生一世,也不枉做富贵家子弟哩。况且有妙药调理,怕什么呢?"阿大笑着道:"哈哈,那药材都给狗吃,我何在乎这些草根药品呢?"说毕,就目视那马夫,马夫会意,就把那匹高头白马牵将过来。阿大就向大众举一举手道:"馆里会罢,拱候了。"一边手扳马鞍,轻轻巧巧的左脚跨上踏凳,右脚一纵,早已飞身上马了。扬起鞭丝,嘴里唱着前夜在戏馆听来的新曲,悠扬宛转,手里笼着辔头,慢慢的去了。正走时,那马蹄蹴起泥沙,溅着在路旁行人身上。原来康吉在前面低着头,一面想一面走,那脚步不由的不慢腾斯地了。忽听背后鸾铃响处,就避在路旁。不知道那马蹄蹴起泥沙,却却溅在康吉身上,肚里没好气的正待发作,侧眼望马上,正是阿大,只得一声不做,随他走过了。但见阿大骑在马上,得意洋洋,打从那欧梨舍[1]去了。

看官,这欧梨舍地方是巴里司城第一有趣好顽的去处,两旁都是官家富室盖造的楼台园圃,另外又有总会、酒馆、公家花园。夹路绿树阴浓,繁花香艳。又有那玻璃房,一间间的养着珍禽异兽,如同孔雀、翡翠、彩凤、朱鸾、白象、青狮、狻猊、虎豹,下至葵花鸟、桐花凤、果狸、松狗之类,骇目惊心,无所不备。还有一种琉璃房,贮着活水,蓄养海族鳞介之类。所以城中凡有公子王孙、富商巨贾,到了五点钟之后,无不携带家眷前来顽耍。就是那大家闺秀,也俱是绣幰香车,簇拥着同花朵一般,也来游玩。所以这条大路上竟是车马纷驰,十分热闹哩。

此刻康吉一路整去,跟在阿大马后,也要到欧梨舍去看看热闹。原来康吉自从桥上听见此人说话,竟像是点破了他一般,那一种忧懑郁闷之气,早已消归乌有,脸色也安静了,心思也平定了,从前斟酌出许多为难之处,竟像是壮了胆的一般不怕了。不过想到加的行事,实在有些疑惑。自己虽然拿定主意,不肯多用他的银钱,然而看他的心,已经怕是变过了,直爽的性情有点迷了。况且近来专以酒为解闷之法,就吃二三十瓶,也不过觉得喜笑颜开,并不会醉倒的。还有一件稀奇,就是他饮醉之后,忽有要紧事来,只须将头浸入水盆,须臾之间,已经清醒,同未曾饮酒一般。所以康吉看了,倒有点鉴戒之意,反要节饮断酒了。如今迤逦走来,见有一家工匠人家,那屋门口有一块大园场,树木阴森,竟是绿遮帷幕模样。那一家人的眷

---

〔1〕 欧梨舍,原文为 the Champs Elysées,即著名的香榭丽舍大街。

属家小,都在这大树之下,支开桌椅,在那里团圞围坐,正吃夜饭了。康吉看那一家人口,都是欢天喜地,毫无挂虑之意。此种一室太和的景象,真令人见了要穆然意远,邈然神往的。康吉走到此处,不觉就在园外停住了脚步,一边细看,一边出神。又只见大路上车马纷纭,衣冠俊侣,裙屐少年,一班一班的雷轰电掣,云卷星流。康吉暗想:"这班人虽俱是寻趣行乐,怎及得这一家人的真自在,真舒服,真快活呢?"

正在呆呆的想着,那家里有一小孩子,不过五六岁模样,笑嘻嘻走来。看见康吉站着不动,他就跑到跟前,手里拿着一饼面包,献与康吉,婉婉转转说道:"这面包特为请你吃的,我是已经吃饱了。"康吉看到这个小孩子,不觉想到自己兄弟希尼,心里十分感动,就不去接过他那面包,双手将这小孩子抱将起来,亲嘴下泪。他母亲望见这个景象,也就站起来走上前,用话来慰问,先叹了一口气道:"小友那,你何以这个样子? 有什么心事,我们可以帮助得尔吗?"康吉自从出奔以来,如此抚慰怜惜之谈,早已没得听了。今这妇人一面不识,忽作此恳切说话,竟像是从天上掉下来一样,心里又凄惨,又感激,不知要怎样才好哩。就一面将那小孩子放好,在地上立着,自己拂着眼泪,连声答应道:"是,是,承夫人厚情,教小子何以为报呢?"那妇叫他进去坐地,康吉就与他们一并坐下,那小孩子偏与康吉有缘的,依依恋恋,竟坐在康吉身边。那匠人就邀康吉一同吃饭,看他脾气,十分豪爽慷慨,那说话意思之间,微微有点怨他身分之贱,托业之卑,见那车驰马骤的那班人,微微有点讥讽的说话。自己吃完了饭,就躺在一片绵软草茵上,嘴里含讥带刺的,笑着那班游荡子弟。

忽然远远的来了一辆凉棚式开着帘子的香车,那妇人一眼瞟着,赶忙摇摇手,止住了他汉子的嘴,说道:"美费儿〔1〕夫人来了。"自己就恭恭敬敬迎将出去。那汉子道:"是美费儿夫人吗?"也连忙摘下了帽子,站将起来。康吉也留心望着那车,只见那车里面的夫人,看见那妇人候着,笑吟吟点头低颈,致意答敬,这就是作揖的规矩哩。那康吉一见这夫人,姱容艳色,秀丽不凡,心里倒有点模糊起来,想道:"这位夫人好面熟呀,是从那里见过得呢?"忽然记起去年在婚姻堂里来过的,就是这位夫人了,一时触起那胡思乱想的景象,不觉脸上一阵通红。说也奇怪,那夫人亦像是认识的一般,四目相迎,分外亲切。那马车原是不停留的,不过到这门前略觉一慢,过后马

---

〔1〕 美费儿,原文为 Merville,今通译美威儿或美威勒。

夫正要加鞭,那夫人将手中这股丝缰一拉,马夫会意,就将马带定。其时已过了匠人门前数步了,夫人就指着妇人,招招手叫他上来说话。那妇人赶紧上前,站在车轴边,促促刺刺不知说些什么。那匠人就告诉康吉,这位夫人家世之豪华,性情之温淑,我在他家佣工时,相待是极优的,后来我浑家患病,又全亏这位夫人请医来送药,来代为调治的,这真是一位富贵慈慧天上仙女哩。康吉岂有不听得他说的话呢?不过心思都注在车上,只得胡乱答应了几声。看到那说话之间的模样儿,像个已说到自己了。又看见那妇人回转头,看了一看康吉,那没一定是说他无疑了。他就自己一顾,身上衣衫敝陋,如此光景,实难为情。兼之又怕他要加以赈济,赐以抚助,那时到底受与不受,反觉难了,不如早早走罢。遂赶忙辞别了匠人,道了谢,匆匆的走转去了。到底他们两人会面与否,下回续谈。

第十八节　好阿大立意寻兄　刁白尼瞒心卖友

却说康吉自己看这一副衣穿形像,实实有点难为情,只得走了。上前走不几步,只听得背后那匠人的妻子赶着喊道:“小先生,小先生。”康吉只得放缓了脚步,听他说道:“你请慢慢走,这里美费儿夫人要跟你说一句话哩。”康吉听得明白,心中倒弄得没了主意,只得站住了。看那匠人的妻子站在路旁,气喘吁吁的光景,十分恭敬,专等康吉转来,好同去见美费儿夫人。那晓得康吉远远立住,摇着手道:“你这话奇了,一定是那位夫人认错了,怎么样去相见呢?请你将这话回复一声罢。”说毕将手一挥,竟自去了。等到这边匠人的妻子转到香车边来回复夫人,那康吉已经走得无影无踪了。那夫人嗟叹一番,也只得罢了。

这里康吉尽着望闹热地方走去,那心里眼里,总像有一位美费儿夫人跟着一般,一时竟丢不下。看官,原来康吉正是将冠之年,知识初开,情窦大启,古人说的好,“知好色则慕少艾”,正就是这种时候。所以康吉虽遭颠沛之余,尽着自惭形秽,而这一点柔情,竟是三生石上了。

这且慢表,却说那康吉自从热闹大街纵步闲游,一路兜将转来,已经相近加的寓处所在的这一条街道了。只听背后有人嘻笑的声音,好似加的,正待回过头去一看,却好那人跨上前一步,拍着康吉的肩膀道:“哈哈,小友,在这里遇着了,妙极,妙极。我那一处没找过呢,今晚我带你去,那是大事,只要你心坚胆壮,以后随你什么事都好干哩。你且同我来,那里有好菜好酒备着,且乐一乐罢。"随即挽住了康吉的手,走不几步,加的就懒懒的,似乎有点不要去的意思。反是康吉拉住了他,说道:"人生行乐,你本来是最豪爽的,何不快去呢?"话未说完,只见加的已变了脸色,一言不发,比如有一大团电火落在他面前,震呆了一般。康吉拖了他手臂,也都是抖抖战战,仿佛风摇竹叶似的。康吉不解所谓,抬起头来向前一看,只见数步之外,有所壮丽客馆,那客馆门前站着两个人。只听得加的自己努着嘴,咬着牙齿低低说道:"可恶,可恶,又遇着我的恶魅哩。"康吉接口,也是低低的道:"这又是我的恶鬼,真真冤家路窄哩。"那两个人已早看见了,内中一个年纪轻些的,竟要走上前来,迎着康吉,像要厮认光景。那个同伴的拉住了衣袖道:"你上前去干什么?你认得这个少年吗?"那人道:"怎么不认得?这原是我的堂兄,从前我家叔非利私娶家小所生嘘。"那人道:"真吗?我看此人与欧罗巴内最狡狯最凶险的人作伴,防恐已走入下流了。你倒是离远他些罢。"正说着,加的劈面上前,瞪着眼,叉着手,恨恨的声气,向那人道:"侯爷,如今有一个地狱,我们两人在那里遇着,方可快我之心哩。"说毕,眼不转睛的注目看了一会,忽然假作恭敬,摘下了帽子,一经走到间壁大酒馆里去了。林贲看他去了,微微一笑,自言自语道:"地狱吗?哈哈,老匹夫,既指望着这个去处,那就是他收梢结局的下场头了。奴才,奴才,你将来颈脖短了一截,那才知道是眼前地狱哩。"康吉趁着加的与林贲说话之时,急向人丛中一钻,早到了酒馆内,候齐加的晚餐去了。

不提这里阿大见加的如此情形,这般说话,打头不曾应脑,已是看得呆了。及至加的摘帽子的时候,连忙举眼找寻康吉,不料影迹全无,呆呆的似乎大有悔意。林贲开言道:"我们可以上馆去了,是时候了,大约客该到齐了。那流入匪类之少年,大玷家声,你又何必惦念呢?这种人身体、性灵,都同染毒螫被污秽一般的嘘。"阿大道:"话虽如此,究系我之堂兄呢。"林贲道:"呸!那不过算个庶子罢,比不得叙昭穆、同毛裹的嫡亲弟兄,何必如此性急呢?况且你既念及亲情,这也不难,你看他衣衫蓝缕,光景艰难,岂有骄傲于人之理?只消放个风给他,他自然会来找你哩。"阿大道:"你可拿得稳吗?"林贲道:"你放心罢,这些世面人情,我见的很多,有什么拿不稳?我们且去赴席罢。"原来那一晚林贲、阿大同着一班风流子弟开怀畅饮,把别事早已丢下了。这边加的、康吉虽则亦是上馆子呷酒,然而景况不同,意兴各别。好比一边是春和日暖,一边是朔雪严霜,那欢乐、忧闷,两种竟是判然哩。书中且不必细叙。

说到那一夜，到了半夜辰光，那捕头华发带领着两个心腹伙役，来到〔福步街〕，会着了作线的人，这四个人相离着，呆呆的站在胡同口儿上。只听得那大街上有一派笙簧嘹亮、丝竹悠扬之声，远远的吹了过来。细细一听，原来这条街上有一位夫人的住宅，这位夫人最喜欢是聪明的闺秀，淑顺的女郎，这一夜正在那里宴会女客，所以有这一派霓裳仙乐。这四人听了一听，也不在话下。忽然内中一人，向着那身材瘦怯的道："华发先生，此事我已定了主意了。但须得有三千两的赏格，并须要免我同党之罪，可答应么？"那人道："好，好，这样说也算是定得公道。就是这样定见罢。"又道："我虽不是性急之人，但是行到此法，实在危险，难道不能带着伙役到左近去埋伏吗？"那人道："这事自从没有定见之前，早已晓得危险，如今既经答应，只得拼着做罢。总须依着我的嘱咐，我两个人悄悄进去，不可露出马脚，就是带去的人也只好远远守着，我们才好从（申）〔中〕取事。倘或走漏一点风声，不但事成画饼，还恐怕性命皆休哩。你不知道那党中人发过大誓，倘有那首告的人，大众上前将他处死，所以这事断不可有丝毫破绽的。否则就给我数万金，我也不敢做哩。这个假意入党的一番言语形景，第一是要当心看好了巢穴的铺排，记好了人数的面孔，事体自顺手的。此刻他们这班人正在那里做生活，你去一一看得清楚，拿人自有左证，我自可乘机逃走，岂非神不知鬼不觉么？"那人道："是极，是极，正是这样办。"白尼道："你总要格外留心，随机应变，到了穴房之后，不可稍露形迹，等那些人都散出来的时候，你既有人分派在各处巷头巷尾，自然一起都可以擒住的。惟有那个为首的人，是个顶狡猾顶凶很的，虽然是新入伙，已经为大众推拥为首了。这个人就是那一天我指点与你看的，就住在这巷里第六层楼上右边房内，须要等他回到寓处里之后，从床上轻轻捉来，才不费事哩。"又指着巷内道："这一重就是他的总门，你请记着。"又从衣襟袋里摸出一付钥匙来，递给华发道："这就是他房门上钥匙，你且收好了。那人膂力跟虎狼一般，他倘然抢将起来，拉着兵器，就防他要自刎，不能生擒哩。"那人道："我理会得。"随即分付那旁边站的人道："欧儿白，你再带三个人，依着我分付[1]你的说话去行事。那管门人一定放你进去的，你须要悄悄的不做声，倘或我四点钟不出来，你不必等我，竟自下手罢。但是要生擒，不要弄死的。"随又点头向着白尼道："你且领路前去罢。"那卖友的点着头，缓缓从大路走去。

---

〔1〕 分付，即吩咐。

这边华发又停了脚步,向那欧儿白附耳低声,急急的说道:"你紧紧跟着我,到了穴房外面埋伏着,只等我吹起叫子来为号。"看官,原来这叫子是薄铜片做成小管,其声尖厉远闻,夜里拿人,必须带在身旁作为记号,令人好来接应哩。"你且不要忘记了开门锁的匙头,还有那铁椎等物。但凡听得叫子啸声,随即撞坏了门,拥进来要紧。不听得叫子啸声,还不妨事,且不必冒昧。方才分付你说拿党首,这是另外的号令,切勿有误。"说罢就急急跟着引路的人到了一处。

那房子狠大,只是不很整齐,不很好看了。但见两扇大门半开半闭,他两人整了进去了。穿过一个院子,进入一层房屋,走下一座扶梯,把旁边一重开好了锁。那引路的人就慢腾腾在衣襟里面拿出一盏诸葛灯[1]来,刮旺了火,镟上了灯,把火光都隐在自己这一面。一手笼着了灯,一手拉开了门,移过灯去一照,但只见都是酒桶,一个一个的,一屋子都装满了。那引路的就低倒了头,拣着一个酒桶,轻轻用手一推,那桶就滚开了一点,露出一块地平板来,当中仿佛是一个小小的门。那引路的将灯放低一点,逼着亮光回转头来,对着华发道:"我且先进去罢。"只见白尼曲着腰,伸手去一抽,拽动了关捩,这扇平门就开了出来。这个人就都湾腰曲背的,钻了下去不提。

且说那时候,那穴房里铸造假钱的一党人正在那里做工夫,有摇机轮的,有司火炉的,有管钱模子的,有管熬银子的,忙忙碌碌,闹热非常。有一大汉子坐在写字台边,查对帐簿,拿着一枝笔登记核算。那旁边一张长台子尽头,坐着一个年轻的人,呆呆的眼睛看着这班人,心里又着实计算,着实愁急。原来此人就是康吉,他与加的在席上已经发了大誓,临带他进来之时,又将他眼睛用布包好,然后进来,只是怕他熟识路径之意。到了穴房之后,方才替他解掉了遮眼的布。康吉举目一看,正不懂他们是做些什么,但见众人看着加的,都像十分恭敬的样子,听他号令。慢慢再一看,才知道此人所做之事,真是犯法得罪之事。他一时觉得心惊胆战,身子都像缩小一般,随即离开了加的,远远自己一人坐着一张椅子上。一念是愧恨,一念又是悲痛,不料我这恩兄竟是做此行径,那是一定不能再同他一起了。心里兜底一想,暗暗的道:"我们两人的情谊,怕就此断了。到得明天早上,我

---

[1] 诸葛灯,即马灯,又名孔明灯。原文为 dark lantern,有遮光装置的提灯,称隐显灯或幽光灯。

便是踽踽独行,就如再生人世了。"又想到那发誓赌咒,都是极可怕的说话,不觉又是毛骨俱悚,那眉目中带着恐怕之色,又带着一点骄怒之态。加的看他形态如此,深怕别人看见,要疑惑他有异心,一时竟要结果,他的心里着实的捏一把汗,因此暗里留心,默然不语。原来这党中人,每人都有手枪或者刀剑,都佩挂在身边。康吉新进党里,众人也特意送一分〔1〕兵器来给他,康吉亦只是不顾,随他搁在台上。这边加的看了一会帐簿,忽然说道:"诸位朋友,都壮起胆子,努力做工,不过再做数月,我们囊中多可充裕,那就可舍此事业,回去享福快活哩。阿呀,白尼这狗男女那里去了?"后事如何,下回续谈。

第十九节　新伙计轻身入险地　老朋友饮酒探机关

却说加的提起白尼今夜到那里去了,为什么不见呢? 随有一个工人上来向加的道:"他没有对你说过吗? 他找着法郎西〔2〕国内一个极精细极灵巧,专门铸造银钱的好手,就是从前帮助新候山〔3〕这一党做五弗琅〔4〕银钱的人。白尼已经诱说了他,他已经允许来入伙,说是今天夜里来的,大约也就可以来快了。我门得这一个帮手,一定可以大大兴旺,这皆是你的福运哩。"加的道:"哝,我也记得白尼今天说过此事,那个人实在是善于诱人的拐子哩。"旁边又是一个工人插言道:"是,实在是个善于诱人的,因为他来,才能得了你。我门这一类人里,从来没有比你再好的,真是大众造化哩。"加的一边听他说,一边已站起身来,从写字台边走到长桌子边,嘴里说道:"承你们众人过奖了,我那里好得什么来?"手里就拿起一瓶香并酒,斟满了一大玻璃杯,举起来一饮而尽道:"是请你门众位的安。"原来这是规矩,所以酬答众人称赞他的,比如中国人吃酒罚一杯、贺一杯的意思了。

正说到这句话,只见那平门开了,白尼一溜烟窜将进来。加的喊住他道:"好汉,你弄来的赃在那里呀? 别人铸的是钱,你铸的是人,这是其用无穷的,比如那信札封在信封里,外面盖上图记,这不是秘密吗? 你同他来入

---

〔1〕　一分,即一份。
〔2〕　法郎西,即法兰西。
〔3〕　新候山,原文为 Bouchard,今通译布夏特。
〔4〕　弗琅,原文为 Franc,今通译法郎。

伙,也要将他脾气、性情一起封了来,以后神出鬼没,才可听凭他做去了。"看官,原来白尼在这党中,是专门刻画花样,十分精细,实在是个聪明伶俐的工人。人家为此事羡慕他,他却自己冷清清的,一点没得快活欢笑之容,真是有深心有算计的。他就是听着你讥刺他的话,也都会嘻嘻的笑,外面无芥蒂。你道这人还不阴险吗? 此番看他进来,那眼睛里更有一种可恶的景象。听了加的说话,也不说什么,听完之后,才慢慢说道:"我诱来之人,你已经知道么? 这是有名做假钱的人,名叫季蒙。但是我门入党总有一定规矩,不是你先准此事,不能让他进来的,所以特来问你。"加的向着大众道:"好,好,众位先生,我门可是要准他进来吗?"那一班人齐声说道:"准他,准他。"旁边有一个人道:"那没我们这发誓的话,也该对他说一遍,倘或将来变了心,那应到赌的咒上去,不是当耍的呢?"白尼接着道:"是那个发誓的规矩。"他已明白,随即悄悄溜了出去,一会儿带了一个人进来。

众人将他一看,着实比众不同,俱各暗暗称奇。只见那人身材瘦弱,不很高大,穿着做工人的蓝色衣服,带着红色的胡须。原来西俗兴带胡须,以壮观瞻,不以为奇。此人所带者是个新鲜时式的三绺长须哩。那人不但胡须红色,连那头发都是红的,灯光之下映看,更觉鲜红异样。眼睛上面连着眉毛的所在,贴着一个膏药,像是生点疮痍之类的,相貌着实难看。加的打量一番,叫他跪下,说道:"老菩萨季蒙先生,你的相貌实在是跟那弗儿铿[1]一样,厄杜尼斯[2]的。"原来加的见他形状奇怪,打扮诧异,特为作此隐语,大约是说他如此扮演,倒像唱戏的意思。那人道:"什么叫弗儿铿,我都不知道,我只知道五弗郎银钱的铸法工夫罢咧。况且我是生成粗蠢拙劣的相貌,望你不要嘲笑我才好。"加的问道:"你真是贫穷吗?"那人道:"穷的很,真是一囊如洗,双手皆空。好比是教堂里的小鼠子一般,好几日一点都没得吃了。"

正说着,只见那一班工人都渐渐围拢上来,都要想细看此人。只见加的抬头看着众人道:"啊,这人要从心入党,你门众人之中,是那个用性命保

---

[1] 弗尔铿,原文为 Vulcan,今通译伍尔坎,罗马神话中火与锻炼之神,相貌丑陋而孔武有力。

[2] 厄杜尼斯,原文为 Adonis,今通译阿多尼斯,希腊、罗马神话中司爱与美之女神阿佛洛狄特(Aphrodite)所恋的美少年。此处原文为 more like Vulcan than Adonis,意为像伍尔坎而非阿多尼斯。

他呢?"白尼听了,得将上来道:"是我用性命保他。"加的请他发誓,随即有四个人走上前来,将那新来之人拉住了手,从穴房旁边转进去另一净室之中,将此人按倒地上,喃喃的发了大誓。然后带他出来,从新见了加的。那四个人齐说道:"誓已发了,报应也都说明白了。"加的道:"倘如你日后瞒心昧己,要坑卖我们,那就自作自受。不但自身促寿,连妻子都要应这赌咒的话,不克善终,并绝后嗣哩。"那人道:"儿子呢我本来没有,说到我那女人,实在受气不过,(当)〔党〕首先生,你如若有法子弄杀了他,我着实感你盛情嗫。"加的道:"说得好,真是入伙的好汉子,果然名不虚传的。"于是那一班人围拥着,一齐都笑将起来了。加的又道:"你自己一命事小,值得什么呢? 你不要连累那将性命来保你的人哟。"那人做出冷冷样子道:"我自己要保全性命,所以特来入伙的,不要这性命,难道不会听他去作饿莩填沟壑呢?"加的道:"罢了,好,好。"自己斟起酒来,又呷了一杯,对着众人道:"请诸位安。"

众人都上前来握他的手,要打听他的本事,又要请出他从前自己铸的钱来看样子,一时闹热非凡。那人道:"我不但是会铸钱,就是那做模子、守火炉一切事情,无不精通哩。"就有一人道:"实在有缘,这是天遣来辅助我们的,我们更当兴旺哩。"又一人问道:"你铸钱可是用铁模子么?"又一人道:"可不是么,所以比石灰模子更精工更细巧。"但听得那人道:"这些手法说他什么,不过这样罢,你们在这巴里司内做了,就在这城内卖出,实在危险之至。这里耳目既多,有眼力能辨真假的亦多,怎得能有大利? 我可以教你们一个法子,指点一个去处,那就可以卖十倍多的钱哩。你且看这件东西。"说毕,即从身畔取西班牙吕宋银钱[1]二枚来递与加的,大众又都挤上前去争看。只见他实在做得好,精细光洁,毫无破绽,就是深知其中弊病的,也都辨不出来。大众一齐喝采,那人又道:"这种钱只有法国用不得,余外欧罗巴各国都可以通行用去,就是经过多少人眼力,也不能辨的。只是你们这付机器欠灵了点子。"

季蒙一席话,侃侃而谈,原原本本说得大众无不佩服,只有加的终究有点疑心,就细细留心看他。旁边只有白尼觑得清切,看见加的眼光只是注定了季蒙,心里暗暗着急,想走上去随机照应他,免得露出马脚来。加的早已看见,转过左手来,按住了他的肩膀,止住了他道:"尔且自己坐着,这里说话不关你什么呢。"随用右手指着自己腰间,又拍拍那腰间佩着的手枪。

---

〔1〕 西班牙吕宋银钱,原文为 Spanish dollar,即西班牙银元。

白尼陡觉面孔上白了一阵，重又冷冷的道："你这人算是多疑的，我就走开何妨？"说毕懒懒懈懈的走了开去，坐在远远一张椅子上，拿出烟来点着不提。

单说加的分付收拾台子，加的自己坐了首席，请季蒙坐在侧首道："难得好汉子肯来，我们且放了假，且乐一夜罢。众位兄弟快拿酒来。"那些众人纷纷的都就了位。只见那险很[1]的党首，与同工人无不是欢天喜地。只得一个光棍在那里纳闷，深恐怕夜长梦多，所以毫不言语。看官，你想一台子皆是说说笑笑，十分闹热，中间夹了一个冰冷的人，自觉得踽踽凉凉，犹如面墙而立一般。不过此人虽不言语，那一双贼眼就专门钉住在加的、季蒙二人脸上。加的与新进党二人十分和好，不在话下。那新进党之人，一面对答加的，一面也只是偷眼觑着白尼。不知何故，白尼于季蒙进来之后，心里怀着鬼胎，不觉心飞肉跳，立坐不安。又看见加的形态，心里益发乱跳了。康吉远远坐着，不来吃酒，他那伶俐之人，早看出这两人虽有殷勤之意，却怀阴险之心，今夜总不甚安稳呢。看官，原来要看心思，古人说是看眼睛，如今还得看嘴唇，他心中另有阴谋，那说话之间，自然欲言又止，这嘴唇就时常牵动了。这是看人的秘诀。原来康吉起先心里昏闷烦恼，犹如睡梦一般，及至此刻，听得加的何等应酬，大众何等赞叹，忽然觉得心地清醒，靠在椅上注目看着，倾耳听着，十分在心。

只听得加的高声向大众道："我有一层疑惑，何以这样一个聪明铸钱之人，我门都不知道，只得一个人认得，不奇怪么？"那人缓缓答道："有什么奇怪呢，我向来铸钱，不过同蒲萨等二人，他那二人已经犯于罪充发了出去，我就久已不做了。况且我门不过小局头私窝子，那里有什么大名气呢？"加的道："话有理，朋友请吃酒。"酒又过了一巡，加的又道："季蒙先生，你亦可谓时运不济了，怎么又受了伤，把这眼睛上出了毛病呢？"那人又不慌不忙答道："这一天蒲萨被拿，我不幸吃了一枪，还幸而忍痛逃走。大凡造化低的时候，就有这些垒儿。我们既入到党，也顾不得了。"加的道："话有理，季蒙先生，请吃酒。"酒又过了一巡，众人俱是默默坐着，加的又道："季蒙先生，我看你睫毛之色黑，比到须发之色红，着实是睫毛好看哩。"又道："你戴的不是假帽子，装的不是假头发吗？"季蒙又自由自在答道："我门下贱之辈，不过装扮着要瞒得巡捕眼睛罢，管什么好看不好看呢？"加的道："话有

---

〔1〕 险很，即险狠。

理,老狐狸,请吃酒。我门从前在那里会过么?"季蒙道:"我倒不知道,那里有会过之事呢?"加的站起身来道:"这话无理,华发先生,请吃酒。"众人一听见华发两字,各各慌张,一时鼎沸。那捕头见机关已破,急忙跳将起来,伸手到衣襟袋里去,正要取出叫子来,加的暴跳如雷道:"哦,卖友的,何如此丧心吗?"跳将过去,左手拉定了华发袋中之手,右手掐定了华发颈脖子,说时迟那时快,这两人扭做一团,结做一块。华发正待要挣札,早被加的擒得牢牢的,使尽平生武艺,用尽平生气力,将华发扁扁服服按住在台上。只有康吉从旁看得清爽,只见各人的刀都出了鞘,满堂的刀光一闪一闪,映着众人的眼光,堂中的灯光真是闪烁可怕。不知这两人性命如何,下回续谈。

第二十节　闹穴房大逞威风　别寓楼小有口角

却说那时候康吉注眼看着加的扭结住了华发,正在死命相扑,忽然间抱住华发颈脖,撺身一跃。再看那巡捕,竟像战战兢兢,不能支拒的光景。再看那加的耀武扬威,极尽气力的模样,一转眼又只见加的将华发两只臂膀叉起,把他擎得高高的。正看得发呆,忽听见天崩地裂的一声震响,窗户玻璃破碎声,台上盘碗倒翻声,椅凳掀跌声,那华发已被加的用力摔落在地板上,挥身破碎,血污淋漓,早已一命呜呼,伏惟尚飨了。

那加的随即奋身跳上台子,凶眉直竖,怪眼圆瞪,气急咆哮的,巡看这卖友的白尼在那里呢?四面一看,只见白尼面死如灰,身缩如蝟,正在悄悄的扒上梯子,想逃出穴口去哩。加的一眼看定,却好白尼也回转头来,他一双贼眼一溜,正与加的怒目相射,打了一个照面。加的厉声大喊,一时穴房中重又雷轰霆震起来。但听得加的说道:"你这万恶的很心贼子,我将性命交给你,你竟将我的性命要送给人吗?你道陷害了我,你的事体就完了么?你的身家就保了么?我今日要与你同归于尽哩。"说毕,只听得一声手枪轰响,那人就哼了一声,跌在地上,已经直挺挺的躺着,那弹子已经穿过了他的脑盖了。这时候,但只见火药的烟雾,慢腾腾都吹上屋顶去了,穴房中大众都是静悄悄,没得一点声音。

只有康吉靠后坐着,掩住面孔,不忍再看,心里想道:"如今完了,那个罪名已经坐实了,一生荒唐的举动,诡秘的行径已经到了头了。可惜那一付本领,专会感动人结交人,何等的英雄豪杰,就是失足做了匪类生涯,还望他后来改悔，如今都完了。"不觉暗暗叹气。又想他那一生失足的事，都是为白尼这恶犯陷害的，何以就不会抗拒他，不拆开他寻生路呢？这不是白送了性命吗？想到这里，那心中就七上八下，不知自己将怎样弄法哩。正在呆呆想着，这里加的慢慢跳下来，又去看了那白尼的尸首一遍，将自己手枪插好在腰间袋内，四面一看，说道："朋友们，我救了你们了。"一面又恨恨的看着巡捕的尸首道："啊啊，可恶呀可恶，这人初进房，我就看出破绽来了。他的打扮虽然是聪明法子，怎么能瞒得我过呢？但亏我看出后，一点不露出来，心里也不免有点惧怕，定着心壮着胆。哈哈，请众朋友翻转他面孔，来看他一看，这个恶捕平日固然可怕，这会儿可以不必怕了。就是人变为鬼，他能怎么样呢？是不必怕得呀。"众人听了这话，都拥拥挤挤，挨上前来查看尸首，大家都低着头检视一回，唧唧哝哝的议论着。加的斜撇着眼睛，拦开了众人，走上前去，只见那人衣襟内藏着两杆手枪，便袋内藏着两枚叫子。加的一见叫子，不觉叫起苦来道："阿呀，不好了，这事很危险哩。我虽力能助你们，只怕不过一点钟时候了。如今我们不能罢手了，你看他有叫子，必有埋伏，外面巡捕一定都晓得我们地方了。你们快快自己打主意，各人将银钱分了，身边藏些，赶紧逃命出去罢。"

那时的康吉，专门昏昏沉沉呆想，两只手掩着面孔，总不去看他们。只听得大众喧嚷声，邪许用力声，银钱叮当声，脚步杂逻声，门户开阖声，一刻工夫，忽然寂静无声了。只觉得有一个人，匆匆忙忙赶到他面前，用手按住了康吉的肩膀，很命摇了两摇，又赶忙替他拉开了遮脸的手，喊了他两声。那时加的声音已经垒了，比从前嘴响喉高大不同了。康吉见加的来拉他，才说道："好险呀，人与人争命，这是从来没有见过的。况且你是赤手空拳，更觉可险呢。"加的道："呸，看一个相打的小事，你就这样害怕吗？还不快走，你看大众都走尽了。"康吉那时候心虚胆战，怯怯的站将起来，举眼四顾，这挺大一所穴房，只得他同加的两人。再巡看那尸首，已经不见了，就是各样都没得踪迹，连地板上血迹都收拾干干净净哩。加的道："快来，快来，拿了你的佩刀罢。"加的一面说，一面就拿起一个吊灯来，催促着快走。那时这穴房内已是乌洞洞的，各处挂灯均已吹熄，只剩得加的手中这一碗灯了。加的焦躁着急道："你到底怎么样？还不快走，待什么呢？"一面就拿着灯，望前移步走了。康吉没奈何，只得拿了腰刀，随后紧紧跟着那凶手，一路奔出了穴房。

寂寞寞的又穿过了几层房屋，钻过了几处窗户，又经过一带穴房，只觉得都是湾湾曲曲,静静悄悄的,不知是些什么所在。到了一处的门口,也有扶梯,扒了上去,钻出门外,只见是已在一所楼梯脚下出来了。地方黑暗的很,狭隘的很,那房屋像是很旧的一样,有许多地搁板都已经是破坏了的。大约这房子从前原是好的,有大人家住过的,后来旧了,也只好给那种佣工的住住罢咧。他两人上了楼梯,到了楼顶上,开了门,从床背后出去,却原来就是他们的寓处。

那时康吉神气已经复了原,心思已经把稳了,就在那常坐的藤椅上坐地。加的也就靠在榻上,默默的一言不发。坐了一会,康吉自己盘算了一遍,忽然开口叫了一声"加的",正要想说话,那个做假银钱的人就发急道:"阿呀,我从前怎样叮嘱你,不可再叫我这个名字,你为什么到了这种时候,反叫起这个名字来呢?"看官,原来加的自从复到巴里司城来做这生意,又另外改冒了别的姓名,如今听得康吉叫出真名,不觉着急。康吉道:"呸,你的真名字,这又何妨?你的名字倒是顶无罪的,我不但现在不再叫你,就是将来我也总不来再叫你了。"加的道:"那倒也不希罕,但是我正要请教你,我们正做的连手伙计,就闹了这个岔儿,将来怎样度日呢?"康吉这时候面孔通红,头筋直绽,劈面说道:"你的事情我是亲眼看见过了,我们两人从前订交时相赠的物件,现在算断了罢。"加的未及答言,康吉又道:"且不必断我的说话,来归罪你,不是我的本心,我已经住着你的房屋,饮着你的酒,吃着你的饭,我怎么倒要归罪尔呢?但是,我从前再想不到,你竟会闹出这样大利害、没挽回的乱子来。今生今世已是懊悔不转,赦宥不来了。我是蒙蒙昧昧的跟着尔,那是我一点诚实的心肠,被苦情感动,只晓得尔是靠得住的,所以连魂灵都跟着你。你平时的行为,虽然也晓得是不很正派,那里就猜得出竟是这样下场的。阿呀,我现在比如睡在千万丈深坑的边上,一觉睡醒来,一个翻身,不就是滚下去扒不起了吗?我耳朵里像有我亡故的母亲,从那坟墓上来,用手指点着我,叫我望岸上这一边翻去,不要望坑里那一边翻去。我如今竟像耳朵里还有我母亲的声音,我现在还懊悔得转,我们从此永远相别罢。"

加的愤怒未消,神气本来没有复元,一边听康吉的说话,一边在那里发怒,渐渐眉毛又棱起来了。听到着末一句话,不觉直跳起来,嗯喇一声道:"是离别吗?我送去一个首告的人,还再添出一个首告的人吗?倘若将来再看见我做件事体,再吹出一点点风声,要陷我到法场上去,那时也算离别吗?分开呢总不分开,你若果真要分开,那就不是活着分开哩。"康吉将两手在胸前一箍,打了一个抄手结儿,徐徐说道:"我主意已经定了。我原可以暗中走,总要告诉你,大丈夫来去分明,你能禁住我么? 你自己有胆量,又何必怕我出去呢? 再过一分时候,我就走了。"加的道:"啊,是这个意思吗?"他就四面一看,原来这楼上有两重房门,一重门系在床后面,有帐子挂着遮掩住的,这重门就是刚才这两人上楼时候所走的,还有一重大点的门,就紧对着大楼梯的。他就伸手过去,将大门锁好,钥匙放在衣袋内。又将帐子后面的门锁好了,又上了闩。他自己就移了一把椅子,顶住了大门坐着,哈哈大笑道:"蠢奴才,你不要说身子,就是魂灵都交给我,归我管住哩。"康吉道:"你算什么做法,我就怕了你吗? 你快站开。"就用手按住加的胸膛。加的喝道:"孩子且去,不要摇动我的鬼心,我一把颈脖子,顷刻就可以搕杀的,你还闹什么呢?"

康吉听了这话,似乎火上加油,更为愤怒的光景,将手按住自己佩刀,说道:"我怕你什么? 我也带着兵器,尔奈何我不得。"加的冷笑道:"我奈何尔不得? 你莫非奈何得我么? 尔自己细想想,怎么说出这样话来呢?"康吉停了一停,说道:"我门交情原深,你虽然被血气所染,但是庇护养活我,给房子我住都是尔,我原是知道的。如我要改图别事,巴给个出山,我门后会有期,不在乎束手同毙。尔也不必怪我了。呵呀,我的母亲临终时候嘱付我的言语,怎么都没有灵验吗?"加的让开一步,忽然那一种爱惜小友之心发露出来,伸手过去,紧握康吉的手,心里像是十分感动,作凄恻的声气道:"你且听我说,我门作此下流行径,是被歹人诱坏的。如今歹人已经除去,我门正好自寻头路,做些事业。你何必一定要同我拆伙呢?"不知二人后事如何,下回续谈。

第二十一节　小英雄同谋逃难　老奸雄拒捕亡身

康吉道:"你果真肯舍掉这条旧路,另外开创一番新世界,那没不论什么地方,但能尽心竭力,谨慎勤能,也总可以度日的。世上有多少人,起先失足,后来回头的,不仍旧是轰轰烈烈,做得很安稳吗? 加的呀,我门且一同飞奔出去,并力谋事罢。阿呀,加的,且听我话,这些话不是我的声音,是你好祖先保护尔的话呀。"加的转身落后,靠在墙上,气喘心伤,嘴里不能出声,战战兢兢的说道:"尔只管自去罢。我自己命运不佳,就是出去,也只怕没有好日。尔且舍掉了我,我自己在这楼上,独当追捕的人罢。我已经重重得罪老弟，实在是我的粗莽处，尔切莫介意。阿呀，小友，与你同心协力，再图后事，原是极好的。尔又年富力强，性情爽快，我原是极依念你的。不过我如今实在心灰意懒了，就是我从前所做之事，本待早早告诉尔，又恐怕尔已经得知，好比是红纱罩眼一般，妆聋做哑，只作不知，所以倒不好向尔提起了。我妄意要瞒住你，这原是我的错处，但是我心里倒是一片好意，总不要尔染手，使尔干干净净，安安稳稳，不走那邪僻之路，不冒那危险之事，才是我待尔的本意哩。直到今天晚上，尔一定要明白这其中原委，我才带尔去的。不想就闹出这个乱子，后来见有怕险之意，恐怕尔真要舍我去，一时急了，所以才这样发很。一时累尔做了同党，又叫尔独自走去，我心何安呢？现在我想明白了，尔只管自己去罢。我的恶贯大约将近满盈，恐怕那报应之理，一天紧似一天了。我有罪，我自己抵当罢。况且尔正年轻，大可有作为，我已经上了几岁年纪，又习惯了做这些苟且勾当，就是从此完了，也是该的。虽然改邪归正，天道亦不禁人后悔，但是我怕来不及了。平时清夜孤灯，也曾自己想到那'瓦罐不离井上破'的古话，不知怎的就利令智昏，至于今日呢？"康吉焦躁道："尔竟快快同出去罢，不必数数落落，说上这一大篇，耽阁了工夫。恐怕天要亮快了，外面耳目多呀。"

加的正在沉吟，只听得楼梯上橐橐的有脚步响声，他就心里一惊，站起来侧着耳朵，结白了面皮，停止了呼吸，声息寂寂的，好比那蟒蛇伏在草里一样。一时间只听得脚步响声，已到了楼上大门外。又听见用钥匙在暗锁内"蛤蛤"两声旋动，又听见"括括"两声门响。这时候，那做假钱的竟是匍匐门边，张皇失措。那晓得"豁喇"一响，锁脱门开，外面已拥进一个人来，大声喝道："快快出来受缚，免得动手，尔原是我的俘人哩。"加的从暗中跳将起来，用壮力巨身很命一推，连门连人一起都推了出去，门倒反推上了。加的大声道："我总不为俘人。"就重新将门扣紧，加好了门闩道："哈哈，谁敢来开虎口？"

这时候只听得两重门都有人声，很嘈杂，齐声喊道："贼子敢抗拒者，罪不赦。"加的这时也着了忙，低低的向着康吉疾声说道："此刻只得一条路了。康吉你快开了那重窗户。"康吉就过去开窗，加的拿出一条做就的钩绳来，自己也到了窗口。只见天上东方已经稍为发白了，街上路径也略略可以看见了，不过还没有人来往哩。加的正拿起绳子，扣好在自己窗槛上，只听那外面齐力推门的声响十分凶勇。加的一手拿着绳，一手理出那钩子，要想望对面掷去。看官，他这对面房屋相去甚近，中间虽隔一条路，不过是六尺之间，窗户对着窗户，那边窗户旁边，却预先开有一个小缺，正可以容这钩子的。他想用钩搭定，以绳为桥，人就拉住绳子，逐节换手，沿将过去，可以逃往对面房屋里，躲避躲避再说哩。

却说那时加的将钩子丢过去，搭不着，又收转来，再丢过去，丢了两遍过才搭住了。就叫康吉道：“你上前快快过去，不必逗遛了。你须要趁势子轻轻巧巧扳着过去，倘如害怕，只消闭了眼睛，不看下底就得了。那边是白尼下处，到了那边，你就下了楼梯去藏着罢。”康吉道：“我要看你先过去，我是不舍你的，我且在这里守住门罢。”加的道：“呸，你发癫么？尔怎样能守门呢？我在这里守门，还用力挡得住，你快去罢。况且你先到那里，还可以用手去按钩子，助一助力。恐怕我身躯重笨，那钩子要吃不住的。”康吉正要跨出窗外，加的又道：“我还有一句话，倘或尔逃出了，我被陷了，那个小凡尼可以交给我父亲，我父亲总可以养他的。尔千万记牢这句话，我门交好一场，尔总要替我出这一番力的。好，好，尔快去罢。”

康吉到了这时候，也无心说话，只是答应了他，一面就跨出窗外，拉住了绳子，把身子宕了下去。只觉得那绳子晃晃荡荡，身子在空中飘飘扬扬，自己就把稳了心，紧闭了眼睛，咬紧了牙关，连呼吸都停了，用手挪移过去。到了对面墙屋中间，已经得了性命了，就站住在窗口。原来这层楼是顶高的，这一层下面接着墙檐，上面开着窗户，是带侧势的，所以康吉就站在窗口，注目看着对面窗内。只见加的仍旧去拥住大楼梯上这一重门，因为这重门不比那一重坚固，兼之人又多，所以自己抵住。忽然听得一声洋枪响，只见加的跟跟跄跄铳上前了几步，又站牢了，猛猛的咆哮了一声。一会儿，只见他奋身跑到窗前，抓住了绳子要想过来。康吉连忙伏在墙上，用力去按定了钩子，手臂上青筋都是一条一条直绽起来，眼睛上血班[1]都是一棱一棱发红起来，心里着急得很。你想那极大极重的身体，上挂在半空中，全靠这一根绳子着力，将要吃不住的。况且加的又很命的扳得紧紧，只见那绳子在当中坠低下来，变作倒挂弓背的样子。

正在着急，忽抬头，只看见对门窗子口，人都已拥满了，晓得是门打破了。忽然内中一个人跳出窗外，站在檐上注目，看着那绳桥上悬挂的人。加的也开了眼睛，一边一步步移过去，一边撑着怒目看那个巡捕。那人慢慢的举起手枪来，像有开放之意。加的看得清楚，索性停了手不

---

〔1〕　血班，即血斑。班通“斑”。

沿了，等着他放枪。那些法国巡捕倒都弄得毛骨悚然，只好两边对看。又只见加的悬挂空中，那腰眼里有血，一点一滴落在地下石板上。再看他那毛发直竖，雪白的嘴唇掀起，血红的眼睛瞪圆，那发狂发愤性烈如虎的光景，一时全露出来。法国巡捕亦不能不毛骨竦然，那站在檐上的巡捕，举起手枪要放，那手里就抖战战的，一枪正放在对面檐边，离康吉伏着地方不过一寸，那弹子就钻进墙里去了。只听得加的喉内半带狂笑，半带呼喊，总示不怕之意。这声音从嘴唇中出来，不过人宕在空中，那声气是提不出的。

　　且说加的仍旧扳过去，已经近着康吉，不过还离二尺远，康吉忽然大叫道："不好了。"只听见无数手枪声响，同放排枪一样，那火药的烟气轰轰的迷漫过来，一时对面不能相见了。黑烟中只听得一个人半恨半惨、大喘狂呼的那一声喊，真是很难听咧。康吉站起来，俯身一看，那绳子上已经不见了加的，只见地下石板上，暗暗的有一堆东西，大约是这做银钱的骸骨了。可怜这人一生心力，半世机谋，不能安耽一日，如今死于非命，那往日之雄壮气概、豪杰性情那里去了？况且这种收场，变作一堆肉酱，自古来上至帝皇，下至乞丐，从来没有这种死法，只有他如此惨死了。如今堆在地上，好比一块土泥，没有天生之气了。康吉心里正在想得呆了，只听得有一巡捕道："再放枪罢。"康吉自己怜惜一声道："唉，不想我今朝如此下梢头，真是梦想不到，我只好惟命是听了。"忽然劈面一弹子已经飞到前面了。不知康吉性命如何，看官请掩卷思之。这康吉原是卷中第一个人物，这一枪来那里就会将他打死？不过如何逃避之处，尚在下卷再表。看官且暂歇一歇，再听下回续谈。[1]

───────────

〔1〕 《瀛寰琐纪》第二十八卷，此节末尾有以下文字：右《昕夕闲谈》共上次三三卷，计书五十二节已毕。其中盖以康吉之出身为起，以加的之收场为结，固自成全书之大主脑。妙在希尼为人领去，庶几康吉可以干手燥脚，别创机案。否则拖带往来，岂非十分累坠，而作书者又必费多少安顿矣。此省笔事，省墨之极则也。后书已改别名，仍当陆续翻译，以供众览。后人读此书者，有诗赞之曰：

> 作者文章忧患深，英雄末路枉浮沉。结交如此真堪羡，不换当时一片心。
> 何妨结客少年场，狗盗鸡鸣尽擅长。输与他人增阅历，不成雨露不风霜。
> 豪宗富贵尽薰人，酒食樗蒱结契新。惟有弟兄关至性，鹡鸰原上话情真。
> 悠悠举世有谁偕，偶托殷勤亦复佳。一面乍逢心已许，爱才毕竟属裙钗。
> 奸谋秘计不寻常，天赋奇材暗自伤。直到变心思卖友，始知冰鉴早提防。
> 婚堂酒宴醉鸳鸯，此是人生行乐方。何必铜山夸狄道，黄头至竟痛編郎。

第二十二节　开夜宴愁起未亡人　闻恶声忙呼老家仆

前书暂作顿提，原是小说家起伏线索。且不说康吉心中悲伤加的，忽又听得放枪，转念自己如何逃避的事。单说华捕头与白尼两人，先前在此衖内打算捕捉那做假钱的人，正在商议，耳朵里但听得邻街房内有一派悠扬清越之声，好像演乐的光景，顺风吹来，颇觉可听。只是二人商量正事要紧，那里还有心去听他。看官，你道这是谁家的房屋？原来这巴里司城内也是绝大的都会，通衢广巷，两旁房屋无非重楼叠阁，画栋雕梁。也有三层的，也有四层的，也有五层的。这等租屋人家，每以一层房屋若干为一宅，其中堂座、卧房、厨灶、佣工歇住之屋皆备。这个房主就是那寡妇美费儿夫人呢。这夫人从前在昏姻堂内康吉见过他，这日在车中亦曾见过康吉，叫那匠人家的走到车前细语，似乎要问康吉的光景。他的容颜端丽，体态温柔，前书已表得十分明白，不必再提。只因他在巴里司城内颇有女学士之名，性爱作诗，虽未成书刊布，每有嘲风弄月、写意言情之作，亲友戚族无不传抄讽咏。又兼轻财好义，从前他丈夫亦拥厚赀，身后财产尚称富足。美费儿夫人既已孀居，那每年内应该进的银钱，那里用得完这许多，所以将一半留作度日，以一半分给穷迫戚族。这些称颂他的人，几于日多一日，连个巴里司城内上下大小，都晓得夫人的贤明慈惠。看官，你道这也是难得的吗？

这日他家中设宴作乐，因他远亲安勿生子取名的事，所以十分热闹。这安勿原是一个穷亲，当年成昏[1]，都是美费儿夫人替他出力，今日生子，岂有不欢喜的？所以邀聚众亲族大设燕飨，亦是美费儿作主相陪，环坐让饮，那器皿精洁，肴馔丰盛，自不必说的了。美费儿于众客之中，瞧着安勿家的甚自快活，因暗忖道："我当年为你们成全大事，不想到了今日，亦算我不白费这番心思罢咧。"正在欣喜，安勿家的走进前来，笑道："如此好郎，又是佳节，这都是托贤姐之福呢。"美费儿听说，将眼远注着福门子，对安勿道："你既以昏姻为佳事，我且问你，当年我家福门哥赴那恶昏姻堂的事，莫非是你劝他的吗？"

看官，你道美费儿为何要说这话？当年美费儿亲往络弗昏姻堂内，就

---

[1]　成昏，即成婚。

是我也以为不是。这文弱温丽的女子，竟亲往那络弗先生诱人牟利的混帐所在，岂不惹人笑语呢？原因福门子家道穷迫，惟存虚爵，不知自爱，欲图与卑俗富家结昏，故美费儿抛头露面，不辞嫌谤，意欲贿买络弗，使他族人之计不行。虽然失了闺阁体统，但亦见得美费儿有才有识，远过男子的光景。如今却因安勿家的说到昏姻二字，不禁感触旧事，所以语带怨讪的。

那安勿连忙陪笑道："姐姐疑我太甚，我那有这大谋量呢？但姐姐助我成全好事，计亦最巧，功亦最大的嚛。"美费儿道："我非不知，亦有小功……"话未说完，又唾一口道："啐，你且一想咱门族内的人，与区区做买卖的争一女子，岂不笑煞？嗳约，这巴里司城内无奇不有，谁想讨浑家的，竟先到公堂乖伦蔑理，岂不奇之又奇么？"安勿笑道："那个昏姻堂，多少豪杰，少年姐妹，你不曾看见么？啊呀，姐姐且不必瞒人，那时候恐怕也有些心跳，忐忑忐忑的嚛。"美费儿啐道："你这烂舌头的，如此胡说。"安勿见他发急，自知失言，也不觉面上微红，有过不去的意思。说话之间，只见窗槅上微有亮光，知是天明，众客各自告辞而散，安勿同他浑家也去睡下。

美费儿进了内房，懒懒的坐下，靠着桌子，以手扶头，一味的出神。那桌子上摆着诗稿及玻璃、瓷石各样的摆设。这里门外数进房屋，历历在目，残肴冷炙，尚未收拾，自来火灯与窗罅曙光，两相映射，照见室内布置精雅，越显得他雪肤花貌玉人似的容颜。只可惜他形单影只，独坐凝思，不胜凄凉的光景。心内暗想："我今世是无快乐的日子了。无论今日这般光景，就是丈夫在日，他那粗疏情性，何尝有一点温文气？大凡做女人的，不可有这些才学，有了这些，便是苦命薄福的人。我如今已有二十四岁，个又未[1]生下子息，虽有这点赀财，要他做什么？况且咱门的门楣声名，也是要紧。罢了，我一生拼在泪珠儿里过日子的了。我虽会胡诌几首诗词，但我这心事真是千言不了，万语难明，岂是这诗词上说得尽的？就要刳肠刮肚，把那说不出的话，一句一句都写在纸上，又怕被人看见，留作话靶，我一生的声名，反被那平平仄仄的东西坏了，这也犯不着哩。"想到此处，不觉面熟心潮，不由得不眼圈儿一红，掉下泪来。浑身又觉发烧，钻心刺骨的念头一一都起。此时实觉得支撑不住了，正欲移身进房安歇，那身子似乎千斤重的

----

〔1〕　个又未，又没有。

模样,不能举动。因想我今夜为何委顿到此,莫非这心事原是想不得的么?只得仍旧坐下。

正在纳闷,忽耳朵里猛的一声怪响,顿觉神清气爽,一腔心事都被他惊走了。定心细听,忽又一声震动,料着是放洋枪。只是天色才明,此间又是房屋毗连的所在,不应有此声响,心甚狐疑。又听得杂放数声,排列而来。此时美费儿只得起身,向门外一望,见那些侍人正在收拾残筵,往来更仆,遂喊问道:"你们曾听见外面放枪么?这是何故?想外面必定有非常的事,你们且推窗一看。"那侍人答应一个"是",推窗望来,寂无影响,方欲回声主母,那枪声又复一响。美费儿连忙叫道:"不好了,此声已经第四次了,必有不测的事。你们速往街坊里探访明白,倒是要紧呢。"那侍人及众佣仆遂把桌上器停手不撤,出门打听去了。这里美费儿仍旧进房坐下,专等侍人回来禀复。未知外面究竟何事,且听下回分解。

第二十三节　很捕役搜亡入邻院　俏佳人救难写安书

且说康吉听得巡捕说"再放枪罢",正在自怨自叹,不堤防飕飗一声,弹子已飞到面前,幸未中着,那心内却止悲伤加的,不曾顾到,遂把身子伏匿檐际所高出之墙后。此墙后下就是白尼住房,康吉将手一摸,正欲推窗而入,岂料奸白尼早经算计,设有逃亡之时,亦系生路,所以将窗户扃键得铁桶似的。此时康吉急得心如火灼,不得已又沿檐墙匍匐,冀有别窗户可入。甫爬至横路角上,举头一望,只见背后有一巡捕亦攀绳而过,心中闪闪暗忖道:"他若过来,必要被擒,我本世家子弟,只因遇着匪友,连累至此,到了今日,竟成了犯人,为那凶很的捕役追赶,我之命薄,一至于此。"一面设法逃避,一面正暗自伤感。幸亏是少年血气充盛,虽在万苦千酸之际,那心中觉得清楚,还不至慌忙失措。遂又打定了主意,眼见后面来的单则一人,我即拼命对敌,或者尚可胜他。一面想,一面将身伏在墙下转角,沿着那条横路上的房屋,匍行而过。忽见一窗虚闭,心知是个绝好去处,将窗轻撬,悄悄的跳身而入。且喜无人知觉,潜伏半晌,复恐追者亦从此入,又摸索楼梯,下了数层,差不多已近后堂的院子,心里却喘吁吁的不定。

只听得一片喧嚷,一人道:"巡捕拿住了那造假钱的人。"又一人道:"拿住造假钱的匪徒。"又一人道:"已经打死了一个,在楼房路上,看见尸身好像是肉浆一般。还有一个在屋顶逃走了,那巡捕吩咐咱们协同查缉。"你一句,我一句,康吉听得明明白白,想到自己在此,已被他们看见,此处总不是个活路,但亦只得听天由命罢咧。又听得许多人皆答应此人协拿的话,想是此屋邻居都已来了,如欲突围而出,既无胆力,如暂时退避,又无所在,且不必管他如何,转身跃上楼梯,仍到第一层楼上。

刚进穿堂,已听得楼上有脚步声下去,这是康吉命不该绝。瞥眼见身子右面一门虚掩,尚有灯光晃耀出外,往内一瞧,空无一人,遂悄步挨身而入。只见残肴剩酒,摆在桌上,那壁上又有大镜,照见地下遗落妇人头戴之花,又有丝条一绺,心想必是妇人卧室,遂将门轻轻掩上。回身一照,又见自己头发散披,衣服腌脏,连帽子都不见了。那面上神色,甚属慌怅,悄步入内,果见一妇人支颐独坐,瞥见人来,就卒然惊起,荒忙伸手把那桌上的铃铎举起要摇,一面喝问道:"你是何人?擅入人家闺阃,意欲怎么?"急得康吉无地自容,也不待分辨,就把那妇人的手按住,婉声答道:"我是逃命的人,既已来此,我的性命止有你能救了。我是无罪的……"这话未完,只听外面开门硌碌声,脚步跌踢声,说话罗苏,渐渐的近来。康吉向那妇人注目一看,连忙退后一步,说道:"你就是美费儿夫人吗?"那妇人亦细细一看,面上红了一阵,却又是有些认识,不由得不发慈心,叹了一口气道:"嗳,你这年轻的小孩子,为何至此?可惜,可惜。"说罢,遂望着他房内黑奥处帐门里,使个眼色,康吉会意,连忙掀帐进去。

美费儿方欲坐下,外面的人已进屋里,原来就是那侍人同二捕役,搜获人犯到此。一捕向前谢过道:"开罪奶奶,咱们寻一犯人,怕这厮乘管家的出门,窜在这屋里,容咱们搜一搜罢。"美费儿听说,佯作痴呆,答道:"这也是正事,但我这屋里一步不离,那就有人窜进?你们到别屋里去搜罢。"那捕役连忙答应个"是",转身往外去了。这里侍人又将探听的事回禀主母,瞥眼看见帐门微动,便道:"阿呀。"连忙过去,正欲掀起,被美费儿起来止住。侍人见他战竞,十分疑惑道:"这个所在,莫非有人么?"美费儿道:"正是,你且默过了。"那侍人以为别有勾当,心中暗想道:"竟有这样事么?"随应了一个"是"。只见美费儿面上一红,心内实有发怒的意思。只因要救康吉性命,暂且忍耐,倘与他说明,是定要出首的了。看官,你道这侍人是谁?原来法国人氏,名叫方叔,系多年服役之人,在主母前恰有几句话分,所以美费儿只得如此。正说话间,捕役又复进来,瞪眼帐内,诧异道:"呵呵,此帐子呵。"那方叔答应道:"此是奶奶卧床,我已在床后看过呢。"捕役道:"是了,此处没的,咱们亦不怕他走脱。"自言自语的,一(经)〔径〕出去了。美费儿心才定下,对方叔道:"你且出去。"就将一装银的包儿递在他手,方叔会意,接着银包,又道:"奶奶,你可以相信我吗?"嗤嗤的冷笑一声,亦往外边走了。

美费儿站立房内,心中自忖,我的声名全在这侍人口里,遂复坐下,纳闷一阵,酸楚从心上起来,不禁挥泪。忽听得极细的声音,转眼一看,只见康吉长跪面前,连忙道:"你起来罢。你听见那奴才话的么? 我因救了你,连声名被你累哩。"康吉起身道:"奶奶,你声名被我累吗?"一面说,一面在他房中不住的看,心想道:"我如何落在人家闺阁里?"因会了意道:"我一生不敢作那坏人声名的事,况且我是逃命,怎好因我性命累人声名?"说到此处,忙向门前喊道:"你们要拿的人,在这里了。"美费儿见他如此,十分感动,那里肯让他喊,便道:"你勿着急,是我失言了。你去后,我再将实在的话给与那奴才听罢。我且问你,方才你说无罪,你当真无罪么?"康吉道:"我曾读过书,小过处或者有之,那犯法违条的事,如何敢做呢?"美费儿听著,顺眼瞧那康吉声音相貌,真是慷慨爽直,年少英雄气象,令人怜爱得很。

此时康吉又不觉伤感起来,一眼钉住美费儿道:"奶奶今日救我,恩同再造,没齿不忘。我自那日会过奶奶,就刻刻牢记的了。自今以后,无论干什么,往那里……"话未说完,一阵心酸,便已咽住,那两行眼泪滚滚的淌个不住,定神半晌,始觉清醒。美费儿道:"话虽如此,你究竟干什么事的?"康吉道:"我是亡人,又是孤子,那人伦之乐一点也没了的。"语毕,即欲告辞。美费儿道:"你的性命这时候还险呢,等那奴才们歇息了,再坐一会子去罢。况且你出去有朋友么? 咱们巴里司城的捕役很利害呢。你若出去,恐怕我白白的救你了。你且暂住,今日之事,我正为你画策呢。你他日是要将你的事,细细告诉我的嚯。"康吉听到"他日"二字,便十分欢喜,笑吟吟的道:"他日么?"那美费儿也不觉面上一红,沉思半晌道:"啊,有了。"便转过头来,取着笔砚在那里写信,一面对康吉道:"你可将此信送至图福老甫那里,有一伺候先母的老妈妈,我给他一空房住下,你就在那里暂寓。你的事且莫给与他听,我将来自去对他说哩。"说话之间,信已写完,便递与康吉,起身道:"你且站着,待我看院门开了么?"随推窗望著,只见院门双豁,院子里悄无一人,便引康吉下楼,转过几层,认著那条甬道,一路出去。且不知康吉此去如何,且听下回续谈。

第二十四节　好兄弟暗地赠多金　美妖娆闲谈订昏约

那美费儿推窗一看,只见院门洞辟,四下无人,连忙叫康吉出去。康吉手持这封书下了楼梯,认着院内这条路,悄悄出门,一路行来,甚是寂寞。只见那大街上两旁院落,门未尽开,树林之中,鸟声唧唧,日光尚低,颇觉清凉有趣。正是这一夜的担惊受吓,出了生路,精神觉得振不起了,懒懒的跨上一桥,过了河干。顺步闲望,只听见远远的轮蹄声从左边来,有驰云逐电的光景,只得闪过一边。留心瞧着,那车内坐一少年,面目清白,觉得自己神倦眼昏,看不出是什么人。那车夫正在车后打盹,看样式料他是从那游戏赌博的所在而来。谁知那少年见了康吉,挣着眼往车外很命的钉了一下,把缰绳一扯,转过湾来暂勒住,往车子后面唤醒那打盹的车夫,对他道:"你悄悄跟着那人,去看他往何处停顿?我先纵辔回家里去了。你即刻就来说给我听,我自有道理呢。"那车夫答应了一个"是",就跳下车子,跟着康吉。

这里康吉顾自己走路,也不体会,他那车子便一溜烟驶过了。不多一刻,转过一小路,见了一所住房。只见一老婆子站在门前,康吉走将过去,问道:"嬷嬷,你这里就是图甫么?"老婆子答道:"正是。"一面把康吉瞧看,似有惊异的光景。康吉把那封信递与他,老婆子方才明白,便道:"官人,请进去罢。"康吉听说,此时心内已觉得十分安帖。到了第一层楼上,老婆子引进一房内。那房虽不甚宽大,却也精洁得很,里面间铺设床帐,便是卧房了。老婆子问道:"官人,我这房子还好么?你且暂睡片时,等你醒来,我搬饭与你吃哩。"那康吉从万苦千酸中攒得出来,那里还有不好的,就依他睡下。老婆子关了门出去。

康吉躺在床上,那里睡得着?想到昨夜的事,正如梦中,加的的一生行事,白尼的一腔机心,如今都是不在眼前了。单剩我一个无依无靠之人,若非遇见美费儿夫人,恐怕昨夜已登鬼录了。胡思乱想,翻来覆去,连眼睛也花了,心也冷了。耳朵里听得老婆子低声道:"这里有一封书,面上不写姓名,料来是给你的。"康吉斜眼一看,果见老婆子将书放下,心中暗忖:"我到了这个地步,还有人给信与我,料是我的救星了。"伸手取来一看,只见内有四张钞票,每张写明一千弗浪克[1],约二百圆,四张倒有八百元。随问道:"嬷嬷,这书是那个送来的?"那婆子道:"方才两点钟之前,有一个年轻的相公送来的,像是仆人的模样。他先问有这么样那么样的人吗,我就把官人面貌、衣履一一告诉,他将这信交出的。"康吉暗想:"这也奇了,莫非加的的朋友送来的,他如何晓得我在这里么? 莫非是阿大给我的? 我想我那伯父罗巴,这样的狠心,死命的将我母亲送死,又把我兄弟抛撇到此。阿大与我虽有友爱的情分,他父子总是一气的,那里有雪中送炭的义气? 我想我在这个所在,除却美费儿,还有那个知道? 况且信上并不标识我的名姓,这是美费儿无疑了。"就叫老婆子捧过笔砚,写了一信,将钞票封入,叫他送还美费儿。那婆子不解他的意思,只得依他送去。

看官,你道康吉是个聪明伉爽的人,如今虽在绝处逢生,万般苦楚,他那激昂慷慨、不受人怜的志气,总是生成不变的了。这里美费儿接了康吉的信,十分疑讶,心内却暗笑康吉的呆憨,又是敬他的豪迈。随向桌上举笔写了些银实非我所送,不论何人所送,暂且收下,以应急迫的话,对还康吉。康吉听美费儿信中一番相劝,却也无可再推了。次日,便叫婆子去找了衣司,做了一套新衣,簇新的换起来。本来康吉身躯雄伟,气象轩昂,是个大家子弟的态度,如今越显得好看呢。

这日由老婆子家出门,直到美费儿屋内。美费儿见他来了,便起身含笑迎着,将他自顶至踵,周身细瞧,不觉面上一阵热,心里又惊又爱,倒像有许多说不出的话呢。康吉坐下,略叙寒温套话,就把他自幼失了怙恃,误结匪人的事从头告诉。那美费儿听到他的苦处,把眼圈儿一红,掉下泪来。康吉看他如此光景,心里也万分过不去,闲谈向慕,便即告辞出了。

自此每日必到美费儿家闲坐一回。他两人一个是少年豪杰,有出息的子弟,一个是大家风范,守规矩的媚妇,彼此行止虽然正大光明,不涉谐谑,大凡男女聚处日久,语言举动,尔我最易关心。况且一个是怜才的,一个是感恩的,比平常亲串往来,泛泛交接的更为留意。每日对面相觑,到了那无言默示的时候,不值得心思一转,所以这几日往来之后,他两个已被情丝牵缚了,只是以礼自持,不敢露出一点痕迹来便了。最后这一日,康吉仍旧与美费儿坐着,心里便不能自持起来,不觉跪倒在地,涎看脸面,向美费儿道:"咱们两下里的心事,单则是你晓得我,我晓得你,倒不如……"说到此处,

---

[1] 弗郎克,原文为 France,即法郎。

却又缩住,美费儿啐的一声道:"你说什么,倒不如怎么样?你记得那时候捕役拿的是什么人,你今日倒想……"美费儿即忙住口,恐怕康吉那傲性儿发作,倒是凭空抢白了他,默默的半晌,叹了一口气,低声道:"你以后常来我屋子里,恐也不便,咱们两口儿,何必这么样,才算那个呢?"康吉听这话,已有几分明白,料他也不是不应许的了。这里且打算回伦敦去,再作区处,便辞了出来。那美费儿一番的依恋的情形,这也不必说了。

看官,原来康吉是书中绝要紧的一个人,因他误结匪人,几罹于难,幸遇美费儿相救,得以返身英国。书中大意,原以见自古英雄都从险阻艰难中出来,所以作书至此,便作收束。其归英国后,创兴事业,振作为人,又另是一番豪华气象。正以此书为后书的影子,以后书为此书的证据。看官且略停一会子,再以后书请教。

《昕夕闲谈》资料汇辑

一、蒋其章生平、科举及家世资料

（1）早期书院课艺

附之以韩魏之家，如其自视欿然[1]　蒋其章

有轻视乎富贵者，乃可以处富贵矣。夫家曰韩、魏，视之亦綦重矣，乃自视而欿然焉，亦以富贵第附我云耳。且天下重于视境者，大抵皆轻于视己者也。重视境而境不我就，则境已轻我矣。即重视境而境适我偿，则我弥重境矣。吾甚惜夫卓然之我，为此适然之境，而轻与重遂授权于境。吾尤惜夫适然之境，遂颠倒奔走。夫卓然之我，而轻与重卒无定见，则亦第见有境，而不见有我也。何则？入世苟无富厚之一途，则欿羡之私不起，遂以全安贫乐道之天。而无如富厚者之骄我也，我既无夤缘之术，我因高淡泊之名，而愤激之谈原非此心所乐出。谓其何不附我也，夫我亦何取乎其附也。此身非处困穷之一境，则烜赫之势可忘，且以守朝夕饔飧之素。而无如困穷者之逼我也，我已无解免之方，我奚屑攀援之路？而清恬之气要只一时所勉为。谓其何必附我也，夫我又正乐得其附也。

今试有治赋则百乘，食禄则万钟者，曰家也。今试有争雄于荀、赵，驰誉于河、汾者，曰韩、魏之家也。是特患其不我附耳。设以期之意中者，忽得之意外，则此心喜慰，必大异平日之情形。纵矫情者亦或视若无奇，而终莫掩其趾高气扬之象。设以投之意外者，适惬乎意中，则内念惊疑，仍大变当时之志虑。纵能守者亦或视如无物，而终必露其志得意满之形。此盖见有境，不见有己也。大抵福泽富贵之来，任乎外不必巧为趋，动乎中亦不必强也避。而惟震惊乎势位者，此心遂无以自持。谓附之者不啻误之也。我无以宰乎中，而韩、魏遂入而为之主；我无从浑乎外，而韩、魏遂出而为之徵。曷亦思附我者韩、魏，岂我之自求其助哉！如其借以返观，则无所附而非损，即有所附，而又何益也。吾生本泊然矣，得失穷通，何来憧扰？吾盖

---

[1]　《崇文书院课艺续编目录》作"附之以韩魏之家　二句　李中丞课　蒋其章"。

217

抚斯诣,而慨慕久之,谁则见有己,不见有境耶?大抵厚实崇高之集,原其始末,本无与于身心,迨其终遂以移其气象。而惟摇惑乎利禄者,此志几无以自问。谓附之者之适以张之也。我无以持乎始,而韩、魏君隐为之招;我无以笄乎终,而韩、魏若显示以侈。曷亦思附我者韩、魏,岂我之自乞其灵哉!如其加以内勘,则得所附而非慊,即失所附,而又奚歉也。此中本湛然耳,虚盈枯菀,何介怀来?吾且念斯人,而想像深之,自视歉然,非大过人者而能然哉!

精心结撰,恰如题分。

高人骥、孙诒绅等编次:《崇文书院课艺续编》,同治七年(1868)刊本,第163—164页。

茉苢赋以化行俗美、家室和平为韵　蒋其章

风恬江汉,熙熙饮和。夭桃华灼,樛木阴多。孙宜添竹,女喜施萝。葱茏一径,草色烟拖。有小草焉,芄而弥繁,撷之偏美。吹岂棘心,采如臬耳。滴露逾鲜,临风辄靡。托根道旁,是名茉苢。其始生也,土脉涵膏,萌芽苗玉。叶嫩裁黄,茎疏孕绿。牛迹斜侵,蝝衣晚屩。滑可为茹,幽州之俗。其始实也,柔苗低擢,细粒丛生。苞微露缀,穗怯风轻。稻芒带闰,椒目媚晴。离离入望,绿毯初平。包绽含珠,色浓点漆。物备药笼,秀分蓬室。益母之英,宜男之质。摄衽怀归,酣嬉暇日。彼其之子,宜尔室家。标非梅实,采谢蕨芽;衣同集蔚,带许绚花。拾兹香草,含咀英华。襭翠初来,踏青才罢。兰梦宜征,桑弧待射。求艾情怀,献榴慰藉。欣欣向荣,共沾酝化。思殊条肆,美媲华苹。羊腓庆衍,螽斯祥呈。户蒸和气,境溢欢声。载赓茉苢,王化风行。

秀逸中自见典则。

薛时雨、陈鲁辑:《东城讲舍课艺续集》,同治刊本,第217页。

灵隐借秋阁所藏贝叶经歌　蒋其章

多罗力叉出西城,裁为梵笑色不蔫。咸平三岁记进奉,欹字虿尾争蝉嫣。何年庋置鹫峰顶,文光佛火交新鲜。劫余灵物岂羽化,借秋阁于凝寒烟。四十四番字不灭,明洁绝胜兜罗绵。芭蕉绿润失粗丑,槟榔肥厚惭芳妍。表里莹澈绝纤翳,如丝界画成天然。蚕眠字迹辨毫发,左行可证佉卢传。如缭而曲往而复,萦拂穴蚁同回旋。纵仅三指横半肘,大藏宝筏存真

筌。无乃上乘在点画,独从文字求空禅。别黏纸尾识冯武,宝藏想欲穷钻研。龙泓老人饱眼福,摩伽陁国留前缘。作诗纪胜斗奇险,瓣香直欲韩门然。我读山志见梗概,膜手拜到琳琅篇。竹膜质异护龙树,檀函制古除蟫涎。青苍一色夺山翠,光疑大愿乘珠船。翻经不逢客儿手,法轮百转谁能圆。旧闻国清宝灵梵,补罗色照空王筵。象教力能劫灰避,此经定不随弃捐。愿书经藏补书藏,清心古佛盟寒泉。

薛时雨、陈鲁辑:《东城讲舍课艺续集》,第419页。

薛庐探梅　蒋其章

凤林钟冷摇湖云,冻虬矫立霜鳞皱。一方丈地足腾攫,翻然梦入孤山春。老梅百本环庐植,铁干撑撑阅冰雪。中有文翁石室图,千秋不蚀寒烟色。出城一访春风姿,杖藜却爱霜初晞。矫然孤鹤若相迓,苍苔冷啄鸣声迟。桑根夫子往来熟,诗魂应绕梅花宿。板桥残月梦吾庐,花光一径凝山渌。平生我恨未抠衣,游迹依依认钓矶。一种寒香沁心骨,犹疑指示木犀时。

薛时雨、陈鲁辑:《东城讲舍课艺续集》,第421页。

论六朝人诗绝句仿遗山体　蒋其章

疏叶轻鳞张正见,残虹缺岸庾肩吾。独留痕迹标名隽,漫作梁陈摘句图。

宣城佳句剧清妍,独步南齐孰抗颜。淡入敬亭云一片,故应低首李青莲。

薛时雨、陈鲁辑:《东城讲舍课艺续集》,第434页;也见郭绍虞、钱仲联等编《万首论诗绝句》(4),人民文学出版社1991年版,第1455页。

玉带生赋　以形躯短小、风貌朴古为韵　并序　五月望课　蒋其章

玉带生者,宋文信国遗研也。产端溪,为公所重,行必与偕。且赠以铭曰:紫之衣兮绵绵,玉之带兮磷磷,中之藏兮渊渊,外之泽兮日宣。乌乎,磨汝心之坚兮,寿吾文之传兮云云。并款识得四十有四字。信国兵败,生偕谢文节间关南来,后寄抱遗老人庑下,郁郁不得志。会稽张思廉见之,縢以长句,生乃大喜。其后深自韬晦,至国初为宋牧仲中丞所罗致,

朱锡鬯检讨因摹其铭词,装池而赈诗。呜呼,使生不遇信国,则亦端州一常石耳,何足动贤士大夫之景慕若此,以见物非至宝,而苟得忠义之气以凝之,则千秋不朽者自有在,故曰物以人重也。然则生亦幸矣哉。爰为赋之曰:

墨花冥冥,石交有灵。犀纹界紫,蟾晕浮青。抚文山之故研,摹玉带之遗铭。忆当时系共三年,歌尚留乎正气;叹他日寮兼七客,友偏结以忘形。方信国之得生也,斫分星质,截试云腴,溪灵滴髓,石瘦裁肤。差同盾鼻之磨,凹留墨聚;未许江心之咏,泪并毫枯。相从策对鳌峰,毡笔写题名之帖;岂料舟倾蛟窟,剑囊随赴义之躯。当其给札芸台,簪毫蓬馆,烟试松薰,露欣薇盎,稍喜云飞朵殿,蛟龙通困学之神;还宜星摘华堂,蝌蚪鄙悦生之款。深墨伴墓庐之隐,相看鸲鹆痕浓;硬黄金降表之名,讵识虾蟆更短。泊乎号召情殷,阽危意绕,羊皮而檄草笺穷,犀盾而书飞笔矫。愿兵收故帐,蜡丸之密约终虚;愿力奋空穹,木罂之余情未了。拓弹丸于海若,压装而万里澜狂;付净土于王孙,衔石而一舟地小。卒之红羊数限,白雁谣空,九庙之灵莫挽,二王之局已终。以生写北狩之琴,水云共逸;以生伴西台之竹,泪雨遥通。以生归许黄冠,井底伴遗民之谷;以生祭陈彩笔,座隅高义士之风。向令厦竟重支,栋非终扰,使马回帆,真龙返棹,则生将丰碑铭勒,且看露布亲挥;秘阁书陈,还与星藜分校。何至仓皇衣带,风雷护柴市之踪;终教佛拭研铭,冰雪仿桥亭之貌。盖由天意难回,臣心果确,慨金镜兮沉埋,剩紫衣兮斑驳。结世外文房之侣,带或垂铭;作军中文墨之宾,玉才盈屋。外溢日华之泽,漫云温润有文;中坚雪窖之心,何事斫雕为朴。逮后置褚云迷,击壶泪聚,泻朱鸟兮笔精,拜灵蜍之节苦。为问六陵之树,风雨群飞;待营片石之居,波涛敢侮。即今读稽山之序,已无殊小传一篇;更为证长水之诗,不益见忠魂千古也哉!

俞樾编次:《诂经精舍三集》辞赋卷三,清同治八年(1869)官师课合刻影印本,见赵所生、薛正兴主编《中国历代书院志》,江苏教育出版社1995年版,第643、644页。

南屏山谒张忠烈公墓 五排一百韵　蒋其章

盛世宽无讳,孤忠迹许湔。一坏昭郑重,千古仰葱芊。戡定车书日,枝撑草泽年。军留船板号,事忆枕戈编。始奉彭城檄,先驱祖逖鞭。迎王龙种定,拒诏虎臣偏。芒刺雄藩伏,间关使节宣。名皆天水奉,派漫富沙捐。

讵料城颓蠹,从教信断鸢。鲨帆孤注险,雀舫一军联。番卫王潮国,虚拘郑
悫筵。两生终鲁讳,十国冀闽全。史合乾侯纪,军宜靖难传。阻河方结李,
凿空忽师褰。声气援吴会,波涛激海壖。鲸翻遭瓠系,狙伏脱丝缠。头戴
生何惜,心雄阻益坚。蜡丸驰间道,鹿砦护荒廛。苟旦哀鸿雁,烦休控蜃
毗。青飞郊外犊,乌策畎中犍。屯渭中兴策,通吴上将笺。负嵎成犄角,列
戍尽胝胼。衣诏勤王切,靴刀赴敌便。军容归小范,国脉卫承乾。势合营
门柳,声和相府莲。一朝消水火,两队聚戈铤。号召书裁帛,欢呼鼓建旃。
犰刘先祭纛,鹝首早鸣弦。计决金陵捣,声先铁瓮牵。肤功收指顾,爪士快
蹁跹。未遇烹羊釜,群惊使马船。锁消危岸铁,刀奈稚兵铅。防弛锋先挫,
师熸血暗溅。苍黄齐弃仗,慷慨独张弮。巨镇犹堪扼,元戎竟赋遄。数奇
空略地,事去只呼天。走拟空阬夜,穷迷大泽前。策从奇士献,道改霍山
沿。又值登陴拒,几同系组骈。易衣悲怅惘,病翩忽翩翩。取径严陵曲,通
宾季主贤。征尘惊鹤唳,大社暂虾跧。酒送羌村问,粮资旧部腴。散亡重
整顿,身世剧迍邅。塘固临流筑,民劳计亩佃。募军非草率,行役痛桑蜎。
指画筹凭借,头衔阃许专。江枯看复涨,灰死喜重然。高咏同袍戚,连营伐
鼓鼘。兵机虽再振,国祚竟难延。午谷谋方集,丁洋水忽漩。晶宫凭屡陷,
火井愿终爝。干净思存士,钩陈尚次躔。拮据瓯脱令,盘错政枢员。块肉
今犹尔,臣心敢负焉。纵劳招隐赋,仍是在山泉。却聘书摹谢,吹杨志慰
钱。一隅伸士愤,三驾惜王屏。碧海应长蹈,珠厓忍乞怜。射乌占国蹙,
窜雉痛民迁。遮道针先指,移书斾不还。此机真铸错,何补竟鸣舷。境自
红夷夺,家忘赤子瘨。逆言成悍愎,失计弃垓埏。猥以书生笔,思回造化
权。蟆更如许缓,犀卒定俱旋。稍颓燕云乞,奚须豹雾穿。前星光可引,
皎日语非颠。岂料旄头指,偏难历尾绵。辅车惊弱一,负担重盈千。义激
犹援手,身存敢息肩。经营穷岛屿,出没鼓烽烟。一派斟寻弱,群藩李郭
颛。钟犹谐雒水,戈欲挽虞渊。石浦师同誓,澎湖恨易煎。艰难余烬付,
悲愤片帆蹎。击楫心澜壮,焚巢毒焰扇。出师频谕蜀,奉朔尚尊滇。饮愿
黄龙剧,言惊白鹤翩。天倾娲莫补,海陷卫安填?汉腊今谁缵,湘衡暂许
搴。壮图忘北府,枯坐托南山。驴敢骑湖上,乌惟栖树颠。桃源应塞径,
米帖讵招愆。警夜猿声寂,通灵鹿梦圆。官奴悲远郭,父老护新篦。生感
参军祭,宵吟属国篇。搜牢文海力,留踪武林缘。义卒诗传笔,遗民囊具
饘。湖山归正气,风雨拜荒阡。运尽东西帝,兵归左右甄。挽回艰绝脉,抗
拒奋空拳。闰位由旬续,凶门浩劫竣。衷能和将帅,诚可感神仙。皮岛哀

同袭,厓山泪其涟。韩通存笔削,世杰定裳襄。邻愿栖霞结,名宜慧日镌。衣冠空想像,絮酒极精虔。石立嘶云马,烟啼带血鹃。胜朝多志节,感喟墓门边。

俞樾编次:《诂经精舍三集》辞赋卷三,见赵所生、薛正兴主编《中国历代书院志》,第 654、655 页。

约园记 徐树铭

昔仪征相国视学此邦,即西园旧亭命曰"定香",为文记于再到亭之碑阴。后阮公七十三年,岁在丁卯,长沙徐树铭自署礼部左侍郎视学浙江。兵燹数岁,创夷未复,然乡学者日新月异。同治庚午乡闱,以经学获隽者百数十人,皆岁科试之上选也。闰十月,代者将至,同人告予曰,"树人犹树木也。阮门桃李尽矣,君为树之;定香亭覆久矣,君为建之。"烦霞凉雪,野缛波芬,往基弗夷,旧观斯复。乃以《定香亭后赋》试士,诸生中潘鸿、陈豪、蒋其章,倚今怀旧,藻韵葩妍,恍惚鹤田舍人嘉制,又阮公之元赏矣。即再到亭旧址建恩晖楼,湖山拱揖,若在襟几。两高竞云,双塔掌月;乔柯画阁,老木层城;湖冰欲销,海日初吐;晨风夕雾,槛雨檐晴。清吟永座,良契高赏。池之北建阁曰慈云,拓基数弓,地势夷敞,凤皇诸峰,所见益审,吴山楼观,朗如列眉。俯瞰方池,荷香蓊翠。峭碧络石,空青抱山。东西洞明,日月出入。流昕万里,四无人声。研经课史,雠校文字,固静者之奥区也。

左为辛夷泉,花擢数丈,泉清一区。香雪亭空,素霞艳月,娟娟净影,窅若飞仙。先春作花,古梅争艳。西北筑台,是为仰高,景行行止,宫墙在望。珠躔夜明,斗杓斜转;凉露乍抟,清风洒然;量高测深,亦便登览。园之西,湖水所流注也,引之而东,浚为小池,疏堤建闸,注于中汪,泉声泠泠,若会丝竹。方春盛夏,山娟野芳,幂厉幽邃,儵鳞无数,纯丝若冰,命曰茆汧。引手得鱼,选石可坐,又西园之幽胜已。

君之初至官也,园中之一荆榛瓦砾之区也。既而西垣颓矣,垣之在池北者无一存焉。今颓者屹然,缺者复完。去水既远,植基弥固,桑竹暎蔚,花树合沓。春红数曲,秋馨一山,幽鸟弄声,关关嘤嘤。宾友斯憩,太夫人以时游览,致爱敬焉。君之勤多矣,宜有以记之。应之曰:宇宙之广,山泽川原之秀,莫非吾人所有也。铭以谫劣,五衔使节,薄游五岳,往来四渎。东至东海,南至南海,西望峨眉,北陟太行。比来浙江,天台赤城,禹陵会稽,烂柯金华,天目洞庭,山川佳丽,烟霞窟宅。足之所经,心游目想,若在咫尺,何必园哉!

且学政之职,将以振兴教化,兴行劝学,三载中巡行郡邑盖数千里,其在官所曾不逾时,又何必亭池之美。虽然,母氏万里就养在官,戚族姻娅,关河睽隔,使臣按部,苞栩之咏,不能去怀,小园数弓,为高年游息之所,固使者之职志也。既因阮公之旧而新之,道州何先生复为一一题其眉,而缀以辞。师友笃励如此,乌可无以瑑之。代之者谁?良友丁濂甫太仆也。爱护培养,因其已然,匡所未逮,园之幸也,又不独园之幸也。是为记。

斯时督善后局事者,前浙江抚部合肥李公瀚章、今抚部湘乡杨公昌濬,先后委知县华君学烈、周君云章、县丞杨君霖修治试院,堂庑门墙,冀冀秩秩,并书之右,志嘉绩焉。

同治九年闰十月二十日浙学使者长沙徐树铭记。

徐树铭辑:《约园记》,光绪丁酉二十三年(1897)刊本,第1页;也见郑晓霞、张智主编《中国园林名胜志丛刊》,广陵书社2006年版,第19—23页。

定香亭后赋并序　钱塘蒋其章

昔仪征太傅之来视学也,渔采湖山,陶镕匠冶,阐明绝业,辟精舍以诂经;标尚风雅,备輶轩而著录。葺治堂庑,置南宋之石经;考校子衿,补西湖之舫课。铺张文藻,上烁乎卿云;列侍雅游,旁图乎裙屐。风流焰耀,黼黻雍华,遂以余闲,饰兹后圃。晴阑一曲,碧水几湾,池莲作花,清气时挹。园竹振干,虚心可师;讲帷乍披,新绿在水。吟枕初倚,秋红入帘。榜以定香,资乎休憩。因之袚饰兰襟,招邀竹友。文宴既启,吟事聿兴。则有黄绢词流,青田佳士,霞笺挥洒,风景钩摹。炼骨以冰,琢词比玉,刻削隽异,无愧庾、徐。而斯亭亦水竹分妍,邱壑特美。风兰有韵,几席逾清,禽鸟怡人,虫鱼笑我。洵足以雪此烦襟,恬乎清梦者已。

洎乎太傅开府,此邦犹复移揭兹榜,盖由其缘深文字,契结林泉,玉局重来,独寻泥印。轩辕别启,为仿池亭;松檐若飞,荷盖犹俯。既规制之悉合,遂咏歌之叠传。斯诚儒雅之总持,抑亦承平之盛事也。顾以灰拨昆池,星飞吴地,荒荒胜迹,了了劫痕。嗣虽文教重开,不遑游息,宏规已拓,未及园池。乃者长沙侍郎继奉纶音,视学吾浙,英箓所指,未逾二年,玉秤是持,几遍四道。皇风丕曁，化雨群沾。瓣香许、郑之龛，摛藻班、扬之室。弦歌不辍，铅椠弥勤。顾此榛芜，用深感喟。谓学苟有基，何至丛以荒秽也？谓功苟可施，何敢废其堂构也？爰辟初地，以还旧观。点缀濠梁，鱼天自乐，雕饰棂槛，燕巢复归。笔格初安，诗怀倍适。盖侍郎之于此亭，固不第奉板舆之乐，凝燕寝之香云尔也。其将以彀率文场，导扬艺圃，雍容俯仰，鼓吹休和，使诸生咸自奋兴，克蒸蒸焉以上继太傅之休风，岂不懿哉！兹因授简，谨献赋曰：

文采可接，园林不迁。池犹喷雪，石更漱泉。萝月匿影，松风入禅。亭阶宛尔，几席依然。旧榜谁题，分书遒媚。槛接遥青，窗涵活翠。春涨一陂，秋花几穗。入定吟身，披香旧侍。爰访名迹，为构此亭。巢鹤初稳，池鱼亦灵。割云作画，护花有铃。藤还满格，柳尚依棖。且复笠影，孤圆纱纹。一碧露气，潜通水香。不隔月印昏黄，烟笼晓白，有客延秋，披襟岸帻。窗围四面，春酣半林。燕仍偷眼，蕉又卷心。梅雨打户，熏风入琴。猩帘寂寂，炉薰欲沉。则有刻烛嫌迟，浮觞觉懒。榻让云眠，牖迎月满。桥石转低，篱竹犹短。别拓吟窗，复联游伴。回忆太傅当日，引泉环槛，选石成峰。鸣阶雨积，画壁烟浓。宾僚举酒，老辈携笻。韶韵未绝，书腕已慵。兹乃筠径秋删，药阑晴护。略彴拖云，夫渠裛露。塔影依依，月痕故故。壁认残碑，檐承古树。由是声传丝竹，案积琳琅。文光烛斗，经笥贻芳。宋儒入室，汉学升堂。东山游赏，吏部文章。士有图写霞襟，石镌雪浪。景想从头，词摹依样。一脉渊源，百家酝酿。运斤成风，斫轮宗匠。

徐树铭辑：《约园记》，光绪丁酉二十三年（1897）刊本，第45—47页；也见郑晓霞、张智主编《中国园林名胜志丛刊》，第107—111页。

学政署

《杭州府志》

《徐树铭约园记》（同治九年闰十月）：

昔仪征相国视学此邦，即西园旧亭命曰"定香"，为文记于再到亭之碑阴。后阮公七十三年，岁在丁卯，长沙徐树铭自署礼部左侍郎视学浙江。兵燹数岁，创夷未复，然乡学者日新月异。同治庚午乡闱，以经学获隽者百数十人，皆岁科试之上选也。闰十月，代者将至，同人告予曰，"树人犹树木。阮门桃李尽矣，君为树之；定香亭覆久矣，君为建之。"暖霞凉雪，野绤波芬，往基弗夷，旧观斯复。以《定香亭后赋》试士，诸生中潘鸿、陈豪、蒋其章，倚今怀旧，藻韵葩妍，恍惚鹤田舍人嘉制，又阮公之元赏矣。即再到亭旧址建恩晖楼，湖山拱揖，若在襟几。两高竞云，双塔撑月；乔柯画阁，老木层城；湖冰欲销，海日初吐；晨风夕雾，槛雨檐晴。清吟永座，良契高赏。池之北建阁曰慈云，拓基数弓，地势夷敞，凤皇诸峰，所见益审，吴山楼观，朗如列眉。俯看方池，荷香蒻□。峭碧络石，空青抱山。东西洞明，日月出入。流眄万里，四无人声。研经课史，雠校文字，固静者之奥区也。

左为辛夷泉，花擢数丈，泉清一区。香雪亭空，素霞艳月，娟娟净影，窅若飞仙。先春作花，古梅争艳。西北筑台，是为仰高，景行行止，宫墙在望。珠躔夜明，斗杓斜转；凉露乍挹，清风洒然；量高测深，亦便登览。园之西，湖水所流注也，引之而东，浚为小池，泉声泠泠，若会丝竹。方春盛夏，山娟野芳，幂房幽邃，鲦鳞无数，莼丝若冰，命曰茆泮。引手得鱼，选石可坐。又西园之幽胜已。

君之初至官也，园之中一荆榛瓦砾之区也。既而西垣颓矣，垣之在池北者无一存焉。今颓者屹然，缺者复完。去水既远，植基弥固，桑竹映蔚，花树合沓。春红数曲，秋馨一山。幽鸟弄声，关关嘤嘤。宾友斯憩，太夫人以时游览，致爱(弊)〔敬〕焉。君之勤多矣，宜有以记之。应之曰：宇宙之广，山泽川原之秀，莫非吾人所有也。铭以谫劣，五衔使节，薄游五岳，往来四渎。东至东海，南至南海，西望峨眉，北陟太行。比来浙江，天台赤城，禹陵会稽，烂柯金华，天目洞庭，山川佳丽，烟霞窟宅。足之所经，心游目想，若在咫尺，何必园哉！

且学政之职，将以振兴教化，兴行劝学，三载中巡行郡邑盖数千里，其在官所曾不逾时，又何必亭池之美。虽然，母氏万里就养在官，戚族姻娅，关河睽隔，使臣按部，苞栩之咏，不能去怀，小园数弓，为高年游息之所，固使者之职志也。既因阮公之旧而新之，道州何先生复为一一题其眉，而缀以辞。师友笃励如此，乌可无以琢之。代之者谁？良友丁濂甫太仆也。爱护培养，因其已然，匡所未逮，园之幸也，又不独园之幸也。是为记。

斯时督善后局事者，前浙江抚部合肥李公瀚章、今抚部湘乡杨公昌濬，先后委知县华君学烈、周君云章、县丞杨君霖修治试院，堂庑门墙，冀冀秩秩，并书之右，志嘉绩焉。

丁丙著：《武林坊巷志》卷一，第 1 册，浙江人民出版社 1990 年版，第 251—253 页。

提督学政署

咸丰十一年经乱毁,同治四年重建大堂、东西文场门廊。大堂后为吏书册房,又后为内宅。垣外西为提调官候厅,辕门东为坊,曰东壁文昌,以国朝状元隶浙籍者题名于上。八年重修。九年,督学徐树铭营约园,重浚池筑亭,有慈云阁、紫桃轩、辛夷泉、恩晖楼、茆沜诸胜。

《徐树铭约园记》

昔仪征相国视学此邦,即西园旧亭命曰定香,为文记于再到亭之碑阴。后阮公七十三年,岁在丁卯,长沙徐树铭以署礼部左侍郎视学浙江。兵燹数岁,创夷未复,然乡学者日新月异。同治庚午乡闱,以经学获隽者百数十人,皆岁科试之上选也。闰十月,代者将至,同人告予曰:"树人犹树木,阮门桃李尽矣,君为树之;定香亭覆久矣,君为建之。"燠烟凉雪,野绿波芬,往基弗夷,旧观斯复。以《定香亭后赋》试士,诸生中潘鸿、陈豪、蒋其章,倚今怀旧,藻韵葩妍,恍惚鹤田舍人嘉制,又阮公之元赏矣。即再到亭旧址建恩晖楼,湖山拱揖,若在襟儿。两高竞云,双塔掌月;乔柯画阁,老木层城;湖冰欲销,海日初吐;晨风夕雾,槛雨檐晴。清吟永座,良契高赏。池之北建阁曰慈云,拓基数弓,地势夷敞,凤凰诸峰,所见益审,吴山楼观,朗如列眉。流眄万里,四无人声。研经课史,雠校文字,固静者之奥区也。

左为辛夷泉,花擢数丈,泉清一区。香雪亭空,素霞艳月,娟娟净影,霅若飞光。西北筑台,是为仰高,景行行止,宫墙在望。珠躔夜明,斗杓斜转;凉露乍抱,清风洒然;量高测深,亦便登览。园之西,湖水所流注也,引之而东,浚为小池,泉声泠泠,若会丝竹。儵鳞无数,莼丝若冰,命曰茆沜。又西园之幽胜已。学使之职,将以振兴教化,兴行劝学,三者巡行郡邑盖数千里,其在官所曾不逾时,又何必亭池之美。虽然,母氏万里就养在官,使臣按部,苞栩之私,不能去怀,小园数弓,为高年游息之所,固使者之职志也。既因阮公之旧而新之,道州何先生复为一一题其名名,而缀以辞。

陈璚修:《(民国)杭州府志》卷十八《公署一》,《中国地方志集成·浙江府县志辑》,第 1 册,江苏古籍出版社、上海书店、巴蜀书社 1993 年版,影印民国十一年(1922)铅印本,第 486—487 页。

（2）《清代朱卷集成》和乡会试著录

《清代朱卷集成》

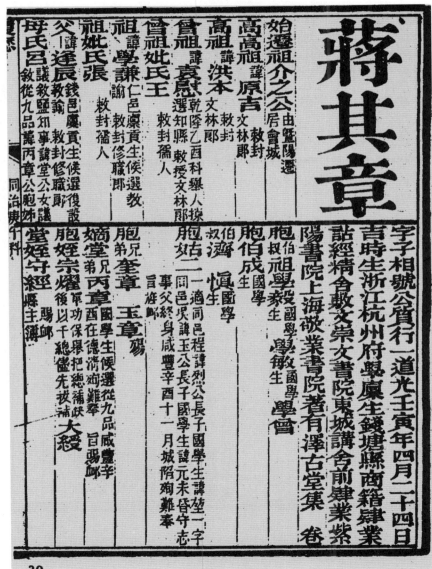

39

仁邑庠生　郵贈縣主簿諱偃

言業儒業慎行胞姑教封孺人　嫡堂姪永亨幼

氏朱某公女　敕封孺人

氏尹　國學生諱申錫公女　堂姪孫永全幼

繼慈侍下

受業師　謹以先後為次

庭訓

姊丈李熙臺夫子　諱廷慶　錢邑廩貢生

徐西礀夫子　諱栻　錢邑貢生

吳穀田夫子　諱垿　仁邑庠生

胡仙槎夫子　諱正域　仁邑庠生

丁容卿夫子　諱沅　庠生

沈竹廬夫子　諱琇　道光己酉科舉人咸豐乙未科

進士戶部山東司主事庚申二月在籍殉難

元配朱氏

繼配王氏

女子

都庠生諱徽公孫女仁邑廩生候選訓導姪女業儒諱允元公長女候選從九品諱允熙公胞

學生名迪康胞姊姪女業儒名迪吉國

餘杭庠生諱允建德蕭山縣學教諭諱偄然公孫女道光乙未恩科亞魁姪女邑廩

學生名迪康胞姊慶元建德蕭山縣學教諭諱變堂公胞姪女邑廩生名

歷任烏程麗水縣學教諭諱叔堂公大女

論諱偄然公曾孫女候選知事銜郵贈縣主簿諱若時胞妹邑增生名鋆代邑庠生

國學生候選巡檢諱湛邑增生名鋆嵩胞姑

生候選教諭名若濟鹽知事銜郵贈縣

主簿諱若時胞妹邑主簿名鋆

賜郵縣主簿名鋆嵩胞姑

業儒名鋆嵩胞姑

坎閭雅夫子　名敦　咸豐辛亥舉人現任遂安縣學教諭　丁丑進士甘肅即用知縣

問業師

教諭敕文　書院監院

王雅堂夫子　諱熊言　道光辛卯科　襄人前嶧縣

李節貽夫子　諱念孫　咸豐壬子　襄人

王藹士夫子　名金鋙　仁邑庠生　科舉人

溫文言夫子　名汝超　咸豐乙卯科副貢

譚仲修夫子　名廷獻　同治丁卯科舉人　前詁經精舍監院

讀兄王松溪夫子　名肄書　本科鹿鳴舉人

鄉試中式第四十八名

會試中式第　　名

甲第　　名

殿試第　　名

欽點

族繁不及備載

向住省城太平坊現住祖廟巷

同治庚午科

41

229

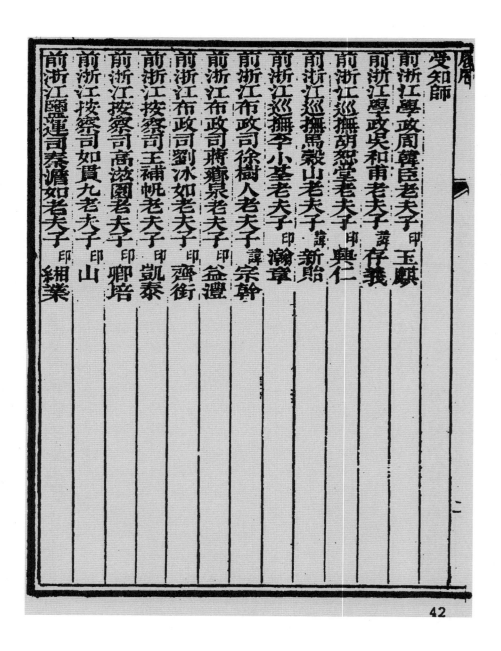

受知師

前浙江學政周韓臣老夫子　印玉麒

前浙江學政吳和甫老夫子　印存義

前浙江巡撫胡恕堂老夫子　印興仁

前浙江巡撫馬穀山老夫子　譯新貽

前浙江巡撫李小荃老夫子　印瀚章

前浙江布政司徐樹人老夫子　譯宗幹

前浙江布政司蔣薌泉老夫子　印益澧

前浙江布政司劉冰如老夫子　印齊銜

前浙江按察司王補帆老夫子　印凱泰

前浙江按察司高滋圃老夫子　印卿培

前浙江鹽運司秦澹如老夫子　印山

前浙江鹽運司秦澹如老夫子　印緗業

42

230

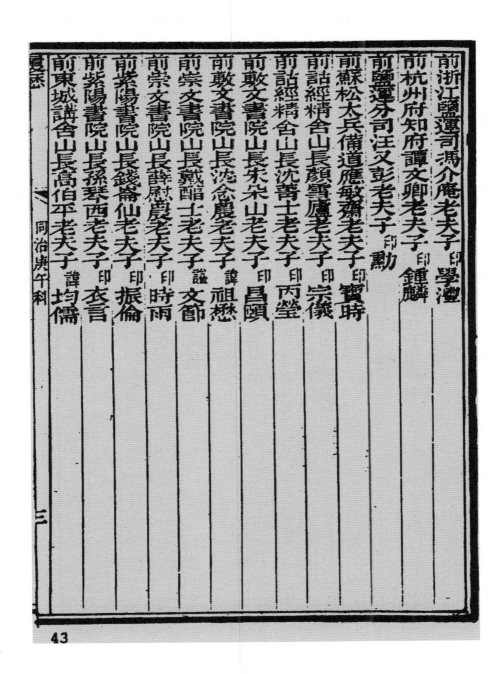

前浙江鹽運司馮介庵老夫子　印學灃
前杭州府知府譚文卿老夫子　印鍾麟
前鹽運分司汪又彭老夫子　印勳
前蘇松太兵備道應敏齋老夫子　印寶時
前詁經精舍山長顏雪廬老夫子　印宗儀
前詁經精舍山長沈善士老夫子　印丙瑩
前敷文書院山長朱朵山老夫子　印昌頤
前敷文書院山長沈念農老夫子　諱祖懋
前崇文書院山長戴醇士老夫子　諱文節
前崇文書院山長薛慰農老夫子　印時雨
前紫陽書院山長錢䄂仙老夫子　印振倫
前紫陽書院山長孫琴西老夫子　印杏言
前東城講舍山長高伯平老夫子　諱均儒

同治庚午科

三

詁經精舍山長前陰甫老夫子 印樾

敷文書院山長吳仲雲老夫子 印振棫

崇文書院山長周縵雲老夫子 印學濬

本科監臨現任浙江學政徐壽衡老夫子 印樹銘

本科監臨現任浙江巡撫楊石泉老夫子 印昌濬

本科提調現任浙江布政司與紫垣老夫子 印奎

本科監試現任浙江按察司何青士老夫子 印兆瀛

現任浙江鹽運司錫子受老夫子 印祉

現任浙江杭嘉湖海防兵備道林聽孫老夫子 印聰彝

本科提調現任溫處道方子穎老夫子 印鼎銳

本科監試現任杭州府知府陳伯敏老夫子 印魯

本科內監試現任湖州府知府楊蒲香老夫子 印榮緒

丁卯科薦卷太平縣知縣劉心耕老夫子 印福田

三

44

顾廷龙主编：《清代朱卷集成》，第258册，台湾成文出版社1992年版，第39—44页。

浙江乡试朱卷第十二房

中式第四十八名举人蒋其章，浙江杭州府学廪膳生，商籍

同考试官同知衔金华县知县潘　阅

荐　批　矩步规翔。

大主考　日讲起居注、官翰林院侍讲、南书房行走李　批

取

又批　兴高采烈。

大主考都察院左副都御史刘　批

中

又批　大雅不群。

不以其道得之不去也君子去仁恶乎成名　蒋其章

更以不去者全仁，惧其累乎名也。夫得非其道，贫贱与富贵异，然去贫贱即去仁矣，何以成君子之名乎？且天下不当得而得者，宴然受之与毅然却之，皆受制于心也，而实受制于制心之的。知其的，不敢迁，贞遇乃随遇；守其的，不敢失，葆真乃见真。不然，而始以居困慕居亨，继即以人事坏人品，无怪制心之的，不足制心。而心累于逆境，心必移于顺境，而此心究无以全。不然，人之恶贫贱，正其欲富贵，而审诸道者，早断然不处，则以其迫于名，因专于仁而求为君子耳。而不谓去贫贱者，猥曰不以其道也。困阨本难堪，矧为非分；义命虽自凛，何解奇穷。亦欲强勉以励真修，而内念偶疏，恐非道之富贵，得乘于不去时也。君子惜其有游移名，无坚忍名。矫情以镇物，粗粝亦甘；绝俗以鸣高，林泉自癖。亦欲沉锢以昭介节，而中藏无主，恐不处之富贵，转尝于不去时也。君子惜其有苦志名，无纯修名。是不知悬乎名以坚不去之操，徇乎名以完不去之功，是终自外于君子也。

夫君子果何以成名哉？盖拂逆无端之境，每成就夫贤豪。尝有德望素尊，歌传金石；经纶早蕴，迹辱泥涂。惟名不与为屈伸，可以觇蕴蓄焉。而情由性制，即处乐之累并祛。然性天尚间之俦，或难免夫趋避。尝有襟怀未澹，漫语随时，意气终浮，敢希知命。惟名以资乎检摄，庶几得据依焉。而天以人全，则核实之称可定。所谓仁也，即君子所由名也，而谓可去之哉？惟然而君子转以名重焉。执名以求仁，幸获中无君子；离仁以求名，患得中无君子。夫君子岂第以刻苦见哉？而即此不去一端，已见仁之可以托始，况明已忻羡之俱忘乎？居易以俟，俟以此矣。非然者，世境有憧扰，即心境有牿亡，不待阨穷之莫忍也，

而安得以虚誉归之？唯然而君子仍以仁重焉。名在即仁在，君子可以见天；仁全斯名全，君子可以充美。夫君子岂不藉志节见哉？而祗此不去一节，安见仁之可以持终，然不曰纷华之早淡乎？安土能敦，敦以此矣。非然者，外缘有交引，即内美有兼亏，不待困顿之不聊也，而尚得以纯诣期之。盖不敢去者，困心之境；而不容去者，复性之功。君子亦矢此非道不处之心，以曲全其仁而已。

本房原批：

首艺局紧机圆，机神翔洽，次笔健思，精《三通》体，扼定"孔子曰"三字，关注并耕，尤为警策。

诗云予怀明德不大声以色子曰声色之于以化民末也
诗曰德辅如毛毛犹有伦　蒋其章

两引《诗》之言德，尚举其末而滞于有焉。夫德见于声色，而声色尚其末；德拟以毛，而毛犹有伦，是未足以言不显之德。且德有附乎迹以著者，非窥其所由附，而附焉者迹而非神也。德有形乎物而微者，第得其所为形，而形焉者物而未化也。迹不离乎闻见，而闻见之表，莫能相融；物不间乎比拟，而比拟之余，无由相浑。此固有不尽形容者尔。德曰不显，不几无可伦比也乎？然君子固有裕接物之原，以与民相见者，则尝得之《皇矣》之诗曰："予怀明德，不大声以色。"一元鼓荡之先，声色默通于昊绎，此岂得以窥探者？若从宥密之昭宣，以别求诸迹象，觉所谓不大者，亦第绘其神而未尽其妙矣。夫子曰渊穆之精神，包涵靡尽，及贡乎声色，要祗为端绪之呈，而谓为化理之本乎？故上不必不震赫声，下不必务勤润色。万汇渊藏之始，声色潜蕴其机缄，此岂得以指示者？若从旦明之流露，以交验诸睹闻，觉所谓不大者，无事课诸虚而恍参诸实矣。夫子曰幽深之意境，耳目难穷，及形为声色，要祗为神明所著，而谓为化导之原乎？故归化者非关震慑英声，观化者岂必仰瞻容色。声色之于以化民末也，观吾子之言，而不显之德，岂尚有可伦比者乎？

然君子固有不物于物，而与物以可类者。则《烝民》之诗有云："德辅如毛。"必超乎形以言德，德亦寓乎形；必泥乎形以言德，德又遁乎形。《诗》言"如毛"，非能离乎形也，而于形中得举似之端，则伦亦仅堪剖析矣。几微虽可见，而精而究之，仿佛或相符。而比而同之，觉声色不大者，尚皆灿为呈，而此已形微渺。顾有微于毛者，而毛之伦分，更无微于德者，而毛之伦仍合。毫芒之介，不可索之于微哉。必区乎类以言德，德本殊其类；必混乎类以言德，德又浑其类。《诗》言"如毛"，非能并乎类也，而于类中得附丽之迹,则伦亦仅堪连属矣。豪厘虽甚细,而援以证之,端绪亦可寻。而据以象之,觉声色不大者,既未得其精,而此亦类乎明著。谅毛必穷于著,而毛之伦则同。然德本穷于著,而德之伦自独,杪忽之分,不尚求之于著哉。盖《诗》言皆不显中之显也,试进咏《文王》之诗。

孔子曰大哉尧之为君　蒋其章

圣契圣者在君道,先述"大哉"一赞焉。夫孔子之于尧,固深契其为君者,为陈相先述之,不恍然于"大哉"一赞乎。且吾以大人之事告子,而首引夫帝尧,诚以立千古人君之极,而可不愧为大人也。然言创于予,或恐不得其实,惟仰企夫契圣之圣人,以折衷夫论圣之圣言。而其叹美焉,以为大莫与京者,觉前圣际运会之隆,既克树为君之鹄,而后圣仰平成之治,爰首举为君之模焉。为天下得人,尧之所忧,独先乎舜,此岂不知为君之体与为君之道者?而忧民如此,或者其有损君德乎?唯孔子喟然起矣。夫抗论在千秋,独综核历朝史乘,而揆时度势,决不为无谓之揄扬。故尽善亦美虞韶,早并钦其功德,正不必虹流电绕,偏目想乎放勋一册,倾心鸟火之春秋。而史评垂万世,独衡量异代皇王,而援古证今,决不作无端之赞叹。故删订不参唐史,早深服其功名,正不必沐雨栉风,偏神游于端拱九重,拜手山龙之殿陛。是何也?则以孔子圣人,而尧为中古圣君也。

且夫驰历聘之车,不遑息足;学老农之稼,敢谢仔肩。目睹生民,恍再遇冀都之颓洞,而空言莫补,因以一叹志慕想之殷。称尧之为君,或阴冀夫事尧之为君者,而未必然也。且夫延为黍之宾,世风尚古;遇荷蒉之辈,逸兴遄飞。志托田家,恍再见平阳之日月,而朝局难回,因以片语表低徊之感。称尧之为君,或阴讽夫慕尧之为君者,而亦未必然也。"大哉尧之为君",斯言也,不如闻其声哉。大哉其规模独广者哉!夫丹陵受禅以来,早纳八埏之玉帛,而《典》、《谟》五册,实肇始于尧戒数言。盖尧之为君,固自有独成其大者,子言早揭其大凡矣。虽其时凿井成歌,亦祖末耜佃渔之法;含哺志喜,一洗茹毛饮血之艰,而大非有所限也。帝德而广运也,吾愿录尼山之语而企之。大哉其治绩独隆者哉!夫黄屋既乘以后,待新七政于璿玑,而官纪五行,且未备夫尧廷四岳。盖尧之为君,固自有独擅其大者,子言又示其大旨矣。虽其时升平黼黻,不掩蒿宫松栋之华;道器弥纶,适彰冀荚莛厨之瑞,而大非有所加也。四表而光被也,吾愿诏许子之徒共绎之。进观其词,知孔子之称尧,无殊称舜也。凡为君者,亦法尧舜之用心可耳。

赋得门对浙江潮 得潮字五言八韵　蒋其章

吴越苍茫接，门开鹭岭遥。西陵通对岸，东浙看生潮。港认之三折，痕窥练一条。暮帆罗隐约，杰阁涌岩峣。势挟黄沙卷，声随白板摇。阵喧奔马捷，镮掩吠龙骄。银海神明炫，钱塘景物饶。会当凌绝顶，海日俯层霄。

顾廷龙主编：《清代朱卷集成》，第 258 册，第 45—59 页。

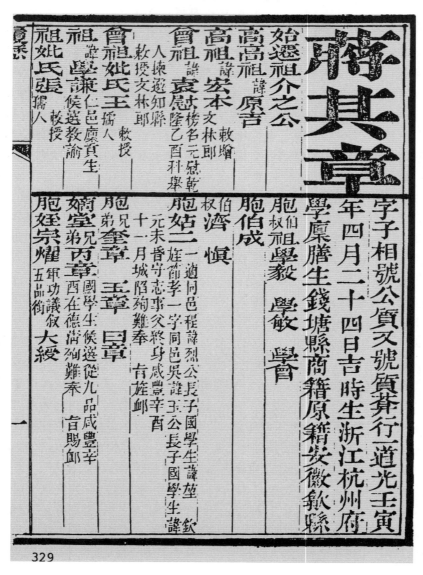

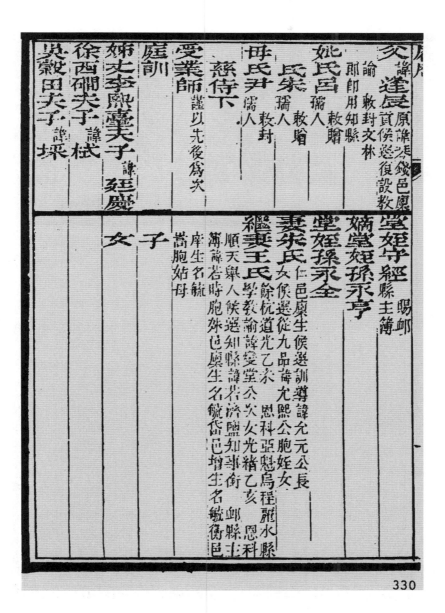

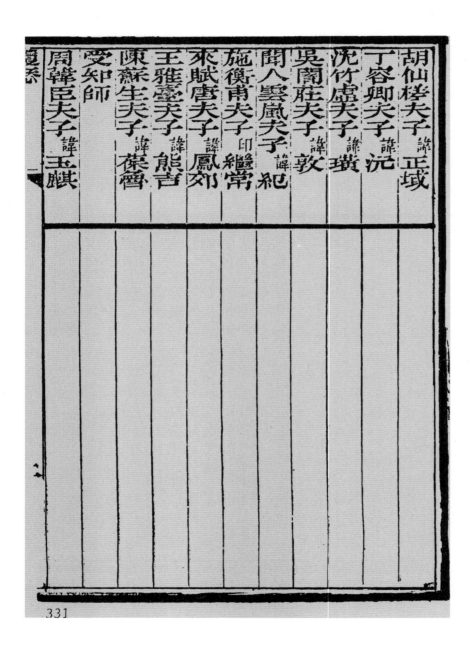

胡仙楼夫子 <small>諱</small>正域

丁容卿夫子 <small>諱</small>沆

沈竹虚夫子 <small>諱</small>璜

吳闌莊夫子 <small>諱</small>敦

閬八雲嵐夫子 <small>諱</small>紀

施衡甫夫子 <small>印</small>繼常

來賦唐夫子 <small>諱</small>鳳翙

王雅臺夫子 <small>諱</small>熊吉

陳蘇生夫子 <small>諱</small>葆齡

受知師

周韓臣夫子 <small>諱</small>玉麒

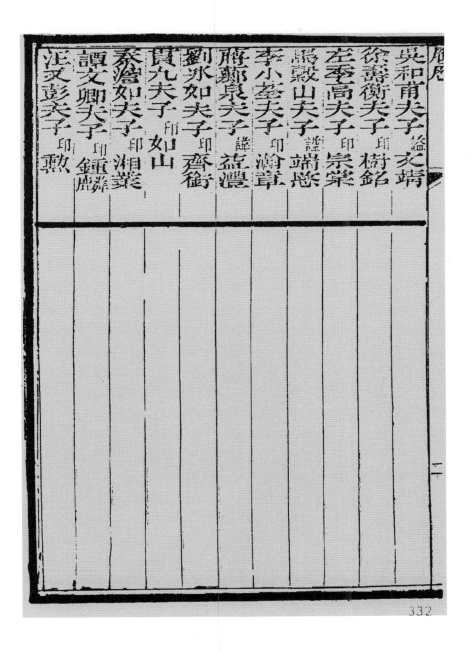

吴和甫夫子　諡亥媠
徐寿衡夫子　印樹銘
左季高夫子　印宗棠
張毅山夫子　諡端愍
李小荃夫子　印瀚章
蔣蘐泉夫子　諡益澧
劉冰如夫子　印齊銜
賈九夫子　師如山
桑馀如夫子　印湘蒸
譚文卿夫子　印鍾麟
汪文彭夫子　印勲

應敏齋夫子 印寶時
顏雪廬夫子 印宗儀
沈菁士夫子 諱丙堂
沈念農夫子 諱祖懋
戴醇士夫子 諱文節
錢嵩仙夫子 印振倫
薛慰農夫子 印時雨
高伯平夫子 諱均儒
吳仲雲夫子 諱振棫
周縵雲夫子 印學濬
楊石泉夫子 印昌濬

三

333

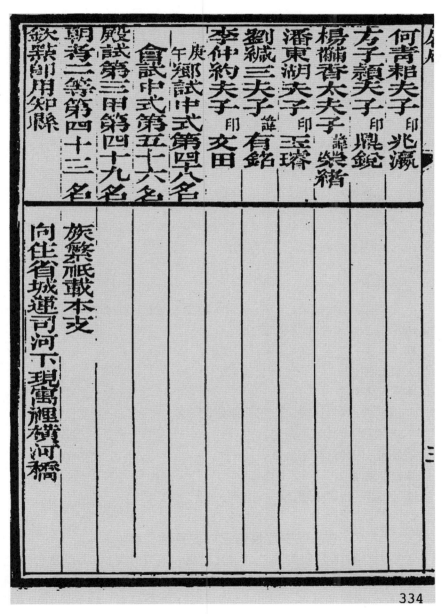

欽點即用知縣

朝考二等第四十三名

殿試第三甲第四十九名

會試中式第五十六名

庚午鄉試中式第四十八名

李仲約夫子　印文田

劉縅三夫子　薛　有銘

潘東湖夫子　印玉璿

楊檷香太夫子　印樂緒

方子穎夫子　印鼎銳

何青耜夫子　印兆瀛

族繁祇載本支

向住省城運司河下現寓禮賢河橋

334

顾廷龙主编:《清代朱卷集成》,第 42 册,第 329—334 页。

会试朱卷_{光绪丁丑科}

中式第五十六名贡士蒋其章,浙江杭州府学廪膳生,钱塘县商籍,原籍安徽歙县

同考试官_{翰林院编修、实录馆协修、国史馆总纂、武英殿协修功臣馆纂修、记名御史加三级}周　阅

荐批

大总裁_{文渊阁直阁事、内阁学士兼礼部侍郎衔加三级、宗室}昆批

取

又法密机圆。

大总裁_{刑部右侍郎加三级}钱批

取

又理明词达。

大总裁_{经筵日讲起居注官、吏部尚书、翰林院掌院学士、实录馆正总裁、国史馆副总裁、稽查京通十七仓事务加三级}毛批

取

又笔歌墨舞。

大总裁_{经筵日讲起居注官、太子太保、武英殿大学士、管理吏部事务翰林院掌院学士、镶蓝旗满洲都统阅兵大臣、军机大臣加三级}宝批

中

又机旺神流。

本房原荐批

气清词腴,风华掩映。次三一律诗谐。

二场体裁各别,五经纷纶。

三场征引赡博,匠笔典裁。

聚奎堂原批

敛才就范,跌宕生姿,次三亦颇有兴会。

修己以安百姓修己以安百姓　　蒋其章

进安人以推其功,因即修己以穷其量焉。盖百姓者,由人以及之,而实本己以安之也。子推其功,子故进征其量欤?且人苟侈谈远略淑世也,不于淑身求之,则震乎君子之全功,未审夫君子之全量矣。抑知心性内有宏谟,劫悉在寸衷,建极早裕绥猷之本;而均平中无浅效,精神周寰海,循名当

深责实之思。不容隘者功,不敢诬者量,推极焉而恢乎无外也,返求焉而慨乎有思已,由以安人为未足。由其抗怀盛治,而谓至远之业,不必操诸至近乎?由其慨慕休风,而谓至大之谟,不必基诸至精乎?则有如安百姓乎。夫安百姓亦安于修己而已。谓承平之治运,非后世可幸期,而故为修己者好事铺张,斯亦徒存奢愿矣。不知一二人所对而形,即亿兆人所环而待,地有迂遐,势无分合也,则性体中之推暨宏也。谓隆古之勋名,岂儒生能猝致,而漫为修己者侈言经济,斯亦徒托空谈矣。不知亿兆人所散而给,仍自一己所聚,而疑隔在形骸,通在心性也,则运量间之浑涵远也。以言百姓修于是,亦安于是矣。

夫至安百姓而君子自修之功,极言之已无余憾也,而君子自修之量,深言之若有余思也。斯世休戚之故,不假外求,惟本真意,以浃隐微。觉宅心即宅命之原,而举念胥归胞与。盛朝康乐之伏,时萦瘵瘝,故即神化,以悬心目。知治功在性功之地,而满志转待踌蹰。夫安百姓也,而岂外修己哉?夫修己也,而果能安百姓哉?而初非以百姓未安,始密其修也。尔室操存之下,身未与天下相见,志早与天下相通,万物尽归怀,至治有不敢必者乎?然而此事殊深想像矣。诚使深仁厚泽,为两间大覆载之功,将见云日抒忱,顺则者不知不识;雨风协好,会归者无党无偏。冰克惕尔衷,星从式尔化矣,此情其如绘也。讵能于举世颠连之会,且暮遇之,而并非以百姓已安即懈其修也。深宫惕厉之余,先天下之忧而忧,不后天下之乐而乐,群生宏在宥,上理有未易期者乎?然而此景足深长思矣。诚使济众博施,为薄海溥祥和之福,将见兵刑不设,乐时雍者衽席同登;礼乐可兴,敦齿让者豆觞无犯。日新懋乃德,风动时乃功矣,郅治其可追也。曷禁仰皇古休嘉之象,拟议深之,尧舜犹病,子毋以修己为未足也。

本房加批

以渊雅之笔,运沉挚之思,玉节金和,理法兼到,知于此道三折肱矣。

言而世为天下则　蒋其章

更验前王之言,亦犹行之足法也。夫言以作则,此议礼制度考文之所由传也。世为天下则,非信今而传后哉。且自来制作之留贻,前圣垂之为典册,后人遂奉之为典型。此岂徒托空言哉!言以撷礼乐之腴,而成宪克遵;文章不徒华国,言以立权衡之准,而旧章可守。著述非仅名家圣谟,洋洋经数十传矣。而绍闻衣德者何?皆读故府之书,而莫能更易耶。行为世法,观于君子之动,不已足寡天下之过乎？而又有言在,皇王律度之精,不销沉于金石,所以懿行与嘉言并重。而古可为鉴,即诗书之气亦华,而况当代鸿谟也,则楑训恍若亲聆矣。后嗣缵承之绪,且宝贵夫球图,所以行恒与言物交资。而训可通经,即文艺之科不朽,而况前王骏烈也,则诏合益昭法守矣。为天下则,不又世世弗失哉。言不系一朝之法诫,则虽藻采璘斒,窃恐流传之难遍。我国家丹书虔拜,箕范亲咨,其本人言以为言者,无不炳若日星,而足为奎章之助也,斯流传遍也。言不关一代之典章,则虽纪纂详明,尚恐遵循之难久。我先王彻田诗咏,军制雅歌,其奉前言以为言者,无不珍如珠贝,而足增史乘之光也,斯遵循久也。

吾乃观兴朝开创之初,而知其言之足则也。读世子典学之篇,言孝弟者推乎翦桐诰梓;披昭考誓师之训,言君臣者推为制礼命官。即至礼重经常,冠昏有义,度兼律令,兵刑典司,文著音声,《苍》《雅》合诂言之,而开国谟猷,悉灿为西京文物耳。迄于今征文考献,尚有传人矣。而册府流连,辄生系象縢书之感,抑知补苴有在方策,固历历可稽乎。儒者半生探索,孙子尚则效夫遗编,而况前王之立言哉！吾更观昭代中兴之际,而知其言之足则也。编车马攻同之什,言复祖者本诸事狄迁邠;讽鸿雁安集之词,言恤民者本诸召棠郇黍。即至礼隆亲贵,伯囧命篇,度别等威,甫刑除弊,文标古籀,岐阳勒铭言之,而中兴掌故,悉蔚为东雒声灵耳。迄于今,敬典承麻,又更数代矣。而休明俯仰,辄动抱残守缺之思,岂知节目无潗纶绶,尚明明可诵乎。文吏小有师承,子弟犹取则其故牍,而况前王之法言哉！则三重之寡过益信。

本房加批

风发泉涌,情深文明,一洗陈因之习。

见贤焉然后用之　　蒋其章

用贤必实有所见,不得已之苦心也。盖非确见为贤,则左右诸大夫、国人皆足蔽之矣。用贤者尚其慎旃,今以所见之不逮所闻也,君乃滋疑,疑夫盛名多虚士矣。亦以所见之适如所闻也,君乃深信,信夫众好非党同矣。夫向者登进人材,悉寄耳目于下,而并无所疑信焉。无论用非所用也,即有一二英豪,亦太息于任之不尽其长,而进之或非其道,良可慨已。若既日察之,则弊必不至此。夫察之亦非易易矣。人主深宫燕处,接宦官、宫妾之时多,见贤士大夫之日少,先入为主,朝士和之,苍生系望,真一时大用才也。君与若臣,既无布衣之雅,倾盖之欢,纵令博访周咨,冀以定其品目,考言询事,谓足识夫殊尤,安知不遇脂韦迎合者流,饰貌矜情之辈,则亦何足相天下士哉!而抑知否否,今夫炙輠雕龙,鸡鸣狗盗,吾君之所见为贤豪间者,何皆不足比数也。岂王之见不及此,抑岂姑尤聊摄中,竟无可用者耶?无亦未用吾察耳。

则有用贤者于此,朝取一人拔其尤,暮取一人拔其尤,不必陈荐士书,而弓旌既逮矣;不必考抢才典,而民社既畀矣。何任用之速若是?殊不知其几经审察,而后有此用也。人初讶其用之骤,君方恐其见之晚矣,然后知其见之真矣。曳裾抵掌之风,久已传为盛事,而金玉锦绣交欢者,徒耀观瞻,珠履三千,敦槃十九,觊觎者何足为贤哉?至实而验之曰见,必其读书谈道,有异寻常,是必称尧舜之俦也。诚不夺于髡、衍之谈,仪、秦之辨,吹竽鼓瑟之浮言,而毅然用之。吾知拥篲以迎,匪夸结客;散金而市,岂托爱才。而华屋立谈取卿相,而殊嫌卤莽,则所用无非国士矣。愿王其稍留意耳,然后知其用之当矣。毂击肩摩之地,孰堪奉以人师,而暮楚朝秦,传食者徒知富贵,貂裘早敝,骏骨谁偿,碌碌者何能任用哉?至确而指之曰贤,必其捭阖飞钳,不甘小试,是不道桓、文之亚也。即并无此近侍之揄扬,同朝之荐剡,乡间父老之传闻,而决然用之。吾知台无容筑,相赏异风尘;醴不必陈,委任非文貌。而列邦游说,登细旃而弥觉汗颜,则所用非徒上客矣。愿王其弗惮烦耳,可不慎诸。

本房加批

幽情逸艳,古节新声,自是才人之笔。

赋得露苗烟蕊满山春 得烟字五言八韵　蒋其章

春满罗浮路,山仙草亦仙。新苗初裛露,嫩蕊乍披烟。翠染朝暾湿,蓝拖宿霭妍。劚晴鸦嘴滑,剔暖麝脐鲜。碧湛珠光艳,红萦縠影圆。箭砂凝沆瀣,艾蒳晕芊绵。术圃钟灵地,芝田孕秀年。葛翁台畔去,一杖药囊肩。

本房加批

风华典丽,取式西昆。

顾廷龙主编:《清代朱卷集成》,第42册,第335—349页。

孔子曰大哉尧之为君 第二十四名　蒋其章

更举圣言以证尧,为君自有其大者焉。夫尧之所忧者,孟子备言之矣。更引孔子之言以证其大,而为君之通义,不已可恍然乎。且群言淆乱质诸圣,处今日而言陶唐氏之事,二《典》之外,书缺有间矣。惟即圣人之定论,以想见平阳垂拱,百辟惟刑,其忧勤七十载之中,有独立乎主极之表者。然后知翼善传圣之功,非农家者流所得而藉口也。我言尧之所忧,尧之为君固已可知矣。而今且证以孔子之言。孔子尚论千古,凡帝谛皇煌之列,无不考核之致详,而宪章首及伊耆,谅不仅以克让允恭,足绍高辛之统,而地正改朔,何以先稷、契而称尊?孔子删《书》百篇,凡三坟八索之编,无不钩稽之致慎,而断代始于唐帝,谅不仅以明扬侧陋,特开揖让之风,而浞水怀襄,何以絜轩羲而加圣?盖尧之为君,自有所以为大者,而孔子言之也。

或谓唐者大也,而尧之唐实起自侯封,未必豫膺美号。虽神明夙著,当日群藩劝进,或亦据大业以陈辞,而帝命式孚,要属铺张之末事。或谓尧者高也,而谥之法始兴于周代,何能上及神宗。虽德化感人,当时史册扬徽,或亦拟大名以制诔,而嘉称适协,只为揣度之虚辞。逞荒唐之论,而谓龙精感异,兼符赤帝之祥;翼宿降灵,聿著彩眉之异。此与谈神农者附会常羊石室,同属虚诬,即状腊状臞,写其忧劳者,亦不过手足之烈也。惟孔子为能知尧之大,而凡《康衢》、《击壤》之谣,华封、野人之祝,皆可以一辞括之。而配文祖者,奚惭合食哉?述恭俭之风,而谓土簋鹿裘,仰羹墙而如见;茨阶松栋,映云日而倍华。此与习神农者,琐陈谷谱粗经,等为纤小;即咨羲咨岳,纪其忧勤者,亦未综治安之要也。惟孔子为能言尧之大,而凡纪言者执中有训,纪事者峻德有经,皆可以一字赅之。而说"稽古"者,何费万言哉!惟天为大,惟尧则之,此尧之为君,非人之所能知耳。

《同治庚午科浙江闱墨》,同治九年(1870)聚奎堂刊本,第59—60页。

取邾田自漷水襄公十有九年　第四十八名　蒋其章

取田而记其地,明非鲁地也。夫漷水邾地,晋取其田而自漷水以归我,虽邾有罪,毋乃已甚乎?《春秋》之例,有田邑见夺于人,而复归于我者,则书归,如郑归祊,齐归郓、讙、龟阴田是。有本非我有,而往取诸人者,则书取,如辛巳取郜、辛未取防是。若夫本我侵疆,而因人以取之,则仍书取,如取济西田、取汶阳田是。独有问其名则为我之疆,问其实则取人之地,则《春秋》反讳其主名,而但书曰"取邾田自漷水"。鲁之与邾,世好也,自取须句,战升陉,而其隙已成。至其再侵鲁鄙,为东国患,邾诚何恃乎尔?则以强齐之援故。今者平阴一役,晋尚能合诸侯以抑齐,归次泗上,爰疆我田,以取邾田。恤同姓,戒兵端,斯诚霸主之事也。

虽然,曰"疆我田",则我田必有侵入于邾者。《经》何以书"取邾田"

也？曰非我田也。何以知其非我田也？曰"自漷水"也。夫曰"自漷水"，亦第画漷水以为界焉尔。漷东之田，固尚为邾有也，而《经》文顾不讳。其不讳奈何？曰此《春秋》之病鲁也。鲁何病乎尔？曰邾为鲁附庸，诚亲而厚之，邾必不昵齐以仇鲁，我实不能，而以执其君、取其田为快，故《春秋》病之也。然则何以不病晋？曰晋知其衰，而独能和协诸侯，以厚宗国，其事亦有足予者，故不以为病也。且鲁亦尝取邾邑矣。宣十年，公孙归父取绎；哀二年，季孙斯、叔孙州仇、仲孙何忌取漷东田及沂西田。《经》皆书其人，以谨志之。而此并不书国，盖亦深隐之云尔。

《同治庚午科浙江闱墨》，第100—101页。

乡试、会试著录

同治九年（1870）庚午正科浙江乡试

中式举人一百十二名

第四十八名　蒋其章　年二十九岁　杭州府学廪生

《同治九年庚午正科浙江乡试》，同治九年（1870）刊本，第16页。

同治九年（1870）庚午科

蒋其章钱塘。

《顺治至光绪二年浙江乡试录》，光绪间刊本，第221页。

《（民国）杭州府志》卷一百十三《选举七》

国朝　举人

同治九年庚午科

蒋其章丁丑进士。

陈璚修：《（民国）杭州府志》卷一百十三《选举七》，《中国地方志集成·浙江府县志辑》，第2册，江苏古籍出版社、上海书店、巴蜀书社1993年版，第1027页。

《（民国）杭州府志》卷一百十一《选举五》

国朝　进士

光绪三年丁丑王仁堪榜

蒋其章　钱塘人，燉煌知县。

陈璚修:《(民国)杭州府志》卷一百十一《选举五》,《中国地方志集成·浙江府县志辑》,第 2 册,第 992 页。

《(民国)歙县志》卷四《选举志》
(同治)九年庚午并补行咸丰壬戌恩科乡试
蒋其章浙榜丁丑进士。

石国柱等修:《(民国)歙县志》卷四《选举志》,《中国地方志集成·安徽府县志辑》,第 51 册,据民国二十六年(1937)铅印本影印,第 171 页。

《(民国)歙县志》卷四《选举志》
(光绪)三年丁丑王仁堪榜
　　程夒　蒋其章　项晋荣
　　石国柱等修:《(民国)歙县志》卷四《选举志》,第 171 页。

《重修浙江通志稿》"清代历科举人题名"
同治九年庚午科
蒋其章　钱塘人,丁丑进士。
　　浙江通志馆纂修:《重修浙江通志稿》第 110 册《选举(三)》,1982 年浙江图书馆影印本,第 7 页。

《重修浙江通志稿》"清代历科进士题名"
光绪三年丁丑王仁堪榜
蒋其章　钱塘人,敦煌知县。
　　浙江通志馆纂修:《重修浙江通志稿》第 107 册《考选谱》,第 66 页。

清光绪三年进士题名碑并额
丁丑科题名碑
　　奉天承运皇帝制曰:光绪三年四月二十一日策试天下贡士王仁堪等三百二十九名,第一甲赐进士及第,第二甲赐进士出身,第三甲赐同进士出身,故兹诰示。
　　第一甲
　　第二甲

第三甲　……蒋其章　浙江钱塘县人

碑藏于北京市东城区国子监街孔庙内。

《明清进士题名碑录》

光绪三年丁丑科（1877）

蒋其章　浙江钱塘人　第三甲第四十九名

朱宝炯、谢沛霖编：《明清进士题名碑录索引》（下册），上海古籍出版社 1979 年版，2837 页。

清代歙京官及科第

北京歙县会馆观光堂，有题名榜。有清一代，吾歙本籍、寄籍之官京朝取科第者皆与焉，录之以备参考。……

进士计二百九十六人：……

光绪朝丁丑程夔，蒋其章钱塘。……〔1〕

举人约近千人，旧志录自道光八年止，兹自道光朝起，补录之：……

同治朝……庚午程庆熊、周孚裕芜湖、吴永焕、汪毓衡、吴萃元、吴其培、许萃海州、郑乔龄仪征、汪大策六安、蒋其章钱塘。

许承尧：《歙事闲谭》卷十一《清代歙京官及科第》，黄山书社 2001 年版，第 348、350、352—354 页。

丁丑科会试题名全录

刘秉哲广东顺德　陈灿贵州贵阳　朱紫佐江苏松江……蒋其章浙江钱塘……林步寿湖北　甘焘江西

右登姓名、籍贯，因字迹模糊脱落错讹者不少，姑照此录登，俟有官板全录续到，再行更正。

《申报》光绪三年丁丑四月十七日（1877 年 5 月 29 日）

重印官板丁丑科会试题名全录

刘秉哲广东顺德　陈灿贵州贵阳　梁枚浙江归安……蒋其章浙江钱塘……林步青湖北武昌　甘焘江西奉新

---

〔1〕　下原有注：“以下注县者皆寄籍”。

日前所刊本届会试题名录,原以远近诸君盼望甚切,故照泥板约略印出。今已寄到官板,知其中姓名、籍贯讹误颇多,若逐一更正,恐阅者转难省目,因特重为刷印,想诸君亦所心许也。　　本馆附识。

《申报》光绪三年丁丑四月二十日(1877年6月1日)

丁丑科金榜题名录

第一甲赐进士及第

状元　王仁堪福建闽县　榜眼　余联沅湖北孝感　探花　朱赓飏江苏华亭

第三甲赐进士出身

……

第三甲赐同进士出身

孙宗锡湖南善化　孙宗毅湖南善化……蒋其章浙江钱塘……张来麟山西榆次　朱鸣瓒安徽休宁

胪唱信息,数日前已有风传,而皆无确据。本馆昨日接阅题名录,爰即照登录如右。惟其中亦有误刊处,如浙之梁枚,既见于二甲,而又见于三甲,究未知何者为是耳。

《申报》光绪三年丁丑五月初三日(1877年6月13日)

恭录丁丑科新贡士授职谕旨

五月十一日奉上谕:新科一甲进士三名王仁堪、余联沅、朱赓飏业经授职外,孙宗锡、孙宗毅…………陈国士、蒋其章…………韩镇周、唐毓衡,俱著交吏部签掣分发各省,以知县即用。……余著归班铨选引见……钦此。

刻接本科贡士授职上谕,敬谨照登。唯核诸殿试题名全录,内多孔宪曾、姜应齐、刘贞、翁锡祺、马桂芳等五人,而姓名亦稍有不符,或为前报之讹亦未可知,俟他日再行订正可也。

《申报》光绪三年丁丑五月十九日(1877年6月29日)

浙省辕门抄

八月十六日,刑部候补郎中邵文煦亲拜,前代楚军副中营记名总兵李白衮台州来省禀到,署寿昌县杨禀辞赴任,签分甘肃即用县蒋其章由京回浙籍禀安……

《申报》光绪三年丁丑八月二十三日(1877年9月29日)

光绪三年丁丑夏四月

庚戌,赐王仁堪等三百二十九人进士及第出身有差。

赵尔巽等:《清史稿》卷二十三《德宗本纪一》,第 4 册,中华书局 1976 年版,第 859 页。

光绪三年五月下

辛酉

引见新科进士,得旨。王仁堪、余联沅、朱赓扬,业经授职外孙宗锡、孙宗谷、程夒……任焕奎、朱锡蕃,俱著改为翰林院庶吉士。李征庸、李锡彬、刘人熙……张继良、姜应齐,俱著分部学习。荣垕源、惠荣、李崇洸……刘贞、王保建,俱著以内阁中书用。吴传绂、杨先俊、陈炳煊……蒋其章、柏寿、项晋荣……韩镇周、唐毓衡,俱著交吏部掣签分发各省以知县即用。

《清实录·德宗景皇帝实录》卷五十一,第 52 册,第 711—713 页。

362　光绪三年五月初十日内阁奉上谕:新科一甲进士三名王仁堪、余联沅、朱赓飏业经授职外,孙宗锡、孙宗毅……陈国士、蒋其章……韩镇周、唐毓衡,俱著交吏部掣签分发各省,以知县即用。……著该衙门照例办理,钦此。

中国第一历史档案馆编:《光绪宣统两朝上谕档》第 3 册,光绪三年(1877),广西师范大学出版社 1996 年版,第 143—144 页。

363　光绪三年五月初七、初八、初九、初十日引见新进士,除一甲三名及京官以本班用八名外,硃笔圈用庶吉士七十八人,部属一百一人,中书十三人,即用知县一百二人,归班二十人。

中国第一历史档案馆编:《光绪宣统两朝上谕档》第 3 册,光绪三年(1877),第 144 页。

365

第一排

一甲进士三名……

第二排

宗室进士二名……

第三排

　　满洲进士八名……

第四排

　　蒙古进士四名……

第五排

　　汉军进士八名……

第六排

　　直隶进士八名……

…………

　　第十六排

安徽进士八名……

…………

第一排

　　江西进士七名……

第二排

　　江西进士六名……

第五排

　　浙江进士八名……

第六排　浙江进士八名　王同……梁枚……黄中理……马彦森……吴超……傅桐豫……蒋其章浙江人,年三十六岁。三甲四十九名进士○复试二等七十八名。朝考二等四十三名。项晋荣……

第七排　浙江进士七名　董沛……

　　硃圈第一层者改为庶吉士,圈第二层者分部学习,圈第三层者亿内阁中书用,圈第四层者以知县即用,未圈各员除陈浚畴、陶家驹……外,余均归班铨选。

　　中国第一历史档案馆编:《光绪宣统两朝上谕档》第 3 册,光绪三年(1877),第 145—150、156 页。

光绪三年丁丑科即用知县人员各省试用人员

　　……蒋其章　浙江钱塘人　甘肃

　　《缙绅全书》(清光绪六年春),荣华堂光绪刊本,第 77 页。

（3）家世谱系

1. 高高祖父母蒋元慰、袁氏

《（乾隆）杭州府志》卷七十一《选举五》

举人

（乾隆）三十年乙酉科

蒋元慰府学

郑沄修，邵晋涵纂：《（乾隆）杭州府志》卷七十一《选举》，清乾隆刻本，第 65 页；又见《续修四库全书》影印本，第 703 册，"史部地理类"，第 33 页。

《重修两浙盐法志》卷二十四《商籍一》

举人

国朝

乾隆三十年乙酉科

蒋元慰　杭州人。

延丰等纂修：《重修两浙盐法志》卷二十四《商籍一》，清同治刻本，第 39 页；又见《续修四库全书》影印本，第 841 册，第 542 页。

《（民国）杭州府志》卷一百十二《选举六》

国朝　举人

（乾隆）三十年乙酉科

蒋元慰　仁和人。

陈璚修：《（民国）杭州府志》卷一百十二，《中国地方志集成·浙江府县志辑》，第 2 册，第 1010 页。

《（民国）杭州府志》卷一百五十三《人物十二》

钱塘县　节妇三

蒋袁慰母袁氏青年守节教子,慰中乾隆乙酉举人。

陈璚修：《（民国）杭州府志》卷一百五十三《人物十二·列女三》，《中国地方志集成·浙江府县志辑》，第 3 册，第 596 页。

蒋袁慰

蒋袁慰,字亶夫,仁和人,乾隆乙酉举人。少孤,母氏袁养之。人遗果饵,必怀归娱母。母或疴痒,必手自抑搔之。既长,嬉戏如婴儿,母亦以婴儿畜之,积六十年如一日云。某岁袁慰病剧,或曰:"孝子将死矣,奈何?"或曰:"孝子必不死,孝子能事母,母在而孝子死,非天所以待孝子。孝子母未死,孝子必不死。"疾果瘳。迨母卒,悲号亦若婴儿,衣一旧絮袍,母手纫也。母卒,弄于笫,服以祭,辄谛视而哭。所居在郡城凌家桥东,曾为母立贞节坊。嘉庆己(酉)〔卯〕冬邻火,比屋皆烬,其庐与坊独存。

施朝幹辑:《武林人物新志》卷三《孝友》,清道光十五年(1835)刊本,第6、7页。

蒋袁慰,字亶夫,仁和人,乾隆三十年举人。少孤,母袁鞠之,兼承外家姓。人遗果饵,必怀归娱母,疾痛疴痒,扶持搔抑。既长,嬉戏如婴儿,母亦以婴儿畜之,积六十年如一日。母卒,悲号宛转,衣一旧絮袍,母手纫也。每服以祭,谛视涕泣。居郡城凌家桥东,母贞节坊在门前。嘉庆二十四年冬邻火,及比闾皆烬,惟其居及母坊巍然犹存。《武林人物新志》

陈璚修:《(民国)杭州府志》卷一百四十《人物六·孝友二》,《中国地方志集成·浙江府县志辑》,第3册,第386页。

蒋元慰,字亶夫,仁和人,乾隆乙酉举人。

亶夫少孤,母氏袁抚之。人遗果饵,必怀归娱母。母疾痛疴痒,必手自抑搔之。既长,嬉戏如婴儿,母亦以婴儿畜之,积六十年如一日云。某岁亶夫病剧,或曰:"孝子将死矣,奈何?"或曰:"孝子必不死。孝子能事母,母在而孝子死,非天所以待孝子。孝子母未死,孝子必不死。"疾果瘳。迨母卒,悲号亦若婴儿,衣一旧絮袍,母手纫也。母卒,弄于笫,服以祭,辄谛视而哭。所居在郡城凌家桥东,曾为母立贞节坊。嘉庆间邻火,比屋皆烬,其庐与坊独存。

社中分题得柳带限二萧

书带芊芊种绮寮,更饶杨柳绿条条。丝垂密织莺梭巧,色染轻飘翠黛娇。缓拂翩翩张绪度,围宽消瘦小蛮腰。阑前芍药红于锦,衬出芳菲彩笔描。

丁申、丁丙辑:《国朝杭郡诗三辑》卷十,清光绪十九年(1893)钱唐丁氏刊本,第33页。

仁和蒋袁慰,字亶夫,号若谷。先兄乙酉同年也。少孤,事母张纯孝。若谷工制艺,通群经,而尤精于《左》、《国》。诗不多作,刻意乐府,音节古峭。有《吴山草》一卷,《佛尔雅》八卷。凡十六释,释名一,释诂上下二,释亲三,释宫四,释器五,释乐六,释天七,释地八,释山九,释水十,释草十一,释木十二,释虫十三,释鱼十四,释鸟十五,释兽十六。《自序》略云:乾隆辛亥夏五月,宗侄耕厓孝廉广业自皖城归,过余斋,为余言:朱石君中丞方撰《佛孝经》。余思有《佛孝经》,不可无《佛尔雅》,遂锐意创稿,凡三月而成书,略加注释,如郭景纯。若疏通证明之,尚俟乎将来君子也。中秋后三日书时,初意欲付剞劂,门人张廷琮任手钞,写样虽成,竟不果梓,至今尚藏敝箧也。

周春:《耄余诗话》卷五,《续修四库全书》第1700册,第23页。

诸蔼堂招同仇一鸥、王心原、蒋亶夫游湖上三首

西子湖逼柳,招人出郭行。寺先寻玛瑙,地仅隔牛鸣。溜水声相答,屏风削俨成。翻嗤赵承旨,行者怕留名。

高岭射初阳,深阿启上方。丹炉仙令杳,泉味仆夫尝。入座衣都卸,巡檐帽不妨。半闲应让我,山水许平章。

晴雨总相宜,兹游两得之。竹含名士秀,石学老夫痴。浓澹无心画,烟云作意姿。天公聊薄相,撩拨几篇诗。

钱大昕:《潜研堂诗续集》卷四,陈文和主编:《嘉定钱大昕全集》(10),江苏古籍出版社1998年版,第63页。

2. 祖父蒋学谦

蒋学谦,字益斋,仁和人。

益斋精篆隶正书,兼虞永兴、颜平原之法,温厚严重,如其为人。

西湖柳枝词

隐隐珠帘接画桡,两行杨柳绾长条。匆匆瞥见难成梦,肠断苏堤第四桥。

枣花帘子锁春寒,金篆香添午梦残。一半春风吹不定,丝丝搭在玉阑干。

丁申、丁丙辑:《国朝杭郡诗三辑》卷十九,第27页。

蒋学谦,字益斋,仁和人。精篆隶正书,兼虞永兴、颜平原之法,温厚严重,如其为人。《杭郡诗三辑》

李放编:《皇清书史》卷二十六,《辽海丛书》1934年版,第6页。

3. 父母蒋逢辰、尹氏

蒋逢辰,原名蒋琴。

画赠蒋琴东行

看遍西湖夜雨晴,一枝妙笔写轻盈。先生半载湖庄住,日日青山送进城。

戴熙:《习苦斋集》诗集卷四,清同治五年(1866)张曜刻本,第12页。

蒋母墓志铭

钱唐公以节镇喀什噶尔,同治生仁和蒋君其章及余实从。光绪九年三月,蒋君之母氏卒于肃州,四月讣至,蒋君出次外舍,斩衰旦夕哭如礼,用浮屠七七之说。至五月,出拜钱唐公,自喀什噶尔驰还肃州,归其枢于杭。祔葬教谕府君之墓,位次继母朱安人,府君遗命也。濒行,以状乞铭。铭曰:

母出末微,尹氏其胄。生十八年,助蒋之箧。维时府君,隐居教授。继室于朱,羸弱嗟遘。缝纫春汲,酒觞肉豆。母任其勤,于昏于昼。大妇赖之,动引自副。室有笑言,庭无怒诉。大妇君舅,八十之寿。夜苦无眠,欹衾数漏。饥肠宛转,暂饱忽又。呼烛母持,索食母奏。君舅曰吁,劳此卑幼。熊祥蛇祥,十梦九缪。伯兄多男,挈仲以后。旋举两雄,伯嫂所悸。避人置毒,薰以取麑。其次中之,仓卒勿救。母惊母泣,母忍不究。母慰府君,复用词覆。长者渐长,书分句读。夜窗劝学,果饵为侑。经践其畬,艺游其圃。父执评文,儒臣举秀。喜语衷情,吉徵凶繇。痛乎大丧,闯然狂寇。送死穿窆,逃生抉窦。流离他乡,船租屋僦。饥寒震怖,澄清重觏。十年持家,子再婚媾。乡贡廷试,成名亦骤。出宰戎县,近养远就。丰谢今华,俭安昔陋。仆媪怀仁,有祝无咒。官曰父母,民过宜宥。执笞其股,执枷其脰。叫号有闻,废食若疚。非罪斥官,下考曲构。母曰命然,与谗邂逅。辟书为佐,文字是售。衰亲壮儿,别泪盈袖。尺勋寸功,还职之旧。胡神夷鬼,实怜实佑。宁知春晖,奄忽沉岫。出也倚门,归也哭枢。发陇还吴,百集千塿。佳城峨峨,松楸郁茂。祔于府君,会葬奔凑。亦曰继室,劳以名酬。府君遗命,存辞殁受。文纪初终,片石镌镂。藏之幽宫,与骨不朽。千载读文,莓苔如绣。

施补华[1]:《泽雅堂文集》卷六,《续修四库全书》1560 册,第 357 页。

4. 蒋其章姑母

《浙江忠义录》表一

绅妇表

杭州府

原任户部尚书沈兆霖之弟妇王氏……生员蒋其章之姑母六姑……

以上四百十九名□同治三年十一月二十九日汇案奏咨,同治三年十二月二十一日奉旨著交部照例分别旌恤。

张景祁等纂:《浙江忠义录》,浙江采访忠义总局同治、光绪刊本,第 3、4 页。

5. 妻朱迪珍

朱迪珍,字佩秋,钱塘廪生允元女,燉煌知县蒋其章室。有《浣香楼遗稿》。

孺人之父克庵明经居东横河桥,开门教授,课余及女。既受《内则》,兼习《风》诗,偶有所作,别出新义。归蒋不久,昙花遂萎。海昌许氏诵珠刻其遗诗。

哀贞吟并序

女史姓王氏,仁和梅庵司马次女也。幼随父寓姑苏,性慧貌庄丽,读书晓大义。客春字许子颂表舅氏,今年结缡有日,会四月粤寇陷苏城,猝不能避,惧见辱,至虎阜之山塘,奋身沉于河,时年二十有一。余闻其死,哀其遇,因吊以诗。[2]

黑乌啼急愁云生,阴风呼呼酸欲鸣。冷巷破柝寒无声,孤檠将灭青不明。重衾蜷缩梦未成,挑灯起坐吟哀贞。贞女者谁如冰清,朱雀之裔三槐荣。雪肤花貌春盈盈,西泠一颗珍珠莹。随侍苏台瑶与瑛,俄然动地鼙鼓

---

[1]　施补华(1835—1890),字均甫,浙江乌程(今浙江湖州)人。同治九年(1870)举人。先后入左宗棠、张曜幕府,从军西北。历官山东补用道,官至知府、山东河道。工诗文,著有《泽雅堂文集》。

[2]　潘衍桐辑《两浙輶轩续录》卷五十四,此段文字作:"贞女姓王氏,仁和梅庵司马次女也。幼随父寓姑苏,读书晓大义。咸丰己未,字许子颂表舅氏。结缡有日,会寇陷苏城,猝不能避,惧见辱,至虎阜之山塘,奋身沉于河,时年二十有一。余闻其死,哀其遇,因吊以诗。"

惊。猖狂粤寇如长鲸〔1〕，死者封尸为观京。生亦被俘花送迎〔2〕，女独见机先著争。茂苑阴霾无路行，虎邱山下长河横。奋袖一跃追屈平，羞效人间恋火坑。〔3〕 节如山重身叶轻，可怜弱质留香名。时平天戈会洗兵，礼臣入告应先旌。我歌此曲谁与赓，寄向山塘投碧泓，千秋呜咽流哀情。〔4〕

冬夜即事

劲风号怒冷霜凝，诗未吟成砚已冰。忍冻欲呵还阁笔，小窗闲煞读书灯。

寒檠一点乍升花，残梦初醒冻月斜。最是耐人消受处，半枝梅影上窗纱。

早秋

故园群木绿初芟，寂寂秋窗静欲缄。忽听雨声三两点，新凉如水上罗衫。

桃笙簟滑半床横，欹枕听秋梦未成。篱豆花开井梧落，夜凉先有一虫鸣。

丁申、丁丙辑：《国朝杭郡诗三辑》卷九十八，第 18、19 页；又见施淑仪辑：《清代闺阁诗人征略》卷九，上海书店出版 1987 年版，第 549 页。

《杭郡诗三辑》

朱迪珍，字佩秋，钱塘廪生允元女，燉煌知县蒋其章室。有《浣香楼遗稿》。孺人之父克庵明经居东横河桥，开门教授，课余及女，晚援《内则》，兼习《风》诗。偶有所作，别出新义。归蒋不久，昙花遂萎。海昌许氏诵珠刻其遗诗。

丁丙著：《武林坊巷志》（第 5 册），浙江人民出版社 1987 年版，第 456 页。

朱迪珍字佩秋，钱塘人。廪生朱允元女，甘肃燉煌知县蒋其章室。著《浣香楼吟稿》。

---

〔1〕 潘衍桐辑《两浙𬨎轩续录》，此句"粤寇"作"寇盗"。
〔2〕 潘衍桐辑《两浙𬨎轩续录》，少"死者封尸为观京。生亦被俘花送迎"两句。
〔3〕 潘衍桐辑《两浙𬨎轩续录》，无此"羞效人间恋火坑"一句。
〔4〕 潘衍桐辑《两浙𬨎轩续录》，此句作"千秋呜咽寒流情"。

许湘祥[1]曰：佩秋为余中表吴姊之女，表姊婿克庵先生又为余受业师，故知之最详。幼慧，受父教，通诗书，家住会城东横河桥。余归试，必就余论诗，间出所作，见其别出新意，丽而清，华而不缛，叹美不置。余妹宝娟嗜吟咏，诗筒往来，月必数四。庚申寇警，避兵金华，遂不复相见。辛酉五月，余在雉皋，得表姊吴书，知佩秋以瘵卒，年才二十，昙花一现，是可慨已。余姊哀其遗诗，编为一卷付梓，时在辛酉九月。佩秋适同邑蒋君子相，后成进士，官甘肃燉煌知县。

春寒

春阴漠漠锁帘栊，烟雨楼台尽望中。燕子噤声花酿冷，倚阑愁煞峭东风。

七夕

乌鹊填桥澹月横，阑干独倚夜三更。阿侬不乞天孙巧，只祝银河早洗兵。

哀贞吟 并序

（诗略，见上）

潘衍桐辑：《两浙輶轩续录》卷五十四，《续修四库全书》第1687册，据清光绪十七年（1891）浙江书局刻本影印，第18、19页；第230—231页。

读朱佩秋表女甥遗稿感赋　许诵珠[2]

清宵阑，灯影残，展卷泪如雨。芳魂何处还？钟期去矣赏音寡，伯牙有琴谁能弹？

丁申、丁丙辑：《国朝杭郡诗三辑》卷九十八，第27页。

读佩秋《畹香楼遗稿》效太白三五七言句　许诵珠

清宵阑，灯影残，对卷泪如雨。芳魂何处还？钟期去矣赏音寡，伯牙有琴谁更弹？

潘衍桐辑：《两浙輶轩续录》卷五十四，《续修四库全书》第1687册，第240页。

---

〔1〕　许湘祥即著名的梅派艺术研究家、梅兰芳的秘书许姬传的祖父。
〔2〕　许诵珠，字宝娟，自号悟红道人，浙江海宁人。同治庚午（1870）举人归安朱镜仁妻。幼时曾从朱迪珍之父朱允元学习。著有《澹吟楼诗》、《鸳鸯吟馆诗词草》、《雯窗瘦影词》等。

锦囊佳话　东海浣花生偶录

吾杭闺秀多能诗者,同里许宝娟女史诵珠《咏新柳》云:"眉纤恰似初三月,腰弱难禁五两风。"钱塘朱佩秋女史迪珍《咏白秋海棠》云:"月影照来涵玉相,露华浣出写冰魂。"佩秋著有《浣香楼诗草》一卷,年甫及笄,未嫁而卒,良可惜也。范丽云女士紫琼挽以诗云:"避寇分离阅岁华,而今飘泊渺天涯。一枝委地香兰谢,凄绝人间姊妹花。"余题其遗稿云:"性灵诗句写偏工,满纸秋声感慨中。如此妙才堪不朽,玉楼春去太匆匆。"

《瀛寰琐纪》第八卷,1873 年 6 月(癸酉五月)。

尊闻阁同人诗选

读钱唐朱佩秋女史《浣香楼遗稿》即题其端　饭颗山樵

珊珊仙骨谪风尘,凄绝红羊劫后身。造物怜才原有意,昙花一现证前因。性灵诗句写偏工,满纸秋声感慨中。如此妙才堪不朽,玉楼春去太匆匆。

《寰宇琐纪》1876 年第十卷。

浙秀

浙江闺秀能诗者多,余遥阻山河,恨难采访,兹就杜晋卿录寄数则分采集中。海昌许宝娟女史诵珠《新柳诗》云:"眉纤恰似初三月,腰弱难禁五两风。"秀水陈慧娟女史宝玲《画梅》云:"春色描来原有讯,冻香写出总无痕。"朱佩秋女史迪珍《白秋海棠》云:"月影照来涵玉相,露华浣出漾冰魂。"佩秋著有《浣香楼诗钞》,未笄而卒。同邑范丽云女士紫琼挽以诗云:"避寇分离阅岁华,而今飘泊渺天涯。一枝委地香兰谢,凄绝人间姊妹花。"

邹弢[1]:《三借庐赘谈》卷四,《续修四库全书》第 1263 册,第 662 页。

浙江闺秀能诗者多,酌录断句,以窥一斑。海昌许宝娟女史诵珠《新柳》诗云:"眉纤恰似初三月,腰弱难禁五两风。"秀水陈慧娟女史宝玲《画梅》云:"春色描来原有恨,冻香写出总无痕。"朱佩秋女史迪珍《白秋海棠》

---

[1]　邹弢(1850—1931),字翰飞,自号酒丐,别号瘦鹤词人、潇湘馆侍者,江苏金匮(今无锡)人。光绪初诸生。后旅居上海,先后任《申报》《益闻录》等报馆编辑。晚年任教于上海启明女学。著有《三借庐丛稿》《三借庐赘谈》《海上尘天影》等。

云："月影照来涵玉相,露华浣出漾冰魂。"佩秋著有《浣香楼诗钞》,未筆而卒。同邑范丽云女士紫琼挽以诗云："避寇分离阅岁华,而今飘泊渺天涯。一枝委地香兰谢,凄绝人间姊妹花。"

雷瑨、雷瑊辑:《闺秀诗话》卷九,扫叶山房1922年石印本,第4页。

《浣香楼遗稿》　钱塘蒋其章妻朱迪珍佩秋撰。

陈璚修:《(民国)杭州府志》卷九十四《艺文九》,《中国地方志集成·浙江府县志辑》,第2册,第669页。

《浣香楼遗稿》　国朝钱塘蒋其章妻朱迪珍佩秋撰。

《杭州艺文志》《艺文九·集部五》,光绪三十四年(1903)长沙刊本,第26页。

《浣香楼遗稿》　朱迪珍,字佩秋,浙江钱唐人,蒋其章室。

萧山钱单士厘编订,孙男端仁侍校:《清闺秀艺文略》卷一,《浙江图书馆报》1927年第1期。

《浣香楼吟稿》　(清)朱迪珍撰《杭州府志》、《两浙輶轩续录》著录(未见)。迪珍,字佩秋,浙江钱塘人,朱允元女,甘肃燉煌知县蒋其章妻。辛酉九月许湘祥妹哀其遗诗,编为一卷付梓。

胡文楷著:《历代妇女著作考》,上海古籍出版社1985年版,第218页。

6. 岳父朱允元(妻朱迪珍之父)

朱允元,字克庵,仁和廪生。有《桥东草堂诗集》。

克庵劬学好古,醰粹文史,弱冠文名藉甚。骈体瓣香徐庾,书法出入晋宋。居东横河桥,荫乔木,枕清流,琴轩酒轩,二三知己,啸咏其中。著有《蒙斋经说》四卷,《桥东草堂诗文集》若干卷。藁均未刊,佚于兵燹。

戊起钟歌 咸丰乙卯,许珊琳先生得于淮阴市上,自有记。

辛盘庚鼎世不传,人间拓本值万钱。神物何来古彝器,土花锈蚀三千年。天意欲教瑰宝显,箌厢决口洪波连。郑重如获脽阴鼎,宝贵如过太康砖。到眼不辨蝌蚪字,触手疑有蛟龙涎。野人弃掷不复惜,黄钟瓦缶混市廛。高阳太守性耆古,家藏旧物富青毡。入市惊睹希世宝,宝蜼虎卣侔精坚。濯以酢浆焕光采,顿慰平生金石缘。夏后珥戈应俪色,岐阳石鼓可比肩。薛氏款识未及收,摭拾星宿羲娥捐。积古摹图据王本,千秋赝鼎恣搜研。我闻殷人器尚质,形制古朴无雕镌。想见龙旂承祀日,声与鼗鼓同渊渊。即今流传吉光羽,宝气直欲照坤乾。持作廉吏压装物,何必更夸郁林船。况闻君家古均阁,双钩之本工且研。周钟虢叔形细拓,汉碑夏承词独全。此器权舆在子氏,考击自古列宫县。世间毡蜡尚未到,随珠和璧难独专。何不摹拓亿万纸,云回古籀体重笺。东南艺林齐寓目,置身恍在周秦前。

七姬庙_{并序}

七姬者,潘元绍妾,姓徐、翟、陈、罗、段、彭、卞氏。元绍为张士诚婿,明兵下苏州,士诚遣元绍迎敌,战败死。七姬同日自缢以殉。土人立庙于齐女门外,今尚存。余过其地,作诗以吊之。

平江战罢鼓声死,伍胥门外成废垒。淮张霸气黯然收,十万金甲不可恃。健儿束手竖降旛,顿觉兜鍪愧罗绮。美人一死报将军,差强人意赖有此。忆昔割据三吴疆,名区繁丽夸金阊。伯符欲据江东地,臣佗已称南粤王。将军尚在复拜爵,笙歌日夜酣华堂。前拥貔貅后莺燕,金钗罗列粲成行。临濠真人赫斯怒,阖闾城边连营驻。将军自誓好头颅,掷付沙场不回顾。七姬羞逐胡笳拍,一霎秾华委朝露。直教同根姊妹花,并化连枝旌节树。吁嗟乎,虞姬毕命随重瞳,乌江日暮生悲风。绿珠愿为齐奴死,金谷至今花不红。女儿心事甘玉碎,后先辉映彤史中。庙貌俨然珮环聚,疑有贞魂凄风雨。流芳合媲刘夫人,齐云一炬同千古。_{张士诚妻刘夫人在齐云楼自焚死。}

丁申、丁丙辑:《国朝杭郡诗三辑》卷八十一,第26—28页。

朱允元_{字克庵,仁和廪生。著《桥东草堂诗集》。}

_{许湘祥曰:吾师克庵先生,幼学好古,醰粹经史,弱冠文名藉甚。骈体瓣香徐庾,书法入晋贤之室,工诗,摇笔落纸,克追群雅。居省垣东横河桥,荫乔木,枕清流,琴轩酒榭,二三知己,啸咏其中。咸丰初叶,先府君聘师至吴门,授余兄弟读。又喜讲求金石。居二载,以母老归。后移家婺州,寻卒,子亦殇。著有《蒙斋经说》四卷,《桥东草堂诗文集》若干卷,稿本未采,兵燹散佚。后死之责,欲尽末由,悲夫!}

戊起钟歌_{咸丰乙卯,许珊琳先生得于淮阴市上,自有纪。}

七姬庙_{并序}

（以上诗略）

潘衍桐辑：《两浙輶轩续录》卷四十三,《续修四库全书》第 1687 册,第 637 页。

《桥东草堂诗集》　诸生,仁和朱允元克庵撰。

陈璚修：《(民国)杭州府志》卷九十四,《中国地方志集成·浙江府县志辑》,第 2 册,江苏古籍出版社、上海书店、巴蜀书社 1990 年版,第 659 页。

朱允元,字克庵,仁和廪生。书法出入晋唐。同上。(指《国朝杭郡诗三辑》——笔者注)

许湀祥曰：书法入晋贤之室。

李放纂录：《皇清书史》卷四,金毓黻主编《辽海丛书》1934 年版,第 14 页。

7. 亲戚朱允成

额外司员

郎中　武库司行走　朱允成展卿,浙江金华人丙午。

《缙绅全书》(清咸丰九年冬),北京荣晋斋咸丰刊本,第 35 页。

额外司员

郎中　车驾司行走　朱允成展卿,浙江金华人丙午。

《缙绅全书》(清咸丰十年春),北京荣禄堂咸丰刊本,第 34 页。

额外司员

郎中　职方司兼车驾司行走　朱允成展卿,浙江金华人丙午。

《缙绅全书》(清同治元年冬、同治二年夏),北京荣禄堂同治刊本,第 35、36 页。

额外司员

郎中　职方司行走　朱允成展卿,浙江金华人丙午。

《缙绅全书》(清同治六年冬),北京荣禄堂同治刊本,第 36 页。

朱允成字子钦,号芷卿,金华人。道光丙午举人,官兵部郎中。著《强恕斋诗草》。

《金华续录》:咸丰间,子钦投笔从戎,曾文正公奏保知府,未展其才,卒于军,士论惜之。著有《古文日钞》、《读史取则》。

大风泊湖口望石钟山不得登

有风不可行,有山不得登。冯夷怒号山鬼笑,竖儒意气空纵横。南舟停桡北舟阻,江心老蛟昼起舞。石钟为我鸣不平,欲往听之隔遥浦。三年漂泊无定所,一日蹉跎讵为苦。同舟估客老风波,鼾睡无言日停午。

鸦尾行

华阳镇观练兵

大雪歌

吊练夫人墓

(以上诗略)

潘衍桐辑:《两浙輶轩续录》卷四十,《续修四库全书》第 1687 册,第503 页。

《诗存二编》卷五癸酉

今体诗

怀亡友十首

朱子钦武部讳允成,金华人。未弱冠,中道光丙午举人。官兵部郎中。丰度翩翩,才艺双绝。同治初年,余在都,闻子钦谒其师曾文正公,卒于金陵。

绮年才藻擅名场,私淑南丰爇瓣香。一别燕台成永诀,天涯南北话凄凉。

胡凤丹:《退补斋诗文存二编》,《诗存二编》卷五,光绪七年(1882)退补斋刻本,第 15 页。

《诗存二编》卷八丁丑

今体诗

十月自杭回永康,沿途杂感诗四十首

道统端推朱紫阳,渊源家学接芬芳。谁知强仕归蓬岛,只剩楹书满架香。朱子钦驾部殁于江宁督署幕中,文章学问,杰出一时,士论惜之。

胡凤丹:《退补斋诗文存二编》,《诗存二编》卷八,第 3 页。

《程勿卿寻亲记》　金华朱允成子钦稿

　　（文略。叙述友人程勿卿历经险阻,由闽归浙,寻找其祖母的故事。）

　　　　　　　　　　　　　《瀛寰琐纪》第一卷,1872 年 11 月（壬申十月）

《读陈翁传书后上、下》　金华朱允成子钦

　　（文略）

《王纬堂先生殉难记》　金华朱允成子钦

　　（文略。叙述其师王纬堂在贼人入侵时,为保全自身清白而亡身殉难
的事迹。）

　　　　　　　　　　　　《瀛寰琐纪》第二卷,1872 年 12 月（壬申十一月）

《完璞斋诗跋后》　金华朱允成子钦

《送蔡斌卿序》　金华朱允成子钦

《赠别余叔畦序》　金华朱允成子钦

《完璞斋诗跋后》　金华朱允成子钦

《叶馨谷医案序》　金华朱允成子钦

《书陈孺人割臂事》　金华朱允成子钦

　　（以上文略）

　　　　　　　　　　　　　《瀛寰琐纪》第七卷,1873 年 5 月（癸酉四月）

《朱子钦驾部遗文三首》　金华朱允成

《陈平论》

《读君奭》

《读望溪集汉后主论》

　　（以上文略）

　　　　　　　　　　　《瀛寰琐纪》第二十八卷,1875 年 1 月（甲戌十二月）

团练害民

　　咸丰中,以粤贼肆扰,举办团练,各省均设团练大臣,以巨绅主
之。……每县各有练局,委员绅董主其事,第认真举行者少,故贼所到之
处,势如破竹,不能支吾耳。金华府属办团练者,推金、兰二县,金绅则朱驾
部允成,生员方滋、李璠。贼至,皆与之角战,久乃败散。兰则诸葛一村,拔

贡令、优贡寿焘为之主,各村皆附和之。

　　陈其元:《庸闲斋笔记》卷九,清同治十三年(1874)刻本,第 34 页。

曾国藩《复沈中丞》

　　朱子钦一清澈骨,条理精密,方冀其于厘务大有补救,遽尔沦谢,可胜感怆。渠自以为贤者所器赏,衔感殊深。

　　曾国藩:《曾文正公书札》卷十二,光绪二年(1876)传忠书局刻增修本,第 35 页;又见《曾国藩全集》整理编校小组编校编:《曾国藩全集》第十册《书札》(下),辽宁民族出版社 1996 年版,第 6012 页。

曾国藩《与范云吉》

　　前派员贩买货物,密查各卡,拟再派朱子钦前往查明,以其宅心平允,又为幼帅所器重也。

　　曾国藩:《曾文正公书札》卷二十七,第 41 页;又见《曾国藩全集》整理编校小组编校编:《曾国藩全集》第十册《书札》(下),第 5986 页。

8. 续妻王氏祖父王焕然

《(光绪)余杭县志稿》《人物列传》

　　王焕然,字有章,又字斗槎,廪贡生。少端重,有器识。兄早世,抚其二子如己子。修筑苕溪(陡)〔陡〕门,以捍盛涨。济贫拯溺,虽以为常。任萧山、建德教谕,建德遭旱灾,输粟助振。告归后,乡人乞贷,必量力应之,或焚其券。《杭郡诗三辑》,参《王氏家谱》。

　　褚成博纂:《(光绪)余杭县志稿》,《中国地方志集成·浙江府县志辑》,据清光绪三十二年(1906)刻本影印,第 1169 页。

《(光绪)处州府志》卷十四《职官志中》"文职二"

庆元县

训导

国朝

道光

王焕然 余杭廪贡。

　　潘绍仪修,周荣椿撰:《(光绪)处州府志》光绪三年(1877)刊本,第

102 页。

《(光绪)庆元县志》卷八《官师志》

训导

国朝

王焕然_{余杭廪贡}。

　　林步瀛、史恩纬修,史思绪等纂:《(光绪)庆元县志》,《中国地方志集成·浙江府县志辑》,据清光绪三年(1877)刻本影印,第 680 页。

《(光绪)严州府志》卷十一《官师下》

建德县

训导

王焕然_{余杭县廪贡,嘉庆二十五年署}。

　　吴世进修,吴世荣增修:《(光绪)严州府志》卷十一,光绪九年(1883)增修重刊本,第 15 页。

《(道光)建德县志》卷七《学校志》

县儒学

嘉庆二十五年,训导王焕然捐修大成殿。

　　周兴峄修,严可均撰:《(道光)建德县志》卷七,道光八年(1828)刊本,第 3 页。

《(道光)建德县志》卷九《职官志》

训导

国朝

嘉庆

王焕然_{试用训导,余杭廪贡,(嘉庆)二十五年署}。

　　周兴峄修,严可均撰:《(道光)建德县志》卷九,第 17 页。

《(民国)建德县志》卷七《典礼志》

附庙祠坛

孔子庙,祀至圣先师孔子,清之县文庙也。……嘉庆二十五年,训导王焕然捐修大成殿。

夏日璇等修，王韧等纂：《(民国)建德县志》卷七，1919 年铅印本，第 21、24 页。

《(民国)建德县志》卷九《职官志》"升迁表"

训导

清

嘉庆

王焕然_{余杭廪贡，二十五年署。}

夏日璇等修，王韧等纂：《(民国)建德县志》卷九，第 32 页。

王焕然，字斗槎，余杭廪贡，官萧山教谕。

斗槎既耕且读，忠厚传家。所居在苕溪之滨，夏秋多盛涨，害连杭嘉湖三郡。尝殚心堤堰以捍之，修筑陡门以蓄之，遇泛洪则拯溺掩毙，遇岁歉则赈粜济贫，岁以为常，绝无倦色。秉铎建德，时值旱灾，捐俸襄振，事载邑乘。子燮堂、孙若济皆举人。

赤松子歌

昆仑山势何岧𡵼，琪花瑶草馨其中。神仙游戏妙神通，喷云噀雨乘长风。不遇谷城黄石公，难于下邳寻遗踪。赤松子古佐神农，凭虚想象其犹龙。历尽蓬瀛西复东，十洲三岛真玲珑。晶莹恍惚开琼宫，餐芝辟谷睹仙容。非人闲物阴重重，龙鳞百尺连天封。饵赤松实香填胸，攀赤松枝手扶筇。鹤栖龟伏地蒙茸，尧时韭与舜时葱。飞不到者俗尘红，我继留侯从所从。偃佺道我游层峰，人寰睥睨境全空。莫问人功与狗功，见机当早藏良弓。赤松子欲唤梦梦，仙凡路隔志谁同。

蚕桑四咏

  栽桑

  采桑

  藏种

  浴种

（以上诗略）

丁申、丁丙辑：《国朝杭郡诗三辑》卷四十六，第 15—16 页。

王焕然 字斗槎,余杭廪贡,官萧山教谕。

《杭郡诗三辑》:斗槎既耕且读,忠厚传家。所居在苕溪之滨,夏秋多盛涨,害连杭嘉湖三郡。尝殚心堤堰以捍之,修筑陡门以蓄之,遇泛洪则拯溺掩毙,遇岁歉则贱粜济贫,岁以为常,绝无倦色。秉铎建德,时值旱灾,捐俸襄振,事载邑乘。

赤松子歌

（诗略）

潘衍桐辑:《两浙輶轩续录》卷三十三,《续修四库全书》第1686册,第249—250页。

9. 续妻王氏之父王燮堂

《(民国)杭州府志》卷一百十三《选举七》

国朝举人

(道光)十五年乙未科

孝和睿皇后六旬万寿恩科

王燮堂 余杭人,乌程教谕。

陈璚修:《(民国)杭州府志》卷一百十三,《中国地方志集成·浙江府县志辑》,第2册,第1022页。

《(光绪)余杭县志稿》"选举"

举人

(道光)十五年乙未 孝和睿皇后六旬圣寿恩科

王燮堂 乌程教谕。

褚成博纂:《(光绪)余杭县志稿》,《中国地方志集成·浙江府县志辑》,第1165页。

《(光绪)余杭县志稿》"人物列传"

子燮堂,字也农,道光十五年举人,丽水教谕。居乡遇灾歉,亦好施予。《杭郡诗三辑》,参《王氏家谱》。

褚成博纂:《(光绪)余杭县志稿》,《中国地方志集成·浙江府县志辑》,第1169页。

《(同治)湖州府志》卷八《职官表》

教职

乌程学

本朝道光

王燮堂　　杭州人，举人，二十六年任。

以上教授、学正、教谕

　　宗源瀚、郭式昌修，周学濬、陆心源纂：《（同治）湖州府志》卷八《职官表》，同治十三年（1874）刊本，第 18 页。

《（光绪）乌程县志》卷九《职官》

儒学教谕

大清道光

　　王燮堂　　杭州人，举人，二十六年任。

　　潘玉璿、冯健修：《（光绪）乌程县志》卷九《职官》，《中国地方志集成·浙江府县志辑》，第 651 页。

丽水县

教谕　王燮堂　杭州人举人　（咸丰）十年六月选。

　　《缙绅全书》（清同治元年冬、二年夏、四年秋、五年夏），北京荣禄堂同治刊本，第 91 页。

　　王燮堂，字也农，焕然子，余杭人。道光乙未举人，官丽水教谕。

　　也农世居邑西天竺堰，生平木讷，乐善好施，乡有灾歉，多求助之。甲辰大挑一等，亲老，改教职。卒年六十有四。初入乡闱时，梦父有章先生来告曰：汝中必三场皆雨，庶乎可矣。道光某科初二场皆大雨，至十五日始晴，迨榜发，知卷已取中十一名，旋因小疵被黜。至乙未，果三场皆雨，榜发，仍中十一名。岂科名果有定数耶？

径山怀古

　　好古搜奇兴欲狂，径山碑碣藓痕苍。出尘心定怀思邈，览胜文雄构蔡襄。镇国基湮遗败瓦，含晖亭圮剩斜阳。四州路达犹堪认，饱看名山蜡屐忙。

　　巍峩岳峙更渊渟，凤舞龙飞势未停。禅座尚存三剑迹，舆图未改五峰形。灵鸡冢古云时护，驯兔窗虚月尚扃。鸟道蚕丛疑蜀栈，偏安王气独钟灵。

　　欲访昭明文选楼,读书曾爱此清幽。镜心潭朗堪除闷,洗眼池深快豁眸。弟子昆明经独听,禅师宣律法能收。一只不借随身便,结就茅庵迹可留。

　　入望之江分外低,滔滔潮势远犹迷。双池高泻群峦湿,两乳斜环众壑齐。浮玉嶂形区大小。悬崖瀑布亘东西。宝林院后凌霄翠,绿遍山腰草色萋。

　　左右峰高路本通,羊肠曲折列其中。蜿蜒半达苕溪北,缭绕长围雪水东。地势远连舟枕麓,岭形高对洞霄宫。游人莫说兴亡事,南渡江山系慨同。

　　策杖登临寄所思,何须山径畏崎岖。兕龙钵古神何在,喝石岩高势更奇。此地当年曾卓锡,而今到处可寻诗。舆图试检《临安志》,剥藓扪苔笑我痴。

　　山入於潜胜可探,徽湖接壤列重岚。螺峰拔地千层秀,蜃气凌空万象涵。莫访钦师参道妙,欲邀国一证伽兰。从今名利休萦念,泉石清奇趣好耽。

　　丁申、丁丙辑:《国朝杭郡诗三辑》卷五十六,第13—15页。

　　王燮堂字也农,余杭人。道光乙未举人,官丽水教谕。

　　许湘祥曰:也农先生性好善,乡里有义举,必勇为,遇灾歉,必多方集振,以拯饿者。道光甲辰大挑一等,以亲老改就教职。

径山怀古

　　(诗略,即上第一、二、四、五首)

　　潘衍桐辑:《两浙輶轩续录》卷三十五,《续修四库全书》第1686册,第333页。

10. 续妻王氏之兄王若济

《(光绪)余杭县志稿》"选举"

举人

光绪元年乙亥

今上登极恩科

王若济顺天中式,河工保举知县。

　　褚成博纂:《(光绪)余杭县志稿》,《中国地方志集成·浙江府县志辑》,第 1166 页。

《(光绪)余杭县志稿》"人物列传"

　　孙若济,字秋舫,光绪元年顺天乡试举人。性慷慨,好读书,讲求水利,兼通医术。丁文诚公宝桢巡抚山东时,招若济佐理河工,保举知县。《杭郡诗三辑》,参《王氏家谱》。

　　褚成博纂:《(光绪)余杭县志稿》,《中国地方志集成·浙江府县志辑》,第 1169 页。

《(民国)杭州府志》卷一百十三《选举七》
国朝举人
光绪元年乙亥
景皇帝登极恩科

　　王若济 余杭人,河工知县。

　　陈璚修:《(民国)杭州府志》卷一百十三,《中国地方志集成·浙江府县志辑》,第 2 册,第 1027 页。

《重修浙江通志稿》第 110 册《选举三》"清代历科举人题名"
光绪元年乙亥(1875)科

　　王若济,余杭人,河工知县。

　　浙江通志馆纂修:《重修浙江通志稿》第 110 册,1982 年浙江图书馆影印本,第 11 页。

乙亥恩科顺天乡试题名全录

　　张彭龄直隶天津　朱善祥浙江秀水……王若济浙江余杭……
　　　　　　《申报》光绪元年乙亥九月二十二日(1875 年 10 月 20 日)

《复堂日记》卷二
己巳年(1869)

　　连阴恒寒。余杭王秋舫来谈。医言今年厥阴司天,宜有恒雨。五运六气与《易》道准。圣不徒作,谅哉!

　　范旭仑、牟小朋整理:《复堂日记》卷二,河北教育出版社 2001 年版,第

42 页。

王若济,字万里,号秋舫,燮堂子。余杭人,光绪乙亥顺天举人,即补知县。

秋舫性慷慨,好读有用书,工制举业,授徒甚盛。兼精岐黄,扶危拯弱,应手辄起。尝就丁文诚公之招,襄治山东河工,以劳保知县。丁丑计偕,殁于京寓。

纪崔烈女殉难事

拟东坡小圃五咏

　　人参

　　地黄

　　枸杞

　　甘菊

　　薏以

吴山怀古

菽翁有行过斋揖别,怅触于怀,口占赠之

七月廿九卧病支枕

题银篆香盘

寄感和范六湖原韵

答六湖见招

二十三日回家舟行戏作

(以上诗略)

踏青

江南草长雨初晴,约伴家家出郭行。道是春光无限好,踏青时节趁清明。
忆从南浦送离人,草色经年又是春。惊听子规啼晓后,闲愁无奈步芳尘。
相邀名士好追随,野店溪桥信步移。偶向杏花村里过,奚僮遥指酒家旗。
烟花无恙年年好,芳草天涯著色青。蜡屐一双踪欲寄,寻春闲步短长亭。

丁申、丁丙辑:《国朝杭郡诗三辑》卷八十九,第 8—12 页。

王若济字万里,号秋舫,余杭人。光绪乙亥顺天举人,即补知县。

许淮祥曰:秋舫性慷慨,好读经济书,熟谙水利,兼精岐黄,应手辄起。就丁文诚公之招,襄办山东河工,以劳保知县,寻卒。

273

踏青

（诗略，即上第四首）

潘衍桐辑：《两浙輶轩续录》卷五十，《续修四库全书》第 1686 册，第 105 页。

王若济，字万里，号秋舫，浙江余杭人。光绪元年乙亥（1875）顺天举人。性慷慨，好读经济书，熟诣水利，兼精岐黄。襄办山东河工，以劳保知县，寻卒。

踏青

（诗略）

陈友琴选注：《千首清人绝句》，浙江古籍出版社 1988 年版，第 733 页。

二、《申报》时期诗文唱和

（1）诗词唱和

观西人斗驰马歌　　*南湖蘅梦庵主*

春郊暖裹杨丝风，玉鞭挥霍来花骢。西人结束竞新异，锦鞯绣袄纷青红。广场高飐旗竿动，圆围数里沙堤控。短阑界出驰道斜，神骏牵来气都辣。二人并辔丝缰柔，二人稍后飞黄虹。更有两骑同时发，追风逐电惊双眸。无何一骑争先驶，参差马首谁相避。后者翻前前者骄，奔腾直挟狂飚势。草头一点疾若飞，黄鬃黑鬣何纷披。五花眩映不及瞬，据鞍顾视犹嫌迟。四蹄快夺流星捷，尾毛竖作胡绳直。须臾双骑辔已回，红旐影下屹然立。名驹血汗神气间，从容缓辔齐腾骞天。是时观者夹道望，眼光尽注雕鞍上。健儿身手本趫健，况得骥足腾骧便。肩摩毂击喝彩高，扬鞭意得夸雄豪。兰筋竹耳助武功，黄金市骏真英雄。胡以迟疾决胜负，利途一启群趋风。孙阳伯乐不可得，谁能赏识超凡庸？遍看骠骑尽神品，安得选备天闲中，与人一心成大功！

　　　　《申报》同治十一年壬申三月二十五日（1872 年 5 月 2 日）〔1〕

东洋槎客诗

麟州关士仪自号东洋槎客，又号吞鹏万里客，喜吟咏，豪兴轶群，天资拔俗，瀛海钟灵，宜其独抱奇气也。兹以访购字模铅字及摆印书籍之机器来游沪上，前日持盖冒雨枉访本馆主人，言语未通，象胥难觅，谈论问讯之词，皆倩管城子、楮先生辈译之。坐语移时，始起身辞去。闻其即日将回东洋云。坐间自录其《过东洋舟中作》一绝句以示予，曰："落日长风浪不摇，平门（自注：日本岛名。）西指海程遥。舰头照眼水天白，月沸东洋万里潮。"雄健兀傲，颇称壮观，然亦可想见其胸中之豪放矣。

---

〔1〕　此诗后又重刊于《申报》1920 年 2 月 28 日，"老申报"栏"文艺"。

蘅梦庵主和之曰:"海风怒撼地球摇,归艇东洋路不遥。羡煞锦袍高咏客,月明万里快乘潮。"逸蒨生和之曰:"波光云影共摩摇,一片征帆万里遥。我欲随君瀛海上,水天无际夜观潮。"凌霄散仙和之曰:"碎击晶球急浪摇,碧天高接海波遥。何人舵尾横吹笛,长啸不知新上潮。"翠湖渔隐和之曰:"倚天狂吟碧宇摇,怒涛汹涌浪声遥。何人精选三千弩,直向江头射落潮。"因录东洋槎客诗而并记之如此。夫东洋各国,文教同敷,吟咏一端,尤所考校。故孙琴西方伯教习琉球官学时,曾有诗录之刻,清词丽藻,辉映一时,海内瞻仰,沨余奉为墨宝。我辈之得遇关君,留此唱和之迹,亦未始非平生快事也。

《申报》同治十一年壬申七月十八日(1872 年 8 月 21 日)

九月桃花和蘼芜馆主原韵

漫言弱质怕霜摧,偏共篱边瘦菊开。玉洞渔郎劳再访,瑶池仙子故迟来。有情不为东风嫁,无语还教冷月陪。一变九秋哀飒态,恍疑露井又春回。

和岸花亭主人白菊原韵

晚节遥吟得句新,芳情脉脉淡于人。篱边明月三秋共,枝上寒霜一色均。似觉黄金犹带俗,倘逢素女合传神。卷帘错认梅花影,索笑檐前几度巡。

小诗二律录请蘅梦庵主暨诸吟坛先生法政   龙湫旧隐初稿[1]

《申报》同治十一年壬申十一月十一日(1872 年 12 月 11 日)

消寒雅集唱和诗

壬申长至日同人作消寒雅集于怡红词馆,漫成二律,用索和章

海滨难得订心知,煮酒围炉兴不支。琴剑自怜孤客况,壶觞如与故人期。清游留伴花枝醉,名迹欣从草稿披。(是日席间,出诸同人唱酬诗札示客。)颇愧不才叨末座,诸君风雅尽吾师。

---

〔1〕 龙湫旧隐,即葛其龙(1838—1885),字隐耕,号龙湫旧隐,原籍浙江平湖乍浦镇人,寄居上海。光绪五年(1879)举人。善文能诗,著有《寄庵诗钞》、《薇云词馆吟草》。

旗鼓何当张一军,狂吟意兴托初醺。梦中红蝠犹能幻,曲里黄麖已厌闻。但得神交逾旧雨,自堪眼界拓层云。旅游愧领诸君意,愿做申江结客文。

蘅梦庵主原倡

相逢旧雨复新知,酒力虽胜强自支。正拟海滨联雅集,漫教湖上话归期。金尊檀板心常恋,玉轴牙签手乱披。才调如君真独步,不当论友合论师。

严申酒令比行军,一盏初倾我已醺。吟社好从今日启,清歌犹忆昨宵闻。旋看东阁飞红雪,(第一集分咏红梅四律。)应遣旗亭赌白云。藏得虞山遗集在,围炉重与赏奇文。(蘅梦庵主藏有《牧斋外集》,消寒第二集拟以命题,故云。)

龙湫旧隐次韵

人生聚处浑无定,但得相逢醉莫辞。倚柱狂吟发清兴,搔头傅粉故多姿。眼前行乐宜如此,身外浮名不自知。十幅蛮笺一尊酒,破窗风雪约他时。

江乡小别三千里,寒意裁添四五分。北辙南辕谁似我,酒豪诗圣属诸君。却逢裙屐联高会,自哂疏狂愧不文。孰是骚坛主盟者,醉扛健笔张吾军。(浪迹海上半年矣,秋间旋里两阅月,殊有离群之感。昨甫解装,蘅梦庵主告余曰:自子去后,吾因龙湫旧隐得遍交诸名士,颇盛文宴。余甚羡之,复闻有消寒雅集,不揣弇鄙,愿附末座,因和蘅梦庵主原倡二章,即尘诸吟坛印可。)

云来阁主和作

《申报》同治十一年壬申十一月二十五日(1872年12月25日)

红梅八律　消寒第一集

一枝艳出雪中邨,众里风姿孰共论。着色讵伤高士骨,涂妆新暖美人魂。暮山蔼蔼笼烟气,空水濛濛画月痕。要为名花商位置,素香绿萼尽称尊。

影暗香疏画里诗,芳情何事斗燕支。压低桃李群无色,饱炼冰霜别有姿。老笔文章仍悦俗,真灵妆饰尚趋时。谁知枯淡空山伴,一染酡颜更好嬉。

277

冷落荒岩古瀑边，疏花那受俗工怜。纵参色相心仍淡，尽染秾华骨总仙。冷艳半烘晴雪路，璚英浓衬晚霞天。翻令索笑巡檐者，恍醉春风为破禅。

尚从姑射想风神，时世妆梳也绝尘。颜好炼成千尺干，山空占断十分春。蝶翎分艳圆仙梦，鹤顶偎寒证色身。省识林间敧翠袖，不妨红萼伴疏筠。

蘅梦庵主初稿

雪后园林已半开，横斜影里几惊猜。风流高士宜中酒，姑射仙人欲换胎。翻讶秋光明水国，直疑春色到天台。清修艳福谁消受，羡煞孤山处士来。

（下略）

云来阁主初稿

拙作八律奉尘龙湫旧隐及诸大吟坛教正，并索同人玉和。

《申报》同治十一年壬申十一月二十七日（1872 年 12 月 27 日）

遥和消寒雅集诗二律，即次蘅梦庵主原韵　侣鹿山樵拜稿

孤陋深惭只自知，得吟佳句喜何支。半年未遂瞻韩愿，几度偏虚访戴期。窗外梅花宜绚烂，卷中藻采尽离披。弃材重荷良工斫，衔感原非一字师。（自注：余有笔记呈教，曾蒙增益数语，故云。）

高才俊逸抵参军，我亦消寒酒半醺。从此海滨添韵事，却教吴下播新闻。豪怀欲挽东流水，壮志曾攀南浦云。可许纵观图九九，残灯秃笔和雄文。

《申报》同治十一年壬申十一月二十八日（1872 年 12 月 28 日）

红梅八律　消寒第一集

极荒寒候极精神，赪颊何期到玉人。残雪未消晴弄色，夕阳欲下冷含春。清癯道貌谁云老，炫烂文章不碍真。好是一枝疏竹外，也无野气也无尘。　成句

（下略）

俚句录呈诸大吟坛教正　鹭洲诗隐初稿[1]

〔1〕鹭洲诗隐，即黄铎（1823—1878），字子宣，号小园，江苏江宁（今南京）人。工诗精医，善书画，著有《肱余集》。

无边春色上南枝,分付东风好护持。宜把绛绡笼玉骨,莫嫌素面污燕支。浓装不入罗浮梦,艳体原非高士诗。为见世途趋富贵,冰肌也学牡丹姿。

（下略）

拙句录尘诸大吟坛敲正　鹤槎山农初稿

《申报》同治十一年壬申十二月初一日(1872 年 12 月 30 日)

红梅八律　怡红词馆消寒第一集　龙湫旧隐初稿

红罗亭畔醉仙妃,月落参横翠羽飞。寻梦人应施绛帐,怜寒天特赐绯衣。消愁已换冰容瘦,中酒逾添玉貌肥。何处烧灯歌艳曲,琉璃世界锦成围。

（下略）

一夜东风蕊顿攒,谁将绛雪缀成团。枝头可是鹃啼血,陇畔仍烦鹤守寒。休笑缟仙偷换骨,偶从紫府误吞丹。客来雾里看还问,底事桃林绿叶残。

（下略）

懒吟仙史初稿

《申报》同治十一年壬申十二月初二日(1872 年 12 月 31 日)

红梅八律

美人何必不铅华,妆点孤山处士家。惯守清寒偕鹤梦,漫疑轻薄似桃花。芳魂娇晕罗浮月,笑口饥餐庾岭霞。最好竹篱烟水外,春回绛尊几枝斜。

（下略）

录呈诸吟坛粲正　绿梅花龛诗隐草

老树阳回气郁葱,胭脂一色着花红。酒炉茶灶参差列,绛幄朱栏点缀工。不以冰霜消热血,焉知桃李闹春风。奢华毕竟犹清淡,绿萼何须辨异同。

（下略）

右红梅花诗四律录呈诸吟坛海正　半痴道人甫稿

《申报》同治十一年壬申十二月初四日(1873 年 1 月 2 日)

　　　红梅四首录请吟坛削政并希赐玉　咏雪主人孀萍未是草

（诗略）

和蘅梦庵主消寒雅集诗原韵

　　天涯何日订心知,闻说消寒兴自支。拟与海滨联雅会,为留浦口漫相期。连朝对酒忘心事,初学吟诗信手披。寄语词坛风雅士,从今问字是吾师。

　　频年江上忆从军,罢戍归来酒半醨。故国河山仍若此,异乡风雨不堪闻。十年词赋逢知己,万里琴樽隔暮云。此日围炉清兴好,几时相叙共论文。

　　昨读原倡诗及诸吟坛和作,清新风雅,无不各擅胜长,惜草草劳人未得一亲雅教耳。不揣鄙陋,率和二律,即希望斧政。　　爱吾庐主人初稿

　　　　《申报》同治十一年壬申十二月初六日(1873年1月4日)

红梅四律　梦蕉居士初草

（诗略）

遥和消寒雅集诗次蘅梦庵主韵

　　新论朝朝手自披,不同涂泽费燕支。才雄欲继东坡作,名重偏教西海知。扫径无缘迎蒋诩,抱琴有幸遇钟期。小诗曾荷推敲助,铭佩真欣一字师。（自注:曾以拙作呈政,蒙酌议数字。）

　　赋诗最好倚微醺,弇陋终愧寡见闻。异地相思常对月,诸君意气欲骞云。争传海曲开吟垒,难得他乡合酒军。独怅荆州犹未识,一樽何日许论文。

　　即请大吟坛斧政　慈溪酒坐琴言室芷汀氏呈稿[1]

　　　　《申报》同治十二年壬申十二月初八日(1873年1月6日)

红梅四律　消寒第一集

　　凭将一斛胭脂汁,遍染江乡万点花。缟袂玉人歌绛树,罗浮仙子醉流

---

〔1〕　慈溪酒坐琴言室芷汀氏,即李东沅(?—1900),字芷汀,自号酒坐琴言室主人,浙江慈溪人。布衣,曾充彭玉麟幕府。著有《酒坐琴言室吟草》。

霞。空明色相超凡艳,绮丽文章本大家。毕竟几生修得到,果然秀骨换丹沙。

（下略）

拙作录呈蘅梦庵主及诸大吟坛斧政　慈溪酒坐琴言室芷汀氏初稿

恭和大作红梅四律原韵即请郢正

短桥流水别成村,绝好春光偶与论。一笑便忘寒入梦,前身空记玉为魂。工于着色怜疏影,妙欲添妆认旧痕。我独临风增艳羡,头衔荣冠百花尊。

（下略）

壬申腊月初六日唊华阁主人未定稿

《申报》同治十一年壬申十二月初九日（1873 年 1 月 7 日）

红梅四律

（诗略）

苍筤轩主人待删草

拙作红梅四律,录请诸大吟坛绳正　梦游仙史初稿

（诗略）

红梅四律　写晴轩主人雅如女史稿

（诗略）

壬申长至日同人作消寒雅集于怡红词馆,奉和大吟坛原韵　荼申初稿

相逢难得便相知,领受兰言喜不支。听曲无心惟纵酒,（原唱有曲厌闻句,故及之。）赏花有约敢衍期。珠探骊颔君先得,集购虞山我未披。（君藏有《牧斋外集》。）飞出琴声斜照里,不须更访水仙师。（君善琴。）

愁阵堪攻仗酒军,金樽满酌肯辞醺？剪红刻翠联裙屐,索异探奇广见闻。（近刻《瀛寰记》。）行乐筵间添线日,爱闲身似出山云。诸公尽属登瀛客,拭目争看锦绣文。

消寒第一集即席次蘜梦庵主韵,录请同社诸大吟坛绳政　梦游仙史初稿

海滨雅集订心知,酣战骚坛力不支。暖酒欣逢今日聚,论文岂负隔年期。萍踪离合心常恋,藻采流传手共披。立雪程门如许我,何须负笈更从师。

纵横笔陈扫千军,击钵狂饮酒半醺。愧我粗疏惟好饮,羡君直谅更多闻。雅怀清若当头月,诗思闲如出岫云。自是捷才推蒋诩,一编日日读奇文。

《申报》同治十一年壬申十二月初十日(1873 年 1 月 8 日)

消寒第二集蒙蘜梦庵主招集江上酒楼,率成一律录呈教正,
并祈同社诸吟坛赐和

次第消寒借酒钩,鲈鱼味美胜黄州。已偿张翰三秋思,聊当坡仙十月游。入座蹁跹来野鹤,(谓云来阁主。)忘形放浪狎盟鸥。光阴过眼原如梦,曾记春风上此楼。(今年灯节梦游仙史招饮于此,有《江楼夜宴图》之作。)

龙湫旧隐初稿

奉和蘜梦庵主消寒雅集首倡原韵

座上新知与故知,得占丽泽喜难支。苔岑结契应前定,萍梗相逢岂预期。秋水文章曾领略,(前读大著《小吉罗庵稿》。)春风雅度又欣披。当筵幸值群贤集,慕吕攀稽尽可师。

谁向诗坛冠一军,觥筹交错酒方醺。欲陈肝胆拼先醉,话到功名愿侧闻。有志乘时皆好雨,无心出岫是闲云。梅花已待诗人久,拭目争看锦绣文。(消寒第一集诗题《红梅》。)〔1〕

鹤槎山农待删稿〔2〕

《申报》同治十一年壬申十二月十一日(1873 年 1 月 9 日)

---

〔1〕 江湄《秋水轩二稿》卷六,诗题作《消寒第一集次蒋子相韵》,个别文字略有不同:首句"座上新知与故知",作"入座新知与故知";注文"前读大著《小吉罗庵稿》",作"曾读《小吉罗庵诗稿》"。第二首"觥筹交错酒方醺"句,"方醺"作"初醺";"话到功名愿侧闻","愿侧闻"作"但侧闻"。注文"消寒第一集诗题《红梅》",作"第一集诗题《红梅》"。

〔2〕 鹤槎山农,即江湄(1808—约 1879),字伊人,号添山,又号鹤槎山农,江苏嘉定(今属上海市)人。著有《秋水轩印存》、《秋水轩诗稿》、《梦花庐印谱》等。

消寒第二集[1]　　鹤槎山农初稿

欲钓新诗酒作钩,从来佳酿号青州。消寒未践分题约,(是集予以事阻未赴。)卜夜曾闻秉烛游。尘俗绊人辕下马,萧闲羡尔水中鸥。临江觞咏多豪兴,两度风光负此楼。(春间怡红馆主招饮,予亦未赴。)

消寒第二集招同人小集江楼,龙湫旧隐诗先成,依韵奉酬即希诸吟坛同和

倚晴不用放驼钩,风物依稀似越州。(时登盘有蚶蛤、蛎房之类,皆越中风味也。)感喟无端拼痛饮,知交如此数清游。朗吟颇愧诗中虎,习静宜忘海上鸥。料得消寒图好补,清尊小槛写江楼。

蘅梦庵主初稿

和蘅梦庵主人红梅原韵四律呈请删政　　萍寄轩主未定草

遥看冷艳逗前邨,鲜杏秾桃漫比论。椒盏乍辞醺入梦,榴裙未褪悄离魂。凄清色相留香迹,寂寞朱颜着泪痕。剩有冰心仍不换,百花宜让尔称尊。

(下略)

《申报》同治十一年壬申十二月十二日(1873年1月10日)

《牧斋外集》题词录呈同社诸吟坛斧政　　鹤槎山农江湄未是稿

古人有才兼有福,充栋汗牛藏厥腹。赓歌廊庙笔如椽,海样文章难卒读。当日虞山产美材,拔地参天成高木。绣虎雕龙未足夸,倚马千言皆中鹄。生平著作可等身,甲乙编年装成轴。兴酣落笔皆烟云,安得熊鱼兼所欲。金钟大镛登明堂,两部鼓吹置偏屋。拂水山庄集已成,零珠碎玉皆其族。不幸生逢多事秋,长言永叹当歌哭。偶耕偕隐订松圆,半野堂开招闲局。独惜功名心未灰,耄年犹食熙朝禄。方今选政剧精严,珍重一编宜韫椟。[2]

---

[1]　江湄《秋水轩二稿》卷六,诗题作《消寒第二集次隐耕韵》,末句诗注作"春间稼秋招饮于此楼,予亦未赴"。

[2]　江湄《秋水轩二稿》卷六,诗题作《〈牧斋外集〉题词,消寒第二集》,个别文字略有不同。

283

书钱牧斋外集后　龙湫旧隐初稿

士人读书置朝列,不重文章重气节。有明一代多伟人,殉国死君尤激烈。虞山本是东林魁,高谈忠孝何恢恢。一朝钩党挂冠去,激昂慷慨名争推。转瞬洊升入卿贰,参预枚卜挟猜忌。温周虽非宰相才,贿赂通情亦贪肆。汉儒讦奏非无因,抚按交白冤难伸。幸为宦竖作碑记,解狱削藉全其身。京师已陷国南渡,阴戴潞王冀攀附。讵料朝廷早有君,颂功幸得邀恩遇。上疏既推马士英,草奏复荐阮大铖。反侧贪鄙殊可笑,安能报国抒忠诚。江南已定迎降始,屈膝马前不知耻。芳名甘让柳枝娘,大节有惭瞿式耜。乞疾归田悔已迟,掩罪召祸由诗词。朽骨难逃董狐笔,《贰臣传》里名昭垂。今观外集益叹惜,先后心情多变易。中兴一疏皆空谈,岂于南都有裨益。(集中有《矢愚忠以裨中兴疏》。)暮年末路聊逃禅,皈依我佛心甚虔。《楞严》《金刚》手抄遍,鬘丝禅榻飘荒烟。其文虽在不足重,那有光芒为腾涌。沧桑历劫谁收藏,寂寞残编等邱垄。君不见阁部一书今尚存,凛凛名节皇朝尊。梅花岭上鹃啼血,千秋庙食招忠魂。

读钱牧斋外集题词　云来阁主初稿

剩有遗编在,斯人讵不传? 生平原厉节,老去漫逃禅。事业余钩党,文章托杜笺。谁知少陵叟,忠爱本缠绵。

不作中书死,其如褚彦回。中兴遗一疏,此老故多才。去国愁难遣,还山事可哀。半生此心血,莫付劫余灰。

消寒第二集出《牧斋外集》示客并索题词,龙湫旧隐、鹤槎山农既各成长古,予亦继声得六绝句

者是虞山劫后灰,断笺碎墨认心裁。如何颓老功名愿,强付楞严半偈来。(集中多禅悦之作。)

绛云文笔本清腴,搜辑看从积蠹余。读至卷终还一笑,祭文偏附老尚书。(卷尾附《龚合肥祭文》。)

党魁何事度逶迟,一疏中兴愤不支。覆读老臣披沥语,居然朝局顾当时。

几番枚卜误斯人,晚节偏夸气节真。谁料初心偏大负,还山可许白衣身。

颓唐老笔亦堪怜,如此才名惜晚年。也识诗人忠爱意,杜陵斟酌作新

笺。(内与人书多论笺杜诗语。)

遗刻都付一炬中,只今传写惜匆匆。殷勤谁付钞胥手,小印红钤竹坨翁。

蘅梦庵主初稿

《申报》同治十一年壬申十二月十三日(1873 年 1 月 11 日)

消寒第三集梦蕉馆主招集江楼,
偶成一律录请诸大吟坛均政并祈赐和　龙湫旧隐呈稿

昨宵姑射下瑶台,应为诗人索句来。却喜襄阳同踏雪,翻疑和静独寻梅。(前两集鹤槎山农不至,今始践约,而蘅梦庵主则又姗姗来迟矣。)孤山旧梦花千树,沧海豪情酒百杯。何必红炉围暖阁,冷吟雅抱水仙才。

消寒第三集即席次龙湫旧隐元韵〔1〕　鹤槎山农甫草

联翩裙屐上层台,却为寻诗特地来。射覆罚如金谷酒,传花笑折玉瓶梅。解颐语妙频倾座,虚左人来更洗杯。(蘅梦庵主后至。)醉后互称吟句好,不知谁是谪仙才。(用句。)

消寒集第三集谨依龙湫旧隐韵诗韵率和一律　蘅梦庵主稿

玉龙昨夜下瑶台,未信诗人破晓来。如此风威宜纵酒,独从云外忆探梅。招邀胜用生毛刺,(梦蕉庵主亲自走邀,而不先函订。)例罚难辞斝尾杯。(予到极迟,照例受罚,故云。)颇愧醉余诗兴减,聚星高咏让群才。

咏雪美人　消寒第三集　蘅梦庵主

本是搓酥摘粉成,幻影疑驾玉龙行。旋惊泼水征新怨,尚为行云意旧情。绮梦原知归冷淡,芳心早已透空明。人间那有坚牢玉,一夜西风管送迎。

再咏雪美人

珊珊微步下云扉,舞节环声冷不飞。易惹泥涂颜岂涴,略施妆饰影先

---

〔1〕　江湄《秋水轩二稿》卷七,诗题作《消寒第三集次隐耕韵》,文字与《申报》所载基本相同。第一句作"联翩裙屐上楼台",而诗中注文则作:"子相后至,酒将阑矣。"

肥。倚寒袖薄增怜惜，入梦肌香证是非。无那色身偏一现，肉屏风里解
人稀。

咏雪和尚　蘅梦庵主

芬陀尘谪太无因，舞散天花乱着身。竹帚堆寒疑入定，蒲团坐冷那知
春。凭将解脱传灯候，追想徘徊只履人。果否金刚夸不坏，水田衣褶尽
时新。

再咏雪和尚

雪岭宗风具体分，辟支应已断声闻。卝胸朗悟新涵月，白足飞行旧踏
云。絮果迷茫空指竖，梅魂供养胜香熏。一龛本是冰霜炼，偏袒袈裟笑
此君。

咏雪美人　云来阁主初稿

（诗略）

咏雪和尚

（诗略）

《申报》同治十一年壬申十二月十五日（1873年1月13日）

红梅四律　补萝山人甫草

（诗略）

屡读消寒雅集大著，倡妍酬丽，倾佩实深。鄙人僻处海滨，未能与斯盛
会，怅也何如，不揣谫陋，学步邯郸，知不足供大雅一噱也，即希法政　香海
词人未定草

蒋诩风流世共知，客来几辈短筇支。尊分北海联新雨，宴启南皮续旧
期。九九图中寒日尽，三三径里惠风披。何时载酒问奇字，却到元亭谒
我师。

诗才俊逸鲍参军，磊落胸襟酒半醺。鹤氅风姿争艳羡，骚坛姓氏久传闻。
名山定有千秋业，入座招来四海云。增羡浦江高会日，梁园宾客尽能文。

《申报》同治十一年壬申十二月十六日（1873年1月14日）

夜饮有感,和消寒第二集即席原韵即乞郢正为幸　啖华阁主呈稿

忍尽严寒束带钩,酒香入座品青州。此情何减围炉乐,不醉还思秉烛游。乡信因循怜去雁,客身飘泊等浮鸥。恼人最是邻家笛,悄对西风独倚楼。

消寒第三集小诗两律录请同社诸吟坛玉和　龙湫旧隐呈稿
咏雪和尚
(诗略)

咏雪美人
(诗略)

消寒第三集拙句录尘诸吟坛是正　鹤槎山农甫稿
咏雪和尚
(诗略)

咏雪美人
(诗略)

《申报》同治十一年壬申十二月十七日(1873年1月15日)

诸同人约于十四日作消寒第四集,兼为公饯鄙人之举,因雨未赴,
偶成小诗,附柬龙湫旧隐并祈遍示诸吟坛赐和为荷　蘅梦庵主甫草

预邀近局写羁怀,雨雪从教凤约乖。夜话未留征士榻,晨餐恍学太常斋。浅斟低唱知谁是,蜡屐担簦望客偕。何日消寒期再订,分笺重与斗诗牌。

消寒雅集已举三次矣,适蘅梦庵主将返西泠,
同人拟于十四日举行四集,预作江干之饯,以天雨不果,
蒙柬句索和,依韵奉酬录请削正　龙湫旧隐呈稿

连番文酒惬幽怀,此集如何愿独乖。君梦湖山羁客馆,我吟风雪坐萧斋。人生离合原无定,他日行藏可许偕。且待江天开霁景,重歌艳曲记牙牌。

咏雪美人和蘅梦庵主元韵　啖华阁主

雾鬓云鬟信手成,芳姿朗朗玉山行。梅花格好原同调,柳絮吟酬独有情。石榻调弦寒入韵,瑶台展镜月争明。底因不省温存意,空对春风一笑迎。

（下略）

咏雪和尚和前人韵　前人

撤手天花证夙因,空明世界现全身。尘缘解脱原无垢,戒律修持又一春。少借末光参我佛,不谙冷性笑凡人。夜深若问传灯事,照耀莲台色相新。

（下略）

《申报》同治十一年壬申十二月十八日（1873 年 1 月 16 日）

红梅四律遥和消寒第一集录呈吟坛是正　弇山逸史未定草

（诗略）

书《牧斋外集》后七绝四首,和消寒第二集之作　前人

当年侧足小朝廷,马阮何人效荐腥。残局自将收箸下,中兴疏要耸谁听。晚托逃禅妙道虚,骚坛祭酒集簪裾。可怜序墨珍于璧,误却东阳老尚书。寂寂山庄拂水收,绛云不共墨云留。自矜注杜高笺手,穿凿能逃一炬不?（自注：邵子湘《杜诗臆评序》谓钱注穿凿,欲尽焚杜注。）

何须外集手亲披,约略词人口沫时。我最爱吟初白句,死无他恨惜公迟。

咏雪美人　前人

（诗略）

咏雪和尚　前人

（诗略）

《申报》同治十一年壬申十二月十九日（1873 年 1 月 17 日）

俚句奉和蘅梦庵主红梅四首即求粲政并请贵馆吟社诸友教政

何年桃李宴春官,且对红梅照醉颜。独有丹心禁岁晚,长留清气在人间。诗成红袖翻新曲,老去绯衣入旧山。此日江乡三两树,夕阳瘦影倚寒关。

（下略）

宣州绿杉吟馆安吴琴主初稿

说是林家新嫁娘，湖边春色助新妆。错教月下逢红玉，尽得风流似寿阳。骨抱九仙丹鼎熟，衣披一品紫云香。诗人争与平章事，宰相由来铁石肠。

（下略）

宣州绿杉吟馆海珊女史初稿

和蘅梦庵主消寒第二集诗原韵

极目当头月一钩，天涯何日识荆州。关河迢递三秋感，风雪飘零万里游。终古灵丹长羡鹤，半生尘梦却羞鸥。知君第二消寒会，遥忆横江酌酒楼。

爱吾庐主人初稿

消寒第四集诸同人公饯蘅梦庵主，
口占二律即以赠别并索同人赐和　龙湫旧隐甫草

不辞风雨更开筵，一半寒消九九天。四座宾朋同臭味，三生文字有因缘。江南艳说梅花咏，海外争传白雪篇。唱到阳关肠欲断，纵非闻笛也凄然。

已恨荆州识面迟，那堪转瞬又分离。送君南浦添愁绪，劳我西湖系梦思。对酒且拼今日醉，踏灯重订隔年期。剧怜暮雨潇潇候，正是楼头话别时。

《申报》同治十一年壬申十二月二十日（1873 年 1 月 18 日）

红梅

（诗略）

慈湖小隐未是草

《申报》同治十一年壬申十二月二十二日（1873 年 1 月 20 日）

消寒第四集为诸同人公饯鄙人之举，龙湫旧隐口占二律，
依韵奉酬，希吟坛玉和　蘅梦庵主初稿

郑重江楼送别筵，微阴苦酿暮寒天。停云妙许陪文宴，咏雪才教证墨

289

缘。无那拍浮拼烂醉,不妨击赏斗新篇。诸君泥饮多情甚,为破羁愁一
辗然。

相知反恨订交迟,岁暮匆匆又别离。鸿爪且留泥上印,鲈腮犹系梦中思。
尊前雅兴输君续,篷底闲愁与我期。未必遽能挥手去,一宵寒雨待潮时。

《申报》同治十一年壬申十二月二十三日(1873 年 1 月 21 日)

咏雪和尚

（诗略）

瘦吟生寿芸初稿

（诗略）

鹭洲诗渔小园草

（诗略）

慈溪酒坐琴言室主人未定稿

（诗略）

梦蕉居士初稿

咏雪美人

（诗略）

瘦吟生寿芸初稿

（诗略）

鹭洲诗渔小隐草

（诗略）

慈溪酒坐琴言室主人室未定稿

（诗略）

梦蕉居士初稿

《申报》同治十一年壬申十二月二十五日(1873 年 1 月 23 日)

消寒第二集次龙湫旧隐元韵　慈溪酒坐琴言室主人待削稿

（诗略）

消寒第三集次龙湫旧隐元韵　前人

（诗略）

290

钱牧斋外集题词　前人

虞山旷世才，文章本华缛。笺诗尊杜陵，解经师王肃。所以诸名士，一时推耆宿。共仰东林魁，高谈惊凡俗。亦耻依权门，挂冠非不速。掉头归故乡，立志何卓荦。继复膺简命，卿贰参枚卜。其时国运微，温周秉钧轴。未几遭讦奏，免官又放逐。闯贼沦京师，苍生同一哭。南渡佐福王，江山剩一角。马阮预政事，何异道旁筑。君臣图苟安，大仇不思复。春灯燕子笺，歌舞日继烛。尔竟初心违，未闻进启沃。空上中兴疏，国势日以蹙。痴心恋栈豆，袖手观棋局。王师天上来，南都已倾覆。柳姬苦劝君，宁死不可辱。如何首屈膝，迎降学陶縠。名心偏未冷，犹贪熙朝禄。慷慨巾帼流，相对亦愧恧。未握中书政，不称其心欲。及其乞身归，逢人常踖踧。狂悖不自检，祸已诗文蓄。回首少年场，老泪盈一掬。末路耽禅悦，自诩得慧觉。迹其生平事，品行颇不足。名登《贰臣传》，朽骨尚觳觫。一卷冰雪文，往事嗟陵谷。古今重忠节，不在留篇牍。遥指绛云楼，惟惜蘼芜绿。

题虞山外集　鹭洲诗隐小园草

首树东林帜，群推磊落才。文章为世重，富贵逼人来。遂使初心负，应多晚节哀。可怜遗集在，弃掷等蒿莱。〔1〕

消寒第四集同社诸君公饯蘅梦庵主于江上酒楼，率成二律次龙湫旧隐韵即以赠别，录请教正

江上重开送别筵，西风酿雪雁连天。青灯有味怜同调，白社联吟缔夙缘。客里破寒惟酒国，愁中遣兴赖诗篇。萍纵离合真无定，欲赋骊歌已黯然。

幸识才人尚未迟，消魂又是话将离。海滨乍结题襟契，湖上翻增落月思。如我空孤开径意，愿君早订出山期。廉纤细雨横塘路，仿佛浔阳送客时。

梦游仙史呈稿

和蘅梦庵主消寒第四集诗原韵　爱吾庐主甫稿

知君今日赋归怀，此集消寒兴自乖。因忆家乡联旧榻，为留知己话萧

〔1〕　黄铎《肱余集》卷四诗题作《虞山外集》，文字同。

斋。连番好梦原难定,此后深情可许偕。我亦天涯常作客,拂笺含意和诗碑。

《申报》同治十一年壬申十二月二十七日(1873年1月25日)

咏雪和尚　苍筤轩主人未定草

(诗略)

咏雪美人　和瘦吟生韵

(诗略)

咏雪和尚　白门青琅玕馆主初草

(诗略)

咏雪美人　和瘦吟生韵

(诗略)

《申报》同治十二年癸酉正月初八日(1873年2月5日)

咏雪和尚　和瘦吟生原韵录呈诸大吟坛斧政

(诗略)

咏雪美人

(诗略)

香山居士未定草

咏雪和尚　用瘦吟生韵录呈诸大吟坛鄞正

(诗略)

咏雪美人

(诗略)

绿梅花龛诗隐笠渔草

寒鸦　消寒第四集

(诗略)

寒鸦

(诗略)

小诗三律录请诸吟坛赐和　龙湫旧隐初稿

《申报》同治十二年癸酉正月初九日(1873年2月6日)

红梅四律

近读贵馆所刊红梅诗,好语珠穿,巧思绮合,回环雒诵,久欲效颦。因思绛雪丹霞,妃俪或虞夺主;海棠芍药,比附亦虑迷真。用特屏紫涤红,锄花芟草,为禁体四律,录请大吟坛教正。明知下里巴人,无当大雅,然或藉此以抛砖引玉,则鄙人之深幸矣　　西塞山人谨启

篱畔盈盈乍一枝,相看那是旧时姿。偷传消息春深候,独占风华腊破时。对月迷离人指点,隔墙摇动客迟疑。不知栽向罗浮去,人面沉吟可合宜。

（下略）

消寒第一集次蘅梦庵主韵　　梦蕉居士未是草

论交毕竟贵心知,初集怡红兴不支。合契如联修禊社,爱闲耻说出山期。雕谈谐俗颐堪解,琢句惊人手竞披。才大如君沧海纳,莫教当面失真师。

骚坛鏖战酒为军,百罚深杯尚未醺。宝窟瑶林君独富,涵今茹古我尊闻。五峰眩目舾如织,万卷罗胸气似云。宿老声名今幸遇,何当日日读鸿文。

消寒第二集次龙湫旧隐韵

绛雪分题各斗钩,(第一集分题红梅。)捷才合让杜荆州。应知佳客开芳宴,不数欢场事冶游。夐陋自惭篱下鷃,清闲笑问水中鸥。夕阳犹记灯时节,爱听江声独倚楼。

消寒第三集次龙湫旧隐韵

钩诗同上钓鱼台,满目琼瑶兴大来。访戴不辞冒风雪,调羹曾记和盐梅。珍奇别有《虞山集》,豪宕同倾北海杯。雅会直追东阁盛,题襟愧我独无才。

题钱牧斋外集五绝句　　梦蕉居士未是草

姓氏东林属党魁,虞山才调共相推。一从庾信飘零后,万轴牙签付劫灰。

红豆联吟绝妙词,绛云楼上画眉时。可怜此老偏多寿,竟把丹青让柳枝。

等闲残局变沧桑,屈膝迎降亦可伤。毕竟愚忠何处矢,中兴一疏负君王。

归田赋就惜余生,拂水庄成托耦耕。底事文章能惹祸,白头著作太无情。

杜诗惭愧手亲笺,竹垞搜藏有外编。一卷心经空色相,才人末路例参禅。

《申报》同治十二年癸酉正月十一日(1873 年 2 月 8 日)

咏雪和尚　步瘦吟生韵

(诗略)

咏雪美人

(诗略)

小诗二律录请同社诸吟坛口正　咏(云)〔雾〕子初稿

寒鸦　消寒第四集

(诗略)

寒鸡

(诗略)

拙作三首录尘同社诸吟坛敲正　鹤槎山农呈稿

《申报》同治十二年癸酉正月十三日(1873 年 2 月 10 日)

红梅四律

(诗略)

此吾友张潜园孝廉已删之作也。潜园诗才天授,豪迈绝伦,世比之张船山、黄仲则云。此诗虽非杰作,然其清超拔俗之气,已足压倒一切,因采入消寒集中,以公同好,知玉龙鳞甲亦足珍惜耳。　龙湫旧隐附识

寒鸦

(诗略)

寒鸡

(诗略)

咏雾主人呈稿

《申报》同治十二年癸酉正月十四日(1873 年 2 月 11 日)

归舟感怀沪上故人,即用龙湫旧隐赠别原韵,成诗二章,录请云来阁主和正即乞诸吟坛同和

为想团栾饯岁筵,孤舟争耐暮寒天。分笺赌酒怀前约,水栅邮灯亦夙缘。感旧未忘冲雪路,思亲再谱望云篇。不须追忆琴尊柬,枯坐篷窗已茫然。

匆匆打桨总嫌迟,鹉水鸳湖路未离。听水乍惊游枕梦,计程终系故园思。难酬赤鲤乘潮愿,已误黄羊祀灶期。多谢诸君齐屈指,霜华正是压篷时。

小吉罗庵主初稿

《申报》同治十二年癸酉正月十六日(1873 年 2 月 13 日)

骰子诗四首　小吉罗庵主手录

谁将象齿试磋砻,巧样新雕妙手空。解得风流便抛掷,本来骨相太玲珑。战因夺彩偏成白,人为贪花只爱红。怪底重帘桦烛下,纷纷笑语兢雌雄。

一生花酒听平章,只在欢场与热场。与世逢迎原跳脱,对人面目作刚方。热心不死争拼注,妙手成空笑解囊。一雯输赢无定向,此中原有小沧桑。

广筵小集订同俦,不论清流更浊流。问有何才偏号博,欲令谁报竟先投。绿幺低唱闻声喜,红豆相思入骨愁。竿木逢场侬亦羡,书囊萧瑟太增羞。

声声喝雉与呼卢,阓阓功名贱丈夫。用足人间浮浪子,力倾天下看钱奴。心争鹅眼须眉展,计逐蝇头骨髓枯。闻道东山方赌墅,有人黑白弄模糊。

此钱塘梁晋竹[1]孝廉作也,刻画精工,吐属名隽,真有嬉笑怒骂无不绝妙之叹。吴俗新年家家都为此戏,而知其害者鲜矣。亟登录此作,以作当头一棒云尔。

《申报》同治十二年癸酉正月十七日(1873 年 2 月 14 日)

---

[1] 梁晋竹,即梁绍壬(1792—?),字应来,号晋竹,浙江钱塘(今杭州)人。道光元年(1821)举人,官内阁中书。工诗善文,学问渊博,著有《两般秋雨盦诗》、《两般秋雨盦随笔》。

295

消寒第四集饯蘅梦庵主回武林,予因疾未赴,
即次龙湫旧隐元韵赠行　鹤槎山农

东郊今日又开筵,正是寒江雪后天。祖道一樽曾有约,阳关三唱却无缘。藏身敢示维摩疾,选药常翻《素问》篇。离索日多欢会少,但闻雅集亦欣然。

相逢虽晚不嫌迟,无奈相逢便欲离。走马一鞭濒岁暮,停云八表系人思。纷携诗卷难为贶,再集琴樽定有期。扶病未能来话别,相看落日立移时。〔1〕

蘅梦庵主以归舟感怀诗索和,
仍用赠别原韵酬二律邮呈　龙湫旧隐初稿

坐花何日敞琼筵,孤负当头月满天。摘艳薰香才子笔,分笺刻烛故人缘。湖山已慰还家梦,云树重吟忆旧篇。堤上垂杨江上酒,相思两地自同然。

珊珊何事独来迟,小别经旬似久离。问字早深群辈望,听琴更切美人思。觞飞圆月曾留约,曲奏春灯已误期。一纸新诗催放棹,江头水暖雪消时。

壬申岁暮蘅梦庵主旋里,龙湫旧隐赋诗赠行,仆谬托知神交,
即依原韵遥送文旌并希正和　香海词人初稿

客去西泠敞绮筵,潇潇风雪满江天。推袁空作三秋想,访戴偏逢一面缘。细剔银灯吟别恨,待将金管录诗篇。诸君迹是天涯客,唱罢阳关各黯然。

愧无锦段割邱迟,慢搦霜毫赋早离。一样青衫嗟冷落,几时红烛慰相思。萍蓬浪迹原无定,风雨言欢会有期。翘首浦帆天际影,不堪惆怅夕阳时。

《申报》同治十二年癸酉正月二十一日(1873年2月18日)

---

〔1〕　江湄《秋水轩二稿》卷六,诗题作《消寒第四集即饯子相归武林,因疾未赴,次隐耕韵赠行》,其中个别联语文字作了修改,如第一首第三联作"闭门敢示维摩疾,握卷闲翻《素问》篇",末句作"侧闻雅集亦欣然"。第二首第一联作"崦嵫落日故迟迟,正是临歧惜别离",末句作"倚筇西望立移时"。

题钱牧斋外集　消寒第二集　梦游仙史稿

秋风故国感沧桑,老去逃禅亦自伤。罪案难消新著述,劫灰犹剩旧文章。党魁初志东林社,偕隐余生拂水庄。珍重一编休浪抛,竹坨而后义门藏。(朱竹坨、何义门两先生均有珍藏钤记。)

寒鸦　消寒第四集　鹭洲诗隐初草

(诗略)

寒鸡

(诗略)

寒鸦　消寒第四集　绿梅花庵诗隐草

(诗略)

寒鸡

(诗略)

《申报》同治十二年癸酉二月初一日(1873 年 2 月 27 日)

补题虞山外集录请同社诸吟坛削正　瑟希馆主初稿

(诗略)

《申报》同治十二年癸酉二月初七日(1873 年 3 月 5 日)

喜蘅梦庵主见过即以话别　鹤槎山农

之子游申浦,清才莫与京。龙文延雅誉,牛耳执诗盟。却喜高轩过,浑忘扫径迎。如何才握手,便话别离情。

书剑促归装,鞭丝笠影忙。鸿泥留沪渎,豹雾泽钱塘。志士重然诺,良朋怀远方。竹间三径在,愧我不求羊。[1]

前题次鹤槎山农韵　龙湫旧隐

久贵洛阳纸,研都复炼京。何期萍水聚,得订岁寒盟。夜雨孤舟送,春风一棹迎。依依江岸柳,几度不胜情。

---

[1]　江湄《秋水轩二稿》卷七,诗题作《蒋子相孝廉其章过访,即以话别》,文字同。"志士重然诺"句后有注云:"君已应聘旧馆,人攀留不住。"

297

乍见又分袂,骊驹太觉忙。乡心萦胜地,别梦绕横塘。放鹤登孤岭,听钟到上方。怅予羁沪渎,犹似触藩羊。

前题次鹤槎山农韵　绿天居士

名合尊千佛,才堪赋二京。天涯多旧雨,吟社结新盟。不负踏灯约,休嗤倒屣迎。寒暄无暇叙,相对各言情。

遽把骊歌唱,吟身为底忙? 钓鳌来海上,囊笔返钱塘。共我月千里,怀人天一方。奇书曾许借,未献束修羊。(君藏《牧斋外集》,未得一读,故云。)

前题次鹤槎山农韵〔1〕　鹭洲诗隐

天才欣再见,应不亚潘京。旧物青毡在,新交白水盟。酒余梅索笑,客至鹤知迎。闻昨德星聚,悠悠系我情。

未得瞻风采,翻嗔君太忙。歌骊声在路,征雁影横塘。遐思自兹始,高风谁可方。扁舟归去好〔2〕,山水足相羊。

《申报》同治十二年癸酉三月初六日(1873 年 4 月 2 日)

岁暮感怀二律,即次蘅梦庵主元韵　昆池(钧)〔钓〕徒杨文斌草〔3〕

生平与俗异咸酸,愧少珠玑落笔端。安得奇观探雁宕,誓将苦志报熊丸。闲斟翠杓开春酿,笑拨红炉煮月团。遥忆故乡梅一树,花开应傍绮窗寒。

喜寻文宴订相知,斗酒方惭力不支。阮籍总难除傀儡,子瞻岂肯合时宜。逝波岁月何能挽,画饼功名曷慰饥。幸与骚坛联末座,时时盥诵报璠词。

红梅四律　白岳山樵黄炘草

(诗略)

《申报》同治十二年癸酉三月十一日(4 月 7 日)

---

〔1〕　黄铎《肤余集》卷四,诗题作《和伊人喜子相见过即以话别原韵》。

〔2〕　黄铎《肤余集》此句作"扁舟归亦得"。

〔3〕　杨文斌,即杨稚虹,字文斌、文彬,号昆池钓徒,云南蒙自人。官鄞县、瑞安知县。辑有《海滨酬唱词》。

寄怀蘅梦庵主即次鹤槎山农原韵　　昆池钓徒初草

史笔兼词笔,才华媲子京。空教传鲤简,未许订鸥盟。(余与君书札往来,实未谋面。)南浦烟波阔,西湖花柳迎。几时逢蒋捷,擎酒话深情。

橐笔游申浦,冲波两浆忙。雄戈摇海岳,雅调谱陂塘。(去岁以《海滨酬唱图》求题,蒙题《买陂塘》词剧佳。)文字交千里,相思水一方。牧斋遗集在,幸未付红羊。(君藏有《牧斋外集》。)

《申报》同治十二年癸酉三月十二日(1873年4月8日)

岁暮感怀　　蘅梦庵主

宵冷荒鸡一倍酸,铁衾孤拥感无端。文章可许成奇木,身世居然逐粪丸。强欲留欢调凤轸,未妨破睡仗龙团。归装早入家园梦,玉臂云鬟讵耐寒。

一襟愁话诉谁知,静对冰荷冷不支。眼底未堪容俗物,胸中苦想合时宜。尽除蹄啮驹偏病,纵困樊笼鹤尚饥。可惜临窗呵冻笔,未曾亲制送穷词。

前题　　鹤槎山农

漫天月冷又风酸,心绪纷如集百端。历尽歧途怜马足,遍赏无味识熊丸。举杯未饮心先醉,见雪思烹手自团。安得精神如老鹤,梅花独守不知寒。

蒋诩名高妇竖知,胸罗锦绣似三支。英雄入彀由前定,用舍因时的制宜。愿学鲁公书乞米,不妨季女叹斯饥。天寒日暮烧红蜡,痛饮还须读楚词。[1]

前题　　龙湫旧隐

朔风穿牖雁声酸,身世茫茫感百端。岁月回头成逝水,光阴过眼似跳丸。寻梅忽阻云三径,煮茗聊烹雪一团。多少天涯无褐叹,岂徒我辈不胜寒。

十年情绪一灯知,冷极还凭傲骨文。贫女自媒原不屑,狂夫入俗岂相

---

〔1〕　江湄《秋水轩二稿》卷七,诗题作《次韵蒋子相岁暮感怀》。"见雪思烹手自团"句,"见雪"作"握雪"。

宜。为霖有愿龙仍蛰,啄木无心心苦饥。最忆骑驴湖上客,郢中白雪谱新词。

前题　鹭洲诗隐

漫笑书生气味酸,光芒也是吐毫端。[1] 家山咫尺人千里,岁月消磨墨一丸。[2] 抚序独深风木感,兴怀又苦雪花团。[3] 可怜重睹昇平世,尽历时艰耐尽寒。

湖海飘零几故知,虽贫仗有笔能支。[4] 守株未必全非计,玩世何妨百不宜。[5] 垂老少陵犹作客,滑稽曼倩亦常饥。菜畦麦瓮酬我愿,拥絮高吟幼妇词。[6]

　　　　《申报》同治十二年癸酉三月二十一日(1873年4月17日)

岁暮怀人诗八首并序　壬申嘉平下浣昆池香海词人未定草

冻云酿雪之天,煮茗敲冰之日,蜡梅香溢,萤案灯残。砭骨寒风,破窗重补,关心旧雨,梦毂为劳,在千里百里而遥,有新知故知之别。交同嵇吕,偏辞命驾之劳;才媲曹刘,益结望风之想。恨金轮之无咒,凭银管以写怀。数既苻俊及顾厨,诗敢诩清新俊逸。尚乞诸吟坛鸳针广度,牛铎同谐,幸甚感甚。

鹤槎山农

江郎采笔自生春,吟到新诗妙绝伦。约客常教倾白堕,卜居原不碍红尘。逍遥疑是商山叟,酬唱招来上国宾。(谓蘅梦庵主、云来阁主。)欲往从之何处是,伊人宛在浦江宾。

龙湫旧隐

好句传来四座惊,〔(读)屡〔读〕大著。〕稚川才调久心倾。尊前争唱红

---

〔1〕　黄铎《肱余集》卷四,诗题作《岁暮感怀兼怀王子匏,全用蒋子相韵》。此句作"光芒也自吐毫端"。
〔2〕　黄铎《肱余集》此两句作"襟怀有托琴三尺,岁月无情墨一丸"。
〔3〕　黄铎《肱余集》此两句作"佳节独深风木感,残英犹得露华团"。
〔4〕　黄铎《肱余集》此句作"多愁减却旧腰支"。
〔5〕　黄铎《肱余集》此句作"处世何妨百不宜"。
〔6〕　黄铎《肱余集》此两句作"菜畦麦瓮茅柴酒,已是平生得意时"。

罗曲,(消寒初集分咏红梅,唱妍畴丽。)海外犹知白傅名。愧我依然栖旧庑,如君端合住蓬瀛。何时一作剡溪访,攻破诗城仗酒兵。

（下略）

《申报》同治十二年癸酉三月二十三日（1873 年 4 月 19 日）

题红藕香中顾曲图即集册中诗句 　三十三天品花仙史

爱莲远溯旧家风(葛选楼),潇洒丰姿玉树同(李芍洲)。安得与君结鸥侣(费芸舫),闹红一舸画桥东(叶岱云)。

旧游还认小银塘(蒋子相),画舫轻移水一方(徐颂阁)。最好月明人静候(余镜湖),藕花风里听霓裳(李兰墅)。

（下略）

殿卿太守申江韵士也,出《红藕香中顾曲图》题句录本二十余册见示,长吟雒诵,语语欲仙。仆愧无才,不能独出机抒,乃淘金采玉,张珊瑚网,拾作一串珠,人云亦云,贻方家笑,弗顾也。

《申报》同治十二年癸酉六月十八日（1873 年 7 月 12 日）

题李巧玲道装小像 　龙湫旧隐初稿

有以陇西录事黄紞小影索题者,赋此应之,录请蘼梦庵主、天台第一人赏政并希赐和

幻成色相更婵娟,拈得牟尼□串圆。底事尘心终未净,空教琴操学参禅。

（下略）

《申报》同治十二年癸酉六月二十九日（1873 年 7 月 23 日）

闰六月初七夜月诗 　西(冷)〔泠〕宧隐录

《国朝诗别裁集》载杨子式《闰六月初七夜月》一律极佳,今年亦适逢此日,特录刊《申报》,以供诸诗人之清赏焉。

南讹莫认火流西,顾兔高悬略似钩。四日魄生方入夜,七回弦上未成秋。先期乞巧穿针线,后月舒光照斗牛。料得姮娥能却暑,广寒深处玉为楼。

（下略）

《申报》同治十二年癸酉闰六月初七日（1873 年 7 月 30 日）

咏闰六月初七夜月用杨子式韵　聚星吟社稿

云汉昭回影不流,嫦娥惮暑挂帘钩。昨宵天贶经重度,后月蟾光始孟秋。几误七襄停织锦,早呈半面赚牵牛。深闺思妇凭阑望,便不穿针亦上楼。

鹤槎山农

寄闰朱明火不流,纤纤新月又如钩。闺中早下双星拜,天上犹悭一叶秋。斜汉桥偏忘驾鹊,小园花已放牵牛。此时最是无情候,短笛谁家正倚楼。

鹭洲诗渔

(下略)

《申报》同治十二年癸酉闰六月初十日(1873年8月2日)

秋夜偶成,录请同社诸君玉和　梦游仙史稿

万里谁乘破浪舟,感怀有客独牵愁。西风撼树飞黄叶,明月窥人入画楼。好梦乍惊桐井雨,良辰又值菊花秋。携尊莫负重阳约,(注:蘅梦庵主曾订重九作饯秋雅集。)更速王郎共唱酬。(注:饯春、消夏两集,绿天居士俱托词不到,故及之。)

《申报》同治十二年癸酉九月初十日(1873年10月30日)

展重九日集南园饯秋,偶成二律,录请同社诸吟坛玉和　龙湫旧隐草

广寒空记咏霓裳,又觉邯郸梦一场。雪鬓苍茫潘大令,风姿憔悴杜秋娘。乌鸢有恨啼残月,蟋蟀无声絮夕阳。佳节蹉跎风雨里,东篱晚菊为谁香。

落叶纷纷正打门,园林寂寞也消魂。几株衰柳凝烟影,数点残花剩露痕。岁月狂奔催客老,风霜静敛待春温。一年离绪知多少,且把闲愁付酒尊。

饯秋四咏　龙湫旧隐初稿

西风吹断采莲歌,红粉飘零怨若何。太液谁承新雨露,华清已负旧恩波。才人末路逃禅易,宫女衰时入道多。万颗明珠抛尽后,银塘冷落怕重过。(枯荷)

一鞭落日影萧萧,张绪当年未易描。临水照残征客鬓,舞风瘦损女郎

腰。烟荒西子湖边路,月冷秦淮渡口桥。此树婆娑生意尽,暮鸦啼处总魂消。(衰柳)

绚烂何须斗晚霞,纷纷过眼洗繁华。一林绿尽空留叶,万树红多不是花。疏雨荒村沽酒店,夕阳野渡卖鱼家。崔君孤负诗名重,千古吴江句独夸。(冷枫)

红憔绿悴独相思,占断秋光放一枝。抱得芳心甘耐冷,生成傲骨不争时。疏篱影入高人梦,老圃香吟宰相诗。犹有瓮头佳酿在,良朋能到未嫌迟。(晚菊)

《申报》同治十二年癸酉九月二十五日(1873 年 11 月 14 日)

和龙湫旧隐饯秋四咏　蘅梦庵主草

银塘宵冷美人愁,擎雨撑烟若许留。断潦荒寒怜梗泛,画船寂寞想菱讴。文章老去存风骨,脂粉删除爱乱头。芰制蓉裳零落尽,九歌难画十分秋。(枯荷)

省识灵和旧舞衣,零丝仍罨钓鱼矶。荒鸦古驿西风紧,断雁空堤夕照微。短发有人羞种种,瘦腰无力任依依。何当一曲歌金缕,稚燕雏莺满树飞。(衰柳)

为嫌落木太栏珊,点染疏林一抹丹。三径夕阳山寺暝,半江晓雾艇家寒。秋娘翻被胭脂妒,老笔偏从绚烂看。拈取吴江旧吟句,欲摹冷艳本来难。(冷枫)

那知世境有炎凉,禁尽西风拒尽霜。灭灶更炊高士节,临风独立化人乡。伊谁送酒酬佳卉,无分题诗傲众芳。一例冬心同耐寒,秋容如此不寻常。(晚菊)

《申报》同治十二年癸酉十月十五日(1873 年 12 月 4 日)

九秋补咏同淞南吟社诸子作

序曰:龙湫旧隐萧居多感,秋士善悲,辄为九秋补咏九章。书来,告予九题而阇其佳句,不令偕瑶笺,并读其意,殆欲来致师耶?挑灯呪墨,依题构思,自写牢愁,别抒感触,匆匆脱稿,先藉鲤鱼函呈教,想佳咏或不能终阇矣。　剪淞病旅初稿[1]

---

[1]　剪淞病旅,为蒋其章又一别号。

秋影

明河一角隐秋星，倩影依稀月满庭。羁客最宜同冷落，疏花如与写娉婷。二分刻画晶帘卷，独立禁持玉漏停。认取如妆岚晕好，远山镜里太珑玲。

秋痕

秋江萧瑟画依稀，断岸寒潭点笔非。鹭影凉冲斜照去，叶声低逐暝烟飞。花魂写处应同瘦，山翠看来渐不肥。更有衔芒行郭索，好添粉本补苔矶。

秋思

一襟凉绪那支持，澄碧幮中懒举卮。密意未甘团扇弃，闲情不遣玉珰知。关河万里惊心候，星月三更吊影时。机掩流黄衣惨绿，不堪谱入感秋诗。

秋意

砭入凉气逼江城，写到秋心要品评。碧海青天留此恨，草衰花瘦若为情。月流枕簟参蛩语，霜老江湖泣雁声。图得九歌闲领取，低哦坐冷一枯檠。

秋魂

柔魂一缕月初浓，飞度凉宵路几重。独客神情惊惨淡，美人心绪本惺忪。空房暗怯蟾蜍冷，旧院宵怜蠛蠓佣。细到游丝收不起，秋虫依约话仙踪。

秋梦

月底关河杳渺驰，梦魂来路费沉思。空山秋引游仙迹，古屋宵沉唱鬼诗。意境好从栏影想，情怀只有枕函知。蘅芜未老犹堪把，剩欲荒唐叩趾离。

秋韵

姿致何嫌太瘦生，半天风韵不胜情。篱花娟楚添愁态，檐铁琤琮写怨声。欹竹亭孤烟一角，折枝屏小月三更。午晴阑槛怀前度，赢得秋光分外清。

秋味

一味新凉领略无，咬春应可废行厨。三宵沆瀣含金掌，一镜芙蓉酿玉壶。清供但宜餐坠菊，妙香最是煮雕菰。输他归思经秋熟，我欲江南问橘租。

秋容

老圃低徊冷倚筇,秋心如此极疏慵。高人标格偏宜澹,静女梳妆自不浓。写照那容脂粉污,题诗却称岛郊逢。谁知烂漫看花事,尽有荒畦菊与蓉。

《申报》同治十三年甲戌九月二十二日(1874年10月31日)[1]

九秋续咏

序曰:凌苔仙史见龙湫旧隐九秋补咏,因另拟九题,仆亦同作,录请同社诸子正和　翦淞病旅草稿

秋猎

平原秋烧兽群号,狝狩余威兴亦豪。劲镞满云鸥饿叫,铁弓洞石虎惊麈。天空快作鹰鹯逐,草尽难为狐兔逃。尚有鲸鲵当显戮,漫夸雨血更风毛。

秋泛

水云凉处一篷轻,红树青山好送迎。断岸笼烟冲晓色,孤舟摇□泻寒声。菰蒲暗战溪唇语,枫柏晴烘橹背明。记否古庵秋雪好,残鸥零雁不胜情。

秋眺

秋色无边极望曾,遥天寒信觉凌兢。雕盘大野云千里,雁渡空塘月一绳。杰阁江山吟谢朓,啸台鸾鹤俯孙登。孤怀荡作风云气,唤取携筇最上层。

秋戍

风棱冷割绣弓衣,秋老天山未合围。大将旌旗烘日淡,旧关苜蓿得霜肥。千山转饷明驼病,绝塞传书倦雁稀。知否深闺凉梦断,砧声敲月井梧飞。

秋病

瘦骨支离怯嫩凉,重帘复帐护秋堂。幢幢灯影寒无焰,缕缕诗魂弱不妨。自检药囊调坠露,早知尘镜点新霜。输他示疾维摩诘,冷笑天花作道场。

秋禊

湔裙秋约继春三,禊事平山好续探。(南城曾宾谷中丞曾举秋禊于九

---

[1]　此诗后又重刊于《申报》1917年10月14日"老申报"栏"文苑",题作《九秋吟》。

峰园。)内史文章征故事,(仪征既〔阮〕文达有秋禊诗序。)永和风月补新谈。诗仍罚例依金谷,饮许流觞醉玉潭。佩菊囊萸看子细,彭殇一致好同参。

秋汛

一痕练白卷秋霄,空巷新妆互款邀。寒帆云驱江怒吼,败芦风战岸俱摇。鸡鸣月午鱼龙应,豚拜宵凉蜃鳄骄。安得枚生工赋笔,为摹八月广陵潮。

秋获

平畴万顷拥云黄,镜面宜开纳稼场。成束穗低堆晓露,半钩镰俯掠斜阳。隔村打稻篝灯喜,比户分租酿酒忙。赢得老农闲负手,僧衣田罫话冬穰。

秋读

倚树低哦映晚枫,凉釭补读晓灯红。缥签风卷避行鼠,庭院月明啼病虫。侍史添香嫌袖薄,故人把卷喜心同。儿时情味难回首,书韵机声断续中。

《申报》同治十三年甲戌九月二十七日(1874年11月5日)

立冬日约聚星吟社诸子雅集城东小筑,为饯秋之宴,先成此诗,奉柬并乞和章　蔚淞病旅初稿

境逝即千秋,击石那觅火。兴到即一醉,拈花乃证果。佳日不易逢,行乐讵容惰。今年饯秋筵,开社议始我。折柬书蝉联,叠韵诗婀娜。(与龙湫旧隐唱和重九帧字韵诗,各得五叠,来往书问,计当可盈尺也。)四腮鲈已肥,八跪蟹亦夥。田秫入酿新,屏菊作花妥。素秋宁久淹,佳约惜屡左。徒令东篱人,对我笑口哆。驿骑通两家,酒舫捩一舵。三数同怀友,联裾互引拕。霜华凛未寒,风景败犹可。灵辰合并难,仄席献酬琐。好参米汁师,各倚木上坐。豪情托飞觥,高谈效炙輠。自信狂生狂,岂耐裸人裸。吾侪作达时,意气不么么。寒乞陋虫豸,拘墟哂蜾蠃。况已蜗壳寄,可再蛛网裹。生趣蕴冬心,庶免讥饭颗。樽罍快狼藉,接䍦载驿骦。青衫何龙钟,扶掖翠袖挼。但取此心怡,奚问彼颐朵。后会订开炉,重酕命白堕。

《申报》同治十三年甲戌九月二十九日(1874年11月7日)〔1〕

─────────────

〔1〕　此诗后又重刊于《申报》1917年10月1日"老申报"栏"文苑"。

秋尽日　剪淞病旅招饮酒楼作　无近名庵道人呈稿

悲秋有客药炉红，病去秋归愁亦空。衰柳一株来系马，高楼同上看飞鸿。关心画意添残月，促膝琴言谱北风。恨煞中年哀乐甚，弗能历历问鸿蒙。

好奇作客误年华，悔集心头事若麻。半世黄金掷虚牝，昨宵尘梦妥空花。伊人宛在仙山远，吾道非耶美酒赊。劣得知心开笑口，招邀摛藻发天葩。（剪淞先有五古一章。）

《申报》同治十三年甲戌十月初一日（1874 年 11 月 9 日）

读剪淞病旅代柬诗，知于立冬日为饯秋之宴，喜赋一章，
即用元韵，录请同社诸词坛粲政　缕馨仙史初稿[1]

秋尽殊匆匆，司爟变国火。走送到西郊，小结人天果。白帝非长官，定惄衣冠惰。毕竟太虚幻，周旋我与我。底事堤边柳，向人犹袅娜。对此倘无诗，安用名流夥。剪淞今骚客，以侑复以妥。开筵约饯秋，丽句来道左。迴环读珠玉，笑口不觉哆。正声久不作，谁把中流舵。近逢赐袯期，高会肯延拕。遥知三径开，香已蕲意可。张灯列九华，弹琴听双琐。贱子何言哉，敢效陈惊坐。驾车快赴约，晨起命修粿。目怜马周狂，翻笑毕卓裸。为问千金裘，美酒换得么？二豪任侍侧，螟蛉与蜾蠃。待抒锦绣才，乍脱烟花裹。损笺坚此约，心事寻双颗。未饮神先醉，襟怀觉駊騀。久盼黄花筵，自怜腰肢觯。新和搜枯肠，犹愧云五朵。欲觅飞鸿寄，闪闪白日堕。

九秋补咏同聚星吟社诸子作，
奉尘剪淞病旅教政兼呈诸同社　缕馨仙史初脱稿

秋影

谁将清影绘清秋，疑有疑无取次搜。晒粉蝶衣偎日暖，投罾蟹火入江幽。月梳帘隙丝丝漏，云襞罗纹缕缕浮。莫遣西风吹坠菊，瘦余篱落夕阳留。

秋痕

秋来休笑叶声干，一点新痕着笔难。晨气沉山岚欲滴，夜凉沁槛露初

---

〔1〕　缕馨仙史，即蔡尔康（1851—1921），字紫绂、芝绂，别号缕馨仙史、铸铁生、铸铁庵主等，上海人。廪生，通经史，善诗文。以乡试不第，入《申报》馆，与钱徵合辑《屑玉丛谭》。为著名报人，后历任《字林沪报》、《沪报》、《万国公报》主笔。

团。听歌江上青衫湿,行役桥边蜡屐寒。独羡凤仙娇艳甚,麻姑爪上几回看。(下略)

右小诗九章,不足当大雅一粲,如容附骥,幸甚幸甚。

《申报》同治十三年甲戌十月初三日(1874 年 11 月 11 日)

立冬日饯秋之约,虽成拙诗,迄未果践,乃蒙缕馨仙史用韵枉和,
展诵之余,辄形愧赧,叠韵奉答,兼订后期,并请同社诸大吟坛正和

友朋萍聚难,因缘托香火。共和频伽音,乃证无遮果。唱酬钝机锋,敝帚从懒惰。而况过时啼,寒虫嗫如我。起视二三子,眉目斗娇娜。饯春得句佳,结夏拈题夥。凛兹秋节徂,吟魂帖烟妥。采莼湖欲冰,持螯手虚左。拟作雅集图,豪举供笑哆。徒劈词苑笺,未放酒池舵。句漏恋丹砂,不逐众宾拕。折简谢未遑,蜡屐请犹可。(是日之集,以龙湫葛君事阻,函乞改期,致误佳叙。)羸师摩垒频,村匠列肆琐。钉盘鼎蛾愁,灶觚铡妾坐。坦然竟出游,驱驱车转輠。譬如命衣冠,主人反袒裸。杖藜待朅来,治具嘲作么。翩翩逐浪鸥,蠕蠕负子蠃。应声耳讵聪,高咏头自裹。清供爱竹萌,弃材取蓬颗。再订开炉筵,醉态画驳騀。蒙君和拙诗,姿媚鬓丝弹。寒菊剩风枝,早梅逗霜朵。好参文字禅,醉任乌帻堕。

剪淞病旅初脱稿

九秋诗　乳溪潜园居士稿
秋影

迷离掩映向萧辰,几度霜毫绘未真。风定玉箫圆一梦,月明湘镜得双身。渡江白雁愁无迹,隔水黄花别有神。休被素娥收拾去,夜来留伴举杯人。

(下略)

《申报》同治十三年甲戌十月初四日(1874 年 11 月 12 日)

九秋续咏录请同社诸君子暨凌苕仙史郢政　缕馨仙史未定稿
秋猎

平芜秋老好驰驱,一骑平明振臂呼。杀气横空盘怒马,惊魂喘息窜妖狐。阵云黄压天俱暗,野烧红酣草尽枯。羡煞健儿好身手,纷纷腰鹖落须臾。

（下略）

《申报》同治十三年甲戌十月初六日（1874 年 11 月 14 日）

剪淞病旅以叠韵诗见示，兼订消寒，爰夜集城北之醉月居，
聊为嚆矢，翼日亦叠前韵奉酬，录请同社诸吟坛正和

作诗意必新，岂肯食烟火。款客馔不丰，只须设茶果。小集醉月居，饮酬吟各惰。相视颇莫逆，登楼惟君我。（余偕剪淞先至。）吴姬三四人，隔座夸婀娜。鸟知共命难，虫怜应声夥。黄菊邀陶潜，白杨忆何妥。故人漫迟留，相待已虚左。二苏翩然来，快谈语声哆。（谓梦游仙史及其令兄梦翁。）岂是尻为轮，何妨风作舵。浑欲哂陈人，青纤复紫拕。能作如是宴，佛意所印可。杯倾银凿落，曲听玉连琐。蕉梦醒蘧蘧，后来居上坐。（梦蕉仙史后至。）拇战疾似梭，舌辨利于銼。谁画消寒图，解衣盘礴裸。酒力愧不胜，具言归去么。（余先醉，以不胜酒力即起逃席而归。）出门竟未辞，代谋羡螺赢。（诸同人辍饮，遍寻余于街市间。）譬如食子桑，亲自携饭裹。谁信不羁者，手握丁香颗。归眠明月床，何处寻驳騀。一任畅福园，花娇兼柳亸。（剪淞意余当在畅福园听女弹词，独往寻之。）知否倦寻芳，只峰千万朵。纵酒聊行吟，一笑唐两堕。

缕馨仙史初稿

九秋续咏录呈诸吟坛斧政为盼　客沪听彝楼未定草
秋驿

征衫匹马踏征尘，秋水秋山羁旅身。黄叶荒村风送客，青灯孤馆雨留人。长亭落月迷衰柳，古渡斜阳冷白蘋。多少轮蹄来往客，可怜强半为家贫。

（下略）

《申报》同治十三年甲戌十月十一日（1874 年 11 月 19 日）

九秋补咏

读剪淞病旅及龙湫旧隐九秋补咏，悲君落拓，触我穷愁，爰赋九章，以附骥尾。若论工拙，直是小巫见大巫也。录呈诸大吟坛教正　鹭洲诗渔草
秋影

是谁具此摹神笔，绘出新凉一幅图。放眼云山俱欲老，侧身天地不嫌

孤。寒烟笼水半明灭,皓月行空时有无。自是风前殊落落,问君何事太清癯。

（下略）

《申报》同治十三年甲戌十月十五日（1874 年 11 月 23 日）

九秋续咏录呈同社诸君正可　龙湫旧隐初稿

天高气爽骋西风,匹马长驱顾盼空。几点流星飞劲箭,一弯明月响雕弓。鹰呼绝塞霜初饱,兽逐平原草不丰。他日南山期射虎,将军意气尚能雄。（秋猎）

（下略）

《申报》同治十三年甲戌十月十七日（1874 年 11 月 25 日）

九秋补咏　嘘云阁主初稿
秋影

绿萎红收一黯然,漫将清影谱吟笺。绮窗人静穿凉月,银汉宵深亘碧天。作客孤怀灯下对,伤秋病态镜中怜。最宜几朵盈盈菊,低傍吴娘鬓影边。

（下略）

《申报》同治十三年甲戌十月十九日（1874 年 11 月 27 日）

叠见龙湫旧隐、剪淞病旅、缕馨仙史诸君九秋杂咏,
捧诵再三,不胜拜服。今特谬续九章,不足供大雅之一笑也,
即请诸君并众诗坛斧政　泖河渔隐呈定稿
秋信

一年容易又秋来,骚客凭栏句欲催。荒圃又传桐叶落,东篱才报菊花开。江潭月冷鱼书疾,霄汉云繁雁阵回。最是新凉添一味,带来几度费疑猜。

（下略）

《申报》同治十三年甲戌十月二十二日（1874 年 11 月 30 日）

再咏九秋诗录呈诸吟坛郢政　潜园居士初稿
秋影

万叠云峰瘦入秋,等闲星汉又西流。霜痕绿换潘郎鬓,灯穗红疏玉女

楼。憔悴落花明镜杳,凄凉眉黛画图收。如何一片晶帘月,犹为离人照玉钩。

(下略)

《申报》十三年甲戌十一月二十四日(1875 年 1 月 1 日)

初九日订为消寒之宴,三叠剪淞病旅韵奉柬诸同社　娄馨仙史醉中草

征诗如征兵,邮筒急星火。屡约消寒会,迁延终不果。骚坛诸巨手,毋乃太慵惰。因念聚星社,创始非自我。元卿诗无敌,刚健含婀娜。(谓剪淞病旅。)葛洪本性灵,数典不嫌夥。(谓龙湫旧隐。)老去羡江郎,安置殊帖妥。(谓鹤槎山农。)令子蜚英声,同砚忆虚左。(谓绿蕉红豆庵主,曾受业于家大人。)黄氏竹林贤,唱和一家哆。(谓鹭洲诗渔暨绿梅花龛诗隐、双井花佣。)天台忻访艳,(谓云来阁主。)苏海快飞舵。(谓梦游仙史。)曾巩与居殷,不为俗所拢。(谓咏雩子、梦蕉居士。)昨岁社重联,徐陵作序可。(谓梦鸥馆主。)王恭品濯柳,(谓绿天居士、学鲁氏。)李程才青琐。(谓蓬山旧侣。)鲰生愧不才,乃亦陪末坐。清言霏玉屑,妙论炙毂𫐄。今年作消夏,时令宜裎裸。华恒自东来,旗鼓独张么。(谓百花庄词人。)龙门有沈约,蒲卢辨螺赢。(谓云间逸史。)遍集诸名流,合谢痴云裹。美玉玩琭琭,明珠排颗颗。一旦谐旧约,休惜醉骏骒。伫见新词成,佳人云髻亸。为问酒楼旁,寒梅开几朵。劈笺语同社,前盟慎勿堕。

消寒之约,同社诸君子半未深悉,醉后走笔成此,非诗也,诸君子弗哂其陋。明日己刻早集江上酒楼,俾“绿蚁新醅酒,红泥小火炉”之句不得专美于前,则幸甚矣。初八日晨附启。

《申报》同治十三年甲戌十二月初八日(1875 年 1 月 15 日)

同社诸君招饮江楼作消寒第一集,感念旧游,不胜怅惘,
辄成五言二百字,聊抒胸臆,不足言诗,即请指疵,并希赐和

前年寄海曲,倾盖逢诸君。消寒盛文讌,赌酒张吾军。红梅互酬唱,好音笙匏分。华灯夜忘倦,捧瑳双鬓亲。去冬在里闬,诗梦时氤氲。今年重聚处,社集宜纷纭。如何赋团雪,犹自辜同云。因订群雅材,拟策骚坛动。僧厨粥香溢,村市鼓声殷。红炉暖阁中,煮酒罗膻荤。座有大小户,醉舞俱欣欣。风雅缅南园,提唱思前人。鲰生艰旅食,龃龉到斯文。上无长吏贤,作养徒云云。世人余白眼,那解风生斤。只余社中友,响沫称乐群。一为

311

河朔饮,酬酢心倦勤。春生绮席温,雪意哄斜曛。回思开宴地,冒雨宵日醺。风景固不殊,把尊话遗闻。

剪淞病旅初草

腊八后一日,同人集江上酒楼,率成二律

欲雪不成雪,寻诗冒雨斜。无名消浊酒,有约为梅花。别院欢声寂,江楼拇战哗。围炉清兴在,未许党家夸。

吟社久星散,因寒一聚之。未除豪士气,大有美人思。红粉消眉黛,青衫悴鬓丝。开尊话旧雨,珍重此心期。

小诗录请同社诸吟坛玉和　龙湫旧隐其龙氏初草

《申报》同治十三年甲戌十二月十八日(1875年1月25日)

冬日怀人诗　小诗七绝录呈诸吟坛郢政　龙湫旧隐初稿

(上略)

匆匆风雪客归家,话到西湖别恨赊。输他逋仙清兴好,孤山冒雨看梅花。(剪淞病旅)

《申报》光绪元年乙亥正月十五日(1875年2月20日)

花筵即事,戏呈悟痴生、剪淞病旅正和　缕馨仙史稿

红灯留住可怜宵,十里香尘互款邀。入气酿花人中酒,江南烟雨涩琼箫。

西泠名士剧多情,一棹春江管送迎。难得莺迁新别后,沈腰瘦尽又逢卿。(谓双宝校书新迁同庆里。)

玳瑁筵开两悟痴,烹龙炰凤佐清思。人间惟有俞双宝,解唱春风得意词。(戏金鳌顶上人)

我亦曾经拾翠游,等闲香梦醒扬州。醉归江上迷寒雾,(是夕适大雾。)添得愁人万斛愁。

《申报》光绪元年乙亥二月初五日(1875年3月12日)

将之江右留别沪上诸君

海上成连未易逢,更难情味各疏慵。联盟售例翻几复,出世游踪想泖峰。旅馆秋灯三载忆,江楼春酒十分浓。无端小住成良会,怕说匡庐第

几重。

郁孤台上想登临,壮观应酬万里心。旧约岂宜忘白社,□音重与写青琴。但思亲舍云十叠,自爱中年雪一簪。多谢故人情郑重,桃花潭水未为深。

羁怀谁与破无聊,酒盏诗筒客互邀。出郭每携名士屐,倚楼时听玉人箫。白门秋梦关心远,燕市春风寄慨遥。离会当时分手易,那知折尽柳千条。

尚想城东旧酒炉,文章烟月两模糊。才疏枉自驯龙性,食少翻宜羡鹤癯。欲问生涯羞芋栗,尚余残梦绕菰芦。匆匆挥手诸君远,愿写春江录别图。

剪淞病旅

预祝百花生日,剪淞赋诗留别,依韵和之

江上名流倾盖逢,赏春诗酒意难慵。烛窗雨夜同巴峡,香市风光梦鹫峰。花影未翻红浪活,草痕先逐绿波浓。当筵漫许骊歌唱,且约论文几日重。

第一楼高快共临,荷花香气沁诗心。灯前挥汗争摇笔,月下披怀偶听琴。倚马万言余宿稿,雕虫十载陋华簪。饥驱都学穷愁相,应有相思别后深。

天公怜我意无聊,竟许寻芳伴预邀。寿祝百花欢进酒,歌沉三叠欲摧箫。画图淞水今堪赠,面目庐山识不遥。未送春归先送别,嫩黄杨柳忍攀条。

乳酒催诗出午垆,愁颜相对易模糊。生涯半为名心误,怪相从来傲骨癯。春梦打开莺唤树,秋心遥盼雁衔芦。与君更订燕山约,会作消寒九九图。

悟痴生

和剪淞病旅花筵节事四绝

羡君欢乐自前宵,胜友如云次第邀。一曲霓裳人似玉,更闻青女学吹箫。

风流潇洒自多情,月貌花容惯送迎。尽说申江歌舞地,杏红时节倍思卿。

313

甘苦不同我竟痴,终朝碌碌费愁思。何时得与高人会,再吐胸中一片词。

寄迹申江六载游,果然风景赛神州。层楼夹道笙歌处,反助离人一段愁。

武陵氏未定草

《申报》光绪元年乙亥二月十一日(1875 年 3 月 18 日)

花朝前二日,同人饯剪淞于江上酒楼,即席赋二绝句

名流毕竟属词场,愧我曾分末座光。如此良辰遇仕客,未妨沉醉罄三觞。

酒楼西去柳如烟,听到骊歌一黯然。正是桃花新雨足,春潮催送孝廉船。

嘘云阁主

二月十日为醉春之宴,先成二律,兼饯剪淞江右之行

预为花朝计,天教放嫩晴。软红迎醉屐,新绿媚行旌。诗酒四年梦,云山千里程。遥知杏帘外,啼鸟不胜情。

西湖才放棹,又报豫章游。琴剑自兹去,莺花不解留。金尊涵丽景,玉勒控离愁。鸿印分明在,归来约饯秋。

缕馨仙史

《申报》光绪元年乙亥二月十三日(1875 年 3 月 20 日)

预祝百花生日,剪淞赋诗留别,次韵赠行

君来半月始相逢,笑我论交性太慵。何忆浦滨联旧雨,便从江上看奇峰。春波荡漾连天远,别绪萦回比酒浓。此去衡庐增盼望,莫云隔断万千重。

昔日蓬门喜惠临,言如兰臭订同心。剪残夜雨窗前烛,听到高山海上琴。每向青衫抛客泪,频开白社集明簪。诗筒酒盏犹余事,勉我前程感益深。

客窗枯坐正无聊,多谢吟朋折柬邀。杨柳晓风低玉笛,梨花春雨湿琼箫。唱骊旧曲听难尽,扑蝶良辰数未遥。把袂匆匆分袂易,长亭愁缕系千条。

煮酒曾携小火炉，重寻旧约未模糊。沈郎善咏腰先瘦，平子工愁貌易臞。好向睢园吟绿竹，不教溧浦慨黄芦。送君预祝花生日，为写江楼话别图。

龙湫旧隐稿

《申报》光绪元年乙亥二月十五日（1875 年 3 月 22 日）

和剪淞病旅之江右四律原韵

久仰才高愧未逢，知君欲别更疏慵。交游湖海三千界，胜赏巫山十二峰。翰墨未联情自切，花诗先赠意偏浓。青旂载道何时返，邈隔关河路几重。

春申古迹已登临，如此韶华足快心。桃李芬芳名士宴，芝兰幽静古人琴。分襟江上休弹铗，落帽花前易脱簪。班马萧萧从此去，临岐惜别更情深。

旅居寂寞叹无聊，胜友良朋未可邀。学士扬眉骄握管，名臣落魄苦吹箫。几程江右行非远，三唱阳关别竟遥。云淡风轻天意好，不堪心绪又萧条。

最爱红泥小火炉，吟诗酌酒韵模糊。才华羡尔冲鹏志，丰采过人想鹤臞。丹凤来仪新坞竹，碧鸥信宿旧江芦。诸君皆有名诗赠，也仿西园一轴图。

武陵氏未定草

《申报》光绪元年乙亥二月十七日（1875 年 3 月 24 日）

仆游西江道中，阻雨阻风，舟行迟滞，篷窗清暇，辄忆旧欢，感事怀人，率尔成咏，共得十二首。舟抵南昌，写寄悟痴生，嘱付报馆刊登，冀得遍视同社诸君云尔　剪淞病旅初脱稿

无端一梦逐寒潮，倦旅孤篷兴寂寥。铁柱宫遥宜酹酒，石钟山近为停桡。西江游迹存新草，南浦离惊怨旧条。苦忆诸君情太重，一番回首一魂消。

订交只惜与君迟，才共听莺已唱骊。诗梦早随彭蠡月，俊游犹想沪滨时。青衫跌宕狂中酒，红袖轻盈笑索诗。为说风标在人口，姓名间付舵工知。（浔阳舟子崔礼廷曾两度载君，述轶事甚悉。）（愿花常好馆主）

稚川与我最情亲，文字知交骨肉真。诗律推敲今渐细，世途阅历气逾

315

醇。菊尊待约延秋侣，花社悬联醉月人。独有旅怀消不得，阻风中酒负秾春。（龙湫旧隐）

苏家昆季兴飞腾，酒圣书颠得未曾？疏俊恍疑人魏晋，性情难辨味淄渑。欲通水递鱼千里，为盼云书雁一绳。何日再劳调鼎手，不须同醉市楼灯。（梦游仙史）

河梁携手重裴徊，苏李诗成更举杯。画舫连宵吟夜雨，（同舟来沪上。）故园一例负寒梅。才人蹭蹬原同病，路鬼揶揄亦可哀。问水同风吾未惯，羡君安稳拥书台。（悟痴生）

枫泾畸士太多情，不怪幽斋简送迎。自以通今成绝识，岂徒博物负时名。草元未就才当惜，花乳分贻惠不轻。蚁斗床前君莫忏，近来我亦听无声。（舟中病耳。）（程端坡）

缕馨才调剧纵横，态度西昆见性灵。影事暗留珠作记，新词脆与玉同听。蚌胎乍结心先喜，（别时君方得女。）娥绿虽餐眼不青。我亦湖州遗恨者，曲中怕与唱珑玲。（缕馨仙史）

奇书脱卖太无聊，手散黄金兴不骄。万古牢愁看绿鬓，半生英气付红箫。多才岂信翻为累，艳福从来不易消。旧买鸡林君可记，关心为盼海东潮。（君有再赴日本国访友贩书之意。）（花消英气词人）

君家名父富收藏，兵后搜罗汝更忙。四壁古囊熏翰墨，一庭春雨养苍筤。（庭前慈竹复活。）手笺细拣名都韵，（君之同人尺牍□装潢成册。）佳拓亲贻纸亦香。（蒙赠以刻《定武兰亭》。）我到西江朋旧少，一瓻常忆旧书堂。（徐石史）

赵君画理褚君书，标格生来各不如。禽向偏多婚嫁累，（谓平岩。）山林翻爱市廛居。惠山闻已携吟屐，（谓嘉生。）笠泽何妨狎醉渔。翰墨缘深忘不得，何时剪烛夜窗虚。（南洋画隐、分湖渔隐）

海上论交君最先，容斋而外（谓洪子安。）数斯贤。如云吟侣仍三径，似水交情已十年。（用录别时语。）雪送屐声寻酒梦，月昏窗影话茶禅。只今一别浑无赖，待看秋风发榜天。（章伯云）

一春心事落花知，如此风光奈别离。红雨满帘人去后，绿波双剪燕来时。天涯梦断朋簪乐，倦旅禁待病骨欺。料得故人回望处，清明烟柳写相思。

《申报》光绪元年乙亥三月十五日（1875 年 4 月 20 日）

舟中续怀人诗　　小吉罗庵

旧是词场百战身,当时行卷说扶轮。(君旧有《茉莉花》诗,为时传诵。)只只白发称都讲,犹未青山作外臣。兵火摧残家尽破,文章结习老逾真。平头八十今年是,菊酒延龄再一巡。(顾篆香明经)

标格生来鹤不如,小园赋就赋闲居。绉眉入社思参佛,放胆归田学种蔬。俗变愤吟新乐府,(君有《沪北新乐府》十章。)图成快赠古爻著。(君为予书月痕楼影、冬青老屋两图卷引首。)别来闻说君逾健,一杖红藤笑掷初。(江伊人广文)

钵池性格古名流,味外酸咸苜蓿秋。有癖何尝非鸩毒,著书端不为穷愁。一生心迹留银管,两度奇缘痛玉钩。(事见君所撰《金壶七墨》。)墨渖洒余应尚富,瓮中他日愿重搜。(黄天河广文)

家山万里问滇池,劫后还乡未可期。循吏儿孙名易起,才人忧患例先支。未成结夏三年课,早写吟秋一卷诗。(君和老杜《秋兴八首》韵诗,一时和者数十家。)拄笏西山君莫悔,河阳华鬓讵成丝?(杨稚虹司马)

海滨流寄廿年身,柳色秦淮不算春。高士谋生原有道,近时医国更何人。(君隐于岐黄之术,藉给薪水。)寥寥画本秋留影,(兼善画菊。)草草诗笺笔有神。(章草甚苍劲。)闻道竹林昆季在,论交惜未话情亲。(黄小园布衣)

林君幕府擅才思,东浙西吴历聘时。呼酒时楼狂说饼,(去腊沪上会合时事。)钞诗山寺暝然脂。(君荟萃近时名媛诗文,已得数十家。)文章政绩怀先业,临水登山费好词。珍重瑶缄留后约,春江游舫太倭迟。(林夔公广文)

君才合署小斜川(鹤槎贤郎),风致何嫌瘦可怜。卖药不妨居近市,(君主于王氏丸药肆。)种花雅称骨如仙。踏灯互醉歌楼月,携屐同吟菊社篇。只惜花时未言别,篷窗常忆此婵娟。(江子毅文学)

惭负诸君嗜芰心,异苔何幸托同岑。讲堂月月名谁匹,(指海上诸文学。)典郡风流契更深。(长白、吴兴两太守。)醉态尽能容脱略,欢场多谢屡招寻。只今一别浑如雨,剩欲重携海上琴。

《申报》光绪元年乙亥四月二十五日(1875 年 5 月 29 日)

鹦鹉地图歌

西洋地球图载此地为南极下野区,新开南墨利加、火山皆为第五、六洲。曾有佛郎西舟于大浪山望见有地,就之,惟平原淼荡。入夜星火弥茫,

一方无人,但见鹦鹉而已,故名。　　　蘅梦庵主旧稿

　　蟠虹温带萦天纲,十洲异事谁能记? 域中原有凤凰山,海外新传鹦鹉地。此地遥邻墨利加,龙宫宝气学金沙。西洋线路寅针直,南斗珠星丙夜斜。狂涛不蚀三铢土,粼粼瑶碧凝悬圃鹉。仙岛风和气不寒,暖烟红晕日华丹。四照花开不见人,漫天匝地飞鹦残。双襟染翠修翎碧,衔花钩喙珊瑚赤。学语谁传海上声,凌云不是中原翩。桂家娘子武仙郎,眷属相依水一方。粉羽群飞疑蛱蝶,绿襟比翼学鸳莺。星火中宵映天汉,大浪山高横赤岸。何年舶趁佛郎西,扶桑以外曾亲见。天海苍茫事有无,广轮曾见地球图。丹青珍重王孙意,重倩良工院体摹。连露花台飞万翼,海波倒射晴霞色。丹穴鸾雏自有家,乌衣燕子曾开国。披图我意最相思,小录夷坚信有之。记得南朝柳归舜,游仙曾遇木蝉儿。郁华满地真如此,此去中华知几里。只在圆盘一握中,盈盈尚隔千重水。我疑此地即蓬莱,宝鸟传书定往来。日暮清泠瑶水碧,随风还上紫琼台。不然竺国应相近,金经日诵参心印。六时奏乐散天花,妙音自和频伽韵。君不见天宝当年乐事稀,呼名常伴玉真妃。画枰劫散牙床冷,香冢蘼芜葬雪衣。又不见德寿宫庭盛南渡,解涤曾许归山去。中使前头问上皇,离情黯淡钱塘树。从来文采致樊笼,绣槛屏山閟后宫。争似瀛洲西畔路,飞翔任意海天空。海碧天青飞自在,瑶精散晕生光彩。天上芙蓉别有城,人间星宿原通海。弱水西流去不还,芝英瑟瑟玉成田。一生不入黄金殿,莫向风前说陇山。楼台倒影鱼龙伏,欲泛仙槎路难卜。想见归飞拍拍时,晚来一片斜阳绿。小梦华胥记未真,雕龙闲对绿朝云。剪灯拟续《深思赋》,谁是曾经沧海人?

　　　　　　　　《申报》光绪元年乙亥十月初五日(1875 年 11 月 2 日)

　　吉罗道人以名孝廉入赣南幕府,应外舅观察许公之聘也。曩以羁栖塀馆,得侍麈谈,宵榻篝灯,辄承指授。荒斋跧伏,文话久疏,自郗□入座后,吾道为不孤矣。狂喜之余,率呈四律,即题其《泽古堂诗初集》后　　履尘道人[1]

―――――――――

〔1〕　履尘道人,即刘鼎,字履尘,号涤霞,江西南城(今属江西)人。为秀才,工诗文、书法,江西吉南赣宁道观察、河南按察使、浙江布政使许应镂女婿。后任台北通判,1894 年甲午战后,赍恨而终。

三千里外远游程,十八滩寒旅梦惊。诗卷压舟随客至,潮声如鼓挟春行。青衫入幕徐文长,金石留题项子京。我岂微之君白傅,个中香火有同情。

惝惝琴德古琼瑶,戎马而还久寂寥。遥夜怀人千绪触,残春为客一杯浇。调莺珠箔新翻谱,扑蝶雕阑旧按箫。锦瑟华年丝肉感,梨云如梦月如潮。

余生虎口日黄昏,一棹西湖几断魂。袖底云烟楼有影,帐中图画月无痕。(君有月痕楼影图,为悼亡作也。)故园尚认青杨巷,旧院重寻白板门。(君近又作冬青老屋图。)诗纪繁钦留约指,花前细检泪频吞。

频年转徙自江关,避地人从雁宕还。青白眼殊科第后,金银气尽乱离间。冬心树老情犹暖,春感词成泪已斑。侼草得官徒束缚,好诗端合贮空山。

南城刘履尘茂才同依榷署,小住虔南,谈宴之余,谬承青目,羁旅无聊中,居然得一知己,快如何耶。

因次枉赠四律韵奉答,即题其《秋斋蠹余集》后　小吉罗庵主人

短艓南来逐雁程,眼中人在见先惊。高丘华岳神鹰掣,独客关河健马行。诗笔奔腾驱鳄海,褴衫冷落走燕京。(君随宦岭峤,献赋金台。)才人心迹存吟卷,细雨昏灯共此情。

荔支味隽抵江瑶,诗派图中未寂寥。骨太崚嶒脂不润,胸多块垒酒难浇。晓莺怨写芳姿扇,(君生平有一恨事。)雏凤声和内史箫。相对隐囊犹忍俊,凉虫絮月况如潮。

啸莺鸾凤振黄昏,语出肝脾动客魂。师友摧颓余剑气,弟兄离合验衫痕。玉成天定偿廉吏,文福人犹盼德门。预料秋风新得意,胸中云梦已全吞。

早年词赋动江关,听鼓中原抗手还。琐骨自超仙侠外,骚坛应在李何间。丛残著述鱼三食,华黼文章豹一斑。笔砚惭予焚未尽,从今不敢说藏山。

《申报》光绪元年乙亥十月十八日(1875年11月15日)

敬贺剪淞捷南宫试,七叠忆仓山旧主韵

声名吟社昔群推,价重鸡林第一才。秋水蒹葭萦旧梦,春官桃李列新栽。主持风雅当年寄,报道泥金此日来。簪罢宫花衣罢锦,羡君稳步到

蓬莱。

玉皇香案吏前身,驾得红云降太真。始信文章原有价,本来笔墨早通神。沪滨酬唱怀吟侣,阆苑英华咏吉人。惭愧秋蓉生冷落,春风不逐紫微臣。

鸳湖扫花仙史映雪生稿〔1〕
《申报》光绪三年丁丑五月初二日(1877 年 6 月 12 日)

读味梅花馆诗五集题赠陈曼寿明经,即用集中沪城秋感唱和诗韵

小长芦畔钓师稀,白鹤江边倦翮飞。入世已拼牛马走,依人谁恤凤凰饥。承平故态沿巾帻,丧乱余生剩褐衣。谁貌夫君好风调,名流那有食蛙肥。

江湖小集亟刊行,卷束牛腰纸尚生。活法早从扬陆悟,浮名偏让李何成。红牙懒不修箫谱,白发狂犹按酒兵。难得海滨同社集,可知瓦缶正雷鸣。

钱塘蒋其章子相甫初稿

奉送张鲁生太守出使日本

海隅出日遍怀柔,帝简遥符博望候。王会分排龙虎节,舆图尽历凤麟洲。三年雨垤铭遗泽,万里星槎赋壮游。较似封蕃诸册使,恩荣何止纪琉球。

君家华姓本连天,直下扶桑几点烟。榷市权宜归典属,飞书智略称筹边。僧斋谲计周防远,足利遗经著录全。好慰九重东顾意,诸罗盟约慎当年。

钱塘蒋其章子相甫初稿
《申报》光绪三年丁丑十月初八日(1877 年 11 月 12 日)

何子峨太史、张鲁生太守出使东瀛,恭赋四律,
兼以书怀,录呈大吟坛郢政　归安包延祺滇生氏呈稿

词曹天上下双旌,寰海同钦帝简明。威望争看新节度,风流不改旧书生。敦诗说礼征宏抱,(正使何公由翰林特膺简命。)扫穴犁庭著大名。(副

---

〔1〕 扫花仙史映雪生,即孙熙曾,字莘田、辛恬,号扫花仙史、鸳湖映雪生,浙江嘉兴(今属浙江)人。为秀才,擅诗文,又在《瀛寰琐纪》《四溟琐纪》等刊有多文。

使张公以捕海寇功著名。)此去封候应指顾,诸君努力辅昇平。

簪毫逐队漫长歌,(蒋子湘大令曾赋诗送行。)星使风仪究若何?(正使何公系家母舅张太史公辛酉秋闱门生,予寓沪上,未往谒见。)共说名臣江左盛,(副使浙江人。)群钦贤宦粤东多。(正使广东人。)整齐庶类源惟礼,绥靖邻封道在和。万里重洋同咫尺,而今一统大山河。

(录二首,下略)

《申报》光绪三年丁丑十月十九日(1877 年 11 月 23 日)

奉题陈曼寿明经《梅窗觅句图册》七绝二章,录请缕馨仙史、雾里看花客郢政

铜坑清梦尚温馨,自向疏窗画月痕。怪道后山诗格冷,万梅花里闭柴门。

影疏香暗林君复,两字能传花性情。恰笑蹇驴风雪里,一天诗思太寒生。

蘅梦庵主

奉题杜晋卿茂才《秋树读书图册》断句二章,录请吟坛同政

打头黄叶坐人衣,正是晴秋补读时。恰胜书痴忘触热,版床频逐树荫移。

小杜翩翩未相识,桐清课剧劬书□。[1] 凭谁别貌臞仙骨,画作横琴石上图。

丁丑小春月蘅梦庵旧主客海上作

《申报》光绪三年丁丑十月十九日(1877 年 11 月 23 日)

沪城秋柳词三首录请蘅梦庵主、雾里看花客、缕馨仙史、味梅馆主同政之　丁丑仲冬饭颗山樵初稿[2]

愁绪如丝入画难,一声长笛月初残。可怜憔悴章台女,几度登楼不忍看。

---

〔1〕 此句原文少一字。

〔2〕 饭颗山樵,即杜求煃,字晋卿,浙江海宁人。诸生。书学六朝,得秀媚之致。著有《浣花吟馆诗钞》、《山城倡和集》等。

享尽繁华世不知,万人海里独伤时。阿侬也有悲秋意,怕唱晓风残月词。

江干曾羁往来篷,滚滚寒潮夕照中。蛮女不知春已去,犹吹羌笛对秋风。

《申报》光绪三年丁丑十一月十一日(1877 年 12 月 15 日)

断句二章奉赠蘅梦庵主,谨叠惠题秋树读书图第一首原韵,
即请缕馨仙史、雾里看花客、味梅馆主同政之

仙骨宜披一品衣,书生经济在匡时。八砖学士添佳话,记取槐厅日荫移。

法曲加闻唱羽衣,相逢萍水岂无时? 山城斗大难为客,碌碌浑忘淑景移。

丁丑仲冬饭颗山樵脱稿于龙邱寓斋
《申报》光绪三年丁丑十一月十四日(1877 年 12 月 18 日)

客窗对雪,有怀缕馨仙史、蘅梦庵主、雾里看花客、
昙华室主人、山阴悟痴生、龙湫旧隐、味梅馆主,
叠鸳湖映雪生赠仓山旧主原韵,录请诸大吟坛同政之

风雪天寒户懒推,耽吟敢诩浣花才。秫因酿酒关心种,竹为编篱信手栽。满眼溪山皆入画,一时鸿雁不飞来。(久不得曼寿丈书,良深渴想。)留宾愧乏郇厨供,几度呼童去剪莱。(时采莼词客下榻秋树读书斋。)

同是词场百战身,围炉且自乐天真。闲居岁月奔驰去,文字知交契合神。旧雨忽来江上客,(时许莘辅内弟自泰州买舟过访。)新诗聊寄陇头人。他年访戴春申浦,一石梨花已醉臣。(余不善饮。)

丁丑仲冬下浣饭颗山樵初稿
《申报》光绪三年丁丑十二月初八日(1878 年 1 月 10 日)

花朝偕蒋君子相、香叶、万君剑盟小饮江楼

连番风雨误青春,一笑晴光到眼新。更喜四人逢百五,(香叶、剑盟合年七十,子相与余合年八十,亦适逢其会也。)与花同日庆生辰。

娇红嫩碧斗鲜妍,次第寻芳到水边。一路香风吹面暖,玉楼人醉杏花天。

流水无心聚断蓬,一尊聊与故人同。申江今似秦淮上,文酒风流属寓公。

柳色依依动别情,一鞭有客赋西征。座中恐惹离愁起,不遣双鬟唱渭城。(时子相将赴甘凉。)

送子相出宰甘肃

十年海上订鸥盟,今日江干远送行。琴鹤一舟仙眷属,关山匹马古长城。栽花有意为娱母,作宦无奇要爱民。临别赠言君记取,从来循吏本书生。

龙湫旧隐甫稿

《申报》光绪四年戊寅三月初三(1878 年 4 月 5 日)

季白我兄索题《西湖载酒图》

卅里晴漪春酿足,酒香拂拂浮山渌。招邀裙屐湖上来,不似石鱼浪如屋。侬家住近涌金门,双堤草绿吟鞿痕。酒人三五杂凫鹭,柳花香扑鸬鹚樽。一自江湖狂载酒,春花秋月年年有。明湖归拥美人妆,一角烟波落吾手。君家月湖云水多,西泠屡欲添行窝。总宜艇子荡寒碧,湖光漾作杯中波。碧香酒库怀南宋,开煮风光醉春瓮。山鸟提壶社饮时,有人酩酊诗舡重。三潭莼菜九溪鱼,一箸方腴称书图。风流铁史春游倦,问有红妆斟酒无?

质庵缮稿

余既题《西湖载酒图》,觉意有未竟,再书二绝,
别纸奉寄,即乞季白道长兄教之

当年狂饮觥船掉,菱髻双丫捧玉壶。此日后湖重载酒,汉波怎替女儿肤。

呼船触忤别离愁,从此关山匹马游。纵有葡萄春酒好,可堪一斛换凉州。

公质弟识于汉皋邸舍

《申报》光绪四年戊寅三月初四日(1878 年 4 月 6 日)

戊寅花朝,再到江南,挈家赴陇,承海上诸故人赋诗宠贶,

情谊肫挚,醉不成欢惨将别,以致缺无一言。兹者假宿汉皋,

客窗坐雨,漫成二律,却寄壶隐主人、吾宗闲缇、剑盟、

龙湫旧隐诸君,录请缕馨仙史、雾里看花客教正

花朝又唱别江南,星社匆匆惜盍簪。旧梦凄迷成散雪,离怀琐细记眠蚕。徒将倦旅怜朋友,差喜全家合靳骖。已分粗才托乘障,稆生懒性可还堪。

书生无福远乘边,录别诗成怅绮筵。新妇分携磨镜具,故人亘赠办装钱。冰天跃马情何壮,讲舍悬鱼事或然。只惜海滨诸伴侣,强为阳五说当年。

质庵呈稿

《申报》光绪四年戊寅三月初七日(1878 年 4 月 9 日)

秋夜塞上戎幕奉怀隐畊我兄孝廉,得长句三章录寄大方正可

白杨楸槭作深秋,静卷军书坐旅愁。绝塞凄风酸画角,中宵凉月湿游裘。魔生文字能招祸,老至边关尚好游。颇厌世途空慰藉,未抛心力赋登楼。

雪压南山驿骑驰,呼镫快读故人诗。十年雅故看温卷,万里关河托梦思。蚍虱兜鍪随戍卒,鸰鸳文采羡佳儿。五云宫阙挥毫日,好嘱双鱼侑一卮。

青袍跌宕醉旗亭,淞北朋簪眼独青。自别斯人征陇坂,更无知己结云萍。黄虀饮血冰犹热,紫蟹堆盘酒带腥。寄语葛疆江海上,习池狂语得谁听。

剪淞病旅

《申报》光绪七年辛巳十月十九日(1881 年 12 月 10 日)

剪淞病旅自塞上寄诗见怀,次韵奉酬邮呈郢正

画角哀笳绝塞秋,读君诗句更添愁。飘零书剑依戎幕,憔悴风霜剩敝裘。万里还从戈壁去,一官深悔玉关游。遥看鸿雁飞无影,长笛声中独倚楼。

迢递关河尺素驰,故人情重寄新诗。不知远戍家何在,闻说边民去尚思。白发他乡犹有母,蓝田此日可生儿。长途苦望征车返,快饮江头酒

满卮。

　　莫问长亭更短亭,凉秋塞外草难青。霜条已秃边关柳,风叶谁回大海萍。看到功名真梦幻,尝来世味总膻腥。新诗谱入凉州调,一曲黄河待共听。

　　　　　　　　　　　　　　　龙湫旧隐稿

　　　　《申报》光绪七年辛巳十二月初二日(1882 年 1 月 21 日)

世医奇效

　　沪上以青囊术行道者折不胜屈,而求其精析毫芒,肱经三折者,亦属未能多觏。甬江陆基仁为名医陆士逵之孙,家渊浙源,深于损伤一症,而尤精究外科,其于辨症制药,独有心得,故有回生起死之功。……去岁蒋公质孝廉计偕时,登舟伤足,误服药酒,延一夜半日,其中之淤血已凝。基仁治之,不两月而复旧。此种医法,非得不传之秘者不能也。近复参透脉理,无所不通,着手回春,此之谓矣。愿为延医者正告焉。

　　　　《申报》同治十一年壬申七月十九日(1872 年 8 月 22 日)

篆香老人赠小吉庵主人序　本馆附启

　　篆香先生,丹湖名宿也。辞工黄绢,学富青缃。本馆蘅梦庵主幸识荆州,蒙赠序文。笔阵宏开,合三军而横扫;文澜遍及,使四座位以惊传。蘅梦庵主乃武林名孝廉,倡雅会于东南,壬林望重;建骚坛于沪渎,《申报》纷驰。昨因公车北上,先事回杭。岁月观摩,盟分鸥订,邯郸学步,技愧虫雕。蒙篆香先生倚马才高,句赠薰香,摘艳雕龙,技巧文成,错采缕金。伯牙是锺子知音,秦武愧孟贲角力。从此烟波欲赋,每笔搁于青莲,因之春树难忘,籍文成于白甋,谢抒珠玉,为布琳琅。

　　尝思骅骝千里,凡马谓之蹶蹄;鸑鷟一鸣,众鸟因而箝喙。良以天生神骏,遂尔超群;天出祥禽,果然拔翠。而况鲸波鳄浪,洵堪荡涤其胸怀;象贝犀珠,藉此以扩充其眼界。由是扬古芬于希范,有锦皆舒;捘时藻于文通,无花不吐。则有如我蘅梦先生者,窃尝谓之倾倒矣。

　　先生南国词人,西泠才子,禀虎跑之清气,托鹫岭之奇踪,钟声鸣而三竺皆秋,帆影挂而六桥如画。探将梅信,闲寻处士之坟;听到潮声,闯入灵胥之庙。所恨公车历碌,未攀旌节之花;还欣席帽抛残,早(掇)〔辍〕科名之草。仆与之神交半载,意其人必倜傥权奇,疏狂(趺)〔跌〕宕,睥睨一世,睥睨千秋。言泉涌而口若悬河,笔阵排而力能撼岳。命《离骚》作奴仆,语必惊人;呼德祖为小儿,目无余子。固已天仙下降,佩环自此遥传;飞将登坛,旗鼓从而倒退者矣。而乃青鞋布袜,淡若畸人;羽扇罗衫,静如处子。珊珊仙骨,弱不胜衣;脉脉芳情,呐如缄口。沉思渺虑,有山深林密之缘;剑锷藏锋,无剑拔弩张之气。和光接物,善气迎人,旁观者以为皮里阳秋,当局者绝不口中臧否。苟梁太子不闻《七发》,负此曲江;方陆士衡未见《三都》,嗤为伧父。其故何哉?盖以凝重之材,不若名流之佻达也;沉潜之品,讵同时尚之翩跹也。金以炼冶而益良,玉以琢磨而愈润。冰霜备列,谁知壮岁之艰辛;甘苦亲尝,孰识半生之况瘁。始信撝谦日抱,无非名士虚怀;蕴藉风流,乃是才人本色耳。

今者薄游海上,浪迹他乡,爰赁庑于申江,作寓公于歇浦。夫沪固纷华靡丽之场也,裙屐如云,壶觞竟日,家家弦管,户户笙歌。宵谈而花气盈窗,昼睡而烟光绕榻。灯为明月,照来不夜之城;酒若清淮,流出众香之国。演到台前儡傀,举国若狂;飞来索上秋千,哄堂皆笑。凡斯之属,更仆难终。君独卓尔不群,岸然自异,胸如冰雪,思入风云,洵所谓"铁中铮铮、庸中佼佼者也"。

嗟乎,人之相知,贵相知心,赠子一言,敢期三复。愿君朝披夕诵,蒐讨曹仓;愿君手胝口涎,讲求邺架。愿君扶摇直上,高题雁塔之名;愿君踊跃争先,远接龙门之路。愿君三秋风雨,勿忘车笠之盟;愿君百里云山,勿替朋簪之好。心悲雁帛,目盼鱼书,肺腑之言,如是而已。仆老矣,韶华若驶,岁序如流。忆昔梦而阑珊,缅故交而零落。马鞍龙尾,徒深缱绻之思;乳水珠峰,漫切缠绵之想。白头如故,能有几何;青眼相加,非所敢望。今则睽违咫尺,握手非难;阔别须臾,倾心弥切。莫叹此翁瞿铄,愧我于萍飘蓬转之中;剧怜之子清超,思君于落月停云之外。

篆香顾敬修时年七十有九[1]
《申报》同治十二年癸酉十一月初六日(1873年12月25日)[2]

与沤钵罗花馆主书

(文略)

---

[1] 篆香老人,即顾敬修(1795—?),原名棨,字篆香,浙江平湖人。恩贡生。工制义,擅长古文。晚年主讲观海书院。著有《小玉山房诗文集》。
[2] 此文后又重刊于《申报》1917年4月7日,"老申报四十年来之回顾"栏"文苑"。

缕馨仙史曰：鸣呼，余三复西泠遗客与沤钵罗花馆主书，而知客真善言情者也。夫天地无情，万物曷以生？日月无情，昼夜曷以成？然则与天地同休，与日月并明者，无非情而已矣。……尝有《遣情诗》云：铜龙昼滴芳心碎，铁马秋敲绮梦回。又曰：红闺梦短琼箫裂，翠箔秋凉玉玦明。又曰：精卫口难填恨海，共工头不触愁山。又曰：发卸鸾簪纷绿雾，泪淹鸳枕凝红冰。继又自忏曰：私爇心香祈造化，他生莫作有情人。噫，岂真欲为太上之忘情耶，亦聊以遣此愁情耳。雨窗枯坐，偶检旧稿，犹不自觉泪之缘缨流也。忆去岁父执可无他室主人见赠云：惜花情重字生香，虽深愧不逮，亦可谓心心相印矣。今年剪淞病旅见怀云：往事暗拈珠作记，则真能道予之苦衷矣。因西泠遗客书而连类记之，殆所谓知音者芳心自同乎。质之客与沤钵罗花馆主，未知许共证情禅焉否也？八月丙寅旁死魄，附记于海上之铸铁龛。

《申报》光绪元年乙亥八月初三日（1875 年 9 月 2 日）

敬贺剪淞

剪淞病旅浙江名士，向为本馆主持笔墨之人，识见明通，才华富赡，阅本报者无不钦仰其名。前年以公车报罢，留北方深洞溯。今阅本科会榜，其名已巍然高列，欣幸之余，辄申燕贺。盖此不特剪淞之喜，即本馆亦与有荣施焉。

《申报》光绪三年丁丑四月十八日（1877 年 5 月 30 日）

诗社纪盛

沪渎为通商繁盛之区，而风雅一途，亦尚不闲寂。前者诸同人有聚星吟社之设，一时文人才士相与唱和，海内艳称。既而诸君子或橐笔他乡，或倦游思返，风流云散者一年有余。蔡君季白甫上风雅士，而寓于本埠抛球场后。近日又联沪渎联吟一社，共拟新题，每月一次，择其尤者汇刊成帙，甚盛举也。

《申报》光绪三年丁丑九月十一日（1877 年 10 月 17 日）

（2）《申报》刊文

朱烈妇传　泽古堂初稿

杭垣庚辛之变，士民妇女以不屈被戕者数十万计，而其死志素定、遇难尤惨烈者,则余戚朱烈妇其最也。烈妇氏曹,钱塘人,适同邑朱眉伯茂才世钱。庚申二月,杭州不守,眉伯惧贻庠序羞,以一子一女嘱烈妇曰:"以是区区者,为若累矣。"烈妇泣受教,抱携子女而潜伏他所,眉伯遂撄贼锋。时贼踞城不久,搜牢未遍,烈妇虽怀鸩,然志决而事未逼,因得以无恙。顾念夫死,诚为疾首痛心,然夫所死者义也,则又笑慰之曰:"夫以义,妇以节。他日再有不虞,当相从泉下,无玷也。"及辛酉秋,杭城再陷。先令其子随乳姬东渡,未出城,为贼掠去。姬复来,携其女,时邻右妇女共怂恿避寇,烈妇固不可。曰:"吾在室,遇贼死耳。出门遇贼,亦死耳。无宁其在室也。"众共掖之,行至鼓楼前,猝遇贼,驱众妇女若羊豕。烈妇乘间,急以首撞鼓楼石柱上,血溢脑流,而首尚抵柱上,植立不仆。群贼见之,亦咋舌惊叹云。其族中朱金粟之妻、仇氏妾周氏及一子,亦同时赴井焉。呜呼,朱氏为钱塘世族,熏陶渐染,大抵皆礼义之风。然非立志素坚,又乌能取决于临时,以成其为烈哉!是亦可以传矣。

赞曰:武林山水清华,人物亦多文弱,乃遭逢大乱,或则慨慷捐生,或则从容赴义,即妇女之决脰沉溺者,前后亦不下十万人。噫,殆可谓难矣。采访忠义局中撰有《忠义传略》,搜罗亦略备矣,若烈妇者,不宜在表扬之列也哉!

　　　　《申报》同治十一年壬申六月初四日(1872 年 7 月 9 日)[1]

李烈女金烈妇合传　　越曼生稿

(文略)

此李越曼农部旧作也。酒坐琴言室主人抄稿送本馆,属为刊行,以发潜德而扶名教,甚盛心也。惟标题曰两烈妇合传,则(徵)[微]有可议者。岂烈女虽适林氏为养媳,而尚在待年,未成礼,则固未成乎其为妇也,故仍曰女而不妇,所以示绝于林也。越曼见之,颇以为妄谬否耶?　　蘅梦庵主附跋。

　　　　《申报》同治十一年壬申九月初九日(1872 年 10 月 10 日)

---

〔1〕　此文后又重刊于《申报》1917 年 8 月 23 日,"老申报四十年来之回顾","尊闻阁笔记"。

戒杀论

草昧初开之世,弱之肉,强之食,茹毛饮血,无足怪焉。自稼穑兴而民食具,后之圣人,因隆特杀之典焉,申无故不杀之戒焉。仁至义尽,戒杀之端,始基乎此矣。释氏者出,惟戒杀是胜,人或不能无疑。夫戒杀是也,所谓不忍之心也,惟戒杀是胜则非也,遁于空虚寂灭也。孟子曰:"以不忍人之心,行不忍人之政,治天下可运之掌上。"极言不嗜杀之效也。梁武以面代牺牲,及身饿死台城下,误于徒戒杀之故也。然则以释氏之戒杀为劝,何如以圣人之戒杀为劝乎!圣人戒杀之心公,故不言阴骘;释氏戒杀之心私,故专重果报。圣人以为恻隐之心,人皆有之,推是心而扩充之,可以无不孝不弟之人,亦且无不忠不义之事。况天地以好生恶杀为心,既生稼穑以养人,人自应体天地好生恶杀之心,不以口腹而戕物。果能使仁慈恺恻之意,蔼然充塞于天地间,将见大可以召甘雨和风之瑞,小亦可以召富贵寿考之休。历观古今人事,往往慈祥者多吉,而残忍者终凶,历历验之,百不爽一,此实感召之自我,而非报施之在天也。明乎此,则知戒杀本非迂谈,而要非释氏空虚寂灭之愚论,并非俗僧因果报应之谬说耳。

余四十无子,友人王镜潭明府谓余曰:"君性嗜鳝,何不除屏之,可期有子乎?"并述其先人曾持此戒,生三子焉。盖鳝最护子,观其就烹之时,凡有孕者,虽属釜底游魂,必且高曲背腹,冀免其子,情形极惨。余谓以求子之故而始戒杀,所谓有心为善,安必其获福哉?然恻隐之心,人皆有之,推是心也,亦何忍而出此?爱命庖人,永除此味,非敢以是求子也。逾年生一子,旋殇去。余戒如故,今年又生一子焉。盖善机之感,召理或然欤?因作《戒杀论》,并志其颠末云尔。壬申秋日西(冷)〔泠〕宦隐记。

予读西(冷)〔泠〕宦隐《戒杀论》,而不禁重有感也。夫因果报应之说,为贤者所不道,然晚近之世,桀骜之徒,则亦赖有此四字以慑制之。凡物尚有焦类,否则杀戒一开,将不但刀砧浴血而已也。故为上哲者说法,与为下愚者说法,诚不可以一概论也。沪上城北一隅,屠割之多,迥倍他处。大而牛羊,小而鸠鸽之属,日何止数万计。现虽有朔望日禁宰猪羊之事,而犹未能推以及其余,则以不忍为心者,可不知有以自克乎哉!蘅梦庵主附跋。

《申报》同治十一年壬申九月二十三日(1872年10月24日)

戒酒论　剪淞居士稿

自来事之至微而至小者,每不知所戒也。正惟不知所戒,而至重至大之事,每失于至微至小之中而不自觉。何则?毁名败节者,嫖也;倾家荡产者,赌也;耗费钱财者,吃着也;废是失事者,吃烟游荡也,夫人而知戒矣。至于物之易起祸端,而最耗精神者莫如酒,而人独不知所戒者,则以微小而忽之也。微小而忽之,遂忘其戒矣。

天下事酿成人患者,皆基之于微小。故人以为微小而不足戒者,我以为微小而必当戒。《五子歌》云:"有一于此,未或不亡。"而酒亦居其一。虽自古以来,飨报奉祀,晏会宾客,酒亦在所必需。然而有为而需,非贪好者可比。兹之所谓戒者,非谓戒之而一滴不尝也,亦在人因时因事,而自为节制耳。能有节制,即得戒之方矣。孔子云:"惟酒无量,不及乱。"其言良有深旨也。在高明有识者,固不待戒,而悉知自爱。惟乡市无知之辈,草茅蒙昧之流,恋其所好,恣其所欲,将见以酒而形神日损者有之,以酒而事端迫起者有之,以酒而祸害潜萌者有之,以酒而家业日促者有之,以酒而淫荒无度者有之,以酒而失时误事者亦有之。况酒为嫖赌之媒,其患为尤烈。乘醉而游,有兴则起烟花之念;任情以往,得意而至赌博之场。匪友从此相亲,正士因之日远。甚至街上随眠,身体蹭蹬而不顾;杯中癖爱,日用拮据而难堪。是酒之为物,始审之,可以微小而不戒,继审之,乌得以微小而不戒乎?

然在好酒,自解□曰:酒和血气,且所费不过数十文,是无伤也。殊不知食饮则伤气血,又何能和之有?而一日费数十文,十日即费数百文,一月则以千计,一年即成数千矣,积年即费数十千矣,安得谓之无伤哉?昔西人帅福守尝于租界内创立戒酒会公所,以劝西人共戒夫酒,而况华人,尤为当戒哉!彼世之贪酒而好酒者,知自爱而能自戒也,则不特可以培固其本元,抑可以节省其縻费,未始非获益之一道也。

《申报》同治十一年壬申十月初二日(1872 年 11 月 2 日)

金阊祖烈女小传　小吉罗庵稿

烈女祖姓,其父某市井中人也,居吴门之柳巷。母俞氏,素有淫行,父莫之能禁。为子娶妇盛氏,而子死,盛氏誓死靡他。而俞则炫妆艳饰,日号召诸少年宣淫于家,且屡逼媳妇,以佐夜饮。时烈女十一二龄耳,心已羞之,且忿嫂之见逼也。盛氏独以礼自持,卒能入污泥而不染,俞无奈之何,又逼改醮,盛遂毁容以自保。居数年,俞终不能忘情。盖俞齿渐长,色渐衰,虑无以得诸少年欢,故以妇为媒,以女为饵也。盛氏度终不免,遂托词归宁,屏居他处,以针指自给。俞见妇之去也,益日夜绳其女于诸少年。诸少年益艳女,盖女正盈盈十五矣。女亦度终不免,遂跳身从其嫂于所赁屋中,计将以针指自给,与嫂相安处,以避其毒也。不意俞侦知之,婢妪促归者相望于道,其所以慰藉胁诱者,无所不至。女度终不免也,而又以大义所在,不得不归,然其志则已决矣。

九月十九日傍晚,俞以肩舆迎女归。及女入门,则既已上灯矣,见诸少年围坐备媒狎状,盖俞已定计,必令女从诸少年饮也。女稔知其谋,度必不免也,伪为欢笑承迎状,使俞不疑。遂入室更衣,潜取俞所食之洋烟膏,仰一勺而绝。母怪女之久不出也,秉烛入视之,则已僵矣。

论曰:烈女小家女,不闻《诗》、《书》之教,不习礼义之文,所目见耳闻者,母氏之淫行耳。而立志坚贞,与其嫂如出一辙,已可异矣。卒之知事不免,身以殉名,可不谓难欤!我尝闻禹航徐仁姑之风矣。仁姑,禹航小家女也,亦为母所逼,亦矢志以身殉,而独从楼槛掷下,得不死。邹明府收而抚之,并为择配,则志同而命不同矣。我既叹盛氏之与为委蛇,而卒以身免,此智者之事也。烈女之不能为委蛇,而卒以身殉,此愚之不可及也。呜呼,此其所以为烈女耶!

《申报》同治十一年壬申十月初八日(1872年11月8日)

商贾入官论　西(冷)〔泠〕宦隐初稿

君子、小人之分,其类者义之与利也。商贾仕宦之殊其途者,言利之与不言利也。孟子曰:"上下交征利而国危。"非谓当官者宜舍利是图耶?又曰:"以左右望而罔市利。"非谓为商者惟利是务耶?捐例开而仕途杂,有由幕而入官者,有由吏而入官者可也,亦有相需之处也。至于贵介之子若弟,抑或读书之未成名,藉此以为释褐之捷径,虽乏佳士,尚少伧夫。惟商与贾,孳孳为利,出纳之际,必筹子息之重轻;尔我之间,不惮锱铢之较量。以之临民而御下,何殊嗾犬而纵鹰?馈献是其才能,将图一本而万利;夤缘不知污辱,谓可枉尺而直寻。认宪牌为开张之招牌,持硃票当划付之汇票。声名狼藉,置若罔闻,政体攸关,茫然不解。

所怪在上者,误以刻薄为清廉,畀之重任而不顾;误以粗鄙为俭朴,置诸美地而弗疑。不知商贾之诀,千做万做,惟折本不做;横说竖说,惟真话不说。正与为官者之鞠躬尽瘁,开诚布公,迥然相反。以之入官,宜乎不宜。唐刘晏以文人而言利,史且称其损下益上,民甚疾之,以故不得其死。

况以市侩者流,遽登庙堂之上哉！吾愿朝廷于捐纳一途,增修条例。凡系商贾入资者,只准顶戴荣身,不得分发到省。或者责成大吏考察属员,分别商贾出身,只准逐队观光,不得奉差委缺。庶几官途可期清白,民间免受灾殃,未始非救时之大善政焉。或又送难曰：商贾中亦尽有大器伟才、大有作为者,何得一概抹倒耶？况宏济艰难,需才孔亟,何得限以一途,以隘其登进之阶耶？则又在精于察吏者,以因人而器使也。何必因噎而废食哉？予遂唯唯而退,不复置辨云。

《申报》同治十一年壬申十一月初四日（1872 年 12 月 4 日）〔1〕

续戒杀论　佛生氏谨志

世间最重者生命,天下最惨者杀伤。凡人之情,孰不喜生而怕死,则推之庶物,宁不皆然耶？我儒虽不谈因果,而果报昭彰,历历在目。试思刀砧动处,鸡鸭悲号；鼎镬烹来,鱼虾惨跃。以物之性命,供我之口腹,于心忍乎？人生在世,饕餐燕会,固不能长斋茹素,然佛家有三净肉之说,亦未尝禁人之茹腥也。而晚近之人,以为此释氏之空谈,我儒则目以为迂说矣。然钓而不纲,弋不射宿,及君赐生必畜之,非孔圣之不妄杀乎？见其生不忍见其死,闻其声不忍食其肉,非孟氏之不妄杀乎？我儒读圣贤书,亦宜遵行而勿失。一家少杀一生命,推而广之,免残无数生灵矣。一日少杀一生命,积而久之,普救无穷物命矣。

况北关以外,开筵请客,酒池肉林,点菜者恣尝异味以为快,营业者善屠生命以为鲜,诚如蘅梦庵主所说,大而牛羊,小而鸠鸽,日何止数万计者。其屠割之惨,尚何忍言耶？试回忆十余年前,炮火丛中,时忧丧命；刀枪队里,幸获余生。则其临危畏缩之情状,自顾堪怜。谓人怕死而物不怕死乎？至朔望禁宰猪羊,自咸丰六年至今,事隔十余年,始得该业遵劝。他如北关以外,非不欲推及其余,无如善愿虽存,善机难发,久已耿耿于心,未识西（冷）〔泠〕宦隐、蘅梦庵主两贤,肯赐援手以为大声之呼,以博登高之应乎？他如酱肉店之鸡鸭等,朔望亦尚未概禁,酒席上之鸽,每日则不知凡几,野味店之烹割,冬季则愈益闹忙。则姑俟续劝,聊志数行,并请质诸西冷〔泠〕、蘅梦两贤。

《申报》同治十一年壬申十一月初五日（1872 年 12 月 5 日）

---

〔1〕　此文后又重刊于《申报》1917 年 5 月 24 日,"老申报四十年来之回顾","四十年前之仕途"。

魏塘双节合传　小吉罗庵

双节者,周学高之妻万氏、许东来之妻陈氏,皆浙江之嘉善县人也。俱出小家,俱适农人子,而俱以青年守志,之死靡他。呜呼,亦可谓难矣。

周学高死时,万氏二十余耳。家贫如洗,而姑老多病,又无子。万泣曰:"未亡人将以身殉,其如此堂上衰白何!是不可勉代子职,以尽其天年也。"于是椎髻操作,夜分不寐,以图甘旨之奉无缺也。己则杂糠秕为糜,伏暗辄呜咽而食,不令姑知,盖二十年如一日也。

许有子东来死时,陈亦只二十许耳。族人以其年少子孤,抚育匪易,每有劝其改适,以冀得全一脉者。陈氏毅然曰:"是何言欤?家虽贫,孤虽幼,独不有十指可以谋饘粥乎?独不有一身可以任抚养乎?庸为君等累乎?若改颜事人,则有死而已,宁不为也。"里人咸钦其苦节,代为请旌于朝云。

论曰:二妇皆农家子,而一则能养姑,一则能抚孤,大节所在,皎然凛然,竟有世家大族之所万万不能及者。呜呼,是可传已。"十室之邑,必有忠信",是亦采风者所当知也。

《申报》同治十一年壬申十二月初三日(1873 年 1 月 1 日)

论杭州织造经书大案件
蠡勺居士口述,西泠下士拟稿,蘅梦庵主手录

杭州有一大案焉,曰孙与韩也,而其中主谋交涉之人,则维郑与秦。其中之诡谲反复,真有出人意外者,是不可以不记。

孙连甫者,名世锦,官名孙锦。向充织造衙门经书,与小粉场之郑田氏素有桑中之约。兵燹以后,有同衙门之秦少鲁者,到伊家居住。郑田氏见其年少貌美,即与有染,日复一日,遂成胶漆,而旧日之莲甫,则已作陌路之萧郎矣。迨戊辰年,莲甫等四人侵吞织造官项事发,遂问罪,发往黑龙江充当苦差,于是莲甫畏法报死。其子翰臣名文浩,系仁和生员,捏报父死,丁忧成服,被人告发,当即捐贡出学,亦谓救急之极计耳。乃郑田氏者,系著名之雌老虎,既闻此信,即日夕伺察。一夕,忽邀集歹人,在路将莲甫摚取而回,勒索洋五百元,自此仇深似海矣。

及至辛未年,承办大婚典礼,郑田氏之次子端甫勾结翰臣,同为上案充当经书,与旧时经书朱惠夫即官名舒锦章者,三人串通,将同事经书韩子渊革退,于是朋比为奸,弊窦百出。不三年间,三人各拥家资十余万,目中无人,横行不法,奢靡之态,不堪言状。前孙连甫曾欠韩子渊银三千两,因莲

甫逃避无踪,无从讨取。至壬申秋间,莲甫逗遛姑苏,代办大婚典礼各件,被子渊途中撞见,向伊理讨,不但分文无完,反出恶语相侵。是以子渊忿极,向吴县控告,蒙县主解回钱塘。岂知承审官一味含糊,不与深究,经承胡培坐得重贿,为之上下斡旋,不但欠款不提,反说此人并非孙世锦,系是孙世镰。更用重金买通郑田氏长子鸿彬即郑抉云,秦宝贤即秦少鲁等共八人,联名出结作保,就此了案。而子渊有屈难伸,只得向各大宪处上控,无非财可通神,呼冤无益。其暗中一切料理,均是郑抉云为之主持,可见其所为反复无常,真是无耻小人也。而郑田氏与秦少鲁者,则骄淫愈纵,日费数十金,饮馔衣服,无不十分华美,虽优伶娼妓,无以比之。郑田氏有夏姬之目,鸡皮三少,愈老愈淫。又有女织造之称,合衙门中公事,不论巨细,托少鲁向田氏一言,事无不妥,其气焰亦可想矣。宜亲者疏之,宜仇者恩之,孙、郑之谓矣。而其阴谋诡计,又疑有偷天换日之能,则少鲁之奔走其间者可想矣。诸君子欲观备细,则浙江抚宪、学宪、臬宪、杭府宪各衙门内,俱有全案可以抄者也,并非余一人之私言也。田氏、少鲁之事,则有乡党亲友诸人耳目在,亦非予之私言也。如曰挟仇诬说,则予非其人。

此稿由武林邮寄申江,所以维持清议、舒写沉冤也。幸览者勿以为不留余地而弃掷之,幸甚。　　小吉罗庵主附跋。

《申报》同治十二年癸酉正月十四日(1873 年 2 月 11 日)

续论杭州织造经书案件　　江上闲人

(文略)

孙、韩一案既有定谳,则西泠下士所论,诚可不必置辨矣。吾独怪夫秦、郑丑事,何为而笔之书也?是盖其嫉妒之深,以成为诬罔之甚耳。吾不敢为左右袒,愿诸君其细审之,勿为所惑,则秦、郑可不必用湔雪之词,而孙、韩亦可无讦告不休之弊矣。　　旁观冷眼人跋。

前十四日所刊之论,系武林邮寄者,本馆以博采兼收,未及遍为访察,即依原稿印行。今阅此辨,始知前论所为败人名节、入人罪戾者,皆属海市蜃楼也。文士笔端亦可畏哉!本馆以相隔既遥,没由确知虚实,姑两存之,以俟深悉此案颠末者论定云。至中菁之言,则固为理之所必无者,可不待予之申论耳。　　寄瓢生附跋。

《申报》同治十二年癸酉正月二十八日(1873 年 2 月 25 日)

（3）《瀛寰琐纪》所刊诗文

乘风破浪图题词　蘅梦庵主稿

君不见点苍山脉通昆仑,画仙大理烟岚皱。滇池贯注洱海啸,万里邱壑当胸吞。故乡山水颇不恶,胡为旅食江南春。杨生语我首频蹙,当年随宦庭闱亲。谁知烽燧万里家已破,风声鹤唳拉杂中,吴闻顿遭大变痛。桑海蠖蟠蝎伏荒,江村激昂肮脏论时事,何当抵掌陈天人。合肥相公善相士,奖拔群马超骐骥。高堂虽得赡微禄,壮志那肯托算缗。今年卒用故人力,资郎例得觐九阍。时则仲氏试京兆,正提铅椠劐千军。短衣结束上海舶,一针直送燕台云。黑洋浊浪压如屋,墨烟万叠山堆银。风师怒吼海童伏,凌激浪雨冲飚轮。登篷四望眼界豁,但见茫茫巨浸天无垠。远看岛屿弹丸点,一丝帆影微辨津沽门。眼前光景叹奇绝,壮游略识秋槎根。我昨送君别黄浦,炎风不动怒潮语。舟师激火助水力,浪花跃击船头鼓。我今盼君辞帝都,秋风江上雁行孤。不知七十二沽月,可似金沙江上无?

《瀛寰琐纪》第十四卷,1873 年 12 月(癸酉十月)

鱼乐国记　小吉罗庵主初稿

凡物皆有知觉,皆能运动,则亦各具性情也。故鸟兽之中,有静有躁,有动有止。观其振翼敛翮,则可知其避缯缴、慕树林之志趣矣。观其奋蹄摇尾,则可知其喜群友、习跳跃之情状矣。独至于海族之繁夥,鳞介之丑类,则为人所不习。不习则无以审其志趣,察其情状。庄周氏有言曰:"子非鱼,乌知鱼之乐?"是虽日在濠濮之间,而且不能知,况其为潜伏海国、喷薄波涛者耶?

西友近有加意水族者,特于滨海之地名派登者,拓地一区,设一巨厂,内置玻璃柜三十五座,以蓄海鱼,美其名曰鱼乐国。柜之极小者如曲房,如密室,然较之十笏团焦则已广矣。其大者则如厅事,如殿廷,其极大者则不知其所畜几何。盖能使巨鳞修尾,皆扬鬐鼓沫于其中,则其为大也可想矣。三十五柜之中,皆用活管灵机以灌注海水,使流通于各柜之中,以左为泄,以右为注,鱼处其间,若江湖之闲适也,若波澜之鼓荡也,有不各适其适也哉!人则由两柜相隔之处,以通往来,可以周围审视,而会其志趣,得其情状。盖人亦恍如游历海底,入水晶宫阙焉。此英京之创举也。

甲之言曰:水乡清净之区,无争攘,无喧杂。故水族之相亲附也,沫相响,湿相濡,游泳追逐,无不依依相恋者。乙起而折之曰:水族亦有外侮,亦有内患。惟其性,则能忍者多,故觉其乐也。丁曰:不然。有性静,有性躁,有能忍,有不能忍。鲸之跋浪,鼍之挟风雨、甘羊豖,躁也,不能忍也。螺蛤之闭口,井鲋之潜身,静也,能忍也。子亦观柜中之鱼乎,有善怒者,偶触于萍藻则遽怒,奋摆其尾,若狮子之将传象者,若神龙之将卷雾者。忽遇一大鱼,遽以头相抵者三,而大鱼一无所忤,竟攸然而逝焉。岂非静者自忍,躁者自不能忍乎?又见有两鱼,各长喙而肥脊,以为不相见则前后肩随,若鲽之相比焉。以为互相见则又各戏夫水,吞吐自得焉。又有一鱼追踪而至,似与为游玩者,然乃蹙之,至一山石之穴,中窒其口,而思逞鲸吞彼鱼也。既非魴之赪尾,略似鲤之点额,游泳如常,鳞鬣不张,只见其尾稍摇动耳。是岂有乞怜之意耶,抑亦含愤而使然耶?以为乞怜,则不能为吐墨之乌鲗;以为含愤,又不能为鼓腹之河豚。始终如缚置刀砧,听其大嚼。而此鱼遂磨牙张吻,以作老饕,食过半,始皇皇然,舍而他去。此则又强弱之殊,而非关静躁之异也。又岂得曰水乡清静,水族亲附乎哉!

夫以群居之不能无斗争,无欺侮也必矣。独水族则胜不为骄,败不为辱。试观螃蟹之斗也,跪螯撑拒,虽败犹横行疾进焉。鹬蚌之争也,口腹阖辟,虽胜犹沉水投渊焉。故水族之争逐,亦同游戏,水国之游戏,无异争逐,又岂有流血暴骨之举哉?故曰鱼乐国也。虽然,弱之肉,强之食,鱼亦有焉。鱼之吞逐鱼苗也,鬻鱼者辄另饲之,而不令合游,所以防鱼鳖之淰也。甚而噬其子孙,吞其戚里,都似不甚辨别。谁于鱼乐国中一教之以伦常父子之乐乎!且其俗亦有如人之游荡无赖,以夜为昼者,则懒妇鱼之类也。见星月影,始游行于外,见日光,则遂潜匿深潭矣。夫非别有所乐者耶,亦殊觉良莠之不齐矣。又有一鱼名蜆者,其类甚异,而特爱其子。腹前有一袋,略似算袋鱼之形,既啸子,乃卵而育之,以藏于袋内,所以防侵吞而保胎卵也。夫鳝之就汤镬也,曲腹背以护其子;鲋之惜种类也,依萍藻以守其子,此物此志也。呜呼,水族之于人,至不相习矣。而其志趣情状,犹可以意度而得之,目遇而揣之,则牛渚之犀不必再燃矣,异鱼之图不必再绘矣。岂若庄、惠之言鱼乐,仅托机锋而已哉!予聆西友之言,辄觉其津津有味也,爰泚笔而为之记。

《瀛寰琐纪》第一卷,癸酉十月(1872 年 12 月)

顺风说一 　小吉罗庵稿

客有老于江湖者辄曰：行舟之乐，无过于顺风。然而折舵走碇之患，颠踬覆溺之虞，亦无过于顺风。审若是，则顺风者天之所以毒行客也。老舵工闻之曰：否，否。风不能有逆而无顺，犹之世不能有否而无泰也，亦在乎善处其顺而已矣。知为得意之境，而满志以纵之焉，事未有不偾者也。知为得意之境，而小心以持之焉，事又安有或偾者耶？孔子有言曰："人无远虑，必有近忧。"然则遇顺风者，亦自以远虑凛之可也，猥曰天之所以毒行客哉！孟子有言曰："然后知生于忧患，而死于安乐。"夫以安乐视安乐，则有死之道；以忧患视安乐，则安乐岂遂不生哉！顺风之失事者何故？应之曰：其故有二，曰大意，曰快意。图其快意，则遇顺风而帆必扯足，帆扯足则收之也难，而不测之变乘矣。大意者则跂脚高眠，漫不经心，漫不经心则补救之也每馁，不及事而不测之变至，而无以应矣。然则为之奈何？则亦曰守顺以逆而已，则亦曰遇顺如逆而已。呜呼，知此理者，其亦可以贫而无怨，富而无骄矣。其亦可以任天下之至难，为天下之所不为者矣。行舟之履险如夷，犹其小焉者耳。

顺风说二

人之行，以杖以履，以车以骑，而莫神于舟。舟之行，以缆以楫，以篙以桨，而莫神于帆。水行地，吾用之，风行天，吾又用之，人工逸而人巧极矣。然扬帆于长江大湖，汪洋无涯，凌虚欲仙，其机乃在寻丈之柁。且欲东者或转而南，欲西者或屈而北，萦纡曲折而后至焉。岂天时地理之便，固不离人事之琐屑欤？吾尝观豪杰之举事也，乘际会，任才力，纵横所向，既无不如志矣。然必有道焉，得则成，失则踬。圣贤不肯违时，不欲废才，独教人正其心，以率乎道而已矣。际会者，风也；才，帆也；心，舵而道路也。际会在天，才生于天而成乎学。心也者，操之自我，道则须臾而不可离者也。故天下之理，至虚者丽于至实，至奇者归于至庸。

《瀛寰琐纪》第一卷，壬申十月（1872 年 11 月）

人身生机灵机论 　小吉罗庵主

今盈天地间，所为熙熙苗苗、蠕蠕蜎蜎、汗汗淫淫者，孰非得天地之生气以生者耶？既得天地之生气，又孰不得天地之灵气者耶？顾生气一也，而灵气则有孕有不孕。顽然者其石也耶，块然者其土也耶，不盈不缩，无静无动,是之谓蠢。其余物产,则皆有增长之机、运动之机,机行而物生,机止而物死。问何以自增长也?曰是以机化取他物,以助益己身也。譬诸草木根叶,则其生机以根化取粪土之肥,以叶化取光气之影,故葱茏茂达,日益繁矣。其病也,化气不足以助之,则萎败零落,而生机以绝。问何以自运动也?曰是以机鼓荡大气,以调拨此身也。譬诸傀儡线索,则其生机牵一发而全身皆动,抽一丝而手足舞蹈,故灵活巧妙,变化无穷。其病也,大气不足以鼓之,则枢断纽绝,而灵机以亡。

今夫植物有生机而无性灵,余若鸟兽虫鱼,则莫不有性灵。惟灵与机尚未及浑合,以交相为用,故其知觉也恒迟,其念虑也恒钝。盖其生气自主自行,而于性灵有未能受命如响者矣。五脏之运行,心衷之跳,血之流贯,脾胃之消纳,意皆毫无知觉焉,则天运之自然也。心衷之翕张,上应夫鼻息之出入,所以使血脉之遍体流行也。一周时计有一万次,而人亦毫不知觉焉,则天运之当然也。至于五藏之各安其位,各行其次,譬如钟表之摆,欲其疾不可也,欲其止亦不可也。则亦出于毫无知觉焉,又天运之有其所以然者也,此则生机之自主自行者也。

至于灵机则大异矣。灵机者宅于脑宫,由脑宫以遍于一身。有细筋二类,一以身外之各情呈之于脑,一以传令于四体百骸者也。即如身之触物,被物所触之处,其细筋则呈于脑,脑即由他筋传令,或移动肢体以避其危,或指挥手足以拒其敌,此脑气筋之所为也。又如瞳之悦色也,能分妍媸,耳之听声也,能别齐楚,皆元首之筋有以禀其令也。故宜与心脉相维持相辅佐焉,此则所谓灵机也。

问灵机与生机之所以异?曰生机如心肝脾肺肾之属,皆相依相附,相为表里,一脏坏则余者亦病矣。灵机则不然,虽损其一,而余筋仍自如,常不交相为病也。惟断处之筋则不辖于脑矣。且生机常行不息,如日星之经天,江河之行地者。然灵机则不能,耳之听声也,久之而聩,目之悦色也,久之而暗,心之虑事也,久之而倦。盖脑气不能久持,久之而昏,观人之每夜必睡可见矣。生机藉饮食以为培养,灵机赖安寝以为滋息,其理一也。

且吾又证之婴儿,方其在母胎也,生机已行,然必俟出胎,而生机始自主自行,盖藏府备然后行也,至灵机但微有萌蘖耳。浑然元气之中,始知痛而已,继知饿而已,嗣是而渐生一意,由一意又生一意,意积而成理,理积而成事。盖孩提至成立,而灵机乃指挥自如,则聪明备而精力全矣。且夫眼之辨物也,岂生而知者?习故也。假如瞽者复明,则天地亦必变色矣,不习故也。耳之听声也，岂生而知者？习故也。假如方言或异，则对坐为秦越矣，不习故也。盖五官之用，未有不由于习者也。而心之官为尤甚，上穷九天，下入九渊，心之官之所为，而灵机实主之。故生机先起，灵机先衰，耗之者过也。人之将死也，生机未止而灵机先废，或心善忘，或视无光，或手足不良于行，则脑气筋之无以管摄也，而一时每未即死，则以生机之尚运行也。

西医述一病可异已。有西女方刺绣，忽神识昏沉，身尚端坐，手尚握针黹，视其面色，绝似无所苦者，而鼻息无声，奄然垂毙。审其各筋，则仍可稍动，惟脑气筋则已死矣。又有一病者，脑则无恙，而气筋之传令者废，以至僵卧不能动，俨然死矣。耳闻侍者议及殓事，身觉侍者衣以殓衣，而手足口眼之属，毫不能为之通其意。至将殡时，幸有人觉其微有呼吸，遂反之床，未几而愈云。然则灵机之或有停滞也，譬如薪之停炊，而火未尝息也，譬如月之被翳，而明未尝墨也。故人之灵源于心而聚于脑，道家所谓神出泥丸，佛家所谓精成舍利，此物此志也。至其筋络之细微曲折，西博士皆能指其所在，已见《全体新论》，不赘述。

《瀛寰琐纪》第二卷，壬申十一月（1872 年 12 月）

记英国他咚巨轮船颠末　小吉罗庵主

今天下之制器考工者，虽日矜奇炫异，层出不穷，要皆取其适用而已矣。乃至成器矣，成为极新异极不经见之器，而究不适于用，甚至于废为无用，则不如为土牛、为刍狗，虽无用而尚不费时日费财力也。有人于此竭智尽能，以成一器，所以冀其大有用也。及其成，初亦若大有用，而渐觉其不适于用，则亦终惜其无用已耳。而不谓其后之大有所用也。且不谓其后之别有所用也，则岂创始时之所计及也哉！

英之与国奥对利亚日盛，英人之贾游其地者日众，患海程辽远，轮舟之莫由径达也，相与聚议曰：轮船之不能径达者，以煤之不敷用耳。吾诚制一巨舶，使富所载，必可供来往之用之煤，又何不能径达之？有爱与精制造之博士名普你者商之，普你曰：欲快意乘风者，不可囿以寻常之船舫也，欲恣情涉远者，不可骇夫创见之规模也。请为子布算，划纸、绘成一图，子试观之。按图，船身长六十八丈，广八丈三尺，高七丈。其中有暗轮、有明轮，明轮即外轮，合明轮度之，则为广十一丈八尺，轮之高如其船焉。计可载客千人，贷五千吨，煤万五千吨。英人之计以吨者，以权较之，盖得十七石云。

前后树大桅六,高矗云汉。问其汽机之力,则抵马力四千乘焉。船身镕铁为之,其桅亦炼乌金所成。

其事在二十年以前也。英商乃集赀购材,筹之二年,始立公司,于伦敦开局鸠工,盖欲以斗楼舰之奇,而夺轮舶之利也。然而犹有虑者,则下水之维艰也。船身之长,较之他船,奚翅倍蓰?以鹢首冲下,则势太趋重,力太激猛,一落千丈,恐有未宜。因于创造时,即横庋海滨,盖为长虹之卧堤,而不为修蛇之赴壑也。日役千指,时阅五秋,而船身乃告竣,盖已重一万二千吨矣。屡诚期下水,而终未能,竟逾二月之久,又加十八万之费,始幸而得下水云。海浪拍天,雷声震地,真一大观也。既下水之二年,则船上楼屋窗户,雕镂粉漆之属,皆备俙。其名曰他咚,他咚者,译言极大也。西人乐观其盛,来者络绎于途,输银钱数十,因得登舟遍览焉。其汽镬之哆,煤舱之富,烟囱之高,机轮之大,固已目所未见,而并为耳所未闻。乃至于客舱之内,则整齐华丽,金釭衔壁,璃镜嵌空,网户垂花,雕栏比篆,晶宫金阙,灿烂光明,如入蕊珠宫焉。步行舱面,如游旷野,而可以骋骑射之材也。置身边轮之上,如登峰巅,始觉其怯,而一望空碧,平楚无垠,不觉其心怡神旷也。以是观者,无不称美云。

然船工虽竣,而欲驶往奥对利亚,则一时未能鸠集附搭之货,且未能鸠集附搭之客。往他处亦然。船主无奈,且议定先试行牛约一次,乃出海未远,机器忽有小伤,复回英修理。又阅半年,乃复出海,十一日而至牛约,坐客稳便安逸,在如家中,几忘有风浪之险、远游之劳矣。来往数次,而水脚所入,不敷用款。将留船以有待,则力何能支?将拆船以零售,则功实可惜。不得已,思拍卖之,而英商俱哂其无用,连数日无过问者。有人曰:天下无无用之物,且独不闻"人弃我取"乎?遂以七千五百金得之。英一千八百六十一年,即十一年之前,英与美有用兵之机,英廷乃取其船载兵,赴加纳打戍守,计装二千人。有人进议曰:"以二千猛鸷之士置之一船,恐其中大有可虑,无宁分处数艘耶?"英廷遂申儆令,不得多载兵士,以是他咚船主益无奈云。或曰:盍不改为浮栈,为人屯聚寄存之货?或曰:盍不卸为零件,以为装造别船之用?或且议之曰:昔英人造一千余吨之船,当时尚笑其难驶用,而今所通行之船,何止大昔者数倍,则他咚船虽不能行于今,或者必行于后乎?

兹其船已弃置数年矣。昨英国欲通电线于美国,其径海之铁线不下数千万丈,必船载之,而他船皆不能胜。一则海路有七万余里,其铁线重大,必非他船所能载。一则海洋颠簸不平，非极大之船不足以压之，则线或将断矣。故非他咚莫为功也。吾独异夫构此船者，初不知有英美通电报之一举，而卒赖以成功，一若专为此举而设者。可知人之制器，亦犹天地之生才也。呜呼，岂真材大之难为用哉，亦在乎乘时以致用而已。不得其用，则骥足困盐车而九折之坂，从而非笑之。苟得其用，则见功名逞材力，又岂寻常耳目之可及也哉！故君子不先时以自炫，亦不后时以自藏。

《瀛寰琐纪》第二卷，壬申十一月（1872 年 12 月）

长崎岛游记　小吉罗庵主初稿

今夫人之群聚州处，熙熙焉，攘攘焉，以安居乐业于三千大千世界中者，不知其凡几恒河沙数也。人之经营胶扰，孳孳焉，碌碌焉，以夭殁寿老于三千大千世界中者，亦不知其凡几恒河沙数也。人之生也有涯，而忧患也无涯，则亦何不幸而处此世也。人之生也有涯，而欢乐也无涯，则亦何幸而处此世也。然而有妻孥之煦姁、田园之奉养，则虽足不出里闬，目不见城市，彼固以为自得其乐也。以视夫终年客游，冒风波，犯霜露，躬蹈九折之坂，身临百丈之渊，虽有名山大川、奇景胜概，而多半以羁旅之感慨，舟车之劳顿，厌倦而不欲领略。则虽日在名胜山水之中，仍与足不出里间、目不见城市者无以异，更何由得游目骋游之趣，驰情域外之观乎？独是人之性，则岂其然哉？闻佳山水则必有羡慕之意，闻大都会则必有趋赴之意。且眼前所习见者，则渐厌薄之，眼中所不经见者，则群矜奇之，恒河沙数之人，当无不皆然也。余适思此理，而游兴不觉勃然矣。盖古人裹粮入山，飞履渡海，凡有遨游，均宜屏绝人事，独契真乐，方可得问水寻山之雅致也。

余屡闻东洋风景，辄思一游，以扩眼界，以快胸襟。即谒万昌公司，询以长崎往返之程，则甚便捷，计舟中来去，岛中游玩，不必十日而已，可遍览其胜，尽搜其奇矣。遂决意往游。于十月之初十日，束装径登万昌轮舟，晨九点钟时，则已动轮解练矣。所附搭处，则为上等西商所并附者，取赀虽不廉，乃甚为适意之处也。众客日间叙谈之舱，宽敞华丽，仿佛厅堂。每客各有寝室，雕床画榻之外，别有藤椅凳蹋，俱极洁净，毫无纤尘。每日供膳三次，皆船厨所备给者。众客会食舱中，广铺筶蓆，如衬氍毹，饮馔亦精美绝伦。予遂不辞下箸，自比老饕焉。发舟之初日，波平如镜，水浊如油，盖尚未离长江所注之水也。次日方晨起，而波浪已大作矣。船身与海势相扑相争，不肯相让，荡荡然忒忒然，盖不啻其一上一下、一低一昂也。时天色晴霁,四无云翳,海色澄空,周环碧浪。船舱之面,宽平广大,踞坐其上,以静观夫船与波斗,水与轮激,浪花如飞雨,海涛若排山,颇极一时之壮观也。迨早饭时,至前会食处,则前所为团坐大嚼之客,只剩其半耳。诘之,则皆不任颠簸之故。或头目眩晕而不能起,或胸腹涌吐而不能食,此则航海者之通病也。

十二日早起,远望接天,浩渺之中,有一海岛,是为东洋辖地。时则朝旭尚未出海,已见金碧万派,红紫万道,其光逼人。既而火球涌起,激荡之间,遂高拥于海岛之上,我乃叹是真所谓日本也云尔。须臾,而已见水面小舟繁多,打桨者皆如飞鸟,就远镜望之,则见其舟之款式、制度迥与华舟不同,中心快慰,竟已得见所未见之异境,至所未到之新域矣。当是时,忽闻舟师呼有鲸鱼,视之,果见有巨鳞鬣浮于水面,且大喷薄海水,状如跳珠漱玉。夫鲸之所露仅其背耳,则鱼身之巨,尚不知其若何形状也,为之骇然者久之。回看景色,则甚为悦之观。盖空明澄澈,不啻身在水晶宫阙,而远山苍翠,茂林葱蒨,皆可收入双瞳,恍如一幅小李将军画图也。其时水已平,浪已静,先所患眩晕呕吐者,皆复聚舱面,以共乐赏玩之美焉。长崎本在海湾内,港汊不十分宽广,须曲折行峰峦间,山翠滴衣,琴筑洗耳,舟行其间,恍在山阴道上,令人应接不暇。未至长崎之数里,先有中洲一小岛,四面石壁耸立,曲抱藤萝,山顶皆翠柏苍松,亦一名山也。相传数百年以前,东洋官宪怨怒教士,遂将国内所有进教者约四五千人,悉拘禁于此山上。既而以枪轰逐之,由山侧跳落山脚,又转入于海,尽糜烂齑粉,以葬鱼腹。盖四面数里之水,咸为之赤。至今土人无不记忆此事,举以为子弟者戒云。

两点钟时,于东长崎港内落锚,予即登岸赴旧相识之友家。相见之余,极道契阔,接待殷勤,甚慰饥渴。是日也,道友朋之情素,访朝廷之政教,未暇议及游事也。次日,游历长崎街市,则见其地之风土人情焉。屋宇制巨而不高,街衢路平而不狭。民人衣饰甚奇,时天尚热,凡担昇之役夫,皆于腰间系一绳,腹前悬一小袋而已,余则遍体不挂一丝,女子之袒裼者亦时有之。是则余友朱雨苍诗所谓"裸壤衣冠例不施"者耶? 足下不用履绚,并不用靴鞋,人皆以蓆片当履,其前端则以绳套过二脚指之间,其后端则不系也。人但跋之而行,女子亦然,不缠足,令尖鸦头、罗袜之观无有存焉者矣。街衢无论大小僻静、繁闹之虑,皆甚雅洁,平石如砥,毫无污秽。人性亦最爱洁,大有倪迂之癖焉。其屋内皆别铺漫板,板上设一重龙须细蓆,亦少尘埃。或入屋访友,或上店购物,则皆脱履于外,以免泥涂之沾染。盖中西之商旅是地者,无不遵行其俗。惟西人之脱去皮鞋,似有甚不便捷者。盖西人则鞋本若靴,未免有费拖曳,方可离足耳。

是晚,偕友人诣伟友家中小酌。既脱履登楼,颇讶房内空洞,绝无长物。凡所为搁几、靠椅之属,一扫而空,而墙壁粉垩,窗户雕镂,则又极其精丽,非若华人之厂厅也。众客揖而让坐,则皆屈膝着地,如跪者然。团坐既定,遂各饮茶。茶毕,则有女童数辈,行炙络绎。其馔皆置大冰盘,其盘则置众客之中席。女童上膳时必跪,宾主苟有问答,亦必跪,此古礼之犹存于今者,以云敬也。饮馔丰盛无比,惜无东人食单,每未能辨其名耳。其中有东人所最重者,则为巨鱼一尾,鱼既献腥,予未敢下箸,问是鱼何以未经烹脍,则曰无此例也。且鱼能以活者献,则尤为珍品,尤为美味耳。馔既毕,举酒乃盛行。先是主人跪於各宾前,相与对酌,宾之樽若不空,必跪,俟饮干后,洗涤其樽,而还之主。主亦尽一爵,而举宾之樽于掌中,以授宾,然后复献爵于隔座之客。主既行酒一巡,而各客亦行酒于主,并行酒于各客,客多而酒力未免有不胜矣。久于是处者,必于用馔时不多饮酒,以留为主宾酬酢时之地。予则未知也,故至明日,而友人皆言予大醉,我固不之信也。然友人之已醉,则我固知之矣。

三日,偕游岛内山水。出门不数武,则见有高杆悬线经天,盖自长崎达京都之电线,为新所创造者也。其山则重峦叠嶂,深谷幽泉,山椒以上,各植花木,绚烂繁茂,绿阴如幄,不愧翠微之目。至山巅远望,则见蓝海,天光水色,相映蔚蓝,真奇观也。山边有坟墓数处,甚小,询之,则东俗于人死后,必弯曲其体,置之圆桶,掘坎而埋,故并无巨冢象祁连也。墓上各立圆碣,并置竹筒,筒则皆插有时花异卉,意以悦亡者之目。我盖叹风俗之厚,无一日而敢忘先陇也。下午甫回长崎,过一小镇,忽见隙地之中,安设浴桶,有男女二人杂洗焉。桶旁别有男女数人,似以次序而相待者。然桶旁置火炉,似温华清之汤者。然予过其前,适桶内少妇浴罢起立,裸体出外,徐徐拭巾,竟无羞沮。过后转看,则桶旁立俟之男女二人,业已褪衣就浴矣。此则东洋之俗也,近朝廷出谕禁止,乃以习俗相沿,竟难骤革,亦可见移风易俗之难也。长崎大街更有湢室,则男女十余人同拍浮其中焉。予曰:“异哉此风也!”予友曰:“否,非此之谓也。夫天地之理,阴阳对待,生人之理,男女居半。且身之百骸,人人如是,何缩惧而不令人见耶?且我伟人见裸女而不起邪念,尔华人则恐不能矣。然则必令不见,以保廉耻,是亦强制之道,何若纯任自然,令之司空见惯,而自泯其邪僻放荡耶?况东国妇女与男子往来交易,不甚分别,笑言一室,俨若良朋,儿女之私,自消归乌有矣。彼防闲之太甚者,未免多疑耳。夫男女诚能坦然共处,毫无邪淫,岂非世道之极盛者耶?"余闻其言顺,遂唯唯。

四日,予欲往游书坊,予友偕往。伊不能达中言,乃文字则皆明甚,听其音与字殊差,至以笔墨道意焉。夫伟人书文,我固未尝学习矣。其书全用本字有之,伟中两文并印有之,全用中字为东人所自写者亦有之。据云如本字语,不足以达深意,故书稍奥衍者,必以中字补之。其本字则用泰西各纸式,以字母数十传达口音。今闻其国君已拟定,凡有书籍,皆欲删去中字,盖将渐次增修其本字也。回寓时则过华人所设之学馆,总角书生无不高吟朗诵,书声琅然。而东人则似甚以为奇者,窗外偷窥,人如环堵。而书生则皆不闻不见,诵声不辍,是亦可为勤学也矣。长崎又有名刹数座,高拥山麓,雕甍丽日,梵宇连云,石砌镜平,铜铺金灿。殿下各有古松桧樟柏之属,蔽亏霄汉,古意旁薄,盖皆千百年物也,为之低徊者久之。

至五日,而予将归矣。心则恋恋不能舍,浮图不三宿桑下之说,其信然耶?予所最喜者,则其人皆快乐优游,面无忧戚之容,性无重滞之累。在途中者,或担重负轻,或联袂结伴,别无喧争,互相退让,相对则俱有笑容。村落妇女,见客则嘻嘻相迎,无嫌疑,无拘忌。是无怀葛天之民欤?不然,何风之醇也?国人既皆欢乐,游其国者,亦俱欢乐,此自然应求之理也。其国虽无大丰富之状,亦皆足为温饱之计。国有善治,野无乞儿,人物丰昌,屋宇洁净,身既安逸,心复恬愉。予五日居长崎,而耳未触一怒言,目未见一怒形,则其民人之深达理道,纯养性情也,可不谓之古民哉!离其国而不觉为之惆怅矣。十八夜十点钟登舟,二十日下午已抵上海。不忘游境,因泚笔而为之记。

古今记游之文,以柳子厚为最擅场,然其文特纪山水之奇胜,泉石之清幽耳。至徐霞客各游记,则于名山大川,洞天福地,无不遍述。然亦从未有以游记而记及域外之观者。此作殆合柳州游记、《高丽图经》、《异域风土志》之笔墨而成焉者也,可谓创格,可谓奇文,亟登之以示宇内好游之士,未必非搜奇揽胜及问俗采风之一助云。蘅梦庵主附跋。

《瀛寰琐纪》第二卷,壬申十一月(1872 年 12 月)

程勿卿寻亲记　金华朱允成子钦稿

(文略。叙述友人程勿卿历经险阻,由闽归浙,寻找其祖母的故事。)

此余戚朱子钦驾部旧作也。驾部邃于学,于古文辞尤所致力。迨遭寇乱间,由海道入闽,由闽之章门,遂从曾节相文正公军次,自是无役不从。至癸亥,文正公饬查江右全省厘务,驾部复竭力钩稽抉摘,毫发无遗,遂无暇复谈文字。而驾部已积劳成疾,不久即归道山矣。此壬戌在章门时作也。检旧箧得之,因录出以识一斑云。　　蘅梦庵主附跋。

《瀛寰琐纪》第一卷,1872 年 11 月(壬申十月)

花史二则　　双红豆馆主[1]

素云小记
顾四小传

(文略)

双红豆馆主人由吴门抵书敝馆,并邮其杂著数则。捧读之,柔情逸志,齿颊俱香。求其笔墨之痕,当在梅氏《青泥莲花记》中,其余艳史俱不及也。因亟采录之,以供大雅君子赏鉴云。　　(薇)〔蘅〕梦庵主附跋。

《瀛寰琐纪》第一卷,1872 年 11 月(壬申十月)

梦禅小记　　滋畹楼剩稿

(文略)

仆以钝根,未能妙解禅悦,且囿于楞严桶水之喻,辄以为无甚妙谛,故于身毒之语言文字,略不研求,冀通旨趣。惟少时偶读叶小鸾《受戒》及沈绮琴《皈佛》二记,则绣口锦心,澜翻云诡,不禁为之合十顶礼云。今读滋畹楼主人此稿,如闻香口,如剥蕉心,旖旎风光,依依若绘。而其于禅悦也,则又似确有所得,而非仅习口头禅,以夸为乾矢橛者可比,是足与叶小鸾《受戒》、沈绮琴《皈佛》之作并传矣。有如是舌者,是能春吐旃檀气,夏吐芬陀利气,秋吐兰气,冬吐须曼那气,朝夕氤氲,以为供养,应生天上八万四千微妙侍女来相亲娱,着微妙衣,出微妙声,携手相笑,以为极乐。吾不知滋畹楼主人当时作何境象,作何意想也,还请再下转语,以觉我之钝根云。

小吉庵主附跋。

《瀛寰琐纪》第二卷,1872 年 12 月(壬申十一月)

---

[1]　双红豆馆主,即顾麟,字祥甫,号芷卿,江苏南汇(今属上海市)人。同治丁卯乡荐,举人,大挑教谕。善诗文,晚年更研求医学,以术济世。著有《总宜居词稿》、《灵素表微》等。

绮怀诗十六首　两当轩剩稿

（诗略）

此毗陵黄仲则二尹景仁《两当轩剩稿》也。其所传《悔存诗钞》，经翁覃溪阁学方纲删定，而此作以少年绮语，删去不存。予从梦湖友人处抄得之，珍藏行笥，已阅二年。重检读之，爱其旖旎清华，不徒效玉溪生獭祭者，是可传已。亟取付雕工，以取媲竹垞翁《闲情》、《风怀》等作，亦异曲同工也。

蘅梦庵主附跋。

《瀛寰琐纪》第二卷，1872 年 12 月（壬申十一月）

倪鞶侯印谱序　尊璞居士

（文略）

右嘉定程序伯先生廷鸾集外文也，清微简淡，不落言诠，方以惜抱轩小品，不啻过之。炼气归神，削肤存液，乃得有此境界。爰亟付之梓，以广其传，与《对山书屋墨余录》所采五则并读，当亦可得其梗概矣。小吉罗庵主附跋。

《瀛寰琐纪》第十卷，1873 年 8 月（癸酉闰六月）

温柔乡记　罗绮丛中大解脱尊者撰

（文略）

此游戏之文也，一路语妙双关，引人入胜，读至终幅，则曲终奏雅矣。人尚无眩惑异境而遂忘却主人翁哉！蘅梦庵主附跋。

《瀛寰琐纪》第十卷，1873 年 8 月（癸酉闰六月）

金陵秋试文　寄庐

此庚午中秋前一日金陵闱中作也，脱稿后即为友人携去。灯下录此，拟明日出示同人，以博一粲。时夜凉如水，月白于霜，明远楼头，鼓声犹未起也。寄庐戏作并记。

（文略）

缪莲仙《文章游戏》中有乡试《黄莺儿》词，笔舌俱灵，描摹尽致，然谑也而虐矣。此则但叙述情形而不伤刻酷，固自可存。蘅梦庵主附跋。

《瀛寰琐纪》第十一卷，1873 年 9 月（癸酉七月）

感遇十二首　有序　紫微邨农梅衫氏初稿

余少壮时潜心经史,并习余艺,自问非碌碌无长者。乃东西奔走,三十年来,竟无一遇,命蹇运乖,乃至斯乎! 今老矣,无复望矣。旅馆无聊,赋此志慨。

(诗略)

梅衫明经,嘤城名宿也。擅郑虔之三绝,赋平子之《四愁》。落拓青衫,凄凉白裕。一氍冷拥,厌看吴苑之花;万卷枯撑,复听沪渎之雨。短歌当哭,长铗言愁。暇出其吴门《感遇》诗十二律见示。秋声四壁,恍助悲吟,落木一庵,如聆愁语。周亟怂惠付刊,同志诸君,读其诗亦可想其遇合之穷,气骨之峭矣。小吉庵主附跋。

《瀛寰琐纪》第十三卷,1873 年 11 月(癸酉九月)

(4) 清人诗文集相关资料

月痕楼影图为蒋子相孝廉其章作

画楼忆昔度良宵,明月窥人到绮寮。兔魄忽残成破镜,凤台谁与共吹箫。尘缘已隔深情在,陈迹堪寻好梦遥。十二阑干频徙倚,难将消息问青霄。

玉碎珠沉复几年,卷帘仍见月轮圆。莫因人去皆疑幻,为爱楼居已得仙。鸳瓦有情眠夕照,兽环无语泣寒烟。一齐付与丹青手,旧事重题定黯然。[1]

江湄:《秋水轩二稿》卷六,《秋水轩诗稿》,上海图书馆藏稿本。

红梅消寒第一集

雪和尚消寒第三集

雪美人

寒鸦消寒第四集

寒鸡

(以上诗略)

---

[1] 上海图书馆所藏江湄《秋水轩诗稿》手稿本共计 8 册。前有记云:"《秋水轩诗稿》十二卷,缺卷五至卷八,存四册。又《二稿》十卷四册全。共八册。卅一年十月龙检记。"有同治十年(1871)何起超序。另,据李灵年、杨忠主编《清人别集总目》著录,南京图书馆也藏有《秋水轩诗稿》1 卷,安徽教育出版社 2000 年版,第564 页。

稚虹前曾次予赠蒋子相韵见怀,今久不见,
思之甚切,即叠前韵奉寄,以抒积悃

雕搏将万里,迢递到燕京。(稚虹拟今秋入觐。)得遂弹冠愿,毋忌戴笠盟。琴堂歌庥至,竹马咲相迎。何日同斟酒,挑镫话此情。

一春无箇事,闲处却成忙。觅句探幽径,寻花过野塘。涪岑怀疑地,云树隔同方。宦绩成先泽,功名岂烂羊。

江湄:《秋水轩诗稿》卷七。

九秋词与黄小园、葛隐耕同作
秋影

扫却繁华大地空,祇留凉荫在梧桐。灯描花木凭虚移,月写楼台造化工。树老夕阳翻落叶,江清流水送飞鸿。随时隐见原无定,踪迹从知到处同。

(下略)

江湄:《秋水轩诗稿》卷八。

题蒋子相其章月痕楼影图

双溪旧侣多情客,一幅生绡留泪迹。佩响钗声总渺然,月痕楼影犹如昔。忆昔郎君负俊才,锦心绣口擅新裁。雀屏早欲牵红线,鸾镜争教下玉台。一朝引入天台路,蓉峰便作留仙处。神仙眷属合登楼,纸阁双声共唱酬。樱桃花底定情时,却忘萍蓬此间住。螺黛新描蓉镜里,蛾眉初上柳梢头。此时风景真堪喜,此际恩情谁可比。鸾凤相看并影形,鸳鸯密誓同生死。谁知紫玉忽成烟,明月团圞未一年。荀令香消空自悼,安仁肠断亦堪怜。分离未久流离苦,回首家山又鼙鼓。花柳双堤变劫灰,楼台十里成焦土。萧郎从此远从军,书记翩翩迥不群。王粲登楼能作赋,陈琳草檄早工文。烽烟扫尽思归计,姓氏欣看登甲第。便折秋风桂一枝,难忘昔日莲双蒂。扁舟重过旧朱门,指点房栊易怆魂。画楼新月今谁属,睹物怀人增感触。门外桃花惨淡红,帘边杨柳凄迷绿。粉坠香飘秋复春,腰支瘦损沈郎身。绣衾剩欲寻前梦,锦帐何从问凤因。悼亡诗卷真愁绝,碧海青天情固结。续命难期紫府仙,传神合倩龙眠笔。此日披图睹玉姿,风流往事尚堪思。香闺吟罢人双笑,正是楼头待月时。

葛其龙:《寄庵诗钞》卷一,光绪四年(1878)刊本,第18、19页。

百字令
月痕楼影图　为家子相孝廉题

柳疏桐瘦，是双溪一幅伤心图藁。记得秦箫初引凤，绣幕银蟾低照。月竟难圆，楼空贮恨，曲谱离鸾早。威蕤烟锁，旧阶凄绝重到。　今日书剑关河，年华追忆，鬓促安仁老。蛛网屏枨无恙否？算只素娥应晓。偎梦寻痕，攘愁补影，孤枕秋灯悄。丹青写出，抵他情泪多少。[1]

蒋师辙：《青溪词钞》，同治十一年壬申（1872）刊本，第 12、13 页；又见仇埰编：《金陵词钞续编》卷三，《南京文献》第七号，第 87 页。[2]

岁暮无俚，检箧中友朋书，怅然有怀，各缀一绝句于后

（上略）

再捷何能怨数奇，罡风吹影落西陲。剧怜一觉游仙梦，正是黄粱未熟时。蒋子相其章。

蒋师辙：《青溪诗选》卷上，光绪十六年（1890）刊本，第 20 页。

原韵奉酬家子相孝廉其章

六年未饮明湖水，苦向天涯唱恼公。挈榼春山余禊事，登楼明月几秋中。穷愁弹铗前游在，雅集题襟此日同。话到家园旧松菊，兵戈往劫大江东。

夫君七载书三上，望古空寻市骏台。瘦马长安春易暮，清秋海国雁初来。观涛惊睹枚乘笔，对月欣同太白杯。我亦神仙嗟返棹，新诗读罢几低回。

蒋师轼[3]：《三径草堂诗钞》卷四，光绪十六年庚寅（1890）刊本，第 16 页。

题蒋子相月痕楼影图
问苍天

问苍苍，何苦别离人。莽风月，团成恨。也对小楼一角，惆怅三生。只

---

[1] 《金陵词钞续编》卷三"攘愁"作"倩愁"，"情泪"作"清泪"。
[2] 蒋师辙（1847—1904），字绍由，一字遁庵，号颖香，江苏上元（今属南京）人。少负隽才，与其兄师轼称"金陵二蒋"。光绪十七年（1891）举人。官安徽无为州知州。著有《青溪词钞》。
[3] 蒋师轼（1844—1876），字幼瞻，江苏上元（今属南京）人。光绪元年（1875）举人。博通经史，喜金石文字，精楷书。与弟蒋师辙齐名，人称"金陵二蒋"。著有《三径草堂诗钞》。

余天上月,曾见镜中春。[1]

月儿落

忆当时油壁香尘,流苏约梦,锦瑟同声。记初三窥见嫦娥影,向十三盼著团栾信,更廿三私望蟾蜍孕。忽忽的秋来春尽,消受了密密亲亲,诗情酒韵,写不出眼底眉尖一点心。

小红楼

到今日旧地重经,依旧是小楼前花阶柳径。一般儿曲廊边烟锁云停,经几番风鹤惊心。得意科名,撒手恩情。赤紧的小别如烟,短梦如云。盼尽冰轮尽银屏,向空房唤不出真真影。

尾声

凭栏待把双星问,谁作红墙凭证?剩了这碧海青天月一痕。

黄振均[2]:《比玉楼遗稿》,光绪二十年(1894)刊本,第9页;又见凌景埏、谢伯阳编:《全清散曲》(中册),齐鲁书社1985年版,第1583—1584页。

月痕楼影图为钱塘蒋子相孝廉其章题

归来谁与话黄昏,零乱妆台旧墨痕。纵有莺花慵放眼,虽无风雨易销魂。吟残红豆春将老,泪渍青衫梦不温。几度凭栏为惆怅,荒烟一抹掩柴门。

环佩声沉镜槛空,豪情消尽酒杯中。绿杨影坠双溪月,红杏楼寒一笛风。陈迹只余诗卷在,相思或许梦魂通。当年我亦凋潘鬓,碧海青天此恨同。

黄铎:《胅余集》卷四,宣统三年辛亥(1911)刊本,第7页。

月痕楼影图为蒋子相其章题

楼影模糊月痕白,展卷凄凉忽陈迹。忍将往事复重论,不堪愁绝双溪客。双溪溪上盛楼台,牛女曾经驾鹊来。闻说庾郎工作赋,欣逢谢女正多才。茜窗日丽挥毫素,连理枝头花却妒。嫦仪本是目中人,神仙合向楼头住。双宿双飞未一年,那知好月不长圆。阳台雨冷襄王梦,青鸟音沉禹锡笺。从此萧郎感莫释,泪痕枯尽襟犹湿。精卫难堪恨海潮,娲皇莫补情天石。正事含愁必悼亡,西来铜马又猖狂。天涯匹马秋蓬泛,烟塚啼鹃宿草

---

[1] 《全清散曲》"问苍天"作"南越调问苍天"。
[2] 黄振均(1826—1876),改名钧宰,字宰平,号天河,又称钵池山农,江苏山阳(今淮安)人。著有《香草庵诗词集》、《比玉楼遗稿》、《金壶七墨》。

荒。江湖漂泊岁几度,乱后归来景非故。天上虽探及第花,人间难觅返魂树。重向双溪一棹游,可怜骑省鬓成秋。心伤此夕初圆月,肠断当年旧画楼。为倩龙眠施妙笔,图成风景含悽恻。柳色依依系去思,帘波渺渺生愁色。楼角茏阴暮霭沉,妆台旧梦杳难寻。〔1〕 月明不照鲸鱼影,碧海青天夜夜心。

万钊〔2〕:《鹤涧诗龛集》卷三,光绪十九年(1893)刊本,第 18 页。

蒋子相孝廉酬涤霞司马诗云〔3〕:"文字求知己,行藏决故人。才华妨我误,肝胆与君真。母老急微禄,时艰狎苦辛。赠言深愧负,珍重帝京尘。各自怜歧路,离怀独趁欢。贫知交道厚,拙恐宦途难。湖海头颅老,风霜剑铗寒。归来应色喜,未要一钱看。"子相名其章,亦钱塘人。时乙亥初冬,由虔州将计偕北行,迂道归省,此其留别之作。

张、蒋二君诗均于友人扇头录之。〔4〕

金武祥〔5〕:《粟香随笔》卷七,清光绪刻本,第 16、17 页;又见《续修四库全书》第 1183 册,第 340、341 页。

送子相之官甘肃

得第重回首,春明梦已沉。乘边愁远道,作吏背初心。亲老思谋禄,朋交利断金。却看舟似屋,尽室赴艰深。

少作江湖客,今为关塞游。一官初进步,万里取封侯。立马华山顶,看云陇水头。知君擅奇句,先向锦囊收。

一听伊凉曲,征人泪万行。地经张掖郡,俗问武都羌。使相筹边急,孱王弃国亡。时闻喀什噶尔之捷。皇情眷赤子,抚字望贤良。

两见两番别,人间离恨多。东风正无赖,欲去奈愁何。五字河梁句,平生宝剑歌。勋名须努力,行矣莫蹉跎。

万钊:《鹤涧诗龛集》卷四,光绪十九年(1893)刊本,第 1、2 页。

---

〔1〕 此两句一作:"楼角旧梦难寻觅"。
〔2〕 万钊(1844—1899),初名世清,字剑盟,一字涧民,号韬庵、鹤涧亭民,江西南昌人。少好填词,工诗文。著有《鹤涧诗龛集》。
〔3〕 涤霞司马,即刘鼎,字涤霞。
〔4〕 张、蒋二君,指张鸣珂(玉山)、蒋其章。
〔5〕 金武祥(1841—1924),字湘生,别名粟香,又字菽乡,江苏江阴人。早年游幕,入两广总督曾国荃幕府,后任署广东赤溪直隶厅同知等职。著有《芙蓉江上草堂诗稿》、《粟香随笔》等。

送蒋公质大令其章之任凉州

蒋诩今高士,豪情旷代无。才华倾老宿,踪迹半寰区。旧梦谈风月,新诗遍道途。不堪分袂处,肠断是离驹。

一麾从此去,万里玉门西。云树连天暗,关河落日低。酒斟金凿落,曲唱白铜鞮。会织弓衣句,羌州息鼓鼙。

蔡鸿鉴[1]:《二百八十峰草堂集》,四明蔡氏墨海楼 1944 年版,第 15 页。

中宪大夫道衔候选员外郎蔡君墓志铭

光绪戊寅,余赴官江西,与蔡君季白执手于上海。时则周君复庵将之澎湖,蒋君子相将度陇右,相与置酒高会,订十稔之期,重集黄浦。谈笑出门,欣然无离别色。明年,君为余刻《明州系年录》,以所作序寄余审定,复申旧约。又明年,而君之讣至矣。戊子八月,孤子和霁葬君于林戛岙之麓,来乞志幽,乃流涕而铭之。……余自乙酉归田,频客黄埔,十稔之约,亦允蹈之。惜周君、蒋君俱以事罢官,绝无音问,而君之卒且有年矣。

董沛:《正谊堂文集》卷十九,《续修四库全书》第 1558 册,第 384—385 页;又见蔡鸿鉴:《蔡君篆卿墓志铭》,《二百八十峰草堂集》卷首,四明蔡氏墨海楼 1944 年版。

海滨酬唱词序

余侨居沪上,曾有聚星吟社之举,方欲与海滨合为一社,乃诸君既不能常聚,而沪上诸同志又复时聚时散,风云际会,花月因缘,未知在于何时。此其中自有天焉,非人力之所能为也。因序其词而并及之。

同治十有二年岁在癸酉仲夏之月,葛其龙序于菰城之寄庵。

葛其龙:《海滨酬唱词序》,见昆池钓徒:《海滨酬唱词》,光绪二十四年(1898)香海阁刻本,第 3 页。

咏红梅

古来咏红梅者甚稀。光绪初,上海蔡紫绂先生尔康,作四律咏之,一时和者数十人,兹择其尤者录之。……蘅梦庵主三首云:"一枝艳出雪中村,众里风姿孰共论。着色讵伤高士骨,涂妆新暖美人魂。暮山蔼蔼笼烟气,

---

〔1〕 蔡鸿鉴(1854—1881),字篆卿,号季白,浙江宁波人。候选员外郎。清代著名藏书家,藏书至七万册,后栖沪上,名藏书处曰墨海楼。著有《二百八十峰草堂诗稿》。

空水濛濛画月痕。要为名花商位置，素香绿萼尽称尊。""冷落荒岩古瀑边，疏花那受俗工怜。纵参色相心仍淡，尽染秾华骨总仙。冷艳半烘晴雪路，璚英浓衬晚霞天。翻令索笑巡檐者，恍醉春风为破禅。""尚从姑射想风神，时世妆梳也绝尘。颜好炼成千尺干，山空占断十分春。蝶翎分艳圆仙梦，鹤顶偎寒证色身。省识林间倚翠袖，不伴红英伴素筠。"

柴小梵：《梵天庐丛录》卷24，中华书局1926年版，第5页。

（5）蒋氏其他诗词

题纫斋画賸

昔游石窗山，衣上沧溟烟。颇闻清绝云霞窟，中有高隐人倏然。倥偬戎马未及访，月湖一榻听寒泉。揭来海上幸相见，松风入吻师玉川。示我《画賸》上下卷，千岩万壑罗眼前。或如龙湫石梁挂飞瀑，或如黄山云海铺青天。或如石林箐谷出奇险，或如桃源柳浪生清妍。胸中邱壑露百一，一泓已足称良田。墨余酒后恣挥洒，退笔且莫埋经年。寻常画史讵足道，画禅室与同婵娟。兴酣嚼毫只一喷，老颠又入壶中眠。春申江上乍游戏，坐令肉眼瞻飞仙。何当饮我功德水，香火且结山中缘。慎莫留与俗工作，粉本君家道，复待赋，还山篇。

用东坡烟江叠嶂图诗韵奉题纫斋先生法家《画賸》，即请大吟坛指正

光绪三年丁丑小春月朔，钱唐蒋其章子相甫初草。

陈允升：《纫斋画賸》，光绪三年（1877）陈氏得古欢堂刊本；又见日本米津菱江编《纫斋画賸》，明治十三年（1880）刊本。

题许子笠太守承家天际归舟图[1]

瀛台地阁扶桑东，楼船划破玻璃红。疏昧鬒扫事万变，须臾耳摩埠途

---

[1] 此图亦称吴滔《天际归舟图》。引首为"天际归舟图。子笠世四兄属，曲园俞樾题其端"。据其图款识"子笠四兄大人属画天际归舟图，时戊寅六月吴滔作于秋水野航"，知此画作于光绪四年戊寅（1878）六月。吴滔（1840—1895），字伯滔，号铁夫，又号疏林，浙江石门（今浙江崇德）人。性淡泊，不慕荣利。工山水花卉，皆卓然成家。画名满东南，被称为近时大家。著有《来鹭草堂随笔》。许承家，字子笠，浙江钱塘（今杭州）人。光绪二年（1876）举人。同治十二年，曾随唐俊侯都督军台澎之役，平息日军侵入台湾之事。后任江西知府。此画中有多人题跋。蒋其章题跋作于"庚寅夏"，即光绪十六年（1890）夏。

通。计佳乍绾军符约,捷书夜来惊海童。烟云出没天宇静,但看晓日开鸿濛。遥青一发指澎岛,奇怀不负乘长风。今年遇我济南道,一樽话旧不逾缕。酒酣尚说此行壮,书生豪气掀蛟龙。我今□□垂清晏,往来一任浮艨艟。披图抵掌约归隐,六桥烟月呼吴篷。

　　子笠仁兄观察大人教之,庚寅夏日钱唐蒋其章缮稿。

　　据吴滔《天际归舟图》蒋其章所撰著录。

蒋其章二首

　　蒋其章　字子相,钱塘人。光绪三年进士,官甘肃知县。

绮罗香　题吹箫低唱图

　　画舫听烟,纹窗荡月,惯挈雏鬟容与。酒熟香温,又理旧时箫谱。和啼莺、笙炙唇寒,招彩凤、筝通媚语。甚苍凉、一片歌云,漾如泉咽袅如缕。

　　休说江南羁旅,凭仗酒边选梦,花前征舞。按彻参差,沁入秋心如许。逗新愁、六诏山川,萦旧忆、五湖烟雨。笑吟仙、深负豪情,更旗亭暗赌。

　　丁绍仪辑:《清词综补续编》卷七,中华书局 1986 年版,第 1259 页;又见叶恭绰编:《全清词钞》第二十八卷,中华书局 1982 年版,第 1458 页。

齐天乐　苏君稼秋属题梦游赤壁图

　　苏郎接迹眉山叟,清游梦中还记。月漉江心,烟流岸嘴,仿佛曾移舟地。宵深半醉。早万籁无声,远峰横翠。响震鱼矶,狂吟手拓铁如意。　　凭吊孙曹旧事,想临风洒酒,多少豪气。吹笛龙听,掠舟鹤醒,又变江湖风味。神驰画里。幸跂脚篷窗,诗盟重缔。一觉篷篷,水云商鼓枻。

　　丁绍仪辑:《清词综补续编》卷七,第 1260 页。

梦游赤壁图第一册题词

如此江山　蒋其章公质

　　苏郎接迹眉山叟,清游梦中还记。月漉江心,烟流岸嘴,髣髴曾舣舟地。宵深半醉。早万籁无言,远峰横翠。响答鱼矶,狂吟手拓铁如意。　　凭吊孙曹旧事,想临风洒酒,满腔豪气。吹篷龙听,掠舟鹤醒,又变江湖风味。尘鞿俗饵。幸跂脚篷窗,诗盟重缔。一觉篷篷,水云商鼓枻。

　　后游再认前游地,依依一番风景。石瘦撑波,山高托月,换却秋初清境。那寻梦影。忽长啸天空,吟魂乍警。断岸寒流,鹊巢格磔老蛟醒。

依约枕函日冥,是何来二客,伴君诗艇。乌鹊翻晴,鱼虾侣醉,快挟飞仙,超回雪夜冷。有千载神游,文心狂骋,愿附新图,鹤矶留舴艋。

钱徵、蔡尔康辑:《屑玉丛谭二集·梦游赤壁图题词》,光绪四年(1878)申报馆刊本,第5页。

蒋其章

迈陂塘袖芝将返吴门,出湖桥春影图索题,拈此以应,
时丁亥七月朔日,薄云半阴,凉飔袭几,言愁始欲愁矣[1]

渐萧萧、水茳凉战[2],一篷秋色初剪。香莼牵动江南梦,并入冰弦凄恋。桥影转,向四面颇黎,双照春风面。坠欢零乱。记撇笛偷声[3],隔花捉醉,燕市酒人还。[4]　　明湖路[5],好结遨床间伴,[6]金尊檀板重款。红毹小步红牙拍,禁得几回肠断?归且缓,问飞絮、天涯绀点袖罗满。舞衫乍换。待芍药移根,垂虹亭外,再认旧莺燕。

徐寿兹[7]:《济游词钞》,光绪二十三年丁酉(1897)刊本,第2、3页。亦见林葆恒纂:《词综补遗》卷八十,北京图书馆稿本钞本丛刊,书目文献出版社1992年影印稿本,第3825页;林葆恒编、张璋整理:《词综补遗》卷八十,上海古籍出版社2005年版,第3000页。

---

[1]　林葆恒纂《词综补遗》卷八十,"言愁"前有一"人"字。
[2]　林葆恒纂《词综补遗》卷八十,"水茳"作"水苙"。
[3]　林葆恒纂《词综补遗》卷八十,"撇笛"作"撇邃"。
[4]　林葆恒纂《词综补遗》卷八十,"人还"一作"人远"。
[5]　林葆恒纂《词综补遗》卷八十,"明湖路"作"明湖畔"。
[6]　林葆恒纂《词综补遗》卷八十,"遨床"作"遨游","间伴"一作"闲伴"。
[7]　徐寿兹(1852—1917),字受之,一字袖芝,号亢庵,江苏元和(今苏州)人。光绪五年(1879)举人。历任河南许州知州、上海观察使、江南水利局总办等职。著有《济游词钞》、《亢庵遗稿》等。

三、甘肃、新疆、山东时期

（1）《申报》、《清实录》、地方志等

光绪三年丁丑科即用知县人员各省试用人员

……蒋其章　浙江钱塘人　甘肃

《缙绅全书》（清光绪六年春），荣华堂光绪刊本，无页数。

光绪五年四月初三日《京报》全录

左宗棠片　再，署迪化直隶州知州严金清现因患病，呈请交卸遗缺，臣查有代理奇台县事留甘补用直隶州知州王新铭，年壮才明，堪以委署；所遗奇台县缺，查有留甘补用知县刘嘉德，勤干有为，堪以委署；署敦煌县知县凤庚署事期满遗缺，查有甘肃即用知县蒋其章，年富才可，堪以委署。除由臣檄饬遵照外，理合附片陈明，伏乞圣鉴。谨奏。军机大臣奉旨："知道了。"钦此。

《申报》光绪五年己卯四月十四日（1879 年 6 月 3 日）

恭录谕旨

十六日奉上谕……同日奉上谕，左宗棠奏甄别庸劣不职各员请分别革职降补一折。甘肃前署安西直隶州知州刘肇瑞，官声平常，兼有嗜好；岷州知州胡尔昌，嗜好颇深，诸务废弛；署敦煌县知县蒋其章，居心浮伪，办事颟顸；前署迪化直隶州知州补用同知严金清，虚报屯垦户口，心存欺饰，均着即行革职。西宁县知县朱镜清，躁率任性，器小易盈，着以府经历县丞降补，以肃官方。"该知道。"钦此。

《申报》光绪六年庚辰十月二十四日（1880 年 11 月 26 日）

恭录谕旨

钦差大臣、大学士督办新疆军务、陕甘总督二等侯加一等轻车都尉臣

左宗棠跪奏：为甄别庸劣不职各员请旨革职降补以资整饬,恭折仰祈圣鉴事。窃维甘肃吏治渐已改观,其庸劣各员仍宜随时纠参,以昭儆戒。兹据藩、臬两司暨该管道禀牍,经臣详加察看,前署安西直隶州知州花翎道衔、甘肃补用知府刘肇瑞,官声平常,兼有嗜好;岷州知州胡尔昌,嗜好颇深,诸务废弛;署敦煌县知县蒋其章,居心浮伪,办事颟顸;前署迪化直隶州知州知府衔留甘补用同知严金清,虚报屯垦户口,心存欺饰。以上四员均应请旨革职,以肃官箴。西宁县知县朱镜清,躁率任性,器小易盈,应请旨以府经历县丞降补,以观后效。臣为整饬吏事起见,是否有当,伏乞皇太后、皇上圣鉴,训示施行。谨奏。奉旨已录。

《申报》光绪六年庚辰十一月十六日(1880 年 12 月 17 日)

恭录谕旨

左宗棠片　再,据署安西直隶州知州龚恺禀称:据署敦煌县知县蒋其章禀称,合邑绅耆举人祁士麟等呈称:己亥科举人、花翎知州衔拣选知县雷起瀛,本为该县人望,前经哈密办事大臣文麟于屯垦案内保加知州衔。同治十三年经臣访闻劣迹,奏参注销保案,斥革原资。同治十三年十月十七日,奉硃批着照所请该部知道,钦此。该举人自被革后,尽心课士,并未干预公事,现已六十四岁。该绅等目击其改悔属实,呈恳转请开复,呈由该管州县具禀请奏前来。臣维已革举人、花翎知州衔拣选知县雷起瀛开复翎顶职衔原资,以示激劝,出自鸿慈。谨附片具陈,伏乞圣鉴训示。谨奏。军机大臣奉旨:"着照所请,该部知道。"钦此。

《申报》光绪六年庚辰十二月二十四日(1881 年 1 月 23 日)

上海官银号浙绍协赈公所启

启者,敝公所自四月底截止后,曾将已收已解赈款总数汇登《申报》,以昭公览。兹又收到张朗斋军门捐银二千两,又集募海宁万清传捐银一百两,山阴孙寿昶捐银八十两,乌程施补华、钱唐蒋其章、山阴李福云三户各捐银四十两,鄞县陈文英、归安朱义方、义乌朱廷芳、余姚张廷楫、上虞张廷藻五户各捐银二十两,共集捐银二千四百两,汇到合规银二千五百另九两三钱八分。

《申报》光绪十年闰五月十二日(1884 年 7 月 4 日)

上海陈家木桥电报总局豫皖赈处五月下旬收数清单

……汪氏十元,张少康二元,赵诒德一元,蒋子良、蒋子湘二元,姚不鉴二元,陈台捐一元,无名氏一百……

《申报》光绪十四年闰六月初九日(1888 年 7 月 17 日)

光绪十六年正月二十六日京报全录

太子少保、头品顶戴山东巡抚臣张曜跪奏:为堵筑历城县境西纸坊漫口合龙日期恭折由驿驰陈,仰祈圣鉴事:窃臣前于章邱大寨合龙后,即往历城县西纸坊,督同道员张上达赶办堵口工程,曾将先后进占情形奏陈在案。该处口门地势稍洼,坐湾过甚,自盘筑坝基以来,逐渐稳慎进占,迨至口门收窄,淘刷渐深,溜势汹涌,坝身迭见蛰陷,情形危险,均经道员张上达率同在工文武,赶紧修补,压土加厢,稳慎前进。时当风雪严寒,员弁勇夫,均极奋勉工作。十一月二十五日以后,尚剩口门十六丈,水势愈加湍激,工作倍难。臣目击工程棘手情形,饬由张上达添用边坝,并将上游挑水坝加长,昼夜赶办,连进三占。本月初七日,计剩金门六丈,溜势过猛,坝后翻花大浪,回旋淘刷,张上达昼夜往来两坝,督率员弁勇夫,加紧厢护,追压稳固。铁车运土,添筑土柜,即于初八日寅刻挂缆合龙。一面开放引河二坝,料土并进,竭一昼夜之力,将正边两坝合龙,进占追压到底,赶紧添筑土柜后戗。至初十日申刻,闭气工程悉臻稳固,堪以仰慰宸廑,所有善后各工,已饬工员加紧赶办。

此次堵筑大工,款项无多,办理力求稳慎,各工员弁勇往从事,履危蹈险,昼夜辛勤,工程得以告竣,实属异常奋勉。惟有仰恳天恩,准照异常劳绩给奖。统计伏秋泛涨漫溢之处,均已堵筑完竣,全河水已归槽,应将堵筑张村大寨西纸坊各口出力员弁,一并择尤随折请奖。所有尤为出力之革职留工总兵衔留东补用副将黄金得、补用副将戴守礼,均请开复。革职处分补用副将张文彩、夏锡纯,均请加总兵衔副将衔。……候补同知仓尔英请免补本班,以知府补用,并加三品衔。候补直隶州知州存龄请免补本班,以知府补用。开复四川候补知县富拉浑、开复甘肃即用知县蒋其章,均请免缴捐复银两,同知衔分省补用。……其余出力员弁,择尤汇案请奖。除将用过工需银两核实,照例造报,并将请奖员弁履历汇册咨部外,所为堵筑西纸坊漫口合龙日期,理合恭折驰陈,伏乞皇上圣鉴。谨奏。奉硃批:"另有旨。"钦此。

《申报》光绪十六年二月十八日(1890 年 3 月 8 日)

谕旨恭录

十一月初三日奉旨,浙江台州府知府着李鸣梧补授安徽庐州府知府,着张端本补授四川洪雅县知县……前甘肃即用知县蒋其章,四川邻水县知县富拉浑,前广西来宾县知县杨均,俱准其开复原官。……钦此。同日军机大臣面奉谕旨:"着于本月初六日推班。"钦此。

《申报》光绪十六年十一月十二日(1890 年 12 月 23 日)

光绪六年十月下
庚戌

又谕左宗棠奏甄别庸劣不职各员一折,甘肃前署安州直隶州知州补用知府刘肇瑞,官声平常,兼有嗜好;岷州知州胡尔昌,嗜好颇深,诸务废弛;署敦煌县知县蒋其章,居心浮伪,办事颟顸;前署迪化直隶州知州补用同知严金清,虚报屯垦户口,心存欺饰。均著即行革职。西宁县知县朱镜清,躁率任性,器小易盈,著以府经历县丞降补,以肃官方。

《清实录·德宗景皇帝实录》卷一百二十一,第 53 册,中华书局 2008年影印本,第 756、757 页。

敦煌县清代历任县官一览表

姓名	别号	籍贯	任职年月	附注
蒋其章	子相	浙江钱塘县	光绪五年任	丁丑进士
何桂			光绪九年任	

吕钟修纂,敦煌市人民政府文献领导小组整理:《重修敦煌县志》卷九《职官表》,甘肃人民出版社 2002 年版,第 223 页。

雷起瀛

原名起震,字东生,东乡肃州坊人。幼颖悟……弱冠举于乡……,主鸣沙书院讲席,拥皋比二十年,敦煌士气,一时振起。……以功保奏花翎知州衔,拣选试用知县。……起瀛亦以地方为重,返敦复任局务。……

同治十一年,左文襄……被围肃州,不得出关。起瀛上议迁散户勇,与民休息。自是杜门不出,精心著述,以培养士风为己任。不期乡党难处,当局既久,众怨集之,小人遂谋蘖其间。翌年即被诬陷。敦煌人士以虽在缧绁,非其罪也,数营救,莫能得。先是地方既遭兵燹,饥馑随之,老者转死沟罄,壮者流离失所。大宪施赈,发帑藏六千金,并发金将军时粮价八千金。知县谢某意图没蚀,仅云领获二千金,且言赈济之事,非取富济贫不可。此言一出,贫者知赈济无望,富者尤惧重捐,要起瀛赴县请发赈款。起瀛辞不愿往,奈民众不依,数百人绕屋相逼。谢某以是衔之。会沙州参将聂某,因克扣兵饷,致兵丁鼓噪,物议沸腾。聂、谢两人知不为众所容,思欲先发制人,二人相勾结,诬起瀛与前任知县樊建基为狼狈,以"仗势欺人,藉公肥己"禀讦大宪,大宪委安西直隶州刘牧查察。谢某知事危急,贿属刘牧左袒,冤狱遂成。十三年提解进省,时督甘使者湘阴左宗棠也。……

光绪十三年,安西直隶州龚某、知敦煌县事蒋某咸知其冤,禀求大宪转奏清廷。左(宗棠)遂据情转呈,其词曰:"再据署安西直隶州知州龚恺禀称:据署敦煌知县蒋其章禀,据阖县绅耆举人祁土麟等呈称:'己亥科举人、花翎知州衔拣选知县雷起瀛,性情切挚,办事认真,久为人望所归。军兴以来,创办团勇,力保危城。经前哈密办事大臣文麟于屯垦案内,保加知州衔,乃以激直招尤,致有蜚语。同治十三年,经臣访问劣迹,奏参革职。惟该举人自被革之后,力图晚盖,尽心谋士,致力屯田,公事并未干予,清节益励暮年。现已六十四岁,该绅等或亲承启迪,或私淑仪型,见其怨艾之深,积于皓首,改悔之实,著于持躬。若不据实呈恳,转请开复,则忝列衣冠,无以自立于人世。'等情。由该管州县复查属实,禀请具奏前来。臣查已革举人、花翎知州衔拣选知县雷起瀛,自经被革之后,颇能安分,悔尤寡过。现已行年六十四岁,晚节力图,课业益勤。兹据管州县转据该县绅民等联名具禀吁请,合无仰恳天恩,俯准将已革举人、花翎知州衔拣选知县雷起瀛开复翎顶职衔原资,以观后效,而顺舆情之处,出自鸿慈,谨附片具陈,伏乞圣鉴训示。谨奏。"

奏上(俞)〔谕〕:允准其开复原官。回籍以儒业老于乡,寿逾古稀,以疾终。

吕钟修纂,敦煌市人民政府文献领导小组整理:《重修敦煌县志》卷十《人物志下》,第303—309页。

光绪己卯上巳日偕凤雨村游月牙泉得诗一首　蒋其章

列坐流觞病未能,偶谈名迹陟嶒陵。群山一曲淡无影,新水半湾微有冰。倦侣心情宜水曲,长官风味问茶僧。昔人重九题糕处,壁上诗牌翠墨曾。

光绪庚辰重九,陪敦仁太守、张海厦明府重游月牙泉,同用敦翁韵　蒋其章

策骑沙山下坂来,半泓泉水镜奁开。凌峦倒影浸碧水,鼓浪不生同怒雷。天马神奇疑附会,沙鸥浩荡足徘徊。时清僚佐今多暇,好共临流酹一杯。

游千佛洞得诗三十韵聊以疥壁　蒋其章

南山孕旁支,凝结杂沙石。蜿蜒走层峦,耸峙到荒迹。谁穷穿凿功,洞穴亿千辟。匪(问)〔同〕陶覆(君)〔居〕,乃等巨灵擘。重叠屋架云,轩(敬)〔敵〕柱张(帝)〔帝〕。(绿)〔缘〕梯唇吐雾,引磨蚁寺隙。纷纷鸽笼排,一一蜂巢圻。险或跨飞桥,平或铺软席。低或入地悌,高或压山脊。廖□〔豁〕四(各)〔明〕窗,髭鬟波斯舶。槛楯架虚檐,陂陀立重栅。土窑烦置埏,涂髹焕金碧。塑像杨惠功,画手到元浑。二佛(镜)〔竞〕魁梧,天半露肘腋。其一津梁疲,卧榻云根窄。余各(闻)〔斗〕么麿,变相写百十。神龛黏若□〔螺〕,鬼物多于卿。广厦万千间,撑磔阁五城。〔1〕 又隔放荡时〔2〕,且作化人宅。奇观沙漠开,国用金钱惜。厥后陷腥膻,佛力竟(付)〔何〕益。我来兵燹后,余焦烂胜遗。细碎蜗壳嵌,丛杂蛎房摘。丹青坏壁污,瓦砾悬崖积。奈合龙象威,又度狈态厄。智光照月□〔容〕,梵呗礼霜夕。岩壑愧玲珑,涂饰同□〔戏〕剧。毡(推)〔帷〕郁古香,讵为游山癖。

吕钟修纂,敦煌市人民政府文献领导小组整理:《重修敦煌县志》卷十一《艺文志上》,第420—422页。

(2) 清人诗文集资料

光绪五年(己卯,1879)

1645　与崇峻峰方伯

平番、宁夏均四字要缺,应即遴员请调。惟应调各员,如吴令恩荣,虽甚惬心,而署高台,补古浪,又请调要缺,不出两年之中,颇嫌稠迭。此外如张应周、吕恕,亦可去得,稠迭相同,余均不能放心也。就中挑选,张珩平

---

〔1〕　海纳川著《冷禅室诗话》,此下有“传自唐李君,功德侈赫奕。重修大中年,碑版照蛮貊”四句。见张寅彭主编:《民国诗话丛编》(2),上海书店出版社2002年版,第696页。

〔2〕　此句《冷禅室诗话》作“中原板荡时”。

稳,未知能否振作? 潘世笃尚知之不深。应补人员,吴莹尚可,张汝学、刘子铣亦期胜任。即用如蒋其章,已委署敦煌。余则尚待查看。

《左宗棠全集·书信》(10),岳麓书社1987—1996年版,第451页。

光绪五年(己卯,1879)

764 敦煌县知县沙州营参将会禀俄人坚执赴青海情形由

1 据禀俄官尼等行抵该县,坚执由该县取道前赴青海,必欲觅人带路等情。查俄官尼拟由哈密游历西藏,前承准总理各国事务衙门咨开:"查俄官尼等请照游历西藏等处一事,前于光绪二年五月初七日,据布公使函请发给护照,曾经本衙门以西藏地鸾远且多戈壁,倘有疏虞,不能任保护之责,函复俄使去后,嗣据俄使面称:哈密、西藏之路,中国有官地方,可凭执照查验;其无官地方,护照亦无所用。再三恳给执照,业经缮给,应即妥为照料"等因。本大臣爵阁部堂曾将哈密、沙州迤南均系荒山陷沙戈壁,并无通藏过路,业将无官地方无从保护情形迭经咨呈总理衙门,并行知古城、巴里坤印委各员详细告知俄官尼,免其徒劳召返各在案。原以地势险远隔绝无人行走,不但生番劫杀之可虑也。兹俄官行抵放煌,目睹情形,自知无从觅路,如必欲觅路前进,亦只好听其自为。其无官地方不能保护各情,既经总理衙门向俄国公使说明,而该公使亦经说明,中国无官地方执照亦无所用。是有官地方,该文武应照约护送;其无官地方,无从护送。既经与俄官说明,如必欲觅路前进,该地方官固不耽干系也。候并咨呈总理各国事务衙门照会俄国公使知照。

《左宗棠全集·札件》(14),岳麓书社1986年版,第445页。

765 敦煌县蒋令等禀俄人移牧大泉一带仍坚要带路各情由

1 据禀该县志书本有通青海之路,自道光二年青海办理番案禁绝往来,此路久已迷失,无人行走等情。仰即照抄呈核,一面告知俄官尼等无人引路、无人护送实在情由,如必执意前拄,亦只好听其自便,地方文武不耽干系也。

2 至该俄官尼等移牧大泉一带,不过欲查探路径,自觅蒙古人带路耳。如查得由敦煌取道青海有人行走,必自知购觅带路之人,无须该文武等经手,俄官尼等亦当不致受人蒙骗。如查得实在无路可觅,别作主意,该文武等亦只合听之。总之,境内应护送地方必应护送,免有借口。此事于前禀到营时已明白批示,并咨总理各国事务衙门查照矣。仰即遵照办理。

《左宗棠全集·札件》(14),第445—446页。

770　敦煌县禀回犯窜入罗博脑追捕不及各缘由

1 据禀已悉。该回犯既由大红山窜入罗博脑,查罗博脑即罗布淖尔,地在喀喇沙尔、库尔勒之旁,已咨行库车、阿克苏各军营一体严密查缉。该令于此次回犯逃入辖境未能设法截拿,事后却言之了然,亦足见其办事并无实心也。姑加训饬,以观后效。[1]

《左宗棠全集·札件》(14),第449页。

光绪五年(1879)

2589　陈报安西州并敦煌县应解课金无人采挖情形折[2]　　九月十四日
光绪五年九月十四日(1879年10月28日)

奏为安西州并敦煌县应解课金无人采挖缘由,恭折具陈,仰祈圣鉴事。

窃据甘肃布政使崇保详称:……

又据署敦煌县知县蒋其章详称:该县南山金厂停采,迄今已阅十七年。屡经出示招采,未据一人报充。询据绅耆声称,自道光年间业已矿老山空,金苗不旺,停采已久,器具全无。不惟工本浩繁,民间无力承垫,兼之人夫缺少,客籍又未便招徕。况连年拖欠课金,盈千累百,各任更换不一,摊赔多无可著追;金夫死徙无存,带征则尤为拖累。种种窒碍,以致裹足不前。所有多年课项,委实无从报解等情,呈由安肃道咨司具详,呈请奏咨前来。

臣复查无异。相应请旨,饬部查照立案施行。为此恭折具奏,伏乞皇太后、皇上圣鉴训示。谨奏。

光绪五年十月十一日军机大臣奉旨:"该部知道。"钦此。

《左宗棠全集·奏稿》(3),第394—395页;又见中国第一历史档案馆编:《光绪朝朱批奏折》第一〇一辑《水利　工业》,中华书局1996年版,第

---

[1] 以上三件虽然没有点出蒋其章之名,但其中所说"蒋令"即为蒋其章。第一、二件,说的是如何处置俄国人要求由该县取道前赴青海之事。第三件说的是关于回犯由大红山窜入罗布淖处置事宜。左宗棠在《致崇保》、1762《与崇峻峰》函中也论及此事,称:"敦煌续来之俄人亦因无人带路,废然思返,但尚未接其何日回程禀报。"末署"七月六日"。《左宗棠全集·书信》(10),第568页。
[2] 原注:此折选自"录副奏折·洋务类"。

932—933 页。

783　敦煌县蒋令其章禀复试种稻谷并南湖罂粟均已查拔净绝由

　　1　该县地土膏腴,南湖一带荒歇地亩引水灌田,种植稻谷,自无不宜。据禀罂粟拔除尽净,蝗孽亦无滋生,当期丰稔。

　　2　另禀兴修义学,筹捐社粮,以每年所收息粮作义学膏火,所办尚是。惟每粮一石取息三斗,未免太重。应即切实议减,并饬派妥绅经管,明定条章,以垂久远。

　　《左宗棠全集·奏稿》(3),第 459 页。[1]

2722　甄别庸劣不职各员折　光绪六年九月十二日。

　　奏为甄别庸劣不职各员,请旨革职、降补,以资整饬,恭折仰祈圣鉴事。

　　窃维甘肃吏治渐已改观,其庸劣各员仍宜随时纠参,以昭儆戒。兹据藩、臬两司暨该管道禀牍,经臣详加察看,前署安西直隶州知州、花翎道衔甘肃补用知府刘肇瑞,官声平常,兼有嗜好;岷州知州胡尔昌,嗜好颇深,诸务废弛;署敦煌县知县蒋其章,居心浮伪,办事颟顸;前署迪化直隶州知州、知府衔留甘补用同知严金清,虚报屯垦户口,心存欺饰。以上四员,均应请旨革职,以肃官箴。西宁县知县朱镜清,躁率任性,器小易盈,应请旨以府经历县丞降补,以观后效。

　　臣为整饬吏事起见,是否由当? 伏乞皇太后、皇上圣鉴,训示施行。谨奏。

　　《左宗棠全集·奏稿》(3),第 593—594 页。

2723　附录上谕　谕将补用知府刘肇瑞等员分别革职降补　九月

　　军机大臣奉旨:"左宗棠奏甄别庸劣不职各员,请旨革职、降补一折。花翎道衔甘肃补用知府刘肇瑞,官声平常,兼有嗜好;岷州知州胡尔昌,嗜好颇深,诸务废弛;署敦煌县知县蒋其章,居心浮伪,办事颟顸;前署迪化直隶州知州、知府衔留甘补用同知严金清,虚报屯垦户口,心存欺饰。以上四

―――――――――――――

〔1〕　后秦翰才在《左文襄公在西北》中谈到:"敦煌知县蒋其章,于光绪六年举兴义学,筹捐社粮,取息充经费。文襄公以每一石取三斗,未免太重,批令议减。"即据此。岳麓书社 1984 年版,第 208 页。

员,均着即行革职,以肃官箴。西宁县知县朱镜清,躁率任性,器小易盈,着以府经历县丞降补,以观后效。该部知道。"钦此。

《左宗棠全集·奏稿》(3),第 594 页。

2753　请以叶恩沛等员分别委署固原知州等缺片[1]　　光绪六年十一月二十二日[2]

再,署固原直隶州知州聂墍患病请假调理遗缺,查有候补直隶州知州叶恩沛年壮才明,堪以委任。……署敦煌县知县蒋其章撤委遗缺,查有同知衔陕西补用知县何桂廉明精细,堪以委署。据藩、臬两司会详前来。

除由臣饬分别给委外,谨附片陈明,伏乞圣鉴。谨奏。

军机大臣奉旨:"知道了。"钦此。

《左宗棠全集·奏稿》(3),第 624 页。

2757　请准将雷起瀛开复翎顶职衔原资片[3]　　　　十一月二十六日[4]

再,据署安西直隶知州龚恺禀称:据署敦煌县知县蒋其章禀称:合邑绅耆举人祁士麟等呈称:己亥科举人、花翎知州衔拣选知县雷起瀛,本为该县人望,前经哈密办事大臣文麟于屯垦案内保加知州衔。同治十三年经臣访闻劣迹,奏参注销保案,斥革原资。同治十三年十月十七日奉朱批:"着照所请。该部知道。"钦此。该举人自被革后,尽心课士,并未干预公事,现已六十四岁。该绅等目击其改悔属实,呈恳转请开复,呈由该管州县具禀请奏前来。

臣维已革举人、花翎知州衔拣选知县雷起瀛,自被革后,闭户读书,力图晚益,尚属深知愧悔。合无仰恳天恩,俯准将已革举人、花翎知州衔拣选知县雷起瀛开复翎顶职衔原资,以示激劝,出自鸿慈。

谨附片具陈,伏乞圣鉴训示。谨奏。

军机大臣奉旨:"着照所请。该部知道。"钦此。

《左宗棠全集·奏稿》(3),第 627 页。

---

[1]　原注:此片选自《申报》光绪六年十二月二十日,《光绪六年十一月二十二日京报全录》。
[2]　原注:此系《京报》刊载时间。
[3]　原注:此片选自《申报》光绪六年十二月二十四日,《光绪六年十一月二十六日京报全录》。
[4]　原注:此系《京报》刊载时间。

1123 与张朗斋

……各处起解尚多,惟肃州藉词诿谢,已严饬行。大抵哈密屯务志在必行,不任中止也。

文、明两公有公牍委员携银六千赴敦煌,办粮数十万斤,弟已饬敦煌蒋令及史道速办,不知敦煌可否采办? 看来东山一带已空,有可设法之处,自应代展一筹,惟无法可施,则无如何也。尊处杨副将寿三上年曾否向其腾挪粮石,渠曾有接济四百石之说,是否实有其事? 弟意如有挪支,须照数还之为要。

《左宗棠全集·书信》(2),第 465—466 页。

题登高图

重九,佳节也;登高,胜会也;饮酒,乐事也。亲旧在异方者,幸此一日之聚焉。然七人之中,唯凌子官于山东,自余六人皆客也。夫客者,西东北南靡定耳。则此一日之聚,亦不能岁以为常。且七人者,年各不同,自今之重九,人自数其齿以至于尽,凡得重九若干日,重九而游者若干日,游于某邱某水,与之游者某人,皆不可知,唯此一日之聚为现在焉。慨其难常,幸其现在,此其作图之意乎? 虽然,庄生有言:"夫迹,履之所出,而迹岂履哉?"彼一日之聚,忽然以逝者,亦岂图之所能存? 盖人必有其不亡者,而后凡所作为,依之以存焉。古人一日之聚传于今者多矣,谓迹不足存而存焉者何也?

七人者,钱唐赵瞳,仁和蒋其章,乌程施补华、朱毓广,归安凌绂曾,山阴汤震,上元臧大勋。图者瞳,记者补华,己丑九月。

施补华:《泽雅堂文集》卷七,《续修四库全书》1560 册,第 363、364 页。

疏勒行馆与子相夜谈杂作三首

孤灯语二老,夜久轩窗开。空庭一片月,也自东南来。乡音苦僮仆,侧耳群相猜。佳茗万里致,郑重倾一杯。我心如宿火,世事真死灰。子亦可怜人,翩翩扬、马才。边关堕作吏,须鬓飞黄埃。作吏复见斥,从军尤自哀。效彼楚囚泣,愧此达士怀。穷通本由命,臧仓何有哉! 所贵岁寒节,凛凛不可摧。东方渐欲明,雄鸡声乱催。曷不觅佳睡,鼻息鸣晴雷。

长啸归去来,南亩亲耒耜。古时英雄流,失意每如此。俯仰老依人,有得亦无耻。况陟昆仑邱,遥遥万余里。休兵讲治民,百事洪荒始。奇绩已难铭,乱丝孰能理。九真作任延,符节问谁委?受恩不可忘,聊欲酬知己。知己未易酬,岁月去如驶。登高望东南,不见太湖水。天涯寄尺书,为报平安耳。迟留一寸心,何以告妻子。

生物数亿万,其一名为人。生人数亿万,其一我与君。太仓此粒粟,大野此点尘。偶然失省记,何可尤苍旻。但恨省记及,两鬓秋霜新。羲和尔何忍,悠悠驱日轮。手挥韩原戈,我志犹能伸。语长不成睡,相携步城闉。乾坤夜寥然,万里莽无垠。西望昆仑西,琛球阻来宾。东望大瀛海,蛟蛇不可驯。长空一月堕,清辉忽沉沦。众星光摇摇,大暮难及晨。忧来泪如霰,奈此虮虱臣。天高云有耳,此语应上闻。

施补华:《泽雅堂诗二集》卷八,第 215 页。

再用秋心韵答棣芬、子相

沟水东西卓女悲,白头聊复念朱丝。游龙失路空千里,病鹤乘轩又一时。画策最虞垣有耳,观缾况列井之眉。年来痛定能思痛,晚日桑榆或可期。

仙山楼阁影微茫,风引船开但水光。从此夷犹沿宦海,输他款段老家乡。十年盘错应知利,一笑模棱渐不狂。醉里依然心慷慨,宝刀拼用百金装。

防秋无奈感秋何,盾鼻年年墨自磨。边事几人谈虎变,军功一例烂羊多。激昂私论风吹水,惭愧移文月罢萝。仕宦未成归未得,佣书担粪两磋跎。

客心初感病初苏,弄笔聊同鬼画符。二妙篇章何处得,九天珠玉与之俱。花如亲友垂垂尽,酒胜茶汤薄薄酤。牢落暂为文字饮,行窝安乐愧尧夫。

施补华:《泽雅堂诗二集》卷八,第 221 页。

题子相秋怀二十首后

吁嗟蕉萃士,实感秋气生。呱呱一堕地,即具悲苦情。悲苦亦万端,随在相与迎。岂无开口笑,暂获宁久凭。譬彼春树花,九雨得一晴。稍稍弄颜色,狂风吹落英。天于众万内,予汝以聪明。诚厚不为薄,宜爱非所憎。何为纵忧患,日夜销臣精。胡霜忽霏霏,岁晏百草零。遂令蒋子诗,惨作秋笳声。身世备诸戚,诉天天勿应。为我语蒋子,自立天可争。一心经百苦,思虑坚且凝。一身习百劳,筋骨老更成。乾坤有震荡,天不扶其倾。要恃二三辈,孤力相支撑。天非极厚爱,使汝荣乐并。蠕蠕一裸虫,生死无重轻。

施补华:《泽雅堂诗二集》卷九,第 222 页。

天意二首与子相

天意苍茫白发生,新诗字字作边声。诏书远听通和好,事务旁观咎老成。回忆六桥敲短棹,相期万里请长缨。如今共作将军客,且拨忧危讲治平。沦落栖迟未有涯,还思出处应龙蛇。深心自拨寒炉火,老眼留看病树花。顾盼风云生绝塞,挽回天地入中华。疏更断续清无寐,知是筹边是忆家。

施补华:《泽雅堂诗二集》卷九,第 223 页。

和子相咏雪

疏勒城头雪皑皑,蒋子赋诗清且哀。十年布被无暖气,梦魂不到孤山梅。老施诵之三叹息,羁臣绝徼何有哉!苦无燕玉足送老,安得越酿同欢怀。冻墨自书寒瘦语,险韵欲斗尖叉才。老施吟罢夜寥寂,一念忽召春风回。黄蜂紫蜨宛飞舞,桃李无数心花开。昆仑照眼峰峦峦变,南高北高青崔巍。明湖即在渤海里,画船还往波潒洄。意想所至出形象,倏如弹指成楼台。宁知此老鸦瑟缩,铁箸自拨红垆灰。明朝开户积三尺,骑马不辨东西街。白米方忧市价贵,黄棉乍喜戎衣裁。蒋子新诗勿再作,试呼吹律邹生来。

施补华:《泽雅堂诗二集》卷九,第 223 页。

雪中与子相饮酒

万古昆仑雪,无人一赋诗。我来花乱坠,客至酒同持。孤闷筵前破,奇寒户外知。醉邀王母语,益地献何时。

诗律如兵律,还凭运用奇。几人夸手敏,一笑许心知。酒罢寒疑减,茶甘渴可支。我歌君且和,度此雪飞时。

施补华:《泽雅堂诗二集》卷九,第 223 页。

饮酒一首与子相

从军二万里,直历昆仑阿。三冬风凛冽,群壑冰磋砣。幕府治文书,手冻谁为呵？掷笔且持杯，绿酒鳞鳞波。老蒋肮脏人，与我真同科。招来便共饮，即席或短歌。不怨去日速，但求来日多。百年尚有半，白发如我何？鲜妍夭桃姿，偃蹇乔松柯。岁晏定荣悴，勿赖春阳和。兴至拼一醉，尔我非蹉跎。

施补华：《泽雅堂诗二集》卷十，第 223 页。

留子相饮酒

我病不出君屡来，曲房半日相谈谐。荧荧灯火止君饮，绿酒命发葡萄醅。肠胃薄弱不胜肉，青芹白飰聊相陪。观君斟酌我亦乐，高兴不在亲衔杯。却思时事两叹息，酒外尚有无穷怀。圣恩勿忍兵力取，残黎沦没情终哀。夷情反覆军势盛，掩耳勿及宜奔雷。投机之会不容发，奈何临事多徘徊。通商画界更他日，诈谋谁以刚气摧。可怜贵人用柔道，委蛇相赴中外皆。君姑一醉我一息，下士狂论市贤哈。伊犁一隅十年乱，日月不到如夜台。捐弃卢布九百万，汶阳归我方安排。指挥谈笑据全境，彼族失计徒惊猜。纷纷遂欲申六议，牢关相距叩不开。强可支持弱见侮，令我慷慨思边才。送君出户漏三下，皎月出树光流阶。

施补华：《泽雅堂诗二集》卷十一，第 226 页。

岁暮与子相

腊鼓鼕鼕短景催，好春消息隔年来。联翩寒鸟将翻羽，次第幽花各抱胎。竹马两行迎岁去，草船三揖送穷回。冰霜滋味今尝尽，椒酒从容共举杯。

施补华：《泽雅堂诗二集》卷十一，第 235 页。

同子相、福之至虚随园看花，杰堂军门置酒款之，
邀子相作诗贻杰堂兼与福之别

冬心一热生繁华，梦中桃杏先作花。觉来春色尚在眼，骑马同过将军家。轻红淡白真似梦，高枝吐艳低含葩。蜂蝶未知客已赏，愧逢绚烂随矜夸。将军爱客为置酒，酒酣欲去花相遮。含愁待怨态婀娜，傍花新柳如骄娃。殷勤试为沈郎折，别怀郑重归途遐。将军还邀藉草坐，花间汲水重煎茶。天涯春好且为乐，聚散岂足悲抟沙。看花送客托吟咏，竹山情语凄于茄。花能解语定贻诮，出门何处非天涯。墙东石榴病半死，樵斧幸护柯条

加。孤根屈盘生气在,东风一泄抽萌芽。春色阑珊绿阴满,想见丹蕊舒如霞。花开各自应节候,早秀何羡迟何嗟。古来人事亦如此,题诗字与飞花斜。

施补华:《泽雅堂诗二集》卷十一,第 235 页。

与子相晓泛大明湖

烟水澹无极,方舟乘晓凉。荷花似骄女,初日倚新妆。鸥鹭旧相识,亭池今已荒。廿年觞咏侣,好在鬓如霜。前游如丁筱农、刘子彝,今已物故。

施补华:《泽雅堂诗二集》卷十八,第 278 页。

同晓华、籽山、子相游铁公祠即席作

秋气中人病非病,水光写我仙乎仙。闲邀仆射幕中客,偶系尚书祠下船。蒹葭初絮雪未乱,菡萏晚花风更妍。沧浪别榭一樽酒,心与白鸥同浩然。

施补华:《泽雅堂诗二集》卷十八,第 279 页。

喜晤蒋子相明府其章

故人十年别,握手历山春。仕宦消忧患,文章泣鬼神。玉关盘马地,梁苑著书身。定有贤良召,商霖及此辰。

王以敏[1]:《檗坞诗存》卷三《济上集》,光绪十七年(1891)刊本,第 3 页。

前赋杂感绝句,受之、采南均有和作,再用旧韵和之二十首。客节署珠泉行馆作。

相逢海上伯牙弦,流水高山思悄然。莫话十年分手地,凤城寒食草芊芊。听子相抚琴。

王以敏:《檗坞诗存》卷三《济上集》,第 9 页。

---

[1] 王以敏(1855—1921),字子捷,号梦湘,湖南武陵(今湖南常德)人。同治十二年(1873)举人,先后在山东入河督及山东巡抚幕。光绪十六年(1890)中进士,授翰林院编修。著有《檗坞诗存》《檗坞诗存别集》。

新秋十日,偕萨克达子蕃部郎招同赵菁衫观察、李峻臣中翰、陈鹭洲司马、

蒋子相、吴康之、屠星若、陶廉泾明府、石砺斋、赵小鲁孝廉、萧绍庭上舍、

张子澜茂才集湖上举行诗钟秋社,未至者陈冠生殿撰、毛苪林部郎、

潘仲年司马、王鹭田别驾、汪伟云明府、吴伯和参军、朱亮卿孝廉、

毛植芸明经、严康甫、金子绳上舍也。

翌日得集禊帖诗四章,赋呈菁丈兼示诸子。

小启附录

天宇清阴,兰若虚静,山气在水,竹风当弦。及此同人,相于永日,稽老向生,林间之契,齐己无可,物外之游,不有清言,岂娱朗抱?今昔虽殊,所寄一也。又况山左亭古,地足大观,天水文崇,人仰闲气。遇良、乐以骋足,齐迁、固以陈文,有合于作者之林,斯不虚一日之兴。今与诸贤,期觞坐以次,咏言不倦,同异取舍,随时录之。叙陈因于短引,得无有述夫后贤;观自在于诸天,合以斯游为初地。

寄迹幽兰室,清觞亦快然。亭阴初得日,水静若无天。咏古怀同放,临流坐每迁。春游故人在,乐事又今年。

水气抱林合,一亭欣已修。相期叙长日,此会尽清流。趣以天然永,情因物外幽。文山终不死,今昔可同游。指铁尚书。

生及咸同世,游随山向群。长年虽录录,此日足欣欣。有竹领清气,无弦契乐云。相将寄幽抱,少者况能文。星若携少子至。

昔贤不可作,陈迹自清虚。感咏知无极,人生亦有初。当风揽兰带,观水坐林於。少室云亭地,游山岂舍诸。

王以敏:《檗坞诗存》卷三《济上集》,第13、14页。

偕子相夜话

五年从事霍嫖姚,梦笔深藏五色毫。子夜休歌团扇掩,楚丝微觉竹枝高。已随江令夸琼树,不羡王祥得佩刀。万里相逢欢复泣,邺城新泪溅云袍。

王以敏:《檗坞诗存别集》卷下《集义山诗》,光绪十七年(1891)刊本,第2页。

檗坞词存题词

金缕曲丙子冬日　钱唐蒋其章子相

冷泛湘灵瑟。韵冰弦、泠泠碎玉,一般骚屑。搀入无端身世感,和汝秋声四壁。又风雨、做成愁夕。古泪满腔谁共语?只南楼,颏照南池月。连

床话,更凄绝。

只今鸳梦春宵热。好殷勤、笙鸣磬应,香笺滑筈。稽首妆台诗弟子,恰称暖炉吟雪。且收拾、闲愁休说。来岁琼林探杏去,笑簪花、偷得夫人格。宫帕句,向君乞。_{时将就婚沂郡。}

王以敏:《檗坞词存》题词,光绪九年(1883)刊本,第1、2页;又见林葆恒纂:《词综补遗》卷八十,北京图书馆稿本钞本丛刊,书目文献出版社1992年影印稿本,第3862页;林葆恒编、张璋整理:《词综补遗》卷八十,上海古籍出版社2005年版,第3000—3001页。

忆旧游不见绍由九年矣,子相检箧中《青溪词》见示,兼谱新声。雨窗感旧,凄眷无似,倚笛和之,如听檐声与愁人相和也。丁亥七夕后一日。《青溪词存》,绍由著。

又蕉窗读画,草屏寻碑,历下踪留。听雨人何在,剩凉弦戛轸,脆转莺喉。望中六朝烟水,古平泪满西州。问牛渚租船,枫江赋笔,谁豁青眸? 　行轺雀航侧,定曲谱南飞,诗纪东游。宿鹭方招客,待烹茶绀宇,搴若芳洲。一篷竹山双蒋,同醉七桥秋。只旧梦休提,青天白月千古愁。

附《忆旧游》原作　钱唐蒋其章子相

记菱舟唱月,竹院吟烟,社藕曾留。鞢棠零落后,向金台恸哭,鲠在诗喉。红鳞欲传远讯,无路达凉州。只鹤梦牵将,鸥程隔著,望损双眸。归轺历亭畔,剩檗坞填词,尚忆前游。旧地欢惊减,待歌闻藕榭,笛谱蘋洲。甚时得联今雨,重写鹊华秋。好静按湘弦,凉镫细剪同话愁。

王以敏:《檗坞词存》卷二,海岳云声,光绪九年(1883)刊本,第2、3页。

浣溪沙秋雨在檐,砌虫凄绝,闻子相有城南听歌之兴,赋此调之。

秋梦如云未可招,闲看珠槛上鱼苗。<u>一丛新绿湿芭蕉。</u>　有客冲泥行滑滑,谁家拥髻唱潇潇。断肠心事问红绡。

王以敏:《檗坞词存》卷二,第3页。

百字令哭蒋子相

竹山才调,记弹琴嗜酒,目空天壤。不是老兵莲幕客,三黜谁容疏放?廿载思君,紫台青冢,重理珠泉榜。鬓丝堆雪,彩毫依旧无恙。　几日送我旗亭,醉魂醒未,影事随春往。燕子楼空雏凤死,谁吊屯田仙掌?烟柳微词,霜花剩蕙,都付秋坟唱。刺船归矣,海涛终古哀响。君令甘肃燉煌,挂吏议,从军新疆十余载。晚随张勤果重来济上。著有《明湖渔唱词》,以无子,身后俱佚去。

王以敏:《檗坞词存》卷二,第17页。

琐窗寒

又七夕雨甚,叠韵和子相

玉鬈埋烟,金梭织眠,簟凉新卷。秋心碎了,不信女牛听惯。暗星桥语香细飘,几丝碧唾蛛盘泫。甚仙蛾也妒,团蛮不放,镜奁高展。　　山馆云无限。话穿针设果,旧情先懒。人天此夕,漫把隔年期盼。惹雕梁归燕絮愁,甚时风日双晒剪。但檐声梦里零铃,绛河清泪满。

王以敏:《檗坞词存》卷十二,第 16 页。

菩萨慢夜雨和子相二阕

镫花锁梦银床冷,似催病叶和烟醒。鹦母背人愁,谁知今夕秋。蛮江山色,远剪烛悲吟。伴簑笠五湖船,湿鸥应未眠。

竹根一点流萤黑,梦云袅入千花碧。单枕费寻思,此情惟雁知。水西亭畔路,怕听风铃语。新藕叶田田,甚时逢小怜。

附菩萨慢原作　钱唐蒋其章子相

檐声碎滴芭蕉冷,簟纹泼水凉肌醒。络纬絮人愁,心头无限秋。天涯人已远,谁是银屏伴。夜雨罢湖船,倚篷眠未眠。

絮云重压璨窗黑,竹烟影入纱幮碧。梦里话相思,枕函知不知。红阑桥畔路,可有冰弦语。凉煞蓼花田,昵人秋可怜。

王以敏:《檗坞词存》卷十二,第 16、17 页。

湖桥春影图题词附

丁亥春仲,与同里孙蕴苓承鉴、张采南颉辅同客济上,得识湘南王梦湘以敏、浙江蒋子相其章、蓝六屏庆翔、山左毛艻林庆澄、稚云承霖,尊酒倡酬,时有佳节。于时汀草如织,山花欲然,美人目成,春去无主,稚云为写湖桥春影图,感今追昔,怅然成词,调寄兰陵王用周待制韵　徐寿兹

画桥直,千缕垂杨袅碧。湖边路,新月一弯,照见春人好颜色。云峦渺故国,应识山灵笑客。东风软,吹皱绿波,沿岸桃花艳堆尺。

匆匆浪游迹,又燕拂吟鞭,莺语歌席。长年烟火人间食。呼旧雨同话,凤城兰讯,回肠轮转似递驿。梦遥斗依北。

情恻,腻忧积。怅醉任欢妍,醒平任萧寂,愁痕渲出伤心极。尽刻画宵烛,撷残晨笛。诗魂消未?墨与泪,润共滴。

徐寿兹:《济游词钞》,光绪二十三年丁酉(1897)刊本,第 1 页。

蒋子相同年席上听歌

华堂的烁明铜荷,纤纤眉目流素波。主良意厚设高宴,杯酒殷勤为宾钱。闻行已惘况闻歌,相思那得时相见。当筵有美温如玉,羯鼓催花理清曲。小袖清扬点拍频,柔喉宛转游丝续。有时忽作渔阳挝,千乘万骑鸣秋茄。繁音促节边塞苦,坐令征士多思家。有时急雨战蕉叶,有时回风依落花。昔游横滨暨神户,东人粲粲盛媚妖。檀槽牙拨响铜弦,绣衿席跪夹腰鼓。飘零曹部已千年,犹记兰陵破阵舞。后来长安听说书,淫哇稊耳谁与祛?津门列坐渐消歇,曼声市上皆吴歈。不图历下秋复见,敬亭柳为怜行路。难为歌,将进酒,听到阳关第四声。行人陌上应回首,劝宾暂欢主勿悲。人生离合会有期。愿为明月照光仪,寸心相望天之涯。

王咏霓[1]:《函雅堂集》卷九,光绪二十二年(1896)刊本,第8、9页。

幕府水泉清,我共军谘惭祭酒。

灯宵残月堕,谁期词社咽屯田。

挽钱塘蒋子相其章。中丞幕府自南海张公樵野荫桓后,余为长者十年矣,君近亦在焉。工倚声,壬辰元夕踏灯归而殁。壬辰

赵国华[2]:《青草堂补集》卷六《联语》下,光绪二十一年(1895)丰润赵氏刊本,第12页。

(3) 日记及其他资料

《谭献日记》[3]

己巳年(1869)

《宛邻书屋古诗录》,十五岁以来所诵习。汀州陷时,书箧尽失。今年

---

[1] 王咏霓(1839—1915),字子裳,自号六潭,浙江黄岩人。光绪六年(1880)进士,授刑部主事。光绪十年随侍郎许景澄充出使法、德、美、意国随员。后历任安徽凤阳知府、安徽大学堂总教习等职。著有《道西斋日记》、《函雅堂集》等。

[2] 赵国华(1838—1894),字菁衫,直隶省丰润县(今河北丰润)人。同治二年(1863)进士。历任郓城、泰安、德州等地知县、知府,官至山东省按察使、盐运使。能诗词,尤以古文学著名,著有《青草堂集》、《青草堂补集》等。

[3] 谭献(1832—1901),原名廷献,字复堂,号仲修,浙江仁和(今杭州)人。同治六年(1867)举人,官安徽全椒、含山等县知县。晚年主湖北经心书院。著有《复堂类集》等。

常州新刊本,蒋子相贻我,得还旧观。庄中白尝以常州学派目我,谐笑之言,而予且愧不敢当也。

范旭仑、牟小朋整理:《谭献日记》卷二,河北教育出版社 2001 年版,第32 页。

李慈铭《越缦堂日记》[1]

同治九年庚午(1870)

九月十五日戊寅(10 月 9 日)

是日乡试揭晓,予中第二十四名。

九月二十二日乙酉(10 月 16 日)

新同年蒋子湘其章来,吴泮香思藻来。均甫来。陈钧堂来。夜,偕梅卿、仲修、钧堂、松溪、均甫、子湘、凤洲、子虞、晓林饮。有吴姬兰攸佐觥,同梅卿各付缠头两番金。

九月二十五日戊子(10 月 19 日)

诣凤洲、仲修,俱不值。诣沈恒农家吊。诣蒋子湘,不值。

九月二十七日庚寅(10 月 21 日)

蒋子相来,侂其诣布政司吏录闱中十四艺,付写费五番金,以予无别橐也。

李慈铭:《越缦堂日记》,国家清史编纂委员会文献丛刊,广陵书社2004 年影印本,第 4793、4800、4802、4804 页。

同治十年辛未(1871)

正月十七日丁未(3 月 17 日)

诣书局,晤黄质文及蒋子湘同年。傍晚归。

李慈铭:《越缦堂日记》,第 4911 页。

---

[1] 李慈铭(1830—1894),初名模,字式侯,后改今名,字炁伯,号莼客,晚年自署越缦老人。浙江会稽(今绍兴)人。同治九年(1870)举人,光绪六年(1880)进士,官至山西道监察御史。著有《越缦堂日记》。

同治十三年甲戌（1874）
二月二十二日乙未（4 月 8 日）
　　蒋子相同年来。

二月二十三日丙申（4 月 9 日）
　　旋出城，答拜秋伊、紫畛、仲彝、少质、云门、均甫、孙岘卿、袁爽秋、蒋子相、高呈甫、赵桐孙、王赓廷、王廉生、胡云楣。晤秋伊、仲彝、少质、云门、均甫、桐孙六人，傍晚归。

二月二十五日戊戌（4 月 11 日）
　　蒋子相馈茶叶四器，复谢。
　　李慈铭：《越缦堂日记》，第 6061—6063 页。

同治十三年甲戌（1874）
三月二十九日辛未（5 月 14 日）
　　晚诣广和居，邀高仲瀛、蒋子相、朱鼎甫、陆一鹤、潘凤洲饮，二更时归。酒钱三十三千，付请客车从钱五千六百，酒保赏钱三千四百，车钱二十千。
　　李慈铭：《越缦堂日记》，第 6099—6100 页。

光绪二年丙子（1876）
二月二十六日戊子（3 月 21 日）
　　杭州同年蒋其章来。

二月二十八日庚寅（3 月 23 日）
　　蒋子相馈松花瓣一篓，茶叶一篓，槁使一千。

二月二十九日辛卯（3 月 24 日）
　　写单约江敬所、朱西泉、蒋子相、王子献晚饮广和居。……晚诣广和居，并邀朱蓉生同饮，夜一更时归。
　　李慈铭：《越缦堂日记》，第 6887、6889—6890 页。

光绪三年丁丑（1877）
六月乙酉朔（7月11日）

　　终日多阴。小雨时作。……朱镜清庶常新改刑部，蒋其章进士分发甘肃，俱来拜，不见。

　　　　李慈铭：《越缦堂日记》，第7437页。

七月二十二日乙亥（8月30日）

　　蒋某得甘肃知县来辞行，不见。

　　　　李慈铭：《越缦堂日记》，第7491页。

光绪六年庚辰（1880）
十月十六日辛亥（11月18日）

　　邸钞……左宗棠奏甄别庸劣不职各员，甘肃前署安西直隶州补用知府刘肇瑞，岷州知州胡尔昌，署敦煌县知县蒋其章（杭州进士），前署迪化直隶州知州补用同知严金清，均请即行革职。西宁县知县朱镜清（江苏监生），请以府经历县丞降补。从之。

　　　　李慈铭：《越缦堂日记》，第8855页。

光绪八年壬午（1882）
十二月初八日庚申（1883年1月16日）

　　得张朗斋曜提戎喀什噶尔行营书，并惠银四十两。张君本杭州人，而籍大兴，余与之绝无平生，乃万里致书，极致倾挹，此真空谷足音矣。又得施均甫、蒋子相两同年书。均甫自己卯由左恪靖肃州军营赴张君阿克苏幕，以查办开展巡抚杨培元事被劾降县丞，今已复原官办文案。子相以署敦煌令，亦被左相劾罢，今亦在张君幕，司书记也。即作小启，谢提戎槁使十千。

　　　　李慈铭：《越缦堂日记》，第9695页。

光绪九年癸未（1883）
二月二十三日甲戌（4月1日）

　　作复施均甫书，约千余言，略论近年志事，文颇严伟，惜不留稿。又作复蒋子相书，论庚午榜运之厄，亦数百言。晚做书致心云，属以两书交张子颐转寄。

李慈铭：《越缦堂日记》，第 9795—9796 页。

光绪十一年乙酉(1885)

正月二十四日甲子(3 月 24 日)

施均甫来自喀什噶尔，从张提督曜入都者。

李慈铭：《越缦堂日记》，第 10652 页。

十月十三日戊寅(11 月 19 日)

同年蒋子相来。

十月十七日壬午(11 月 23 日)

上午送梅梁行，诣介唐谈。诣张朗斋，答拜蒋子相，俱不值。

十月二十日乙酉(11 月 26 日)

傍晚赴徐花农之饮。花农与桂卿同寓益吾所居故齐尚书宅颇小，有树石，寰宇高爽。坐客为均甫、庞郇庵、蒋子相、朱文炳，肴馔甚精。阅程序伯山水小册数十幅，超秀可喜。夜二更归。

李慈铭：《越缦堂日记》，第 10911、10914、10918—10919 页。

十一月初十日甲辰(12 月 15 日)

闻有旨饬张朗斋勘山东河工海防。

十一月二十一日乙卯(12 月 26 日)

上谕……前经谕令张曜查勘山东河道，即著驰驿前往，应行随带人员详慎遴选，准其一并驰驿。

十一月二十九日癸卯(1886 年 1 月 3 日)

得均甫书。作书致张朗斋，致均甫。作片致蒋子相，致朱蓉生、王醉香，俱约初一日饮寓斋。

李慈铭：《越缦堂日记》，第 10934、10943—10944、10949—10950 页。

十二月乙丑朔（1886 年 1 月 5 日）

　　夜，偕蓉生设饮，饯张朗斋尚书及均甫、蒋子相赴山东也。邀醉香、花农、桂卿同饮，清谈甚欢，凡再易烛，至三更后散。

　　李慈铭：《越缦堂日记》，第 10951 页。

光绪十六年庚寅（1890）

十月初十日丙午（11 月 21 日）

　　蒋子相自山左来通谒。

十月十一日丁未（11 月 22 日）

　　蒋子相馈阿胶四匣，麇脯、白枣及石经峪集字联，受阿胶二匣及枣脯、槁使三千。

　　李慈铭：《越缦堂日记》，第 12627 页。

十一月初四日庚午（12 月 15 日）

　　是日邀漱兰丈可庄、云门、敦夫、介唐、子培、仲弢及蒋子相_{其章}晚饮。姬人等亦觞云门夫人、花农夫人、仙洲夫人、介唐夫人、书玉夫人、资泉夫人、詹黼廷夫人及其长女韩小孃子于轩翠舫，夜二更后始散。

十一月十四日庚辰（12 月 25 日）

　　蒋子相来。

十一月二十九日乙未（1891 年 1 月 9 日）

　　蒋子相来辞行。

　　李慈铭：《越缦堂日记》，第 12652、12659、12670 页。

十二月丙申朔（1891 年 1 月 10 日）

　　作书致弢夫，以致张朗帅书属转交蒋子相附去。

　　李慈铭：《越缦堂日记》，第 12673 页。

沈曾植《恪守庐日录》[1]

光绪十六年(1890)

　　十一月

　　廿七癸巳(1891 年 1 月 7 日)　晴,夜中有风。……晚,爽秋招饮义胜居,坐有云门、陆渔笙、蒋子香、介唐、佩葱、张碧岑。陆渔笙来。

　　沈曾植:《恪守庐日录》,上海图书馆藏;又见许全胜整理:《恪守庐日录》,上海图书馆历史文献研究所编《历史文献》第十一辑,上海古籍出版社 2007 年版,第 75 页。

《袁爽秋京乡日记》[2]

光绪十六年(1890)

十一月二十七日(1891 年 1 月 7 日)

　　夜邀蒋子湘、陆渔笙、吴介堂、子培茗楼同小集,二更散。

　　袁昶:《袁爽秋京乡日记》,上海图书馆藏抄本;又见许全胜撰:《沈曾植年谱长编》,中华书局 2007 年版,第 131 页。

《沈家本日记》[3]

光绪十六年庚寅(1890)

十月二十一日(12 月 2 日)

　　……午刻在衍庆堂请客,到者友梅、蒋子相、慕皋、砥斋、竺斋、叔斋,饭罢观同春。天气阴沉。归来上灯后。

　　沈家本撰,韩延龙等整理:《沈家本未刻书集纂补编》(下),中国社会科学出版社 2006 年版,第 1252 页。

---

〔1〕　沈曾植(1850—1922),字子培,号巽斋,别号乙盦,晚号寐叟,浙江嘉兴人。光绪
　　　　六年(1880)进士,官刑部郎中、江西按察使、安徽布政使署巡抚。著有《海日楼文
　　　　集》、《海日楼诗集》等。
〔2〕　袁爽秋,即袁昶(1846—1900),原名振蟾,字爽秋,一字重黎,号浙西村人,浙江桐
　　　　庐人。光绪二年(1876)进士,历官户部主事、总理衙门章京,后任江宁布政使,官
　　　　至太常寺卿。
〔3〕　沈家本(1840—1913),字子淳,别号寄簃,浙江吴兴(今湖州)人。历任天津、保定
　　　　知府,刑部右侍郎、修订法律大臣、大理院正卿、法部右侍郎、资政院副总裁等。
　　　　主持制定《大清民律》、《刑事诉讼律草案》。精经学、文字学,著有《诸史琐
　　　　言》等。

缪荃孙《艺风老人日记》[1]

光绪十七年辛卯(1891)

三月十日(4 月 18 日)

　　十日甲戌,晴。……拜吕叔厚_{耀良}、李经直_{宝潜}、蒋子相_{其璋}、张兰九_煦鸿、子远_雷、刘伯俊_{探源}。

三月十八日(4 月 25 日)

　　十八日壬午,晴。……张农孙_{元燮}、蒋子相、陶畴_{亮采}、叶仲鸾、刘湘丞来。

　　缪荃孙:《艺风老人日记》,北京大学出版社 1986 年版,第 344、346 页。

五月二十九日(7 月 5 日)

　　二十九日壬辰,晴。……瞿赞廷约小饮,徐菊农、蒋子湘、岑菊圃、陆□岩_{辟斋}同席,饮馔均佳。

　　缪荃孙:《艺风老人日记》,第 367 页。

六月十七日(7 月 22 日)

　　十七日乙酉,大雨。……诵皋先生约饮兴□楼,李超桂_{蟾香}、蒋子相、蒋棣安、范高世_{雪斋}同席。

六月二十一日(7 月 26 日)

　　二十一日癸丑,雨。……徐菊农招饮,王子裳、杨调甫_{同槲}、许金粟_{桂芬}、尹子威_{廷钺}、蒋子湘同席。

　　缪荃孙:《艺风老人日记》,第 372、374 页。

蒋师辙《台游日记》

光绪十八年(1892)

　　七月朔,录诗乙集,自戌寅始;此后诗什无一二。封邱何家祺_{吟秋}、钱塘蒋其章子相、同邑秦际唐伯虞、顾云石公皆为点定,褒贬去取,旨人人殊,

---

〔1〕 缪荃孙(1844—1919),字炎之,号筱珊,晚号艺风老人,江苏江阴人。同治六年(1867)举人,光绪二年(1876)进士。官至国史馆总纂、学部候补参议。著有《艺风堂藏书记》、《艺风堂文集》等。

私意亦迷所向,当全录之,异日幸有进境,此册仍以供覆瓿耳。

　　蒋师辙:《台游日记》卷四,台湾文献史料丛刊第九辑(177),台湾大通书局 1987 年版,第 120 页;又见《丛书集成续编》第 236 册,上海书店出版社 1994 年版,第 202 页。

《先考罗公纪年录》[1]

光绪七年辛巳,二十四岁

　　在阿克苏　时张公曜移驻喀什噶尔。秋八月,公至喀城,施公均甫、蒋公其章以诗赠。施公诗云:

	其一
森森城北路,孟氏有名园。春来移节远,我到落花繁。	其二
	其三

　　公以己卯秋度陇,累赞军咨,洊保直隶州知州。　　冬十月,公入关,度岁甘州。

　　罗春骐:《先考罗公纪年录》,光绪和州集本,第 7 页;又见北京图书馆编:《北京图书馆藏珍本年谱丛刊》第 177 册,北京图书馆出版社 1999 年版,第 477 页。

高良佐《西北随轺记》[2]
第六章《关外之行》

　　六　鸣沙山与月牙泉

　　时沙山因风自鸣,稳约可闻,池水微波,尤悠然可观。水光沙影,浑然一白,飞乌掠过,影映沙壁,如观银幕上之飞机。蒋其章诗:"峻峦倒影浸寒碧,风浪不生闻怒雷。天马神奇疑附会,沙鸥浩荡足徘徊。"此景此情,非亲历者不能体会也。

---

[1]　罗公,即罗锡畴(1858—1892),谱名长祎,字甫生,湖南湘乡人。历参刘锦棠、张曜幕府,官至安徽和州知府。

[2]　高良佐(1907—1968),字梦弼,上海松江人。先后任黄埔军校政治部编辑股股长、《建国周刊》和《建国月刊》社编辑、国民党中央党史史料编纂委员会编辑处处长等职。1935 年,随国民党政府要员邵元冲至西北视察,写成《西北随轺记》。另著有《孙中山先生传》、《中国革命史话》等。

七　千佛洞

九日晨,邵委员起甚早,随行者亦陆续起。出寺门,见朝暾初上,一望岩壁,峭如刀截,蜿蜒约二里许,洞府满目,若蜂窝密集。昨在月牙泉,见蒋其章题壁诗有云:"谁穷穿凿功,洞穴亿千间。匪同陶覆居,乃等巨灵擘。重叠屋架空,轩敞柱张帟。缘梯蜃吐楼,引磨蚁寻隙。纷纷鸽笼排,一一蜂巢坼。险或跨飞桥,平或铺软席。低或入地睬,高或压山脊。庨豁四明窗,髣髴波斯舶。阑楯架虚檐,坡陀立重栅。"已幻想是洞结构之奇异与伟大,而为之神往不已,今亲履斯境,乃证诗人之言非虚。……蒋其章诗:"塑像杨惠工,画手道元择。二佛竞魁梧,天半露肘腋,其一津梁疲,卧榻云根窄,余各斗幺魔,变相写什伯。神黾黏若螺,鬼物多于鲫。"各洞塑像画壁之大观,已一一写出。

高良佐:《西北随轺记》,第六章《关外之行》,南京建国月刊社 1936 年版,第 213—215 页。

张曜

李记:(光,八,一二,八。)得张朗斋(曜)提戎喀什噶尔行营书,并惠银四十两。张君本杭州人,而籍大兴,余与之绝无平生,乃万里致书,极致倾挹,此真空谷足音矣。又得施均甫、蒋子相两同年书,皆在张君幕也。又:(光,一一,二,六。)张朗斋来久谈,言其高祖官於潜教谕,始由上虞迁杭州,至其祖父始占籍大兴,皆以科名起家,先墓皆在杭也。又致书张朗斋,为乡祠工费甚巨,劝其助千金,得施均甫书,言朗帅许助修祠费千金,此公真可人也。又:朗斋尚书巡视黄河,馈百金为别,时尚书治都城濠新竣,作诗送之。

金梁辑:《近世人物志》,沈云龙编:《近代中国史料丛刊续编》第 68辑,台北文海出版社 1976 年版,第 285 页。

均甫乌程人,同治庚午乡举,一再赴公车报罢。先后从左文襄张勤果参军,保至道员,以与俄罗斯划界一事最为人称道。后随勤果至山东,光绪庚寅(十六年)病卒于任,著有《泽雅堂诗文集》行于世。均甫与李越缦相善,《荀学斋日记》光绪十一年十二月初一日,夜偕蓉生设饮饯张朗斋尚书及均甫赴山东。又同年十二月十一日,均甫从张尚书赴山左视河,濒行以乌梁梅柳花为赠,答以诗三首。末首云:"黄河日夜走东瀛,宾从高牙按部行。千里金堤栽卧柳,明年来看绿荫成。"又《日记》同年十二月十三日,送张朗斋尚书巡视黄河二首。自越缦日记观之,勤果抚东直以治河为第一要紧事,而均甫所以辅弼者,亦要在宣房未塞沉灾未澹耳。又当时随勤果在东治河,除均甫外,尚有蒋子相、李奇峰见于越缦日记,又有黄玑见于《山东迁民图说》,疑铁云所说两司及候补道,殆即指此辈人而言矣。

重闻:《从老残游记谈到东河》,《中和月刊》1943 年第 7 期。

四、《申报》早期与美查资料

（1）《申报》与美查资料

本馆告白

新闻纸之制，创自西人，传于中土。向见香港唐字新闻，体例甚善，今仿其意，设《申报》于上洋。凡国家之政治，风俗之变迁，中外交涉之要务，商贾贸易之利弊，与夫一切可惊可愕可喜之事、足以新人听闻者，靡不毕载，务求其真实无妄，使观者明白易晓。不为浮夸之辞，不述荒唐之语。庶几留心时务者，于此可以得其概，而出谋生理者，于此亦不至受其欺。此新闻之作，固大有益于天下也。

本馆条例

启者，新闻纸之设，原欲以辟新奇，广闻睹，冀流布四方者也。使不事遐搜博采，以扩我见闻，复何资兼听并观，以传其新异，是不可徒拘拘于一乡一邑也。兹本馆特将条例开列于左，如贵客愿赐教或乐观者，祈惠顾一切为幸。

一、本新报议价于上海各店，零卖每张取钱八文，各远处发卖每张取钱十文，本馆逐卖每张取钱六文。

一、如有骚人韵士，有愿以短什长篇惠教者，如天下各名区竹枝词及长歌纪事之类，概不取值。

一、如有名言谠论，实有系乎国计民生、地利水源之类者，上关皇朝经济之需，下如小民稼穑之苦，附登斯报，概不取酬。

（下略）

《申报》创刊号，同治十一年壬申三月二十三日（1872 年 4 月 30 日）

申江新报缘起

书册之兴，所以记事述言，因其意以传之世者也。惟无书而赖众口以传,则其所传必不能广,且必不能确;而人之得闻所闻而习所习者,抑亦寡矣。吾申新报一事,可谓多见博闻而便于民者也。……盖欧洲诸国数百年之前,无新闻纸以记其事,其人之留心见闻者,亦仅有之。迨近数百年间,有新闻纸出,而天下之名山大川,奇闻异见,或因其人而传之,或因其事而传之。而人之所未闻者,亦得各擅其矜奇斗巧之才,以传其智能之技,作者快之,闻者获之,甚且不远千万里而就教者有之,讲求者有之。至合为成书,如远者《遐迩贯珍》,近者《飞龙报篇》等书,至流传中国,岂不获益无穷哉?则其所以日新而月盛者,非新闻纸其谁归美乎?……

仆尝念中华为天下一大邦,其间才力智巧之士,稀奇怪异之事,几乎日异而岁不同,而声名文物,从古又称极盛,则其纪述之详明,议论之精实,当必大有可观者,又岂僻壤遐陬之可比哉?惜乎闻于朝不闻于野,闻于此不闻于彼,虽有新闻而未能传之天下。……是故新闻者,真可便民而有益于国者也。……吾今特与中国士大夫搢绅先生约,愿各无惜小费,而惠大益于天下,以冀集思而广益。其法捷,其价廉,为活字版以印行,将见月异而岁不同焉。倘此举可久行,无大亏损,则不胫而走,得以行吾志焉,是盖鄙念所甚慰已。本馆先设海上,故颜曰《申报》。至于价目、日期,另字申明,不赘书。

申报主人启

《申报》同治十一年壬申三月二十九日(1872 年 5 月 6 日)

本馆告白

本馆新报印行已及半月之久,凡有奇闻要事,耳目所周者,罔不毕录。特是经费浩繁,必非一人所能济,惟赖同人为之襄助,众力扛鼎,千腋成裘,言之熟矣。……且本馆见闻寡陋,自愧无文。今虽于各都会延请中士,搜剔新奇,访求利弊,仍望诸君子不弃遐僻,或降玉趾,以接雅谈;或藉邮筒,以颁大教。庶几匡其不逮,俾免猥琐烦鄙之讥,则本馆幸甚。

《申报》同治十一年壬申四月初十日(1872 年 5 月 16 日)

本馆告白

凡有文坛惠赠及邮筒远寄者,无论鸿篇巨制,短咏长吟,但能穿穴新意,熔铸伟词者,本馆即行留稿,次第刊行,以供同好,概不取其刻资。即有或恐关碍及尚须斟酌之作,亦当藏为枕秘,不轻示人,异日改定,再行传布。

凡送稿已久而未及刊行者,其中别有苦心,尚希诸君子原谅为荷。

《申报》同治十一年壬申九月十六日(1872 年 10 月 17 日)

英国新报之盛行

西国日报一端,岂以小道视之哉!盖系于朝廷之清议、间阎之公论,而得以阴持其政柄者也。传之至广,行之至远,在欧洲中可以首屈一指者,莫如英京《泰晤士日报》。泰晤士者,英国语译言时也,盖谓按时势以立言耳。日报中为总主笔一人⋯⋯总主笔虽无职位于朝,而名贵一时,王公大人皆与之交欢恐后,常人之踵门求见者罕觏其面。是以人皆(顾)〔愿〕为是馆之总主笔,而不愿为英国之宰臣。宰臣之所操者朝权也,而总主笔之所持者清议也。清议之足以维持国是,泰西诸国皆奉以为矜式。由是观之,日报一道,安可忽乎哉?

选录香港《华字日报》

《申报》同治十二年壬申一月二十一日(1873 年 2 月 18 日)

本馆告白

本馆《申报》自去年三月钞举行,于今十阅月矣。见闻寡陋,笔墨荒芜,本不足供大雅之一噱。乃蒙各士商不弃弇鄙,肯赐垂青,计每日所消,不下三千余张,亦云多矣。惟本馆一切费用浩繁,所入者几至难敷所出,竟不得不稍谋长价,以补不足。今拟于二月初一日起,每张加钱二文,计上海零卖每张十文,趸卖每张八文,各码头亦照式递加。夫笔墨生涯,原不同于贸易,况本馆举行《申报》,意在将瀛海见闻,搜罗登载,俾得广行宇内,并非视为利薮也。今则迫于不得已,而稍昂其价焉。然大非本馆之初心矣,所愿惠赐诸公,原其苦衷,仍赐观览,慎勿谓本馆惟利是视,贪得无厌。幸甚幸甚。

《申报》同治十二年壬申正月二十五日(1873 年 2 月 22 日)

主客问答

本馆虽系西人开设,而秉笔者则华人也,其报系中西诸人所共成者。

《申报》同治十三年甲戌十二月二十一日(1875 年 1 月 28 日)

蒐访新闻告白

启者:本馆立志欲将中国境内各紧要消息,采录无遗,将当今除弊兴利诸大端,随时而讨论也。无如虽在各省大都派有采访友人,而数千百万人中独设数十人,心思耳目终有不及之处,岂能逐事访得?本馆内主笔数人,虽愿留心时事,亦苦于见闻有限,故恳请远迩诸君,如有目见要事,心抒说论,其能发于楮墨而惠寄刊列者,本馆罔不乐从。本馆各处有承卖《申报》之人,或所著佳篇,托其汇寄,抑另邮寄皆可。……查泰西新报已著明为大众,各要域内自另设有新报,张其大都会之报,即易于搜罗采录。中地新报,现尚稀少,势如孤立,惟己力是资。故中地新报创始之难,所以必赖各有心世事者之匡助也。

《申报》光绪元年乙亥六月初六日(1875 年 7 月 8 日)

论新报体裁

更有一言相劝,笔墨生涯原是文人学士之本分,既不能立朝赓歌扬言,又不能在家著书立说,至降而为新报,已属文人下等艺业,此亦不得已而为之耳。倘日作有益之议论,俾可有益于人世,而功过尚相抵。若再以村野不堪入耳之言,龌龊不堪入目之字,东涂西抹,仅图易于了事,使无识之人、初学之子见之,反谓彼新报书此可以发财,吾又何妨尤而效之,实足以坏人心术,误人子弟,恐功不补患矣,且亦足以贻新报之羞也。

《申报》光绪元年乙亥九月十日(1875 年 10 月 8 日)

论本馆作报本意

夫新报之开馆卖报也,大抵以行业营生为计。故其疏义以仅谋利者或有之,其谋利而兼仗义者亦有之。……若本报之开馆,余愿直言不讳焉,原因谋业所开者耳。但本馆即不敢自夸,惟照义所开,亦愿自伸其不全忘义之怀也。所卖之报张皆属卖与华人,故依恃者惟华人,于西人犹何依恃乎?乃有起而谓曰:本馆载录惟一味夸助西人,以轻藐华人。噫,本馆虽愚,尚未必若是之不智也。自知仅为谋利而有此短谋,天下知谋之人,宁有是道乎?

《申报》光绪元年乙亥九月十三日(1875 年 10 月 11 日)

上海燧昌局自来火牌子新例减字说

美查先生处中华者久,博通经史,能尊奉圣贤,稔知华俗。

《申报》光绪十一年壬申十月二十九日(1985 年 12 月 5 日)

美查有限公司

启者：本公司在香港遵公司律例，凡入股者只须认出股银，于西历一千八百八十九年十月十五号，买美查洋行在上海所做各种生意并地皮房屋一切，一为江苏药水厂及皮皂作，二为燧昌自来火局，三为《申报》新闻纸馆，四为申报馆所设申昌书室，五为三马路申报馆房屋地皮。本公司资本银三十万两，分作六千股，每股银五十两。现在先定派股分五千五百股，计银二十七万五千两，内二千股已算付足股银，作为先还原主。尚有余三千五百股，现在招人来买。署理董事一为履泰洋行之挨波诺脱先生，一为麦边洋行之麦边先生，一为隆茂洋行之麦根治先生，一为梁金池先生，经理人为芬林先生，银行为汇丰银行，讼师为哈华托。如欲取阅布启及定股信样者，向经理人处及各埠汇丰银行索取均可。定股者每股先付银十两，其余于西历一千八百八十九年九月三十号派股时再付。如预定多股，派时少得者，定银不能付还，将来派股时照算。如股分不能派得者，其定银照数付还。其定股之期，至一千八百八十九年九月十七号，即华八月二十三日下午四点钟为止。　　光绪十五年八月初四日启

《申报》光绪十五年八月初四日（1989 年 8 月 29 日）

论照相认孩之善

照相之来，中国只以为拍小照之用。自英商美查先生以此法通之于印书，兼印书画碑帖，而其法乃更见其妙，照相之生意反不及照书画之大，而日久仿行者既多，又觉数见不鲜。

《申报》光绪十九年九月二十九日（1893 年 11 月 7 日）

报馆开幕伟人美查事略

夫人之足以永垂不朽、名著史册者，岂仅立德立言之士云尔哉，亦在识时务、开风气、兴实业、造时世之英雄耳。洵是则美查之事有足述矣。

美查，英人也，于同治初年来申，营洋布业，能通中国言语文字。于同治十一年三月二十三日创办申报馆，点石斋、图书集成印书局、江苏药水厂次第建设。其时上海虽已通商，而报馆、印刷诸业尚未发达，故美查专以开通风气、整兴实业为己任，不仅区区为一己之利益已也。嗣以年老归国，所办各事，委人经理，顾其功伟矣。昨本馆接美查逝世电耗，为之怃然者久

之。美查享年七十有几,功成名立,耄耋而终,其志固可无憾。惟当报馆日形发达,工艺日益进步之秋,不能不大其开幕之伟功而惋惜其人也。本馆爰为之述其事,以志哀悼。

电四　（伦敦）

英国巨商美查(本馆创办人)因病逝世。

《申报》光绪三十四年二月二十七日(1908年3月29日)

华商集成图书有限公司招股启

先是英吉利人美查氏,在上海开创石印,名曰点石斋。中国之有石印,权舆于此。同时又设铅字印书局,名曰图书集成局。两局先后开刊《钦定古今图书集成》、殿板二十四史、《雍正朱批上谕》、《九通全书》、《佩文韵府》、《渊鉴类函》、《骈字类编》、《大清一统志》、九朝《东华录》、《十三经注疏》诸巨帙。风行廿二行省,为海上出版界冠。裕福既得张季直先生许可,乃拟设法筹备巨资,将该两局购归,以为公司基。再四磋商,竟获如愿。由是两局之栋宇垣场、机械仓库,乃悉为吾华商公司所有。于以阴弭吾出版界之大敌,而第一步之目的以达。

《申报》光绪三十四年五月二十九日(1908年6月27日)

申报馆

《申报》,美查洋行所售也,馆主为西人美查,秉笔则中华文士。始于壬申三月,除礼拜,按日出报,每纸十文,京报新闻及各种告白一一备载,各省码头风行甚广。先有字林洋行之《上海新报》,继有粤人之《汇报》、《益报》等馆,皆早闭歇。

葛元煦:《沪游杂记》卷一,光绪二年(1876)仁和啸园刊本,第20页;又见上海古籍出版社1989年版,第12页。

申报馆书目序

迩日申江以聚珍板印书问世者不下四五家,而申报馆独为其创。六载以来,日有搜辑,月有投赠,计印成五十余种,皆从未刊行及原板业经毁失者,故问价之人踵相接也。岁丁丑,余假馆于尊闻阁,暇日主人请撰丛书之目……工既竟,即书问答语于简端以质观者,即谓之序亦无不可。光绪三年四月下浣海上缕馨仙史漫书。

蔡尔康：《申报馆书目序》，《申报馆书目》，上海申报馆光绪三年（1877）仿聚珍版印本，第1页。

鲁有先大夫曰臧文仲，既没其言立。立言固不朽之一也，士君子生当挽近，及身则功业烂然，声名鹊起。然当时则荣，没则已焉。物换星移，湮没而不彰者何可胜道，而独有游思竹素，发为著述，藏之名山，传之其人者，百世而后，犹动人以高山仰止、景行行止之心。呜呼，可不谓不朽之盛业欤！虽然，亦赖有传之者耳。仆少长泰西，壮游中土，间尝究极中国之文字，思欲一一有以传之。爰自壬戌岁昉，敬遵武英殿聚珍板之制，校印各种书籍，清奇浓淡，不名一家。迄于丁丑夏五，印成五十余部，属缕馨仙史撰成书目一卷。乃二年以来，日积月累，又陆续印成六十余部，悉依袖珍之式，舟车所至，便于取携，且类多精雅绝伦者，虽曰敝帚千金，然自珍而不敢自秘也。……光绪五年岁次己卯如月之吉尊闻阁主序。

尊闻阁主（即美查）：《申报馆书目续集序》，申报馆编：《申报馆书目续集》，光绪五年（1879）仿聚珍版印本，第1页。

屑玉丛谭初集序　钱昕伯

甲戌夏五，余馆沪上，其时尊闻阁主方蒐辑残编断简，用活字版排印成书，月出一卷问世，初名《瀛寰琐纪》，后名《寰宇琐纪》，又名《四溟琐纪》。每卷酌定三十二页，约分四类：先碑铭颂诔，次传记书信，再次杂作，末则诗词歌曲。计刻至丙子年十二月止，共得五十二卷。其中鸿文巨制，与夫新奇俶诡之作，靡不咸备。惟是限以程式，容或一月内有诗赋而无杂著，多小品而乏大文，势不得不拉杂凑合，以符定例。更或如数万言长稿，窘于篇幅，未能全刊，势必逐月分排，断续割裂，阅者病焉。……

光绪四年岁在著雍摄提格如月既望，西吴钱徵昕伯甫序于海上之修月楼。

钱昕伯：《屑玉丛谭初集·序》，光绪四年（1878）刊本，第1页。

屑玉丛谭初集序　蔡尔康

比年来与钱君昕伯寄居沪上之尊闻阁，时主人方广罗群玉之储，永寿聚真版，以故鸡林贾客、龙威丈人出邺架之所藏，比荆州之暂借，仆与昕伯得乘清昼,分勘奇书,锦绣罗胸,恍亲兰气,琳琅满目,如染芸香,凡蠹简之遥投,悉虫雕之乐付,然而鸿篇巨制,既看海内风行,片纸零缣,窃恐天涯星散。爰以博蒐之暇,曾为《琐纪》之刊。……

光绪四年太岁在著雍摄提格月阳在修日躔大梁之次,古吴缕馨仙史蔡尔康序于铸铁庵。

蔡尔康:《屑玉丛谭初集·序》,光绪四年(1878)刊本,第1页。

诰封朝议大夫运同衔直隶州知州用湖北即补县吴君哀诔　尊闻阁主拜手

岁戊寅六月初四日壬午,老友吴君卒于上海之寓所,其子某奉君遗骸,于翌日癸未大殓礼也。按君讳嘉廉,字子让,江西建昌府南丰县人。少负大志,于学无所不窥。以太学生应省试,屡踬棘闱。值天下多事,慨然定澄清之局,遂弃帖括业,挟策遍干当事。历游滇黔、关陇、燕豫、齐楚间,郁郁无所遇。既而谒曾文正公于戎幕,公一见如故,凡军国大事,半以咨之。君阅历既多,所学益进,运筹帷幄,动能匡公之所不逮,遂由军功保留湖北,以知县即补洊升直隶州知州加运同衔。吴氏本簪缨门第,至君乃益振家声。顾性淡荣利,不乐仕进,戎事粗定,解组而归。以上海为通商总汇,地足以觇中外之时势,襆被来游。时仆适倡设《申报》,慕君名,以礼延请来馆。六载之中,崇论闳议大半出君手,远近观者仰君如山斗,仆亦深相依赖。不图一旦遽痛人琴,享年六十一岁。呜呼哀哉! 君至性纯笃,家庭之间,相处以让。其病也,实缘气体素亏,兼目击四北旱荒,施救无术,心常抑郁,遂抱沉疴。犹冀吉人天相,尚有挽回,而不料其竟至于斯也。呜呼哀哉!

诔曰:思君之容,岩岩古松。思君之才,清无点埃。思君之行,行简居敬。相视莫逆,六年一日。二竖忽侵,维摩示疾。昊天不吊,玉楼遽召。子年幼稚,君死谁恃? 君志未伸,君名常新。独怜我身,顿亡嘉宾。濡笔鸣悲,涕泗涟洏。灵如有知,尚其鉴兹。

《申报》光绪四年戊寅六月初五日(1978年7月4日)

本报最初时代之经过

迨民国纪元前四十年,上海始有《申报》。《申报》者创自英人美查,而延华人蒋君芷湘主笔政。其始间日出一纸,印以中国毛太纸,篇幅固甚狭小,所载多诗文之类,间及中外近事,类皆信笔点缀,如传奇小说然,人皆不甚重视之。四阅月后,改为日出一纸,而销路仍末扩充。越年,台湾生番戕杀高丽人，日本兴师问罪，美查竭其精力，四出采访，务得真情，载之报章，无隐无饰，由是人知新闻之有益，争先购阅，日销数千张，而美查之精力亦已竭尽无余矣。旋见销数日增，声誉亦仍盛，乃易毛太纸为赛连纸，冀得多载新闻，而朝廷谕旨及新闻之关涉紧要者，皆用电报飞传。斯时蒋君已高捷南宫，继其任者为钱君昕伯，举信笔点缀之有类传奇小说者，一一淘而汰之。美查亦能用其言，事事听其裁夺，而《申报》之事业益振兴。

是时《申报》销数益畅旺，求登广告者，户限几为之穿，篇幅有限，则扩增附张，以载邸抄及广告之常登者，而易赛连纸为外洋机器纸，盖以赛连纸来路常中断也。阅岁，美查欣然曰："我之心力已瘁矣，我之名誉已扬矣！我以《申报》所获之利，添设点石斋石印书局、图书集成铅印书局、燧昌火柴厂、江苏药水厂，已次第告厥成功矣。急流勇退，正在此时。"乃将申报馆改为公司，己则航海返故国。公司诸务委芬林及阿拍拿二君代之，二人皆英国籍，美查盖同乡也。

计馆中先后主笔政者，为蒋君芷湘、钱君昕伯，昕伯谢事，以不才承其乏。襄理笔政者为蔡君宠九、蔡君支佛、胡君桂笙、姚君竹君、沈君饱山、张君筱轩、钱君明略、赖君慧生、刘君鹤伯、金君剑花、雷君君曜、赵君孟遴、潘君正卿、黄君宪生、沈君宾价。总理译务者，为毕君礼纳，副之以董君筠孙。总司会计者，为赵君逸如、席君子眉，子眉死，其弟子佩继之，此皆西人为馆主时事。及清光绪乙巳春（一九〇五年），不才以病废，辞出。越一年，即由华人为馆主，而余以局外人不复知此后事矣。

黄协埙：《本报最初时代之经过》，申报馆刊《最近之五十年》，上海申报馆 1923 年版，第 26 页；又见徐忍寒编著：《申报七十七年史料》，上海文史馆 1962 年油印本，第 23—24 页。

《申报》发刊于同治十一年（一八七二年）三月二十三日，为英人美查所有。美查初与其兄贩茶于中国，精通中国语言文字。某岁折阅，思改业。其买办赣人陈莘庚鉴于《上海新报》之畅销，乃以办报之说进，并介其同乡吴子让为主笔。美查赞同其议，乃延钱昕伯赴香港，调查报业情形，以资仿效。时日报初兴，竞争者少，其兄所营茶业亦大转机，故美查得以历年所获之利，先后添设点石斋石印书局、图书集成铅印书局、申昌书局、燧昌火柴厂与江苏药水厂等。光绪十四年,美查忽动故国之思,乃添招外股,改为美查有限公司,而收回其原本。托其友阿拍拿及芬林代为主持。光绪三十二年,公司以申报馆营业不振,及江苏药水厂待款扩充,由申报馆买办席裕福(子佩)借款接办,名义则犹属之外人。……

美查虽为英人,而一以营业为前提。谓"此报乃与华人阅看",故于言论不加束缚。有时且自撰社论,无所偏倚,是其特色也。

戈公振:《中国报学史》,商务印书馆 1928 年版,第 78—79 页。

本报小史

本报诞生于民国纪元前三十九年,即清同治十一年壬申,西历一八七二年,迄今已五十六年矣。初为西人美查氏所创,蒋君芷湘主笔政,仅间日出一张,因陋就简,内容除小说、诗文外,无多足观。四阅月后,日出一张,纸张编刷,较前进步。何桂笙、钱昕伯诸君,或被罗致,人始稍稍重之。殆越南战起,国人恃《申报》以觇消息,而本报首用电讯,报告真相,读者称便。是役告终,本报之声誉,于是藉藉矣。旋美查年老返国,行前将本报改组公司,以西人阿伯拿董其事,席子眉君为华经理,主笔政者如黄君式权、金君剑花、赵君孟进、雷君君曜,济济群英,一时称盛。销数只七八千份。顾其时继本报而起者,已有《新闻报》、《苏报》、《中外日报》、《华报》、《指南报》、《苏沪汇报》,亦步亦趋,旋起旋仆。至今本报忝居先进地位,历久不疲。……故今日泚笔述此小史,亦辄引为私幸者也。

《申报》1928 年 11 月 19 日

本报六十年来之鳞爪　周瘦鹃、黄寄萍
(一)

本报创始于民国纪元前四十年,即前清同治十一年壬申,创办人为美查氏(Major)。他是英国籍,当时他在华经营的事业:一是江苏药水厂,一是集成图书公司,一即申报馆。外人在华办报,美查实开风气之先。第一任主笔为蒋君芷湘,华经理为赵君逸如。每两日出报一张,用国货毛太纸印刷,篇幅很小,所载都诗文之类,间或有中外近事,不过用以点缀,阅者也不甚重视。在本报诞生号的征稿条例上说:"如有名言谠论,有关乎国计民生、地利水源之类者,上关皇朝经济之需,下知小民稼穑之苦,附登斯报,概不取酬。"可见当初投稿,除了上述范围之外,还得纳相当刊费,和现在情形

适得其反。此时社会优秀份子,大都醉心科举,无人肯从事于新闻事业。惟有落拓文人,疏狂学子,或借报纸发抒抑郁无聊的意兴。各埠访员,撮述报告的,如里巷琐闻,无关国家民生大计,即使得之,也不敢形诸笔墨,触犯当局之怒。其实言论不自由,莫说专制时代,便是民国,也何尝自由?

本报三月廿三日创刊,出了五期,自三月卅日起,改为日刊。翌年,台湾生番杀了高丽人,日本兴师问罪,美查亲自采访,把真相完全露布,因此大家才明白报纸的功能,争先购阅,日销数千份,声誉鹊起。毛太纸改了赛连纸,便于印刷,由是朝廷谕旨及紧要新闻,改用电报飞传。后来蒋君高就,继任为钱君昕伯,锐意革新,把信笔点缀等传奇小说之类,一概摒弃,注重新闻,美查很赞成。他们计划打定之后,分工进行。到了越南起事,中法交战,他报讳败为胜,以取悦读者。美查则雇一俄人,随法营探报,既详且确,一般人反误为偏袒法人,几以《申报》为众矢之的!那时与《申报》竞争的为《沪报》,它用笼络阅者的手段,鼓吹华军胜利,结果华军的弱点暴露,全国震怒,正和现在中日战争主张不抵抗的军人,先后如出一轨,结果国人皆知战事的失败,而《申报》之冤得大白于天下。因此销数激增,求登广告的,户限为穿,乃增印附张,赛连纸再改用外洋机器纸。

又过了数年,美查表示《申报》总算办理得很有成绩,感觉自己精力衰退,兼之新创其他的实业,也次第告成,正是急流勇退的时机,乃以《申报》改为公司,委他的同乡芬林、阿拍拿继代。在当时《申报》独家经营,自然成效卓著。其后主笔黄君式权,华经理席君子眉,主持全馆。此时适值中国政治革新之际,《中外日报》等应运而起,报纸也有了革新的机会。光绪三十年后,《申报》便脱离了洋商的关系,大加改革,经理为席君子佩,主笔黄君因老病辞职,乃任金君剑华为总主笔,雷君曜等一班旧编辑照常服务,悉心规划,锐意整理,《申报》又渐入于兴盛的时代。这是现总理接办以前经过的情形。

《申报》1932 年 4 月 30 日

《申报》六十周年发行年鉴之旨趣　史量才

本馆同人,窃凛于对民族生命与文化历史之责任,兢兢业业,从事于《申报》者,亦既六十年矣。回溯创刊之日,犹在前清同治十一年。其时粤捻之乱甫平,关陇及天山南北路,亦复渐告底定。英人美查氏,来沪经营商业,知日报开风气之先,且有所获利也,遂设本馆,延蒋芷湘、何桂笙、钱昕伯、王紫诠诸君子,为主笔政。诸君子一时名下,亦知日报之于文化社会,关系綦巨,则欣然敝屣荣利,维晨与夕,握椠操铅,以济其盛。同时又别刊行丛书,自经史至于说部,凡百六十余种。阐幽握奇,津逮后学。自是而后,业务日张,发行益广。至于庚子、戊戌,国纪不张,外患纷起,人民励其研精政治之心,以言富强,于是《申报》之势力,亦与以俱增。盖诸先达之致力者,至此益著其成效矣。此后黄君式权、金君剑华、雷君剑曜、陈君景韩、张君蕴和相继主持笔政。报馆亦于光绪季年,由国人收回自办。辛亥之役,转移国运,舆论之力,有足多者。同人所尽之力,固至微细,然亦不敢遽自没其功绩也。

《申报》1933 年 4 月 20 日

于是有英人美查者,在沪创办公司,经营江苏药水厂、火柴厂、集成图书公司、点石斋等,而《申报》即其所营事业中之一部分也。时沪上未有报纸,而美查独首先创办,在我人今日观察,必谓其有何种野心,或欲藉以操纵舆论,或欲藉以侵略文化,然在当时之美查,确未有此种深意,不过视为营业之一种,兼便其商业上之宣传而已。故自创办《申报》以后,一切俱委华人经理,初执笔政者为蒋芷湘,继为胡桂笙、钱昕伯等。其时我国民虽经极大之内乱,外力之渐加压迫,而初未稍悟,喘息稍定,即以此为可太平无事。政界中人,奔走仕途,雍容揄扬,以博取富若贵,莘莘学子,则仍迷溺于科举,除毕生致力于帖括外,无他事业,举世以粉饰升平润色鸿业为事。其时所谓智识之士怀才不遇者,既无他途可入,复不敢议论朝政,则往往藉风月笔墨,游戏文章,以抒写其抑郁无聊之意。《申报》在此时代下产生,执笔者自不能不以迎合社会心理,为编辑标准。故当时报纸所载,略可纪述者,一为谕旨、宫门抄等,以备官场之浏览;一为大小考试之文章题目,以备学子之揣摩;一为诗词歌曲,以备名流文士兴到时之推敲;一为各地之命盗火警及一切狐怪异闻,以备一般人茶余酒后之谈助。此种报纸,当时社会上颇认为适合需要,而乐于购阅,于是《申报》之声誉日广,营业亦蒸蒸日上。

张默:《六十年来之申报》,《申报月刊》,1932 年第 1 卷第 1 期;又见徐忍寒编著:《申报七十七年史料》,第 27 页。

本报简史

《申报》诞生于民国纪元前三十九年,即同治十一年壬申,西历一八七二年,迄今七十年矣。初为美查氏所创,仅间日出一张,因陋就简。四阅月后,日出一张,纸张编制,较前进步。迨越南战起,国人恃《申报》以觇消息,而本报首用电讯报告真相,读者称便。是役告终,《申报》之声誉于是藉藉矣。旋美查氏年老返国,行前将《申报》改组公司,席子湄君为华经理。阅五年丙午,华人为馆主,时席子湄君已归道山,其弟子佩继起,擅其全权。辛亥革命,全国视线,集中舆论,尤以《申报》为鹄。至民国元年,由本报故总理史量才先生接办,以迄于今。七十年来,辱承读者爱护,社会督教,得以发扬光大。本报同人至愿继承过去七十年来之精神,以恢宏未来之无穷也。

《申报》1942 年 4 月 30 日

百年来的上海报坛　本报特稿
《申报》

《申报》创刊于清同治十一年三月二十三日(公历一八七二年四月三十日),当时创办人为英人安纳斯脱美查(Ernest Major),但言论纯由国人主持,主笔为蒋芷湘。初发行时每二日出报一号,每号一张,用中国毛太纸单面印刷,分为八章(即八版)。其内容除告白、论说及本外埠新闻外,更转载京报、宫门抄、各货价目表、轮船进出口日期等。从第五号起,改为每日出版,但逢星期日仍停刊。

同治十三年八月初一日(一八七四年九月一日)起,改用赛连纸印刷,篇幅加大。光绪五年三月初七日(一八七九年四月二十七日)起,逢星期日亦不休刊。光绪七年,津沪电线初通,嘱天津访员用电报传达清廷谕旨,全国第一次电讯遂于同年十一月二十七日刊出。光绪十年,法国侵入安南,曾遣俄人到法营采访军讯,此为中国报纸有军事通讯员的嚆矢。

光绪三十二年,美查将全部产业出让,《申报》乃成为国人经营的企业,此后开始用报纸两面印刷。……《申报》的附属事业甚多,创刊后半年(同治十一年十月),就出版了《瀛寰琐纪》月刊,后曾改名为《四溟琐纪》及《寰宇琐纪》。光绪二年,又创刊《民报》一种,文字浅易,乃大众读物。光绪三年八月,创刊《瀛寰画报》。光绪十年,又出版《点石斋画报》,同时用铅字活印袖珍本丛书,都一百二十余种。

《申报》1947 年 1 月 20 日

《申报》掌故谈

尊闻阁

在申报三楼采访室中,挂着一张题着"尊闻阁"三字的匾额。按所题的日期推算,那是光绪八年的事,迄今已有六十五年。当题写这匾的时候,现在本馆的老同事中,祇有戴云卿先生一人已经出世了,但还在蹒跚学步的时候呢!它和本报关系的历史,确可说不短了。

"尊闻阁"三字,为钱塘吴鞠谭先生手笔,是为《申报》的房屋而题的。过去厅堂斋屋,大都有题字,尤其是文人,更喜欢题上些风雅的匾额。《申报》是文人雅士朝夕相处之所,当然未能免俗,这"尊闻阁"三字是含有"尊重新闻事业"的意思的。

从"尊闻阁"三字,不免要联想到本报的房屋了。最初本报是在汉口路红礼拜堂对面,就是现在市政府的地方。那里是二层楼的旧式建筑,斗室翼然,微灯永夜,和今日的崇楼杰构比较,相去不可以道里计。这三椽敝屋,就是《申报》早年同人起息之所,尊闻的匾额,也就悬挂在那里。

宣统年间,营业日益发达,旧屋不敷应用,乃迁至望平街二百六十三号。那里三层楼的房屋,虽然仍是极古老的洋房,但和以前的比较,已经宽畅得许多,光线也进步多了,这是申报的第二故居。

买办和师爷

《申报》最初创刊的时候,编辑方面,由蒋芷湘主笔政,何桂笙、钱昕伯襄助编务。后来蒋芷湘高捷南宫,自然不愿再干这落拓文人的事了。(当时的人对新闻事业,皆作如此看法。)于是改延何桂笙主其事,其后又由钱昕伯、黄式权继之。会计方面,最初是赵逸如,后来是席子眉。席子眉过世,乃由其弟子佩继之。这是那时申报馆的阵容,虽然是唱开锣戏,可是角儿也相当地整齐。

"买办"和"师爷"这两个名词,现在是已不大听见了。但当年的《申报》,在洋人主持之下,会计和编辑方面的人,却是被人称为"买办"和"师爷"的。

他们虽荣膺了"买办"或"师爷"的头衔,可是生活是十分清苦的。那时最高的薪水,祇有四十元,余则依次递降,最低的只有十余元。饮食、洗衣、理发,以及笔墨之费,均取给于此。虽然那时生活程度尚低,但总已觉得很周转不来。据说那时的何桂笙,月薪三十元,他生平欢喜买书,每月总有一半的钱用在买书上面,所以常常陷于身无分文的困境,只好每天独自一人,跑到杨柳楼台,泡上一壶茶,买几个烧饼充饥,这倒可以和冯焕章将军的大饼油条生涯媲美。

那时报人不但待遇菲薄,就是办公的地方也很简陋。本报一位老记者雷瑨,曾记述本馆早期的状况,有云:"当时《申报》房屋,本极敝旧,惟西人办公处,尚轩爽洁净。若吾辈起居办事之所,方广不逾寻丈,光线黑暗,而饮食、睡眠、便溺,悉在其中。冬则寒风砭骨,夏则炽热如炉。最难堪者,臭虫生殖之繁,到处蠕蠕,大堪惊异,往往终夜被扰,不能睡眠。"读了这几句话,亦可想见当年报人生活的困苦情形了。

《申报》1947 年 9 月 20 日

附篇 《申报》六十六年史

《申报》发刊于一八七二年四月三十日(清同治十一年三月二十三日),为英人安纳斯脱·美查(Ernest Major)与其友人伍华德(C. Woodward)、朴赍懿(W.B. Pryer)、约翰·瓦其洛(John Wachillop)共四人创办。每人出股本金规银四百两,共计股本金规银一千六百两,于一八七一年五月十九日(清同治十年四月初一日)订立合同,决以此股本,创办一张中国文字的日报于上海。

美查初与其兄费烈特立克·美查(Froderic Major)贩茶于中国,精通中国语言文字。有一年折了本,拟改行业,他的买办赣人陈莘庚鉴于《上海新报》的销路很好,因劝美查办报,并介绍自己的同乡吴子让为主笔。美查赞同其议,乃延钱昕伯赴香港,调查报业情形,以资仿效。故其创刊号"本报告白"有云:"新闻纸之制,创自西人,传于中土。向见香港唐字新闻,体例甚善,今仿其意,设《申报》于上洋。"(美查兄弟之名,兹所列者为确,另有考证附录。)

《申报》初创办时,延浙人赵逸如为买办,蒋芷湘为主笔。每两天出报一号,每号一张,用中国毛太纸单面印刷,分为八版(当时称为八章),每版高十英寸又八分之一,宽九英寸又二分之一。其编别方法,首例本馆告白,次论说、序文等,又次为本埠新闻,外埠新闻,选录《香港新报》,译录西字新闻,并载《京报》及宫门抄,末为广告及各货价格表,轮船进口日期表。通体用四号活字排印,标题亦然。广告价格表、船期表,则用五号字排印。

自第五号(一八七二年五月七日,即清同治十一年四月初一日)起,改为每日出版一号,但是逢星期日则休刊一天。同时添聘何桂笙、钱昕伯襄理笔政。

《申报》创刊时,在条例中曾征求骚人韵士撰作之竹枝词、记事诗等刊载。彼时无量数斗方名士,纷以词章相投,因此报面上充满了诗文之类,有喧宾夺主之概;间及中外近事,然皆信笔点缀,有如传奇小说,反不被人重视。

美查虽是英人,而一以营业为前提,谓"此报乃与华人阅看",故于社论不加束缚。他并且精于华文,有时自撰社论,无所偏倚,是其特色。在初期的论说中,如"议建铁路引"、"议建水池引"等文,都有意促进中国之趋向现代化;但彼时风气蔽塞,实不免有曲高和寡之叹。

《申报》的副业是编印各种书籍、月报,计可分为四类:(一)编刊月报;(二)编刊通俗报;(三)编刊画报;(四)翻印旧书和刊印新著。

第一类副业在《申报》创刊之后半年就开始了。因为各家投寄的诗文佳作颇多,报纸篇幅,不敷登载,因于一八七二年十一月十一日(清同治十一年十月十一日)创刊《瀛寰琐纪》,月出一册,四开本二十四页,用四号活字排印。首载论说;次外国小说译本,每期载数页,逾年始完;次则时人诗古文辞,附以罕见之旧作,殿以西洋笔记、笑林之属。出至一八七五年一月(清同治十三年年十二月)止;是年二月(清光绪元年正月)又出版《四溟琐纪》月刊,出至一八七六年一月(清光绪元年十二月)止;是年二月(清光绪二年正月)又出版《寰宇琐纪》月刊。出至一八七七年一月(光绪二年十二月)止。盖名称尝三易,而性质均相同,并且是衔接的。但后二种为六开本。三种的售价都是每本八十文。

一八八四年八月(清光绪十年八月),旧京天津间电报线路续成,朝野大事,有时也用电报传递。这时候,主笔蒋芷湘已中进士,由钱昕伯继任主笔。钱氏对于新闻纸的任务与贡献颇明了,即将报中信笔点缀的资料一概淘汰。美查也很信任他,赋以裁夺全权,于是《申报》的事业更为振兴。

一八八九年(清光绪十五年),美查兄弟忽动故国之思,乃添招外股,于是年十月十五日(阴历九月念一日)将所营事业改组为美查有限公司

（Major Bros. Ltd.）……总计资本银三十万两,分作六千股。美查兄弟收回原本折合股票二千份,航海返国。

一九〇八年三月（清光绪三十四年二月）,《申报》创办人安纳斯脱·美查在故国病逝,年七十余,电耗于三月二十八日（二月廿六日）到达上海。

胡道静:《报坛逸话》,《民国丛书》（第三编）,第41辑,上海书店1991年版,第82—91页。

日报月报旬报星期报之始

《申报》创行于同治时,是为日报之始。盖英人美查、耶松二人相友善,来华贸易,美查创办《申报》,延山阴何桂笙、上海黄梦畹主笔政,特所载猥琐,每逢乡试年,必载解元闱艺,与外报之能开通智识、昌明学术者,相去霄壤。时天南遁叟王紫荃布衣韬颇有时名,间撰时务论说,弁之报首,销数遂以渐推广,获利亦不赀。耶松设一船厂,开创之始,连年折阅。美查遂以《申报》所获,补助耶松船厂,得以维持永久,而申报馆因之大受影响矣。光绪中叶改组,添招商股,由吴县席裕福经理之。旋由江海关道蔡乃煌出资收买,后又展转售与沪人。是报为吾国首创者,至于今,沪市卖报人于所卖各报,必大声呼曰"卖申报",是"申报"二字,在沪已成为新闻纸之普通名词。

徐珂:《清稗类钞》,第8册,中华书局1986年版,第3772页。

（2）《申报》与《文苑菁华》

启者,今岁为癸酉科乡试之期,本馆特延请名人选刻时艺,以供学者揣摩。所选皆近时新出名作,一切陈文概不登入。惟虑所见不多,或形孤陋,尚希同志诸君匡其不逮,如有佳作,请惠寄来馆。本馆不揣固陋,谨当精加选择,然后发刊,不取刻赀,想诸君子定不吝教也。谨白。

《申报》同治十二年癸酉三月初六日（1873年4月2日）

征刻时艺启

启者,今岁为癸酉科乡试之期,本馆特延请名人选刻时艺,以供学者揣摩。所选皆近时新出名作,一切陈文概不登入。惟虑所见不多,或形孤陋,尚希同志诸君匡其不逮,如有佳作,请惠寄来馆。本馆不揣固陋,谨当精加选择,然后发刊,不取刻赀,想诸君子定不吝教也。

本馆谨白

《申报》同治十二年癸酉三月二十二日(1873 年 4 月 18 日)

本馆告白

本馆所编辑之时艺,标明《文苑菁华》,现已陆续付刊。《四书》文五百篇,计至七月朔旦可以蒇工,至发售各埠,则在江宁、杭州、武昌、福建四处。或自行派人代为零卖,或趸卖于各处书店。倘有某处诸书店合议汇买若干部者,其价可来面议,且在本馆可立约,不在该书店发售省分另行自卖也。其中制艺均皆名手所为,会艺窗作以及院课季考之文,并各家遗集,搜罗广博,校勘精审。凡高古横逸诸作,不合近时眉样者,概不入选。且于近时汇刻时文如《制义镕(栽)〔裁〕》《庸孟文楲》等集所已经传播者,概不阑入云。先此布闻。

《申报》同治十二年癸酉闰六月初三日(1873 年 7 月 26 日)

《文苑菁华》刷齐出售

本馆选刊《文苑菁华》,计《四书》文五百十篇,现已刷印齐全,可以出售矣。定价每部洋银七角,本馆趸买价洋六角,如有各书坊承卖者,可来馆面议数目可也。特此布闻。

《申报》同治十二年癸酉七月初一日(1873 年 8 月 23 日)

《文苑菁华》减价

启者,因现在《文苑菁华》存书不多,意欲销去了事,故减价出售,每部计洋五角。如有居户欲趸买者,请来馆面议是荷。此布。　　本馆告白。

《申报》同治十三年甲戌九月十九日(1874 年 10 月 28 日)

光绪元年正月二十日《京报》全录

奉上谕,为政以得人为首务,我朝列圣御极建元,均于三年大比之外,特开乡会恩科,广罗俊彦。朕缵承大统,宜遵成式,嘉惠士林。着于光绪元年举行乡试恩科,二年举行会试恩科,用付朕作育人才至意。该部知道,钦此。

《申报》光绪元年乙亥二月初八日(1875 年 3 月 15 日)

搜刻经文

今岁当皇上御极之年,已奉谕旨特开恩榜,各直省士林摩厉以须,转瞬槐黄咸遂争先之志。惟造车合辙,不废揣摩,而花样翻新,必嫌庸俗。本馆于癸酉之夏曾刊《文苑菁华》,竭校雠之劳,以当切磋之益,承诸君购阅,谬相许可。今拟搜刊《五经》制义,特所得不多,未能成帙。用敢布告全人,如有宿构鸿篇,务望惠掷,以四月半为止,庶几速成,俾公同好。并希赐寄时开示地名,将来刊订成书,即可奉赠一二,以伸投报,不胜幸甚。 本馆告白。

《申报》光绪元年乙亥三月初三日(1875年4月8日)

发售夺标各种书籍 本馆启

本馆今新选试帖初集已成,于下礼拜出售,可称为揣摩之利器。又有缩本《广治平略》,为三场所必需者,于二十日后出售。又,已印成缩本之《钦定四库全书简明目录》,亦系条对考据之书,刻日售出多部,人皆宝之。并前选之《四书》文名曰《文苑菁华》,五经文名曰《经艺新畲》,皆足为首次两场之鸿宝。而《诗句题解韵编四集》,亦系文人必备之书。以上三种尚存无多,祈诸君早日来馆购取。至赶考之书贾,每科例于各省垣设肆求售,如欲趸贩以上各种书籍,并另有法帖等,皆可来馆面议,扣折从丰。特此预告。

《申报》光绪五年己卯六月十四日(1879年8月1日)

文苑菁华序

制艺之有汇选,亦犹类书之有汇刻,所以备品汇、博搜采,以供伐山者之取材而已矣。顾或有疑之者曰:制艺者小道耳,第功令以之取士,故士竞托业焉。譬如敲门之砖,门启则弃之耳。譬如取鱼之筌,得鱼则忘之耳。何必敝精劳神,以为博学详说计乎?则应之曰:否否。夫制艺谓之时文,文取乎时,则不可不揣合时尚也明矣。不博观其所以异,无以究风气之变迁也。不约取其所以同,无以得绳尺之整齐也。不备核之,以得夫异中之同,则今日试之而售,他日试之而蹶矣。何也?其所挈者浮也。不精求之,以窥夫同中之异,则冥心而见为合,下笔而见为离矣。何也?其所规者狭也。时之为义大矣哉!

今日之习揣摩术者,类多因陋就简,自附于简练之说,近科墨卷以外,多高阁束之,以为吾趋夫时也。抑知墨守夫时,正其谬之甚者乎! 盖上焉者湛深经术,融贯史裁,其于文也,藉以发抒其见地,而无时之见存。此不随风气为转移,而并可转移夫风气者也。若其次者,则求之于气机血脉之间,亦不必拘拘于风气,而率能暗合于风气。又其次者,则揣声设色,刻意求合,而风气之说自不能外,此则揣摩家之流极也。

漪生阁主人有见于是,爰取近今房行季科、书院会艺以及友人窗作,凡有合于风气者,遍加甄录,得文五百十篇,汇而刊之,以公同志,岂第备品汇、博搜采云尔哉! 而子又何疑焉。刻既竣事,即书此于简端,以为缘起云。同治癸酉闰夏赋秋生题于太仓梯米之庐。[1]

凡例六则

一、合刻制艺,以《艺林珠玉》为创始,继之者《制艺娜嬛》也,《文坛博钞》也。近复有《制义镕裁》、《庸孟文楸》之刻,可谓有题必备,无美不臻矣。是编凡诸家所已刻者,概不赘录。

一、近科墨卷,户诵家弦,久已司空见惯,是编概不赘录。

一、近人名稿,往往有规仿明贤,声希味淡之作,是编凡有戾风声者,概不阑入。

一、近岁文宗试士,山长衡才,亦多取发皇之作,故所录较多。

一、凡友人邮筒投赠之作,无不登录。其有寄到稍迟者,尚多割爱,容俟续编补列。

一、是编仿古香斋袖珍板式,以便舟车携览,慎勿误带入场。

蒋其章辑:《文苑菁华》,申报馆同治十二年(1873)印本,第1页。

知其说者之于天下也其如示诸斯乎　　蒋其章

义有通于天下者,则知之愈难矣。盖天下至远,而知禘之说者有以通之,然则禘岂易知者哉? 且以治幽之通于治明也。古圣人致其诚于庙中,而格被之机已寓,后君子得其理于境内,而神明之故难宣,岂杳渺而不可穷究哉! 以一本者孚万类,万类各有一本之思;以上推者为下行,下行悉准上推之道。理本大同,情归大顺,夫固有一领会焉,而可得其微者,而特未可

---

[1] 赋秋生,即茂苑赋秋生姚湘,字芷芳,后改名文藻,江苏苏州人。曾主持上海《字林沪报》。

以浅见测也。禘说不知,吾究何以语子哉?且夫精深而流于幽渺,礼说所以纷也;广大而寓于隐微,禘义所由著也。盖其事以天下为量,即其说以天下为程,而无如知其说者之难也。事不等类帝祀宗之举,而精神所默运,直与天下相弥纶,则其说何堪假托也。上溯乎受命之本,即下孚乎出命之原,果孰是,契合神明,独渊默而证配天之意。名亦同水源木本之思,而志虑所潜乎,直与天下相感召,则其说何可强通也。隐参于奏格之神,即显协乎感格之理,果孰是,参稽典制,独推阐而悟起化之由。是其说固隐隐难窥也,人特托为知耳。然其说自明明可见也,人特不能知耳。

是惟好学深思,穆然于享帝享亲之故,而深宫之仁孝扩之,见薄海之心思,故精意在创垂,即万国亦如亲玉帛。由是心领神会,罩然于备声备物之先。而入庙之虔恭,推之即临民之志气,故真诚通昭假,即万方咸奉其馨香。谁欤知其说者,将于斯而得天下之故矣。且夫天下非有异情矣,侒见忾闻之际,原祇尽其尊宗敬祖之忱,而孝治洽焉,则情之大顺者然也。当日者《长发》弦诗,颂及九围之式,而共球所奉,共戴王灵,其效固明有可想耳。圣天子玉瓒明虔,独邀九庙神人之福,而精心参制作,不必疑感生之名;郊治溯渊源,不必侈珍符之应。盖一人渊默,不如见协气之旁流乎。且夫天下非有二理矣,爱存忒著之中,即已蕴其察地明天之量,而和气溥焉,则理之大同者然也。当日者来《雍》彻馔,欢征四方之同,而胧羹所凝,群知敬典,其意固隐有可思耳。圣天子明堂告洁,已树万年有道之基,而共高曾者沐生成,不参合德合明之蕴;异形体亦同胞与,自深告慈告孝之诚。盖至四海咸通,不如见厚德之所积乎。谁欤知其说者,其于天下也,殆如示诸斯乎,而其如不易知何哉!

文心静穆,笔意坚凝。提二顶上圆光,全神笼罩,尤为高挹群言。

回也闻一以知十至子曰弗如也　蒋其章

闻同而知则异,圣人断其弗如焉。夫犹是闻一,而知十知二则异,赐盖自以为弗如也,子故因而直决之。且吾儒涉理,而或见全或见偏者,人谓识量之无定也,不知正分量之有定。惟审其量者,因分量之各殊,以征之识量,而识量之见绌弥多。亦惟深窥其量者,因识量之自明,以定其分量,而分量相悬可想。为偏为全,量各呈焉。言者自谓不诬,听者早知其不爽,已何敢望回、赐之意中,固早知子必以为弗如也,而特未敢凭虚以断,且未敢核实以陈也。无已请验之所闻,验之因闻以有知。义蕴之无穷也,原始要终，孰是机缄之尽辟，乃回也闻之，而烛照无遗，恍有逢源之乐。赐虽略参识解，殊愧一隙之徒开也，则诚莫及也。理解之难融也，因端竟委，孰能颖悟之独神，乃回也闻之，而渊衷莫罄，几如得意之忘。赐虽自竭聪明，殊觉两端之待叩也，则诚不逮也。盖犹是闻一，而知十知二迥不侔矣，赐迨知夫子之必以为不如哉。

然而见浅见深之诣，互较之则品概难诬；而知彼知此之言，骤聆之而品评可定。今夫人于人已对勘之余，分际每未能自悉，惟虚衷内镜，乃以别其等差，觉探索之劳远，逊会通之妙也。殊诣力实殊学力，而心之既歉，敢弗平心。今夫人于钝敏相形之际，境象又未必显呈，惟静证澄观，乃自明其优绌，觉灵机犹窒，迥殊悟境之神也。可自明即可共明，而量有难同，适如本量。知十知二，赐固自知其弗如矣，夫子于此乃直为断也。造诣虽难测哉，而有得之隐测者，函丈中当喻于微耳，不谓当局之指陈，乃适合平时之拟议也。先物以照，知十者固旁烛无疆，逐物以窥知二者，第隙光自囿，观理殊其广狭，见理即逊其高明矣。秉赋之不齐，固有不可强者，赐岂徒以自谦乎？而子已不禁，闻赐言而深为然之。吾学虽难限哉，而有不啻其限者，在教者第惜其偏耳。所以当前之境地，遂阻以感触之神明也。纤翳不留，知十者神俱洞澈；虚灵待扩，知二者鉴未空明。萦情有推测之烦，会心即少怡涣之趣矣。功候之所判，固有不容掩者，赐岂妄以相誉乎？而子已不禁，因赐言而直为决之。则以知十知二，赐固自知其不如，而不觉为回屈也。然即此弗如之心，乃正大可用矣。

乡人饮酒杖者出二节　蒋其章

记圣人居乡之事，见其无所不敬也。夫曰饮曰傩，礼之行于乡者也，出视杖者而立必朝服，子之无不敬也可知。且自族师垂祭酺之文，而习安孝弟；《月令》重送寒之制，而理洽神明。古盛时所为礼，行于乡也，迨风成征逐，老成渐开狎侮之萌；事托驱除，嬉戏莫凛声灵之赫。孝弟之习废焉，神明之理亵焉。圣人忧之，爰即居乡时以示之，则夫乃叹王道之易易也。何则？大礼不外人情，况衡宇相亲，举动更嫌其立异。脱令欢联酬兕，弗与言欢，礼习蒙熊，翻讶失礼，将倦游归梓里，果何以协群情之顺，而示以仪型？至人岂随流俗，而闾阎相习，仪文每虑其不庄。脱令乐侍鸠扶，忽形脱略，时当牲碟，偶弛虔恭，将琐务薄茅檐，又何以挽习俗之颓而率之祗敬？则有如乡人饮酒，分不等三宾介气之尊，而杯酌流连，亦有颓然于其际者。子之出视为迟速,而显以尽随行之义隐,且寓安老之怀也,杖者不知也。更有如乡人傩事,非同春毕秋达之大,而阴阳愆伏,亦有隐然以相制者。子之立示以庄严,而朝服则以敬祖者敬神阼阶,且以敬宾者敬事也,立者亦不自知也。

且夫人情之纵肆也,必以耄老之安危为无与于我,而后敢以神灵之敬,肆为无责于我,习嚚凌而戏侮以深,天理所由不行耳。子则慎之于先矣。礼或同速舅娱宾,而宴笑雍容,已足酿祥和之福;变不至糇愆腊毒,而步趋整肃,遂以消沴疠之萌。斯道行也,酬酢则里闬同欢,而高年自获节宣之益;陟降则吉凶同患,而盛德足谐康乐之风。古圣王以礼坊民,所必先行于州巷哉。且夫习俗之戏豫也,必以鬼神之依我为不必然,而后忍以耆耇之望我为不当然,肆狂诞而诚恪以漓,人心所由渐薄耳。子则持于其后矣,幽以绝堂赠游光之沴,而节天时,则天经可见,犯齿无尤。明以廓疾瘥夭札之原,而正气凝,则和气潜通,称觥有庆。斯道行也,调燮泯五行之戾,而伏猎以报其功;凝承妥三庙之灵,而献酬并食其福。大圣人以身维礼,岂敢忽微于跬步哉?此夫子居乡之敬也。

识踞题巅,理精词湛。　原评

如有博施于民至子曰何事于仁　蒋其章

设奢愿以言仁,贤者之视仁过远也。夫博施济众,亦仁者之心也。然如是而始谓之仁,已不止于行矣,子故为悬断之。今使人挟无穷之愿望,应无限之给求,而谓如是则仁,不如是则不仁,将仁术有穷时,仁心转为虚念。贤者挟其太过之心,而难视乎仁者,从而虚拟其事。圣人抑其太过之心,而悬揣其事者,还以实,按诸仁,盖统全量以相求,觉以是见仁心也,而转以是穷仁术矣。圣门有子贡,从事于仁者也。从事于仁,而未适符乎分量,乃泛骛乎仁,而思充极其功能,此博施济众之说所由来也。举我生不容自已之怀来,出与天下相质证,裁成有术,措正施行,抚驭有权,智周道济,胞与共之,心性通之矣。此仁之所渐推而渐满也夫,亦谓仁之不外是也。举斯世不容稍违之情性,默与方寸课盈虚,康乐和亲,功成博爱,饮食歌舞,众尽胪欢,衽席登之,痒疴悾之矣。此仁之所随感而随应也夫,且谓仁之不尽是也。曰"如有博施于民而能济众",何如子贡,固意其可谓仁,而又疑其未可谓仁也。今夫元善之归,本无限止,帝王扩之为治术,儒生保之为性功,意念所周,民物环之,而初不因独处澄观,得隘其长养生成之念。若夫推行之地,自判浅深,大人存心,道通万类,匹夫修德,泽被一方。出处之殊,功能判焉,而初不关盛德大业,始副其慈祥恺恻之怀。

子曰世果有如是之仁乎?是何事于仁也?谓实心难期实效,何以宸衷慈惠,寰海蒙休;谓淑世难于淑身,何以主极修明,遐陬遍德。仁固有不止于此者乎?夫施济亦何可恃也?悲悯深于内念,斧柯不假,难为越俎之谋;痌瘝切于苍生,环辙竟穷,莫展匡时之策。由是思如伤在,抱而恺泽,旁敷此事,真不恒有也。而谓第仁心之推及欤?谓归怀非由克复,何以一夫不获,引为予辜;谓养给不本肫诚,何以一物失所,视为我责。仁固有难缓于此者乎?夫施济亦遥相待耳。言志而切安怀,寸念殷拳,徒托空言于函丈;策庶而加富教,两端商榷,徒怀往事于车中。由是思参赞在心,而太和有象,此事当未易能也。而谓第仁术之见端欤,何事于仁,而子贡犹以博施济众为仁乎?圣不可为仁,亦求诸近焉可耳。

邪味渊涵,笔情警湛。中权辟阖动荡,痕迹俱融入后风度谐和,虚实兼到合作也。

举贤才曰焉知贤才而举之　蒋其章　子湘

政又有重乎举者,大贤复有所虑焉。夫贤才固不可不举也,而既欲举之,必先知之,仲弓所为虑,其焉知乎?今使有鉴衡之识者,或无荐拔之权也,则士不以荐拔为荣,而转以鉴衡为重。顾权无患不足,一方亦需辅理之人;识常患不周,一己难树旁招之典。使必谓权之所在,即为识之所周,则及门殊难自信矣,岂特先有司赦小过已哉?为宰者犹贵有知人之明,以相辅于用人之际者也。盖举贤才又宜亟矣。巨艰非独力所支,则汲引以供指挥,岂敢废干旌之典。特恐知希我贵,或不乐受其举耳。然既总司其识,讵可限以资格,困硕人以籯翟之官?豪杰岂眚灾可废。节取以资襄赞,岂敢蹈遏抑之讥。特恐知己难逢,或不乐广其举耳。然既灼见其能,讵可责以全材,困英俊以阓炮之任?子以举贤才继之,意深哉!

今夫贤才之举,有不必知而后举者,有必当知而后举者。世有经猷小试,姓名早已推尊,管库也可与同升,缧绁也可为代赎,但使留心访察,何至叹知之实难也,而特不敢谓所举之必无遗也。世有岩穴幽栖,风尚半归湮没,求玉者未能问贾,怀邦者或至迷邦,苟非雅意搜罗,何以见举之悉当也?而终不可谓贤才之可尽知也。曰"焉知贤才而举之",仲弓诚非无见哉。使其乏衡鉴之明,而徒慕旁求之誉,则拔擢出以私意,而所举疑偏。

仲弓当不若是哉,而其心则弥惧矣。兰蕙为幽谷之芳,搜采者何能遍及;鸿鹄有千里之志,驯扰者岂能相窥?自顾生平,殊觉知犹有限也,而岂故为推诿欤?使必合贤能之数,而统归度量之宏,则泛滥必少真知,而所举亦伪。仲弓当不至是哉,而其神则弥惕矣。既勤吐哺之风,犹虑荐剡之未遍;既广聪明之用,犹虞推毂之难周。自审精神,终觉知未可恃也,而岂过为迟疑欤?岂知但举所知,而已尽举之责矣,而已扩举之量矣。尚何以焉,知为患哉。

子贡问政子曰足食足兵　蒋其章　子湘

政有常经,兵食之足,其先务也。夫食足可以养,兵足可以卫,子为子贡并举之,非王政之先务哉!且自古帝王之政,治人情以为田,而非徒夸国之富也;合众心以成城,而非徒恃兵之强也。顾徒富强,无以揽政之全;不富强,又何以开政之始?吾恐饥馑与师旅交加,农事与武功并弛,而犹望其敛散有余资,守御有余力也,势必不能。圣门若子贡,鬻财殖货,不尚浮夸,而珠玉能生菽粟;排难解分,不参讦诈,而樽俎可折戈矛。宜夫子许以达可从政也。日者以政问,夫子曰:欲知政要,首布政经。孰有重于食与兵哉?宣作税亩而忧贫,成作邱甲而忧弱。急聚敛,复急征徭,政所以趋于烦重也。谋利计功,事更张而兵农交困,将六九年过储国蓄,百千乘空壮兵威,《周官》或疑其言利,《阴符》或黜其言兵。亏度支亦亏训练,政所以失之疏迂也。务农讲武,安废弛而耕战无资,将佩玉而私室呼庚,执冰而公徒释谋甲,以云兵食可不筹其足哉。

盛世可百年不遇凶荒,盛世断不可一日不生理,食所以为能养也。穋穗遗而年无不丰,隰畛徂而地无不垦,耕耨勤而时无不乘。而又大国不失之诛求,小国不困于贡献,则屏鱼盐而除榷算,阜成可登风俗之书。圣世可百年不谋征伐,圣世断不可一日不整戎行,兵所以为能卫也。车牛出而公徒皆备,蒐苗谨而士卒不疲,袍泽同而闾阎亦奋。而又强国不敢以黩武胜,弱国不致以无备亡,则斥韬略而讲战攻,忠勇尽属干城之选。且夫立法贵于无弊矣。征科急而蠹自吏胥,谁知培帑藏盈虚之本;召募烦而乱萌甲卒,谁知握司马简任之权。逐利与争、胜交非孰,则预谋其足乎?杜其弊于生聚训练之初,则擘画自裕规模,而食货有经,亦兵威克振也。周政之盛也,稷以稼穑开基,而军制三单,胥征繁庶;武以干戈靖众,而歌陈九德,并兆绥丰。妙酌剂于纳稼选徒,夫岂尚滋流弊哉?且夫为政贵揽其全矣,道味不参于醉饱,盖藏只成酣豢之谋;仁风每遏于干戈,狘狩适见争端之启。保民与陈师并榷,孰则能善其足乎?策其全于力穑从戎之外,则图维早见稸深,而内裕国储,亦外蒐军实也。时政之失也,泛舟藉乎邻封,而兵气不扬,饥卒何能敌忾?干戚耀乎戎列,而粮储告竭,转输安得积仓?预策画于井田车赋,夫岂遂擅全谟哉?盖必合之以信,而兵食始可恃也。

　　蒋其章辑:《文苑菁华》,申报馆同治十三年(1873)印本,第 3、4、5 册。

《文苑菁华》八卷

　　是书皆近人所作制艺,而为武林蒋芷缃进士其章所选也。按制艺之刻,家弦户诵者指不胜屈,而风气日新,文体日变,近时选家林立,然多取每科乡、会墨都成一集以弋利,殊不知沧海遗珠世不少,刘蕡下第,名下论文,古今同概。是编所选皆书院课卷,或窗作,或拟墨,轻奇浓淡,不拘一格,要以不戾乎正、不违乎时,而并无以得失论优绌之弊,且如近时风行之《文坛博钞》、《艺林珠玉》诸选中,已刊者概不阑入,阅之者耳目为之一新已。计文五百十篇,每部八本,价洋五角。

　　尊闻阁主人(美查)辑:《申报馆书目》,上海申报馆光绪三年(1877)仿聚珍版印本,第 4 页。

《中国丛书综录》

汇编“杂纂类”(清代后期)

《申报馆丛书》

(清)尊闻阁主辑

　　清光绪中申报馆排印本

艺林珍赏类

　　《文苑菁华》不分卷　(清)蒋其章辑　同治十二年(1873)排印

　　上海图书馆编:《中国丛书综录》(一),上海古籍出版社 1982 年版,第224、225 页。

子目,集部“总集类”

课艺之属

　　《文苑菁华》不分卷

　　(清)蒋其章辑

申报馆丛书正集·艺林珍赏类

上海图书馆编:《中国丛书综录》(二),第 1563 页。

《清史稿艺文志拾遗》

集部总集类

《文苑菁华》不分卷蒋其章编 《申报馆丛书》正集本 丛综 重修清艺

王绍曾主编:《清史稿艺文志拾遗》(下),中华书局 2000 年版,第 2154 页。

五、《瀛寰琐纪》与《昕夕闲谈》出版

（1）《瀛寰琐纪》及刊登目录

瀛寰琐纪序　蠡勺居士

　　天下之大，四海九州之广远，吾局耳目焉，而谓所见所闻，有必非理之所有者，或者其欺我耶？吾纵耳目焉，而谓所未见所未闻，有不妨意以为说者，或者其欺人耶？虽然，造化之神奇既无所不孕矣，古今之奥窔既无所不辟矣，气局既愈出而愈新矣，人物既愈出而愈变矣，以为理之所必无，何以所见所闻既齿齿凿凿，其若可据耶？以为意以为之说，何以所未见所未闻，又荒荒渺渺，其若难信耶？吾则谓齿齿凿凿，其若可据者，则仍以意构之而已。荒荒渺渺，其若难信者，则仍以理断之而已。构之以意，而雕龙炙辗、坚白异同之说纷其甚也。则穷幽极深，搜神志怪，续山海之经，赞异鱼之图，奇玮诡丽，务为人所难信，而又使人眩瞀迷（感）〔惑〕，几几乎不可不信，此构之以意之妙也。断之以理，而准古测今，经纬变化之术起，其甚也则量天益地，制器尚象，穷天人之秘，宏朝野之谟，课虚征实，务为人所必信，而又使人心摹神追，几几乎不能尽信，而究不得不信，此断之以理之妙也。

　　苍苍者，吾知其为天也。谓天有九重，日月五星，各踞其全体，南北二极，各程其分度，则谁梯而升之，以验其然否耶？浩浩者，吾知其为海也。谓海有四州群岛之裔，各拥有其君长，积气之区，各成其风土，则谁航而历之，以证其然否耶？吾不敢谓言之庸近者，果尽衷于理耶？吾亦不敢谓言之夸诞者，果尽出于意而不衷于理耶？吾尤不敢谓言之似夸诞而实庸近，与言之似庸近而实夸诞者，果尽为意之所自构耶？抑或为理之所从断者耶？果尽局耳目，而囿于理之所有耶？抑或纵耳目，而写其意之所之者耶？夫言固各有所当也。文辞之于言，则又各有所当，而不必以耳目之所习见习闻者为鄙，亦不得以耳目之所罕见罕闻者为奇。夫亦求剖夫理，以自尽其意耳，次则亦求撼其意，以绳之于理耳。理也者，丽于事以见者也。意也者，触于事以起者也。天下之大，四海九州之广远，以目之所接，耳之所入

412

焉者为断，故必附于事而文以出，亦必托于文而事以传。古今来与于此者，大都皆有所感触而不能已于言者也。惟有所感触而不能已于言，则其中或不免有纯逞吾意而不顾理之当否者。訾议指摘，夫乃丛于其文，是岂文之咎也哉？亦其感触焉者异耳。

吾尝执此意，以求古人言事之文，则有所谓议论之文焉，就其所闻见者而敷陈之，辩驳之。匡刘贾董之流，其纯乎纯者也。有所谓纪叙之文焉，就其所闻者而掇拾之，笔削之，左马班范之流，其纯乎纯者也。至唐宋以后诸作者，其于言事之文，则愈横溢而驰骋矣。议论则务取奇创，纪叙则务为详尽，著作之林，由此其选也。自好为庄周、列御寇之学，而其为文也，始放恣而莫可穷诘矣。然其浩汗支离，若无纪极之中，寻其脉络，究必有命意之所在。虽千变万化，而不离其宗，岂得曰大悖于理耶？自虞初九百之说繁，而其为言也，始琐屑而不足比数矣。然虽尤碎凌杂，若无足录，而寻其旨趣，自各寓名理而有可味者，安得不略取其意耶？而况乎驰域外之观者，不拘拘于寻常户庭帏闼之事，而欲得夫笔墨烟云喷薄变化之奇者乎？不拘拘于寻常宇宙古今之变，而欲穷夫溟渤傀诡蛮触寓言之妙者乎？吾不知作牖下观、守管中见者，其尚执夫已见而以为妄诞不足稽耶？抑或将震骇耳目，开拓心思，而以为非常之闻见所及者耶？

尊闻阁主人慨然有远志焉，思穷薄海内外、寰宇上下惊奇骇怪之谈，沉博绝丽之作，或可以助测星度地之方，或可以参济世安民之务，或可以益致知格物之神，或可以开弄月吟风之趣，博搜广采，冀成巨观。其体例大约仿《中西闻见录》而更扩充之，积一月之所得，成书一卷，渐而积之，则一岁之中，成书十二卷矣。而更加以友朋之启发，投赠之往来，虽曰见闻固陋，亦必有可观者矣。因陆续出以示人，其中有局耳目于一隅者，吾不敢曰齿齿凿凿，其竟可据也；其中有纵耳目於八溟者，吾尤不敢谓荒荒渺渺，其必不可据也。究之造化之神奇，岂能尽测耶？古今之奥窔，岂能尽辟耶？人物之愈出愈变者，岂能尽穷其情状耶？气局之愈出愈新者，岂能尽得其所以然而推其所当然耶？则所谓纵耳目者，安必无欺人之谈耶？则所谓局耳目者，又安必无自欺之蔽耶？吾诚不敢自信，而漫欲人之相信，则理之所必无者，请一笑置之可也。吾坚欲自信而又阻人以必信，则意以为之说者，请一笔抹之可也。阅是纪者，其将以余言为大谬不然焉否耶？时在同治壬申秋九月之杪，海上蠡勺居士序于微尘稀米之庐。

《瀛寰琐纪》第一卷，1872 年 11 月（壬申十月）

刊行《瀛寰琐纪》自叙

新闻纸之流布于寰区也,香港则间日呈奇,峙佳名于三秀;沪渎则每晨抽秘,斗彩笔于两家。或著录应来复之期,教堂握椠;或成帙在合朔之候,京国传书。凡此纪事而纂言,莫不标新而领异。议分乡校,愿考见夫济世之经猷;源讨楹书,愿采辑夫证今之学问。下至方言里语,足备谈谑,杂笔小诗,亦供咀嚼。奈日力之有限,致篇幅之无多。花类折枝,仅悦一时之目;玉非全璧,谁知千古之心。断烂之朝报堪嗤,闻见之羼录难遍。用特勤加搜讨,遍访知交,积三十日之断锦零缣,居然成幅;合四大洲之隋珠和璧,用示奇珍。拟为《瀛寰琐纪》一书,凡已登《申报》者不录。每月以朔日出书一卷,其价则每本八十文。若本馆趸售,则每本六十五文。初印之时,以二千本为率,如有各书坊定印,必当预先知会,临时不能议添矣。备中朝之史料,名敢托夫稗官;广异域之谈资,陋不嫌夫蛮语。琐闻兼述,用附《搜神》、《志怪》之余;碎事同登,不薄巷议街谈之末。所愿文坛健者、儒林丈人,惠赠瑶章,共襄盛举。庶几琳琅日耀,如入宝山,梨枣风行,不惭词苑,则本馆有厚望焉。

《申报》同治十一年壬申九月初十日(1872 年 10 月 11 日)

请画友告白

本馆近拟出《瀛寰琐纪》一书,其中山川、人物、器具等皆当绘有图像,使人豁目醒心。特欲延请精通画学之人,以襄厥事。凡挟绝艺者不妨屈驾来馆面订一是,是所盼切。　　本馆主人启。

《申报》同治十一年壬申九月十八日(1872 年 10 月 19 日)

本馆告白

本馆印行之《瀛寰琐纪》,原拟十月朔日出书,第其中考据引证,必当广稽载籍,而非可率尔操觚,即议论纪叙之文,亦必详询时宜,博咨掌故,而后可笔之于书,何敢卤莽从事,致贻疏略之讥乎!况排印者亦复不能迅速克期蒇事,故十月朔日难以告成,应俟稍缓数日,始能呈教,彼时当再布闻也。

《申报》同治十一年壬申九月二十九日(1872 年 10 月 30 日)

本馆告白

本馆印行之《瀛寰琐纪》,原拟十月朔日出书。第议论纪叙之文,必当详询时宜,博咨掌故,未敢卤莽从事,致贻疏略之讥。且排印者亦复不能迅速克期藏事,故一时难以呈教。兹已刊印俱齐,装订亦备,于今十一日出书矣。士夫赐览者请来本馆面取,或交送报人附呈,均从其便。其价每本制钱八十文,倘来本馆趸售,则价六十五文,特此布闻。

《瀛寰琐纪》第一卷今已印成,装订齐备,士夫赐览者请先观其目焉。
开辟讨源论　地震附见　日星地月各球总论　海外见闻杂志十五则　程勿卿寻亲记　顺风说二则　恭拟大婚贺表　醉言十五则　花史二则　鱼乐国记　眉子砚南曲　白桃花诗社倡和偶集

拟奉赠《瀛寰琐纪》请附刊大著诸君饬人通名来取启

《瀛寰琐纪》之刻也,蒙大雅诸君子不弃固陋,时有投赠之作。或崇论宏议,大逞韩潮苏海之观;或短咏长谣,别写晓风残月之趣。谨已镌之玉版,用作金针矣。特念觏等百朋,酬无尺楮,私心窃有愧焉。用分小册,敢布吟坛,聊贻一卷之书,屑夸珠唾;愿附千秋之业,汁洒金壶。但以诸公之投赠也,或远寄诗筒,或近劳签记。本馆未作剡溪之访,冀寻栗里之居,有意投琼,末由前席,请髯奴之是遣,名纸兼通;庶心印之相通,新书附政。谨白。
《申报》同治十一年壬申十月十一日(1872年11月11日)

本馆告白

再者,此次刊行之《瀛寰琐纪》,除发售各处之外,申地馆中尚余存五百余本。如有须购者,尚可陆续来取,过迟则恐无以给其求矣。特此奉布。
本馆《瀛寰琐纪》第二卷现已陆续开印矣,凡有瑶章投赠,藉光简策者,幸即于日内交下,以便登录。盖此书将于十一月初旬藏事,而排印则必于月内竣工,以故邮筒之寄,华翰之颁,必期早日惠教为荷,迟则必须印入第三册矣。先布鄙悰,伏希雅鉴。
《申报》同治十一年壬申十月二十二日(1872年11月22日)

本馆告白

本月所出之《瀛寰琐纪》,现已排印都齐,校雠既毕,可以出而问世矣。惟裁笺穿线之功,一时未竣,俟装订齐全后再行布闻,大约本月望前定可呈教。惟此议论愈加开拓,词章益加繁富,兹已比前次所出之篇幅加宽,改为二十四张矣。征集刍荛者尚赏其搜辑之功,而勿责其编排之缓,则幸甚矣。

《申报》同治十一年壬申十一月初十日(1872 年 12 月 10 日)

本馆告白

本馆所辑十一月分《瀛寰琐纪》,现已装订齐备,于十三日可以出售。凡诸君之征及刍荛者,仍望至本馆,或趸卖,或零售,其价均照旧例。所有各著作目录开列于左:

人身生机灵机论 记英国他咚巨轮颠末 长崎岛游记 中外见闻杂志十则 记王昌祺事 双侠传 记异僧 记杨生事 记酒佣妇 读陈翁传 书后上下二则 王纬堂先生殉难记 搜辑著余小录索诗启 梦禅小记 绮怀诗十六首 罗孝子诗并序又和作 课桑条约 奇女子传 阿儿传 邗馆解嘲文 记日者诈术 申江花史二则 次白桃花诗元韵十四首

《申报》同治十一年壬申十一月十二日(1872 年 12 月 12 日)

本馆告白

启者,本馆第二号《瀛寰琐纪》一书,现已装订齐备。凡在上海发售者,仍由本馆代卖《申报》之人经卖,其城内或至旧教场醉六堂书坊购买亦可。至苏州、杭州及南京、宁波、汉口、武昌、松江、青浦、常熟、天津、燕台等处,均由代卖《申报》之人经卖。其价凡向各处经手之人零买,每本计钱八十文,至本馆现钱趸买,则每本六十五文。倘远地书坊有愿代售者,望向各处代卖《申报》之人言定数目,以便照数邮寄,或自行函致本馆,将钱交下,开明住址、数目,以便照办亦可。特白。

《申报》同治十一年壬申十一月十三日(1872 年 12 月 13 日)

本月中《瀛寰琐纪》现已排印齐全,纸墨精洁,准于礼拜六即十三日可以发售矣。先此布闻。

《申报》同治十一年壬申十二月十一日(1873 年 1 月 9 日)

本月分《瀛寰琐纪》目录

内地轮船进止议 昕夕闲谈小叙 题词 山桥村排士遇友 礼拜堂非利成亲 俏佳人心欢联妙偶 苦教师情极害相思 以上英国小说一节 魏塘道人祭曾文公文 与管城四子绝交书 蒋孝廉西征述异记 复

黄小园书 重修松江华亭海塘碑记 眷仙楼记 陈愚泉传 江上秋翁传 黄问芝传 咸丰辛酉八月朔日月合璧恭纪 同治甲子八月二十四日三潮纪瑞 壬申九月十五夜望月感怀 吟秋偶集并序 香海词人和杜陵秋兴八首 钵池山农次韵 金华山樵次韵 鹤槎山农次韵 鹤溪渔隐次韵 醉禅外史次韵 瑯环主人次韵

　　本月中《瀛寰琐纪》现已排印齐全,纸墨精洁,准于礼拜六即十三日可以发售矣。先此布闻。

　　　　《申报》同治十一年壬申十二月十三日(1873 年 1 月 11 日)

　　正月分《瀛寰琐纪》现已排印齐全,纸墨精洁,准于礼拜五即二月初二日发售,特此布闻。

　　正月分《瀛寰琐纪》目录

　　无可书 酒后狂言九则 一封书感怀旧友 单(想)〔相〕思断送情痴 得家书娘儿絮语 袭资产叔侄承祧 以上英国小说 沧溟赋 记罗孝子复仇事 重过双桥记 记异四则 蔓生传 冰壶先生传 沪城岁时衢歌 闺中九九消寒图 古琴词并序 游九溪十八涧记 记张庆耀事 说鬼 绮月词

　　　　《申报》同治十二年癸酉二月初二日(1873 年 2 月 28 日)

本馆告白

　　启者,本馆第四号《瀛寰琐纪》一书,现已装订齐备。凡在上海发售者,仍由本馆代卖《申报》之人经卖,其城内或至旧教场醉六堂书坊购买亦可。至苏州、杭州及南京、宁波、汉口、武昌、松江、青浦、常熟、天津、燕台等处,均由代卖《申报》之人经卖。其价凡向各处经手之人零买,每本计钱八十文,至本馆现钱趸买,则每本六十五文。倘远地书坊有愿代售者,望向各处代卖《申报》之人言定数目,以便照数邮寄,或自行函致本馆,将钱交下,开明住址、数目,以便照办亦可。　　特白

　　　　《申报》同治十二年癸酉二月初五日(1873 年 3 月 3 日)

　　本馆二月分《瀛寰琐纪》现已排印齐全,纸墨精洁,装订齐备,今拟于礼拜六即三月初二日出书矣,此布。

　　　　《申报》同治十二年癸酉三月初一日(1873 年 3 月 28 日)

二月分《瀛寰琐纪》目录

建中探本论　论沪滨形势　记苗霈霖事　偶因小筑图序　茗余小录自序　镜影小记　爱卿传　龙母冢志异　昕夕闲谈二节　老夫妻久别喜相逢　小兄弟闲谈失和气　敦友爱慨分家产　逞豪情怒斥园丁　奚春娟传　孔方兄对　灵促　燕市群芳小集　花间呓语十三则　津门大水行　易安室咏物诗　江右女儿行　忏悔词十六首　子夜新歌　续子夜新歌　和逸香女史叶小鸾眉子砚南曲

《申报》同治十二年癸酉三月初二日（1873 年 3 月 29 日）

兹本馆三月分《瀛寰琐纪》现已装订齐备，拟于礼拜一即四月初二日出书矣，倘蒙诸君子惠顾者，祈仍即购阅可也。此布。

《申报》同治十二年癸酉三月三十（1873 年 4 月 26 日）

三月分《瀛寰琐纪》目录

明懿安皇后外传　上某中丞问滇南回务略　昕夕闲谈二节　勇康吉逞豪跃马　莽非利跳栅亡身　假凄惶弟悲兄死　真势利主被奴欺　珠来阁少作自序　重选沧江乐府序　游天马横云两山记　盛眉庵小传　鸡夜鸣说　申江花史四则　风雨落花曲　虎阜画舫词旧作　海市唱和诗　比玉楼词　笔谈剧本

《申报》同治十二年癸酉四月初二日（1873 年 4 月 28 日）

兹者本馆四月分《瀛寰琐纪》现已排印齐全，装订周备，拟于礼拜二即五月初二日出书矣，倘蒙诸君子惠顾者，祈仍即购阅可也。此布

《申报》同治十二年癸酉五月初一日（1873 年 5 月 26 日）

兹者本馆四月分《瀛寰琐纪》现已排印齐全，装订周备，拟于礼拜二即五月初二日出书矣，倘蒙诸君子惠顾者，祈仍即购阅可也。此布。

《瀛寰琐纪》目录

山阴金念劬上前浙江抚宪左宫保书　许烈姬传并跋　方贞女传　昕夕闲谈　忍心人暗欺孤寡　小孩儿惯撒娇痴　苦爱格挥泪启兄缄　孝康吉为亲作书贾　叶孔芝传　完璞斋诗跋后　赠别余椒畦序　送蔡斌卿序　叶馨谷医案序　书陈孺人割臂事　六气偏气说　杭城辛酉纪事诗

序　陈山雅集记　柳翠云行　狮林题壁诗三十首　香奁诗　题画七言长律

《申报》同治十二年癸酉五月初二日（1873 年 5 月 27 日）

本馆告白

启者，本馆第七号《瀛寰琐纪》一书，现已装订齐备。凡在上海发售者，仍由本馆代卖《申报》之人经卖，其城内或至旧教场醉六堂书坊购买亦可。至苏州、杭州及南京、宁波、汉口、武昌、松江、青浦、常熟、天津、燕台等处，均由代卖《申报》之人经卖。其价凡向各处经手之人零买，每本计钱八十文，至本馆现钱趸买，则每本六十五文。倘远地书坊有愿代售者，望向各处代卖《申报》之人言定数目，以便照数邮寄，或自行函致本馆，将钱交下，开明住址、数目，以便照办亦可。　　特白

《申报》同治十二年癸酉五月初一日（1873 年 5 月 26 日）

兹者本馆五月分《瀛寰琐纪》现已排印齐全，装订周备，拟于礼拜六即六月初四日出书矣，倘蒙诸君子惠顾者，祈仍请购阅可也。此布。

五月分《瀛寰琐纪》目录

淮南北善后议　理财论　吴宫老狐谈历代丽人记　水仙传　昕夕闲谈二节　邂逅相逢车中絮语　饥寒交迫梦里寻欢　问病源爱格怜幼子　存古道磨敦念外甥　救穷经　陈穆清传　高邮孝子记　说孝廉方正　记相法　王氏厚德记　玉腰奴传　瑞异四则　中兴善后议　潘仆小传　鸿爪偶存　张南山怀仙四律　采白吟　客词潭鹿杂诗　哀江南曲　野花遗作

《申报》同治十二年癸酉六月初四日（1873 年 6 月 28 日）

启者，六月分《瀛寰琐纪》现已摆刊齐备，准于本月初七日即礼拜三出售。此布。

《申报》同治十二年癸酉闰六月初六日（1873 年 7 月 29 日）

启者，六月分《瀛寰琐纪》现已摆刊齐备，准于本月初七日即礼拜三出售。此布。

六月分《瀛寰琐纪》目录

致西士威先生传　汪烈妇传　唐烈妇传　与许雷门孝廉书　妙音

经　昕夕闲谈两节　赴客馆夫妻存意见　会亲人兄妹叙离情　不贤妇忍心凌寡　苦命人挥泪托孤　海滨酬唱词序　罗浮仙影图记　仙水潭志异　北窗呓语　归善局章程　记叶昆团城南事迹　意游上海西园记　海外见闻杂志　万里雪鸿草　金山卫城三忠祠诗　吊殉难许烈姬南北合套曲

　　　　　　《申报》同治十二年癸酉闰六月初七日（1873 年 7 月 30 日）

　　闰月《瀛寰琐纪》已经刷印齐备，现已装订，准于十三日发售矣，今先将目录刊呈众览。

　　论互市事宜　汉唐丛书叙目　温柔乡记　天禄大夫传　过云庐题画诗叙　寒斋读曲图序　汉孝惠张皇后外传　此稿未完下期接续　记冯紫虚遇仙事　昕夕闲谈　潜别孤儿指钗系项　闲邀俊侣金勒嘶春　恤老翁大郎真性露　请医士爱格病魔缠　慧儿小纪　花农偶笔二则　十国宫词　恬庵诗存　湘月楼琴趣　湘月楼琴趣附录　兰云梦室词

　　　　　　《申报》同治十二年癸酉七月十二日（1873 年 9 月 3 日）

　　兹者七月分《瀛寰琐纪》现已齐备，定于是月初九日即礼拜二出售矣，特此布闻。

　　《瀛寰琐纪》目录

　　记烟禁原委　续录孝惠张皇后外传　昕夕闲谈　笃亲情殷勤问疾任狠心拒绝借银　伴惨尸义侄知大体　惊祸事恶叔悔初心　管城公传朱烈妇传　登望湖楼记　九峰草堂记　霍乱用药论　孙敬堂先生小传金陵秋试文　金玉如小传　祝闰荷花生日寿文　七夕诗二十首　畹云女史徇秋轩诗草　湘婉女史凝翠庵诗存附题词　瘦云摘艳　感旧述旧诗三十六律　感旧述愁诗附题词

　　　　　　《申报》同治十二年癸酉八月初九日（1873 年 9 月 30 日）

《瀛寰琐纪》目录

　　上两江制府条陈应行事宜书　自怡园饮饯记　泗泾文昌阁记　细林山道院记　潘文恭公正学编书后　养闲草堂纪　沈烈妇殉难记　读汉书吕后纪书后　昕夕闲谈上卷总跋　会葬车事家循旧礼　读遗嘱慈母蓄深心　辞寓主留书陈友谊　别荒坟入夜遇追兵　纳妓为姜论　橄榄核船

记 楚南纪艳 瑶花梦影录 记郑仙岩遇仙事 记大归重聚奇谈 选录
瀛壖杂志 记碎钏人报恩事 蝶梦楼诗话 浪游生诗草 节选金华山樵
古今体诗并序

《申报》同治十二年癸酉九月初八日(1873年10月28日)

本馆告白

九月分《瀛寰琐纪》今已刊印齐全,在右装订,准于礼拜五即初二日可
以出售矣,先将目录印出呈电。

傥道人上李节相书二篇 附李节相复书 拟减兵增饷议 陈枫江封
君传 崇真道院记 拟答论用钞币书 昕夕闲谈 失路人无意误机缘
浪荡子有心逞调谑 兄弟奇逢石廊絮泣 舅甥失(受)〔爱〕麦粉争端 项
氏通变行乐图记 杨毅堂先生传 王蕊仙小传 梦观演笔阵图传 形影
说 游莫愁湖记 杂说四首 记白晓霞事 病证治法论 持螯佳话 侠
盗济孀孤 记狎游高谊 听苕山馆诗存 春柳 南曲 梅花趺坐图序
题双鬟索句图南曲 紫薇村农感遇十二首

《申报》同治十二年癸酉十月初一日(1873年11月20日)

本馆告白

启者,本馆第十三号《瀛寰琐纪》一书,现已装订齐备。凡在上海发售
者,仍由本馆代卖《申报》之人经卖,其城内或至旧教场醉六堂书坊购买亦
可。至苏州、杭州及南京、宁波、汉口、武昌、松江、青浦、常熟、天津、燕台等
处,均由代卖《申报》之人经卖。其价凡向各处经手之人零买,每本计钱八
十文,至本馆现钱趸买,则每本六十五文。倘远地书坊有愿代售者,望向各
处代卖《申报》之人言定数目,以便照数邮寄,或自行函致本馆,将钱交下,
开明住址、数目,以便照办亦可。 特白

《申报》同治十二年癸酉十月初二日(1873年11月21日)

本馆告白

十月分《瀛寰琐纪》现已刷印齐全,发工装订,准于初四日即礼拜(一)
〔二〕可以出售矣,将目录开列于左。

致冯林一宫允论开垦江溜荒田书 敕建金山卫三忠祠 长泰县典史
亢公传 文昌阁记 张君眉叔传 陈嘉甫传 王秀锦小传 徐氏二孝女

传 胡髯传 四梅阁记 昕夕闲谈 估彩衣娇娃看货 穿素服鳏客钟情 两封书难杀老舅舅 一块牌缠住小哥哥 四时乐境述 韵莲轶事 续梦鸾新语 开门七咏 海天酬唱图题词 听莒山馆诗存

《申报》同治十二年癸酉十一月初一日（1873 年 12 月 20 日）

《瀛寰琐纪》出售

十一月分《瀛寰琐纪》现已刷印装订齐全，于十七日出书矣。诸君赐顾者，祈至本馆或向送报人购阅可也。其目录明日列出。

《申报》同治十二年癸酉十二月十六日（1874 年 2 月 2 日）

十一月分《瀛寰琐纪》现已刷印装（顶）〔订〕齐全，于十七日出书矣。诸君赐顾者，祈至本馆或向送报人购阅可也。今将目录列左。

为曾统帅招降金陵伪天王书 孔子铜像记 乩方论 上湖广制军李爵相论云贵贼情书 昕夕闲谈次卷第七节 试蹄啮机缘在旧马 识行藏买卖逢故人 鄙夫行经真多险 兄弟恩情分外深 为陶子春题沚村图曲 无题三十绝上下平韵 天九文 春晓曲 秋兰吟卷 白门新柳记

《申报》同治十二年癸酉十二月十七日（1874 年 2 月 3 日）

本馆告白

去腊《瀛寰琐纪》已摆印齐全，于今日出书矣。赐顾者请向送报人及各店购阅可也。目录列左。

汉孝武陈皇后外传 广乐志论 拟建钱神庙碑记 昕夕闲谈 寻踪迹力疾矢真诚 访行至随机生巧辩 听谗言主宾生嫌隙 酬凤愿兄弟喜相逢 许鲁斋先生千字文 送侠士周胜归南海序 袁羽公传 谕东洋民乱自吴门邮来 通商论 郅治论 富强论 论春灯 评花琐谈 砭俗新乐府 荒政新乐府 外帘杂咏 南宋杂咏 花市老人歌 忠贞咏东甫题词 荼甫题词 子松题词

《申报》同治十三年甲戌二月初四（1874 年 3 月 21 日）

本馆告白

前月《瀛寰琐纪》已摆印齐全，于今日出书矣。赐顾者请向送报之人及各店购阅可也。特此布闻。

目录列左。

上东河帅乔公书　与吴竹庄方伯书　绛雪篇　李节妇传　梦云楼诗序　昕夕闲谈　假将军村店说风云　亲兄弟穷途遇雷雨　见景生情计夺幼弱　因难思义辞感愚顽　红楼梦竹子词　读红楼梦杂记　见闻杂志　猗园怀古诗　紫鸾笙谱　翠微一笑图赞　车壶臂阁铭　甲戌春词

《申报》同治十三年甲戌三月十七日（1874年5月2日）

启者，本馆前月分《瀛寰琐纪》为因他事匆匆，开手稍迟，现以葳工发刊，拟于礼拜一即五月初贰日出书矣。倘蒙垂顾，仍请购阅，所有目录谨登于左。

叶贞女送刘荫亭北归序　序传各集　老庄论　李南村先生传　胎产心法序　昕夕闲谈两章　叔侄言凭三寸舌　弟兄情见两封书　聚友朋良宵开夜（句）〔宴〕　吟诗（朱）〔句〕雅馆说风情　碧浪湖櫂歌序　宴江纪游竹枝词　钱塘江船竹枝词　四书题偶　田贞女传

《申报》同治十三年甲戌四月二十九日（1874年6月13日）

营友来书

河上千夫长顿首，致书于申报馆主人细席：……仆韩江鄙人也，幼孤露，涉猎经史，两应童试未售，长遭乱离，投笔走戎旅。……客自申江归者，袖出纸一，拱把告余曰："此上洋申报馆亦刻报单及《瀛寰琐纪》也。"急取读之，中述申江陋习及戒烟倡淫戏、食田鸡暨表扬王贞女诸条，劝惩苦心，褒贬微意，昭然若揭。他若诸家诗词，亦必可歌可泣，与世道人心大有关系。不觉眼披读，手击案，且读且击，楮墨为震，童员无弋，惊走匿床下，群目余之颠也。呜呼，主人寔获我心哉！此余半生有志未逮者也。士之立志，以觉乡曲，使之慕义强仁，斯足以答升平，足以纡素抱矣。穷而在下，主人无慬焉。虽然，仆更有请者，纪中《昕夕闲谈》将来告成，另编一集，姑弗置论。其香奁绮丽之作，为系风流，无关品学，亦冀多选。先正格言及采访近今果报单中日刊，若事俾阅者，触目警心，发聋振瞶，闾阎潜移默化，风俗丕变，庶几善与人同，斯民三代，以成我皇上中兴维新郅治，主人之德之功不弥大哉！积善余庆，经有明征，区区之心，敢布执事。

《申报》同治十三年甲戌四月二十九日（1874年6月13日）

启者,本馆三月分《瀛寰琐纪》现已排印齐全,装订周备,拟于礼拜四即本月初十日出书矣。倘蒙赐顾,仍请购阅可也。所有是书目录附登于左。

汉孝哀傅皇后外传　张忠愍公行略　潜园居士文集序　双泉何氏重修宗谱序　书枕流园图后　昕夕闲谈两节　演戏计成侪侣乐　谈心畅叙倡随情　诉穷途壮士灰心　留嘉宾侠客仗义　王孝义传　张清恪公轶事　记四明公所构衅略　游石公山记附诗　上冯公书　金陵妙相庵记　博洲词　燕游草

《申报》同治十三年甲戌六月初十日(1874年7月23日)

启者,本馆四月分《瀛寰琐纪》现已装订周备,定于初六日即礼拜一出书矣。倘蒙赐顾,仍请购阅。所有目录登列于后。

虎总戎传　驳格致文艺诸论　王烈女传　行善获福　书王将军逸事　昕夕闲谈两节　述家世阴谋能创业　叙平生实话溯从头　赌鬼遇良朋心传秘授　狡童酷淫女腰下受伤　王孝子传　朱滋圃游浙诗序　包烈妇传　海外奇谈　梦花问月仙馆诗余　观剧杂咏

《申报》同治十三年甲戌七月初六日(1874年8月17日)

启者,本馆五月分《瀛寰琐纪》现已排印齐全,装订周备,准于礼拜一即八月初四日出书矣。所有六七两月之书,现今赶为排刊,拟于本月内一齐出书矣。如有佳章,望即于日内飞寄,以便列入,此布。

五月分《瀛寰琐纪》目录

西藏源流考　汉孝昭上官皇后传　吴珊珊夫人小传　昕夕闲谈两节　莲蕊出污泥幸谐佳耦　昙花苦风雨惨托孤婴　现良心伦常动听　见美色豪杰留情　淡巴菰传　书崔二舅事　鸳鸯冢刻石　鸳鸯冢铭　观海堂偶笔十二则　夏日田园杂兴　夏日游仙诗　夏日闺中词　江东老剑遗诗　柴桑小筑吟草　乞丐图南北曲

《申报》同治十三年甲戌八月初四日(1874年9月14日)

启者,本馆六月分《瀛寰琐纪》现已排印齐整,饬工装订,准于十八日即礼拜一可以出书矣。赐阅者仍请取览可也。

六月分《瀛寰琐纪》目录

华亭海塘拟筑拦水坝驳议上　吴宫老狐续谈历代丽人记　山中与厉

心甫书 四贤像赞 忆济南山水铭 昕夕闲谈二节 夜饮忽愁来日事 儿嬉偏惹幼时情 别尼庵伤心痴母子 合昏宴得意假新郎 金易传葱碣锦 游马鞍山记 重修广化寺归化堂记略 沈孝子传 余烈士诗文汇录 七夕赋 台湾赏番图诗 沪城岁时衢歌 宋浣花梅笛庵词选存

《申报》同治十三年甲戌八月十六日（1874 年 9 月 26 日）

出售《瀛寰琐纪》

本馆刊行《瀛寰琐纪》，每月印出一本，其书中多取议论之闳博，词章之新丽，及纪载说部之可惊可喜之事，冀以悦目快心事，为消闲之一助。现已出至六月分矣，惟望诸君子不嫌鄙陋，广为取阅是幸。至七月分之书，已在排印，日内即可竣工，容俟装齐后再行报闻可也。　　本馆告白。

《申报》同治十三年甲戌八月二十三日（1874 年 10 月 3 日）

本馆七月分《瀛寰琐纪》现已排印齐全，发工装订，准于二十九日即礼拜五可以出书矣。同志诸君尚望早为取阅是幸。如有鸿篇巨著欲出问世者，亦祈早日惠寄，以便列入下卷也。此布。　　本馆告白。

《申报》同治十三年甲戌八月二十七日（1874 年 10 月 7 日）

启者，本馆八月分《瀛寰琐纪》现已搜辑齐全，排印完备，发工装订，准于十七日即礼拜一可以出书矣。所有目录开列于后，此布。　　本馆告白。

华亭海塘拟筑拦水坝驳议下 阑干赋 古吴陈女史写生册赞 光孝寺贯休画罗汉赞 公车日记 昕夕闲谈二节 锁芝店白尼卖旧货 密兰城加的遇新交 打牌败兴狭路冤家 挥袂寻仇跛人造化 日本静轩氏江户繁昌记 格物疑问 讨蚊檄 戊戌茱萸小集 郑霁山遗诗 沪城岁时衢歌 寒闺病趣图曲

《申报》同治十三年甲戌九月十四日（1874 年 10 月 23 日）

（上略）

本馆新出《瀛寰琐纪》内印有《格物疑问》，其中华盛顿一则，"亚墨利加"误作"欧罗巴"，此系来书笔误，未及更正，特辨明于此，阅者无轻责其舛讹也。

《申报》同治十三年甲戌九月十八日（1874 年 10 月 27 日）

本馆九月分《瀛寰琐纪》已经刷印齐整,发工装订,准于十五日即礼拜一可以出书矣。大雅赐阅者请即照章购取可也。现在《琐纪》选择精当,去取谨严,事实则震古烁今,词章则花团锦簇,务取悦目快心,不肯因陋就简,阅者鉴之。所有目次开列于后。

公车日记　徐蔼张仪人传　知非轩记　黄烈女诗叙附跋　黄烈女事略　昕夕闲谈两节　进谗言英雄末路　看空囊志士灰心　狠捕头当场夸手段　好弟兄对坐诘根由　汉鲁元公主外传　江户繁昌记　青灯余墨秋感赋　冬学杂咏并序　沪城岁时衢歌　蛮余绮语

《申报》同治十三年甲戌十月十二日(1874年11月20日)

启者本馆十月分《瀛寰琐纪》现已排印齐全,发工装订,拟于礼拜六即本月十一日可以出书矣。倘蒙大雅赐顾,仍请向送报人购阅可也。所有目录刊登于左。

汉孝惠皇后外传　昕夕闲谈二节　有心人暗中点花　无意事绝处逢生　逞豪华冷眼看纨绔　好机缘热心遇裙衩　拟川北擒获首逆冉文倩露布　与伊墨卿太守书　情芳妆阁记　格物疑问　江户繁昌记三节　三童子股技　冶郎院　篦头铺　白门衰柳附记　古别曲　武邱乐府　题知音宛在图南北曲

《申报》同治十三年甲戌十一月初九日(1874年10月17日)

启者本馆十一月分《瀛寰琐纪》现已排印齐全,发工装订,拟于礼拜五即本月初八日可以出书矣。倘蒙大雅赐顾,仍请向送报人购阅可也。所有目录刊登于左。

哀江南赋　哀吴都赋　读雪轩诗集序　演戏文集四书句　辞馆文集四书句　昕夕闲谈二节　好阿大立意寻兄　刁白尼瞒心卖友　新伙计轻身入险地　老朋友饮酒探机关　春草吟庐随笔　谈鬼　海外奇谈续录解嘲　林典史传　吊孤山林少尉墓诗　击筑余音　香奁偶录诗

《申报》同治十三年甲戌十二月初五日(1875年1月12日)

启者,本馆去腊十二月分《瀛寰琐纪》一书,为因岁事匆匆,开手稍晚。现今摆刊齐全,校雠精细,发工装订,拟于礼拜六即本月初六日可以出书矣。荷蒙诸君子惠顾,仍请来本馆购取,或向送报人买阅可也。所有目录,谨登于左。　　本馆谨启。

　　论雷震　朱子钦驾部遗文三首　哀江南辞　昕夕闲谈两节　闹房穴大逞威风　别寓楼小有口角　小英雄同谋避难　老奸雄拒捕身亡　许宗珊女史死节事略　奉贤林公小传　祝坡公生日记　金刚经序　木青山人诗稿　秦凤宝小传　姚宝香小传　王桂仙校书小像临本记　聚星叠雪黄布衣麓樵遗事　午生词稿

　　　　　　《申报》光绪元年乙亥二月初四日（1875 年 3 月 11 日）

（同上，略）

　　现因将甲戌一年十二卷之总目排印附列十二月分《琐纪》之末，以便众览，故装订之工必须稍缓，兹改于礼拜二出书矣。特此布闻。

　　　　　　《申报》光绪元年乙亥二月初五日（1875 年 3 月 12 日）

新印《四溟琐纪》出售

　　启者，本馆所刻《瀛寰琐纪》逐月出书，已至二十八卷，板式稍大，页数较少。今自本年正月分起，改为袖珍板式，增添页数，庶舟车携览，更形简便，改名《四溟琐纪》。其第一卷正月分者，现已装订成编，于礼拜二即三月初八日可以出书矣。每本工料价钱八十文，倘蒙诸君子赐顾，请来本馆购取，或向送报人买阅可也。至外埠统归卖《申报》人经卖，特此布闻。

　　　　　　《申报》光绪元年乙亥三月初五日（1875 年 4 月 10 日）

（2）《昕夕闲谈》广告及版本著录

新译英国小说

　　今拟于《瀛寰琐纪》中译刊英国小说一种，其书名《昕夕闲谈》，每出《琐纪》约刊三四章，计一年则可毕矣。所冀者各赐顾观看之士君子，务必逐月购阅，庶不失此书之纲领，而可得此书之意味耳。据西人云，伊之小说，大足以怡悦性情，惩劝风俗，今阅之而可知其言之确否。然英国小说则为华人目所未见、耳所未闻者也。本馆不惜翻译之劳，力任剞劂之役，拾遗补缺，匡我不逮，则本馆幸甚。如或以为不足观，而竟至失望，则本馆之咎也。惟此小说系西国慧业文人手笔，命意运笔，各有深心，此番所译，仅取其词语显明，片段清楚，以为雅俗共赏而已，以便阅之者不费心目而已，幸诸君子其垂鉴焉。谨启。

　　　《申报》同治十一年壬申十二月初六日（1873 年 1 月 4 日）〔1〕

　　本馆《瀛寰琐纪》中所录英国小说已译成十八节，上卷已毕，八月分《琐纪》另译下卷矣。其上卷之纲领关目撰成总跋，列于下卷之首。凡未阅全卷者，尽可购阅此跋，庶可接看下卷，不至茫无头绪云。再者，八月分《琐纪》现已刷印齐全，准于初八日即礼拜二可以出售矣。特白。

　　《昕夕闲谈》上卷已毕，缩为总跋一篇，列入八月分《琐纪》。告白。

　　　《申报》同治十二年癸酉九月初五日（1873 年 10 月 25 日）

本馆英国小说出售

　　本馆所译英国小说上卷业已装订出售，每本取钱二百五十文，诸君子欲阅者，即至本馆购买可也。

　　　《申报》同治十二年癸酉十一月二十七日（1874 年 1 月 15 日）

《昕夕闲谈》全帙出售

　　启者，本馆前所排印之《昕夕闲谈》一书，系从英国小说而译出者也，其间描摹豪士之风怀，缕述美人之情意，写山水亭台之状，记虫鱼草木之形，无不色色俱新，栩栩欲活。是以远近诸君争愿得以先睹为快，并欲窥其全豹。兹已装订成册，计每部三本，收回纸价工洋一角，准于月之初七日出书。如蒙赐阅，祈向本馆或卖《申报》人购取，若在外埠，则仍专归卖报者出售也。此布。　　本馆告白。

　　　《申报》光绪元年乙亥八月初四日（1875 年 9 月 3 日）

《昕夕闲谈》全帙出售

　　（同上，略）

　　再者，昨报此告白内每部收回纸价工洋四角，四角之"四"误作"一"字，嗣因检出，亟为更正，则已刷印千余张矣。恐阅者未知其故，似近歧出，用特补注于此。　　本馆又识。

　　　《申报》光绪元年乙亥八月初五日（1875 年 9 月 4 日）

---

〔1〕　此广告一直刊登至次年正月初八日（1873 年 2 月 5 日）。

新印各种书籍出售

启者,本馆所排印籍俱精雅,各书可喜,除在上海售外,其余各外埠即由卖《申报》人经手,如诸君子欲购阅者,祈惠顾可也。早所有出售外埠之书价,与在上海一律,兹特附开如左:

《清晖阁尺牍》 每部价洋一角五分 《经艺新畚》 每部实洋五角

《文苑菁华》 每部实洋五角 《儒林外史》 每部实洋五角

《秦淮画舫录》 每部实洋二角 《遁窟谰言》 每部实洋四角

《吴门画舫录》 每部实洋二角五分 《西青散记》 每部实洋二角

《瀛寰琐纪》 每本足钱捌拾文 《四溟琐纪》 每本足钱捌拾

《有正味斋尺牍》 每部实洋一角五分 《昕夕闲谈》 每部实洋四角

《中英通商和约税则新书》 每部价洋一角

《诗韵题解类编四集》 每部实洋六角

本馆告白

《申报》光绪元年乙亥九月十八日(1875 年 10 月 16 日)

新印各种书籍出售

启者,本馆所排印书籍,俱各精雅可喜,除在上海发售外,其余各外埠即由卖《申报》人经手,如诸君子欲购者,祈惠顾可也。所有出售外埠之书价,与在上海一律,兹特附开如左:

……《文苑精华》 每部实洋五角

……《昕夕闲谈》 每部实洋四角

《申报》光绪元年乙亥十一月二十八日(1875 年 12 月 25 日)[1]

新印各种书籍价目

启者,本馆所排印书籍,(信)〔俱〕各精雅可喜,除在上海三马路礼拜堂南首本馆发售外,其余各外埠即由卖《申报》人经手,如蒙诸君子欲购阅者,祈惠顾可也。所有售外埠之书价,与在上海一律,如经手人或有私自加价等情,祈买客信知本馆,以便查究,兹特将各书实价附列如左。

……《昕夕闲谈》 每部实洋四角

《申报》光绪十年二月初一日(1884 年 2 月 27 日)[2]

---

〔1〕 此广告至光绪五年二月二十六日(1879 年 3 月 18 日)仍有刊登。

〔2〕 此广告至光绪十六年五月初九日(1890 年 6 月 25 日)仍有刊登。

右《昕夕闲谈》共上次三三卷,计书五十二节已毕。其中盖以康吉之出身为起,以加的之收场为结,固自成全书之大主脑。妙在希尼为人领去,庶几康吉可以干手燥脚,别创机案,否则拖带往来,岂非十分累坠,而作书者又必费多少安顿矣。此省笔事,省墨之极则也。后书已改别名,仍当陆续翻译,以供众览。后人读此书者,有诗赞之曰:

作者文章忧患深,英雄末路枉浮沉。结交如此真堪羡,不换当时一片心。

何妨结客少年场,狗盗鸡鸣尽擅长。输与他人增阅历,不成雨露不风霜。

豪宗富贵尽薰人,酒食樗蒱结契新。惟有弟兄关至性,鹡鸰原上话情真。

悠悠举世有谁偕,偶托殷勤亦复佳。一面乍逢心已许,爱才毕竟属裙衩。

奸谋秘计不寻常,天赋奇材暗自伤。直到变心思卖友,始知冰鉴早提防。

婚堂酒宴醉鸳鸯,此是人生行乐方。何必铜山夸狄道,黄头至竟痛觚郎。

《昕夕闲谈》第三卷第二十一节《小英雄同谋逃难　老奸雄拒捕亡身》末尾

《瀛寰琐纪》第二十八卷,1875年1月(甲戌十一月)

《昕夕闲谈》三卷

是书系经名手从英国小说中翻译而成者也。夫中外之人虽言语不通,嗜欲不同,而喜怒哀惧爱恶欲之情则一。是书以康吉一人为主,欲追叙母之所由嫁,因先叙父之所由娶,追夫非利堕栅,爱格受欺,遂旁叙罗把之狠毒,阿大之慈祥,驯至于慈亲见背,弱弟无依,遭悍伙之挤排,为匪徒之羽党,其心良苦,其遇甚艰。且卷中夹叙旁文,亦可藉觇风土人情之异,及奸雄灭迹,美女留情,而书于是终,盖几几乎神龙见首不见尾矣。计每部三本,价洋四角。

尊闻阁主人(美查)辑:《申报馆书目》,上海申报馆光绪三年(1877)仿聚珍版印本,第18页。

《瀛寰琐纪》二十八卷、《四溟琐纪》十二卷、《寰宇琐纪》十二卷

是书皆近时诸同人惠投本馆嘱刊之作，本馆延请名人详加选择，其中崇论闳论，层出不穷，骈体诸作亦可与古作者并驾齐驱，各体诗词则浓淡清奇，不拘一格，间附杂著，亦簇簇生新。《寰宇琐纪》后四卷又得缕馨仙史精心评骘，其《尊闻阁同人诗选》皆诸君先后三四年中所遥寄者也。至《瀛寰琐纪》中，又将《昕夕闲谈》一书逐卷分刊。此五十二卷真所谓分之则明珠成颗，合之则美玉无瑕者也。计每卷钱八十文，按卷数零售亦无不可。若以后或再印行，价从其朔。

尊闻阁主人（美查）辑：《申报馆书目》，第19、20页。

"小说书录"杂著第三十一

《昕夕闲谈》四册　申报馆本

不著撰人名氏，亦名英国小说，读之可以见彼土风俗，惜仅译上半部。

徐维则辑、顾燮光补：《增版东西学书录》，光绪二十八年（1902）印本，第290页。

西学书目表下

无可归类之书

《昕夕闲谈》　申报馆本　四本　一名英国小说，读之亦可见西俗。

梁启超：《西学书目表》四卷附《读西学书法》一卷，《质学丛书初集》，光绪丙申二十二年（1896）刊本，第3页。

重译《昕夕闲谈》英国第一小说出书

是书乃外国章回小说也，原名英国小说，计分五十余回，光怪陆离，千变万化。所载事迹，由于泰西拿破仑变政，俄、土、奥三分波兰之后，人民散叛，国事纷更，人人自由平权，遂至败俗伤风。其中如绅宦之零替，妇女之恣肆，以及赌局妓馆陷人坑井，几于各国相同。不料数十年来，一切扫除净尽，竟成文明之俗，真洋洋乎奇观也。原本为蒋子让大令所译，尚多转折不尽善处，阅者每以未能通畅为憾。兹觅得英文原书，更请中西兼贯之儒，重加译印，凡脱节累坠之语，一扫而空。排印成书，洋式装订上下卷两厚本，上册收价洋五角，下本四角，托上海棋盘街商务书馆、文明书局、飞鸿阁、四马路文宝书局批发，以及各书店均有寄售，翻刻必究。

英国教友约纳氏启〔1〕
《中外日报》光绪三十年九月初四日（1904 年 10 月 12 日）

重译《昕夕闲谈》英国第一小说出书

是书乃外国章回小说也，原名英国小说，计分五十余回，光怪陆离，千变万化。所载事迹，由于泰西拿破仑变政，俄、土、奥三分波兰之后，人民散叛，国事纷更，人人自由平权，遂至败俗伤风。其中如绅宦之零替，妇女之恣肆，以及赌局妓馆陷人坑井，几于各国相同。不料数十年来，一切扫除净尽，竟成文明之俗，真洋洋乎奇观也。原本为蒋子让大令所译，尚多转折不尽善处，阅者每以未能通畅为憾。兹觅得原文英书，更请中西兼贯之儒，重加译印，凡脱节累坠之语，一扫而空。排印成书，装钉西式两厚册，价洋九角，托上海棋盘街文明书局、飞鸿阁、四马路文宝书局发兑。

上海《新闻报》1905 年四月初四（5 月 7 日）

重译英国第一小说《昕夕闲谈》再板出书

是书乃外国章回小说也，原英国小说，计分五十余回，光怪陆离，千变万化。所载事迹，于泰西拿破仑变政，俄、土、奥三分波兰之后，人民散叛，国事纷更，人人自由平权，遂至败俗伤风。其中如绅宦之零替，妇女之恣肆，以及赌局妓馆陷人坑井，几于各国相同。不料数十年来，一切扫除净尽，竟成文明之俗，真洋洋乎奇观也。原本为蒋子让大令所译，尚多转折不尽善处，阅者每以未能通畅为憾。（慈）〔兹〕觅得英文原本，更请中西兼贯之儒，重加译印，凡脱节累坠之语，一扫而空。排印成书，西式装两厚册，价洋九角，总发行所上海望平街广明书局，分售处四马路文宝书局，棋盘街文明书局、商务印书馆、飞鸿阁，以及各大书店均有发售。

约纳氏启
上海《时报》1905 年四月初四（7 月 7 日）

直隶省城官书局运售石铅印书目录

《昕夕闲谈》四钱五分

---

〔1〕 约纳氏，即重译者英国约纳约翰。此广告至光绪三十一年（1905）以后尚在刊登。

《直隶官书局运售各省官刻书籍总目》,清光绪间直隶省城官书局学校司铅印本,第 47 页。

英国名著昕夕闲谈上集出版

迩来译本小说汗牛充栋,多不胜数。顾或则东鳞西爪,撼零星,或则累语冗词,翻译不善。欲求一译笔简当之长篇小说,殆如鸿毛麟角,不可多得。此书为西洋章回小说之最佳者,我国翻译外国小说,以此书为最早。初译时内容多未惬当,今请英国名进士傅君重译,并由颜君删润,始臻完美。书分上下两集,今将上集先付诸排印,以饷爱读西洋小说者。书中写婚姻不自由与财产遗袭制两种毒害,致社会发生种种问题,影响及于国家。有侠客、义士,有佳人、才子、侦探、律师,至于奸盗诈伪,忠孝节义,无不兼全。情节之离奇,结构之佳妙,实使人钦羡,不愧名著。装订两册,定价五角,特价二角半。

上海英租界四马路昇平楼下百新公司分发行部新马路西福海里门牌五四六总发行部全启代售处○扫叶山房棋盘街○锦章书局

《新闻报》1924 年 5 月 22 日,又见《申报》1924 年 5 月 25 日

上海四马路中昼锦里对面

上海图书馆周年纪念特价大赠品

四月初十起至闰四月初十止

昕夕闲谈定价五角

特价二角五分

《申报》1925 年 5 月 24 日

上海四马路进化书局扩充营业纪念临时大甩卖非常大赠品

昕夕闲谈二册　原价五角　大廉价二角五分

《申报》1925 年 8 月 25 日

上海四马路中市上海图书馆春季赠品大廉价

昕夕闲谈　定价六角　特价三角

《申报》1926 年 4 月 7 日

上海四马路○昇平楼下面○

百新图书公司冬季大廉价三十天

高尚译笔**昕夕闲谈**

是书内容以婚姻不自由、财产遗袭制两个恶问题,令人读之,能感触到吾国近时法庭时有此两公案之写照。

全书洋装两册,定价五角,现售二角。

《申报》1929 年 12 月 25 日

译校重订外国小说序言

或谓全球六大洲风俗万变,人性约分三大级:聪明而弱者,亚洲也;坚忍而强者,欧、墨也;其非、澳二洲,则愚而固执,不足深论。然以亚洲之人而概名为弱,实非确论。不观夫今昔西域之波斯、阿富汗,今之东瀛日本国,不但多精巧制,而前与中国战,今与俄国战,威名赫奕,声震全球乎。盖亚东之弱,惟中国耳。欧、墨风俗淳厚,人性坚忍,凡作一事,必要以成,或察一物,必推其原。此所以能将目不能见、手不能捉之物,而创声光化电等极大之实用,考察物情,若为彼国人根性固有之天职,且内亦分有多级也。其有国民思想者,莫如经商之巨贾,传道之牧师,每至一地,必先察访其政俗为急务,笔之于书,登诸日报。故中国政体之完缺,风俗之美恶,莫不滔滔论之,赞叹讥诮。华人之能读西文者阅之,面赤心动,有深服其言之非虚者。

中国人性则不然,揆其大误于人心者有二字,曰私曰独。探此原因,由于专制之压力,使人不得不私不独耳。得过且过,本为历史上执政之妙诀,故遇事仅求其所当然,而不必求其所以然,学术腐败,风俗人心亦因之流入私心独欲二者之界。苟有固穷君子,毫无权力,而欲以公理之事报之公家为世益者,虽不染指,亦招群谤,盖上之授权不在公而在私也。故执笔论他人之事,则甚公明,论人事而与其有关系者,则公明之中必有偏护之私。盖一为旁观之公论,一为涉己之公论,故判若两人也。数十年前,苟有以民主国政之说进者,则必指为叛逆,此家天下之私心与公天下之正理,犹有间也。

甲午以来,出洋游历者,自王公以迄工商、学生日益加多,渐有羡泰西宪法,反效彼起居风俗者。闲步街衢,口衔雪茄烟,眼带金丝镜,皮鞋阁阁,短衣紧裤,以脱帽握手为礼者,亦日见其多。于以见泰西风俗浸灌东亚,不十年而将众效之,而以滨海诸埠为先导也。一昨坊友来访,谓近年之爱西式者,无论衣服,凡男女之起居,亲朋之往来,均拟摹仿,惜无彼国新译小说以餍爱西式者观感，欲央予代访数种，以见彼国之风俗，小民之举动。予乃忆及行箧所存《昕夕闲谈》一书，为彼国章回小说之最佳者，惜译语累坠，事多惝恍，为更觅得泰西原本而重删润之，仍以《外国小说》为名，计分上下两卷，都五十五回，并绘以图，付诸排印，以公同好。于以见欧人之坚忍，作事之勇敢，虽其间有邪正之分，而其男女之钟情，亲朋之交谊，固亦非大异于我人也。

书既成，为序其缘起如此。时在光绪三十年岁次甲辰五月，吴县藜床卧读生序于海上揉云馆之南轩。[1]

光绪三十年（1904）上海文宝书局印本，第1—4页。

昕夕闲谈序

迩来译本小说汗牛充栋，多不胜数。顾或则东鳞西爪，撷拾零星，或者累语冗词，迻译不善。欲求一译笔简当之长篇小说，殆如凤毛麟角，不可多得。《昕夕闲谈》一书，为西洋章回小说之最佳者，我国翻译之外国小说，以此书为最早。惟初译时，内容多未惬当，后经某君重译，并加删润，始臻完美。今再详加校订，书分上下两集，上集计三十一回，下集二十四回。兹先将上集付诸排印，以饷爱读西洋小说者。

我国近年以来，凡事必效法西洋，以为白种人之文明程度，较黄种人为高。其实白种人与黄种人之智识能力，初无甚轩轾。不观乎日本乎，以褊小之国，一跃而跻于强国之林。盖中国之所以弱者，但知袭人皮毛，而不求其实际也。试问鼻架晶镜，口衔雪茄，手司的克而足革履者，果能如西洋人之坚忍处事，悉心究物乎？然则读是书者，当知效法西洋，须求实际，而不在形式。至于书中所叙之人物事迹，可法可戒，见仁见智，是在读者。

癸亥孟秋既望，绍兴高天栖序于申江旅次[2]

1923年上海百新公司印本，第1—2页。

----

〔1〕 藜床卧读生，即管斯骏（1849—1906），名秋初，号藜床旧主、藜床卧读生，又号红藕山庄主人，江苏吴江人。在沪开设管可寿斋书坊，任上海书业协会董事。编辑有《上海彝场景致》、《黑旗刘大将军事实》、《五大洲述异录》、《泰西风土事物考》，撰有《悼红吟》、《揉云诗钞》等。

〔2〕 高天栖，浙江绍兴人，新南社社员，民国时期著名的词曲作家、编剧。初在绍兴小学教育界任职，与田锡安等发起创办《中国儿童时报》，任编辑部主任。三十年代起在上海天一影片公司任编剧、作曲，擅长词曲，编著有剧作《飘零》、短篇小说集《棉马甲》等。

《晚清小说目》

翻译之部

《昕夕闲谈》,蠡勺居士译,五十五回,《瀛寰琐纪》本,三册。光绪三十年(1904)藜床卧读生重译本,宝文书局刊,二册。

阿英编:《晚清戏曲小说目》,上海文艺联合出版社 1954 年版,第128 页。

版本著录

1. 申报馆《瀛寰琐纪》连载本

连载于该刊同治十一年壬申十一月(1873 年 1 月)第三卷,至光绪元年甲戌十二月(1875 年 1 月)第二十八卷止。每卷刊载译文二节,共五十二节。前有蠡勺居士所撰《昕夕闲谈小序》,末署"壬申腊月八日蠡勺居士偶笔于海上寓斋之小吉罗庵",并有《英国小说题词》。正文中缝上端题"瀛寰琐纪",下题小说每节名目。小说连载至第三卷第二十一节,后有跋语:"右《昕夕闲谈》共上次三十三卷,计书五十二节已毕。……后书已改别名,仍当陆续翻译,以供众览"云云。每页 16 行 36 字。中国国家图书馆等有藏。

2. 清同治十三年甲戌(1874)上海申报馆刊本

线装铅印本,二册。也有作线装三册、四册的。三卷五十五回(内作上卷、中卷、三卷)。封面题"英国小说上"、"英国小说下"。内封作隶书"昕夕闲谈",卷上题"同治甲戌仲冬沪江申报馆印"。也有题"申报馆仿袖珍板印"。为《申报馆丛书》第七十三种。较原连载于《瀛寰琐纪》的增多三卷,全书正式出版则在光绪元年乙亥(1875)八月。

书首有《昕夕闲谈小序》,末署"壬申腊月八日蠡勺居士偶笔于海上寓斋之小吉罗庵"。下有《英国小说题词》。次列卷次目录。正文中缝题"英国小说",间标"瀛寰琐纪"。16 行 36 字,白口,四周双边单鱼尾。中国国家图书馆、华东师范大学图书馆有藏。

3. 清光绪三十年(1904)上海文宝书局印本

线装铅印本,二册。二卷五十五回(上卷三十一回,下卷二十四回)。封面题"英国小说重译昕夕闲谈"。内题"重译外国小说昕夕闲谈"。中缝题"重译外国小说"。全书改节为回,增加句读。

书首有藜床卧读生(管斯骏)《译校重订外国小说序言》,末署"光绪三十年岁次甲辰五月,吴县藜床卧读生序于海上揉云馆之南轩"。版权页署

"大清光绪三十年七月二十二日出版；大英一千九百零四年九月一号发行；
重译昕夕闲谈续集；定价大洋四角"。并题"重译者　英国约纳约翰；笔述
者　英国李约瑟；印刷所　上海北京路景庆里日商同文社；发行所　文宝书局上
海四马路棋盘街；代售所　上海各大书局"。15 行 40 字，白口，四周双边单鱼
尾。中国国家图书馆有藏。

4. 1923 年 7 月上海百新公司印本

铅印平装 32 开本，二册，上集三十一回，下集二十四回，共五十五回。
封面题"昕夕闲谈英国名家著章回小说，百新公司印行"，崔然居士题。又有"上集
二册"，"下集译印中，不日出版"字样。书首有《昕夕闲谈序》，末署"癸亥
孟秋既望绍兴高天栖序于申江旅次"。内题"重译外国小说昕夕闲谈"。版
权页署"中华民国十二年三月重译印，中华民国十二年七月出版"，"重译昕
夕闲谈上集　二册定价六角"。"口译者　英国傅兰雅；笔述者　上海颜惠
廉；校阅者　澄江徐鹤龄；出版兼发行人　徐鹤龄；总发行所　百新公司上
海英界新马路西福海里门牌五四六；代发行所，扫叶三房上海英界棋盘街中"。仅见上
集，上海图书馆有藏。

5.《菱镜秋痕》，1920 年 2 月上海商务印书馆初版本

文言新译本，廖鸣韶编纂。[1] 铅印平装 32 开本，二卷，上下册。卷上
十四章，卷下二十章，共三十四章，末有"结叙"。收入说部丛书第三集第八
十五编。封面题"说部丛书第三集第八十五编　菱镜秋痕　上海商务印书
馆印行"。分别题为上册、下册。版权页署"中华民国九年二月初版，菱镜
秋痕二册，每部定价大洋伍角"，"编纂者　廖鸣韶；发行者　商务印书馆；
印刷所上海北河南路北首宝山路商务印书馆；总发行所上海棋盘街中市商务印书馆
北京　天津　保定　奉天　吉林　龙江　济南　太原　开封　洛阳　西安　南京　杭州　兰溪
安庆　芜湖　南昌　汉口；分售所　商务印书分馆长沙　常德　成都　重庆　泸县　福州
广州　潮州　香港　桂林　云南　贵阳　张家口　新嘉坡"。末有"此书有著作权，翻印
必究"字样。又有 1921 年 2 月再版本。

---

〔1〕廖鸣韶，字韵石，福建闽侯人，民国时期科普作家和译者。任职北京中央观象台，
为《观象丛报》编辑，1922 年成立中国天文学会，任秘书。曾发表《行星概论》，翻
译的科普作品有《空中世界》，科学小说《弹车绕月》（蒋丙然、廖鸣韶合译）。小
说译著还有《苦海双星》（与蒋炳然合译）等。

（3）相关论述及评论

光绪九年癸未（1883）

十二月初四（1884 年 1 月 2 日）

借雪桥《昕夕闲谈》三、《瀛寰琐纪》十九。

杨葆光著，严文儒等校点：《订顽日程》（2），上海古籍出版社 2010 年版，第 1416 页。

《读西学书法》

前申报馆印有《昕夕闲谭》，亦名《英国小说》，乃彼中说部之书，读之可见西俗。惜仅译成上半部耳。

梁启超：《读西学书法》，《西学书目表》四卷附《读西学书法》一卷，上海《时务报》光绪二十二年（1896）石印本，第 16 页。

后世著书之士，犹往往以"谈"名其书，若唐之《剧谈录》、《桂苑丛谈》，宋之《常谈》、《萍洲可谈》、《钓矶立谈》、《梦溪笔谈》……以及国朝诸老之《池北偶谭》、《词苑丛谭》、《韵石斋笔谭》、《谈龙录》诸书，粲然众著，蔚为谈薮矣。乃近世译西书者且以《谈天》名，而《铁甲丛谈》、《昕夕闲谈》，谈瀛者更以骋谈锋资谈助焉。是无古、无今、无外、无人不在谈中也。

丘逢甲：《菽园赘谈序》，光绪二十四年（1898）四月，广东丘逢甲研究会编：《丘逢甲集》，岳麓书社 2001 年版，第 761—762 页。

赠书鸣谢

曩年本馆曾译《昕夕闲谈》一书，盖泰西小说家言也。惜半途掇笔，未竟全书，驱遣睡魔，辄引以为憾。

《申报》光绪二十八年正月二十九日（1903 年 3 月 8 日）

《续庄谐选录·西国小说》

《一千零一夜》一书，为天方著名小说，近商务印书馆译之，亦太涉怪异。前申报馆所译《昕夕闲谈》，近有重译者，事迹荒怪，足见欧洲风俗。……《黑奴吁天录》，可歌可泣，吾国人见之，足发深省。

《中外日报》光绪三十一年正月十一日（1905 年 2 月 14 日）

光绪三十二年(1906)

六月二十一日(8月10日)

　　读汪士祯《阮亭诗余》一卷,杨峒《书严剩稿》一卷,朝鲜柳得恭《二十一都怀古诗》一卷,赵之谦《勇庐闲诘》一卷,《昕夕闲谈》二卷。

　　李向东、包岐峰等标点:《徐兆玮日记》(第1册),黄山书社2013年版,第685页。

小说林社出版

　　新恋情上中卷　　英国赫德著,鹤笙译

　　今世醉于欧化者,动谓西土极乐,国家如何富强,社会如何文明,家庭如何平等,交际如何自由,道德如何公正,品行如何纯洁,孰知亦不尽然。昔年最初翻译西洋小说有《昕夕闲谈》,描写颇有情致,此书实驾而上之。社会有百面相,欲观写真者,急宜一读也。上卷、中卷定价各三角。

上海《时报》1906年8月13日

1922年8月23日,星期三

　　晚,憩廊下,说故事与秋、韵听。括《昕夕闲谈》一书,为一小时之演讲,亦颇有足动人处。

　　《谭延闿日记》(手稿本),台湾"中研院"近史所藏。

　　中国翻译外国文学书不知始于何时。就我们所知道,"冷红生"的《巴黎茶花女遗事》之前曾有什么《昕夕闲谈》,当时是每期一张附在瀛寰什么的里面。这是一种铅字竹纸印的定期刊,我只见到一期,所载《昕夕闲谈》正说到乔治(?)同他的妻往什么人家里去,路上她骂乔治走得太快,说"你不知道老娘脚上有鸡眼,走不快么?"这一节我很清楚的记得;那时大概是甲午(1894)左右,推想原本杂志的出版至少还要早十年罢。

　　子荣(即周作人):《明译伊索寓言》,《茶话》之三,《语丝》1925年第49期;又见周作人:《自己的园地》,北新书局1929年版,第194页。

　　(一)翻译小说的输入开辟了"新小说"的荒原

　　由于晚清末叶政治腐败的暴露,而激起一般"维新"、"革命"的呼声,同时在文坛上也就大张纛旗、与政治思想并行来高呼"文章救国"。但清末光、宣之间的各种文学,早就变成"御用"的专品,或士大夫阶级消遣的专利品,文章的素质早就随着时代而日趋没落着。自然,那时的小说方面,上者也就流为装饰品,下等的就成了低级的"讽刺"与"攻讦"的"利器"。可是为时既久,这种污浊的现象,就马上被"时代之士"所看到,以为复兴国家必不是这种文艺游离于民众之间就可胜任的,于是跟随着高呼"接受西洋政治思想文化"的口号,输入西洋的小说的呼声便成为彼时一种时代的要求。结果,"域外小说"的介绍,便由尝试进而为风气了。

负着这种使命而把翻译种子撒到荒原上的第一个人是一个署名为"蠡勺居士"的,他的《昕夕闲谈》以崭新的姿态刊载于同、光之交的中国第一部杂志——《瀛寰琐纪》中。原作者和原书名因为译者不曾注明,所以也就无从查考,不过据说内容是"描写西方社会状况,大都以中国风俗替代之"的。在形式方面,是"另编回目,全仿旧小说体裁,并未完卷。盖尔时仍不脱华夏蛮夷之旧观念,故削足适履,不嫌其凿枘也。"至于译者究竟是何许人,也因为无从考究而不得其详。对当时文坛上的影响也极微小,不过只可算是开介绍西洋文学的先河罢了。

蠡勺居士除《昕夕闲谈》而外,并没有其他的作品问世。但这时却出了一位给介绍西洋文学建了殊勋的林琴南先生。

安英:《民初小说发展的过程》,《新东方杂志》第 2 卷第 3 期,1941 年 5 月 30 日;又见王俊年编:《中国近代文学论文集(1919—1949)》(小说卷),中国社会科学出版社 1988 年版,第 105、106 页。

第十四章　翻译小说

译印西洋小说,现在所能考的最早的期间,是在乾隆的时候,约当公历一七四〇年左右。那时期都是根据《圣经》故事,和西洋小说的内容,重新做起,算为自撰之作,如欧文《杂记》之类。稍后始有长篇,最初的一种,是《瀛寰琐纪》(申报馆版)里的《昕夕闲谈》(上卷三十一回,下卷二十四回)。译者署蠡勺居士。到光绪三十年(一九〇四),经译者删改重定,印成单本(文宝书局),署名易为吴县藜床卧读生。前有《重译外国小说序》,称其目的,在贯输民主思想,认为中国不变更政体,决无富强之路。大规模的介绍翻译,却在中日战争(一八九五)以后。

阿英:《晚清小说史》,商务印书馆 1937 年版,第 274 页;又见人民文学出版社 1980 年新 1 版,第 180 页。

翻译小说之始——《昕夕闲谈》

　　自光绪季年以维新揭橥,域外小说乘时而至,译者亦纷起,中国小说界受其影响者甚大,而最先之翻译小说,为《昕夕闲谈》。是书分刊《瀛寰琐纪》中,译者别署蠡勺居士,不知何许人? 描写西方社会状况,大都以中国风俗替代之,而另编回目,全仿旧小说体裁,并未完卷,盖尔时仍不脱"用夏变夷"之旧观念,故削足适履,不嫌其凿枘也。《瀛寰琐纪》出版于同光之交,其体制俨同近时杂志,"文苑"、"谐著"、"说部"、"笔记",应有尽有,亦杂志之耆旧矣。迨林琴南以古文曲尽域外小说之精髓,而翻译小说遂占一时代大部分之势力。

　　范烟桥:《中国小说史》,苏州秋叶社 1927 年版,第 228 页。

六、利顿与中国

小说门

欧洲记事花柳春话[1]　　一册　织田纯一郎译述　八角

康有为:《日本书目志》卷十四,《康有为全集》第三集,上海人民出版社 1992 年版,第 1159 页。

于日本维新之运有大功者,小说亦其一端也。明治十五六年间,民权自由之声,遍满国中。于是西洋小说中,言法国、罗马革命之事者,陆续译出,有题为《自由》者,有题为《自由之灯》者,次第登于新报中。自是译泰西小说者日新月盛。其最著者则织田纯一郎氏之《花柳春话》,关直彦氏之《春莺啭》,藤田鸣鹤氏之《系思谈》[2]、《春窗绮话》、《梅蕾余薰》、《经世伟观》等,其原书多英国近代历史小说家之作也。

梁启超:《饮冰室自由书》,《清议报》1899 年第 26 册;又见梁启超:《自由书·传播文明三利器》,《饮冰室合集》专集之二,中华书局 1936 年版,第 41、42 页。

比及十五六年,民权自由之说,盛行于世。新闻纸上,有载西洋小说者,如《绘入自由》、《自由之灯》,皆传法兰西、罗马革命之事者也。自是翻译泰西小说者源源不绝,则当日人心之渴望新文学,即此可见一斑,而他日小说之推陈出新,亦于兹伏线矣。今试举其例,则织田纯一郎之《花柳春话》最先问世,他如关直彦之《春莺啭》,藤田鸣鹤之《系思谈》,及《春窗绮话》、《梅蕾余薰》、《经世伟观》等。其原书多为英国近代历史小说家之作。

（日）高山林次郎等撰,罗孝高译:《日本维新三十年史》,上海广智书

---

[1]　《花柳春话》,即《(欧洲奇事)花柳春话》(日本丹羽纯一郎译,1879 年),原作为英国小说家利顿所著《欧内斯特·麦特瓦斯》(*Ernest Maltravers*, 1838)。

[2]　《系思谈》,即《(讽世嘲俗)系思谈》(藤田茂吉、尾崎庸夫合译,1885 年),原作为利顿所著小说《凯内尔姆·谢林》(*Kenelm Chillingly*; *His Adventures and Opinions*, 1873)。

局 1902 年版,第九编;又见古同资译:《日本维新三十年史》,华通书局
1931 年版,第 301—302 页。

心理小说　　圣人欤盗贼欤[1]
英国　笠顿先生原著
日本　抱一庵主人译,冷血(陈景韩)重译

(内容略)

连载于《新新小说》1904 年第 1—3 期。

《圣人欤盗贼欤》附言

此书为英国近代之政事家兼小说家笠顿(Lord Lytton)先生所著,其文
为其著述中杰作之杰作。原名 Eugene Aram。又为日本文学家抱一庵主人
所述译,其卷首有扶桑文士序文五十余家,叹为近代翻译界中一大奇观,其
珍重可想。余今译之,恐难得其万一,阅者幸谅。　　译者识。

《新新小说》1904 年第 1 期。

《新新小说》第一号现已出版

洋装精订,全年共十二册,大洋二元六角,半年一元四角,零售每册两
角五分,任代派者统提两成为酬。外埠邮资照加。附要目如下:

《中国兴亡梦》、《侠客谈》、《菲猎滨外史》、《食人会》,心理小说《圣人
欤盗贼欤》,吴梅村遗稿《秣陵春传奇》,伏鸳庵《奇觚》二十六则。　　总
经售处上海四马路东首开明书店启。

上海《时报》光绪三十年八月初二日(1904 年 9 月 8 日)

《巴黎之秘密》叙

一管之笔,一埏之墨,凭几盘座……且读且饮,且啖且译,意气轩昂,笔
飞舞,一束之素笺,化而为万言之文章……是我友抱一庵主人所译《巴黎之
秘密》一书也。主人尝译笠顿氏之名著,名曰《圣人欤盗贼欤》,阖都才人文
士争读之,万口传诵,至俳优演之以博士女喝采。然其书凄惋悲怆,未足使

---

[1]　初标"心理小说",第三期改标作"谲诈谈"。计共刊载七回,未完。即《阿难小
　　　传》,原作为利顿所著《尤金·阿拉姆》(*Eugene Aram*, 1832)。

人呼快叫愉,余深惜焉。……癸卯九月学海居士。

译者自序

　　法人希和氏,其感念,其思想,殆能凌驾当世之文豪余谷氏。氏有两大著作,其一曰《漂泊之犹太人》,其一曰《巴黎之秘密》。……顷者,余所译之《圣人欤盗贼欤》,聊惹江河之寓目。然以余自思,余之精神能力所注者,宁非在彼《圣欤盗欤》,而在此《巴黎之秘密》,此则余近译此书后所自知也。……抱一庵主人识。

　　抱一庵主人,日本有数之文学家也,其翻译欧文小说,多奇气,有笔力,余每喜读之。读之不已,每思汉译之,以贡我国嗜奇之士。然余之文字,固不能逮其万一也。乃者,本编第一卷发行时,余曾译主人所译之《圣人欤盗贼欤》四回,甚蒙读者叹赏。此卷仍为续下。又译此《巴黎之秘密》,以助读者诸君之兴。惜主人已于西历八月罹病逝世,自后不得复睹佳作,以贡读者。是则余之不幸,抑亦读者之不幸也。　　冷血附记。

　　(法)希和氏原著,(日)抱一庵主人译,冷血重译:《巴黎之秘密》,《新新小说》1904年第2期。

　　《阿难小传》1905、1906年印本

　　上下两卷,共二十五回。又名《珂罗小传》。上册封面题“写情小说阿罗小传”,“上海时报馆内有正书局印行,小说第一种”。正文题《阿难小传》,“著者　英国笠顿;译者　支那平公”。版权页题“《阿难小传》,光绪三十一年(1905)十一月初十日初版,定价大洋二角五分”,“译述者,上海时报馆记者;印刷所,上海四马路时报馆活版部;发行所,上海、北京有正书局”。下册封面题“写情小说　阿难小传”,“上海时报馆内有正书局印行,小说第一种下卷”。版权页题“光绪三十二年(1906)六月初十日初版,定价大洋二角五分”,余同。此后又有光绪三十三年(1907)二月再版本。

冷序

　　余曾译日人抱一庵主人所译英人笠顿氏《圣人欤盗贼欤》小说,载于《新新小说》上,才及七回,而知平公亦译是书,行将脱稿矣。因请而读之,觉其词其句,其情其境,其雅之与俗,其幽远之与粗鄙,虽同出一书,而其相去也不啻天壤。余由是以知天下万事,苟有所作,必与其人之性情相近也,乃能相宜。以余之粗直,而欲译此幽怨悱恻之小说,不知自量,宜乎其俗与粗鄙而不可耐也。余喜是书之不为先余成也,并喜阅是书之得舍瓦砾而取金石也。急投弃其余稿,而记一言。

（英）笠顿著,支那平公译:《阿难小传》,上海有正书局1905年版,第1页。

时报馆新出小说

《侠恋记》二角五分,《阿罗小传》二角五分,《白云塔》四角,《神女缘》一角,《大彼得遗嘱》两角。 有正书局,发行所上海四马路,北京厂西门。

上海《时报》光绪三十一年十一月二十二日（1905年12月19日）

时报馆说部丛书

写情小说《阿难小传》,价洋二角半。读此书者,宜惊宜喜,宜悲宜愤,何其一往情深至于此也。其写阿难之志愿、之才略、之文学,远胜于亚猛、亨利;写华娜之名贵、之美丽、之幽婉,远胜于马克、迦因。幽艳悱恻,诚小说界中得未曾有。发行所北京厂西门、上海四马路有正书局。

上海《时报》光绪三十一年十一月二十八日（1905年12月24日）

英国近卅年中最著名之大小说家　知新室主人（周桂笙）

（以社会欢迎之多寡为次序）

Charles Dickens	狄更始
W. M. Thackeray	谭格廉
Hall Caine	寇　恩
Miss Marie Corelli	高兰丽女史
Walter Scott	史高德
Bulwer Lytton	赖　顿
Rudyard Kipling	纪伯麟
J. M. Barrie	暴　利
Mrs. Humphry Ward	华　德夫人
Robert Louis Stevenson	司徒文生
Arthur Conan Doyle	陶高能（著福尔摩斯侦探案者）
Stanley Weyman	魏　猛

Charlotte Bronte	白朗德
Anthony Trollope	杜录博
I. Zangwill	陈惟尔
Mrs. Henry Wood	狐　突夫人
Charles Reade	李　德
Charles Kingsley	经斯利
Henry James	吉姆斯
George Meredith	米力田
Thomas Hardy	哈　田
Miss Braddon	白雷同夫人
E. F. Benson	彭　生

《月月小说》1906 年第 3 号。

写情小说《阿难小传》,英国笠顿著,支那平公译,时报馆印行

书凡十五回,无回目。书中叙长者森罗纳铎之主人礼斯多有二女,长曰华娜,幼曰伊娜,偶眺晚景,遇凶汉杜蕃儿,避入草溪村乌钟阿难家。阿难者,博学士也,名重一时,以幽绝之书室,忽睹绝世之娇姿,焉得不情动? 自此遂与华娜两情眷恋,彼来此往,悱恻缠绵。玩第五回在淑女座各诉心曲,语语沁人心脾,为自来写情小说中所未能梦见。礼斯多有姊早没,姊夫不知所之,遗一甥曰善夫礼,依舅氏以居,辄仇视阿难,一日飘然而去。杜蕃儿,阿难旧友也,入盗党,自是村中多警。阿难助其赀斧,遂远去。于是阿难与华娜婚有日矣。忽善夫礼率役至,谓阿难系杀父之仇,遂捕去。华娜不舍,伴送至裁判处。书即于此结束。噫! 岂阿难果有是行,潜身避捕,而为是隐居耶? 惟婚期已届,仓皇就捕,亦未免太杀风景矣。为华娜者,其何以堪?

寅半生《小说闲评》卷一,《游戏世界》1906 年第 1 期;又见阿英编:《晚清文学丛钞　小说戏曲研究卷》,中华书局 1960 年版,第 471—472 页。

光绪三十二年(1906)

七月初六日(8 月 25 日)

阅《雁来红》丛报五册、一期至五期。《阿难小传》一卷。

李向东、包岐峰等标点:《徐兆玮日记》(第 1 册),黄山书社 2013 年版,第 694 页。

光绪三十二年（1906）

七月，共读谢肇淛《文海披沙》八卷、《仰视千七百二十九鹤斋丛书》第三集……《雁来红丛报》五册，一至五。《阿难小传》一卷，《新民丛报》八册，三十五至四十六、七、八合、第三年二十四册、第四年九册、一至九。《国粹学报》五册，第二年一、二、三、四、五号。……

李向东、包岐峰等标点：《徐兆玮日记》（第1册），第707页。

《阿难小传》一卷，时报馆本，光绪三十一年（1905）十一月出版
英国笠顿著，支那平公译。
冷序曰：（略）
徐兆玮著：《新书目录》，徐兆玮著，苏醒整理：《徐兆玮杂著七种》，"中国近现代稀见史料丛刊"第一辑，凤凰出版社2014年版，第401页。

时报馆发行各种小说
上海四马路老巡捕房对门

写情小说《阿难小传》上卷二角五分，《白云塔》四角；游记小说《环球旅行记》四角，《神女缘》一角；侦探小说《侠恋记》二角五分，《火里罪人》（上下）八角，《新蝶梦》一角五分，《莫爱双丽传》三角。

上海《时报》光绪三十二年九月初八日（1906年10月25日）

《阿难小传》下卷已出，每部售大洋贰角五分。

总发行上海四马路、北京厂西门有正书局。
上海《时报》光绪三十二年十月十九日（1906年12月4日）

第一缠绵凄恻小说《阿难小传》下卷

新出版，二角半。上海四马路、北京厂西门有正书局。
上海《时报》光绪三十二年十月二十五日（1906年12月10日）

时报馆发行各种小说，上海四马路有正书局发行

侦探小说《秘密党》洋二角五分，《侠恋记》二角，《火里罪人》上下卷八角，《新蝶梦》一角五分，《毒蛇牙》洋四角，《莫爱双丽传》洋三角；写情小说《白云塔》四角，《阿难小传》上卷洋二角五分，《阿难小传》下卷洋二角五

分;游记小说《环球旅行记》四角,《侠女缘》一角。

上海《时报》光绪三十三年正月初四日（1907 年 2 月 16 日）

写情小说《阿难小传》再版

此书缠绵凄恻,能令有情人一齐下泪。上卷已罄,兹再版印出。上卷二角半,下卷洋二角半五分。上海、北京有正书局发行。

上海《时报》光绪三十三年二月初六日（1907 年 3 月 19 日）

写情小说《阿难小传》上卷再版,定价二角半。

总发行所上海四马路、北京琉璃厂有正书局。

上海《时报》光绪三十三年七月二十九日（1907 年 9 月 6 日）

写情小说《阿难小传》,上下卷再版,定价洋五角。

总发行所上海四马路、北京琉璃厂有正书局。

上海《时报》光绪三十二年十一月二十三日（1907 年 12 月 27 日）

可爱哉挚如小说! 可畏哉挚如小说! 学术固赖以进步,社会亦赖以文明,个人固赖以卫生,国家亦赖以发达。而导火线也,发光线也,新空气也,大基础也,介绍允当,诚非西哲之诬言,实环球万古莫得而移之定论也。激昂磅礴,潮流因之大扬,而嚣俄、笠顿、托尔斯泰、福禄特尔、泪香小史、爱西古罗辈,皆感此宗风,先后迭起,不惜惮其理想,耗其心血,秃其笔管,染其素笺,一跃而登此庄严美丽之舞台中,一奋而萃此醒聩震聋之盘涡里。

陶祐曾:《论小说之势力及其影响》,《游戏世界》1907 年第 10 期。

洎乎近世,才人辈出,斯业愈昌,著述如云,翻译如雾。科学更加之侦探,事迹翻新;章回而副以传奇,体裁益富。莫不豪情泉涌,异想天开,力扶大雅之轮,价贵洛阳之纸者也。是以《新小说报》倡始于横滨,《绣像小说》发生于沪渎,创为杂志,聊作机关,追踪曼倩、淳于,媲美嚣俄、笠顿,每值一编披露,即邀四海欢迎,吐此荣光,应无憾事。畴料才华遭忌,遂令先后销声,难寿名山,莫偿宏愿。

报癖:《扬子江小说报发刊辞》,《扬子江小说报》1909 年第 1 期。

东京活动影戏园

开设在美界乍浦路中西书院北首第一百十二号门牌

本园开幕以来,所演各片莫不光明新奇,久蒙各界欢迎,有目共赏。故本主人格外注意,不惜重金,特向外洋各厂定制各色异彩风景、历史、争战、滑稽、侦探、爱情等片,刻已陆续到申。每逢礼拜二、五全行更换新片,务请各界诸君光临一观,方知言之不谬矣。

租金之日

头、二、三、四、五本　罗马古京　旁贝城之末日

价目

登楼　每位　三角

头等　　　　二角

二等　　　　一角

《申报》1914 年 3 月 13 日

东京活动影戏园

（开设在美界乍浦路中西书院北首第一百十二号门牌）

阳历十二月一号、二号、三号

戏目

勃浪勃联之心绩

绅商烦演

头本、二本、三本、四本、五本　罗马历史　旁贝城之末日

每晚七句半起,十一句半止,轮流排演二次。逢礼拜二、五更换新片。日戏礼拜日三句钟起,五句钟止。

价目

登楼　每位　三角

头等　　　　二角

二等　　　　一角

《申报》1914 年 12 月 1 日

消遣妙品

下列各小说曾在《时报》按日登载,均脍炙人口之作,兹特汇印成帙。首尾衔接,开卷了然,洵夏日之好消遣品也。

《情网》,二册,八角;《空谷兰》,二册,七角;《梅花落》,二册,八角;《雌蝶影》,一册,三角五分;《土里罪人》,一册,四角;《阿难小传》,一册,五角;《女学生旅行记》,一册,六角五分;《双胃丝》,一册,三角五分;《曼玳琳》,一册,九角五分;《新西游记》一册,三角;《九十三年》,一册,四角;《时报短篇小说第一集》,一册,三角;《时报短篇小说第二集》,一册,三角。

《余兴》1914 年第 2 期。

《礼拜六》三十二期
一月九日礼拜六出版,售一角

水彩画封面(红颜翠袖图)

恐怖窟第五章之绘图(君等已有所得否)

英国名女优梅意瑟立奇小影三帧

哀情小说旁贝城之末日(瘦鹃)

写情小说情书(东堃)

侠义小说义仆徐升傅(侠隐)

哀情小说思儿电(天愤)

短篇小说凯旋(恒捷)

福尔摩斯最新探案恐怖窟(科南达里原著,常觉、小蝶合译)

国际秘密侦探小说秘密之府(太常仙蝶)

上海棋盘街中华图书馆发行,申报馆及本埠、外埠各大书坊均有出售。

《申报》1915 年 1 月 9 日

谋专利者之垄断

本年幻影界呈二特色焉,即伟大影片之编制及专利公司之组织是也。《饥寒者之痛史》及《哥佛地》二剧,皆迩年幻影界之巨制,继起者则为《邦贝之末日》、《安东尼与埃及女皇》及《阿得仑底》等剧。幻影公司以编制匪易,纷纷呈请予以专卖之利益,而各公司之冲突乃大起。

数年前意大利之安波罗雪公司,曾以兰顿氏之名著(即《邦贝之末日》)制为影片,既以布置欠佳,决计加增新片,重行编制。同时意国之别一公司,亦有编制之计划。而其结果,则为同时有同一之影片数套,发现于幻影国之幔幕。各公司缘营业上之争竞,乃发生种种恶感,浪费无数笔墨,以抄袭之罪状,互相攻讦,纷争之不已。乃各诉之公庭,以求问官之裁判。其实该影片等未经政府予以专卖特权,则地位相同,只能各趋时机,以待舆论之选择,以俟天演之取决。计不出此而纷纷控诉,实为无聊之争执。观此则普通演剧团之识见,盖高出侪辈一等矣。吾人犹忆数年前大仲马之各著风行伦敦时乎,《三荷枪军士》曾于同时同地发现于三大剧场,而各剧团亦不过各尽所长,以博社会之欢迎,初未闻有纷讼之事也。然则幻影家亦可以废然思返矣。

（英）德尔伯原著,青霞译:《活动幻影之发达及影片之制造》(译英国《世界报》),《大中华》1915 年第 1 期。

三马路大新街口　　电话三一四一
民鸣社
两大剧团合演,特请春柳诸巨子
阴历五月十二夜,即阳历六月二十四号,星期四起
欧阳予倩、陆镜若、吴我尊、蒋镜澄
十二夜西装哀情新剧热血　　十三夜旗装名剧鸳鸯剑连演宁国府　　十四夜时装哀情名剧阿难小传　　十五夜前本、十六夜后本　古装历史剧潘金莲

民鸣新剧,素负盛名,乃自正秋、优游辈十余人加入后,更觉花添锦上,首屈一指。若求并世瑜、亮,异曲同工,厥惟春柳是。顾其人材,瑜瑕参半,所以屡兴屡踬,不获大行其道。兹者民鸣、春柳,瑜、亮同堂,一场合演,取菁遗粕,积极进行。凡春柳派之所不足者,则以民鸣派济之;民鸣派之所不逮者,则以春柳派辅之。融两派于一炉,荟群英于一社。总之,民鸣新剧将为上下五千年,纵横九万里,惟一无二者也。是不特本社之大幸,剧界之大幸,抑亦嗜剧诸子之大幸也。春柳派中第一人,允推欧阳予倩,泼辣风骚,人无不知其三折肱焉。殊不知其哀情之作,有胜于风骚泼辣者。凡之四剧,哀情者二,风骚及泼辣者各一,可以知其艺矣。至若我尊之情文兼茂,镜若之籍甚声华,镜澄之语妙天下,并皆超群轶伦,世无与匹。凡我邦人,幸各贲临,一穷新剧之至观,而饱一时之眼福,万勿跚跚来迟,致兴时乎之嗟也。

《申报》1915 年 6 月 22 日

民鸣社

三马路大新街口　电话三一四一

每晚加演五彩新奇特色电光新片影戏

新旧减价券一律通用，只收洋五角

特请春柳诸巨子欧阳予倩、吴我尊

五月十四星期六日戏　偏心公婆

五月十四夜　准演新编好戏　阿难小传

是书风行海内已久，当其出版时，即声誉鹊起，大有洛阳纸贵之概，可想见其内容之价值矣。其情之佳妙，斗笋紧凑，本社编排新剧，增添布景，大有可观。届时尚祈早临，免致人满为患。

《申报》1915 年 6 月 26 日

民鸣社

三马路大新街口　电话三一四一

每晚加演五彩新奇特色电光新片影戏

新旧减价券一律通用，只收洋五角

初六夜准演　多情多义之虚无党

虚无党神出鬼没，不可思议，所作所为，类皆吓煞人，怕煞人，而且爽快煞人，有趣煞人。其人其事，早已声闻天下，有口皆碑，而多情多义之虚无党，尤为至理深情，可惊可愕。

人孰不知《梅花落》为新剧中最有价值、最有曲折、最有深趣之剧，而《多情多义之虚无党》，情节有似《梅花落》，而曲折则过之，趣味则过之，价值则尤过之。看看这种戏如吃橄榄，初上口似觉不过如此，越看越有趣，越辨越有味。非若他剧之如粗鱼大肉，上口时纵津津有味，多吃反如嚼蜡。至于此剧，奇奇怪怪，凄凄楚楚，回环曲折，一往情深。当此暑天，看看此戏，顿觉满腹清凉，胜吃冰其淋百倍。全剧悉用西装，尤为美观。凡吾嗜剧，幸各早临。

《申报》1915 年 8 月 16 日

然则时髦新剧家之艺术，果何如乎？余曰：喜发狂大议论者占什之六七，喜摹卑鄙状态者占什之四三。是故朝中贵胄，惯喜抹粉调脂；灶下老妪，爱说热心凉血。譬如欧洲战事发生，中日交涉继起，举国若狂，痛心疾首。提倡写真剧者,当然多排国耻戏剧以演之,或排演他剧,性质有关于国耻者暗射之。不能排演西洋剧,则满口东亚风云;排演古装剧,则满口欧洲战事。余曾观演《阿难小传》之无赖者,声声不脱"中国"字样;演《红羊痛史》之石达开,口口不脱"五月九日"字样。口若悬河,津津自得,而观客亦掌如雷动。要知观客之赞扬者,盖受时事击刺之赞扬也,非赞扬剧中之真象也。时髦新剧家于是目为枕中秘,逢剧必如是云云,逢场亦必如是云云,藉以为博彩之妙诀。余非责其立言之非,盖责其立言于所处之地位,不啻相隔九万里耳。

秋魂:《新剧刍议》,《民权素》1915 年第 10 期。

哀情小说《旁贝城之末日》　瘦鹃

《旁贝城之末日》亦影戏中杰构之一,原名 THE LAST DAYS OF POMPEII。囊时维多利亚剧场尝一演之,特别增价,以示优异。顾连演数夕,四座辄满,击节叹赏之声,几破剧场而出。泛滥于上海一市,其价值概可想见。惟尔时予尚无意于影戏,故未之见。偶闻人力绳其美,每引以为憾。比来百无聊赖,旧恨与新仇并集,辄恒以影戏场为吾行乐地。适值东京影戏园开演斯剧,遂拉吾友丁悚、常觉同往临观,则情节、布景并臻神境,不觉叹为观止。中夜归来,切切若有余思。丁子谓予曰:是剧哀感顽艳,大可衍为哀情小说,子亦有意乎? 予曰:诺。越旬日,遂有斯作。

(内容略)

瘦鹃:《旁贝城之末日》,《礼拜六》1915 年第 32 期。

笑舞台

广西路中汕头路口　电话三千五百十五

夜戏月楼六角,特厢五角,头厢三角,特厅四角,头厅二角

日戏月楼四角,特厢三角,头厢二角,特厅二角,头厅一角

念七日优游、天影一准登台

念七夜准演新编哀情侦探名剧　多情多义之虚无党

是剧本于《时报》发刊之《阿难小传》,与《空谷兰》、《梅花落》齐名,而其事之曲折离奇,其情之芬芳悱恻,其味之秾郁沉浸,则有过之而无不及也。看过《空谷兰》而要想进步者,请来看看《多情多义之虚无党》。

《申报》1916 年 5 月 28 日

笑舞台

广西路中汕头路口　电话三千五百十五

夜戏月楼六角,特厢五角,头厢三角,特厅四角,头厅二角

日戏月楼四角,特厢三角,头厢一角,特厅二角,头厅一角

十八日优游、天影登台演

多情多义之虚无党

此剧本《时报》所刊之《阿难小传》,前次排演,大受欢迎,各报争称,推为本台绝作。兹有学界多人,交函烦演,义无可辞,因于今日重演一次。嗜剧者幸各早临,勿失交臂。

《申报》1916 年 6 月 18 日

笑舞台

广西路汕头路　电话三五一五

夜戏正厅两角,包厢三角,特厅四角,特厢五角,月楼六角

日戏正厅一角,包厢一角,特厅二角,特厢三角,月楼四角

初二夜准演　阿难小传

真正宁波朋友烦演(惜秋)

朱双云自甬返申,轮船上遇见几个宁波朋友,说笑舞台从前有一出好戏,叫做《阿难小传》(一名《多情多义之虚无党》),近来何以许久不演了?我们宁帮中很想看这出戏的人甚多,可否烦贵舞台于日内再演一次,广广我们的眼界? 双云情不可却,只得排演了。

《阿难小传》本《时报》小说,早已脍炙人口,不待赘述其美点矣。况且本台人材,都是有十几年经验的人,不是学习了二三个月,即贸贸然登台者可比,所以演起戏来,没有一出,不是演得淋漓尽致的。

《申报》1916 年 12 月 26 日

名城末日记　瘦鹃

影戏中杰作甚夥,如《文化》、《何等英雄》、《罗马王尼罗》等皆轰动一时,而《旁贝城之末日》亦其卓卓有声者也。片本于英国大文豪笠顿氏名著,前海上维多利亚剧场尝一演之,连演数夕,四座辄满,击节叹赏之声,几破剧场而出,泛滥于上海一市,其价值概可想见。予尝列往观布景情节,并臻神境,不觉叹为观止,中夜归来,犹切切有余思也。片中言古时罗马有旁

贝城者,一赫赫名城也,琼楼杰阁,丹碧相望,车马如云,彻夜不绝,其繁华富丽,殊不亚于二十世纪之巴黎、伦敦。时城中有卖花女郎,芳名曰妮蒂霞,雪肤花貌,明艳绝世,合城粉黛对之皆失色,顾盲其目……又有美少年二,一曰克劳格司,一曰克劳狄斯,才貌双绝,卓荦不群。……(下略)

天津《益世报》1918 年 2 月 15 日

笑舞台
广西路汕头路　电话三五一五
价目注意

日戏楼下一角,登楼二角　夜戏头等二角,特厅四角,特包五角,月楼五角

初七日戏　后本珍珠塔　多情多义之虚无党

多情多义之虚无党久不见矣,请来看看究属多情多义否?

《申报》1918 年 6 月 15 日

剧作

　　钱

英国笠顿氏著,周瘦鹃译〔1〕

(内容略)

上海《劝业场日报》1918 年

明治维新以后,到了十七八年,国民的思想,都单注在政治同学术一方面,文学一面还未注意。翻译的外国小说虽颇流行,多是英国 Lytton 同 Disraeli 的政治小说一类。有几个自己著作的,如柴东海散史的《佳人之奇遇》,矢野龙溪的《经国美谈》,末广铁肠的《雪中梅花闲莺》,也都是讲政治的。

周作人:《日本近三十年小说之发达》,《新青年》1918 年第 5 卷第 1 号;又见周作人:《艺术与生活》,上海群益书社 1931 年版,第 269、270 页。

---

〔1〕　此据祝均宙、黄培玮辑录《中国近代文艺报刊概览(二)》,《劝业场日报》介绍称:"戏剧类中,剧本有:周瘦鹃译自英国笠顿氏的社会名剧《钱》"。见魏绍昌主编:《中国近代文学大系　史料索引集》(2),上海书店 1990 年版,第 258 页。

455

芮恩施博士所著的《远东思想政治潮流》一书中说："……中国虽自维新以来,对于文学一项,尚无确实有效的新动机、新标准,旧文学的遗传,还丝毫没有打破,故新文学的潮流也无从发生。现在西洋文〔学〕在中国虽然很有势力,但是观察中国所翻译的西洋小说,中国人还没有领略西洋文学的真价值呢。中国近来一班文人所译的都是 Harriet Beecher Stowe, Rider Haggard, Dumes, Hugo, Scott, Bulwer Lytton, Cannan Doyle, Julds Verne, Gaboriau 诸人的小说,多半是冒险的故事及'荒诞主义'的矫揉造作品。东方读者能领略 Thai Keray 同 An tole France 等派的著作却还慢呢。"

志希(罗家伦):《今日中国之小说界》,《新潮》1919 年第 1 卷第 1 号。

一见倾心艳史(下)　瘦鹃

以上所述一见倾心艳史,舍施各德氏外,均极美满,月圆花好,此之谓矣。然因一见倾心而启烦恼之端者,有二人焉。一曰大小说家笠顿(E. B. Lytton),一曰大诗人兰陶(W. S. Landor),俱英人,名作甚夥。笠顿氏于一文学茶会中侍其母小坐啜茗,一见露西娜菲勒女士(Rosina Wheeler)而倾心焉。露西娜艳于貌,心狭而舌锐,既结婚,闺中时有诟谇声,乐趣尽泪。笠顿不能堪,卒离去,殊深悔当日之一见也。

《申报》1919 年 6 月 17 日;又见《紫兰花片》1922 年第 6 期。

影戏话　瘦鹃

英美诸国多有以名家小说映为影戏者,其价值之高,远非寻常影片可比。予最喜观此,盖小说既已寓目,即可以影片中所睹互相印证也。数年来每见影戏院揭橥,而有名家小说之影片者,必拨冗往观。笑风泪雨,起落于电光幕影中,而吾心之喜怒哀乐,亦授之于影片中而不自觉。综予所见,有小仲马之《茶花女》Camelias、《苔妮士》Denise,狄根司之《二城故事》A Tale of Two Cities,大仲马之《红星侠士》Le Chevalier de Maison Rough(按即林译《玉楼花劫》)、《水晶岛伯爵》Le Comte de Monte Christo,桃苔(A. Daudet,法国大小说家)之《小物事》Le Petit Chose,笠顿之《旁贝城之末日》Last Days of Pompeii,查拉(E. Zola,法国大小说家)之《胚胎》Germinal,柯南达尔之福尔摩斯探案《四分种》。吾人读原书后,复一观此书外之影戏,即觉脑府中留一绝深之印象,甫一合目,解绪纷来,书中人物似

——活跃于前,其趣味之隽永,有匪言可喻者。

《申报》1919 年 6 月 20 日

商务印书馆九年三月份出版新书

▲说部丛书三集七十六编

风岛女杰　一册　二角

……

▲说部丛书三集八十五编

菱镜秋痕　二册　五角

▲说部丛书三集八十七编

欧战春闺梦　二册　五角

▲说部丛书三集八十八编

苦海双星　二册　五角

《申报》1920 年 4 月 12 日

说部丛书三集续出十七种

六十八编双雏泪　一册二角　七十一编莲心藕缕缘　二册六角……

八十五编菱镜秋痕　二册五角　八十七编欧战春闺梦　二册五角　八十

八编苦海双星　二册五角

《申报》1920 年 5 月 22 日

西方格言(八)　谢介子选译

科学当读最新之书,文学则当读其最古者。　　列敦(Bulwer Lytton)

《申报》1920 年 7 月 16 日

在广西路汕头路口　电话中央三五一五号

和平社　笑舞台　新剧部

日戏(价目)月楼三角,特别包厢、正厅二角,二等一角

夜戏月楼六角,特别包厢、正厅五角,头等包厢三角,正厅四角,二等二角,幼童减半。每逢

礼拜三、六,即礼拜日准演

十六日戏　啸天拿手杰作　情场铁血　日戏从未演过

十六夜戏　新排西洋名剧　断头台上之情人

多情多义好男儿

前岁欧阳予倩君徇正秋之请,到民鸣社演剧,打泡戏里有一本叫做《阿难小传》,描摹英雄儿女,着实高尚,极有价值。后民鸣又曾改名为《多情多义之虚无党》,顾名思义,优美可知。

今将此剧排在今夜演之,其所以又改名为《断头台上之情人》者,因情节稍有出入,以明与原本有别耳。好戏好戏,观哉观哉。

《申报》1921 年 10 月 16 日

五 维新后日本小说界述概
一 明治十八年以前
(2)翻译小说政治小说

明治十年(1877),日本内部统一,略略就绪。新气运正盛,国民思想单注在政治方面。板垣退助等以自由民权说相呼召,组织自由党。他的机关新闻和杂志,翻译西洋小说,大体都是寓着自由民权的意义。……当时翻译西洋小说,一时流行。民间政论家都耽读英国政治小说或历史小说,遂相率从事翻译。织田一郎译的《花柳春话》,关直彦译的《春莺啭》,藤田鸣鹤译的《系思谈》,牛山鹤堂译的《梅蕾余薰》,尾崎学堂译的《经世伟勋》,服部诚一译的《二十世纪》,这一种差不多都是 Lytton 和 Disraeli 的著作。

东方杂志社纂,泽民、鸣田合编:《近代文学概观》(下),商务印书馆1923 年 12 月初版,第 41、42 页。

情话

女子之心为情爱之,源泉永永无冻结时。　　　笠顿
《紫兰花片》1924 年第 18 期。

想起来,少年们的学得在人生更有用更有价值的许多事,难道并没有较之在学校受教,却常常从好小说得来的么?——较之自己的教科书上的事,倒是更熟悉于司各得(W. Scott),布勒威尔(Bulwer),仲马(Dumas)的小说的不很用功的学生,我就认识不少,——说这话的我,在十五六岁时候,也便是这样的一个人。但是,因为看了小说,而道德底地堕落了的青年,我却一个也未曾遇见过。我倒觉得看了描写"近代的"风俗的作品,在平正的,还没有道德底地腐败着的读者所得到的影响,除了

单是"健全"（Heilsam）之外，不会有什么的。大都市中的生活，现代的家庭和婚姻关系，对于"肉的享乐"的犷野的追求，各样可鄙的成功热和生存竞争，读了这些事情的描写，而那结果，并不根本底地摆脱了对于"俗界"的执著，却反而为这样文明的描写所诱惑，起了模仿之意的人，这样的人，是原就精神底地，道义底地，都已经堕落到难于恢复了的，现在不得另叫小说来负罪。

　　至于自司各得以至布勒威尔的小说，也不待现在再来向你推荐罢。在这一类小说上。司各得大概还要久久称为巨匠，不失掉今日的声价；又，布勒威尔的《朋卑的末日》（The Last Day of Pompeii），则在 Kingsley 的"Hypatia"，梅垒什珂夫斯奇的《群神之死》，显克微支（H. Sienkiewicz）的《你往何处去》（Quo Vadis?），Ernst Eckstein 的"Die Claudier"及其他许多小说上就可见，是成了叙述基督教和异教底文化之间的反对及战斗的一切挽近小说的原型的，——罗马主义（Romanentum）与其强敌而又是胜利者的日耳曼主义（Germanentum）的斗争，则在 Felix Dahn 的大作《罗马夺取之战》（Ein Kampf um Rom）里，以很有魅力之笔，极美丽地描写着。

　　（德）拉斐勒·开培尔著，鲁迅译：《小说的浏览和选择》，《语丝》1925年第 49、50 期；又见北京鲁迅博物馆编：《鲁迅译文全集》第 4 卷，福建教育出版社 2008 年版，第 33、34 页。

《镜圆记》

英国笠顿氏著　　原名"ERNEST MALTRAVERS"

弁言

　　爱得华笠顿勋爵（Sir Edward Lytton）是十九世界一个最负盛名的著作家，以一千八百〇五年生，一千八百二十六年由剑桥大学毕业。二十二岁时，就做了一部小说《馥克兰》"Falkland"，这是他的第一种作品，从此文名日噪，文事日忙，早入了成功的境界。二十六岁进上议院，以演说雄健得名，从政之暇，又赋诗编剧，作小说和杂志文章。他并且也是一个博学之士，一千八百三十七年，著《安南士马屈浮》"Ernest Maltravers"，要算是他小说中第一杰作。看他把这一出情剧，极忠实极有耐心的描写，委实有永久传诵的价值。笠顿以一千八百十七年结婚，夫妇不相得，以一千八百三十六年离婚。去世时为一千八百七十三年,年六十八岁。

（内容略）

（英）李嘉生等作,周瘦鹃译:《心弦》,上海大东书局 1925 年版,第 1—2 页。

瘦鹃编辑　我们的情侣

《我们的情侣》是大东书局最新出版一部言情小丛书,为周瘦鹃先生所编,由新诗、词曲、笔记、小说四种材料编辑而成。文字的艳丽,印刷的精美,处处都有审美观念,为有目者所共赏。天下有情人,如感着日常生活枯索,请快读这《我们的情侣》,他能够灌溉心田,使你茁生那爱的花。

心弦

此集为周瘦鹃先生所译欧美名家最著名之言情小说节本十种,俱皆缠绵悱恻,一往情深。兹举其名如下:

《焚兰记》、《赤书记》、《镜圆记》、《护花记》、《同命记》、《慰情记》、《重光记》、《艳蛊记》、《沉沙记》、《海媒记》。

《申报》1925 年 11 月 11 日

盲目的卖花女的歌　雪纹
——Bulwer Lytton——

（略）

《妇女周刊》1925 年第 43 期。

欧美最近摄制之文艺影片　焘

（二）《彭贝之末日》(Last Day of Pompeii)　我想这小说,国人知道的亦不少,这是十九世纪初叶英国文学家雷敦 Lord Lytton（一八零三——一八七三）的作品。雷氏出身贵族,他的生活是极丰腴快活的,他除了是小说家之外,并且是国会里的议员,极著名的辩士。他生平最爱希腊、罗马的文化,著了关于这种的书籍,最著的像《雅典之兴衰》(Athense, its Rise and Fall)、《斯巴达人波萨尼亚》(Pausania The Spartano)等等。这部《彭贝之末日》也是佳作的一种。我们知道彭贝是古罗马最繁盛的一城,此书就是描写此城的繁华生活,筵会的什样一种华丽,富商贵族的什样一种作乐,而以此种环境所产生的男女两人的浪漫事迹为纬,把世界最大的维苏维埃火山大爆烈,将全城尽行压没而作一大结束。雷氏描写的手段是极有力的,他各方面的智识虽不正确,但极丰富和广远描写的意境,亦是丰润而美丽。现已由意大利的"大意大利影片公司"(Societa Italiana Grnadi Filmo)摄成影片,经历一年,用费十万金镑,里面多古罗马的雕刻、建筑、图画等美术的摄影,现正在伦敦开映。

《申报》1926 年 8 月 1 日

旁贝城中之盲美人

古时罗马有旁贝城者,一赫赫名城也,琼楼杰阁,丹碧相望,车马如云,彻夜不绝,其繁华富丽,殊不亚于二十世纪之巴黎、伦敦。时城中有卖花女,芳名曰倪蒂霞,雪肤花貌,明艳绝世,合城粉黛对之皆失色,顾盲其目……时则旁贝城中又有美少年二,一曰葛劳谷,一曰克劳迪,才貌兼擅,卓荦不群。……(下略)

《紫兰花片》1926 年第 24 期。

《旁贝之末日》 士元
——星期日起在卡尔登映演

喜新、厌旧、要破坏、想建设,都是人情之常,过渡时代中的年青人更免不了。

在从前自上海到北京所需的日子,现在足够当为到美国去的期间了,昨天阿尔卑斯山上见到的盛茂之高山植物,今天已被移植于东洋一孤岛中的庭园里。这样的世间,物质上、精神上的新东西不绝而生,势所不能避免者,即(稗)〔裨〕益于文运之发展虽不少,而其中有善有恶,有益有害,何者适于我们,何者不适于我们选择时的一番困难是也。

年来怪文学、怪思想乱入,贼害人子,实为不少。防遏自为要务,惩之亦所应当。然因惩之而排斥一切文学,则又为因噎废食。

花为自然之文学,文学为人类之花。不爱花者非人之本性,爱花而不爱文学,非进步之人民的本性。以樱花为国花而极其当美之日本国民,同时又为和歌俳句之主人,园中若单有樱花,不能不感寂寞,故加入蔷薇、红菊,非以害樱花之美。文学亦然,仅以配有之物,不能不感单调,于是欲加入外国文学。而外国文学之选取,又不得不仔细,必须为健全之名作始可。李登之杰作《旁贝之末日》,为我们所需要之外来货也。

《旁贝之末日》于去年被制成为影片,今者阅《大陆报》,知将开映于卡尔登。我等对于闯人之文学与思想已如上说,应有一番选择,对于外来之影片,日本应同一视之。《旁贝之末日》吾人既认之为健全之作品,影片当亦为我等所热望,兹略言李登此作之由来。

《旁贝之末日》是英文豪爱特槐德李登之杰作。李登是政治家兼小说家,是一位多才的文人,千八百零三年,生于英京伦敦。以二十六岁之青年,入帝国议会,做了一生政界中人,被重于议院内外。李登的创作,构思都很雄大,颇富于局面的变化,其描写之人物,有血有泪,泼泼活跃而生动。他的小说,部部都为人所爱读。

他的许多长篇小说中,尤以《旁贝之末日》为第一部杰作,几乎谁都念过了。旁贝为一地名,临于今之拿波尔斯湾,风光明媚,为罗马帝国之缩图,繁华华美极之一都市也。纪元前六十三年,曾一度为大地震所破坏,而又谋改筑,改筑者尽真善美。不幸后十年,当纪元七十九年,又遇瓦斯维亚斯山之大喷火,全市近郊尽埋于溶岩热灰之中,旁贝遂离世界表面而消逝。当末日将到之旁贝人,犹不自知真命运,岂非可怜?

至于庞贔城之完全沉埋,乃为千七百年,世人都已忘却之。乃忽于纪元千七百七十八年,又被发见,于是地下之都市渐次发掘,与当时全欧以大惊异,成文明史上一大事件。李登被此兴味所动,至意大利,亲踏其地,对于此古来穷极繁华之遗迹,不禁潜然而注人类命运之悲惨。既而卒然兴动,执笔开始作此"末日"之小说。千八百三十二年之冬,至拿波尔斯湾头,剪灯旅舍,此稿乃脱。

噫!诚为佳作,不仅使人回想此罗马帝千年前之荣华,亦使人对于可悲之人生,加以无限之思考。

关于李登之详细,请参看士骥的《李登与其〈旁贝之末日〉》一文,此篇不过作为一个介绍的开端耳。

《申报》1927 年 2 月 13 日

李登与其《庞贔的末日》　查士骥

我首先要声明的,我这种文章是完全含有时间性质的,目的完全在使看此片的人多得一些印象,若说要文字的优美和叙述的精细,则决非些少的参考书和短促的时间所允许的,《申报·艺术界》的目的,当然也是如此,所以我又来"献一回丑"了。

　　无论谁到过意大利的大概都到过旁贝的博物院，里面陈着二千年前的文明遗迹，我们置身其间，无异游览二千年前的古旁贝一般。因为近来意政府每年提去了二千五百镑的款子，作为开掘的经费，所以那博物院的内容也一年一年的完备丰厚起来。原来旁贝为意大利康班尼亚的一个古城，当西历六十三年时，该地起了一回剧烈的地震，影响及于四周的邻县，而地震的中心地则集于旁贝，大部分的公共建物都被毁坏，旁贝的居民乃从事复兴运动，大大的兴建土木。那知不到四年，因凡司维司火山的猛烈的爆发，全城并邻居的赫古莱迎城均遭完全覆没的惨剧。凡司维亚司火山的爆发，事前酝酿已久，故此次爆发，有如此的猛烈。此后旁贝二字就无人记起，直至一七四八年，有一个农夫无意中掘一个井，忽而掘一个空，自己倾入一间地下的屋中去了，于是这地下的宝藏和秘密乃得宣泄于世。一七五五年乃正式从事开掘，一八〇六——八一四年间，旁贝为法国政府管理，被慕赖脱（Nurat）将军开发了不少的宝藏。自一八六一年起，始正式由意政府自己开发，用较为科学的方法，由非屋莱利（G. Fiorelt）主创划全城为九区。

　　李登到旁贝游访了一次（详士元的文中），便著了一部有趣的小说。至李登自己的历史，也是很有兴味的。他是一个小说家，但也是一个有名的政治家。他于一八〇三年五月二十五日生于伦敦，兄弟共有三人，原名伯尔惑（Bulwer），生而纤弱，且患神经病。他具有早熟的优秀的天资的，所以在幼年时进了许多学校，但没有一个他是满意的。直至后来有了一位何林顿先生（Mr. wollington）在爱林办了一只学堂，那里他才找到一个善良而富于同情心的师傅。何林顿先生在他十五岁时，便劝他把未成熟的诗集（Ishmaeland Other poems）发表。伯尔惑的投入爱网也始于此时，他自己爱上了一位姑娘，但姑娘的父亲却强迫她去和一个另外的男子结婚，当伯尔惑入剑桥时，她就死去的。他自己说道，她影响了他此后的全生涯。一八二五年他写了一部诗而得到 Chancellor's Medal 奖章，次年在剑桥得到 B.A. 学位，私下又发行《荆棘与野草》的诗集，在此书中可以见到他受摆伦的影响。

　　同时他投身社会，那时他早已闻名为一个花花公子，他到军营里去买一张委任状，但未就职前便转售他人的。一八二七年结婚，虽经他母亲竭力的反对，他终以爱尔兰的美人罗西娜灰勒（Rrsina Dalle Wheler）为他的新妇。其实罗西娜那能做他终生的伴侣，若早听了他母亲的劝告，也不至演出了许多世界上夫妻中最不和睦的笑话了。罗西娜是一个热情的女子，而他的弊病就在太热情了。自和伯尔惑结婚后，他的母亲即停止供给银钱，所恃为生活的只有父亲的二百镑年金和妻的一百镑每年的进款，于是他觉得非自谋生活不可了。一八二八年出了 Pelham 小说，其中的材料大都于一八二五年在巴黎时收集的，大得社会上的欢迎。书中所叙述的大部分是花花公子的生活，社会上人却议论着书中的人物，以为每人必有实在人物的暗示的。

同年又出版《被弃者》，继而 Devereux（1829）、Paul Clifford（1830）、Eugene Aram（1832）、Godolphin（1833），都描写着花花公子生活。他著作的目的可说是去捉住当代的主要人物，去说明一个因犯可因他人格的善化而改善，去解释失败和成功的秘诀，但一般批评家都怀疑他描写的忠实和道德。不久他便加入政治界，成了边沁的功利主义的信徒，一八三一年被选为匈丁同 Stlveo 的会员。此时他和他妻渐渐不睦起来，第一他妻说他太注重文学了，把他放在脑后，继而说他冷待他的程度已至无可忍耐的日子，于是首而分居，终于二人正式离婚了。可是他的妻不是一个平常的女子，被不忠的丈夫遗弃后便再嫁或守寡一生。他和他离婚后三年，他也去出版一部小说，社会上人读而大哄，元来他书中的材料完全是李登的生活，一看而知他在痛骂他的不情的丈夫。一八五八年六月，伯尔惑当选为赫德福雪尔的候补议员，他的怨家的妻却悠然莅选举场（Hustings），当众把他的丈夫骂个臭死，因而被目为疯人，被拘禁有数星期之久。可是他却并不就此甘休，仍不断的作攻击他丈夫的活动。他比伯尔惑迟死九年，在世界上像这种不睦的夫妇实是少见的。

但伯尔惑文学上和政治上的活动也愈猛烈，一八三二年起在林公地做了九年的议员，此期他的政治生活也颇有记述的价值，但为节省篇幅起见，此地不便多说。当时他的笔真是从未停过，Godolphin 发行后就出 Pilgrimg of the Rhine（1834），因太带德国色彩了（他生平著作中多有写德国人生活的），所以在英国不很风行。《旁贝的末日》也是在那年写的，至此书而他的文字远了最高点。他写此书是很小心的，虽然不免有些虚浮夸张，但他伟大的高点的天才也到处流露着，因而大受读者的欢迎。同时又出了许多小说，均为读者爱好。一八三一年，主《新月刊》的笔政，但次年即辞职。一八四一年自办《新世纪》一种半科学的杂志，他自己撰了 Zicci，排演的很满意。一八三九年出 Richelieu 和 The Sea Captain，一八〔四〕〇年出《金钱》，内中除 The Sea Captain 外,可说都是成功的。

一八三八年,他的名声真大极了,乃授为卿爵(Baronet)。一八四三年得了 Knebworth 财产后,依了他的母亲遗嘱,在名字上加了李登二字。自一八四一年至一八五二年的数年中,大部分时间均投身于政治界中。一八四三年出版的《最后的男爵》,被评为最成功的小说。

他死于一八七三年。

《申报》1927 年 2 月 13 日

卡尔登影戏院

今天日夜开映

名震全球最伟大最壮丽最悲哀之罗马历史巨片

古城忏情记

"THE LAST DAYS OF POMPEII"

(注意片内逐幕插入华文说明一目了然)

此片系根据著名小说家 Lord Lytton 之说部而成,布景之宏丽,罕称自有影片所未有。全片系在意大利拍摄,故对于邦培城之种种考据,益能得其详。末后火山爆裂情景逼真,洵影片中之盛举也。兹为便利我国人不说英文者观看起见,特插入华文说明,一目了然,无隔膜之弊。爱观佳片者,幸及早驾临。

日戏　第一次下午三点钟起,第二次下午五点半起

(价目)楼上一元,楼下六角,幼童减半

夜戏　晚九点一刻起

(价目)楼上元半、二元,楼下六角、一元,幼童一律

《申报》1927 年 2 月 13 日

更正

昨日本刊查士骥君之《李登与其庞贔之末日》,"庞贔"二字与文中之"旁贝"音同字异,虽文义无碍,而后先异致,失于校勘,特此更正。

《申报》1927 年 2 月 14 日

1927 年(中华民国十六年丁卯),三十三岁

2 月 17 日　下午与王伯祥往卡尔登看电影《邦贝末日记》。

商金林:《叶圣陶年谱长编》第 1 卷,人民教育出版社 2004 年版,第369 页。

意大利著名影片
古城末日记 Last Days of Pompeii 之概略　隐者
——是 SOCIETA ITALIANA GRANDI FILMS 出品

(上略)

编者按:是片为意大利影片公司出品,布景伟大,表现悲壮,实为银幕之巨观。近者欧洲各国如英、德、法、意等,对于电影事业皆非常注意,积极进展,几有联谋抵制美片之趋势。盖以美国出品,其材料之选择,及剧情之编配,往往泥于主观见解,总不脱美国化色彩,故不能博得世界观众之同情也。

《中国电影杂志》1927 年第 1 卷第 5 期。

古城末日记之一幕(其一、其二、其三,照片)

《中国电影杂志》1927 年第 1 卷第 5 期。

意国名片"旁贝的末日"
(The Last Day of Pompeii)一幕
译名"古城末日记"(照片,附图)

《银星》1927 年第 8 期。

三　抄两句爵士说的话

近来平安映演笠顿爵士(Lord Lytton)的《邦沛之末日》(Last days of Pompeii),我很想去看,但是怕夜深寒重,又感冒起来。一个人在北京是没有病的资格的。因为不敢病,连这名片也不看了。可是爵士这名字总盘旋在脑中。今天忽然记起他说的两句话,虽然说不清是在那一本书会过,但这是他说的,我却记得千真万确,可以人格担保。他说:"你要想得新意思吧?请去读旧书;你要找旧的见解吧?请你看新出版的。"(Do you want to get at new ideas? read old books; do you want to find old ideas? read new ones.)我想这对于现在一般犯"时代狂"的人是一服清凉散。我特地引这两句话的意思也不过如是,并非对国故党欲有所建功的,恐怕神经过敏者随便株连,所以郑重地声明一下。

梁遇春:《醉中梦话》(一),《语丝》1927 年第 128 期;又见梁遇春:《春醪集》,北新书局 1930 年版,第 40、41 页。

剧场消息二　记今日上海大戏院之《古城末日记》

上海大戏院春来所映,辄多佳片,《古城末日记》为根据名家说部而成,有伟大宏丽之布景,闻系向意大利实地摄影,故于邦贝(古城)之考据益详。全篇悲艳非常,所述系罗马之历史。罗马民族素称强悍,残忍好斗,当时属于罗马统治之地者颇多,中有一城曰邦贝,街衢洞达,宫室壮丽,为各城冠。顾此城距威苏菲亚火山不远,每当火山爆发时,全城震动,房屋倾颓。在纪元后七十九年,威苏菲亚火山爆裂尤甚,邦贝举城大火,霎时山崩地裂,全市为灰石所掩没,顿成乌有,不见于世者已告数百年矣。近世考古家寻出当年遗迹之所在,造成千古奇闻。当邦贝城未湮没以前,其中有许多稗史,堪以纪载,兹者《古城末日记》之作,乃其片段焉耳。

(下述剧情,略)

《申报》1928 年 2 月 15 日

凄凉的卖花声　彝

近来患神经衰弱的病状,一点很小的事情都会使我心头急剧的跳动,常常发生不必要的感动,本篇所谈的也是属于这一类的感触。假如诸位稍微留心一下,无论在大街小巷里,处处都可听得见小女孩子们或蓬头的妇人们提着小篮叫买花的声音,那种声音凄凉哀恻,震荡在静寂或喧闹的空气里,仿佛不是人的叫卖声,简直像被折断的花底哀泣一样。

这种声音使我联想到李登(Lord Lytton)之《旁贝的末日》中底盲目卖花女郎,那是一个悲寂的 Romance,她右手挂着花篮,左手抱着三弦的乐器,用低而柔之调子,调出一种粗野的、异国的音韵,你们请听罢。

买我的花——我请求,啊,买吧,

盲的女郎来自悠远的地方,

如果这世界是如我听见他们说的那样美丽,

那这些花就是她的孩子呀,

他们定要保存她的美么,

我知道从她的怀抱他们还是新鲜的，

因我执着他们酣睡在，

在一点钟前她的膀臂里，

以这种空气即是她的呼吸——

她的柔和而美妙的呼吸——

幽微地及于他们。

（中略）

这是不幸而盲着的卖花女，是如此的可怜，即不盲的，你也忍心听她们的哀调么？花是这般的芬芳，简直使人昏迷，因为它是渗和着有血与汗、忧愁与眼泪的香气，及严肃的苦闷的人生之叹息与悲哭底声音的啊。在巴黎，听说卖花的女子，倒是很有趣味的人物，然而中国却是两样哪。你听，那被压迫出来的干尖的叫声，随着花的气息又传到这儿来了，啊，我不愿再听见它了。

六月十二日于买花后

《申报》1928 年 6 月 25 日

盲女底卖花歌
Lytton 作，鹤西译

（略）

《新中华报副刊》1928 年 12 月 25 日

夜探魔室记[1]
（the Haunted and the Haunters；The House and the Brain）
Edward Bulwer-Lytton 原著，杨人楩译

（内容略）

连载于《策进》1928 年第 2 卷第 27—31 期。

我曾经有一天对你们说过利登（Bulwer Lytton）的一篇小说，说是英国文学中最好的一篇神异故事。其所以是最好的缘故只是因为它用非常真切的心来表现那怪梦的经验。一切伟大的神异故事中所含的恐怖实在就

---

〔1〕 亦译作《被恼者与恼人者》。

是显出于清醒的意识中的梦魇之恐怖。而且其他神异故事或神仙故事(甚至于某些有名的动心的宗教上的传说)的优美或柔和,便是那些好梦——由情爱或希望或怀想所引起的梦——的优美与柔和。无论如何,如果文章里面的神异事物是写得好的,则梦的经验便是那种写照的本源。

（日）小泉八云讲演,石民译：《小说中神异事物之价值》,《语丝》1928年第4卷第51期。

栗董(Lytton, Edward George Bulwer, 1803—1873)

英国小说家,生于剑桥。幼年作诗歌,后转作家庭小说、历史小说和神奇故事等。作品有"Paul Clifford","Eugene Aram","The Pilgrims of Rhine","The Last Days of Pompeii","Harold","My Novel","A Strange Story","The Coming Race"等。

孙俍工编纂：《文艺辞典》,民智书局1928年版,第534页。

一八 明治初期底小说

当时宁谓注目泰西文学底输入罢。织田纯一郎底《花柳春话》为魁。关直彦底《春莺啭》,藤田鸣鹤底《系思谈》。此外《春窗绮话》、《梅蕾余薰》、《经世伟勋》等为主要。原作是里顿、斯科特、力斯列里等,成于英国近世历史小说家之手,许多政治的色彩,当其时国民之中心的兴味倾向政治,这等翻译提供者是成于政论家中底文字。

黄哲人译述：《东西小说发达史》,国际学术书社1928年7月初版,第57、58页。

引言

花卉对于人生可代表哀乐情感是一般人民生活上极普通的,所以剧曲和小说里常有卖花女一类的角色,使哀情愈哀感愈深刻。如黎登爱德华(Sir Edward Bulward Lytton)著的Last Days of Pompeii书里的盲眼卖花女的歌,我们读了那首歌可感觉到盲眼女子的无限的悲情。这首歌也试译如下。

（略）

李贯英：《沙士比亚的民俗花卉学》,《民俗》1929年第57、58、59期。

北京大戏院

北京路贵州路口　电话中央七四一〇

明天起映震动世界美术热情罗马历史巨片

古城末日记

请预购戏券,以免临时拥挤

片写罗马人之荒淫豪奢,以旁贝城被火山爆裂致全城毁灭为背景,布景之都丽美观,为影片中所从未有。其中有罗马公共男女浴池,以人犯供饿狮大嚼等。其美妙处、惊心处,都目所罕睹者。按是片摄制,共费五百万金磅,则其伟大奢华,可以见矣。

价目　日戏　正厅小洋三角,楼厅小洋六角,花楼小洋九角

　　　夜戏　正厅小洋四角,楼厅小洋八角,花楼大洋一元

《申报》1929 年 6 月 5 日

剧场消息　北京今日开映《古城末日记》

《古城末日记》述旁贝城被毁前罗马人之放荡形骸、纵情声色,全片摄制于意大利,旁贝遗迹,罗致无遗,剧情极哀感顽艳,布景则处处不脱美之趋向。其中火山爆裂真景,以人犯供怒狮大嚼等,尤为目所未睹。今日起在北京大戏院开映,该院恐观者临时购票太形拥挤,故预售戏券,闻继是片而开映者为《浮士德》,乃为德国大文豪哥德之巨著云。

《申报》1929 年 6 月 6 日

北京大戏院

北京路贵州路口　电话中央七四一〇

今天日夜开映:日戏三时、五时半　夜戏九时一刻

震动世界价值五百万金磅美的历史巨片

古城末日记

全十大本一次演完,优待观客,并不加价

古罗马纵情声色,女浴池水腻脂香。教王宫春色恼人,张绮宴摩玩艳女。开舞会赏鉴丰肌,闻腻语痴女思春。处苛刑人供狮嚼,游夜河情味陶陶,弄箜篌爱语绵绵。旁贝城火山爆裂,留遗迹实地摄影。

《申报》1929 年 6 月 6 日

古拉塞作事格言　吴宓译

又按格言之体,言简意赅,译之至难。例如英国文人 Bulwer-Lytton 所作之 Rienzi：Last of the Tribunes（1835）小说,中有句云 Love is the business of the idle and the idlendss of the busy 仅可勉强译为"爱情者,闲人之正业而忙人之余事也"。而原文以两字对举互换,关合颠倒之妙,则非译笔所能传也。今译此篇格言,以明白达意为主,不求简练,甚或增改一二字,以求尽情说明原文之意,读者谅之。译者识。

吴宓译:《古拉塞作事格言》,《学衡》1929 年第 70 期。

十九前半世纪英国的小说

李吞卿（Lord Lytton）是第二个我们应讨论的人物。有两个李吞卿——是父与子。那位儿子在文学史中以奥温 · 梅来迭斯（Owen Merenith）之名为人所知,我将来在讲王朝诗人的时候一定讲到他。这位父亲名为爱华特·乔治·阿尔·布威尔·李吞（Edward George Earl Bulwer Lytton）的,便是近代小说家中最惊人底一个。他是生于一八零三年,死于一八七三年。他是出身于剑桥大学,是议会的议员,是一位高级社会的骄子,他享受了一个人所只能享受的种种特权——阶级的,经济的,教育的。这样底人应当作出惊奇底工作,李吞卿便是能尽了他的责任。

他著作的全部,印成了三十大本,有的一本里包含着两篇以上的小说。但是你们要记住,这一个人不止是为社会消磨了许多光阴,他为政治为外交也曾消耗过无限的时光——他除去做过议会的议员之外,同时还当过各种官吏,有一次作过国务大臣——而他仍然在文学上能遗留下这样伟大底功绩,我们对于他在这短短四十五年的生涯里所完成的大量的著作,只有惊奇了。然而更使我们惊奇的是,他不但作的多,作的完整,而且还是多方面的。英国小说作家中没有一个能用这样多不同底方法写,并且写这样多不同底事。若说他的那些长短篇小说是一个人写的,几乎很难使人相信。它们可以分成几类。每一类都具有特色的音调与特色的文体,几乎每一类都似不同底作家写出来的。他最初写的是些高级的时髦小说,如同"Falkland"与"Pelham",它们所以时髦不只是因为它们是贵族生活的图画,而同时因为它们是能用一种警策底文体忠实地反射出来社会情调的某种特质。其后他转入历史底传奇方面去,也产了很多,每一篇全市占有历史上不同的时期。"Harold"是一篇描写这个国王战死于胜利者威廉的故事。

"The Last of the Barons"（男爵们的最后）是一篇描写十五世纪时义大利的生活的。"The Last Days of Pompeii"（朋卑的末日），如题目所暗示，是一篇基督降生后一世纪的故事。此外还有种种底小说，也全是取于特异底题材。他的著作中有一类是描写犯罪的小说，这种小说在当时很是通俗，也许是因为受了法国作家的影响——法国作家在这一方面很有所长。大概在这一类小说中，他最有名底一篇是"Eugene Aram"，你们一定还记得妥玛斯护特（Thomas Hood）有一篇名诗，也是描写这同一底教师变成杀人犯的故事。布尔威还有一类小说是描写中产阶级家族生活的，如同"The Caxtons"与"What will He do with It"（他怎样利用它呢）。还有一类，它们的题材是超自然的，幻术的，神秘的，妖魔的，不可能的。我想在这一类里，我们的作家完成他最惊人底工作，运用这同样底题材他比其他任何欧洲的作家都高明得多了。这一类中有两部书是以一种生命的药酒为题材，这种药酒喝下去，一个人可以把生命延长到数百年。这两部书名是"Zanoni"（扎哪尼）与"A Strange Story"（一篇奇异底故事）。但是这篇《一篇奇异底故事》是无比的伟大底著作，它不只是包含着生命的药酒的故事，它包含着种种妖魔惊人底幻术的幻想——幻之力的，炼金术的，催眠术的，与二重人格的。书中主人公是一位社会的人，而全书的场景因为都似现代的一样，所以结果更有力量。主人公活了五六百岁，但他以秘密的魔术，仍能保持年青，每过五六十年，他便换一次名姓，以隐藏他真实底人格。他懂得各种语言，能应用各种科学，对于别人他有随意底生杀权，他创下无数底犯罪而丝毫不后悔，他对于人类没有一点同情——在这一点上他是超过了一切。没有小说再比这篇更怕人的了，而作者用一种艺术的手腕，不但使人这种事是可能的，而且能使人觉得这是确实的。要想创造这样底著作，不但需要博学，而且还需要伟大底技巧。他为预备写这部小说，几乎把中世纪的、东洋的、北欧古代的种种著名底迷信都利用上了。许多读者——就是受过高等教育的人们，也能够在这部书里找到许多从未见闻过的新颖底事实，如同描写北欧古代的空想中的 Scin-laeca（发光的妖怪）可以为例。但是这本小说的开展并不是只根据确实底知识，它的开展是在这位作家能够把得来的智识与以惊人底连络和运用。你们纵不读布尔威的其他小说，这一本书你们无论谁也应当读一读，因为读了这本书好像受了超自然的教育。关于最后底一类小说，我只再提一本，那便是"The Coming Race"（未来底人种）。这本小书在日本是有名的，我用不着多说。但是我所必要说的是，当那本书出世的时候,书中所幻想着的一切电气的、磁气的发明,当代还没有实现。科学的发明,是在那本书之后,所以它成为科学发明的预言了。我们就以电光的艺术为例罢,我们可以用《未来底人种》里的"屋利尔光"的一段描写与结果的事实比一比。布尔威决不是一个浅陋底思想家,我们若说他的其他幻想有的在将来一定可以证明了,这绝不能算是荒唐话。书中有一段描写用电光而战争的记载,说到那时世界上的战争将告终结了,这若能成为事实的话,我想对于人类真是再好没有的了。

但是关于布尔威所运用的超自然的题材,我还是没有说完。他有一篇短篇小说,被认为是未曾有过的伟大底怪异小说,恐怕这比那《一篇奇异底故事》还更惊人。我说的这个短篇,先名为"The House and the Brains"(家与脑),后改名为"The Haunted and the Haunters"(被恼者与恼人者)。布尔威使这篇小说无一处不达到最高文艺的境地,所以它已经成为古典了。

布尔威还有一篇小说——一篇极短底,它有最有趣味底历史,因为它可以说是曾经影响了半个英国的文学界。第一我先说一说我对于这篇小说的经验。在童年时代我在某杂志上曾读过它,因为作者没有署名,所以我疑为是安伽尔·坡(Edgar Poe)作的了。这种错误在我的心里继续了好多年,不幸是因为一个比我更聪明底朋友这样地确认了,并且曾对我说这篇"Monos and Diamonos"一定是安伽尔·坡作的。诚然,这篇东西把 Poe 的所有的特色都包含了。但是事实,这篇小说确是布尔威作的,你们可以在他题名为"Conversations with an Ambitious Student"(与一个虚荣底学生的对话)一书中找得到,在许多底版本中你们可以看见它是收在"The Pilgrims of the Rhine"(莱因之游)的里边。Poe 当极年青底时候,曾读过这篇小说,因此将他的全生涯改变了;他后来所有的散文的工作便是受着这篇的影响,或者说是模仿它。而 Poe 又转影响了几乎英国诗坛的全部,与英国散文,同时还影响了法国、德国、义大利、西班牙与俄国文学。这样你们可以认识就是一篇极短底小说,它能有多么大底成功!布尔威的这种情形,是间接地影响了全欧洲文学。发生这种影响的小说还不值得你们一读么!——它是一篇描写恶良心与精灵的小说。但是我所讲给你们的这些,无论如何一点也不能表明它到底有多么惊奇。

现在我们有时候,可以讲一讲布尔威的文体了。那种装饰底华美底文体,那种有色彩有音乐底文体,简单说那种浪漫底文体,在他算达到极顶了。他以前或他以后没有人曾用这同样华饰底方法来写作,他之后文体都倾向于简洁了。在一个时期里,布尔威的文体曾当作典型底文体为数万大学生所读,并且为一般演说辩论的团体所应用,为各种俱乐部所朗诵。现在对于它们起了反感了,给它们加了许多坏名称,说它们是奢华的,像戏词的,感伤的等等。但是这种说法是不公平,我想主要的是因为我们现代对于文艺的鉴赏太恶劣了。我愿欲说布尔威的文体是很美丽的,有些时候简直是惊人,假若他的著作现在不像往常一般地被多数人们所读的话,它的缺点不是在于文体而是另有原因。若按着真实底意义说,布尔威的人物都不是生动底人物。就是连司各德的人物所达到的那种生动,他都不能作到。但是当布尔威叙写超自然底,怪异底,或不可实现底小说的时候,却不是这样情形了,这时他著作的生动与真实在这类文学里达到未曾有的顶点,因为这种理由,所以我劝告你们读他超自然底这一类小说。但是就在别类的小说里,他的文体也总是惊异的:如同《朋卑的末日》里边的火山喷发,"Rienzi"里边的罗马与罗马生活的描写,或是《扎哪尼》里边的威尼斯的描写。说布尔威的文体是不值一读的那些批评,请你们不要相信。(情)〔其〕实他的文体是特殊底一类,但是在这一类里在英国小说史中没有人再比他更好的了。至于以他当作一个小说家而论,我将要说他写的太多了,并且除去他的几篇短篇小说与那篇惊人底《奇异底故事》外,他总没有达到最高级。

韩侍桁辑译:《西洋文艺论集》,北新书局 1929 年版,第 113—120 页;又见(日)小泉八云著,孙席珍译:《英国文学研究》中《十九世纪前半的英国小说》,商务印书馆 1932 年版,第 159—166 页。

论现代的英国批评及现世英法文艺的关系 (日)小泉八云著

在某些英国作家,像迭更斯(Dickens)与栗董(Lytton)作出奇异的短篇小说之前,而众人所以读它们的,只因为他们已(竟)〔经〕熟悉这同一的作家的长篇小说。

赵荫棠译:《风格与表现》,北平 1929 年 6 月初版,第 116 页。

世界文学的故事(一三〇) 美国约翰玛西著,胡仲持译
第三十五章 十九世纪的英吉利小说

在小说(并且别的形式的文学)方面,从读者的观点值得考察的作者有三种,而读者也许是合格的批评底判断者罢,也许不是罢,总之作者的生命

是依靠于其读者的。第一而最幸运的是捉住同代人的想像,续使其次的时代感着兴味的塔刻立及迭更司似的作者。其次,是在本身的时代盛受喝采,跟着时代的推移有些衰颓,但不致被忘,且不该被忘的那些作者。在十九世纪,同在现代一样,可读的、曾经风靡的故事家成着群。威廉哈礼孙·恩斯卫司的《温座尔城》,GPR 詹姆士的《黎塞留》,煊赫的政治家迭士累利所作的《维维安葛累》及《昆宁兹比》,部尔卫·栗董的《潘沛依的末日》,查理·利未的夸张的《哈立·洛来苦》及《查理·阿玛利》,马立阿特大佐的《船长李提》、《少尉候补生伊希君》,以及《彼得·沉谟普尔》(现代的少年倘不知道那些书,是觉着非常损失的),底拿·克累克的《绅士约翰·哈黎法克斯》,布拉克摩的《罗那顿》,查理·金斯黎的《海披萨》及《往东呵》,尉尔启·叩林斯的《白衣女子》,马加勒特奥力蓄特的《非国教徒的会堂》,还有我们的祖父,差不多像赞美在我们现在以为第一明星似的五六人的小说一样,所赞美的别的小说家的作品,至今还经(怎)〔这〕么许多的人们读着,我们一问图书馆及一般翻刻本的发行者就可以明白了。

《申报》1929 年 11 月 23 日;又见(美)约翰玛西著,胡仲持译:《世界文学史话》,开明书店 1931 年版,第 466—468 页。

翻译小说

明治十五年实为日本文学之新纪元。十五年之后,国民渐有玩赏西邦美国文学之余裕,而稍似觉其须要叙事诗、小说。当是时亦有新趋向,然非专攻家之企画,而多成于政论家、新闻记者等之余闲。明治十六年始有《花柳春话》之译成,嗣出者为藤田鸣鹤之《系思谈》,关直彦之《春莺啭》等。《系思谈》取于律屯,《春莺啭》取于日斯拉农利,是皆为翻译。

(日)芳祝贺矢一:《明治之文学》,见大隈重信等著:《日本开国五十年史》(九),"万有文库第一集",商务印书馆 1929 年版,第 9 页。

翻译文学

这个时期,翻译文学也很流行,可分为三类:一、政治的,二、纯文学的,三、科学的。政治的翻译著作有中江兆民译法国卢骚的《民约论》……纯文学的作品,则有井上勤所译的《世界大奇书》,原本即《天方夜谭》。……此外尚有织田纯一郎译英国栗董(B. Lytton)的《花柳春话》,藤田鸣鹤译栗董的《系思谈》,关直彦译的士累利(Disraeli)的《春莺啭》,服部诚一郎译司谷脱的《春江绮谈》(原本即《湖上美人》)。……这些作品,在当时都极受阅者的欢迎。……总观当时的译品,除了坪内逍遥所译的一部《慨世士传》(原作者为栗董)足当流丽婉转四字外,其余的译文都粗糙生硬,然在当时的人,得此已足慰安了。

谢六逸:《日本文学》,"万有文库第一集",商务印书馆 1929 年版,第105、106 页。

研究科学,须读最新之书;研究文学,须读最古之书。——腊埃顿
In science read the newest works;In literature read the oldest.(Lytton)
许啸天编纂:《名言大辞典》,群学社 1929 年 4 月初版,第 22 页。

第二章　拿破仑时代

彭拜文化在当初是认为一个有统一的规整的全体,称之为"彭拜"式,其实所谓"彭拜"式,反倒是彭拜后期及堕落时代的物品,在当时是尚未明瞭的。这个历史的见解到后来成为了一般的智识。在这个时期中,有马若亚及高五(Gau)、初安(Zahn)、德尔米特(Ternite)等的贵重的著作,以及威廉・曷尔(William Gell)及其他通俗的书物出现,一八三四年竟有《彭拜最后之日期》(The Last Days of Pompeii)的黎东卿(Lord Lytton 即 Ed. Bulwer)的小说出现了。

(德)米海里司(A.Michaelis)著,郭沫若译:《美术考古学发现史》,乐群书店 1929 年版,第 28、29 页;又见米海里斯(A.Michaelis)著,郭沫若译:《美术考古一世纪》,群益出版社 1948 年版,第 22 页。

黄金大戏院

法租界八仙桥　电话一六二六八号

今天日夜开映

古城末日记

片中有华文字幕,片经审查会许可

裸体美术影片之王,罗马伟大悲艳历史

色情狂的青年怎能抵抗性的诱惑? 数百裸体宫嫔澈底的表现肉的美!

群芳试浴表演各式样的曲线美——观众会情(絮)〔绪〕紧张

性的诱惑表演美人酥腻的乳峰与神秘的○○——观众会灵魂飘荡

荒唐的撮合符与颠倒灵魂的迷魂药——观众会心目奇眩

古罗马的旧建筑物伟丽奇壮——令观众钦仰

古罗马的雕刻品像真奇巧——令观众赞赏

猛狮刑场伤心惨目——令观众惊奇

上苍动怒天日无光全城倾毁——令观众骇异

时刻　三时一刻、五时半、九时一刻

价目　日戏小洋三角、小洋四角、小洋六角　夜小洋四角、小洋六角、小洋八角

《申报》1930 年 4 月 20 日

剧场消息

黄金大戏院宣称,《古城末日记》一片,写罗马民风之荒淫奢(縻)〔靡〕,极哀艳伟丽之至。全片以罗马故都为背景,价值无量之建筑物与雕刻品,俱摄入片中,若裸美人之式样种种,尤为其他影片所仅见者。是片今日起在黄金大戏院开映云云。

《申报》1930 年 4 月 20 日

黄金大戏院

法租界八仙桥　电话一六二六八

古城末日记

片经审查会许可,片中有华文字幕

罗马骄奢淫佚　满宫尽是裸体美人,荒淫怪诞,充满性的诱惑

宫楼沿尽辉煌　背景有纪元后罗马雄伟奇壮的建筑物与(及)〔极〕巧妙像真的雕刻品

日临头化灰烬　山崩地裂,顿把罗马的全城化为灰烬,牺牲无算

月无光火山爆　因为罗马人过于淫奢荡佚,乃至激动上苍的悲愤火山的作祟

往事不堪回首　近世考古家寻出当年遗迹胜事,因此摄成这一部大作品

时刻　三时一刻、五时半、九时一刻

价目　日场　小洋三角、小洋四角、小洋六角

夜场　小洋四角、小洋六角、小洋八角

《申报》1930 年 4 月 21 日

邦贝城一个盲花女

英国 E. B. Lytton 著,志汉译

(略)

《南菁学生》1930 年第 2 期。

判断对话的标准

对话所须适合的主要条件,可归纳如下。第一,对话须成为故事中一有机的要素;就是说,对话须直接间接有助于情节的演变或人物对于情节的演变的关系的解释。故不必要的会话,其本身纵如何巧妙有趣,亦不当用,此与作者自身对于旁枝闲文的插话的不当用,原因正同;盖所论与所写的材料无关,必致破坏基本的统一律。这种弊病可以栗董(Bulwer Lytton)小说中层出不穷的讨论政治、社会、文艺的谈话为例。出乎情节的实际需要以外的小说,只有遇着于人物的表现上有愿明出意义时,才可应用。

(英)韩德生著,宋桂煌译:《小说的研究》,上海光华书局 1930 年版,第 61 页。

第九章 英国文学
第六节 维多利亚朝

李顿(Edward Bulwer Lytton,1805—1837)是早熟的作家,从小时就会作诗。他曾于暇时步游英格兰及苏格兰,有道过法国,所以他叙写的范围非常广泛和复杂。他的小说有《柏尔汉》(Pelharm)、《彭贝的末日》(The Last Days of Pompeii)、《奇异的故事》(A Strange Story)、《未来的人类》(The Coming Race)和《开宁·齐林莱》(Kenelm Chillingly)等。

金石声编:《欧洲文学史纲》,神州国光社 1931 年 5 月初版,第 328 页。

盲女 邨农译
——E. B. Lytton 1805—1873

(略)

《平报副刊》1931 年 8 月 11 日第 387 期。

第六章　从浪漫主义到写实主义
英吉利文学中的写实主义

浪漫主义者们（柯里纪、拜伦、施可特）在大部分的程度上都居住在过去，但三十年代及四十年代的作家们，只是一时地把眼放在后方罢了。例如一部分继续着施可特的历史小说的传统的布尔威（例如《最后的地主》，《潘沛依的末日》〔The Last Days of Pompeii〕及其他）是这样，以歌唱法国的大革命和美利坚人的解放斗争的史诗为出世作的狄斯累里（《革命的史诗》）也是这样；他们都依据一般的规则而转到现代性的描写来了。……三十年代及四十年代的作家们，把自己的注意力集中到活的现实，集中到现代英国社会的研究和描写上面去了。

浪漫主义时代的英国文学，主要地依据在贵族的知识阶级之双肩上而否定地轻蔑地对待都市，其作品中飘漾着农村的空气，连环不断地现出风景来；但反之，由资产阶级及市民阶级出身的作家们所创造出来的三四十年代的英国文学中，农村的空气自然已经消灭而把地位让与都市，都市成为展开出来的事件的背景而将其刻印盖到生活与诗上去了。所领地及周围的村庄，有时也在布尔威、狄斯累里、金斯莱等的小说中微闪着，但在这些上面，却还有都市更优越着。……

如果说在浪漫主义时代的支配的诗歌之型式是诗篇，则它现在已把地位让与小说，小说已表现为资产者社会之最有资格的文学型式了。

在英吉利的写实主义的文学上盖上了自己的刻印的这个社会集团，是没落贵族阶级和小资产阶级。没落的贵族阶级，在布尔威李登（Bulwer Lytton）身上见出了自己的代表者。他为一个作家时，还是站在贵族的浪漫主义文学的强烈影响之下的。他以索狄的东洋趣味和拜伦的厌世的样式之诗篇（《胡尔克兰德》、《阿勒依里》）来问世，继续施可特风的历史小说（《最后的英吉利的男爵》、《最后的撒克逊王》及其他）和阿尔波尔（Horace Walpole）风的歌的克（gothic）小说（《障诺尼恐怖的故事》）的传统，然后才渐次地走上了写实的社会的世态描写的道路上来（《泊尔哈门》〔Pelham〕、《克里福德》〔Paul Clifford〕、《优简亚拉门》〔Eugene Aram〕等等）。

因为贵族阶级之某一定层贫穷化了的结果以致贵族之向着零落者、贫穷者、罪人等的转落，乃是资产者之不断的主题之一。在小说《泊尔哈门》

中,贵族探求自身的未婚同伴,然其大部分终于陷入零落的穷困化的贵族们所成而从阶级没落下来的犯罪要素的朋友中去了。在小说《夜与朝》之中,贵族因不能证明自己的承继权,不得不在欺诈师和伪银使用者之间以终其一生。如果说贵族阶级之一方的代表者们堕入于黑暗地狱去,则其他一部分,从拜伦式的上流社会的豪奢儿,流行的骄子,甘味的餐台和富于机智的评价者,而渐次如《泊尔哈门》一样地被卷入于政治斗争,研究经济学,与富翁的女儿结婚以改善自己的物质状态,出席议会,窥着大臣的地位等以转化为资产者了。推进全社会,规定登场人物之行动的主要神经——是利益、财富、金钱等的礼赞,布尔威的脚本之一,曾标题为《金钱》,其道德亦包含于"幸福在于金钱"的这个闭幕的呐喊里面。然"金钱"这个东西,在这些地主的贵族阶级之残存者们想来,主要地是遗产的形式。布尔威的小说之常套的构想,不是遗失了的遗嘱书,便是伪造的遗嘱书。即布尔威的有一篇小说,竟特征地标题为《遗失了的遗产》——而且登场人物的一切的努力,都归于获得自己的遗失财产,假若没有这个财产,则宁支出罪恶的代价以图入于财产家的同类去。

（苏）弗理契（Faiche,V. M.）著,（日）外村史郎译,沈起予重译:《欧洲文学发达史》,开明书店1932年4月初版,第256—258、260—262页。

利唐（Lord Lytton）

拜伦差不多还没有死,他的影响便开始在一大群"时髦"小说作家的作品中显现了,这些大抵都是描写着名门贵族的犯人,在他们一生的横行无忌的经纬中,织进一条理想的线。在这一派小说里,有两个青年人升至最高的位置,多多"以纨绔子的感愤挑动少年"。这些雅致的流利的小说家中之年青者,最早于一八六二年带着 Vivian Grey 露面,但是他的竞争者带着弗克兰（Falkland）和《泊南》（Pelham）,紧紧跟在他后面。他们一并竞赛二十年,竞争客气人们的嘉许。在那时,爱德华利唐拔尔维（Edward Lytton Bulwer）——后为第一勋爵利唐（Lord Lytton）——仿佛是最高级的一个天才,但是人家早就看出来,他的纨绔子派的态度并非完全真诚,他的文体的美太费力太累赘了,他的小说中的情调培养民族的自满和偏见,而牺牲了真理。他的情感是可憎的,他的创作是不实在的,而且时常是荒谬的。但是大众喜欢一个绅士的过于讲究的推敲,他为着他们的快乐,"手指上满戴耀眼的戒指,两脚可爱地夹在一双玻璃靴里";而且拔尔维利唐的确有特别的才能、活动、机变,和对于读者需要的锐敏感觉。一种反动打破了他的名誉的灿烂一时的广厦,这反动就是对着那早年《札劳拉》(Zanoni)的读者所叫做他的"美得要命的如画的字句",他的空洞的美辞,他的琐屑的可怕而来的。勋爵利唐在他的荣耀的事业之末尾,打算削除他的文章的夸张,他的最后的作品是他的最好的。

第一勋爵利唐(Edward George Earle Lytton Bulwer,后为 Bulwer-Lytton, 1803—1873)是洛弗克·赫登荷的拔尔维将军(General Bulwer of Heydon Hall, Norfolk)的第三个而且是最小的儿子;他的母亲是核兹,珂列瓦司的一个姓利唐的(A Lytton of knebworth in Herts)。他在一八○三年五月二十五日生于伦敦。他是受私人教育的,在他的有才干的母亲监视之下;十七岁的时候,他出版一本拜伦派的诗集《伊思麦埃》(Ismael)。他在一八二二年基督复活节进了剑桥三一学院(Trinity College, Cambridge),但是当年以后又移至三一书院(Trinity Hall)。在一八二三年他匿名出版 Delmour;有一八二五年他的一首关于雕刻(Sculpture)的诗,得了校长的奖章。拔尔维领了学位之后,在一八二六年写他的第一篇罗曼长篇小说《弗克兰》。在一八二七年他娶了洛绥拿都艾回列尔(Bosina Doyle Wheeler),在盘朋(Pangbowne)住下,专心于文学,迅速地继续作出《泊南》(1828);《被绝者》(The Disowued)和 Devereux(1829);和《保罗克利弗》(Paul Clifford, 1830)。他此后便成为当日最活动最受欢迎的作家中之一个,而且他搬进伦敦,居于他的兴趣的中心。他在一八三一年进入议院。他的次一批出版物中之最特色者有《尤金亚兰》(Eugene Aram, 1832);《高杜芬》(Godolphin, 1833);和《莱因河的游人》(The Pilgrims of the Rhine, 1834)。拔尔维现在转向历史的传奇了,他的一八三四年的《滂辟的末日》(The Last Days of Pompeii),和一八三五年的《锐芜绥》(Rienzi),得到奇异的成功。他的婚姻结果是很不幸的,在一八三六年他们经过法庭离了婚。往下几年,拔尔维以 The Duchess de la Vallière(1836);《里昂的贵妇》(The Lady of Lyous, 1838);《理奇留》(Richelieu)和《正当的后嗣》(The Rightful Heir, 1839);和《金钱》(Money, 1840),占住剧场。在一八三八年他的政治功绩得到从男爵位的报酬,一八四三年他母亲死后,他得继珂列瓦司产业,以利唐为姓。一八五二年他又进议院,作了些时殖民地大臣。一八六六年他被封为珂列瓦司的男爵利唐。他的后期著作可以记录在这里,《埃勒司特玛得拿弗》(Ernest Maltravers, 1837);《札劳拉》(1842);《最后的勋爵》(The Last of the Barons, 1843);The Caxtons(1849);《我的小说》(My Novel, 1853);《一个奇怪的故事》(A Strange Story, 1862);The Coming Race(1871);和《克列莫戚林里》(Kenelm Chillingly, 1863)。在他生命快完的时候,他住在陶块(Torquay),一八七三年正月十八日死在那里,葬于威斯明思特寺院。拔尔维利唐是一个有无限精力和应变之才的人,他在公众前练出纨绔子的娇弱和阔少爷的虚饰,以隐藏他走他的职业的路之热心。他胡乱强悍地生活着,在他死前老早他就身体衰弱,这在他的智力是显为假的。他的傲岸和秀雅,他的"使社会贵族化"的计划,和他的服装言谈之惊人的古怪,在其他文人如谭尼孙和沙克列等身上,发生了一种几乎使人发疯的影响。

(英)葛斯著,韦丛芜译:《英国文学(拜伦时代)》,北平未名社出版部1932年4月初版,第146—150页。

Lytton, Edward George Earle Lytton
Bulwer-Lytton(1803—1837)【李顿】

英国小说家及政治家。自幼作诗歌,1825 作 Sculpture 获 Chancellor's Medal。1841—1852 为国会议员,1865 叙男爵,后为殖民地秘书官,1873 年死去。1827 匿名出 Falkland 为作品之最初,次年出 Pelham 名大振,以后四十五年间,作品不绝。其作品如 Paul Clifford(1830),Eugene Aram,(1832),The Pilgrimg of the Rhine(1834),The Last Days of Pompeii(1834),Ernest Maltravers(1837),Zanoni(1842),The Last of Barons(1843),Harold(1848)等,长处与短处互见。The Caxtons(1849),My Novel(1853),What will he do with it? 称为他的佳作。其后转而为神怪谭的作品,有 A Strange Story(1862)。晚年转为社会小说,有 The Coming Race(1871),Kenelm Chillingly(1873)及 Kenelm Chillingly(1873)等。他的作品,现在已不为人所重。

章克标等编辑:《开明文学辞典》,上海开明书局 1932 年 6 月初版,第420 页。

【李顿】 李顿(E. B. Lytton,1805—1873)是一位最早熟的作家,他生于伦敦的望族,少时过着很舒适的生活。他从母亲那里受到很好的教育,六岁时已会执笔做诗了。他少时很喜欢看各种传奇,很得到学校教师的奖励,称他的学力异乎寻常,不怕将来不成一个伟人。他的第一部著作《福克兰》(Falkland)是在他十五岁时用笔名出版的。次年始用真名出版了《柏尔汉》(Pelham),他的声名便振动了当时的文坛。他在剑桥大学读书时,也因作诗而得奖。他曾步行过英格兰和苏格兰,又到过法国。他曾反对许多朋友和母亲的劝告,娶一位爱尔兰的美女,因他奢侈的化费,使他不得不努力创作来谋弥补,所以他流传下来的作品也特别的多。一八三八年他得了勋位,从一八四一到一八五二年他在做国会议员,以善于演说著名。后来又曾入内阁,又做过殖民地秘书官。在他最后的小说《开宁齐林莱》(Kenelm Chillingly)完成以后,他便在托圭地方(Torquay)去世了,后来也葬于惠斯敏寺。

李顿的小说也和他的人一样是有多方面的,他是一个诗人、小说家,也可以说是政治家,他的小说同样的也有各种不同的变化和风格。他有描写贵族生活的,历史上的故事的,复杂的心理的,中产阶级的家庭生活的;又有讲神秘的超自然的,妖奇的故事的,科学的预言的种种不同的性质的小说;因了这些小说内容的歧异,使情调风格也完全不同了。至于他取材的范围也极广,从空间方面包括自意大利到希腊,自法国到德国,英国自然更不必说了;从时间方面包括英国的古代到近代;从人类活动方面包括高等生活到下等生活,城市生活到乡村生活;像这样的兼收并蓄,叙述的范围的广大和取材的丰富,恐怕没有人比得上他了。他的全集有三十大册,包括诗歌、戏剧、小说、论文、历史、政治论文和翻译,也可想见他著作之勤,学问方面的多了。但在这许多著作中,只有小说是最有价值的作品。

李顿早年所写的《福克兰》和《柏尔汉》是描写贵族生活的小说,但是他用一种特殊的机警的文体写成,很能够反映出当时贵族的社会背景来。此后他便转向历史方面去,如《哈罗尔特》(Harold)是写这位国王战死于和胜利者威廉相持的一役中的故事。《男爵们的重担》(The Last of Barons)是写十五世纪意大利生活的故事。《彭贝的末日》(The Last Days of Pompeii)是写公元后第一世纪的故事,这是他小说中最著名的一部。在那里有许多学问上的考证,如古代的风俗、角力、大宴、浴房之类,都很仔细地写着。这是描写彭贝被火山毁灭前几天的事,两个希腊的男女格拉考与爱安互相爱恋着,却有一个恶人在那里竞争。一个盲女,也恋着格拉考。正当火山爆发之前,他引了他们到海上,因此救了他们。此外《欧勤阿兰》(Eugene Aram)是一部描写犯罪的小说,很受法国作家的影响的。这篇小说是写十八世纪英国学者欧勤阿兰的事。这人是一个在语言学上有发明的学者,一七五九年因犯谋杀罪被刑。李顿在这里却说这并不是阿兰犯的罪,又加进一段恋爱的故事,在这里他描写复杂的心理是很成功的。《卡士顿》(The Caxtons)是他描写中等阶级社会的家庭生活的。《查诺尼》(Zanoni)和《奇异的故事》(A Strange Story)都是讲神秘的、超自然的、妖奇的故事。《未来的人类》(The Coming Race)是一部科学小说,那时电和磁力都未发明,但他已在这书里给予种种的预示了。像这样多方面的作者,他的广博的学识,丰富的想像,高速的思想,都足以使他成为一个很大的作家。

徐名骥著:《英吉利文学》,商务印书馆 1933 年 12 月初版,第 66—68 页。

伍光建先生选译

WORLD FAMOUS FICTIONS 英汉对照名家小说选

二十种合售预约

册数	六开本二十册　道林纸印
定价	全部十元
预约价	全部五元
邮费	各行省七角
预约期	本年七月一日起至八月底止,已出五册,于定购预约时交付
出书期	余书于七月底、八月底及九月十五日各付五册

……本馆深觉为便于中等学生及同等学力者之阅读与领会起见,实有采用更进步的方法另编整套的英文用书之必要,因特新编《英汉对照名家小说选》一套,以应此急需。

本书特请翻译界名宿伍光建先生担任选译,全部二十种,其作者均为英美两国自十八世纪以至现代最有名的小说家,计英国作家十二人,美国作家八人。所选作品又差不多都是各家的代表作,而每一作品又选辑其最精采的部份,由译者于选文的前后,加以简要的叙述,以明故事演进的脉络。伍先生翻译这一套书十分谨慎,译笔忠实而不生硬,流丽而不浮泛;在力求保存原作笔调的企图下,力避生涩费解的语句;即离开原文说,单把汉译的部份当做中文小说读,亦无不可。遇原文有艰深难懂处,承加注释;于原文最警要处,复加评语,均足为读者理解之助。至于编首另撰作者传略一篇,兼述作者的思想与本作品的特色,更可使读者在未读正书前,先有概括的观念。

每书一册,每册约一百页,即原文与译文各约五十页,相对排列。封面用米色布纹纸,正书用无光道林纸,版式亦甚优美。

全书二十册,于本年七月一日先出五册,至九月十五日分期出齐,特于暑假开始时,迄于秋季开学前,照定价之半数,发售预约,以为对于中等英文教学的贡献。学校采作教科用书,个人用为假期读物,允宜及早订购!

书名	原书名	原著者
伽利华游记 *	Gulliver's Travels	J. Swift
妥木宗斯	Tom Jones	H. Fielding
坠楼记	Kenilworth	Sir W. Scott

罗马英雄里因济　　　Rienzi　　　　　　　Lord Lytton

……

《申报》1934 年 7 月 2 日

伍光建先生选译

WORLD FAMOUS FICTIONS 　英汉对照名家小说选

全书共二十册　六开本道林纸印　定价十元　邮费七角

预约价全部五元　本月底截止

已出五册,兹续出五册

订购预约,立可取书十册

余书十册于本月底及九月十五日各付五册

样本备索

本书就十八世纪以来英美两国最有名的小说家的代表作,选译其最有精采的部份,英汉文对照排比。疑难之字,特提出加以注释。每书之首,并附作家传略。

续出五册……

罗马英雄里因济(Lord Lytton：Rienzi),这部小说写第十四世纪时罗马情形,有声有色;对于那个以恢复古罗马光荣自任,及善于演说的里因济,写得尤为动人。

《申报》1934 年 8 月 16 日

介绍读物　伍译英汉对照名家小说选　朱曼华

英汉对照名家小说选,是一件极繁重而又极需要的工作。对于外国文学作有系统的介绍,在目前的文坛上显然是缺乏的,而这部《英汉对照名家小说选》,把英美两国最有名的小说作家由十八世纪以至现代大都包罗在内,所选作品又差不多都是各家的代表作。虽然所选的,仅是每篇中的某一章或某一段,可是这种选择是经过译者的审慎考虑,所以这一种外国文学的系统介绍,在中国可以说是创见,至少可以说是系统地介绍外国文学的急先锋。

《英汉对照名家小说选》共选英美名作家二十人,其中英国作家十二人,美国作家八人。所选名著,为斯尉夫特的《伽利华游记》,爱略脱的《阿当贝特》,迭更斯的《二京记》,威尔斯的《安维洛尼伽》,金斯黎的《希尔和

485

特》,菲尔丁的《妥木宗斯》,史蒂芬孙的《费利沙海滩》,高尔斯华绥的《置产人》,栗董的《罗马英雄里因济》,塔刻立的《显理埃斯曼特》,吉卜宁的《野兽世界》,司各脱的《坠楼记》(以上英);……

译者这一番努力,是颇值得学术界加以称誉的。……商务出版的译本,每本平均约在五十页左右,用英汉对照逐页排印,阅读非常便利,无论是采作课本,或当做自修读物,都能于极短时间内读毕。那时候,不仅对于英美各名家作品,都有一种概念,并且可以约略窥见英美文学的源流。译者在一篇篇首,简括地介绍原著者的略历与本篇的思想,对于研究文学的青年是颇有益处的。读者先读传略再读正文,这中间就像有一种推动力似的;因之对于作品本身的认识,比之模模糊糊地读一遍要真切得多。加之英汉对照,一切疑义都可迎刃而解,这在欣赏文学作品的趣味上也颇占重要性的。

(中略)

关于原作者的略历,我这里仅作简括的介绍。……

栗董(Lord Lytton,1803—1873)——他在小说的写作上是非常努力的,从一八二五年起,他就开始写小说,他这样继续着有半世纪之久,他的小说,有感伤的,动人的,历史的与幽默的,但无论那一类,都曾风行一时。

商务印书馆《出版周刊》1934 年新 84 期。

作者传略

李敦(Ed.Bulwer Lytton,后称 Lord Lytton)生于一八〇三年(有人说是一八〇〇年);在剑桥大学读书。一八三一年他当议员;一八五八至一八五九年他当理藩部大臣。他二十四岁就起首撰小说;三十二岁封小男爵;一八六六年封男爵。他死于一八七三年。他多才多艺,既是一位好政治家,又是一个制剧家,尤其是一个好小说家。他的文章极其灿烂,却有司各脱所无的能迷人的美,有益于发展一种新散文,他又喜写第十八世纪的浅白散文。最善谈鬼与超越自然的怪事,能令读者恐慌,欧洲此类文章,殆无其匹。他撰过几部历史小说,都是很有名的。今所摘译的《里因济》就是其中的一部,一八三五年出版。这部小说写第十四世纪时罗马情形,写得有声有色。他写那个以恢复古罗马的光荣自任,及善于演说的里因济,写得最好,其余的人物,如他的夫人奈拿,他的朋友阿得里安,诡诈黩武的红衣大主教,尤其是公爵而当大盗的莽特拉尔,虽不写得跃跃纸上,如见其人。里因济的见解与政策要统一意大利，以罗马为中心点，那时候自然是办不到，我们却不能怪他，只能怪卑鄙好利不配享受共和的恶劣的罗马人。里因济的壮志虽未能酬，却做了后来复国英雄们的先导；再过几百年，马志尼（Mazzini）、卡和尔（Cavour）及伽里波底（Garbaldi）辈出，才把里因济的一场好梦变成事实。　　　年　　月　　伍光建记

（英）李敦（L.Lytton）著，伍光建选译：《罗马英雄里因济》，商务印书馆 1934 年版，第 1 页。

贵族与平民

中国的布尔乔亚西，笼统的说来，可以说是包括有少自常年进项五百圆多至常年进项五万圆的人，新文学的作者一百人里有九十九人是来自常年进项在五千圆以内的家庭；简直可以说是没有人来自普罗利塔里（恩）〔亚〕的家庭。作者的本身，一百人内有九十九人是由"学生"、"亭子间的文士"——两种非正式的普罗利塔里亚——而变成了常年收入在五千圆以内的布尔乔亚西。文学作者内，并没有首相，如同英国的狄斯雷里（Disraeli）；并没有贵族，如同英国的黎顿（Bulwer Lytton）；并没有富翁，如同英国的罗斯金（Ruskin）；并没有海员，如同英国的梅斯斐尔德；并没有贫民，如同英国的吉辛（Gissing）；并没有游民，如同英国的岱维斯（W. H. Davies）……这还没有提及那庞大的布尔乔亚西内的各种职业、行业，以及各种因收入不同而背景——生活亦随之而歧异的阶级内之阶级。新文学的作者，来路是这么拘狭的，刻板的，要产生出来一种丰富、复杂的文学，又怎么可能！

朱湘：《文学闲谈》，上海北新书局 1934 年 8 月初版，第 79、80 页。

卖花瞽女

E. B. Lytton（1805—1837）原著，翳羽译

这篇小东西，是我从我们英文课本 English Readings 里找出来的。我用了我这笨笔很费力的将它译述出来。当我译述的时候，我对这卖花瞽女深深的感着无限的同情与爱怜，她那弱小的灵魂，活活跃跃的显示在人间。同时我感到宇宙间和这瞽女有同样命运，和在她环境以下的孤苦弱女，不知有多多少少。她们的将来是灰色的，她们的道路是坎坷的，然而怎能得到水平线上一般人的同情呢？我自己是这瞽女般或者在瞽女生活

线以下的人,然而在任何环境支配之下,只要用无上的魄力去奋斗,去努力,如瞽女一样的担筐挑篮去挣扎去求生,至少苍天会公平的加恩的吧!这小卖花瞽女给我不少鼓舞和勉励。那么,水平线上生活人的同情是不大需要的。

翳羽序

(内容略)　　　　　　八月十四黄昏后

《北平晨报》1934 年 9 月 1 日《妇女青年》第 97 期。

庞培伊的瞎卖花姑娘
E. B. Lytton 原作,宋莹然译

(略)

《珞珈月刊》1935 年第 2 卷第 6 期。

古城末日记　　慕容玉
与前制之无声片内容不同,群众场面不如地密尔精巧

最近平安上演《古城末日记》一片,虽与卜尔莱·芮东所著的小说同名,但内容却迥异。(芮氏所著,已被摄成过影片。)邦俾城系于西元后七九年时,被附近维苏威火山覆没,埋在岩灰下,经过几二千年,始被发掘。藉此可以考见当时罗马人生活情形。此片系由雷电华公司编剧部编制,即以火山暴发为背景,叙述邦俾城中一决斗士马格斯毕生的历史。

(下略)

天津《益世报》1936 年 1 月 30 日

南京大戏院
雷电华耗资百万的历史文学无上至尊巨片
Merian C. Cooper's Mightiest Prodution
The Last Days Of Pompeii
古城末日记
人肉市场　屠杀比赛　火山爆裂　饿狮刑窟
天崩地裂　海啸陆沉　神号鬼哭　石飞火腾
人欲横流生死劫!　大道独补宇宙荒!

《申报》1936 年 2 月 9 日

雷电华公司耗资百万元的历史文学无上至尊伟大巨片！

Merian C. Cooper's Mightiest Prodution

古城末日记

The Last Days Of Pompeii

人肉市场：莺莺燕燕，惨爱鞭策，偷生忍辱，孰无爹娘？

屠杀比赛：雄雄纠纠，饱我私囊，决死敌命，孰无妻子？

火山爆裂：老老幼幼，岂分贵贱，水深火热，玉石俱焚！

饿狮刑窟：战战兢兢，膏彼馋吻，肢分体裂，供人笑乐！

武侠巨星布雷登福斯德、桃乐赛威尔逊九大艺人，万余演员空前合演

天崩地裂　海啸陆沉　神号鬼哭　石飞火腾

南京大戏院

爱多亚路五二三号　电话八四一二一号

电话预定座位留至开映前五分钟为止

《申报》1936 年 2 月 10 日

大上海大戏院

西藏路南京路北　电话九三三二二

电话预定座位留至开映前五分钟为止

今天开映：（日）二时半、五时半　（夜）九时一刻

雷电华耗资百万元历史文学至尊无上巨片

古城末日记

映期无多，毋再自误

豪奢荒淫，无与比拟

武侠巨星布雷登福斯德、贝西赖司彭等九大明星，万余演员空前大杰作

人肉市场：莺莺燕燕，惨爱鞭策，偷生忍辱，孰无爹娘？

屠杀比赛：雄雄纠纠，饱我私囊，决死敌命，孰无妻子？

火山爆裂：老老幼幼，岂分贵贱，水深火热，玉石俱焚！

饿狮刑窟：战战兢兢，膏彼馋吻，肢分体裂，供人笑乐！

天崩地裂　海啸陆沉　神号鬼哭　石飞火腾

形而上灵的启示，他虐性肉的摧残，不特造诣第八艺术最高峰，亦足称二十世纪大奇迹。

《申报》1936 年 2 月 17 日

489

《古城末日记》今天起映于光明

《古城末日记》两月前首映于平安电影院,极得中国观客欢迎,光明院今日选映此片,按此片摄制两载,耗资百万,壮丽伟大,称银坛上空前之奇迹。描述罗马鼎盛时代朝野上下荒淫之一斑,以及邦俾城覆没时惊心怵目之情景,处处按照史实,如此名贵,未可错过云。

天津《益世报》1936 年 3 月 20 日

有片皆好　无片不佳

光明大戏院

今天日夜三场 日场三点、五点半,夜场九点一刻

雷电华公司名贵影片之王

历史上的唯一奇迹! 银坛上的唯一奇迹!

古城末日记

充满了肉的气息,同时有血味! 布满着乐的氛围,同时有恐怖!

火山爆发,地裂天崩,石汁奔腾,全城覆没

摄制两载,演员万余,耗资百万,废片万米

本片之伟大,无可比拟:火山爆发,石破天惊,石汁妇灰,一泻千里,邦俾古城,完全覆没,荒淫男女,同化石像。

本片之布景,不可思议:邦俾古城,城开不夜,醇酒夫人,交相欢爱,古斗兽场,能容万人,一切建筑,宏丽无匹。

极写罗马时代的荒淫! 描写罗马军权时代的暴政! 追摹罗马中兴以后的威风!

天津《益世报》1936 年 3 月 20 日

《古城末日记》光明映演中

光明大戏院之选映《古城末日记》,原系听从观众意见,故日昨初度开映,营业上即操相当胜利,今日适逢假期,自必更形拥挤。按《古城末日记》一片之摄制经费超过百万以上,场面伟大异常,火山爆发,古城覆没,角力广场,诸幕允称空前创作云。

天津《益世报》1936 年 3 月 22 日

《古城末日记》为一仁慈影片

光明开演中之《古城末日记》，系一历史名剧，述公元时罗马陋习，以囚徒为奴，而择日驱之于斗兽场，以壮士与之斗而聚歼之以为乐，脑肝涂地，惨不忍睹。有斗士，以戮囚致富，可敌国，欲其子能继其业，送之罗马，以冀其成。而其子以不忍之心，不欲以残人性命而自荣，寖与诸囚通，大斗之日，其子亦什众囚中，其父是之心胆俱裂，方情急之顷，火山忽崩，地陷天昏，全城覆没，只此仁慈之子获上主垂佑，得庆重生。片中情景之伟大紧张刺激，为近来影片中所不经见，殊杰作也。

天津《益世报》1936 年 3 月 23 日

中外新片

古城末日记（The Last Days of Pompeii）

雷电华公司出品

这是一部可以算得布景伟大的片子，是根据了英国小说名著拍成，不过剧情与原著稍有出入。全片以罗马帝国为背景，描写当时奴隶生活之悲惨，与执政者之荒淫。演出殊为动人，导演者对于这一个冗长而伟大的情节，处理得很好，主演诸人也都很有成绩。

上海《娱乐》1936 年第 2 卷第 7 期。

第四章　十九世纪底传奇

布尔威（Bulwer-Lytton，1803—73）写了五部历史传奇：《德维卢》（Devereux，1829）、《邦贝末日记》（The Last Days of Pompeii，1834）、《里因济》（Rienzi，1835）、《爵爷之子遗》（The Last of the Barons，1843）和《哈罗德》（Harold，1848）。此外又有未曾写完的包舍尼亚斯（Pausanias），在他死后，于一八七六年出版。除《德维卢》和《爵爷之子遗》二书外，这些小说底内容都可以从书名得其梗概。《德维卢》是一部十八世纪的哲学传奇。在《爵爷之子遗》里，所谓最后的一位爵爷，便是擅自废立君王的窝立克侯爵（Earl of Warwick），他拥戴爱德华四世登位，后来又要废他，终为爱德华所败，死于巴涅特之战（The Battle of Barnet 1471）。斯考特以莎士比亚为模范，布尔威却以伊士克乐斯（Aeschylus）及沙福克里斯（Sophocles）为模范。布尔威以历史上几个大关键，如新旧思想底冲突，为故事底极峰；他的方法是将史籍中他所认为有用的材料，抄成札记数大本，然后取材于这些札记,写成长篇的历史小说。斯考特所不屑用的末情细节,布尔威都全部放在小说之内,结果他的小说历史多,想象少,进展亦较缓。

我们记得斯考特以前的传奇作家所常用的方法,是先选择一群历史人物,然后再杜撰种种冒险的情节。他们实在是借历史人物来写史摩勒特式的小说而已。斯考特使历史人物及情节融合虚构的人物及情节。《邦贝末日记》是一种新的成功。布尔威曾登临维苏威斯火山(Mt. Vesuvius),研究意大利古迹,观察意大利风俗;此外,又浏览许多拉丁文学和希腊哲学的书籍。他想象邦贝在维苏威斯火山爆发前的情形,和那时人民颓废的生活;又因历史人物无传记可考,他便从想象中创造几个他认为与那个时代相合的人物。许多别的小说家——洛克哈特(Lockhart)即其一——作过描写古代的小说,但是都遭失败。历史传奇中恐怕没有一部会比《邦贝末日记》更受读者欢迎的了。

布尔威说他前辈(指斯考特)底艺术是"如画的",而他自己的艺术,与他前辈相反,是"理智的",这句话虽欠雅驯,却有真理;而且使我们想到布尔威第二个独创的元素。在《爵爷之子遗》里,他以哲学家和心理学家底眼光来看历史。他不但描写爱德华王朝底纷扰,而且加以解释。他讨论那些必定使中产阶级勃兴而使窝立克失败的社会势力,他探究朝中阴谋的起因以及窝立克最后举兵背叛的动机。布尔威这本历史杰作直是一部文化史。

（美）克罗斯（WILBUR L. CROSS）著,周其勋等译:《英国小说发展史》,国立编译馆 1936 年 4 月初版,第 238—240 页。

邦贝依之末日

（法）莫罗阿（Andre Maurois）著,傅雷译

（内容略）

（法）莫罗阿（Andre Maurois）著,傅雷译:《恋爱与牺牲》,商务印书馆1936 年 8 月版,第 173—215 页。

第六章　写实主义底复兴
二　写实家布尔威（Bulwer-Lytton, 1803—1873）

十九世纪写实主义底复兴根本就是十八世纪大小说家作风底复兴。……然而斯忒恩之得以完全复兴,不得不归功于布尔威。这位多才多艺的小说家,时常默察情势,随读者之所好,写些关于哲学、罪犯、神仙鬼怪

和诺曼贵族的小说。自沙克雷崛起后,他便注意到乡村中吉诃德一流的人物。卡克斯顿(The Caxtons)于一八四九年问世,《我的小说》(My Novel)又名《英人生活之种种》(Varieties in English Life),于一八五三年问世。

这几部小说所描写的情景是火车未兴以前的英国乡村,那时乡村与伦敦往来很少,乖僻可笑的风俗依然存在。其中的人物有衰老的陆军大尉,头脑迂腐妄事论断的绅士,旧式的乡绅和牧师、庸医、亡命徒,供青年议员玩赏的美女,和一位兼任下议院领袖的内阁阁员。其中的动作是由简短突兀的文句和篇章以及戏剧式的对话叙述出来的。老卡克斯顿让一只跛足而害胃病的鸭子跟着他散步,并且在鸭子左耳下轻轻抓弄,以示昵爱;一只驴子因为吃蓟草而受打,一位牧师以"玫瑰色的苹果"来安慰它;一只灯蛾,在十月寒冷的晚上,飞到卡克斯顿炉边取暖,几乎遇到悲惨的结局——这些情境都能引起读者幽默的怜恤。

这两篇小说确有许多作者自己的生活和观察,尤其是选举的情形和政府实际的措施,但是布尔威并没有提高当时流行小说的写实作风。布尔威过于模仿;他的模范不是一位写实主义者,而是一位玩世不恭的作家。狄根斯和沙克雷根本不模仿别人。狄氏和沙氏模仿十八世纪,只在特殊的作风,而不在小说的材料。布尔威底作风和材料都脱胎于斯忒恩。布尔威这部长到一千六百余页的小说,从文学史上看,它的价值也就在表示文学是怎样趋向写实主义吧。

(美)克罗斯(WILBUR L. CROSS)著,周其勋等译:《英国小说发展史》,国立编译馆 1936 年版,第 346—348 页。

第八章　现代小说

三十年前,科学传奇开始风行,其目的是在表彰最惊人的科学发明。这一类传奇有霍姆斯(Oliver Wendell Holmes 1809—1894)所著的"医学小说"《文内尔》(Elsie Venner, 1861),和布尔威底《未来的人种》(Coming Race, 1871)。《未来的人种》叙述一个电气时代的乌托邦。布尔威底传奇略有社会主义底色彩,那时科学上的事实渐变为老生常谈,惟有社会主义一方面在几年后最动人听闻。

(美)克罗斯(WILBUR L.CROSS)著,周其熏等译:《英国小说发展史》,国立编译馆 1936 年版,第 465 页。

栗董（Edward George Bulwer Lytton，1803—1873）英人，六岁能诗，就学于剑桥。一八三八年得爵位，居国会中多年，以善于演说著，又曾入内阁。著有历史小说、神怪小说多种。《潘沛依之末日》（The Last Days of Pompeii），叙潘沛依为火山毁灭前数日恋人得救事，最著名。

舒新城等：《辞海》（上），中华书局 1936 年版，辰集，第 138 页。

百老汇

汇山路五十七号　电话五〇三二五

明后天仍映此片

恭祝元旦　今天特别加映一时一刻一场，水汀开放，温暖异常

三时一刻、五时一刻、七时一刻、九时一刻，价目　二角、三角

武侠巨星布雷登福斯德惊人伟构，暨九大明星、万余演员，摄制经年，
豪奢富丽荒淫的历史文学百万金元巨片

古城末日记

"THE LAST DAYS OF POMPEII"

人欲横流生死劫，大道独补宇宙荒

天崩地裂，海啸陆沉，鬼哭神号，石飞火腾，毁屋千楹，火焚三日

雷电华公司至尊无上空前大贡献

欲免拥挤，早临为幸，莫失良机

《申报》1937 年 1 月 1 日

自明治十一年（一八七九）起，翻译文学逐渐兴盛。惟当时翻译外人作品的动机，颇不纯正。有的是鼓吹政治思想，有的是介绍科学知识，有的是介绍西洋的风俗人情。像样的翻译当数明治十一年（一八七九）一月出版的《欧洲奇事花柳春话》，译者织田纯一郎（本姓丹羽），他是英国留学生，在船上读了尼敦（Lord Lytton，1803—1873）的《阿勒斯特·玛尔特勒维斯》（1837）与《爱里斯传》（1838）二书，就把它节译成为这一部小说。文字是用日本的文言写的，别有风味。内容写一个叫做阿勒斯特的人，他梦想做大政治家、大文学家，后来经过了各样的人生的苦痛，终于达到目的。从前失了的爱人，也在此时出现，遂完成"洞房花烛"的好事。译者的动机，在当时是比较纯正的。

自《花柳春话》得了世人的欢迎，就有人跟着学样。尼敦著的其他作

品,被译成日文者,有《系思谈》(原名《格勒尔姆·吉林古尼》,藤田茂吉与尾崎庸夫合译),《绮想春史》(原名《邦贝末日记》,译者佚名),《慨世士传》(原名《刘英吉》,坪内逍遥译)。

谢六逸:《日本文学史》(下卷),商务印书馆 1937 年版,第 50、51 页。

第十一章　维多利亚时代
第十七节　其他小说家

李顿——爱德华·白尔完·李顿(Edward Bulwer Lytton)是一个具有夙慧的著作家。早年读书剑桥大学(Cambridge University),醉心于拜伦(Byron)的诗歌,曾获奖赏。其后赴法国、意大利游历,又到过英国全境。归则专心写作,足有三十年,写成很多的诗歌、戏剧、小说等。但他于另一方面,却是政论家;在国会中,以雄辩著名,并因此得入内阁;所以他的全集里,除了小说以外,历史的和政治的文章占着大多数。

小说中算是他成功的作品,取材极广,自城市生活至乡村生活,自上等生活至下等生活,和英、法、德、意各地的事事物物,都收摄进去。一八二八年,他发表第一部小说《柏尔罕》(Pelharm),内容叙述十九世纪贵族生活极多,因以著名。渐次出版的小说,有《安内士德·马尔屈莱帆氏》(Ernest Maltravers)、《卡慈敦》(The Caxtons)、《我的小说》(My Novel)、《基勒姆·克林莱》(Kenelm Chillingly)、《保罗·克立夫特》(Paul Clifford)、《欧勤·阿兰》(Eugene Aram)、《莱茵河上的香客》(The Pilgrimg of Rhine)、《瑞诺尼》(Zanoni)、《常至与常至者》(The Haunted and the Haunters)、《庞贝的末日》(The Last Days of Pompeii)、《雷聚》(Rienzi)、《汉陆尔特》(Harold)、《奇异的故事》(A Strange Story)和《未来的人类》(The Coming Race)。

《庞贝的末日》是历史小说,描写纪元前一世纪,庞贝(Pompeii)古城遭火山毁灭的故事。内容有角力、宴会、浴房等景物,衬以希腊葛累高(Glaucus)和爱恩(Ione)恋爱的种种经过。

《未来的人类》(The Coming Race)是一部科学化的理想小说,里面引用的奇物,和后来发明的电气和磁力,极相吻合。李顿(E. B. Lytton)的小说,大都偏重感觉和知觉二方面,但在英国小说界上,到底没有怎样高大的位置。

金东雷:《英国文学史纲》,商务印书馆 1937 年 2 月初版,第 413、414 页。

文学名著节述古城末日记（The Last Days of Pompeii）
　　蒲尔华李登（E. Bulwer-Lytton）原著，德明译述
（略）
《明灯道声非常时期合刊》1938 年。

今日影剧

本港
娱乐（西片）无名夫人
皇后（西片）小豹媒人
东方（西片）化外哀音
新世界（国片）儿女英雄
香港（国片）喜相逢
中央（国片）古城末日记
……

《申报》香港版 1938 年 4 月 13 日

巴黎　电话八五三〇五
二时半、五时、七时、九时一刻
贝锡赖斯朋　九大明星、万余演员
古城末日记（本院独家开映）
天崩地裂，海啸陆沉，神号鬼哭，石飞火腾
形而上灵的启示！他虐性肉的摧残！

《申报》1940 年 3 月 5 日

第十六章　新小说的诞生

外国小说的输入　外国小说之翻译，在日本小说的发达上占有极重要的地位，因为这些作品直接的成了日本新作品的蓝本，间接的刺激了日本新作品的诞生。……

当时所译作品，重要的有下列各种：

科学小说……

政治小说

　　民敦（Lord Lytton）著

《花柳春话》　织田纯一郎译

《寄想春史》　织田纯一郎译

《慨世人传》　坪内逍遥译

《系思谈》　　藤田茂吉译

《连想谈》　　服部抚松译

　　迪斯那里（Disraeli）作

《春莺啭》　　关直彦译

　　谢六逸：《日本之文学》（中册），商务印书馆 1940 年版，第 346—348 页。

　　栗董（Edward George Bulwer Lytton，1803—1873）　英国小说家。六岁能诗，就学于剑桥。一八三八年得勋位，居国会中多年，以善于演说著；又曾入内阁。著有历史小说及神怪故事多篇，就中著名者有《拍兰》（Pelham）、《保罗克利佛德》（Paul Clifford）、《潘沛依之末日》（The Last Days of Pompeii）、《来因河之游客》（The Pilgrimg of Rhine）、《怪异之故事》（A Strange Story）、《哈罗德》（Harold）等。

　　刘炳藜等编：《中外人名词典》，中华书局 1940 年 3 月初版，第 620 页。

谈早场电影的种类　　礼义

　　战争片及类乎战争的伟大场面的影片，其受人欢迎程度，也不减于歌唱片，埃洛尔弗林的《英烈传》、《罗宾汉》等，最令人爱看。其次，如《战地英魂》、《古城末日记》、《十字军英雄记》、《新水浒》等，也往往使人感到有重看一遍之必要，因为实在太伟大动人了！

《申报》1941 年 9 月 21 日

十九　剧目表
西装剧

十万金磅　末日　西皇后　多情英雄　阿难小传……

朱双云：《初期职业话剧史料》，独立出版社 1942 年 6 月初版，第 59 页。

稀见译本小说

（四）《阿难小传》两卷二十五回，英国笠顿著，支那平公译，清光绪三十二年（1906）有正书局发行。

　　周越然：《版本与书籍》，上海知行出版社 1945 年版，第 117 页。

第四章　迭更司与萨克来

　　做了许多事体的布物李顿（Bulwer Lytton），于一八二五年就开始写小说，一直写了将近五十年，这其间他产生了各种各样的时髦小说——伤感的，惊人的，历史的，幽默的，家庭的。他有充分的才能，现在读他的书仍然得着愉快（他的《希奇的故事》——Strange Story 同《被祟者与作祟者》The Haunted and the Haunters 的确好）；但是他老是有一点草率和不诚恳。他和狄斯累厉必肯菲得爵士（Disraeli Lord Beacenfield）不同，缺乏自信心。

　　（英）J. B. Priestly 著，李儒勉译：《英国小说概论》，商务印书馆 1946年 1 月初版，第 31 页。

十九世纪：小说

　　爱德华布韦李顿　爱德华布韦·李顿勋爵（Lord Lytton）和狄斯瑞里一样，是政治上与外交界的人物。他也像狄斯瑞里，开始创作时便直接攻击拜伦主义（Byronism）。《派莱姆，一位绅士的经历》（Pelham, the Adventures of a Gentleman, 1828）里的英雄是一个纨绔公子，他从一位信仰谦斯德菲尔道德观念的母亲学得处世的智慧，他具有无限自负心与自制的意志，要把整个世界屈服在他的足下。据布韦的看法，这个社会极易为人征服，所以无须乎革命；他的小说在当时得到的成功，便证明这种观点的正确。

　　布韦的浪漫主义　布韦最初的小说，足以例证晚期感觉主义（Sensationalism）的发展，这在十八世纪末叶已现于小说作品中，成为浪漫叛变的朕兆。在他的许多小说中，特别是《派莱姆》与《鲁克瑞霞》（Lucretia, 1846），他描写罪犯生活以刺激读者的恐怖心理。但是他在这种描写中渗入一个显然的目的，把犯人写成社会的牺牲品。《保罗·克里福特》（Paul Clifford, 1830）的主人公是一个强盗，此书之作便为"引起读者注意到英国刑法制度的两个错误：腐败的监狱与残酷的刑法"。除此之外，布韦的小说还有感觉主义的质素，他藉伪科学的方法以应用神奇的事物，《咨诺尼》（Zanoni, 1845）便是一个很好的例子。

　　他的历史小说——他的晚期作品　司各脱的成功既是一个前例，自然布韦也要试作历史小说。经过苦心经营,一八三四年他出版《邦贝末日记》（The Last Days of Pompeii）；以后又出版《罗马英雄里因济》（Rienzi,1835）、《最后的男爵》（The Last of the Barons, 1843）与《哈罗德》（Harold,1848）。在这些小说中,他较司各脱更故意地利用小说以达到历史家的目的。塞克瑞的成功,使布韦在《凯克斯顿家传》（The Caxtons, 1849）与《我的小说》（My Novel, 1853）里转而描写近代生活。可是他的写实主义并不彻底,他常采用理想的事物,像史泰恩一样,使他们赋有幻想的品质,也许因为他觉得改善之中如含有少许不合理性,将更能取信于人。总而言之,若除去他小说里的虚伪、动情与伤感的成份,所余下的事实便昭示我们:他的多才多艺与努力不息,使他在该世纪中叶当文学潮流变动不定的时候,成为一个有用的标识。

（英）莫逊、勒樊脱著,柳无忌、曹鸿昭译：《英国文学史》,商务印书馆1947年4月初版,第307—308页。

大华

豪奢荒淫历史巨片！

演员盈万,摄制经年,火焚三日,毁屋千楹

天崩地裂,海啸陆沉,神号鬼哭,石飞火焚

泼斯登浮士德　贝锡赖斯朋　台维赫尔特　陶乐赛威尔逊

THE LAST DAYS OF POMPEII

古城末日记

甘犯罗马不赦之罪　援助大帮奴隶出走

一九四八年再版发行

《申报》1948年6月15日

《古城末日记》　马可风

在意大利京城罗马与那不勒斯之间,有人发掘出一座古城,经过考古学家的考证,认为是纪元一世纪末或二世纪初维苏威火山爆发时整个陆沉的城市,后来便名之为邦比。这一座废墟,历史价值是很大的,于是雷电华公司便以它为故事背景,拍摄了这部《古城末日记》。

因为是一座废墟之前的古城,故事无需历史为蓝本,所以剧本的写作很自由。但一些技术工作（如化装、服装、道具和装置）,却需表现出封建社会全盛时期的罗马帝国的社会生活。关于这一点,《古城末日记》颇使人满意,由此,也可以看见这片子制作的严肃。

这虽然是一个想象的故事,可是历史的真实感并不淡薄。奴隶市场,贵族和平民之间的鸿沟,残酷的竞技场……等等,其实就是古罗马帝国的社会写照,再加上剧本的动人的情节,使我们不仅获得了若干历史智识,并且为一个人生的悲剧而深受感动。……

由于故事本身是一个壮美的悲剧,这片子的气魄很大,是我所看到的片子中最男性的一部。较诸《罗宫春色》虽然导演和演员稍逊,可是其浩淼之势是盖过了任何一部历史片。

天津《益世报》1948 年 7 月 25 日

翻译之部

《阿罗小传》 英笠顿著,平公译。二十五回。光绪三十一年至三十二年(一九〇五—六)刊。二册。下册题《阿难小传》。《新新小说》译本,题《圣人欤盗贼欤》。

阿英:《晚清戏曲小说目》,上海文艺联合出版社 1954 版,第 127、128 页。

剧名:阿难小传(断头台上的情人 多情多义之虚无党)
体裁:十二幕新剧
作者:待考
版本:本提要据该剧幕表。

自由党党员阿难与杜蕃尔密谋暗杀达民路。(第一幕)

阿难暗杀达民路,刺取其心祭受害之同党。(第二幕)

华娜、伊娜来阿难家避凶。二姊妹之父谢阿难。阿难与杜蕃尔交谈,谓其知识不够。杜蕃尔冷笑。(第三幕)

阿难至李司多家赴宴,鄙夫理吃阿难的醋,故意冷淡他。华娜对阿难一片深情,烛火烧手却不知。(第四幕)

阿难与华娜谈情,鄙夫理辞别李司多。阿难住杜蕃尔处。(第五幕)

鄙夫理寻得先父之遗鞭及买主,知己即达民路之子。(第六幕)

鄙夫理借马与钱与杜蕃尔及阿难之老婢,知阿难秘密,大喜。(第

七幕)

杜蕃尔见�夫理,自首。(第八幕)

鄱夫理引兵捕阿难于李司多家,华娜晕倒。(第九幕)

鄱夫理欲剖白于表姊华娜。(第十幕)

(第十一幕原稿残缺)

阿难被毙,华娜抱尸痛哭。鄱夫理欲剖阿难之心,华娜夺刀刺之并自杀。(第十二幕)

董健主编:《中国现代戏剧总目提要》(修订版),中国戏剧出版社 2012年版,第 119 页。

七、研究论文及论著目录

（1）研究论文目录及相关论著

1. 邹振环：《中国近代第一本翻译小说〈昕夕闲谈〉》，《书林》1985 年第 2 期

2. 邹振环：《充满了疑问的近代第一部翻译长篇小说——〈昕夕闲谈〉》，《出版史料》1991 年第 4 期

3. 颜廷亮：《关于蠡勺居士其人的点滴臆测》，《甘肃社会科学》1992 年第 5 期

4. 郭长海：《蠡勺居士和藜床卧读生——〈昕夕闲谈〉的两位译者》，《明清小说研究》1992 年第 3、4 合期

5. 邹振环：《充满疑问的近代第一部长篇翻译小说——〈昕夕闲谈〉》，邹振环：《影响中国近代社会的一百种译作》，中国对外翻译出版公司 1996 年版；又载江苏教育出版社 2008 年（修订）版

6. 郭延礼：《中国人翻译的第一部外国长篇小说》，《中华读书报》1999 年 12 月 22 日；又见郭延礼：《自西徂东：先哲的文化之旅》，湖南人民出版社 2001 年版，郭延礼：《文学经典的翻译与解读——西方先哲的文化之旅》，山东教育出版社 2007 年版

7. （美）韩南：《论第一部译成中文的长篇小说》，《中华读书报》2000 年 9 月 13 日，书评广场

8. （美）韩南撰，叶隽译：《谈第一部汉译小说》，《文学评论》2001 年第 3 期；又收入陈平原等编《晚明与晚清——历史传承与文化创新》，湖北教育出版社 2002 年版

9. 李建文：《我国近代最早的翻译小说》，《文史杂志》2001 年第 6 期

10. 姜德明：《昕夕闲谈》，《书叶丛话：姜德明书话集》，北京图书馆出版社 2004 年版

11. 于润琦：《昕夕闲谈》，于润琦编著：《唐弢藏书》，北京出版社 2005

年版

12. 罗书华：《以中国小说观看西方小说——蠡勺居士〈昕夕闲谈小序〉》，罗书华：《中国小说学主流》，上海书店出版社 2007 年版

13. 郭延礼：《英国小说〈昕夕闲谈〉的作者、译者和重译本》，郭延礼：《文学经典的翻译与解读——西方先哲的文化之旅》，山东教育出版社 2007 年版

14. 张政、张卫晴：《近代翻译文学之始——蠡勺居士及其〈昕夕闲谈〉》，《外语教学与研究》2007 年第 6 期

15. 张卫晴：《〈昕夕闲谈〉中的志怪故事与翻译策略》，《北京工商大学学报增刊》2007 年 10 月

16. 吕文翠：《巴黎魅影的海上显相——晚清"域外"小说与地方想像》，台湾《东华人文学报》2007 年第 10 期；又见吕文翠：《海上倾城：上海文学与文化的转异，一八四九——一九〇八》，台湾麦田出版社 2009 年版

17. 张和龙：《论〈昕夕闲谈小序〉的外来影响》，《中国比较文学》2008 年第 1 期

18. 邬国义：《第一部翻译小说〈昕夕闲谈〉译事考论》，《中华文史论丛》2008 年第 4 辑

19. 邵志择：《〈申报〉第一任主笔蒋芷湘考略》，《新闻与传播研究》2008 年第 5 期

20. 刘镇清：《试探〈昕夕闲谈〉的译者身份》，《华侨大学学报》2009 年第 1 期

21. 张政、张卫晴：《文化与改写——蠡勺居士的翻译实践探析》，《中国外语》2009 年第 1 期

22. 张卫晴：《当英国女性主义遭遇封建中国——蠡勺居士的翻译实践探析》，《北京工商大学学报增刊》2009 年 4 月

23. 张政、张卫晴：《蠡勺居士〈昕夕闲谈〉诗歌翻译策略探析》，《解放军外国语学院学报》2010 年第 1 期

24. 张政、张卫晴：《文虽左右，旨不违中——蠡勺居士翻译中的宗教改写探析》，《中国翻译》2010 年第 2 期

25. 邬国义：Research on the Translator of Xinxi Xiantan as the First Translated Fiction in China，《Frontiers of Literary Studies in China》2010 年第 3 期

26. 张卫晴、张政:《"巧笑倩兮,美目盼兮"——蠡勺居士翻译作品中女性形象翻译策略探析》,《外语教学》2010 年第 4 期

27. 任聪颖:《论〈昕夕闲谈小叙〉的理论创新》,《魅力中国》2010 年第 29 期

28. 邬国义:《〈申报〉第一任主笔蒋其章卒年及其他》,《华东师范大学学报》2011 年第 1 期

29. 张卫晴、苗天顺:《〈昕夕闲谈〉与晚清六十年翻译小说研究》,《芒种》2012 年第 20 期

论著类

1.（美）韩南著,徐侠译:《中国近代小说的兴起》,上海教育出版社 2004 年版

2. 张卫晴:《第一部汉译英文小说〈昕夕闲谈〉》,中国社会科学院 2005 年博士学位论文

3. 孙琴:《我国最早之文学期刊——〈瀛寰琐纪〉研究》,苏州大学 2010 年博士学位论文

4. 张卫晴:《翻译小说与近代译论:——〈昕夕闲谈〉研究》,中国社会科学出版社 2012 年版

1. 阿英:《晚清小说史》,商务印书馆 1937 年版,人民文学出版社 1980 年新 1 版

2. 阿英:《晚清文艺报刊述略》,古典文学出版社 1958 年版

3. 马祖毅:《中国翻译简史》,中国对外翻译出版公司 1984 年版

4. 贾植芳、俞元桂:《中国现代文学总书目》,福建教育出版社 1993 年版

5. 颜廷亮:《晚清小说理论》,中华书局 1996 年版

6.（日）樽本照雄:《新编清末民初小说目录》,日本清末小说研究会出版发行 1997 年版

7.（日）樽本照雄编,贺伟译:《新编增补清末民初小说目录》,齐鲁书社 2002 年版

8. 郭延礼:《中国近代翻译文学概论》,湖北教育出版社 1998 年版

9. 马祖毅:《中国翻译史》(上卷),湖北教育出版社 1999 年版

10. 冯并：《中国文艺副刊史》，华文出版社 2001 年版

11. 王燕：《晚清小说期刊史论》，吉林人民出版社 2002 年版

12. 杨义主编，连燕堂著：《二十世纪中国翻译文学史（近代卷）》，百花文艺出版社 2009 年版

（2）西文书目著录

1. Edward Bulwer Lytton（Lord Lytton），*Night and Morning*（《夜与晨》）London：Saunders and Otley（桑德斯和奥特莱出版社），1841.

2. Edward Bulwer Lytton（Lord Lytton），*Night and Morning*，London：Saunders and Otley（桑德斯和奥特莱出版社），1845.

3. Edward Bulwer Lytton（Lord Lytton），*Night and Morning*，London：Routledge（劳特利奇出版社），1845.

4. Edward Bulwer Lytton（Lord Lytton），*Night and Morning*，London：Knebwotrth（讷布沃斯出版社），1845.

5. Edward Bulwer Lytton（Lord Lytton），*Night and Morning*，London：G. Routledge and sons（劳特利奇父子出版社），1851.此后又有 1880 年版。

6. Edward Bulwer Lytton（Lord Lytton），*Night and Morning*，Philadelphia：Lippincott（利平科特出版社），1862.此后于 1865、1869、1874 年及后来一再重印。

7. Edward Bulwer Lytton（Lord Lytton），*Night and Morning*，London：Knebwotrth（讷布沃斯出版社），1871. 此后有 1891 年重印的限量版。

8. Edward Bulwer Lytton（Lord Lytton），*Night and Morning*，University Press，Cambridge（剑桥大学出版社），USA，1891.

9. Robert Lytton（Lord Lytton），*The Life and Litters and Literary Remains of Edward Bulwer*，Lord Lytton（《利顿的生平及现存书信和文字》），London：Kegan Paul，Trench，& co.，1 Paternoster Square，1883.

10. Earl of Lytton，*The Life of Edward Bulwer*（《利顿的生平》），First Lord Lytton，London：Macmillan and co.，1913.

附　　录

第一部翻译小说
《昕夕闲谈》译事考论

邬国义

近代中国第一部翻译小说《昕夕闲谈》的译者问题，一百多年来一直是个难解之谜。自上世纪 90 年代以来，这一问题的研究才有些新的进展，但仍无确凿的证据与结论。本文欲在时贤研究的基础上，利用当时的报纸、期刊、诗文集、日记、奏稿，包括未刊手稿、科考案卷等原始资料，以破解这一百年难题，并尽可能给予比较完整的证明，使这一长期以来悬而未决的问题得以真正解决。对译者其人事迹，则钩稽爬梳，集腋成裘，以具体的材料呈现其生平基本面貌。同时，对这一近代早期的翻译活动及意义和影响，作出相应的阐释和论说。

一、问题的回顾

《昕夕闲谈》是我国近代翻译小说中最早的作品[1]，比通常所说清代翻译小说始于林纾译《巴黎茶花女遗事》（1899 年福州吴玉田初刻本）还要早二十多年。它连载于申报馆出版的《瀛寰琐纪》1873 年第三卷至 1875 年第二十八卷，署名"蠡勺居士"，后又出版发行了单行本。在近代中西文化交流、翻译史上具有十分重要的意义。如安英在《民初小说发展的过程》中，称道译者是"把翻译种子撒到荒原上的第一个人"，开了"介绍西洋文学的先河"。[2] 同时，蠡勺居士所撰《昕夕闲谈小叙》，实开以后小说理论之

---

[1] 虽然从严格的意义上说，它并非第一部汉译小说，因事实上早在此前二十年，英国长老会传教士宾（William C. Burns）于咸丰三年（1853）在厦门传教时，即在中国士人的协助下，翻译出版了约翰·班扬《天路历程》的中文译本。另，当时在上海的传教士慕维廉（William Muirhead）也译刊过此书的节译本。周作人于 1919 年出版的《欧洲文学史》中即指出，班扬所作《天路历程》"实为近代小说之权舆"。见其著《欧洲文学史》，岳麓书社 1989 年版，第 145 页。但一般将其归为宗教读物或宗教小说，且该书序言中也称："将《圣经》之理，辑成一书，始终设以譬词，一理贯串至底。"

[2] 安英：《民初小说发展的过程》，《新东方杂志》第 2 卷第 3 期，1941 年 5 月 30 日。又见王俊年编：《中国近代文学论文集（1919—1949）》，中国社会科学出版社 1988 年版，第 105、106 页。

先声。他在译序中明确地批判视小说为"小道"的传统文学观,提出"谁谓小说为小道哉"的质疑〔1〕,是对中国传统小说观念的某种挑战和反叛。在晚清小说处于从古代向近现代转型的过程中,它标志着对小说认识的初步而重要的转变,在近代小说理论方面具有转折意涵。因此,无论是在域外文学的引进实践还是在理论层面上,均具有相当重要的意义。

但是,《昕夕闲谈》也给人们留下了两大难解之谜。一是关于小说的原本及原著者的问题,一是关于译者的真实姓名及其事迹的问题。前者牵涉到域外文学的追踪溯源及其传入影响,后者涉及到文化移植及文本翻译的具体人物,均是有关近代中外文化交流研究需要解决的重要问题。关于小说的原本、原著者,蠡勺居士在《昕夕闲谈小叙》中,只说是"今西国名士,撰成此书"。1873 年初《申报》对这部译作的介绍,称为"新译英国小说",在刊出的"《新译英国小说》广告"中,仅称"惟此小说系西国慧业文人手笔"〔2〕,而没有说这部小说的原作者是谁,也不知道此书原著的名称。关于译者,仅知署名"蠡勺居士"。在 1877 年《申报馆书目》中,谓是书"系经名手从英国小说中翻译而成者也"〔3〕,没有说出具体的译者姓名。由此,这一译著便留下了诸多的难解之谜,被称为是"充满疑问的近代第一部翻译长篇小说"。如邹振环所说:一百多年过去了,"《昕夕闲谈》的原本、原作者、译者的情况仍充满了疑问,还有待学者们进一步开拓"。〔4〕

研究中国近代文学史、小说史以及中西文化交流、翻译史的研究者,一直想对此解密,揭开奥秘,但囿于资料的湮没和散落,却知之甚少,迄今未能解决这一令人困惑已久的难题。只是到了 1990 年代,才获得了一些新的进展。1992 年约略先后发表了颜廷亮《关于蠡勺居士其人的点滴臆测》和郭长海《蠡勺居士和藜床卧读生——〈昕夕闲谈〉的两位译者》两篇文章。〔5〕 郭文首次披露了 1905 年四月初八(5 月 11 日)上海《新闻报》上的一则广告:

〔1〕 蠡勺居士:《昕夕闲谈小叙》,《瀛寰琐纪》第 3 卷,1873 年 1 月。又见《昕夕闲谈》同治甲戌(1874)仲冬申报馆印本。

〔2〕 《申报》同治十一年十二月初六日(1873 年 1 月 4 日)。

〔3〕 尊闻阁主(美查)辑:《申报馆书目》,上海申报馆光绪三年(1877)仿聚珍版印本,第 18 页。

〔4〕 邹振环:《影响中国近代社会的一百种译作》,中国对外翻译出版公司 1996 年版,第 70 页。

〔5〕 分别见《甘肃社会科学》1992 年第 5 期,《明清小说研究》1992 年第 3、4 合期。

重译《昕夕闲谈》英国第一小说出书

是书乃外国章回小说也，原名英国小说，计分五十余回，光怪陆离，千变万化。……原本为蒋子让大令所译，尚多转折，不尽善处，阅者每以未能通畅为憾。兹觅得原文英书，更请中西兼贯之儒，重加译印，凡脱节累（坠）〔赘〕之语，一扫而空。排印成书，装钉西式两厚册，价洋九角，托上海棋盘街文明书局、飞鸿阁、四马路文宝书局发兑。〔1〕

这则广告，自 1905 年 5 月 11 日到 6 月 1 日期间，基本上每周刊登一次。它首次提供了《昕夕闲谈》译者的真实姓名——蒋子让，因而是值得重视的。郭文并结合蠡勺居士另一笔名"小吉罗庵主"在《瀛寰琐纪》所撰的三篇文章，对其人作了一些探索，指出蒋子让是早期"有些维新的思想和开放眼光"的人物。作者在文中还表达了自己在解密这一问题后的兴奋之情，认为"疑团一朝打破，其欣喜为何如！"

颜文则提出"蠡勺居士的真实姓名可能是管斯骏"。尽管颜文在论证中有诸多混乱和错误，并将后来的重译者"藜床卧读生"即管斯骏误作蠡勺居士本人〔2〕，其最终结论也是错误的。后来他在所著《晚清小说理论》一书中，便放弃了原先的说法，赞同郭长海之说，修正了自己的结论，指出"蠡勺居士的真实姓名是蒋子让"。〔3〕 但值得注意的是，文中关于"蠡勺居士曾使用过的其他名号"一节中，作者依据《申报》、《瀛寰琐纪》的有关资料，论证小吉罗庵主、蘅梦庵主、西泠下士"均应为蠡勺居士之别署"，揭示了蠡勺居士与小吉罗庵主、蘅梦庵主、西泠下士之间的联系。这一论证思路及提供的一些材料，如指出《申报》上《本馆附启》中小吉罗庵主即蘅梦庵主是"武林名孝廉"，还是富有启发意义的。

继此两文之后，2001 年美国著名学者、小说史研究专家、哈佛大学教授韩南（Patrick Hanan）在《文学评论》上发表了《谈第一部汉译小说》。〔4〕 这是一篇相当精彩的论文。为了求索考证《昕夕闲谈》的原著，韩南不惜到大

---

〔1〕 按郭长海原引文有些文字有误，此据《新闻报》原文作了校订。
〔2〕 关于后来的重译者"藜床卧读生"即管斯骏与《昕夕闲谈》的关系，笔者另有文论述。
〔3〕 颜廷亮：《晚清小说理论》，中华书局 1996 年版，第 10 页。
〔4〕 （美）韩南撰，叶隽译：《谈第一部汉译小说》，《文学评论》2001 年第 3 期。此文后又收入陈平原等编《晚明与晚清——历史传承与文化创新》，湖北教育出版社 2002 年版。又见韩南著，徐侠译：《中国近代小说的兴起》，上海教育出版社 2004 年版。

英博物馆和图书馆数次寻觅,从浩瀚的维多利亚时代小说中寻找事实真相。在该文中,他考证出这部译著是长篇小说《夜与晨》(*Night and Morning*)的前半部,作者为 19 世纪英国作家利顿(Edward Bulwer Lytton,1803—1873),原著最初于 1841 年在伦敦出版,译者所用的则是 1851 年或更迟的版本。韩文并对原著与译著的文本差异作了细致的考察和论述。由此,这一关于原著及原作者多年的悬案终于获得圆满的解决。

对《昕夕闲谈》的译者问题,韩南也提出了一些质疑,并有自己新的看法。文中指出:上海《新闻报》上刊登的广告称译者为蒋子让大令,尽管这个名字在译作问世三十年之后才出现,但由于它说得很具体,得承认它有一定分量。但接下来的问题就是:蒋子让是谁? 至今没有人能回答,更不必说把他与《申报》或《瀛寰琐纪》联系在一起了。韩南认为,译者很可能就是《申报》最早的主编之一,姓蒋字芷湘(又字子相,本名蒋其章)者。《申报》老板美查(Ernest Major)很可能是与译者(大概是蒋其章)一起密切合作创办《瀛寰琐纪》的。并进一步"假定有一个双人翻译的过程",他可能首先向蒋其章推荐了《夜与晨》,并向他提供了文本。所采取的是当时盛行的"一种双人翻译的方式",即由美查作口头翻译,蒋其章笔录。韩南指出,那么如何解释 1905 年广告中出现的蒋子让的名字呢? 子让是不是蒋其章的另一个号? 一种可能的解释是:广告的作者误把蒋其章的表字,与两位原主编中的另一人、江西的吴子让的表字混淆了。[1]

上述郭长海之说和韩南关于原著的研究成果出现之后,便为海内外学术界普遍接受,不少论著均采纳了其结论,如郭延礼著《近代翻译文学概论》,郭延礼、张国功等撰《近代西学与中国文学》,邱明正主编的《上海文学通史》等。[2] 日本学者樽本照雄在原出版的《新编清末民初小说目录》的基础上,重加增补订正,于 2002 年出版《新编增补清末民初小说目录》,这是迄今为止辑录我国清末民初小说目录最为详备的工具书。书中分别吸取了郭长海和韩南新的研究成果,著录《昕夕闲谈》其英文原著为"*Night and Morning*","是《夜与晨》的小说的前半部",译者"蠡勺居士的

---

[1] 参上引韩南撰《谈第一部汉译小说》,以及韩南《中国近代小说的兴起》,第 105—109 页。

[2] 分别见郭延礼:《近代翻译文学概论》,湖北教育出版社 1998 年版,第 24 页;郭延礼、张国功、朱光甫:《近代西学与中国文学》,江西出版集团 2002 年版,第 430 页;邱明正主编:《上海文学通史》(上),复旦大学出版社 2005 年版,第 405 页。

姓名是蒋子让"。[1]

两大谜团,原本及原著者可以说已得到彻底之解决,那么,《昕夕闲谈》的译者问题呢? 应当承认,《新闻报》上的广告提供了到目前为止发现的惟一比较直接的资料,自然不能轻易加以否定。但是,这并不是说它就不存有疑点。首先,它只是一条孤证,至少还需要其他相关材料的支援。其次,从时间上说,《新闻报》上的这条广告已在《昕夕闲谈》初次刊出的三十年之后,毕竟不是当时人的直接记载,故不能排斥存在错误的可能性。而且,更为重要的是,如果蠡勺居士真的是蒋子让,正如韩南所指出,接下来的问题就是: 蒋子让是谁? 至今没有人能说出他是谁。他与《申报》或《瀛寰琐纪》又有什么关联? 这确实是一个无法回避又必须解答的问题。如果不能很好地回答,那么,便无法最终论定结论的准确性。

另一方面,韩南认为译者蠡勺居士可能是蒋子相(蒋其章)的说法,虽说并未为樽本照雄等所采纳,却是很有见地的看法,优点是将其与《申报》和《瀛寰琐纪》联系起来。《瀛寰琐纪》是申报馆创办的文艺刊物,虽说《申报馆书目》称:"是书皆近时诸同人惠投本馆嘱刊之作,本馆延请名人详加选择。"[2]其所刊诗词、散文等大多是同人的投赠之作,但作为《昕夕闲谈》这样一部连载长达三年之久的长篇翻译小说,显然是一项有计划的安排,应当出于申报馆内人物之手。因此,韩南试图将其与《申报》初期的主笔蒋子相联系起来考察,而"蒋子相"与"蒋子让"仅一字之差,故其怀疑与推测有相当的合理性,给人以一种联想的空间与启示。

诚然,韩南的说法也有明显的不足之处。首先,其说并没有提供十分确凿的证据。事实上,韩南本人在论述时便用了"可能是"、"大概是"、"如果……的确合作"、"猜测"、"假定"等字眼。如说:"《申报》老板美查与译者(大概是蒋其章)很可能曾一起在《瀛寰琐纪》上密切合作。"在另一篇谈《早期〈申报〉的翻译小说》时也指出:可能有两名译者,也就是说,是一个双人翻译的流程,"如果美查和蒋其章的确合作将《夜与晨》译成中文,那么他们可能也是这三部作品的译者。"过了六七个月,《昕夕闲谈》第一部分发表在《瀛寰琐纪》杂志上,"如果我的猜测是对的,那么中间的六七个月,两

---

[1] (日)樽本照雄编,贺伟译:《新编增补清末民初小说目录》,齐鲁书社 2002 年版,第 809 页。

[2] 尊闻阁主(美查)辑:《申报馆书目》,第 19 页。

位译者一边策划出版新的杂志,一边忙着翻译《昕夕闲谈》的第一部分。这个假定如果是对的,美查和蒋其章的译文表现出来的是三年多来将外国小说介绍给中国读者的努力"。[1] 可见韩南本人对此也未能予以确认,还只是一种推测和假定。其次,从文字之误来说,"蒋子让"可能是"蒋子相"之误,但既是一字之差,同样也不能排除"蒋子让"是《申报》另一主笔"吴子让"之误的可能性。由于缺乏确凿充足的依据,在论证环节上也较薄弱,因此,其说既不足以否定《新闻报》广告上蒋之让之说,亦难以证成译者必为蒋子相之说。显然,韩南之说还是一个有待证明的问题。故樽本照雄等在这一问题上没有采纳韩南之说,自然是出于慎重的考虑,也是一种比较稳妥的做法。

鉴于上述理由,以上两说应当说各有其长,也各有所短。因此关于《昕夕闲谈》的译者问题,显然有进一步深入探讨的必要。关键在于要有直接且过硬的第一手资料,提供具有说服力的确证,予以证实或证否,才能真正解决这一难解之谜。

二、译者之确证

在探讨《昕夕闲谈》译者的真实姓名之前,有必要先对蠡勺居士的几个笔名作一简略的考察与论证,使我们的研究建立在可靠的基础之上。

蠡勺居士有好几个笔名,据现有的材料,主要的有小吉罗庵主、蠡勺渔隐、蘅梦庵主等。蠡勺居士也偶作"蠡勺渔隐",《昕夕闲谈》在《瀛寰琐纪》第三卷至第二十八卷连载时,各卷均署名"蠡勺居士",惟有第十一卷署"蠡勺渔隐",故可知"蠡勺渔隐"即蠡勺居士。但也仅此一见。

蠡勺居士又名"小吉罗庵主",或署作"小吉罗庵主人"、"小吉罗庵",也有称其为"吉罗道人"的。从《昕夕闲谈小叙》末尾所署"壬申腊月八日,蠡勺居士偶笔于海上寓斋之小吉罗庵",知其在上海居住的寓斋名为"小吉罗庵",故可以肯定他是小吉罗庵主。在《昕夕闲谈》卷中,也有以"小吉罗庵主"名义写的评论。在《瀛寰琐纪》第一、二卷,便有以"小吉罗庵主"或"小吉罗庵"之名发表的《鱼乐国记》,《顺风说一、二》,《人身生机灵机论》,《记英国他咚巨轮船颠末》,《长崎岛游记》等五篇文章,在《申报》同治十一年十月初八日(1872年11月8日)和十二月初三日(1873年1月1日),有

---

〔1〕 (美)韩南著,徐侠译:《中国近代小说的兴起》,第141—142页。

他写的《金闾祖烈女小传》和《魏塘双节合传》。此外,在《申报》与《瀛寰琐纪》上,还有他的不少诗作与题跋。如第二卷滋畹楼剩稿《梦禅小记》之后,即有"小吉庵主附跋"。

关于蘅梦庵主也是他的笔名之一,是颜廷亮首先提出的。[1] 综合现有的各种资料,可以确定蘅梦庵主与小吉罗庵主为同一个人。其最明白的证据是:《申报》同治十一年十二月十一日(1873 年 1 月 9 日)有署名"鹤槎山农"即江湄《奉和蘅梦庵主消寒雅集首倡原韵》,诗句有云:"秋水文章曾领略(前读大著《小吉罗庵稿》),春风雅度又欣披。"[2]诗注中江湄说到曾得读蘅梦庵主所撰"大著《小吉罗庵稿》",故蘅梦庵主当即小吉罗庵,两者是同一个人。又,《申报》同治十二年十一月初六日(1873 年 12 月 25 日),在《篆香老人赠小吉罗庵主序》的《本馆附启》说:

> 篆香先生,丹湖名宿也。辞工黄绢,学富青缃。本馆蘅梦庵主幸识荆州,蒙赠序文。……蘅梦庵主乃武林名孝廉,倡雅会于东南,壬林望重;建骚坛于沪渎,《申报》纷驰。昨因公车北上,先事回杭。

篆香老人即顾敬修。据《附启》说"本馆蘅梦庵主幸识荆州,蒙赠序文"云云,在顾敬修赠小吉罗庵主的《序》中,又说到"蘅梦先生"是"南国词人,西泠才子,禀虎跑之清气,托鹫岭之奇踪","今者薄游海上,浪迹他乡,爰赁庑于申江,作寓公于歇浦"[3],可知小吉罗庵主即蘅梦庵主,他是"武林名孝廉",时居上海,是"本馆"即申报馆的人士。在《申报》与《瀛寰琐纪》上,刊有署名"蘅梦庵主"的不少诗作与题跋。如《申报》同治十一年九月初九日(1872 年 10 月 10 日)越缦生撰《李烈女金烈妇合传》后,即有"蘅梦庵主附跋"。《瀛寰琐纪》第一卷朱允成撰笔记小说《程勿卿寻亲记》,第二卷黄景仁撰《绮怀诗十六首》、小吉罗庵撰《长崎岛游记》,第十一卷寄庐撰《金陵秋试文》之后,均有"蘅梦庵主附跋"。至于两报刊上署名"蘅梦庵主"的诗作,更是不胜枚举。

上述事实表明,译者同时有好几个笔名。正如韩南先生指出,像很多当时的文人一样,译者显然是在同时使用很多的笔名。最有意思的是,《申报》癸酉正月十四日(1873 年 2 月 11 日)所刊《论杭州织造经书大案件》,

---

〔1〕　参颜廷亮:《关于蠡勺居士其人的点滴臆测》,《甘肃社会科学》1992 年第 5 期。但其论证尚不充分。

〔2〕　《申报》同治十一年十二月十一日(1873 年 1 月 9 日)。

〔3〕　《申报》同治十二年十一月初六日(1873 年 12 月 25 日)。

署名"蠡勺居士口述,西泠下士拟稿,蘅梦庵主手录",文末又有"小吉罗庵主附跋"。颜廷亮认为,粗读之下,"蠡勺居士"、"西泠下士"、"蘅梦庵主"、"小吉罗庵主"并非同一人,细加考察,"则可知实为同一人",西泠下士"也当是蠡勺居士的别署"。至于"同一人在同一文中化用四名,当系文人狡狯,不足为奇"。〔1〕韩南在文中也指出:显而易见,这个作者写散文时用"小吉罗庵主",写诗用"蘅梦庵主"或"小吉罗庵主",写白话小说用"蠡勺居士"的笔名。他在关于发生在杭州的一桩犯罪事件的报道中,"调皮地把三个笔名放在一起使用——还加上西泠下士"。〔2〕

应当说,蠡勺居士、小吉罗庵主、蘅梦庵主即同一作者是没有问题的。但"西泠下士"是否即蠡勺居士,笔者认为还有疑问,尚有待论证确认。理由是,《申报》壬申九月二十三日(1872年10月24日)刊有署名"西泠宦隐"写的《戒杀论》,论述了佛教戒杀之事。其中说:"余四十无子,友人王镜潭明府谓余曰:君性嗜鳝,何不除屏之,可期有子乎?并述其先人曾持此戒,生三子焉。……余谓以求子之故而始戒杀,所谓有心为善,安必其获福哉?然恻隐之心,人皆有之,推是心也,亦何忍出此?爱命庖人永除此味,非敢以是求子也。逾年生一子,旋殇去。余戒如故,今年又生一子焉。"并谓"因作《戒杀论》,并志其颠末云尔"。此文后有"蘅梦庵主附跋":"予读西泠宦隐《戒杀论》,而不禁重有感也。"十一月初五日(12月5日)《申报》又刊有署名"佛生氏谨志"的《续戒杀论》,对此再予申说。其中说到"诚如蘅梦庵主所说",又谓"未识西泠宦隐、蘅梦庵主两贤肯赐援手,以为大声之呼,以博登高之应乎?……聊志数行,并请质诸西泠、蘅梦两贤"。似说明西泠宦隐与蘅梦庵主并非同一人。再证以文中所言,以事实论之,上引文中西泠宦隐称自己"四十无子"云云,说明此时他已四十多岁。而据我们下文的考证,蘅梦庵主生于1842年,至壬申年即1872年仅三十岁,与西泠宦隐所说年龄不符。故"西泠下士"如若即是"西泠宦隐",则与蘅梦庵主并非同一人。总之,此点还有待进一步研究。不过,好在与本文所论关系不大,可暂置不论。

如上所证明,蠡勺居士=小吉罗庵主=蘅梦庵主。因此,换言之,这一问题可转化为:只要证明小吉罗庵主或蘅梦庵主的真实姓名和身份,即可

〔1〕 颜廷亮:《关于蠡勺居士其人的点滴臆测》,《甘肃社会科学》1992年第5期。
〔2〕 (美)韩南著,徐侠译:《中国近代小说的兴起》,第106页。

揭开并确认蠡勺居士是谁的谜底。循着这一思路,在认真研读《申报》、《瀛寰琐纪》等有关材料的基础上,又深入发掘相关的清人诗文集、手稿本及科举案卷、县志、日记、报刊等新资料,笔者终于发现了足以说明问题的确证。下面,即从几个方面予以证明,以解开这一百年未决之谜。

（一）小吉罗庵主的真实姓名

《申报》光绪元年十月十八日（1875 年 11 月 15 日）载有署名"履尘道人"与"小吉罗庵主人"的唱和诗。履尘道人诗作《吉罗道人以名孝廉入赣南幕府,应外舅观察许公之聘也。曩以羁栖甥馆,得侍麈谈,宵榻篝灯,辄承指授。荒斋跫伏,文话久疏,自郙口入座后,吾道为不孤矣。狂喜之余,率呈四律,即题其〈泽古堂诗初集〉后》,其中一首云:

　　余生虎口日黄昏,一棹西湖几断魂。

　　袖底云烟楼有影,帐中图画月无痕。（君有"月痕楼影图",为悼亡作也。）

　　故园尚认青杨巷,旧院重寻白板门。（君近又作"冬青老屋图"。）

　　诗纪繁钦留约指,花前细检泪频吞。

署名"小吉罗庵主人"的和诗,诗题为《南城刘履尘茂才同依权署,小住虔南,谈讔之余,谬承青目,羁旅无聊中,居然得一知己,快如何耶。因次枉赠四律韵奉答,即题其〈秋斋蠹余集〉后》。刘履尘的诗作说到"吉罗道人"即"小吉罗庵主人"是"名孝廉",当时正应其岳父许观察之聘,在江西赣南幕府任事。而他自己则以女婿而居。两人同住在虔南县的权署（即今税务署）,相谈甚欢,诗歌唱和。从刘履尘的诗注说明,"小吉罗庵主人"有"月痕楼影图"与"冬青老屋图","月痕楼影图"为其悼亡之作,又有著述《泽古堂诗初集》。

关于小吉罗庵主有"月痕楼影图"与"冬青老屋图"。在此前《申报》同年四月二十五日（5 月 29 日）署名"小吉罗庵"的《舟中续怀人诗》亦曾提到。诗作怀念顾篆香明经、江伊人广文、黄天河广文、杨稚虹司马、黄小园布衣等多人,其中一首怀"江伊人广文"云:

　　标格生来鹤不如,小园赋就赋闲居。

　　皱眉入社思参佛,放胆归田学种蔬。

　　俗变愤吟新乐府,（君有《沪北新乐府》十章。）图成快赠古叐著。（君为予书"月痕楼影"、"冬青老屋"两图卷引首。）

　　别来闻说君逾健,一杖红藤笑掷初。

这里"小吉罗庵"说到江伊人著有《沪北新乐府》十章,又称"君为予书

'月痕楼影'、'冬青老屋'两图卷引首",说明"予"即小吉罗庵,江伊人曾为他作"月痕楼影、冬青老屋两图卷"的引首。按江伊人即江湄(1808—约1879),江苏嘉定(今属上海市)人,字伊人,号添山,又号鹤槎山农,是当时上海著名的文人。其斋名为秋水轩,著有《秋水轩印存》、《秋水轩诗稿》、《梦花庐印谱》等。事实上,江湄不仅为他题写了"月痕楼影图"的引首,而且还留下了诗作。今上海图书馆藏有江的未刊稿本《秋水轩诗稿》。《秋水轩二稿》卷六有《月痕楼影图为蒋子相孝廉其章作》:

> 画楼忆昔度良宵,明月窥人到绮寮。
>
> 兔魄忽残成破镜,凤台谁与共吹箫。
>
> 尘缘已隔深情在,陈迹堪寻好梦遥。
>
> 十二阑干频徒倚,难将消息问青霄。〔1〕

从上面所说小吉罗庵有"月痕楼影图",到江湄为其作图卷的引首,及江湄上引诗作,明白无误地说明,小吉罗庵即蒋子相其章,清楚地揭示出了小吉罗庵主的真实姓名。

"月痕楼影图"是蒋子相怀念其妻子的悼亡之作。此等情况,并不止在江湄《秋水轩诗稿》中有记载,当时不少文坛诗人都留下了题咏之作。如葛其龙《寄庵诗钞》卷一有《题蒋子相其章月痕楼影图》的长诗〔2〕,黄铎《肍余集》卷四壬申年(1872)也有《月痕楼影图为钱塘蒋子相孝廉其章题》〔3〕,万钊《鹤碉诗龛集》卷三有《月痕楼影图为蒋子相其章题》。〔4〕 此外,还有一些词曲抒写此事,如蒋师辙《青溪词钞》有《百字令·月痕楼影图 为家子相孝廉题》,黄振均《比玉楼遗稿》有《题蒋子相月痕楼影图》曲子,

---

〔1〕 上海图书馆所藏江湄《秋水轩诗稿》手稿本共计 8 册。前有记云:"《秋水轩诗稿》十二卷,缺卷五至卷八,存四册。又《二稿》十卷四册全。共八册。卅一年十月龙检记。"有同治十年(1871)何起超序。另,据李灵年、杨忠主编《清人别集总目》著录,南京图书馆也藏有《秋水轩诗稿》一卷。安徽教育出版社 2000 年版,第 564 页。

〔2〕 葛其龙:《寄庵诗钞》卷 1,光绪四年(1878)刊本,第 18、19 页。葛其龙(1838—1885),字隐耕,号龙湫旧隐,原籍浙江平湖乍浦镇人,寄居上海。后中举人。著有《寄庵诗钞》、《薇云词馆吟草》。

〔3〕 黄铎:《肍余集》卷 4,宣统三年辛亥(1911)刊本,第 7 页。

〔4〕 万钊:《鹤碉诗龛集》卷 3,光绪十九年(1893)刊本,第 18 页。万钊(1844—1899),字剑盟,一字涧民,江西南昌人。著有《鹤涧诗龛集》。

等等。[1]

从上述诗作词曲反映的情况来看,这些文人学士与蒋其章均有交谊,游宴相处,题诗唱和,留下了诗作。故"小吉罗庵"即蒋子相其章,应当是没有什么疑问的。

（二）蘅梦庵主的真实姓名

其次,从蘅梦庵主的笔名,我们由相关诗文集也可直接证明他是蒋子相。

据前所述,蘅梦庵主是申报馆的人士,在《申报》上刊有不少署名"蘅梦庵主"的诗作,其中较集中的是在 1872—1873 两年。当时上海的一些文人曾举行几次雅集,诗歌唱酬,在《申报》上刊登。如果光从《申报》刊登的蘅梦庵主及其友人的诗作看,我们并不知道蘅梦庵主是谁,也不知道他的真实姓名。但仔细研读这些诗作,核以相关的诗文集,问题便可迎刃而解。这在江湄的《秋水轩诗稿》中,尤其可以得到确切之证明。

例证之一:《申报》同治十一年十二月十一日（1873 年 1 月 9 日）有江湄《奉和蘅梦庵主消寒雅集首倡原韵》,署名"鹤槎山农待删稿"。诗云:

　　　　座上新知与故知,得占丽泽喜难支。

　　　　苔岑结契应前定,萍梗相逢岂预期。

　　　　秋水文章曾领略,（前读大著《小吉罗庵稿》。)春风雅度又欣披。

　　　　当筵幸值群贤集,慕吕攀嵇尽可师。

这里江湄说到曾得读蘅梦庵主"大著《小吉罗庵稿》",如前所论,说明蘅梦庵主即小吉罗庵,两者是同一个人。查此诗江湄《秋水轩二稿》卷六题作《消寒第一集次蒋子相韵》,其中仅有个别文字不同,诗注:"曾读《小吉罗庵诗稿》。"这就清楚地说明了三者之间的关联,蘅梦庵主即小吉罗庵主人,也即蒋子相。

例证之二:《申报》壬申十二月十五日（1873 年 1 月 13 日）载有署名"龙湫旧隐"即葛其龙诗作《消寒第三集梦蕉馆主招集江楼,偶成一律,录请诸大吟坛均政并祈赐和》,诗注中说到:"前两集鹤槎山农不至,今始践约,而蘅梦庵主则又姗姗来迟矣。"又有署名"蘅梦庵主"的诗作《消寒第三集谨依龙湫旧隐诗韵率和一律》,诗云:"招邀胜用生毛刺,（梦蕉庵主亲自走邀,而不先

---

[1]　分别见蒋师辙:《青溪词钞》,1921 年刊本,第 12、13 页;黄振均:《比玉楼遗稿》,光绪二十年（1890）刊本,第 9 页。

函订。)例罚难辞婪尾杯。(予到极迟,照例受罚,故云。)"诗注中讲到此次雅集,蘅梦庵主因事迟到,故被罚酒之事。而同日又载署名"鹤槎山农"即江湄之作《消寒第三集即席次龙湫旧隐元韵》,诗云:

联翩裙屐上层台,却为寻诗特地来。

射覆罚如金谷酒,传花笑折玉瓶梅。

解颐语妙频倾座,虚左人来更洗杯。(蘅梦庵主后至。)

醉后互称吟句好,不知谁是谪仙才。

江湄诗注中也讲到"蘅梦庵主后至"。查江湄《秋水轩二稿》卷七,该诗题作《消寒第三集次隐耕韵》,即奉和葛其龙隐耕之作,全诗文字与《申报》所载相同,而诗中注文则作:"子相后至,酒将阑矣。"由诗注的变化,同样透露了"蘅梦庵主"即"子相",也就是蒋子相。

例证之三:在此年十二月举行消寒第四集时,当时上海文坛的一批文人在江边酒楼公饯蘅梦庵主。《申报》同治十一年十二月十八日(1873 年 1月 16 日),有署名"蘅梦庵主"的诗作《诸同人约于十四日作消寒第四集,兼为公饯鄙人之举,因雨未赴,偶成小诗,附柬龙湫旧隐并祈遍示诸吟坛赐和为荷》,二十日(1 月 18 日)刊登了龙湫旧隐《消寒第四集诸同人公饯蘅梦庵主,口占二律,即以赠别并索同人赐和》,二十三日(1 月 21 日)又有"蘅梦庵主"的和作《消寒第四集为诸同人公饯鄙人之举,龙湫旧隐口占二律,依韵奉酬希吟坛玉和》。当时上海文坛上的不少诗人,还有"梦游仙史"、"爱吾庐主"等的唱和之作。

《申报》同治十二年正月二十一日(1873 年 2 月 18 日)有署名"鹤槎山农"的诗作《消寒第四集饯蘅梦庵主回武林,予因疾未赴,即次龙湫旧隐元韵赠行》。检江湄《秋水轩二稿》卷六,有《消寒第四集即饯子相归武林,因疾未赴,次隐耕韵赠行》,两相对照,可知为同一诗作。其中仅有个别联语文字作了修改,如第三联原作"藏身敢示维摩疾,选药常翻《素问》篇",现改作"闭门敢示维摩疾,握卷闲翻《素问》篇"。值得注意的是,同样的诗篇,在《申报》发表时称"饯蘅梦庵主回武林",而在其诗集中则题作"饯子相归武林","次龙湫旧隐元韵"也改作了"次隐耕韵",均将笔名换成了字号。足以说明蘅梦庵主确实是蒋子相。

事实上,不止是江湄的诗文集,这在其他人唱和的诗歌中同样可得到证明,蘅梦庵主即蒋子相其章。不妨再列举二例。

例证之四:《申报》同治十二年三月初六日(1873 年 4 月 2 日),刊有署

名"鹤槎山农"的诗作《喜蘅梦庵主见过,即以话别》二首,第一首云:

之子游申浦,清才莫与京。龙文延雅誉,牛耳执诗盟。

却喜高轩过,浑忘扫径迎。如何才握手,便话别离情。

检此诗见于江湄《秋水轩二稿》卷七,诗题作《蒋子相孝廉其章过访,即以话别》,文字与上所引述相同。江湄明确点出了蘅梦庵主的字号、姓名是"蒋子相孝廉其章"。就在三月初六日同一天,《申报》还以《前题次鹤槎山农韵》的题名,刊有署名"龙湫旧隐"、"绿天居士"、"鹭洲诗隐"等人的唱和之作。按鹭洲诗隐即黄铎(1823—1878),字子宣,号小园,别号鹭洲诗隐,江苏江宁(今江苏南京)人。工诗精医,善书画,著有《肱余集》。查《肱余集》卷四,该诗题作《和伊人喜子相见过即以话别原韵》[1],文字完全相同。诗题中"伊人"即江湄之字,是黄铎和江湄之诗,也即上引"鹤槎山农"《喜蘅梦庵主见过,即以话别》诗。这就再直接不过地证明,蘅梦庵主即子相,也即蒋子相。

例证之五:《申报》同年三月二十一日(4月17日)有署名"蘅梦庵主"《岁暮感怀》二首。同日《申报》刊登的还有鹤槎山农、龙湫旧隐、鹭洲诗隐等人的唱和之作。若将其与江湄《秋水轩二稿》卷七所录两相对照,诗作的内容文字完全一样,诗题则作《次韵蒋子相岁暮感怀》。在同卷中,又有《稚虹前曾次予赠蒋子相韵见怀,今久不见,思之甚切,即迭前韵奉寄以抒积悃》,即指杨稚虹曾和江湄《赠蒋子相韵见怀》诗,故江湄又作此诗奉寄。

除江湄和作之外,《申报》同日又有署名"鹭洲诗隐"的《前题》,也即《岁暮感怀》诗,其第一首云:

漫笑书生气味酸,光芒也是吐毫端。

家山咫尺人千里,岁月消磨墨一丸。

抚序独深风木感,兴怀又苦雪花团。

可怜重睹升平世,历尽艰辛耐尽寒。

查此诗也见于黄铎《肱余集》卷四,壬申年(1872)有《岁暮感怀兼怀王子匏,全用蒋子相韵》。与《申报》所刊相对照,首联、末联完全一致,中间两联后者已作了若干修改,如第二、三联作"襟怀有托琴三尺,岁月无情墨一丸。佳节独深风木感,残英犹得露华团",文字有些不同。从诗作本身来说,与蘅梦庵主《岁暮感怀》诗题相同,确系和蘅梦庵主之诗。在此之前,

──────────

〔1〕　黄铎:《肱余集》卷4,第7页。

《申报》三月十一日(4月7日)已刊有署名"昆池钓徒"即杨文斌的《岁暮感怀二首韵次蘅梦庵主元韵》。据杨文斌、黄铎两人诗题,同为《岁暮感怀》诗,一作"韵次蘅梦庵主元韵",一作"全用蒋子相韵",恰正说明蘅梦庵主即蒋子相。

以上我们从小吉罗庵主、蘅梦庵主两条不同的路径,各自独立地分别证明了其真实姓名是蒋子相。由此充分说明,《昕夕闲谈》译者蠡勺居士的真实姓名是蒋子相其章。

(三)由其著作名称确认

再次,从著述情况来说,上面提到蘅梦庵主有《小吉罗庵稿》或《小吉罗庵诗稿》。前述刘履尘的诗题说到"吉罗道人"即"小吉罗庵主人",有《泽古堂诗初集》。据笔者查寻到的有关蒋其章科举考试案卷的第一手资料,蒋其章1870年自填乡试履历称:"字子相,号公质……浙江杭州府学廪生……著有《泽古堂集》 卷。"[1]可知其著述有不同的名称,或称《小吉罗庵稿》、《小吉罗庵诗稿》,又称《泽古堂诗初集》或《泽古堂集》,似尚未正式定名。而从刘履尘与蒋唱和诗中提到他著有《泽古堂诗初集》,与他自填乡试履历中所说相一致,这也从另一个角度证明,小吉罗庵主、蘅梦庵主即蒋其章。

以上三方面提供的确证,无可置疑地表明,《昕夕闲谈》译者蠡勺居士的真实姓名是蒋子相其章。由此可见,郭长海披露的《新闻报》上的广告作"蒋子让",虽说被认为首次提供了译者的真实姓名,又因这则广告是目前所知惟一的资料,从而被学术界广为接受,但事实上却存在着错误,因而是需要纠正的。同时,上述考证也解决了蒋子相与申报馆及《瀛寰琐纪》的关联问题,从而为进一步深入研究提供了坚实的基础。自然,需要指出的是,从郭长海披露《新闻报》上的广告作"蒋子让",颜廷亮首先提出蠡勺居士与蘅梦庵主之间的关联,至引起学界对这一问题的重视,韩南怀疑、推测可能是《申报》第一任主笔"蒋子相",进而注意到其与申报馆的联系,上述探索、怀疑和讨论,或提供了重要线索,或扩大了搜索范围,均启人以思,在学术研究的过程中,这些努力,无疑是功不可没。综上所说,困惑百年之久的《昕夕闲谈》译者之谜可以说已完全揭开,铁证如山,可以定谳。

---

〔1〕 顾廷龙主编:《清代朱卷集成》第258册,台北成文出版社1992年版,第39页。

三、蒋其章其人事迹

解决了《昕夕闲谈》译者蠡勺居士的真实姓名之后,需要进一步探讨其人其事。

蒋子相作为申报馆的第一任主笔,《申报》又是中国近代最为著名的一份报纸,似乎理应有较多的记载留存。然而令人遗憾的是,无论在中国近代报刊史、新闻传媒史的研究,或近代文学史、小说史的研究中,都很少见有相关资料的征引。如作为中国近代报刊史的权威之作,戈公振《中国报刊史》在论述《申报》初期创办时,仅说买办江西人陈莘庚劝美查办报,"并介其同乡吴子让为主笔。美查赞同其议,乃延钱昕伯赴香港,调查报业情形,以资仿效"。[1] 甚至没有提到第一任主笔蒋子相之名。

由于申报馆早期的档案已散佚不存,仅留下了当时美查与其友人伍特华(C. Woodward)、普莱亚(W. B. Pryer)及麦基洛(John. Machillop)三人创办《申报》的一纸合约。[2] 故现有关《申报》早期创办的情况,稍详的是申报馆《最近之五十年》上馆内同人的几篇纪念文章。如早期担任《申报》主笔的黄协埙在《本报最初时代之经过》中说:"《申报》者创自英人美查,而延华人蒋君芷湘主笔政。"又说:"初创办时,延浙人赵逸如为买办,蒋芷湘为主笔。"自第五号起,《申报》改为日出一纸,添聘何桂笙、钱昕伯襄理笔政。此后销数日增,声誉日盛,于是"冀得多载新闻,朝廷谕旨及新闻之关涉紧要者,皆用电报飞传。斯时蒋君已高捷南宫,继其任者,为钱君昕伯……美查亦能用其言,事事听其裁夺,而《申报》之事业益振兴"。[3] 这已是所见最详的记载,但也仅此三言二语,叙述得非常简单。可见,即如一度任申报馆主笔的黄协埙,对蒋子相这样一位早期重要人物,也所述寥寥,鸿爪雪泥,语焉不详。

此后有关的记载,几乎均沿袭了黄氏的说法。对蒋子相生平事迹乃至大名、年龄,在申报馆任职的情况,都没有明确的论述。有代表性的如胡道静《上海的日报》,徐忍寒《申报七十七年史料》,徐载平、徐瑞芳《清末四十年申报史料》,《申报》史编写组《创办初期的〈申报〉》,方汉奇《中国近代报

---

[1]　戈公振:《中国报刊史》,上海古籍出版社 2003 年版,第 88 页。
[2]　此手写合约的影印件见《申报馆内通讯》第 1 卷第 10 期。
[3]　黄协埙:《本报最初时代之经过》,申报馆编:《最近之五十年》,上海申报馆 1923 年版,第 27 页。

刊史》,马光仁《上海新闻史(1850—1949)》,直至最近出版的三卷本《中国新闻事业通史》,在有关申报馆的论述中,也仍仅止于此。[1] 对于蒋子相其人其事,资料留存最少,学界长期未知其详,几乎是个空白。即使在一些极为简短的记载中,还含有不少的错误。因此,下面根据笔者多年蒐集的有关资料,对其生平事迹作一番钩稽考察,尽可能地作比较详确的考释。这不仅对于研究蒋子相其人有益,而且对于近代报刊史、新闻传媒史的研究也具有重要的参考价值。

关于蒋子相其人生平事迹,历来鲜为人知。十分幸运的是,在清代科举考试的案卷《清代朱卷集成》中,留存了他两次参加乡试、会试的文章及两份关于其家族及个人履历详尽的记录,这无疑是弥足珍贵的资料。明清科举,不管哪一级考试,应试者都必须填报体现本人和家庭身份的所谓原籍及履历材料。据《清代朱卷集成》其呈报的履历,"蒋其章,字子相,号公质,又号质斋,行一,道光壬寅年四月二十四日吉时生。浙江杭州府学廪膳生。钱塘县商籍,原籍安徽歙县"。[2] 可知蒋其章出生的准确年月是道光二十二年四月二十四日,即 1842 年 6 月 2 日。其原籍即祖籍为安徽歙县,后隶浙江钱塘县商籍。

所谓"商籍",据《大清会典》载:"商人子弟准附于行商省分,是为商籍。"[3] 在清代的户籍制度中,"商籍"是作为与民、军、灶并列的要籍,另立为一项。清政府规定:"凡民之著于籍,其别有四,一曰民籍,二曰军籍,三曰商籍,四曰灶籍。"[4] 清政府为照顾商人子弟(尤其是盐商子弟)科举入仕,特设商籍,规定了专门学额,准许商人子弟在行商省份附籍入试。在旧时它涉及到科举资源分配的问题。"商籍"之设使徽商子弟取得了在侨寓地官学的学额和参加科举考试的资格。应该说它既是役籍,也是学籍。由其自填的履历,可知蒋氏祖上是徽商出身,后来在钱塘(今浙江杭州

[1] 如马光仁《上海新闻史(1850—1949)》介绍《申报》早期主笔时,则谓:"蒋芷湘 籍贯:浙江杭州 出身:举人 加入《申报》时年龄:未详,似为中年。"并谓"蒋芷湘不久也就离去"。复旦大学出版社 1996 年版,第 101—102 页。《申报》史编写组《〈申报〉七十七年史(1872—1949)征求意见稿》,也只寥寥几笔:"在已搜集的资料中只知道他(指蒋子相)在高中进士后离职而去。别的情形,一概不知。"

[2] 顾廷龙主编:《清代朱卷集成》第 42 册,第 329 页;参见第 258 册,第 39 页。

[3] 嘉庆《大清会典》卷 11《商籍》,嘉庆二十三年(1818)刊本,第 4 页。

[4] 嘉庆《大清会典》卷 11《商籍》,第 3、4 页;《清史稿》卷 120《食货一》,中华书局 1976 年版,第 3480 页。

市）获得了商籍，子弟得以在当地进学及参加科举考试。蒋其章也应是由"商籍"拨入为"浙江杭州府学廪膳生"的，后来即以商籍的身份参加科举考试。这对于他此后的经历及思想均甚有影响，有关此点将在下文详加分析。

据其履历，其始迁祖介之公，由江苏暨阳（今江阴）迁居杭州省城。高祖之父蒋原吉、高祖蒋宏本均敕封文林郎。曾祖蒋袁慰（元慰）是乾隆三十年（1765）乙酉科举人，拣选知县，敕授文林郎。参以有关资料，蒋袁慰字亶夫，号若谷，少孤，由母袁氏鞠之，故兼承外家姓。事母至孝，周春《耄余诗话》卷五称其"工制艺，通群经，而尤精于《左》、《国》。诗不多作，刻意乐府，音节古峭。有《吴山草》一卷，《佛尔雅》八卷"。[1] 祖父蒋学谦为仁邑廪贡生、候选教谕，敕封修职郎。父亲蒋逢辰，原名蒋琴，钱邑廪贡生、候选复设教谕，敕封文林郎（一作修职郎），即用知县。嫡母吕氏为议叙盐知事吕堂公之女，敕赠孺人。生母尹氏是国学生尹申锡之女，敕封孺人。由上述情况来看，从其高祖之父蒋原吉起便徙居杭州，祖父、父亲均在杭读书就事。在杭州的住址为"向住省城太平坊，现住祖庙巷"。后来又搬过一次家，在会试履历中，则记作"向住省城运司河下，现寓里横河桥"。[2]

其家有兄弟四人，他排行第一，诸弟名奎章、玉章、曰章。他自幼即承庭训，此后又受到正规的教育，"肄业诂经精舍，敷文、崇文书院，东城讲舍，前肄业紫阳书院、上海敬业书院。"[3]说明青少年时代，先后曾在杭州、上海两地的书院求学。中秀才后，经年考、科考，成为列入定额的杭州府学廪膳生（享受膳食津贴）。履历上写的受业师有李廷庆、胡正域、沈璜、吴敦等，问业师有王熊吉、李念孙、谭廷献等。

蒋其章于同治六年（1867）参加乡试，虽被荐卷，而未中举人。[4] 后于同治九年中举，为浙江乡试第十二房。据《同治九年庚午正科浙江乡试》录载，此年中式举人一百十二名，"第四十八名 蒋其章 年二十九岁 杭州

---

〔1〕 周春：《耄余诗话》卷5，《续修四库全书》，上海古籍出版社2002年版，第1700册，第23页。《重修两浙盐法志》卷24《商籍一》也有"蒋元慰 杭州人"的记载。
〔2〕 顾廷龙主编：《清代朱卷集成》第42册，第329—334页；第258册，第39—41页。
〔3〕 顾廷龙主编：《清代朱卷集成》第258册，第39页；第42册，第329页。
〔4〕 据其"同治庚午科"《履历》中"受知师"名单中有"丁卯科荐卷太平县知县刘心耕老夫子福田"，可知此次乡试未中。

府学廪生"。[1]《杭州府志》卷一一三《选举七》,国朝举人"同治九年庚午科"下载:"蒋其章丁丑进士。"[2]《重修浙江通志稿·选举三·清代历科举人题名》于"同治九年庚午科"也载:"蒋其章钱塘人,丁丑进士。"[3] 在《清代朱卷集成》中,还保存有他当年科考的如下文章:《不以其道得之不去也君子去仁恶乎成名》、《诗云子怀明德不大声以色子曰声色之于以化民末也诗曰德輶如毛毛犹有伦》、《孔子曰大哉尧之为君》,以及《赋得门对浙江潮》诗。另外,在聚奎堂刻《同治庚午科浙江闱墨》中,还保留另一篇应试时所作的科举之文,题目为《取郜田自淉水襄公十有九年》,策试的是有关《左传》的内容。[4] 主考官对其文章总的评价,分别是"矩步规翔"、"兴高采烈"和"大雅不群"。评第一篇"首艺局紧机圆,机神翔洽,次笔健思,精《三通》礼,扼定'孔子曰'三字,关注并耕,尤为警策"。[5]

乡试履历上还记录了蒋氏两次婚姻状况。据载,他的第一任"妻朱氏,仁邑廪生、候选训导讳允元公长女,候选从九品讳允熙公胞侄女"。[6] 按其妻朱氏即朱迪珍,是仁和廪生朱允元之女。据载允元"劬学好古,醇粹文史,弱冠文名藉甚",工于诗文,又擅书法,著有《蒙斋经说》、《桥东草堂集》。[7] 在《杭州府志》卷九四《艺文九》中,著录有"《浣香楼遗稿》钱塘蒋

---

[1] 《同治九年庚午正科浙江乡试》,同治九年(1870)刊印。在李慈铭的《越缦堂日记》中,还有一些细节化的记载。如同治九年九月乡试揭榜后,二十二日乙酉(10月16日)载:"新同年蒋子湘其章来,吴泮香思藻来。……夜,偕梅卿、仲修、钧堂、松溪、均甫、子湘、凤洲、子虞、晓林饮。有吴姬兰伫佐觥,同梅卿各付缠头两番金。"可见这些新中的举人在一起聚欢夜饮、美人佐酒的状态。九月二十七日庚寅(10月21日)载:"蒋子相来,侂其诣布政司吏录闱中十四艺,付写费五番金,以予无别稿也。"李慈铭:《越缦堂日记》,广陵书社2004年影印本,第4800、4804页。

[2] 陈璂修:《杭州府志》卷113《选举七》,《中国地方志集成·浙江府县志辑》,江苏古籍出版社、上海书店、巴蜀书社1993年版,第2册,第1027页。石国柱等修《民国歙县志》卷4《选举志》也载:同治"九年庚午并补行咸丰壬戌恩科乡试","蒋其章,浙榜丁丑进士",第171页。

[3] 浙江通志馆纂修:《重修浙江通志稿》第110册,浙江图书馆1982年影印本,第7页。

[4] 《同治庚午科浙江闱墨》,同治九年(1870)聚奎堂刊本,第100、101页。

[5] 顾廷龙主编:《清代朱卷集成》第258册,第45、50页。

[6] 顾廷龙主编:《清代朱卷集成》第42册,第330页;又见第258册,第40页。

[7] 丁丙辑:《国朝杭郡诗三辑》卷81,清光绪十九年(1893)钱唐丁氏刊本,第26页。

其章妻朱迪珍佩秋撰"。[1]《国朝杭郡诗三辑》卷九八对此有较详的记载："朱迪珍,字佩秋,钱塘廪生允元女,敦煌知县蒋其章室。有《浣香楼遗稿》。孺人之父克庵明经居东横河桥,开门教授,课余及女。既受《内则》,兼习《风》诗,偶有所作,别出新义。归蒋不久,昙花遂萎。海昌许氏诵珠刻其遗诗。"[2]施淑仪辑《清代闺阁诗人征略》卷九也有类似的记录。潘衍桐辑《两浙輶轩续录》卷五十四云："朱迪珍　字佩秋,钱塘人。廪生朱允元女,甘肃敦煌知县蒋其章室。著《浣香楼吟稿》。"其下注云:

> 许淮祥曰:佩秋为余中表吴姊之女,表姊婿克庵先生又为余受业师,故知之最详。幼慧,受父教,通诗书,家住会城东横河桥。余归试,必就余论诗,间出所作,见其别出新意,丽而清,华而不缛,叹美不置。余妹宝娟嗜吟咏,诗筒往来,月必数四。庚申寇警,避兵金华,遂不复相见。辛酉五月,余在雉皋,得表姊吴书,知佩秋以瘵卒,年才二十,昙花一现,是可慨已。余姊裒其遗诗,编为一卷付梓,时在辛酉九月。佩秋适同邑蒋君子相,后成进士,官甘肃燉煌知县。[3]

由上可知,朱迪珍自幼聪慧,随从父亲读诗书,是一个才女,十九岁时嫁给蒋其章。据前面提到的一些文人所题《月痕楼影图》诗,万钊诗称"闻说庾郎工作赋,欣逢谢女正多才"[4],葛其龙诗云"神仙眷属合登楼,纸阁双声共唱酬。……鸾凤相看并影形,鸳鸯密誓同生死"。[5] 可知郎女两人均有才华,结成伉俪,感情很深。但结婚不久,咸丰十年(1860)太平军攻袭杭州,夫妇遂避兵金华。如诗所云"双宿双飞未一年,那知好月不长圆","谁知紫玉忽成烟,明月团圞未一年。荀令香消空自悼,安仁肠断亦堪怜"。结合不到一年,妻子便因病逝世,年方二十岁。这对蒋其章来说,自然是一个沉重的打击。"从此萧郎感莫释,泪痕枯尽襟犹湿"。[6] 朱迪珍死后,海

───────────

[1]　陈璚修:《杭州府志》卷94,第669页。
[2]　丁丙辑:《国朝杭郡诗三辑》卷98,第18、19页。又见施淑仪辑:《清代闺阁诗人征略》卷9,上海书店出版1987年版,第549页。
[3]　潘衍桐辑:《两浙輶轩续录》卷54,《续修四库全书》,第1687册,第230—231页。许淮祥即著名的梅派艺术研究家、梅兰芳的秘书许姬传的祖父。
[4]　万钊:《题蒋子相其章月痕楼影图》,《鹤碉诗龛集》卷3,第18页。
[5]　葛其龙:《月痕楼影图为蒋子相其章题》,《寄庵诗钞》卷1,第18页。
[6]　万钊:《题蒋子相其章月痕楼影图》,《鹤碉诗龛集》卷3,第18页。

宁有名的女诗人许诵珠搜辑她的遗诗,辑刻为《浣香楼吟稿》一卷行世。[1]
在《两浙輶轩续录》中,存有朱迪珍的《春寒》、《七夕》、《哀贞吟》三诗;在
《清代闺阁诗人征略》中,则有《哀贞吟》、《冬夜即事》、《早秋》三诗。[2]

当时正值太平天国运动时期,蒋氏家族曾遭遇不幸。他有一个胞姑,
"未昏守志,事父终身",于咸丰辛酉(1861)十一月在杭州城陷时殉难,后奉
旨旌恤。另有一位堂兄蒋丙章,也于同年在德清殉难。[3] 蒋其章妻子死
后,据那些《月痕楼影图》题诗,说到"正事含愁赋悼亡,西来铜马又猖狂。
天涯匹马秋篷泛,烟篆啼鹃宿草荒。江湖漂泊岁几度,乱后归来景非故",
以及"萧郎从此远从军,书记翩翩迥不群。王粲登楼能作赋,陈琳草檄早工
文。烽烟扫尽思归计,姓氏欣看登甲第。便折秋风桂一枝,难忘昔日莲双
蒂",大约可以知道,此后蒋其章似是加入了反对太平军的幕府,担任文书
的工作。直到太平天国被镇压,他才参加了几次科举考试,并于1870年中
了举人。[4] 大约也在这段时期,他又第二次结婚,娶王氏为继室。据履历
载,"继妻王氏,余杭道光乙未恩科亚魁,乌程、丽水县学教谕讳燮堂公次

---

[1] 许诵珠又作有《读佩秋〈畹香楼遗稿〉效太白三五七言句》:"清宵阑,灯影残,对
卷泪如雨。芳魂何处还?钟期去矣赏音寡,伯牙有琴谁更弹?"许诵珠,字宝娟,
自号悟红道人,浙江海宁人。同治庚午(1870)举人归安朱镜仁妻。幼时曾从朱
迪珍之父朱允元学习。著有《澹吟楼诗》、《鸳鸯吟馆诗词草》等。另,1873年《瀛
寰琐纪》第8卷《锦囊佳话》中,有署名"东海浣花生"之文,谈到:"吾杭闺秀多能
诗者,同里许宝娟女史诵珠……钱塘朱佩秋女史迪珍咏《白秋海棠》云:'月影照
来涵玉相,露华浣出写冰魂。'佩秋著有《浣香楼诗草》一卷,年甫及笄,未嫁而卒,
良可惜也。范丽云女士紫琼挽以诗云:'避寇分离阅岁华,而今飘泊渺天涯。一
枝委地香兰谢,凄绝人间姊妹花。'余题其遗稿云:'性灵诗句写偏工,满纸秋声感
慨中。如此妙才堪不朽,玉楼春去太匆匆。'"1876年《寰宇琐纪》第10卷,缕馨
仙史手编《尊闻阁同人诗选》中,还有饭颗山樵《读钱唐朱佩秋女史〈浣香楼遗
稿〉即题其端》一首:"珊珊仙骨谪风尘,凄绝红羊劫后身。造物怜才原有意,昙花
一现证前因。 性灵诗句写偏工,满纸秋声感慨中。如此妙才堪不朽,玉楼春
去太匆匆。""东海浣花生"、"饭颗山樵"即杜晋卿。他与蒋其章相熟悉,多有诗
词唱和。

[2] 施淑仪辑:《清代闺阁诗人征略》卷9,第549页。

[3] 顾廷龙主编:《清代朱卷集成》第42册,第329页;第258册,第39页。

[4] 在此期间,蒋其章与谭献相识交往。《谭献日记》己巳年(1869)记载:"《宛邻书
屋古诗录》,十五岁以来所诵习。汀州陷时,书箧尽失。今年常州新刊本,蒋子相
贻我,得还旧观。"后谭献与他在同一年中举。范旭仑、牟小朋整理:《谭献日记》
卷2,河北教育出版社2001年版,第32页。

女"。[1] 岳父王燮堂,字也农,浙江余杭人,道光十五年(1835)举人,后任浙江乌程、丽水县学的教谕。

　　1872 年初,美查筹备创办《申报》,蒋其章已是"武林名孝廉",被邀加盟。如早期《申报》主笔黄协埙所说:"《申报》者创自英人美查,而延华人蒋君芷湘主笔政。"又说:"计馆中先后主笔政者,为蒋君芷湘、钱君昕伯,昕伯谢事,以不才承其乏。"[2]作为《申报》第一任主笔,蒋子相一开始便参与主持《申报》的编务。1872 年 4 月 30 日《申报》的创刊号上,刊登了新闻《驰马角胜》,记叙了在上海的西人赛马的消息。隔日(5 月 2 日)出版的《申报》第 2 号上,发表了《观西人斗驰马歌》七古长诗一篇,描绘了当时洋人在上海赛马的盛况:"春郊暖裹杨丝风,玉鞭挥霍来花骢。西人结束竞新异……追风逐电惊双眸……是时观者夹道望,眼光尽注雕鞍上。肩摩毂击喝彩高,扬鞭意得夸雄豪。"[3]此诗署名"南湖蘅梦庵主",便是蒋其章所作,也是《申报》上登载的第一篇纯粹的文艺作品。《申报》创刊不久,5 月 20 日曾发表《启事》说:"且本馆见闻寡陋,自愧无文。今虽于各都会延请中士,搜剔新奇,访求利弊,仍望诸君子不弃遐僻,或降玉趾,以接雅谈;或藉邮筒,以颁大教。庶几匡其不逮,俾免猥琐烦鄙之讥,则本馆幸甚。"[4]这一启事及在各地联络"延请中士"等项工作,也应该与首任主笔密切相关。至于负责新闻报道、撰写论说等,自然更属总主笔之职。《申报》虽为外国人所办的报刊,但报馆老板美查认为"此报乃与华人阅看"[5],并颇有识人之明,故将编辑大权交给蒋其章、钱昕伯等,由中国人主持笔政。如葛元熙《沪游杂记》卷一记《申报馆》所说:"《申报》,美查洋行所售也。馆主为西人美查,秉笔则中华文士。"[6]在具体的报馆运作方面,蒋其章等发挥了重要作用。

　　同时,他还承担了《申报》附属月刊《瀛寰琐纪》的编辑事务。《申报》创刊后,广泛征集副刊稿件,欢迎读者踊跃投稿,并声明报纸登载来稿,不取作者分文。创刊号上的《本馆条例》说:"如有骚人韵士,有愿以短什长篇

[1]　顾廷龙主编:《清代朱卷集成》第 42 册,第 330 页;第 258 册,第 40 页。
[2]　黄协埙:《本报最初时代之经过》,申报馆编:《最近之五十年》,第 27 页。
[3]　《申报》同治十一年三月二十五日(1872 年 5 月 2 日)。
[4]　《申报》同治十一年四月十四日(1872 年 5 月 20 日)。
[5]　戈公振:《中国报学史》,第 88 页。
[6]　葛元熙:《沪游杂记》卷 1,上海古籍出版社 1989 年版,第 12 页。

惠教者,如天下各地区竹枝词及长歌纪事之类,概不取值。"〔1〕由于应征的稿件源源不断,本身已容纳不下,故又增出了文艺月刊,而由蒋其章主持编务。或以为此事"似没有确证"〔2〕,但细绎《瀛寰琐纪》,其实还是有据可寻的。如《瀛寰琐纪》创刊词《瀛寰琐纪序》即为"蠡勺居士"所作,在各卷中还有他的不少附跋。如《瀛寰琐纪》第一卷刊载笔记小说《程勿卿寻亲记》,后附"蘅梦庵主跋"云:"此余戚朱子钦驾部旧作也,驾部邃于学,于古文辞尤所致力……此壬戌秋在章门时作也。检旧箧得之,因录出以识一斑云。"〔3〕第二卷滋畹楼剩稿《梦禅小记》之后,有"小吉庵主附跋"。同卷黄景仁撰《绮怀诗十六首》后"蘅梦庵主附跋"云:此稿系"予从梦湖友人处抄得之,珍藏行笥已阅二年,重检读之,爱其旖旎清华,不徒效玉溪生獭祭者,是可传已,亟取付雕工"。《长崎岛游记》后面也有"蘅梦庵主附跋",认为此作"可谓创格,可谓奇文,亟登之以示宇内好游之士"。〔4〕 第十一卷寄庐(即葛其龙)撰《金陵秋试文》之后,也有"蘅梦庵主附跋"。从以上附跋所说"因录出以识一斑云"、"亟取付雕工"、"亟登之"等语,由其笔调可知其即为该刊编辑。另外,《申报》同治十一年十二月初十日(1873年1月8日),有署名"茉申初稿"的诗作《壬申长至日同人作消寒雅集于怡红词馆,奉和大吟坛原韵》,诗中说到蒋其章珍藏有一部外界罕见的钱谦益《牧斋外集》,又云:"剪红刻翠联裙屐,索异探奇广见闻。(近刻瀛寰记。)"〔5〕这里所说"近刻瀛寰记"即《瀛寰琐纪》,正说明他与此期刊有着密切的关系。

作为当时著名的文人与报馆主笔,蒋其章通过报馆的联络渠道,得以结识了诸多寓沪或游沪的文人墨客。他曾说,《申报》创刊以后,"吾因龙湫旧隐得遍交诸名士,颇盛文宴。"其《壬申长至日同人作消寒雅集于怡红词

---

〔1〕 《申报》同治十一年三月二十三日(1872年4月30日)。
〔2〕 颜廷亮:《关于蠡勺居士其人的点滴臆测》,《甘肃社会科学》1992年第5期。
〔3〕 《瀛寰琐纪》第1卷,1872年11月。按蒋妻朱氏的父亲名朱允元,伯父名朱允熙,故这里所说"余戚朱子钦(朱允成)",应是他妻子方面的亲戚。《瀛寰琐纪》第7卷有《完璞斋诗跋后》,署"金华朱允成子钦甫",第13卷又刊《朱子钦驾部遗文三首》,署"金华朱允成著",也可证"蘅梦庵主"即蒋其章。
〔4〕 《瀛寰琐纪》第2卷,1872年12月。
〔5〕 《申报》同治十一年十二月初十日(1873年1月8日)。

馆,漫成二律用索和章》诗云:"旅游愧领诸君意,愿作申江结客文。"〔1〕说明他通过葛其龙等的关系,得以遍交海上名士。这一时期,他与当时上海滩的文人学士雅集,互相诗词唱和,成为文坛上很活跃的人物。如 1872 年冬天,海上文人有著名的四次消寒雅集,聚集了当时在沪的不少诗人。在几次雅集时,第一集分咏《红梅》四律,第二集由蘅梦庵主即蒋本人招集江上酒楼,即以其所藏《牧斋外集》命题〔2〕,第三集由梦蕉馆主招集举行〔3〕,消寒第四集为同人公饯蒋其章返杭州的集会。在这四次雅集中,海上文人分韵吟诗,成为一时盛事,后来这些诗歌大多刊登于《申报》。

在申报馆时期,蒋其章还于 1873 年编辑出版了《文苑菁华》一书。这是一部关于科考应试的集子,其中收录了五百多篇范文,它也是申报馆出版的第一本本书籍。《申报》1873 年 2 月 22 日《本馆告白》便宣称要推出一部"近时新出名作"的时文选,并请读者提供认为合适的文章,"一切陈文概不登入"。〔4〕 几个月后,闰六月初七日(7 月 30 日)登载的《文苑菁华》广告说:

> 本馆所编辑之时艺,标名《文苑菁华》,现已陆续付刊。《四书》文五百篇,计至七月朔旦可以藏工。……其中制艺均皆名手所为,会艺窗作以及院课季考之文,并各家遗集,搜罗广博,校勘精审。凡高古横逸诸作,不合近时眉样者,概不入选。且于近时汇刻时文,如《制义镕（裁）〔裁〕》、《庸盂文椷》等集所已经传播者,概不阑入云。先此布闻。〔5〕

---

〔1〕 《申报》同治十一年十一月二十五日(1872 年 12 月 25 日),载有《消寒雅唱和诗》。"龙湫旧隐次韵"之诗云:"藏得虞山遗集在,围炉重与赏奇文。(蘅梦庵主藏有《牧斋外集》,消寒第二集拟以命题,故云。)"又,署名"云来阁主和作"诗注云:"浪迹海上半年矣,秋间旋里两阅月,殊有离群之感,昨甫解装,蘅梦庵主告余曰:自子去后,吾因龙湫旧隐得遍交诸名士,颇盛文讌。余甚羡之,复闻有消寒雅集,不揣弇鄙,愿附末座。"

〔2〕 《申报》同治十一年十二月十一日(1873 年 1 月 9 日),载有《消寒第二集蒙蘅梦庵主招集江上酒楼,率成一律,录呈教正,并祈同社诸吟坛赐和》,署名"龙湫旧隐初稿"。

〔3〕 《申报》同治十一年十二月十五日(1873 年 1 月 13 日),载有《消寒第三集梦蕉馆主招集江楼,偶成一律,录请诸大吟坛均政并祈赐和》,署名"龙湫旧隐呈稿"。诗注云:"前两集鹤槎山农不至,今始践约,而蘅梦庵主则又姗姗来迟矣。"

〔4〕 《本馆告白》,《申报》同治十二年一月二十五日(1873 年 2 月 22 日)。

〔5〕 《申报》同治十二年闰六月初七日(1873 年 7 月 30 日)。

说明所选文章皆出自擅长制艺的名家之手,而没有任何"不合近时"之文滥竽其中。七月初一日(8月23日)刊出了正式出售《文苑菁华》广告。

　　据茂苑赋秋生即姚湘前面所作的序言说:"制艺之有汇选,亦犹类书之有汇刻,所以备品汇、博搜采,以供伐山者之取材而已矣。……漪生阁主人有见于是,爰取近今房行季科、书院会艺以及友人窗作,凡有合于风气者,遍加甄录,得文五百十篇,汇而刊之,以公同志,岂第备品汇、博搜采云尔哉!"〔1〕虽说序言中只提到"漪生阁主人",但此书确实为蒋其章所辑。这在1877年出版的《申报馆书目》中有着明确的记载:"是书皆近人所作制艺,而为武林蒋芷缃进士其章所选也","是编所选皆书院课卷,或窗作,或拟墨,清奇浓淡,不拘一格,要以不戾乎正,不违乎时,而并无以得失论优绌之弊","阅之者耳目为之一新已"。〔2〕书中《凡例》又讲到:"凡友人邮筒投赠之作,无不登录。其有寄到稍迟者,尚多割爱,容俟续编补列。"〔3〕说明多是友人投赠的产物。书中收有薛福成、葛其龙等人的文章,又收蒋本人的文章六篇,均为《论语》类,分别是《知其说者至于天下也其如示诸斯乎》、《固也闻一以知十至子曰弗如也》、《如有博施于民至子曰何事于仁》、《乡人饮酒杖者出》二节、《子贡问政子曰足食足兵》、《举贤才曰焉知贤才而举之》,四篇署名"蒋其章",两篇署"蒋其章　子湘"。〔4〕我们知道,《申报》对江浙每科每场的试题、排榜尤为重视,同治十二年九月二十四日(1873年11月13日),《申报》刊登《浙江乡试题名全录》、《顺天乡试题名》、《顺天乡试中式江浙才子题名》,第一次报道了科举考试的消息,此后的报道又逐渐扩大到江南其他省份,逢时必报,几成定例。它还注意发表"大小考试之文章题目,以备学子之揣摩"〔5〕,显然都是为争取士子的支持。蒋氏编辑此书,既是为了迎合当时的社会需要,同时也和包括申报馆的主笔如蒋其章、何桂笙、钱昕伯等人在内的科举情结相关。

　　和当时的文人学士一样,蒋其章在任《申报》总主笔的同时,依然未能

〔1〕　蒋其章辑:《文苑菁华》,申报馆同治十二年(1873)印本,第1页。
〔2〕　尊闻阁主(美查)辑:《申报馆书目》,第4页。
〔3〕　蒋其章辑:《文苑菁华·凡例》,第1页。
〔4〕　后面的评语分别为:"文心静穆,笔意坚凝,提二顶上圆光全神笼罩,尤为高捾群言。""邪味渊涵,笔情警湛,中权辟阖动荡,痕迹俱融,入后风度谐和,虚实兼到合作也。"有一篇原评作"识踞题巅,理精词湛"。见《文苑菁华》。
〔5〕　张默:《六十年来之申报》,申报馆编:《申报概况》,上海申报馆1935年版;徐忍寒编:《申报七十七年史料》,1962年油印本,第27页。

忘情于科举之业。他曾多次参加科举考试,入京会试,但均未能取中。前引《申报》1873 年 12 月 25 日《篆香老人赠小吉罗庵主序》的《本馆附启》便说到"蘅梦庵主乃武林名孝廉……昨因公车北上,先事回杭"云云。篆香老人的《序文》中也说:"所恨公车历碌,未攀旌节之花;还欣席帽抛残,早掇科名之草","愿君扶摇直上,高题雁塔之名。"〔1〕说明在此之前,蒋其章曾应举未中,本年底又要公车北上,明春至京城应试,故顾敬修(篆香老人)预祝他能金榜题名,但结果仍然是铩羽落第。〔2〕此后他又于光绪二年(1876)再次入京会试,但仍报罢而归。〔3〕

历来对于蒋其章中进士的时间有些不同的说法,因这关系到他在申报馆任职的年限及离职的时间,故对这一问题也需做些辩证。如徐载平、徐瑞芳《清末四十年申报史料》中说:"开创时候《申报》的总主笔是中过举的浙江人蒋芷湘,我们在已搜集的资料中只知道他在公元 1884 年考中进士后离开《申报》总主笔的职位,离职的具体日期,现在没有资料可以说明。"在后面的"附录"《清末四十年申报大事记》中称,1884 年 8 月间,"总主笔蒋芷湘赴礼部考试,得中进士,离开报馆。由主笔钱昕伯担任总主笔之职。"〔4〕这一说法与前引早期担任《申报》主笔的黄协埙之文有关。黄称《申报》创办后,声誉日盛,此后"朝廷谕旨及新闻之关涉紧要者,皆用电报飞传。斯时蒋君已高捷南宫,继其任者,为钱君昕伯"云云,但并没有说具体的时间。后胡道静在《上海的日报》中,根据黄文说,《申报》以电报传递谕旨,"第一次电讯于 1882 年 1 月 16 日(光绪七年十一月廿七日)刊出。及 1884 年(光绪十年)8 月京津电线续成,朝野大事,有时也用电报传递。这时蒋芷湘已中进士,由钱昕伯继任主笔。"〔5〕此后,各种报刊史、新闻传

---

〔1〕 《申报》同治十二年十一月初六日(1873 年 12 月 25 日)。

〔2〕 李慈铭《越缦堂日记》同治十三年(1874)载蒋入京考试事,二月二十二日(4 月 8 日):"蒋子相同年来。"二十三日,"旋出城,答拜秋伊、紫畛、仲彝、少质、云门、均甫、孙岘卿、袁爽秋、蒋子相……傍晚归。"二十五日,"蒋子相馈茶叶四器复谢。"说明蒋其章确实参加了这次会试,但未中。李慈铭:《越缦堂日记》,第 6061—6063 页。

〔3〕 李慈铭《越缦堂日记》光绪二年二月二十六日(1876 年 3 月 21 日)载:"杭州同年蒋其章来。"二十八日、九日又载:"写单约江敬所、朱西泉、蒋子相、王子献晚饮广和居","夜一更时归"。但此次蒋氏又落第而归。李慈铭:《越缦堂日记》,第 6887、6889—6890 页。

〔4〕 徐载平、徐瑞芳:《清末四十年申报史料》,新华出版社 1988 年版,第 24、350 页。

〔5〕 胡道静:《上海的日报》,《上海市通志馆期刊》1935 年第 2 卷第 1 期,第 244—245 页。

媒史均沿袭了这种说法。近年出版的方汉奇《中国新闻传播史》也说：
"1884 年 8 月,《申报》首任主笔蒋芷湘中进士离职,改由钱昕伯继任。"〔1〕
如此,自《申报》1872 年创刊至 1884 年,蒋氏在申报馆任职的时间长达十二
年之久。但这种说法实际上是对黄协埙之文的误读。黄文所说"斯时蒋君
已高捷南宫"云云,只是说在此之前蒋芷湘已中进士,由钱昕伯继任,而并
非说蒋芷湘中进士即在 1884 年。

据现存确凿的资料,蒋其章考中进士是在光绪三年(1877),而非一般
所认为的 1884 年。具体为"丁丑王仁堪榜"进士,会试三甲第 49 名。据
《杭州府志》卷一一一《选举五》,国朝进士"光绪三年丁丑王仁堪榜"载:
"蒋其章钱塘人,敦煌知县。"〔2〕后来《重修浙江通志稿·考选举·清代历科进
士题名》记载同。《明清进士题名碑录》亦载:"蒋其章　浙江钱塘人　光绪
三年第三甲第四十九名"。〔3〕又,北京歙县会馆观光堂有题名榜,记有清
代歙县本籍、寄籍的京官和科场及第名单。据清许承尧《歙事闲谭》载:"北
京歙县会馆观光堂,有题名榜。有清一代,吾歙本籍、寄籍之官京朝取科第
者皆与焉,录之以备参考。"其中考中进士者计二百九十六人,"光绪朝丁丑
程夔,蒋其章钱塘",中谓"以下注县者皆寄籍"〔4〕,说明蒋氏寄籍钱塘。其
会试履历的记载更为详细:光绪丁丑科,"庚午乡试中式第四十八名,会试
中式第五十六名,殿试第三甲第四十九名,朝考二等第四十三名。钦点即
用知县。"〔5〕又,《清史稿·德宗纪一》载:光绪三年丁丑夏四月,"庚戌,赐
王仁堪等三百二十九人进士及第出身有差。"〔6〕说明时间是在此年的夏四

〔1〕　方汉奇:《中国新闻传播史》,中国人民大学出版社 2002 年版,第 63 页。刘家林
　　　编著《中国新闻通史》(上)也称:"1884 年以后,他考上进士,金榜题名,便脱离
　　　《申报》。继任者是钱昕伯。"武汉大学出版社 1995 年版,第 80 页。马光仁《上海
　　　新闻史(1850—1949)》则称蒋芷湘加入《申报》时年龄"未详,似为中年",并谓
　　　"蒋芷湘不久也就离去",第 101—102 页。
〔2〕　《杭州府志》卷 111《选举五》,《中国地方志集成·浙江府县志辑》,第 2 册,第 992
　　　页。又见《重修浙江通志稿》第 107 册,第 66 页。《民国歙县志》卷 4《选举志》也
　　　载:光绪"三年丁丑王仁堪榜",有"程夔、蒋其章、项晋荣",第 171 页。
〔3〕　朱保炯、谢沛霖编:《明清进士题名碑录索引》,上海古籍出版社 1980 年版,第
　　　2871 页。
〔4〕　许承尧:《歙事闲谭》卷 11《清代歙京官及科第》,黄山书社 2001 年版,第 348、
　　　352 页。
〔5〕　顾廷龙主编:《清代朱卷集成》第 42 册,第 334 页。
〔6〕　《清史稿》卷 23,第 859 页。

月。《清代朱卷集成》收录他会试卷的诗文有:《修己以安百姓修己以安百姓》、《言而世为天下则》、《见贤焉然后用之》、《赋得露苗烟蕊满山春得烟字五言八韵》诗,主考官总的评价是"法密机圆"、"理明词达"、"笔歌墨舞"和"机旺神流"。第一篇评谓"以渊雅之笔,运沉挚之思,玉节金和,理法兼到,知于此道三折肱矣。"〔1〕虽说这些均是科举八股之文,但也可见蒋其章的思想与文笔。

蒋其章中式后,分发敦煌知县。〔2〕但从实际情况来看,本年他并没有上任,而是仍在上海。《申报》光绪三年十月初八(1877年11月12日)刊有《读味梅花馆诗五集题赠陈曼寿明经,即用集中沪城秋感唱和诗韵》,署名"钱塘蒋其章子相甫初稿"。其诗云:"难得海滨同社集,可知瓦缶正雷鸣。"〔3〕陈曼寿,名鸿诰,浙江秀水(今嘉兴)人,是清代著名的书家,工篆、隶书,长于古体,著有《味梅华馆诗集》。蒋氏此时与其诗词唱和,可知此年十月他仍在上海。同日《申报》还刊有他的另一首诗作《奉送张鲁生太守出使日本》,中有"海隅出日遍怀柔"、"万里星槎赋壮游"之句。张鲁生即张斯桂,光绪间为出使日本国副使。据《何如璋使东述略》记载,光绪三年"十月十九日庚子,拜折具报出洋日期,并奏带随使人员。癸卯,偕张副使登程"。〔4〕可知此年十月二十二日(11月26日),正使何如璋率张斯桂等随员乘坐"海安"号兵船从上海东渡,其中还有参赞黄遵宪。蒋诗即作于十月初,说明在1877年孟冬还在上海送别。当时《申报》另刊有包延祺诗作《何子峨太史、张鲁生太守出使东瀛,恭赋四律,兼以书怀,录呈大吟坛郢政》,其中云:"簪毫逐队漫长歌,(蒋子湘大令曾赋诗送行。)星使风仪究若何?"说的也是这回事。又,《申报》同时登有署名"蕹梦庵主"的《奉题陈曼寿明经梅窗觅句图册七绝二章,录请缕馨仙史、雾里看花客郢政》、《奉题杜晋卿茂才秋树读书图册断句二章,录请吟坛同政》两诗。杜晋卿即杜求煓,字晋卿,笔名饭颗山樵,浙江海宁人,著有《浣花吟馆诗钞》、《山城倡和集》等。后诗署

---

〔1〕　顾廷龙主编:《清代朱卷集成》第42册,第337、341、345、349页。
〔2〕　李慈铭:《越缦堂日记》光绪三年七月二十二日(1877年8月30日)载:"蒋某得甘肃知县来辞行,不见。"第7491页。
〔3〕　《申报》光绪三年十月初八(1877年11月12日)。
〔4〕　何如璋:《使东述略》,《走向世界丛书》,《早期日本游记五种》,长沙人民出版社1983年版,第90页。

名"丁丑小春月蘅梦庵旧主客海上作"。[1] 按十月又名"小春月",时值孟冬,也可证此年冬天蒋其章仍在上海,应还在申报馆任职。

那么,蒋其章是什么时候赴任敦煌的呢?据《申报》光绪四年三月初三(1878年4月5日)载有署名"龙湫旧隐"即葛其龙的两首诗作《花朝偕蒋君子相、香叶、万君剑盟小饮江楼》《送子相出宰甘肃》。前诗云:

柳色依依动别情,一鞭有客赋西征。

座中恐惹离愁起,不遣双鬟唱渭城。(时子相将赴甘凉。)

又称"更喜四人逢百五,(香叶、剑盟合年七十,子相与余合年八十,亦适逢其会也。)","申江今似秦淮上,文酒风流属寓公"。说明在此年的"花朝"日即二月十五日,葛其龙和蒋子相、万剑盟尚在江楼小饮,当时蒋其章将赴甘肃任。后一首云:"十年海上订鸥盟,今日江干远送行","临别赠言君记取,从来循吏本书生。"[2] 在江边送行,则是正式的赠别。证明蒋其章于光绪四年春才赴敦煌县令之任。关于他赴敦煌的情况,在万剑盟即万钊的诗集中有所反映。《鹤碉诗龛集》卷四有《送子相之官甘肃》诗四首,诗中表达了送别之情,还讲到"时闻喀什噶尔之捷",当时陕甘总督左宗棠正督办新疆军务,收复失地之事,正要待"贤良"来抚循百姓。一方面表达离愁别绪,感叹"人间离恨多",一方面又鼓励他"勋名须努力,行矣莫蹉跎"[3],希望蒋其章在西北能做出一番事业。

蒋其章赴任敦煌县令,约略有二年半时间。任职敦煌的有关情况,在《左宗棠全集》的书信、批札和奏折中,保留了诸多相关记录。光绪五年(1879)《与崇峻峰方伯》函中说:"平番、宁夏均四字要缺,应即遴员请调。……应补人员,吴莹尚可,张汝学、刘子铣亦期胜任。即用如蒋其章,已委署敦煌。余则尚待查看。"[4] 说明蒋其章已委署敦煌。在此年批札中,有《敦煌县知县沙州营参将会禀俄人坚执赴青海情形由》《敦煌县蒋令等禀俄人移牧大泉一带仍坚要带路各情由》《敦煌县禀回犯窜入罗博脑追捕不及各缘由》等件,以上三件虽然没有点出蒋其章之名,但其中所说"蒋

---

〔1〕 《申报》光绪三年十月十九日(1877年11月23日)。

〔2〕 《申报》光绪四年三月初三日(1878年4月5日)。

〔3〕 万钊:《鹤碉诗龛集》卷4,第1、2页。

〔4〕 左宗棠:1645《与崇峻峰方伯》,《左宗棠全集·书信三》,岳麓书社1987—1996年版,第10册,第451页。崇峻峰,即崇保,字峻峰,历任西宁道、甘肃、山东布政使。

令"即为蒋其章。第一、二件,说的是如何处置俄国人要求由该县取道前赴青海之事。[1]　第三件说的是关于回民由大红山窜入罗布淖处置事宜,左宗棠批札云:"该令于此次回犯逃入辖境未能设法截拿,事后却言之了然,亦足见其办事并无实心也。"由第三件批札来看,左宗棠对其在这件事情的处理上,甚有看法,因此"姑加训饬,以观后效"。[2]

在另外两件奏折中,也反映出蒋其章的任职状况。光绪五年九月十四日(1879年10月28日),左宗棠《陈报安西州并敦煌县应解课金无人采挖情形折》说:"奏为安西州并敦煌县应解课金无人采挖缘由,恭折具陈……又据署敦煌县知县蒋其章详称:该县南山金厂停采,迄今已阅十七年。屡经出示招采,未据一人报充……自道光年间,业已矿老山空……所有多年课项,委实无从报解等情。"[3]经左宗棠复查无异,故请旨饬部查照立案施行。另一件《敦煌县蒋令其章禀复试种稻谷并南湖罂粟均已查拔净绝由》中说:

一、该县地土膏腴,南湖一带荒歇地亩引水灌田,种植稻谷,自无不宜。据禀罂粟拔除尽净,蝗孽亦无滋生,当期丰稔。

二、另禀兴修义学,筹捐社粮,以每年所收息粮作义学膏火,所办尚是。惟每粮一石取息三斗,未免太重。应即切实议减,并饬派妥绅经管,明定条章,以垂久远。[4]

当时左宗棠在甘肃地区雷厉风行地禁种罂粟,饬各官府严加督办,又重视加强文教,兴办学校,奏稿讲到蒋其章在敦煌试种稻谷和查禁拔掉罂粟以及兴修义学之事,对此表示了赞赏之意。

综合有关材料,蒋其章任敦煌知县的时间并不长,至光绪六年(1880)

---

[1]　左宗棠在1762《与崇峻峰》函中也论及此事,称:"敦煌续来之俄人亦因无人带路,废然思返,但尚未接其何日回程禀报。"末署"七月六日"。《左宗棠全集·书信三》,第10册,第568页。

[2]　左宗棠:764《敦煌县知县沙州营参将会禀俄人坚执赴青海情形由》,765《敦煌县蒋令等禀俄人移牧大泉一带仍坚要带路各情由》,770《敦煌县禀回犯窜入罗博脑追捕不及各缘由》,《左宗棠全集·札件》(14),第445—446页。

[3]　《左宗棠全集·奏稿》2589,第3册,第394—395页。

[4]　《左宗棠全集·奏稿》783,第3册,第459页。后秦翰才在《左文襄公在西北》中谈到:"敦煌知县蒋其章,于光绪六年举兴义学,筹捐社粮,取息充经费。文襄公以每一石取三斗,未免太重,批令议减"云云,即据此。岳麓书社1984年版,第208页。

九十月间即被革职。据左宗棠此年九月十二日《甄别庸劣不职各员折》说："窃维甘肃吏治渐已改观,其庸劣各员仍宜随时纠参,以昭儆戒。……署敦煌县知县蒋其章,居心浮伪,办事颟顸……以上四员,均应请旨革职,以肃官箴。"〔1〕同月附录上谕《谕将补用知府刘肇瑞等员分别革职降补》,也记载了相同的内容。〔2〕 说明此年九月,左宗棠以藩司上报蒋其章"居心浮伪,办事颟顸"的罪名,报请朝廷将其撤职。而据十月初五日《遴举廉能各员以资激劝折》中说:"同知衔陕西补用知县、现署甘肃敦煌县知县何桂,廉隅自励,志在有为……何桂、汪榘均请以本班遇缺即补。"〔3〕又,《请以叶恩沛等员分别委署固原知州等缺片》说到:"署敦煌县知县蒋其章撤委遗缺,查有同知衔陕西补用知县何桂廉明精细,堪以委署。"〔4〕可知此年十月蒋其章已被革职,而由何桂替代其职。关于被撤职的原因,后来他的友人称是由于遭人诬构,考课被黜,但恐怕与左宗棠对报馆人士抱有偏见不无关系。左宗棠在与友人书中,曾有"江浙无赖文人,以报馆为末路"一说〔5〕,蒋氏曾任申报馆主笔,成见或许有所影响。

敦煌离任之后,蒋其章出嘉峪关赴新疆,在阿克苏、喀什噶尔任左宗棠步将张曜的幕僚。有关这方面的情况,同僚施补华在《泽雅堂诗集》、《文集》中留下了宝贵的记载。《泽雅堂文集》卷六《蒋母墓志铭》云:"钱唐公以节镇喀什噶尔,同治生仁和蒋君其章及余实从。光绪九年三月,蒋君之母氏卒于肃州,四月讣至,蒋君出次外舍,斩衰,旦夕哭如礼,用浮屠七七之说。至五月,出拜钱唐公,自喀什噶尔驰还肃州,归其柩于杭。"濒行之际,向施补华乞写墓志铭。其中说:"十年持家,子再婚媾,乡贡廷试,成名亦骤。出宰戎县,近养远就……非罪斥官,下考曲构,母曰命然,与谗邂逅。辟书为佐,文字是售。衰亲壮儿,别泪盈袖。尺勋寸功,还职之旧。"〔6〕此

〔1〕 《左宗棠全集·奏稿》2722,第 3 册,第 594 页。
〔2〕 《左宗棠全集·奏稿》2723,第 3 册,第 594 页。
〔3〕 《左宗棠全集·奏稿》2728,第 3 册,第 598—599 页。
〔4〕 《左宗棠全集·奏稿》2753,第 3 册,光绪六年十一月二十二日京报全录,第624 页。
〔5〕 姚公鹤:《上海闲话》,上海古籍出版社 1989 年版,第 128 页。
〔6〕 施补华:《泽雅堂文集》卷 6,《续修四库全书》,1560 册,上海古籍出版社 2002 年版,第 357 页。施补华(1835—1890),字均甫,浙江乌程(今浙江湖州)人。同治九年(1870)举人。先后入左宗棠、张曜幕,从军西北,历官知府、山东补用道。工诗文,另著有《泽雅堂诗集》、《泽雅堂诗二集》。

处钱唐公指张曜,他以嵩武军统领随左宗棠出征新疆,是晚清伊犁抗俄的名将。从墓志铭所述情况来看,蒋其章在出任县官之后,曾因遭谗构,非罪而被罢官,此后被辟为张曜的幕僚,驻扎在新疆喀什噶尔,主要作书记之类的文字工作,逐渐地积累功绩,"还职之旧"。当时蒋氏人在喀什噶尔,家属及母亲居住肃州(今甘肃酒泉)。光绪九年(1883)因其母逝世,一度请假护送母亲灵柩回到杭州,丧事处理完毕,再返张曜幕府。

张曜原是一介武夫,曾被人讥弹"目不识丁",但后来发愤向学,对人才颇为爱惜。施、蒋二人都是同治九年庚午科举人,本有同年之谊,现在又为同僚,诗词唱和,颇为相契。《泽雅堂诗二集》卷八有《疏勒行馆与子相夜谈杂作三首》云:"子亦可怜人,翩翩扬马才。边关堕作吏,须鬓飞黄埃。作吏复见斥,从军尤自哀。效彼楚囚泣,愧此达士怀","所贵岁寒节,凛凛不可摧"。〔1〕卷九有《再用秋心韵答棣芬、子相》、《题子相秋怀二十首后》等诗。《天意二首与子相》有云:"……回忆六桥舣短棹,相期万里请长缨。如今共作将军客,且拨忧危讲治平。沦落栖迟未有涯,还思出处应龙蚴。"〔2〕卷一○《留子相饮酒》云:"伊犁一隅十年乱……夷情反覆军势盛……通商画界更他日,诈谋谁以刚气摧。强可支持弱见侮,令我慷慨思边才。可怜贵人用柔道,委蛇相赴中外皆。君姑一醉我一息,下士狂论市贤哈。送君出户漏三下,皎月出树光流阶。"〔3〕两人年已半百,白发早生,饮酒拼醉,依然剧谈时事,豪兴不减。从中透露出他们对中俄西北边事深抱忧患,而对朝廷贵臣以"柔道"治事,敷衍委蛇表示强烈不满。此外,卷一一还有《岁暮与子相》、《同子相、福之至虚随园看花,杰堂军门置酒款之,邀子相作诗贻杰堂兼与福之别》等。在这些诗作中,大体可反映出蒋其章在新疆张曜幕府的一些情况。

这在李慈铭《越缦堂日记》中也有一些记录。李是晚清著名学者,与蒋其章均是浙江人,为同科举人,时在京城任官,与蒋、施均相熟悉,有书信往来。李氏《日记》光绪八年十二月初八日(1883年1月16日)载:"得张朗斋曜提戎喀什噶尔行营书,并惠银四十两。……乃万里致书,极致倾挹,此

〔1〕　施补华:《泽雅堂诗二集》卷8,第215页。
〔2〕　施补华:《泽雅堂诗二集》卷9,第221—223页。
〔3〕　施补华:《泽雅堂诗二集》卷10,第226页。

真空谷足音矣。又得施均甫、蒋子相两同年书。均甫自己卯（光绪五年，1879）由左恪靖肃州军营赴张君阿克苏幕，以查办辟展巡抚杨培元事被劾降县丞，今已复原官办文案。子相以署敦煌令，亦被左相劾罢，今亦在张君幕，司书记也。"〔1〕次年二月二十三日（1883年3月31日）载："作复施均甫书，约千余言……又作复蒋子相书，论庚午榜运之厄，亦数百言。"〔2〕反映出蒋氏在张曜幕府担任"书记"之职前后的一些状况。

光绪十一年（1885）正月，张曜由西北回京待命，施补华、蒋其章等随同返京。此年六月初，张曜授广西巡抚，但未离京。在这段时间中，施、蒋等幕僚一直留在京城。〔3〕十一月，清廷令张曜查勘山东河工海防。李慈铭《日记》本月二十一日载此事。〔4〕十二月初一日（1886年1月5日），在张曜离京赴任前，李慈铭、朱一新等京中官员、文人设宴为之饯行，"夜，偕蓉生设饮，饯张朗斋尚书及均甫、蒋子相赴山东也。邀醉香、花农、桂卿同饮，清谈甚欢，凡再易烛，至三更后散。"〔5〕不久张曜赴任山东，施补华、蒋其章等随之到了济南。

光绪十二年（1886），张曜署理山东巡抚。据施补华《泽雅堂诗二集》卷一八有《与子相晓泛大明湖》、《同晓华、籽山、子相游铁公祠即席作》诗〔6〕，故知施、蒋等此年夏秋之日有大名湖、铁公祠之游。在此后的几年中，蒋其章一直在张曜的幕府任事。据徐寿兹《湖桥春影图题词附》跋云："丁亥（1887）春仲，与同里孙蕴苓承鉴、张采南颋辅同客济上，得识湘南王梦湘以敏、浙江蒋子相其章、蓝六屏庆翔、山左毛芗林庆澄、稚云承霖，尊酒倡酬，时有佳节。于时汀草如织，山花欲然，美人目成，春去无主，稚云为

---

〔1〕 李慈铭：《越缦堂日记》光绪八年（1882）十二月初八日，第9695页。
〔2〕 李慈铭：《越缦堂日记》光绪九年（1883）二月二十三日，第9795页。
〔3〕 李慈铭《越缦堂日记》光绪十一年正月二十四日（1885年3月10日）载："施均甫来自喀什噶尔，从张提督曜入都者。"说明此年年初施补华、蒋其章等随张曜到了京城。十月十三日载："同年蒋子相来。"十月十七日上午，"诣张朗斋，答拜蒋子相，俱不值。"二十日，"傍晚赴徐花农之饮……坐客为均甫、庞劬庵、蒋子相、朱文炳，肴馔甚精"，"夜二更归"。分见李慈铭：《越缦堂日记》，第10652、10911、10914、10918页。
〔4〕 李慈铭：《越缦堂日记》光绪十一年（1885）十一月二十一日，第10943、10944页。
〔5〕 李慈铭：《越缦堂日记》光绪十一年（1885）十二月一日。之前于十一月二十九日载："作书致张朗斋，致均甫。作片致蒋子相，致朱蓉生、王醉香，俱约初一日饮寓斋。"李慈铭：《越缦堂日记》，第10949—10951页。
〔6〕 施补华：《泽雅堂诗二集》卷18，第278—279页。

写湖桥春影图,感今追昔,怅然成词,调寄兰陵王用周待制韵。"〔1〕检徐寿兹撰《济游词钞》,存有蒋其章所撰《迈陂塘》一首词作,题名《袖芝将返吴门,出湖桥春影图索题,拈此以应,时丁亥七月朔日,薄云半阴,凉飚袭几,言愁始欲愁矣》,袖芝即徐寿兹字,为蒋送徐氏返吴门之作。〔2〕 在林葆恒纂《词综补遗》卷八〇中,也录有蒋氏所撰词两首,一即为上说的《迈陂塘》,一为《金缕曲题檗坞词》,注云出王以敏撰《檗坞词存》。〔3〕 查王以敏《檗坞诗存别集》卷下有《偕子相夜话》,诗云:"五年从事霍嫖姚,梦笔深藏五色毫。……万里相逢欢复泣,邺城新泪溅云袍。"〔4〕表达了两人相见后的喜悦之情。

这一时期,曾从侍郎许景澄充出使法、德、美、意国随员的王咏霓,在1887 年出使归国之后,路经山东济南,也有诗作记相见事。《函雅堂集》卷九有《蒋子相同年席上听歌》。〔5〕 又,据施补华《泽雅堂文集》卷七《题登高图》说到光绪十五年己丑(1889)有七人重阳之聚:"重九,佳节也;登高,胜会也;饮酒,乐事也。亲旧在异方者,幸此一日之聚焉。""七人者,钱唐赵瞳,仁和蒋其章,乌程施补华、朱毓广,归安凌绂曾,山阴汤震,上元臧大勋。图者瞳,记者补华,己丑九月。"〔6〕在这段时间内,蒋其章有时受命到京城办事,如李慈铭《日记》光绪十六年十月初十(1890 年 11 月 21 日)载:

〔1〕 徐寿兹:《济游词钞》,光绪丁酉(1896)刊本,第 1 页。徐寿兹(1852—1917),字受之,一字袖之,号亢庵,江苏元和(今苏州)人。光绪五年(1879)举人,官河南许州知州。著有《济游词钞》、《亢庵遗稿》。

〔2〕 徐寿兹:《济游词钞》,第 2、3 页。

〔3〕 林葆恒纂:《词综补遗》(5),北京图书馆稿本钞本丛刊,书目文献出版社 1992 年影印稿本,第 3825—3826 页。

〔4〕 王以敏:《檗坞诗存别集》卷下,光绪二十九年(1903)江西官局刊本,第 2 页。王以敏(1855—1921),字子捷,号梦湘,湖南武陵(今常德)人。同治十二年(1873)举人,先后在山东入河督及山东巡抚幕。光绪十六年(1890)中进士,授翰林院编修。著有《檗坞诗存》、《檗坞诗存别集》。

〔5〕 王咏霓:《函雅堂集》卷9,光绪二十二年(1896)刊本,第 8 页。同时所作还有《济南杂诗十首》、《秋日独游大明湖》等诗。诗称蒋子相为"同年",盖因两人为同治九年庚午科乡试同榜。王咏霓(1839—1915),字子裳,自号六潭,浙江黄岩人。光绪六年(1880)进士,授刑部主事。光绪十年,随侍郎许景澄充出使法、德、美、意国随员。后历任安徽凤阳知府、安徽大学堂总教习等职。著有《道西斋日记》、《函雅堂集》等。

〔6〕 施补华:《泽雅堂文集》卷 7,《续修四库全书》,1560 册,第 363、364 页。

"蒋子相自山左来通谒。"〔1〕沈曾植《恪守庐日录》此年十一月二十七日（1891 年 1 月 7 日）载："晚，（袁）爽秋招饮义胜居，坐有云门、陆渔笙、蒋子香、介唐、佩葱、张碧岑。"〔2〕至十二月一日（1891 年 1 月 10 日），李慈铭又"作书致羧夫，以致张朗帅书属转交蒋子相附去"。〔3〕 说明他于年底返回了山东。又，据缪荃孙《艺风老人日记》"辛卯日记"，光绪十七年（1891）三月他到山东济南阅卷。三月十日（4 月 18 日）载："拜吕叔厚耀良、李经直宝潜、蒋子相其璋、张兰九煦鸿、子远雷、刘伯俊探源。"〔4〕阅卷完成以后，六月二十一日（7 月 26 日）还载："徐菊农招饮，王子裳、杨调甫同楜、许金粟桂芬、尹子威廷钺、蒋子湘同席。"〔5〕以上材料说明，至 19 世纪 90 年代初，蒋其章一直在山东张曜幕府任事。同僚施补华已在前一年三月逝世，此后张曜于光绪十七年七月卒。综计蒋其章任职张曜幕府的时间，由西北新疆而至山东济南，前后约有十多年之久。

此后蒋其章生平事迹可考者，有关材料较少。张曜死后，其任职的情况也不太清楚。现所仅知的，是友人蒋师辙的一段记载。蒋师辙是江苏上元（今南京）人，字绍由，少负隽才，与其兄师轼称"金陵二蒋"。二人诗集中均有关于蒋其章的资料。如蒋师轼《三径草堂诗钞》卷四有《原韵奉酬家子相孝廉其章》〔6〕，蒋师辙《青溪诗选》卷上有《岁暮无俚，检箧中友朋书，怅然有怀，各缀一绝句于后》，其中一首云："再捷何能怨数奇，罡风吹影落西陲。剧怜一觉游仙梦，正是黄粱未熟时。蒋子相其章。"〔7〕光绪十八年（1892）初，蒋师辙应台湾巡抚邵友濂之聘，于三月乘船赴台，至八月返回。

〔1〕 李慈铭:《越缦堂日记》光绪十六年（1890）十月初十日，第 12627 页。又，十一月初四日载："是日邀漱兰丈可庄、云门、敦夫、唐仲羧及蒋子相其章晚饮……二更后始散"。十四日，"蒋子相来"。第 12652、12659 页。
〔2〕 沈曾植:《恪守庐日录》，上海图书馆藏。
〔3〕 李慈铭:《越缦堂日记》光绪十六年（1890）十二月一日，第 12673 页。
〔4〕 又，三月十八日载："张农孙元燮、蒋子相、陶畴亮采、叶仲鸢、刘湘丞来。"五月二十九日，"瞿赞廷约小饮，徐菊农、蒋子湘、岑菊圃……同席，饮馔均佳。"六月十七日，"诵皋先生约饮兴□楼，李超桂蟾香、蒋子相、蒋棣安、范高世雪斋同席。"缪荃孙:《艺风老人日记》，北京大学出版社 1986 年版，第 344、346、367、372 页。
〔5〕 缪荃孙:《艺风老人日记》，第 374 页。
〔6〕 蒋师轼:《三径草堂诗钞》卷 4，光绪庚寅十六年（1890）刊本，第 16 页。该诗系于丙子，即光绪二年（1876）。
〔7〕 蒋师辙:《青溪诗选》卷上，光绪十六年（1890）刊本，第 20 页。

在当年《台游日记》中,提到"钱塘蒋其章子相"等皆为其点定诗集[1],似说明蒋氏至1892年还建在。至于此后的行迹,以及卒于何年,因史料缺乏,不得而知,有待进一步的寻绎和发掘。

综上所说,蒋其章的生平仕履,由杭州而上海,历举人而进士,由任申报馆主笔,后至甘肃任敦煌县令,再入张曜幕府,在新疆喀什噶尔,又至山东济南任职,经历丰富而又曲折。作为这样一个一生行迹复杂的人物,他的思想在各阶段当有各种变化,不可一概而论,需要深入考察论析,方能得出较为符合实际的结论。

四、翻译事宜、出版及影响

《昕夕闲谈》是蒋子相其章在申报馆任主笔时所译,对于这一时期他的思想状况,需稍作探讨,并对翻译事宜及其后影响略作讨论和分析。

1872年4月《申报》在上海创刊,作为一种全新的大众传播媒介,它标志着我国报纸近现代化新阶段的开始。虽说现在尚不清楚起初蒋其章与申报馆主美查的关系,以及美查如何聘他为《申报》的第一任主笔,他任职的缘由等具体情况,但据以上述及的资料,从大的方面来说,之前他在上海敬业书院读过书,对上海洋场的情况有所了解,后又可能在幕府做过文书,有相当的阅历。在加盟《申报》之前,他已获得举人功名,这点与同时或稍后的其他报人有相当不同。我们知道,其他如钱昕伯、何桂笙、蔡尔康、黄式权等人均不过是秀才,有的还只是布衣,可以说蒋氏是早期申报馆报人中惟一举人出身的报人。作为一位娴熟诗文的"名孝廉",由他来主持笔政,无论业务与威望自然不成问题,受到馆方礼聘亦在情理之中。[2] 而分析其之所以愿意加盟《申报》,除现实境况、经济方面的原因之外,作为一个传统文人角色的转换,应该与出身商籍有相当密切的关系。

如前所说,他的祖上是安徽歙县人,家世是徽商,曾祖父蒋袁慰曾中举人,从他的祖父、父亲起,则均是杭州的廪贡生、候选教谕,虽已入读书人的

---

[1] 蒋师辙:《台游日记》卷4,《台湾文献史料丛刊》第九辑(177),台湾大通书局1987年版,第120页。

[2] 1872年《申报》创办时,美查又聘江西吴子让为主笔。美查曾回忆说,时吴子让"以上海为通商总汇,地足以觇中外之时势,襁被来游。时仆适倡设《申报》,慕君名,以礼延请来馆。六载之中,崇论宏议,大半出君手"。《申报》光绪四年六月初五(1873年7月4日)。据此,他邀蒋其章似也应是慕名而"以礼延请来馆"。

行列,但毕竟是功名轻微的秀才。就蒋其章本身而言,据科举考试《履历表》上所填"钱塘县商籍,原籍安徽歙县",可知他当时便是以商籍应试的。从其亲属主要的社会关系分析,如他母亲吕氏的父亲吕堂官衔为"议叙盐知事",应是由保举而任用为与盐业有关的官衔,他的继配王氏的父亲是否商籍虽不可知,但从王氏父之兄弟王若时为"盐知事衔恤赠县主簿"来看[1],似也与由盐商出身有关。

徽商具有"贾而好儒"及以此为基础乃至"右儒"的倾向和特征,就蒋氏家族几代人而言,确有朝此发展的趋向。一般来说,徽商致富以后,往往热衷于进一步获取功名,为子弟由业儒入仕创造条件。在其价值观念中,由商而儒而仕,希望子弟取得官位仕途,跻身于官僚或准官僚阶层,无疑是一种难以摆脱的梦幻情结。但是,商人精神的某种特性依然有延续性,因而会顽强地在其后代身上通过不同的形式表现出来。功利、现实、圆通等特性,遂使其能够面对现实,既随波逐流,又勇于进取。如此,业儒入仕的价值取向,与现实的对利益的追求,在他们身上,两者奇特地融为一体。可以说是两种心态交替反复,视现实境况的具体变化而定取舍。

就现实情况而言,一方面,虽说当时"学而优则仕"仍是占据社会主流的意识,通过科举考试取得功名依旧是读书人梦寐以求的理想;另一方面,因时势的转变,在现实社会生活中,也打开了一些新的生存空间和缝隙,"学而优则仕"已不是文人的惟一出路。故而在官场以外谋求其他职业,以求自身生存,不失为文人的一种现实选择。对于出身商人家庭的蒋其章来说,尤其有此可能。一般而言,有这样的家庭出身与社会关系之人,考虑问题相对来说就比较现实,又处在上海"华洋"混杂的环境中,故在行事上不太保守,而具有相对开放的心态和想法。因此,一面可以准备科举考试,一面也不妨寻找合适的事情来做。他之加盟申报馆,显然有这方面的原因。

进一步分析的话,应该说即使在进入外人所办的报馆之后,在对自己的职业认同上,也会呈现出一种复杂矛盾的心态。从早期他任《申报》主笔时发表的一些文章便可窥见一斑。一方面受西方观念的影响,在一定程度上认识到自己职业的重要性,如谓:"总主笔之所持者清议也,清议之足以维持国是,泰西诸国皆奉为矜式。由是观之,日报一道,安可忽乎哉?"[2]

---

[1] 顾廷龙主编:《清代朱卷集成》第 258 册,第 329—330 页;第 42 册,第 39—40 页。
[2] 《英国新报之盛行》,《申报》同治十二年一月二十一日(1873 年 2 月 18 日)。

另一方面,又摆脱不了"学而优则仕"传统观念的影响,认为"笔墨生涯原是文人学士之本分,既不能立朝赓歌扬言,又不能在家著书立说,至降而为新报,已属文人下等艺业,此亦不得已而为之耳"。[1] 由此明显地反映出以蒋其章为代表的早期《申报》报人,对自己职业身份所抱的一种复杂而暧昧的双重认知情感。当时的社会意识,那些精英分子大都醉心于科举,而供职报馆,作为报人卖文为生,仅为一种营生的手段而已。左宗棠乃有"江浙无赖文人,以报馆为末路"的说法。对蒋氏来说,尽管已是一个"职业报人",但仍是"身在曹营心在汉",报馆只是暂时栖身之地,权宜之计。如同当时一般文人一样,仕途终究是他们的梦寐理想,如果一旦在科举考试中成功,有了入仕做官的机会,就会毫不犹豫地走仕途之路。自然,这种情况也不仅是报馆人士所独有,可以说是一般早期的口岸知识分子的通病。他们既有开放、追新逐异的一面,又有保守、传统因袭的一面,具有左右摇摆两重性的特征,只不过在蒋其章身上表现得尤为典型而已。

据现有的一些资料来看,蒋其章其人,相比当时旧式的文人而言,确实具有一种相对比较新潮、开放的心态。《申报》开办不久,据载曾有一个自号东洋槎客、又号吞鹏万里客的日本人关士仪,因访购印刷机及字模来游沪上,冒雨造访申报馆,蒋氏等报馆中人接待了他。由于言语不通,故以笔谈的形式交流。日本人自录其《过东洋舟中作》一首绝句,"雄健兀傲,颇称壮观",蒋氏等也与之唱和,并在《申报》刊出蘅梦庵主、莼乡寄人、吟香馆主等的《续和东洋槎客诗》,谓"我辈之得遇关君,留此唱和之迹,亦未始非平生快事也"。[2] 三个月后,蒋其章还亲自到日本游历,并写下了《长崎岛游记》。其中指出一般人习于安居乐业,"更何由得游目骋游之趣,驰情域外之观乎?""余屡闻东洋风景,辄思一游,以扩眼界,以快胸襟",于是至万昌公司询以长崎往返之程,听说甚为便捷,"计舟中来去,岛中游玩,不必十日而已可遍览其胜,尽搜其奇矣,遂决意往游。"以此年十月初十登轮前往日本,在长崎游历一周之后,于二十日返回上海。在日期间,他游历了长崎的街市、书坊、华人开设的学馆、寺庙建筑等,文中还记叙了日本男女裸浴的风俗,"此则东洋之俗也"。后面还有他以"蘅梦庵主"署名的附跋,称道说:

---

[1] 《论新报体裁》,《申报》光绪元年九月十日(1875 年 10 月 8 日)。
[2] 《申报》同治十一年七月十八日(1872 年 8 月 21 日)。蘅梦庵主的和诗为:"海风怒撼地球摇,归艇东洋路不遥。羡煞锦袍高咏客,月明万里快乘潮。"

"古今记游之文,以柳子厚为最擅场,然其文特记山水之奇胜,泉石之清幽耳。至徐霞客各游记,则于名山大川、洞天福地,无不遍述。然亦从未有以游记而记及域外之观者。"认为其作殆合柳宗元之游记和《高丽图经》、《异域风土志》等笔墨而成,"可谓创格,可谓奇文,亟登之以示宇内好游之士,未必非搜奇揽胜及问俗采风之一助云。"[1]透露出对自己域外游历之文的得意,也显示出"搜奇揽胜"、"问俗采风"的浓厚兴趣。

在1875年11月2日《申报》上,刊有他一首关于澳大利亚的《鹦鹉地图歌》,诗云:

> 蟠虹温带萦天纲,十洲异事谁能记?域中原有凤凰山,海外新传鹦鹉地。此地遥邻墨利加,龙宫宝气学金沙。西洋线路寅针直,南斗珠星丙夜斜。……何年舶趁佛郎西,扶桑以外曾亲见。天海苍茫事有无,广轮曾见地球图。……披图我意最相思,小录夷坚信有之。……此去中华知几里,只在圆盘一握中。

这里所说"海外新传鹦鹉地",即鹦鹉洲,指的是澳大利亚。诗前小注称:"西洋地球图载此地为南极下野区,新开南墨利加、火山皆为第五、六洲。曾有佛郎西舟于大浪山望见有地,就之,惟平原漭荡。入夜星火弥茫,一方无人,但见鹦鹉而已,故名。"[2]这首诗记叙了澳大利亚新地的发现经过及得名原因、状况等,说明了他对外国史地和事物的关心。

在《瀛寰琐纪》第二卷上,有以"小吉罗庵主"署名写的几篇文章,同样说明了他对西方域外知识浓郁的兴趣。如《鱼乐国记》记叙了当时著名的英国海滨胜地布莱顿(Brighton)新建海洋水族馆的情况,自称听"西友"谈起此事,引起兴趣,为此做了详细的记述。这一水族馆于1872年8月10日才正式开放,应当说报道是很及时的。《记英国他咚巨轮船颠末》,则报道了英国建造的巨轮"他咚"号(Great Eastern)即"伟大的东方"号的始末。它是英国人布鲁内尔设计的第一艘横渡大西洋的轮船,是当时钢铁制造的最大吨位的轮船。它在大西洋上航行了几年,后来被

---

[1] 《瀛寰琐纪》第2卷,1872年12月。

[2] 《申报》光绪元年十月初五日(1875年11月2日),署名"蘅梦庵主旧稿"。查舒位《瓶水斋诗集》卷14有《鹦鹉地图》,诗前小注与此略同:"西洋地球图载此地为南极下野区,新同南墨利加、火山皆为第五大州。曾有佛郎西舟于大浪山望见有地,就之,惟平原漭荡。入夜星火弥漫,一方无人,但见鹦鹉,名曰鹦鹉地。"上海古籍出版社1991年版,第573页。

用来承担铺设横越大西洋的第一条海底电缆的任务,从此把北美和欧洲电讯直接联系了起来。文中最后还由制造联系到用人之道,提出:"可知人之制器亦犹天地之生才也。呜呼,岂真材大之难为用哉,亦在乎乘时以致用而已","故君子不先时以自炫,亦不后时以自藏。"〔1〕此外,他还著有一篇《人身生机灵机论》,论述了人体生机、灵机的不同,指出:"生机如心肝脾肺肾之属,皆相依相附,相为表里,一脏坏则余者亦病矣。灵机则不然,虽损其一,而余筋仍自如常,不交相为病也,惟断处之筋则不辖于脑矣。"〔2〕并引述了西方报道的两桩脑死亡事件来加以阐述。文中还述及来华的英国传教士医生合信(Benjamin Hobson)所著《全体新论》,这是一本最早比较系统的介绍西方生理学知识的医学著作,显示了蒋其章对近代西方医学知识的认知。

以上这些文章,均从不同侧面说明了他对海外事物的关心。这与《申报》老板美查论述《申报》创刊缘起:"盖欧洲诸国……近数百年间,有新闻纸出,而天下之名山大川、奇闻异见,或因其人而传之,或因其事而传之……作者快之,闻者获之……则其所以日新而月盛者,非新闻纸其谁归美乎";〔3〕《本馆告白》云:"本馆举行《申报》,意在将瀛海见闻搜罗登载,俾得广行宇内";〔4〕《瀛寰琐纪序》所说"尊闻阁主人慨然有远志焉,思穷薄海内外、寰宇上下惊奇骇怪之谈,沉博绝丽之作,或可以助测星度地之方,或可以参济世安民之务,或可以益致知格物之神,或可以开弄月吟风之趣,博搜广采,冀成巨观"〔5〕,在思想上无疑是很合拍的。与他本人在《昕夕闲谈小叙》中说,翻译这部小说,"其所以广中土之见闻,所以记欧洲之风俗者",以开阔人们认识世界的视野,藉以知道西方的风俗,也是相一致的。这些无疑奠定了他的思想基础。因此与人合作翻译《昕夕闲谈》小说,也就不难理解,应是顺理成章之事。

不过,有一点需要指出,有的论者据其所写的《长崎岛游记》、《记英国他咚巨轮船颠末》两文,推测他"还有可能到过英国,他通英文,第一个翻译

---

〔1〕 《瀛寰琐纪》第2卷,1872年12月。
〔2〕 《瀛寰琐纪》第2卷,1872年12月。
〔3〕 《申江新报缘起》,《申报》同治十一年三月二十九日(1872年5月6日)。
〔4〕 《申报》同治十二年正月二十八日(1873年2月25日)。
〔5〕 《瀛寰琐纪》第1卷,1872年11月。

了外国小说"。〔1〕但从实际的情况来看,并非如此。从《记英国他咚巨轮船颠末》一文内容来看,文中将 Great Eastern 译作"他咚",解释说:"其名曰他咚,他咚者,译言极大也。"〔2〕表明他并不懂英文,而从前所提供的资料来看,他亦没有去过英国。因此,上述说法其实是不确的。

关于《昕夕闲谈》实际的翻译情况,虽说现在我们还没有直接的资料加以具体的说明,不过本文第一节已概述过韩南的看法,即《申报》老板美查可能首先向蒋其章推荐了《夜与晨》,并向蒋提供了文本。所采取的是当时盛行的"一种双人翻译的方式",亦即由美查作口头翻译,由蒋其章笔录。"两位译者一边策划出版新的杂志,一边忙着翻译《昕夕闲谈》",两者合作的"译文表现出来的是三年多来将外国小说介绍给中国读者的努力"。〔3〕

韩南的这一说法,自称还只是一种"假定",说得比较谨慎。应当说,美查(尊闻阁主人)积极参与报纸及《瀛寰琐纪》的运作过程并扮演了重要角色,这应无疑问。据该刊开始创办时,《瀛寰琐纪序》谓"尊闻阁主人慨然有远志",博搜广采,冀成巨观,并称其体例大约仿《中西闻见录》而更扩充之,一岁之中,成书十二卷,"虽曰见闻固陋,亦必有可观者矣"。〔4〕可证《瀛寰琐纪》的刊行与美查的倡议直接相关。钱徵在《屑玉丛谈初集》前言中,也回忆到 1874 年夏,"其时尊闻阁主方蒐辑残编断简,用活字板排印成书,月出一卷问世,初名《瀛寰琐纪》。"〔5〕均可说明美查的计划及在其中所起的实际作用。韩南设想在早期的翻译中,"有一个双人翻译的过程",应当说有其合理性,也比较符合近代早期翻译的状况,大体上是可信的。但需要指出的是,如前所证,现在惟一能够确定的事实是,译者"蠡勺居士"是蒋

〔1〕 郭延礼在《中国近代文学翻译概论》称:"他去过日本,还有可能到过英国,他通英文,第一个翻译了外国小说。"湖北教育出版社 2001 年版,第 24、107 页。邱明正主编《上海文学通史》第八章《西方文学的介绍与文学观的变革》也同此说法,第405 页。

〔2〕 《瀛寰琐纪》第 2 卷,1872 年 12 月。

〔3〕 韩南著,徐侠译:《中国近代小说的兴起》,第 108、109、142 页。

〔4〕 《瀛寰琐纪序》,《瀛寰琐纪》第 1 卷,1872 年 11 月。

〔5〕 钱徵:《屑玉丛谭初集》,光绪四年(1878)序。钱徵在前言中还讲到:"其中鸿文钜制,与夫新奇俶诡之作,靡不咸备。惟是限以程式,容或一月内有诗赋而无杂著,多小品而乏大文,势不得不拉杂凑合,以符定例。更或如数万言长稿窘于篇幅,未能全刊,势必逐月分排,断续割裂,阅者病焉。"所说"数万言长稿""逐月分排"云云,讲的就是在《瀛寰琐纪》上连载的《昕夕闲谈》。申报馆光绪四年(1878)排印本,第 1 页。

其章,而关于美查是否即是实际的口译者,仍难以明确判定。虽说美查本人的中文也很好,如他自己所说:"仆少长泰西,壮游中土,间尝究极中国之文字,思欲一一有以传之。"〔1〕应当说与之有很大因缘,可能性很大,但这毕竟还只是一种可能性,而不等于事实必定如此。一方面至今尚未有直接的证据说明他就是口译者,同时也不能排斥美查请其他西人或另有西人提供文本并作口译的可能性,故对此尚不能断然肯定,而有待进一步发掘资料,斟酌研究加以确证。

关于《昕夕闲谈》翻译、出版的具体情况,《申报》上也有一些材料值得注意。我们知道,它是从 1873 年 1 月《瀛寰琐纪》第三卷上开始连载的。在此前的年底,《申报》就预先刊出了《新译英国小说》的广告:"今拟于《瀛寰琐纪》中译刊英国小说一种,其书名《昕夕闲谈》,每出《琐纪》约刊三四章,计一年则可毕矣。……然英国小说则为华人目所未见、耳所未闻者也",称此小说系出自"西国慧业文人手笔,命意运笔,各有深心,此番所译,仅取其词语显明,片段清楚,以为雅俗共赏而已",因此"本馆不惜翻译之劳,力任剞劂之役"。〔2〕 说明此书一开始定的翻译计划,是每期刊登三四章,估计连载一年而毕。同时也说明了其翻译的基本原则是"词语显明,片段清楚",从而达到"雅俗共赏"之目的。又,据《申报》1873 年 10 月 25 日广告称:

> 本馆《瀛寰琐纪》中所录英国小说已译成十八节,上卷已毕,八月分《琐纪》已译下卷矣。其上卷之纲领关目撰成总跋,列于下卷之首。凡未阅全卷者,尽可购阅此跋,庶可接看下卷,不至茫无头绪。……
> 《昕夕闲谈》上卷已毕,缩为总跋一卷,列入八月分《琐纪》。告白。〔3〕

结合同时蠡勺居士《〈昕夕闲谈〉上卷总跋》云:"《昕夕闲谈》者,英都纪事之书也,兹已译其上卷,计十八节,因总论之……故读此书,而谓于世道人心无所感发者,吾不信也。后事颇多,再当续译,姑先综叙上卷之梗

---

〔1〕 尊闻阁主(美查):《申报馆书目续集序》,申报馆编:《申报馆书目续集》,光绪五年(1879)排印本,第 1 页。
〔2〕 《申报》同治十一年十二月初六日(1873 年 1 月 4 日)。
〔3〕 《申报》同治十二年九月初五日(1873 年 10 月 25 日)。

概,以便检阅云尔。"〔1〕可知到1873年八月,《昕夕闲谈》已译成十八节,上卷已毕,此时已译下卷,刊入八月出版的《瀛寰琐纪》。这一广告说明,其翻译进程是边译边刊,翻译速度也是比较快的。该小说共分三卷五十五节,上卷十八节,次卷十三节,三卷二十四节。此后申报馆便首先将上卷结集出版,至此年十一月底,《申报》上便有"本馆英国小说出售"的广告,称:"本馆所译英国小说上卷业已装订出售,每本取钱二百五十文,诸君子欲阅者,即至本馆购买可也。"〔2〕此后,第二卷以下继续在每期上连载,直至第二年1875年1月《瀛寰琐纪》停刊为止。全书实际上没有刊登完毕。

1875年9月3日,在《瀛寰琐纪》刊出其最后一部分的八个月之后,《申报》上又正式刊登了"《昕夕闲谈》全帙出售"的广告:

> 启者,本馆前所排印之《昕夕闲谈》一书,系从英国小说而译出者也,其间描摹豪士之风怀,缕述美人之情意,写山水亭台之状,记虫鱼草木之形,无不色色俱新,栩栩欲活。是以远近诸君争愿得以先睹为快,并欲窥其全豹。兹已装订成册,计每部三本,收回纸价工洋一角,准于月之初七日出书。如蒙赐阅,祈向本馆或卖《申报》人购取,若在外埠,则仍专归卖报者出售也。此布。   本馆告白。〔3〕

次日又登载了同一内容的广告,并作了更正:"再者,昨报此告白内每部收回纸价工洋四角,其四角之'四',误作'一'字,嗣因检出,亟为更正,则已刷印千余张矣。恐阅者未知其故,似近歧出,用特补注于此。   本馆又识。"这样,至光绪元年(1875)秋,《昕夕闲谈》一书便正式出版发售。这一本子即通常所称申报馆铅印单行本,编入"申报馆丛书"第七十三种。如此,从翻译到最后的完成出版,大约花了将近二年半的时间。从其译文情况来看,虽是节译,但翻译态度无疑是认真的,译文也基本信实达意。此后,《申报》还不断刊出"新印各种书籍出售"的广告,其中谓"《昕夕闲谈》,每部实洋四角"云云。〔4〕据笔者查阅,直至八年之后,在1884年《申报》上还有"新印各种书籍价目"的广告,其中有"《昕夕闲谈》,实洋四角"的记

---

〔1〕 《〈昕夕闲谈〉上卷总跋》,末署"癸酉九月重九前五日 蠹勺居士跋于螺浮阁",时即1873年10月24日。

〔2〕 《申报》同治十二年十一月二十七日(1874年1月15日)。

〔3〕 《申报》光绪元年八月初四日(1875年9月3日)。

〔4〕 如《申报》光绪元年十一月二十八日(1875年12月25日);光绪三年十一月二十五日(1877年12月29日)。

载,似说明它还在不断印刷出售。〔1〕 1877 年出版的美查编辑的《申报馆书目》,还谈到"至《瀛寰琐纪》中,又将《昕夕闲谈》一书逐卷分刊"。并著录《昕夕闲谈》提要云:

《昕夕闲谈》三卷

是书系经名手从英国小说中翻译而成者也。夫中外之人虽言语不通,嗜欲不同,而喜怒哀惧爱恶欲之情则一。是书以康吉一人为主,欲追叙母之所由嫁,因先叙父之所由娶,迨夫非利堕栅,爱格受欺,遂旁叙罗把之狠毒,阿大之慈祥,驯至于慈亲见背,弱弟无依,遭悍颏之挤排,为匪徒之羽党,其心良苦,其遇甚艰。且卷中夹叙旁文,亦可藉觇风土人情之异,及奸雄灭迹,美女留情,而书于是终,盖几几乎神龙见首不见尾矣。计每部三本,价洋四角。〔2〕

这是尚见的对《昕夕闲谈》一书内容最详的介绍和叙录。以上申报馆所刊登的广告及书目介绍,对于我们认识该书的翻译、出版诸状况无疑提供了很好的参考资料。从《昕夕闲谈》在《瀛寰琐纪》的连载,至该书单行出版发行,同时在《申报》上不断地作广告,这些自然会在当时的读者群中引起反响,产生或大或小的涟漪。1902 年徐维则辑、顾燮光补《增版东西学书录》,便著录了这一申报馆刊本,称"不著撰人名氏,亦名英国小说,读之可以见彼土风俗,惜仅译上半部"。〔3〕 此后,该书还有 1904 年文宝书局重新刊行的译本,吴县藜床卧读生在《重译外国小说序》中,称出版这一翻译小说,目的在于灌输民主思想,认为中国不变更政体,绝无富强之日。虽说它是否能达到这一目的实有疑问,但也可见其持续而独特的影响力。1905 年2 月 14 日《中外日报》载《续庄谐选录·西国小说》称道:"《一千零一夜》一书,为天方著名小说,近商务印书馆译之,亦太涉怪异。前申报馆所译《昕夕闲谈》,近有重印者,事迹荒怪,足见欧洲风俗。"还谈到其他如《黑奴吁天录》,可歌可泣,"吾国人见之,足发深省"云云。〔4〕 说明在当时没有更多

---

〔1〕 广告云:"启者:本馆所排印书籍,信各精雅可喜。除在上海三马路礼拜堂南首本馆发售外,其余各外埠即由卖《申报》人经手,如蒙诸君子欲购阅者,祈惠顾可也。"《申报》光绪十年三月二十二日(1884 年 4 月 17 日)。

〔2〕 尊闻阁主(美查)辑:《申报馆书目》,第 18 页。

〔3〕 徐维则辑、顾燮光补:《增版东西学书录》卷 4,光绪二十八年(1902)印本,第25 页。

〔4〕 《续庄谐选录·西国小说》,《中外日报》1905 年 2 月 14 日。

更好的翻译小说之时,它还是起到了相当的作用和影响的。

中国近代文学不同于传统文学的一个显著特征,便是域外文学的引入。在1870年代的同治末年,翻译出版这样一部英国小说,本身就是一个相当超前的举动,也是一件极为新鲜之事。由于资料的湮没和缺失,现在我们尚难以对其《瀛寰琐纪》上连载及单行本出版之后,当时读者接受状态及其社会影响方面作出比较准确而有说服力的判断。与二十余年后林译《巴黎茶花女轶事》相比,或许它太超前,因而有些论者认为"在当时的影响并不大"。[1] 但不管如何,在这一年代翻译外国长篇小说这件事,尽管还只是节译,可能译者也未曾预料到对近代中国文学走向的意义,然其本身就构成了中国近代文学转型过程中的一个标识性事件。近代文学、小说的转型无疑是一个渐进的过程,在这一进程中,这一翻译实践或许还不在文本本身的价值,而在其引领一种新的潮流和趋向。至少,它对当时的社会认识及对域外小说的看法有一种触动,并为此后对外来观念的接受做了有益的铺垫。而它对此后的启迪及影响,正如安英所说的那样,"《昕夕闲谈》以崭新的姿态刊载于同光之交的中国第一部杂志——《瀛寰琐纪》中",无疑在荒原上播撒了新的种子。[2] 就此而言,蠡勺居士等的开创之功,诚不可没。

与此同时,译者对于小说的重新认识也非常值得重视。在蒋其章以"蠡勺居士"名义写的《昕夕闲谈小叙》中,有一段研究者时常加以引用的话:

> 予则谓小说者,当以怡神悦魄为主,使人之碌碌此世者,咸弃其焦思繁虑,而暂迁其心于恬适之境者也。又令人之闻义侠之风,则激其慷慨之气;闻忧愁之事,则动其凄宛之情;闻恶则深恶,闻善则深善,斯则又古人启发良心、惩创逸志之微旨,且又为明于庶物、察于人伦之大助也。

叙中认为小说的内容及功能"当以怡神悦魄为主",其作用在能暂迁其心于"恬适之境",应当说代表了当时对于小说一种新的体悟和新的认识。虽说在这之前,明清文人已说过话本、小说要有"娱目醒心"的审美愉悦功

---

[1]　郭延礼:《近代翻译文学概论》,第24页。

[2]　安英:《民初小说发展的过程》,王俊年编:《中国近代文学论文集(1919—1949)》,第105—106页。

能之类的话语,但是,在小说领域中,此后一直宣扬的还是所谓的教化功能。因此,在这样的历史语境中提出如此的认识,确是一种标新立异之举。尤为值得注意的是,这一认识与其直接接受西方小说观念有关。正如韩南所揭示的,原小说作者利顿在 1845 年的作者序中说:

> 当然,小说使人们感到有趣,感到愉悦,在嬉戏中提高精神境界——使人从生活中低级的情欲和痛苦的烦恼中解脱出来,进入较高的境界,消磨掉厌倦和自私的痛苦,激起对自身以外沉浮变迁辽阔深重的悲哀,使感情升华为对英雄奋斗同情——让灵魂进入更为宁静的空间……〔1〕

两相对照,《小叙》的这段话明显地受到利顿的影响,简直可以说是利顿表述的移植和逐句中式的翻译。在《申报》1873 年 1 月 4 日刊登的《新译英国小说》广告中也说到:"据西人云,伊之小说,大足以怡悦性情,惩劝风俗"云云〔2〕,可证译者确实读过利顿的序言并受到了直接的影响。

至于他在《小叙》中提出的"谁谓小说为小道哉"的诘难,更是一反轻视小说的传统看法。序中指出普通人不喜欢经史,"中材则闻之而辄思卧,或并不欲闻",而元明以来,平话、小说兴起,受到民间大众的欢迎,"推原其意,本以取快人之耳目而已",而小说"使人注目视之,倾耳听之,而不觉其津津甚有味,挛挛然而不厌也",正是由于它以"浅近之言,出之以情理。于是人竞乐闻,趋之若鹜焉"。〔3〕 在《〈昕夕闲谈〉上卷总跋》中又指出:"世所贵乎小说者,以其为言也,浅易而透达,曲折而周详,盖非于国俗、民风、人情、物理实有以阅历焉而得其故者,不能以道只字,而顾可以易视乎哉!"这种对于小说功能的推崇与重新定位,对小说认知的体认与阐说,强调小说的感染力及其作用,在当时仍然是以传统的诗文为重的历史语境中,显然是一种新的理念与新的话语,一种别调独弹的新声。

虽说真正把小说提到很高的位置,应当说是在梁启超等提倡"小说革命"以后,直至五四时期,更是把小说提升至启蒙大众、改造社会的高度。但蒋其章在《小叙》所倡,确是此后提高小说地位的一种先声,起了前路先驱的作用,并对此后梁启超等人产生了甚为重要的影响。如《小叙》中所说

〔1〕　转引自韩南著,徐侠译:《中国近代小说的兴起》,第 127 页注。

〔2〕　《申报》同治十一年十二月初六日(1873 年 1 月 4 日)。

〔3〕　蠡勺居士:《昕夕闲谈小叙》,《瀛寰琐纪》第 3 卷,1873 年 1 月。

小说"其感人也必易,而其入人也必深矣"的话,便直接在维新派的小说观中得到了回响。梁启超、陶祐曾等人推举小说为文学之最,梁氏在《论小说与群治之关系》中称"小说之为体,其易入人也既如彼,其为用之易感人也又如此"云云〔1〕,陶祐曾称小说"其感人也易,其入人也深,其化人也神,其及人也广"〔2〕,甚至连句式与之都是相似的,这当然不是偶然的巧合,正说明两者之间一脉相承的关联。事实上,梁启超确曾读过此书,他在 1896 年发表的《读西学书法》一文中,就评价说:"前申报馆印有《昕夕闲谭》,亦名《英国小说》,乃彼中说部之书,读之可见西俗,惜仅译成上半部耳。"〔3〕这就清楚地说明,梁认真读过前面的《小叙》,并对其确有印象。此后直至五四时期,胡适在《文学改良刍议》这篇新文学运动首先发难的文章中称:"今人犹有鄙夷白话小说为文学小道者。不知施耐庵、曹雪芹、吴趼人皆文学正宗,而骈文、律诗乃真小道耳。"〔4〕从学理与发展逻辑上说,可以说这是一种话语的接续。而且,如果进一步分析的话,虽说梁启超倡导的"新小说"理论,把小说由"小道"推崇到"文学之最上乘"的地位,对于提高小说的地位有很大的功劳。但另一方面,把它提到不适当的高度,过分强调其政治改造与教育的功能,从今天来看,也是不妥当的。倒还不如蒋其章所说的小说"当以怡神悦魄为主","暂迁其心于恬适之境"的说法,来得更能把握小说的认知与艺术特征,符合文艺自身的规律,其定位也更为合理。

当然,这只是事相的一面,同时应指出,《小叙》中也存在着新旧杂糅的状况,充斥着传统的因袭乃至落后的一面,故而造成了复杂歧义的多重向度。如蠡勺居士在《昕夕闲谈小叙》中谈到小说有"四弊"时说:

邪正之辨不可混,善恶之鉴不可淆。使徒作风花雪月之词,记儿女缠绵之事,则未免近于导淫,其蔽一也。使徒作豪侠失路之谈,纪山林行劫之事,则未免近于诲盗,其蔽二也。使徒写奸邪倾轧之心,为机械变诈之事,则未免近于纵奸,其蔽三也。使徒记干戈满地之事,逞将

〔1〕 梁启超:《论小说与群治之关系》,《新小说》1902 年第 1 号;又见《饮冰室合集》文集之十,第 4 册,中华书局 1936 年版,第 8 页。

〔2〕 陶祐曾:《论小说之势力及其影响》,《游戏世界》1907 年第 10 期;又见邹国平、黄霖编著:《中国文论选》(近代卷下),江苏文艺出版社 1996 年版,第 737 页。

〔3〕 梁启超:《读西学书法》,《西学书目表》,上海时务报馆光绪二十二年(1896)石印本,第 16 页。

〔4〕 胡适:《文学改良刍议》,《新青年》第 2 卷第 5 号,1917 年 1 月;又见《胡适文存》卷 1,上海亚东图书馆 1928 年版,第 21 页。

帅用武之谋,则未免近于好乱,其蔽四也。

指出写小说应力戒"导淫"、"诲盗"、"纵奸"、"好乱"四大弊,而《昕夕闲谈》的优点正在去此四弊,"使富者不得沽名,善者不必钓誉;真君子神彩如生,伪君子神情毕露"。认为只有去此"四弊",而"小说乃可传矣"。[1]这种关于"四弊"的负面说法同样对以后产生了相当影响。梁启超在1897年《时务报》连载的《变法通议》中,即将古代小说斥为:"诲盗诲淫,不出二者,故天下之风气,鱼烂于此间而莫或知。"[2]在次年《译印政治小说序》中,分析中国传统小说弊端时又说:中土小说佳制盖鲜,述英雄则规画《水浒》,道男女则步武《红楼》,"综其大较,不出诲淫诲盗两端。"[3]这与《小叙》所说"四弊"的前二弊完全一致,显然同样与之有着思想脉络上的关联。由上分析,就蒋其章的《小叙》而言,既有其积极的一面,也有消极的一面,而无论是其正面还是负面的论述,可谓均对此后产生了或积极或消极的影响。这种双重向度的影响,是值得我们深察注意的。它既体现出蘅勺居士所处新旧过渡时期的明显特征,也反映了这一历史阶段小说理论的基本特色。总之,只有完整地把握事物的多种面相,才能比较全面地认识复杂的历史文化意象。

2004年夏初稿
2006年夏修改

（原载《中华文史论丛》2008年第4辑）

---

[1]　蘅勺居士:《昕夕闲谈小叙》,《瀛寰琐纪》第3卷,1873年1月。
[2]　梁启超:《变法通议·论幼学》,《时务报》1897年第18册。又见《饮冰室合集》文集之一,第1册,第54页。
[3]　梁启超:《译印政治小说序》,《清议报》第1册。又见《饮冰室合集》文集之三,第2册,第34页。

《申报》第一任主笔
蒋其章卒年及其他

邬国义

蒋其章是 1872 年《申报》创刊时的第一任主笔。关于其生平事迹，历来不甚清楚。在拙作《第一部翻译小说〈昕夕闲谈〉译事考论》第三节"蒋其章其人事迹"中，利用当时的报刊杂志，有关清人诗文集、日记、奏稿及县志，包括未刊手稿、科考案卷等原始资料，已作了具体而详的考述。然而，有关蒋氏的卒年，仍是一尚未获解决的问题。近日笔者在阅读清人文集时，发现了一些新的资料，故对此作一补说，并对其晚期在山东济南的交游等情况作些新的考述。

一

在拙文中，据相关资料说明，至 19 世纪 90 年代初，蒋其章一直在山东张曜幕府任事；在其友人蒋师辙光绪十八年（1892）《台游日记》中，提到"钱塘蒋其章子相"等皆为其点定诗集，似说明蒋氏至 1892 年还健在。至于他此后的行迹，以及卒于何年，则因史料缺乏，不得而知，还有待进一步的寻绎和发掘。[1]

据新发现的资料，在王以敏《檗坞词存》卷二，有一首"哭蒋子相"的词作，现引录如下：

百字令哭蒋子相

竹山才调，记弹琴嗜酒，目空天壤。不是老兵莲幕客，三黜谁容疏放？廿载思君，紫台青冢，重理珠泉榜。鬓丝堆雪，彩毫依旧无恙。　　几日送

---

〔1〕 邬国义：《第一部翻译小说〈昕夕闲谈〉译事考论》，《中华文史论丛》2008 年第 4 辑。蒋师辙《台游日记》卷 4 记载：光绪十八年（1892）"七月朔，录诗乙集，自戊寅始；此后诗什无一二。封邱何家祺吟秋、钱塘蒋其章子相、同邑素际唐伯虞、顾云石公皆为点定，褒贬去取，恉人人殊，私意亦迷所向，当全录之，异日幸有进境，此册仍以供覆瓿耳。"《丛书集成续编》第 236 册，上海书店出版社 1994 年版，第 202 页。

我旗亭,醉魂醒未,影事随春往。燕子楼空雏凤死,谁吊屯田仙掌? 烟柳微词,霜花剩稿,都付秋坟唱。刺船归矣,海涛终古哀响。君令甘肃敦煌,挂吏议,从军新疆十余载。晚随张勤果重来济上。著有《明湖渔唱词》,以无子,身后俱佚去。〔1〕

词中小注说到,蒋其章中进士后任敦煌县令,后"挂吏议",即遭到谏官的指摘弹劾,从军新疆十余年。又说到他为"老兵莲幕客",南齐尚书令王俭府第被时人誉为莲花池,故幕府又雅称为莲幕,幕僚也称为莲幕客。小注说他"晚随张勤果重来济上",即指蒋为幕僚随山东巡抚张曜来到济南之事。而其晚年著有《明湖渔唱词》,亦"以无子,身后俱佚去"。结合词中所说,其词作"都付秋坟唱";又谓"刺船归矣,海涛终古哀响",刺船即划船,由此可知蒋其章已经逝世,其骸骨也已由船海运回家乡。词中称道蒋氏才气过人,豪放不羁,谓其有"竹山才调",弹琴嗜酒,目空天壤,又回顾了两人二十多年的交往,对其遭遇及逝世表示了深切的哀悼。

按词作者王以敏(1855—1921)是晚清著名的词人,又名以慜,字子捷,一字梦湘,号檗坞,湖南武陵(今湖南常德)人。同治十二年(1873)举人。光绪十六年(1890)中进士,授翰林院编修。后任甘肃乡试正考官,官江西、南康等地知府。辛亥革命后,弃官回籍。著有《檗坞诗存》、《檗坞词存》等。

他为人豪爽任气,倜傥不群。在中举后,曾先后入河督及山东巡抚幕。如王乃徵《王梦湘墓志铭》所说:"尝佐河帅及东抚幕"〔2〕,在山东巡抚张曜的幕府担任文墨笔札工作。我们知道,光绪十二年(1886),张曜赴任山东巡抚,蒋其章等也随之到了济南。在此后的几年中,蒋一直在张曜的幕府任事。两人既是同僚,又早有交谊,故在这段时期时相过从,频有交往。王以敏曾组织"湘烟阁诗钟社",与一些友人交游聚会,诗词唱和。据徐寿兹《湖桥春影图题词附》跋云:"丁亥(1887)春仲,与同里孙蕴苓承鉴、张采南颖辅同客济上,得识湘南王梦湘以敏、浙江蒋子相其章、蓝六屏庆翔、山左毛芗林庆澄、稚云承霖,尊酒倡酬,时有佳节。"〔3〕便可见他与蒋其章等人在济

〔1〕 王以敏:《檗坞词存》卷2,光绪九年(1883)刊本,第17页。

〔2〕 王乃徵:《王梦湘墓志铭》,《碑传集三编》卷41,《清代碑传全集》,上海古籍出版社1987年影印本,第1830页。又,《檗坞诗存别集·鲛拾集》卷首吴庆焘序说:"时君客东诸侯幕府,郁郁不得志……得以其暇,放浪乎明湖之滨,徜徉乎鹊华诸峰之下。"见王以敏:《檗坞诗存别集》卷下,光绪二十九年(1903)江西书局刊本,第1页。

〔3〕 徐寿兹:《济游词钞》,光绪二十三年丁酉(1897)刊本,第10页。

南诗酒唱酬活动之一斑。一直到光绪十六年王以敏考中进士之后,选入翰林,才离开济南,迁居京师。有此一段因缘,故当他后来在京城得知蒋其章逝世的消息,便写下了这一悼亡之作。

关于此词的写作年代,需要稍作考订。按此词为王以敏《檗坞词存》卷二最末一首。《词存》编次大致依年份排列,卷二为"海岳云声",在此词之前,词作有《唐多令 壬辰夏五予居都门,有骑省之戚,丧殡草草,复迫饥驱,七月出彰义门感赋》、《鬲溪梅令 癸巳上元后三日》及《解连环 日本女郎小华生画像为江建霞前辈赋》。壬辰为光绪十八年(1892),癸巳为光绪十九年(1893),此词系于上述两词之后,故当作于光绪十九年之后。又,《词存》卷三为"燕山钟梵",开头第一首为《长相思 雨出西直门,至畏吾邨展李西涯墓 乙未》,乙未为光绪二十一年(1895)。故此词当作于光绪二十一年(1895)前。也就是说,此词当作于光绪十九年至光绪二十年(1894)间。换言之,蒋其章之卒,当必在光绪二十年(1894)年底之前,应无疑问。

不过,至于他究竟卒于何时,由于不能确切断定此词作于光绪十九年还是二十年,考虑到当时蒋在山东,王正在北京任翰林院编修,两地相距甚远,他得知蒋逝世的消息,自然也需一段时间。而且,并不清楚它究竟是在蒋逝世的当年所作,还是在其死后若干年后的追悼。因此,单凭上述王以敏"哭蒋子相"的词作,我们仍然无法直接考出蒋其章的卒年。

那么,蒋其章究竟卒于何年呢?进一步寻绎的结果,发现在蒋的另一同僚赵国华所著《青草堂补集》一书中,有着十分明确的交代。该书卷六"联语"下,载有赵氏所作的一副挽联:

> 幕府水泉清,我共军谘惭祭酒
>
> 灯宵残月堕,谁期词社咽屯田
>
> 挽钱塘蒋子相其章。中丞幕府自南海张公樵野荫桓后,余为长者十年矣,君近亦在焉。工倚声,壬辰元夕踏灯归而殁。壬辰。[1]

这一挽联清楚地表明,蒋其章在"壬辰元夕",即光绪十八年(1892)元宵节踏灯归来之后逝世。而挽联末署"壬辰",说明应即是在蒋逝世的本年所作。

挽联的作者赵国华(1838—1894),字菁衫,直隶省丰润县(今河北丰润)人。咸丰八年(1858)举人。同治二年(1863)中进士。以后出仕山东,历

---

〔1〕 赵国华:《青草堂补集》卷6,光绪二十一年(1895)丰润赵氏刊本,第12页。卷末有识语谓:"右笔记一卷,公牍二卷,联语二卷,皆菁衫师所自订。检其稿本,各体绝特尚多,以删存当有权衡,未敢增入也。光绪乙未五月门人玉田蒋式理识。"

任郓城、泰安、德州、沂州等地知县、知州、知府,署理文案总办(类似秘书长),官至山东省按察使、盐运使。他是晚清著名的古文学家,能诗词,尤以古文学著名,当时有"南桐城,北丰润"之称。著有《青草堂集》《青草堂补集》等。

赵国华曾长期在山东巡抚幕府任职,据《碑传集补》卷十九《赵国华传》:"国华才思明决,操守廉峻,巡抚丁宝桢、周恒祺、任道镕、陈士杰、张曜、福润皆延居幕府,垂二十年,笺奏、军谘巨章,多出其手。"并称他"又精识绝人,熟于古今治乱、典章因革、文献盛衰、词章得失之故"。〔1〕 可知他在山东巡抚的幕府任职时间很长,深得几任巡抚如丁宝桢、张曜、福润等人的信任。上引挽联的文字也讲到,中丞幕府自南海张荫桓之后,"余为长者十年矣,君近亦在焉"。可知赵国华在幕中佐事已有十年之久,蒋其章近日也在幕府任事,两人是同僚关系。

从有关资料来看,他与王以敏、蒋其章等均甚熟悉。如赵著《青草堂三集》卷九,便有他为王以敏诗集所作的《王梦湘诗序》,其中颇为推许王之诗文。在王以敏《檗坞诗存》卷三中,也有作于光绪十三年(1887)《新秋十日,偕萨克达子蕃部郎招同赵菁衫观察、李峻臣中翰、陈鹭洲司马、蒋子相、吴康之、屠星若、陶廉泉明府、石砺斋、赵小鲁孝廉、萧绍庭上舍、张子澜茂才集湖上举行诗钟秋社……翌日得集褉帖诗四章,赋呈菁丈兼示诸子》的诗作。诗中描述了其与赵国华、蒋其章等一批文人会集大明湖畔,举行诗钟秋社的情景。可证王、赵、蒋等皆相过从,颇为熟稔。

据有关资料,光绪十七年(1891)七月,张曜卒,以山东布政使福润为山东巡抚。而在《青草堂补集》卷六"联语"中,还存有"辛卯"即光绪十七年赵国华所撰的另一副"挽钱塘张抚军曜"之联:"横海东西,无处不闻齐仲父;大星今古,有人曾梦汉桓侯。"〔2〕故从实际情况来看,赵、蒋两人应先是在张曜幕府,而后转入了福润幕府。据赵氏《自订年谱》载,光绪"十七年辛卯,年五十四岁。正月奉张抚院以'学粹品端,刑名谙练',奏委署理山东按察使,初六日接印"。在张曜逝后,九月,又"奉福抚院润奏保"。"十八年壬辰,年五十五岁。……四月,奉福抚院以'品端志洁、为守兼优',奏委署理

---

〔1〕 闵尔昌编:《碑传集补》卷19,《清代碑传全集》,第1377页。蒋庆第《资政大夫山东候补道赵君墓志铭》也称:"历任公道镕、陈公士杰、张公曜、福公润营务,皆倚君。……前后领二十余事……幕府二十年,无一语外泄,人亦莫敢以私干公。"《友竹草堂文集》卷6,光绪十九年(1893)年刊本,第21页。
〔2〕 赵国华:《青草堂补集》卷6,第12页。

山东盐运使,十二日接印。"〔1〕可证在两任山东巡抚交替时段,赵国华确先后在济南张曜、福润幕府任职。

由以上几方面看,蒋其章逝世时,赵国华正在济南,以两人关系而言,作为蒋的同僚,他在当时写下的有关蒋氏晚年及其逝世的情况,当可确信无疑。应当说,原先我们并不清楚蒋其章在张曜幕府之后的去向与行踪,也不知其所终。现据此挽联,可知他于幕主张曜死后,仍留在了山东巡抚的幕府,只是幕主已换了继任巡抚福润。虽说挽联没有谈到他的死因,但可知他是在光绪十八年(1892)壬辰元宵节踏灯归来之后突然逝世的。如此,他生于道光二十二年四月二十四日(1842年6月2日),死于光绪十八年正月十五日(1892年2月13日),享年仅五十岁。结合前王以敏"哭蒋子相"词所说,由于死而无嗣,因而其著作亦流散不传,而蒋其章身后境况的寥落,也就从而可知了。

搞清蒋其章的卒年,既是研究人物本身的需要,同时也有助于澄清以往的一些错误认识。如蒋氏在任申报馆主笔时,曾以"蠡勺居士"的笔名,翻译出版19世纪英国作家利顿(Edward Bulwer Lytton)的小说《夜与晨》(*Night and Morning*)为《昕夕闲谈》。此后该书还有光绪三十年(1904)文宝书局重新刊行的译本,前有署名吴县"藜床卧读生"《译校重订外国小说序言》,称"更觅得泰西原本而重删润之",付诸排印,以公同好。故以前有研究者认为,后来的重译者"藜床卧读生"即"蠡勺居士",也即蒋其章。直至近年还有学者认为,蒋其章后来在"64岁时他重新校译出版英国小说"。〔2〕而据前面的考订,其时距蒋之逝世已经十多年,因此上述说法显然是没有根据的,也是不可能的。

二

由于史料的湮没,有关蒋其章晚期在山东济南的事迹,我们还所知不多,有待进一步的发掘。值得注意的是,在王以敏《檗坞诗存》、《檗坞词存》等集中,还保留了他与蒋其章互相唱和的一些诗词之作。

关于蒋其章的词作,现所能见的,在丁绍仪辑《清词综补续编》卷七和

---

〔1〕 赵国华:《自订年谱》,《青草堂补集》卷7,第25、26页。
〔2〕 张政、张卫晴:《近代翻译文学之始——蠡勺居士及其〈昕夕闲谈〉》,《外语教育与研究》2007年第6期。

林葆恒纂《词综补遗》卷八十中,分别存有蒋氏的词作二首。而就在王以敏《檗坞词存》里,便保留了蒋的多首词作。如该书卷首为"檗坞词存题词",有诸多文人墨客为王的词集题词,其中便刊有蒋氏的一首《金缕曲》词作:

金缕曲丙子冬日　　钱唐蒋其章子相

冷汜湘灵瑟。韵冰弦、泠泠碎玉,一般骚屑。揎入无端身世感,和汝秋声四壁。又风雨、做成愁夕。古泪满腔谁共语?只南楼,颓照南池月。连床话,更凄绝。

只今鸳梦春宵热。好殷勤、笙鸣磬应,香笺滑笏。稽首妆台诗弟子,恰称暖炉吟雪。且收拾、闲愁休说。来岁琼林探杏去,笑簪花、偷得夫人格。宫帕句,向君乞。时将就婚沂郡。[1]

此词作于丙子即光绪二年(1876)冬,时蒋其章尚在上海申报馆任职。本年二月他曾入京会试,但却铩羽落第而归。查王以敏本年也曾进京应试不第,有词作《摸鱼儿·丙子下第出都题任丘壁》(满天涯)。此词中讲到"来岁琼林探杏去",正是同为落第之人对于来年成功的一种心理期望。后在第二年的恩科会试中,蒋其章考中了进士,王以敏则仍不第。由此可知,蒋、王两人应在此年同至京城考试而相结识,蒋其章后亦缘此为其《檗坞词存》作了题词。

除此之外,在《檗坞词存》中还附有蒋其章的另外二首词作。卷二王以敏有词作《忆旧游不见绍由九年矣,子相检箧中〈青溪词〉见示,兼谱新声。雨窗感旧,凄眷无似,倚笛和之,如听檐声与愁人相和也。丁亥七夕后一日》,其下附有蒋作:

附忆旧游原作　　钱唐蒋其章子相

记菱舟唱月,竹院吟烟,社薰曾留。韡棠零落后,向金台恸哭,鲠在诗喉。红鳞欲传远讯,无路达凉州。只鹤梦牵将,鸥程隔著,望损双眸。　　归辀历亭畔,剩檗坞填词,尚忆前游。旧地欢惊减,待歌闻藕榭,笛谱蘋洲。甚时得联今雨,重写鹊华秋。好静按湘弦,凉灯细剪同话愁。[2]

---

〔1〕 王以敏:《檗坞词存》卷首,第1页。此词虽也见于林葆恒纂《词综补遗》卷80,但文字则略有异同,也无题中所署"丙子冬日"的时间。

〔2〕 王的词作为:"又蕉窗读画,草匷寻碑,历下踪留。听雨人何在,剩凉弦戛轸,脆转莺喉。望中六朝烟水,古平泪满西州。问牛渚租船,枫江赋笔,谁豁青眸?
行辀雀舫侧,定曲谱南飞,诗纪东游。宿鹭方招客,待烹茶绀宇,搴若芳洲。一篷竹山双蒋,同醉七桥秋。只旧梦休提,青天白月千古愁。"王以敏:《檗坞词存》卷2,第2、3页。

王词作于丁亥即光绪十三年（1887）七夕后一日，蒋词当作于稍前。词中回忆了昔日在济南大明湖放舟游览，于历亭畔雅集填词的情景，描绘了蒋、王及蒋绍辙他们之间的友情，以及对来年再度聚首，剪烛同话旧谊的期盼。另，卷十二在王作《菩萨慢夜雨和子相二阕》之下，也附录了蒋的两首原作：

附菩萨慢原作　　钱唐蒋其章子相

檐声碎滴芭蕉冷，簟纹泼水凉肌醒。络纬絮人愁，心头无限秋。　　天涯人已远，谁是银屏伴。夜雨觉湖船，倚篷眠未眠。

絮云重压璇窗黑，竹烟影入纱幮碧。梦里话相思，枕函知不知。　　红阑桥畔路，可有冰弦语。凉煞蓼花田，昵人秋可怜。〔1〕

此词未知其确切年月，但亦为济南时期的作品，当作于光绪十六年（1890）王以敏考中进士赴京之前。词中抒发了在檐雨声中，夜中无眠，秋愁撩人，梦系相思的离愁别绪及身世之感。以上几首蒋氏词作，均有助于我们掌握蒋其章后期在济南的交游及思想状况。

至于王以敏所撰与蒋氏唱和的一些诗词，同样是值得重视的资料。如《檗坞诗存》卷三《济上集》有《喜晤蒋子相明府其章》，其中写道："故人十年别，握手历山春。仕宦消忧患，文章泣鬼神。玉关盘马地，梁苑著书身。定有贤良召，商霖及此辰。"〔2〕此诗作于光绪十三年丁亥（1887），诗中所说"历山"即大明湖畔的佛山。诗中叙写了分别十年之后，两人在济南重新握手欢聚的场景，及对蒋氏由甘肃、新疆关外之地归来，希望他能以"贤良"的资格召对，得到朝廷重用，以发挥其治世才干的期待。另，查《檗坞诗存别集》卷下集义山（李商隐）诗，也有《偕子相夜话》七律一首，诗云："五年从事霍嫖姚，梦笔深藏五色毫。……万里相逢欢复泣，邺城新泪溅云袍。"〔3〕同样表达了两人相见后的喜悦之情。

同年王以敏又有《前赋杂感绝句，受之、采南均有和作，再用旧韵和之二十首》，其中一首云：

相逢海上伯牙弦，流水高山思悄然。

莫话十年分手地，凤城寒食草芊芊。听子相抚琴。〔4〕

----

〔1〕　王以敏：《檗坞词存》卷12，第17页。
〔2〕　王以敏：《檗坞诗存》卷3，第3页。
〔3〕　王以敏：《檗坞诗存别集》卷下，第2页。
〔4〕　王以敏：《檗坞诗存》卷3，第9页。

小注云"听子相抚琴",诗中谈到他俩在京沪两地相识,分手十年之后,听蒋其章抚琴,如俞伯牙鼓琴,一曲高山流水,颇有知音难得之感。由此可知蒋其章不仅文采出众,还富有音乐素养,弹得一手好琴。联系到蒋氏在上海任申报馆主笔时,在几次海上同人雅集,与之唱和的诗作中,便提到他在这方面的才能。如署名"茉申初稿"的诗作《壬申长至日同人作消寒雅集于怡红词馆,奉和大吟坛原韵》云:"飞出琴声斜照里,不须更访水仙师。君善琴。"诗注称"君善琴",称道蒋氏善于弹琴。龙湫旧隐即葛其龙有《蘅梦庵主以归舟感怀诗索和,仍用赠别原韵酬二律邮呈》,其中有句谓:"问字早深群辈望,听琴更切美人思。"小吉罗庵即蒋其章本人《舟中续怀人诗》也谈到:"欢场多谢屡招寻。只今一别浑如雨,剩欲重携海上琴。"〔1〕由这些例证来看,可知蒋其章在音乐方面也有相当精湛的造诣,因而受到士人的称赞。此后他由甘肃敦煌而至新疆,再至山东济南,在幕府供职之暇,均未忘情于以抚琴寄托自己的心声。

这自然反映出蒋其章文人雅趣的一个重要侧面。事实上,在王以敏等人的诗文中,也不乏有蒋氏赏乐听歌之雅兴与爱好的记叙。如《檗坞词存》卷二有《浣溪沙秋雨在檐,砌虫凄绝,闻子相有城南听歌之兴,赋此调之》,词云:

秋梦如云未可招,闲看珠槛上鱼苗。一丛新绿湿芭蕉。 有客冲泥行滑滑,谁家拥髻唱潇潇。断肠心事问红绡。〔2〕

检此词作于光绪十三年(1887)丁亥秋天。此词的写作,即由蒋其章有"城南听歌之兴"而引起,词中叙写了蒋氏等在秋日至济南城南游赏,观看那些艺人拥髻唱歌的场景。此年,曾从侍郎许景澄充出使法、德、美、意国随员的王咏霓,在出使归国之后,路经山东济南,也有《蒋子相同年席上听歌》的诗作记其事。诗云:"闻行已惘况闻歌,相思那得时相见。当筵有美温如玉,羯鼓催花理清曲。小袖清扬点拍频,柔喉宛转游丝续。有时忽作渔阳挝,千乘万骑鸣秋茄。繁音促节边寨苦,坐令征士多思家。有时急雨战蕉叶,有时回风依落花。……难为歌,将进酒……劝宾暂欢主勿悲,人生离合会有期。"〔3〕诗中写他们当筵听歌,描述了那些艺人的精妙演唱,以及人生悲欢离合的惆怅与感叹。

---

〔1〕 分别见《申报》同治十一年十二月初十日(1873年1月8日);同治十二年正月二十一日(1873年2月18日);光绪元年四月二十五日(1875年5月29日)。

〔2〕 王以敏:《檗坞词存》卷2,第3页。

〔3〕 王咏霓:《函雅堂集》卷9,光绪二十二年(1896)刊本,第8页。

在济南的这段时间里,他们经常雅集,诗词唱和。如前引徐寿兹《湖桥春影图题词附》跋所云:"尊酒倡酬,时有佳节。"以及光绪十三年(1887)新秋十日,王以敏与成昌等招同赵国华、李峻臣、蒋其章、萧绍庭、张子澜等人会集湖上,举行诗钟秋社之事。在该诗下有附录的《小启》云:

> 天宇清阴,兰若虚静。山气在水,竹风当弦。及此同人,相于永日。稽老向生,林间之契。齐己无可,物外之游。不有清言,岂娱朗抱? 今昔虽殊,所寄一也。又况山左亭古,地足大观。天水文崇,人仰闲气。遇良、乐以骋足,齐迁、固以陈文。有合于作者之林,斯不虚一日之兴。今与诸贤期筋坐以次,咏言不倦,同异取舍,随时录之。叙陈因于短引,得无有述夫后贤;观自在于诸天,合以斯游为初地。

而王以敏在诗中咏道:"寄迹幽兰室,清筋亦快然","咏古怀同放,临流坐每迁。春游故人在,乐事又今年。"又谓:"相期叙长日,此会尽清流","生及咸同世,游随山向群。长年虽录录,此日足欣欣。"[1]这些同人会聚在一起,举行诗会,他们效法魏晋林下之贤,自比清流,寄情于山水之间,抒写自己的襟怀。又,施补华《泽雅堂文集》卷七有《题登高图》,叙述了在己丑即光绪十五年(1889)重阳节那天,赵瞳、蒋其章、施补华、凌绂曾、汤震等七人登高饮酒之事,并由赵瞳作《登高图》,由施补华作记。施文称:"重九,佳节也;登高,胜会也;饮酒,乐事也。亲旧在异方者,幸此一日之聚焉。然七人之中,唯凌子官于山东,自余六人皆客也。夫客者,西东北南靡定耳。则此一日之聚,亦不能岁以为常。……唯此一日之聚为现在焉。慨其难常,幸其现在,此其作图之意乎?"[2]反映出这些人寄身幕府,南北东西,漂泊无定,现客游山东,幸得一聚的感慨。以上诗文,俱可见蒋其章他们在济南时期雅集聚会的具体情景。

此外,《檗坞词存》卷十二,还有王以敏《琐窗寒 七夕雨甚,叠韵和子相》以及《菩萨蛮 夜雨和子相二阕》两首词作:

又七夕雨甚,叠韵和子相

> 玉甃埋烟,金梭织眠,簟凉新卷。秋心碎了,不信女牛听惯。暗星桥语香细飘,几丝碧唾蛛盘泫。甚仙蛾也妒,团蛮不放,镜奁高展。　　山馆云

---

〔1〕　王以敏:《檗坞诗存》卷3,第13、14页。
〔2〕　施补华:《泽雅堂文集》卷7,《续修四库全书》第1560册,上海古籍出版社2002年版,第363、364页。

无限。话穿针设果,旧情先懒。人天此夕,漫把隔年期盼。惹雕梁归燕絮愁,甚时风日双晒剪。但檐声梦里零铃,绛河清泪满。

菩萨慢夜雨和子相二阕

镫花锁梦银床冷,似催病叶和烟醒。鹦母背人愁,谁知今夕秋。 蛮江山色,远剪烛悲吟。伴蓑笠五湖船,湿鸥应未眠。

竹根一点流萤黑,梦云裹入千花碧。单枕费寻思,此情惟雁知。 水西亭畔路,怕听风铃语。新藕叶田田,甚时逢小怜。[1]

两词均为王氏和蒋其章之作,抒写了七夕及秋日夜雨时,人天此夕,鹊桥相会,因而转侧难眠,枕边相思的孤独和伤感意绪。虽说就其内容看,只是一般的酬唱应和之作,但也可有助于王、蒋交往的研究。总之,以上的一些词作,或则为蒋氏本人所作,或则为友朋之间的唱和,都为我们提供了蒋其章在山东巡抚幕府后期的写影。

综蒋氏一生,其经历十分复杂曲折。他早年由杭州而上海,以举人而任申报馆第一任主笔,似曾一度摆脱传统体制的束缚,而在考中进士之后,又走上传统的仕途之路,赴任甘肃敦煌县令,重归体制。后又入张曜幕府,在新疆、山东等地任职,寄人篱下,在大吏幕府中讨生活。其晚年境遇,颇呈一番凄凉况味,终以五十之年而逝,其遭际也颇令人唏嘘感叹。

(原载《华东师范大学学报》2011 年第 1 期)

---

[1] 王以敏:《檗坞词存》卷 12,第 16、17 页。